Le jour où tu dois mourir

Marc Charuel

Le jour où tu dois mourir

ROMAN

Albin Michel

Il s'agit d'une œuvre de fiction. Toute ressemblance avec des personnages réels serait purement fortuite.

Prologue

15 juillet 1978

Elle a froid. Le courant d'air qui s'engouffre par la portière est continu. Le vent ronfle comme une turbine. Par moments, elle a l'impression qu'il couvre le bruit du moteur. C'est un sifflement permanent qui la transperce. L'avion est monté en altitude comme une fusée. Elle a cru qu'elle allait glisser. Elle a lancé un pied en avant pour tenter d'attraper quelque chose à quoi s'accrocher. Puis, l'appareil s'est stabilisé. Maintenant, il file dans la nuit. Sa chaussure droite a disparu. Avec son pied dénudé, elle se sent encore plus vulnérable. La main bloquée sous son corps la fait souffrir. Elle a mal, également, à la cheville gauche. Elle semble attachée, mais elle n'en est pas sûre. L'avion tape sur des trous d'air. À chaque fois, elle a l'impression qu'elle va tomber à la renverse.

Elle voudrait crier, elle essaie, le sang cogne dans ses tempes, aucun son ne sort de sa gorge, une impression de brûlure a envahi son cou. Elle se rappelle, maintenant, la sensation d'étranglement quand l'homme s'est jeté sur elle. Elle a du mal à tourner la tête. Elle n'ose pas. Par peur de la douleur et par peur du vide. Elle voudrait se cacher dans la nuit. Elle aperçoit, très loin, les dernières lumières de la ville, contre la chaîne des Pyrénées. Ce sont de petites taches rouges luminescentes et frémissantes comme des étoiles moribondes au milieu de l'immensité du néant. Entre les lumières et elle, il n'y a que le vide. Et cette impression de papillons dans le ventre. Elle a la nausée. Elle sait que si elle vomit, elle s'étouffera. Tant qu'elle se retient, elle n'est pas dans la réalité. Elle est comme au bord du monde.

Mais il y a le vent, le bruit, la présence de l'homme dans la cabine qui la regarde parfois quand l'avion est stable. Il y a sa voix. Le froid du plancher métallique lui mord les cuisses et le dos. Elle ne parvient pas à rassembler ses idées. Elle a une migraine à lui faire exploser le crâne. Que fait-elle dans cette carlingue avec cet homme ? Tout est confus dans sa tête, la fin de matinée place de Verdun au Gambetta, sa virée à l'entrée de l'École des troupes aéroportées, son escapade vers le petit bois de la zone de saut pour y retrouver les trois rigolos du camp. En temps ordinaire, elle aurait ri de ce qu'elle leur a fait. Maintenant, ça lui retourne l'estomac. Elle les revoit, en rang d'oignons, les mains aux hanches, le regard vissé sur elle, et elle à genoux. Elle avait le visage dans la lumière du soleil, elle ne pensait à rien. Il y avait cette musique qui lui trottait dans la tête, pour peu elle aurait dansé, mais elle devait être gentille si elle voulait avoir une chance qu'ils la fassent entrer dans l'armurerie. Elle devait prendre la clé et revenir voler les armes. Ses camarades les attendaient à Bayonne. Il lui fallait ces armes.

Elle cherche dans sa mémoire les instants où tout a basculé. Elle est revenue vers la ville en stop place de Verdun et elle a continué à explorer les bars, un à un. Elle devait retrouver les trois parachutistes pour remplir sa mission. S'ils n'étaient pas au rendez-vous, elle devait changer de plan. Elle était entrée au Bayard, elle s'était installée au fond du bar, elle avait mis trois pièces dans le juke-box et avait écouté « Il voyage en solitaire ». Elle avait regardé les garçons. Encore des militaires. Ils buvaient, ils donnaient l'impression de ne savoir faire que ça. Elle les détestait. Elle avait tiré sur sa jupette et réajusté son corsage. Parfois, le regard de l'un d'entre eux glissait sur elle et s'arrêtait dans l'ombre de ses cuisses ou sur le renflement de sa poitrine, seul le mystère du haut de ses jambes et de son soutien-gorge semblait les intéresser. Jusqu'à ce géant qui l'avait dévisagée depuis l'extérieur du café. Il avait tourné la tête vers elle et lui avait souri. Il était resté planté là, à l'extérieur, à soutenir son regard. Elle ne se souvient plus de ce qu'elle avait pensé à ce moment.

Elle le regarde maintenant, assis aux commandes de cet avion et se dit qu'elle va se réveiller de son cauchemar, que rien n'est vrai, ni l'ETA, ni sa lutte pour l'indépendance, ni le Bayard, ni l'avion, ni cet homme, rien.

L'avion a entamé un autre cercle, il vire sur l'une de ses ailes et penche comme s'il était happé par un tourbillon. De nouveau, elle se sent glisser vers l'ouverture de la carlingue. Elle ne parvient pas à s'accrocher. Sa main, coincée sous elle, est comme morte. L'autre ne rencontre rien qu'elle puisse saisir.

L'homme a redressé l'avion et s'est tourné vers elle. Le bruit du moteur a diminué comme si l'avion planait. Il lui demande si elle a déjà fait du parachutisme. Elle plisse les yeux, il répète la question. Il lui demande à nouveau si elle est déjà descendue d'un avion en marche. Elle parvient à hausser les épaules. Une lumière l'éblouit, l'homme vient d'allumer une lampe qu'il dirige sur elle et met en route une petite caméra. Elle voudrait se dégager mais elle est comme collée au sol, elle vient de réaliser que sa main droite est liée à sa cheville gauche, elle ne peut pas bouger son corps. Le pilote lui dit qu'il faudrait qu'elle montre ses fesses avant d'effectuer le grand saut. Puis il éclate de rire. La phrase cogne encore dans son cerveau qu'il est déjà debout au-dessus d'elle et lui retrousse sa minijupe sur sa ceinture. Cette fois-ci, elle hurle. L'homme lui répète calmement qu'elle va effectuer un saut sans parachute. Elle s'époumone et écarquille les yeux. Elle essaie de repérer si une sécurité la retient à l'avion, mais il n'y a rien. Rien qu'elle, posée comme un sac sur le plancher métallique, à quelques dizaines de centimètres du vide. Elle crie encore, elle supplie. Elle vient de comprendre.

« *Nous allons faire un très beau film de ta sortie d'avion* », ajoute-t-il. Elle le regarde se rasseoir aux commandes de l'appareil et donner un coup sur le manche. L'avion entame une glissade. Elle sent ses cheveux happés par le vent qui vrombit de nouveau à ses oreilles. Puis le bord de l'ouverture lui blesse le dos. Elle bloque sa respiration et serre désespérément sa main libre sur le chambranle de la portière. Son poids et la violence du courant d'air la précipitent à l'extérieur. Elle a encore conscience que son pied sans chaussure râpe le sol glacé de l'avion, puis elle chute à une vitesse qu'elle n'aurait jamais imaginée. Les lumières de la ville passent et repassent devant ses yeux, elle tourne comme une toupie, le mouvement de rotation s'accélère, le vent siffle sans interruption. Elle devine, les instants où elle fait face au sol, la peau de son visage tirée en arrière, elle en a mal aux joues. Elle n'en finit pas de tomber. Autour d'elle, le paysage s'assombrit. Elle traverse un nuage avec un cri qui reste bloqué au fond de sa gorge. À l'instant où elle distingue enfin le sol, elle est déjà morte, l'impact la tue sur le coup. Son corps rebondit et se disloque. À quatre mille mètres au-dessus, le Pilatus entreprend sa descente vers la piste d'atterrissage du para-club.

Thalès Ibarburu s'est levé lorsque Diego, Domiku et Malen se sont mis à pleurer. Toute la famille était logée dans une seule pièce de la ferme. Une toute petite maison en parpaings et en torchis, perdue au milieu des champs de maïs. La chaleur de ce foutu mois de juillet ne tombait jamais, même la nuit. Thalès a vite compris ce qui avait perturbé le sommeil de ses petits. On entend nettement le bruit du moteur du Pilatus du para-club, comme si le carrelage du sol en renvoyait l'écho. Thalès s'est rapproché de la limite des maïs et regarde vers le ciel. « *Putains de fadas* », marmonne-t-il en basque. Il entend encore l'avion qui tourne dans le ciel et distingue clairement le bruit du chuteur qui s'est lancé dans le vide. « *Même la nuit, bordel…* » Il attend de voir la voile s'ouvrir pour repérer où le chuteur se posera, il veut aller lui casser la gueule, mais rien ne se passe. Il n'y a que le sifflement caractéristique de la chute, puis un bruit sourd qui fait rentrer la tête dans les épaules à Thalès. « *Merde, alors* », murmure-t-il entre ses dents.

Quand Thalès retourne se coucher, il a vu l'avion atterrir et le pilote fouiller dans le moteur. Il a assisté à toute la scène, à plat ventre au bord du champ longeant le para-club. Il n'aurait pas pu expliquer pourquoi, mais il a attendu que l'homme s'éloigne avant de se redresser. Il a regardé la silhouette gigantesque disparaître, puis il a regagné sa ferme, la trouille au ventre.

L'homme a cherché longtemps. Il a arpenté le champ de maïs de long en large. Il lui a fallu presque deux heures pour retrouver le corps de Maria Dolores Xanxo. L'aube se levait. Il a calé sa caméra contre sa joue, rallumé sa lampe tempête et filmé le cadavre. La dernière bobine. Il a fait des gros plans des membres tordus et brisés. Il s'est approché de son visage couvert de terre et a maintenu l'index sur le déclencheur de la caméra jusqu'à ce que le ressort se détende et que le magasin soit vide.

Trois heures plus tard, le Pilatus était de nouveau en l'air avec les premiers parachutistes de la journée. Thalès les a vus s'élancer dans le vide, il les a regardés faire leurs loopings, puis ouvrir leurs voiles. Ensuite, il a suivi des yeux l'avion se cabrer et piquer vers le sol pour rejoindre au plus vite la piste d'atterrissage. Lorsqu'il est passé au-dessus de sa ferme, Thalès a compris que le pilote ne parvenait pas à redresser son coucou. Le Pilatus a frôlé le toit de l'écurie et s'est écrasé au bout du jardin dans une immense boule de feu.

CHAPITRE 1

9 août 2006

01

En jetant son sac d'appareils photo sur la banquette arrière de la vieille DS, Alain Duncan n'avait aucune idée de la scène qu'il enregistrerait ce matin sur ses numériques. Il avait croisé, la veille, Amélie Mauresmo sur la piste cyclable en revenant de son footing. Et bien sûr, il n'avait ce jour-là que son short, son tee-shirt et ses baskets ! Il avait pensé que la championne de tennis aurait fait une bonne parution dans un magazine people. Une petite fortune vite gagnée. Un peu plus tard dans l'après-midi, le patron de la Maison de la Presse lui avait confirmé que la sportive venait s'entraîner, chaque jour, deux fois le matin. Une première fois entre six et sept heures. Une seconde entre dix et onze.

Pendant des années, chaque fois qu'il allait prendre un avion, Duncan s'était demandé quelles horreurs traverseraient les lentilles de ses objectifs. Comme s'il avait eu un épouvantable don de divination pour anticiper la mort des gens. Mais il n'avait plus remis les pieds sur un champ de bataille depuis plus de dix ans. Duncan n'avait pas imaginé que cette journée allait changer le cours de sa vie et qu'il aurait mieux fait de filer à Paris prendre le premier vol pour Beyrouth de nouveau bombardé par les Israéliens. Il ne pouvait pas savoir que n'importe quel coin pourri de la planète aurait mieux valu, ce jour-là, que le bassin d'Arcachon.

En temps ordinaire, il n'y avait pas plus tranquille, l'été, que le Cap-Ferret. Population estivale discrète et ambiance familiale assurées. Comme Duncan, quelques quadras se remettaient régulièrement au sport à l'occasion des vacances, en pratiquant la bicyclette ou le footing sur le petit chemin de terre qui serpente entre les pins, depuis le village de L'Herbe jusqu'au Ferret. Cinq kilomètres de piste à l'écart de la route et des habitations. Très fréquentés à partir de neuf heures, mais déserts avant.

Duncan avait vérifié l'état des batteries des deux Nikon et la propreté de ses optiques. Il s'était laissé le choix : un télé pour photographier la star de loin et créer cette ambiance de photos volées que les journaux people adoraient, et un grand-angle pour la shooter de près quand il serait au coude à coude avec elle. Il savait qu'il n'aurait que très peu de temps pour réaliser ses images. Mauresmo avait une accélération de sprinteuse, il avait pu le vérifier la veille. Il n'était pas dit non plus qu'elle accepte d'être photographiée. « *On verra bien* », pensa Duncan en claquant la portière de la DS.

La voiture fut bientôt au rond-point de L'Herbe. Duncan jeta un coup d'œil à sa montre. Encore dix minutes avant six heures. Il avait le temps. Le moteur de la DS ronflait comme un caboteur. Les gendarmes finiraient bien par lui coller une contravention pour le boucan qu'elle faisait.

Le parking du cimetière était vide. Duncan gara la DS à l'ombre, attrapa ses boîtiers et s'élança en petite foulée. Comme prévu, la piste était déserte. Les pins embaumaient. Le parfum de la sève saturait l'air.

On était mercredi. *Closer*, *Public*, *Gala*, *Voici* et *Paris Match* bouclaient le soir. Duncan aurait le temps de retoucher ses fichiers et de les transmettre. C'était une excellente affaire. Pas prévue, mais excellente. L'idéal aurait été d'obtenir de Mauresmo qu'elle consente à poursuivre la séance photo chez elle pour réaliser un sujet complet. « *Faut pas trop y compter* », se dit Duncan.

La piste sortait maintenant de l'ombre. Il y avait une centaine de mètres criblée de lumière avant que le couvert des pins ne l'engloutisse de nouveau. À deux kilomètres du cimetière, là où il avait croisé la championne de tennis, Duncan s'installa derrière un bosquet, à presque un mètre au-dessus du chemin, quasiment invisible. Il posa son appareil équipé du télé de six cents millimètres devant lui et attendit. Il était six heures quinze. Il se revoyait des années plus tôt, allongé comme aujourd'hui, sur des théâtres d'opérations improbables, les mains crispées sur l'appareil, attendant le déclenchement d'une action, les explosions, les cris et les gens qui tomberaient devant lui. L'odeur de la forêt le renvoyait toujours à ses années de guerre. Au Vietnam, au Cambodge, en Birmanie, aux Philippines, au Sierra Leone ou au Congo... Tous ces champs de bataille merdeux où il était allé brûler sa jeunesse pour essayer de faire danser sa vie. Et tous ces visages happés par les conflits qui jaunissaient maintenant sur les vieilles photos enfermées dans des boîtes. Ces visages qui le torturaient la nuit. Au moins, ce qu'il s'apprêtait à faire ce matin n'était pas glorieux, mais il était sûr d'une chose, c'est que cela ne l'empêcherait pas de dormir les vingt prochaines années.

Il leva devant son visage l'appareil photo équipé du téléobjectif et commença à scruter la piste. Le Nikon était en position autofocus automatique. Duncan ne voulait pas se laisser surprendre quand Mauresmo déboucherait face à lui. Une masse noire surgit au milieu de son viseur au loin, puis disparut. Elle avait traversé en sautant, comme un animal, passant en une fraction de seconde d'un côté à l'autre de la forêt bordant l'étroite bande de terre. Ce fut une apparition fugitive, un peu irréelle. Duncan lâcha une première rafale d'images.

Bien plus tard, quand il se remémorerait le début de cette histoire, il réaliserait le malaise qui avait été le sien à cet instant. Comme une émotion fugace qui s'était échappée aussitôt vers son subconscient. Sur le moment, il n'avait conservé de la scène qu'un peu de curiosité, voire d'étonnement. Il concentrait son attention sur la sportive qui devait apparaître bientôt, à deux cents mètres devant son téléobjectif. Il n'en était vraiment pas très fier, mais l'idée de gagner 2 000 ou 3 000 euros aussi facilement l'amusait.

Duncan regarda sa montre. Il était maintenant six heures quarante. Des nuages venaient de la mer et le temps s'était couvert. La lumière avait considérablement baissé. Il modifia les réglages de son boîtier et attendit.

À l'endroit où il l'avait aperçue, la forme noire réapparut. Une silhouette comme couverte de suie ou de goudron. Elle s'approcha de la piste sans quitter le couvert des pins, tourna rapidement la tête du nord au sud, puis sauta de nouveau dans les fourrés. La scène avait duré trois ou quatre secondes. Assez pour piquer la curiosité de Duncan et le décider à appuyer de nouveau sur le déclencheur de son Nikon. Il roula sur lui-même et se mit à remonter le sentier du côté opposé en restant à l'intérieur de la végétation. Le tapis d'aiguilles de pin étouffait le bruit de ses pas. Il progressait vite, cassé en deux, silencieusement, sans quitter du regard l'endroit dont il voulait se rapprocher. Une bruine tenace se mit à tomber. Depuis le début du mois, la météo était exécrable. Mauresmo avait dû consulter le baromètre et faire le choix de rester ce matin chez elle.

Le tintamarre de la pluie enfermait maintenant la forêt dans une ambiance sourde. Duncan arriva au coude de la piste où il avait entrevu la forme noire sans même entendre le froissement de son corps contre la masse compacte des taillis. Le martèlement des gouttes d'eau sur la végétation envahissait l'espace entier de la forêt. La lumière était complètement tombée. De gros cumulus mauves s'agglutinaient au-dessus de la zone côtière. Tout le Ferret était plongé dans une sorte de nuit australe. Toujours à l'abri des arbres, il regarda l'espace où la silhouette avait disparu sans pouvoir se décider à rejoindre l'autre côté du bois de pins. En face, c'étaient cinq à sept cents mètres de taillis denses qui allaient mourir au bord de l'eau. C'était comme une mauvaise sensation. Un sale pressentiment qu'il avait déjà connu ailleurs, au Cambodge, en Bosnie, en Birmanie... Comme à chaque fois, une peur prégnante, une peur d'enfant qui lui avait fait tourner les talons au dernier moment. Une voix intérieure qui lui interdisait de continuer. Son sixième sens. Ce matin, la même voix lui murmurait qu'il devait rejoindre la route, deux cents mètres derrière lui, reprendre sa voiture et rentrer à la villa. « *Mauresmo ne viendra plus*, se dit-il. *Je perds mon temps.* » Duncan regarda autour de lui et rebroussa chemin.

Les bas-côtés n'avaient pas été aménagés. On se tordait les chevilles dans le sable. Duncan rejoignit péniblement sa voiture. Il fit de nouveau ronfler le moteur, entama un demi-tour devant le cimetière, sortit de l'aire de parking, tourna à droite et prit la côte menant au rond-point. Mais au lieu de rentrer dans le village de L'Herbe, il continua sur la vieille route vers le Cap-Ferret. Il avait envie d'un quotidien et d'un petit-déjeuner devant le Bassin. C'était bien le diable s'il ne trouvait pas un café. Il était un peu tôt, mais il allait tenter quand même sa chance.

La Maison de la Presse ouvrait tout juste. Il attendit que le patron ait déballé ses paquets de journaux avant de lui demander *Libé* et *Le Figaro*. Les deux unes étaient consacrées au Liban avec les mêmes images de Beyrouth dévasté qu'il connaissait déjà.

02

André Leclerc était tendu. Depuis ce matin, il tournait en rond dans le jardin de la villa de l'allée des Graouères. Son téléphone portable à la main, il ne cessait d'appeler Ingrid. Cela faisait plus de deux heures que la baby-sitter aurait dû prendre son service. La femme de Leclerc était hors d'elle. Depuis la terrasse de la maison, en chemise de nuit, bigoudis sur la tête, elle avait tout d'une véritable furie. À tour de rôle, elle engueulait son mari, les enfants, sa fille et son gendre. Au moindre bruit de scooter, Leclerc se précipitait à la grille du jardin, espérant voir déboucher la jeune

Allemande sur sa Vespa. Alors il se retournait face à la terrasse et, les bras écartés, les paumes face au ciel, il faisait un signe d'impuissance à sa femme. La jeune fille au pair était injoignable sur son portable.

– Ah, tu m'énerves ! hurla Madeleine Leclerc. Je te dis d'appeler la gendarmerie, maintenant…

Elle avait dû avoir un accident. En cas de panne, elle aurait téléphoné. Donc, pas d'appel, pas de panne. C'était plus grave.

– Appelle la gendarmerie, répéta sa femme. On ne peut pas rester ainsi toute la journée. J'ai besoin de sortir faire des courses au marché du Ferret. Il faut trouver une solution pour les petits.

– Moi aussi, j'ai un programme, Madeleine ! cria André. J'ai promis aux cousins de les emmener en bateau sur le Bassin. Les enfants n'ont qu'à s'occuper de leurs gosses.

– Tu nous emmerdes ! Tu sortiras le bateau plus tard. Appelle la gendarmerie. Il faut faire petit-déjeuner Charles et Julie, il faut les laver et les habiller… Ce n'est pas toi qui vas le faire, alors appelle les gendarmes.

Mais Leclerc ne se décidait pas. Il regardait le bac à sable et la cabane en bois installés au début du mois au fond du jardin, et les jouets abandonnés par les enfants, en triturant son téléphone sans se résoudre à composer le 17.

– Elle va arriver, attendons encore, lança-t-il à son épouse, ce qui mit cette dernière en colère pour de bon.

Elle attrapa le petit Charles par un bras et l'assit brutalement à la table de la terrasse, puis hurla à sa sœur de passer une culotte et de venir elle aussi s'asseoir. Les enfants se mirent à pleurer à gros sanglots.

Madeleine fila dans la cuisine préparer les bols de Banania et les tartines grillées. La journée était fichue. Elle n'aurait jamais envisagé de passer l'été sans ses petits-enfants, mais la perspective de s'en occuper gâchait tout. Et son mari qui ne bougeait pas, c'était à devenir folle !

Les parents de Charles et Julie firent une apparition timide dans l'entrebâillement de la porte. Le gendre risqua un salut déférent et souriant, comme s'il n'avait rien remarqué.

– Bonjour Madeleine. On va emmener les petits à la plage.

La belle-mère posa les bols fumants et les tartines sur un plateau. Charles et Julie ne cessaient pas de pleurer.

– Vous avez vu le temps qu'il fait ! gronda Madeleine. Vous allez vous promener à la plage sous cette pluie battante ?

Les parents des enfants se regardèrent, incrédules. Décidément, la journée démarrait mal. Il fallait trouver rapidement quelque chose pour filer d'ici et échapper au courroux de la grand-mère. Ils le savaient d'expérience : elle n'allait pas se calmer de sitôt. Tout le monde en pâtirait. Ils n'auraient plus une minute de tranquillité. Ils ne pourraient ni lire, ni regarder la télévision, ni faire la sieste. Les enfants devraient se taire, ils ne pourraient pas sortir leurs jouets. Il faudrait mettre la table, débarrasser, remplir le lave-vaisselle, ranger les couverts. Rien n'irait comme elle le souhaitait. Au fond, c'était une femme adorable, mais perpétuellement insatisfaite.

André Leclerc s'était assis devant le bac à sable et considérait son impuissance. Il se décortiquait maintenant un ongle avec les dents. Les autres allaient suivre. Sa famille ne s'en rendait pas encore compte, mais une agitation intérieure intense s'était emparée de lui. Pourtant, André ne bougeait pas. C'est à peine si ses lèvres laissaient filtrer le nom d'Ingrid qu'il répétait à n'en plus finir, à voix basse, étouffée, comme une litanie infernale.

03

Duncan avait garé sa DS près de chez Frédélian. Il était allé à pied à la Maison de la Presse et, de là, avait continué jusqu'au débarcadère. L'Escale ouvrait sa terrasse quand il arriva. Il avait trouvé une table à l'abri du vent et de la pluie, et s'était assis, commençant à éplucher les journaux. Depuis des années qu'il lisait la presse, il avait remarqué que chaque été se concentrait sur une nouvelle majeure. Cette année, c'était le Liban. Déjà deux semaines de guerre et des centaines de cadavres, des dizaines de milliers de blessés…

La pluie criblait de piqûres le Bassin dont l'eau était étrangement étale. Accrochés à leurs corps-morts, les bateaux de plaisance ne bougeaient pas. Les coques étaient des masses sombres immobiles sur la mer d'huile qui avait absorbé la couleur orageuse du ciel. Beau temps ou pas, Duncan se délectait du spectacle. Il s'en dégageait une sérénité qui l'aidait à réfléchir. Le conflit libanais le crucifiait, mais il aurait fallu qu'on le paie cher pour qu'il aille encore risquer sa vie dans ce genre de merdier.

Une camionnette s'arrêta à l'entrée du débarcadère, contre la terrasse du café-restaurant. Le chauffeur fit le tour et sortit des bourriches d'huîtres. Duncan s'amusa à les compter : une centaine. La ration de la journée pour cette petite guinguette. Le patron en ouvrit une dizaine et préleva un mollusque dans chacune qu'il avala en un tour de main. Il eut l'air satisfait. Le test était positif.

– Alors, elles sont bonnes ! s'exclama Duncan. On n'a pas de problème d'algues en ce moment…

Le patron se retourna et s'approcha de sa table.

– On touche du bois chaque jour, cher monsieur. C'est devenu une vraie plaie sur le Bassin ces dernières années. Vous verrez, nous vendrons un jour des huîtres de Corée ou de Thaïlande…

Il disparut cinq minutes dans la cuisine et revint avec six coquillages, ouverts sur une assiette, et un demi-citron qu'il posa devant Duncan.

– Je vous les offre. Elles sont franchement délicieuses.

04

La villa des Leclerc bruissait d'une agitation hors du commun. La matinée était maintenant largement entamée. Ingrid n'avait toujours pas téléphoné et André avait cessé de faire le pied de grue devant le portail, comme s'il savait déjà que la jeune fille ne viendrait plus. Un retard de plus de quatre heures, aucun coup de fil…

Il fourra son mobile dans la poche arrière de son jean et remonta vers la terrasse de la maison. Les deux enfants avaient pris leur petit-déjeuner, finalement en compagnie de leurs parents. Madeleine avait passé presque trois quarts d'heure dans la salle de bains. Elle en était ressortie calmée et souriante, une imposante choucroute sur la tête, annonçant à la cantonade qu'elle partait faire les courses au marché du Ferret et qu'il ne fallait pas compter sur elle pour s'occuper des deux monstres.

Charles et Julie s'étaient enfermés dans la cabane en bois du jardin, absorbés par la fabrication de diverses recettes empoisonnées à base d'aiguilles de pin, de fleurs d'acacia, de pétales de rose et d'un mélange humide de terre et de sable. Ils n'allaient pas bouger pendant au moins deux heures, attendant que leur mixture soit prête. Alors ils tenteraient par tous les moyens d'en faire goûter aux adultes en lançant des imprécations avec le ton aigre de la voix de la sorcière de *Blanche-Neige* : « *Goûtez mon beau yoghourt... Goûtez mon beau yoghourt, madame, monsieur...* » Ensuite les pots emplis de cette marmelade infecte resteraient éparpillés sur la terrasse et leur grand-mère se fâcherait lorsqu'elle les trouverait.

David, le père des enfants, s'était installé dans un hamac duquel il essayait d'apercevoir le fond du jardin. L'absence d'Ingrid avait fait naître au fond de lui une inquiétude sourde et diffuse qu'il percevait encore assez mal, mais qui le paralysait. Il y avait cette terrasse pleine de fleurs, véritable havre de paix, puis, en dessous, les premiers massifs de végétation autour desquels les chats se poursuivaient nuit et jour. Là encore, tout cela ressemblait à un paradis. Ensuite, les premiers grands pins dans lesquels la famille observait les écureuils faire des cabrioles. Alors, le jardin filait en pente douce au milieu des arbres qui devenaient plus serrés. La lumière n'arrivait plus que sous la forme de taches mouvantes qui ajoutaient au mystère du lieu. La cabane était construite dans ce fouillis de branches. Au-delà, c'étaient encore une trentaine de mètres de broussailles, puis la route. Il n'y avait qu'une mauvaise barrière qui séparait le fond du jardin du lotissement. Si on relâchait son attention, les enfants pouvaient se faire attraper et jeter dans une voiture en un clin d'œil... David se redressa et cria à Charles et Julie de remonter vers la terrasse. Et comme d'habitude dans ce genre de situation, ils firent la sourde oreille. Il leur répéta de ramasser leurs affaires et de revenir vers lui.

Une main se posa sur son épaule. Sa femme était debout derrière lui. Il ne l'avait pas entendue arriver.

– Il y a quelque chose qui te contrarie, lui dit-elle.

Il lui fit une place dans le hamac et lui chuchota à l'oreille le trouble qui l'envahissait.

– Je n'y peux rien, admit-il. Je n'y peux rien, je ne peux pas m'empêcher de ressasser toutes ces histoires d'enlèvements d'enfants, je me dis parfois qu'il faudrait les mettre sous cloche. C'est absurde, je sais, mais plus je les regarde, plus je les aime et plus j'ai peur.

Elle partit d'un grand éclat de rire.

– On est toujours sur leur dos, que veux-tu qu'il leur arrive ? Le problème aujourd'hui, c'est Ingrid. Elle a disparu et on devrait peut-être vraiment commencer à s'inquiéter. J'ai trouvé papa prostré dans sa chambre. Il n'a toujours pas appelé les gendarmes !

– Finalement, ton père sort cet après-midi en bateau ou pas ?

– Non, il n'est plus bon à rien. J'ai décommandé les cousins moi-même. Une fois de plus, c'est maman qui va prendre les choses en main.

CHAPITRE 2

10 août 2006

05

En pénétrant dans l'enceinte des Pastourelles, André Leclerc savait qu'il se mettait dans une position plus qu'inconfortable. Il prenait un risque immense. Depuis vingt-quatre heures, il avait retourné le problème dans tous les sens, il ne voyait pas d'autre solution que de venir au camping fouiller la tente d'Ingrid. Heureusement, cette pluie qui noyait le Cap-Ferret depuis la veille lui facilitait la démarche. La brume enveloppait les rares passants, les transformant en personnages décomposés de lavis de Malrieux. Engoncé dans son K-vay militaire, André était méconnaissable. La tente d'Ingrid était isolée au bord de l'eau, derrière un bouquet de pins. Il avait garé la Mercedes à cinq cents mètres de là. En arrivant par le bord du Bassin, il avait évité un maximum de rencontres. Les touristes étaient calfeutrés dans leurs mobile homes ou leurs abris de toile. La météo désespérante avait transformé le camping en champ de boue. Sans vraiment savoir ce qu'il venait chercher, André s'était donné une petite heure pour s'assurer que l'Allemande n'avait rien laissé de compromettant derrière elle. Quand il en aurait la certitude, il repartirait comme il était venu et, seulement, il pourrait souffler. Alors il laisserait faire la police et tenterait d'oublier toute cette histoire absurde. Une aigrette décolla sans prévenir d'un lit de fougères. Il sursauta. L'oiseau monta à la verticale contre le tronc d'un pin, puis vira et s'enfuit en direction d'Arcachon.

« *Putain de volatile.* » André reprit son cheminement vers l'emplacement de la tente d'Ingrid. Le temps pressait maintenant.

C'était un igloo en toile rouge brique, comme ceux qui fleurissaient depuis quelques mois à Paris pour abriter des SDF. Une petite tente Sarco de bonne qualité avec un zip en nylon qui ne se coinçait jamais. André s'agenouilla pour entrer, puis referma le volet de la porte derrière lui. S'il le souhaitait, il pouvait surveiller l'extérieur au travers de minuscules lucarnes en plastique disposées sur les quatre panneaux de la tente. Le contenu se résumait à un rouleau de mousse rangé dans un coin avec un duvet léger, et deux sacs fermés dont un devait servir de table de nuit. Un réveil était posé dessus avec une lampe torche et un livre de chevet : *À l'ombre des jeunes filles en fleurs*.

André rabattit enfin la capuche du K-Way sur ses épaules. Des gouttes de sueur perlaient à la racine de ses cheveux. C'était étrange de découvrir cette chaleur moite à l'intérieur de la tente alors qu'il faisait si frais au-dehors. Il s'épongea le front, puis regarda autour de lui s'il n'avait pas souillé le tapis de sol. Il ne devait rien laisser qui puisse permettre de remonter jusqu'à lui. Cette crainte le taraudait depuis la veille. Et il ne comprenait toujours pas comment il avait mis si longtemps pour se décider à venir faire le ménage. La peur, certainement. Il était partagé entre celle d'avoir laissé des indices et celle de revenir dans ce camping où il n'aurait jamais dû mettre les pieds. L'heure tournait, mais André était comme hors du temps. Il aurait été bien incapable à cet instant de dire s'il était dans la tente depuis une ou dix minutes. Il fouilla dans une de ses poches de pantalon, en ressortit une paire de gants de plastique, les enfila nerveusement, puis ouvrit le premier des deux sacs.

Des jeans, des maillots de bain, des tee-shirts, une robe imprimée à bretelles, des sandalettes, une paire de baskets… Il sortait les affaires d'Ingrid fébrilement en tâtant les poches lorsqu'il y en avait. Il poussait tout ce qu'il venait de regarder en boule derrière lui. Ce sac semblait contenir une boutique entière de vêtements. Mais aucun papier, aucune photo, aucun document ni porte-documents. André finit par retourner le sac sur ses coutures, mais il était vide maintenant. Alors, il remarqua une trousse de toilette, accrochée à un fil tendu en travers de la tente. Comment ne l'avait-il pas vue plus tôt ? Elle était devant lui, contre lui. Il opina de la tête : c'était sans doute la raison, trop près… Il y laissa la brosse à dents rose fluo et récupéra celle, bleu pâle, qu'elle lui avait achetée. Il inspecta alors le reste de la tente. C'était net et carré. *« Rangé à l'allemande »*, se dit André. Il ouvrit le second sac, qui contenait des livres et des photos, sans doute de sa famille. André se fit la réflexion qu'il ne les avait jamais vues auparavant. Il y avait une boîte de pilules, plusieurs préservatifs masculins et, au fond, caché dans un pull, un numéro de *Honcho*. Des hommes nus et musclés, photographiés dans des positions d'une incroyable obscénité. André feuilleta quelques pages et eut une moue de dégoût. « *Salope ! Pas si sainte-nitouche que ça, l'Allemande !* »

André était déçu. Il l'avait imaginée autrement. Bien sûr, elle n'avait pas fait trop de difficultés pour coucher avec lui, mais maintenant qu'elle ne reviendrait pas, découvrir qu'elle matait seule le soir dans son gourbi ces musclors l'indisposait carrément. Si au moins il avait pu profiter aussi de ses fantasmes. Non, il n'avait obtenu d'elle que la part émergée, les yeux baissés, le rouge aux joues, les airs de reproche à chacune de ses avances, les exclamations offusquées, les baisers qu'il fallait arracher un à un, les rendez-vous à des dizaines de kilomètres… Tout ce bordel et, pour finir, toujours ces putains de positions du missionnaire, quand elle consentait à ces extras ! Une sacrée emmerdeuse en fait. André se demanda alors où elle avait bien pu planquer tout le fric qu'elle lui avait soutiré. Cela faisait une grosse somme déjà, même au bout d'une petite semaine. Dans les 2 000 ou 2 500 euros. Et c'était sans compter ce qu'il avait dépensé en restaurants, salons de thé, boîtes de nuit...

André se retourna sur lui-même et s'apprêtait à repartir quand son regard accrocha le sac de couchage. Il n'avait pas regardé à l'intérieur. Il ne voulait pas repartir sans être sûr de ne rien avoir laissé derrière lui. Il défit la cordelette et le déroula sans conviction. Immédiatement, il aperçut la photo qui dépassait de l'ouverture. Quand il la retourna, ses mains se mirent à trembler.

Il apparaissait en short et en Lacoste, calé dans un fauteuil de rotin contre la poitrine d'Ingrid. La photo avait été prise à Bordeaux, à la terrasse d'un petit bar discret des quais. Ses lunettes noires n'empêchaient pas de le reconnaître, et puis il y avait sa montre si caractéristique, et aussi sa chemise mauve introuvable ailleurs que sur les stands de contrefaçon de Vintimille que tout le monde lui connaissait.

« *La conne ! mais la putain de conne... !* » André n'en revenait pas. Pourquoi cette fille avait-elle gardé cette photo et pourquoi la conservait-elle dans son lit ? Elle n'était pas amoureuse de lui, pourtant ! C'était seulement un jeu d'avoir demandé au garçon de café de leur tirer le portrait. Il avait toujours été convenu qu'Ingrid ne garderait pas la photo, et voilà qu'il la retrouvait chez elle. Il se demanda s'il y avait d'autres clichés. André revit Ingrid sortir son Canon autofocus de son sac dans la voiture au milieu des forêts de pins, sur la route qui les ramenait vers le Cap-Ferret. Il avait entendu le déclic au bruit mou, et Ingrid lui avait fait la remarque qu'il avait toujours l'air très sérieux au volant de sa voiture. André feuilleta rapidement les livres, avec un geste de batteur de cartes professionnel. Mais rien ne tomba des pages. La photo ne s'y trouvait pas.

Assis en tailleur, les coudes sur les genoux, il prit sa tête dans ses mains, les doigts plantés profondément dans les cheveux. Il sentait maintenant un froid glacial l'envahir. La première impression de chaleur de la tente avait disparu. Il était gelé. Il haletait plus qu'il ne respirait. Sa position était assez inconfortable. La pluie cinglait la toile de tente. On entendait le vent tournoyer dans les pins. Parfois, une voix émergeait de ce bruit de fond sourd et obsédant, et André tressaillait. Il écarquillait les yeux et retenait son souffle. Quand l'alerte était passée, il reprenait sa respiration saccadée et bruyante, et ses lamentations intérieures.

En bougeant, son pied rencontra une bosse sous le matelas. André l'écarta et découvrit le petit Canon Lexus 50 d'Ingrid.

André colla son visage aux lucarnes de la tente. Le camping paraissait désert. Il tira sur le zip de nylon et fila tête baissée vers la partie du terrain où la végétation était le plus dense.

06

L'adjudant de gendarmerie Pichart posa son bloc-notes sur la table en Formica qui prenait presque tout l'espace de son bureau. Il accrocha son képi à une antique patère, tomba la veste et dégrafa le holster qui enfermait son Mab 50 pour le mettre en sécurité dans le dernier tiroir du semainier métallique placé à droite de son fauteuil. Il était trempé. Il se passa la main sur les joues, sa barbe qui recommençait à pousser crissa et il fit la grimace. Il n'avait pas du tout apprécié le coup de fil de Madeleine Leclerc et sa visite chez elle.

– C'est une sale affaire qui nous arrive là, Yves.

Déjà penché sur son clavier d'ordinateur, son adjoint émit un grognement.

– Rien qu'aujourd'hui, on n'est pas couchés ! reprit l'adjudant. Tu m'entends, Yves ? Avec tous ces gens qu'il va falloir contacter, et puis les numéros de téléphone à trouver… Quel bordel !

L'adjudant attrapa l'annuaire posé sur le semainier et chercha le numéro du camping des Pastourelles, à Claouey.

– Celui-là, on l'appellera en dernier. On va déjà se faire une idée générale de la jeune fille. On verra ensuite avec la famille et l'agence de placement.

Il nota les coordonnées téléphoniques sur son bloc-notes et chercha sur Google à entrer en contact avec international-babysit.com, le site indiqué le matin par Madeleine Leclerc. L'ordinateur ramait. Et comme d'habitude, l'adjudant pesta contre l'équipement vétuste de la brigade, le chauffage en panne, l'absence d'air conditionné, des meubles qui dataient d'Al Capone, et cette ligne à haut débit qui n'offrait jamais plus de 30 Ko de connexion… Il fallut presque dix minutes pour entrer sur la page d'accueil du site de baby-sitting. Un record ! Pichart composa le numéro de téléphone affiché à l'écran. À l'autre bout de la ligne, quelqu'un décrocha avant même la fin de la première sonnerie.

– Allô, fit une voix pâteuse, sans qu'il fût possible de déterminer s'il s'agissait d'un homme ou d'une femme.

– Groupement de gendarmerie de Lège-Cap-Ferret. Adjudant Pichart à l'appareil. J'ai besoin de renseignements concernant une jeune fille allemande travaillant au Cap-Ferret chez la famille Leclerc : son adresse en Allemagne, son numéro de téléphone mobile si elle en possède un, celui de ses parents et, si vous avez cela, des contacts d'amis en France ou chez elle.

Après avoir d'abord opposé une résistance de principe, la personne au téléphone répondit qu'Ingrid Hartmann n'avait aucun ami ou contact déclaré en France à part les Leclerc. Quant à l'Allemagne, elle n'avait rien donné d'autre qu'un numéro de téléphone fixe sans qu'on sache si c'était chez elle ou non. Pas d'adresse personnelle, pas d'adresse bancaire, rien.

– Dites donc, reprit l'adjudant, c'est un peu léger chez vous. En fait, vous proposez n'importe qui. Vous n'avez rien pour vérifier qui sont ces nounous. C'est pas le sujet, je sais, mais laissez-moi vous dire que vous me mettez un peu mal à l'aise.

– C'est exceptionnel, reprit la voix. Il faut que vous compreniez que c'est lié à cette période de l'année. Nous avions trop de demandes de familles, nous n'avons pas pu traiter les dossiers des étudiantes comme d'habitude. Certaines n'ont donné aucune information. En temps normal, leurs candidatures auraient été rejetées. Pas cette fois-ci. Notez que je le regrette.

– Bon, je ne suis pas là pour ça, répéta l'adjudant. Mais essayez de nous rendre encore un service. Peut-être avez-vous d'autres filles inscrites chez vous à la même époque que Hartmann Ingrid, qui viendraient de la même ville. Si c'est le cas, entrez en contact avec elles et voyez si elles se connaissaient. Si c'est positif, vous me rappelez. Bonne journée à vous.

L'adjudant raccrocha et considéra son carnet de notes. Il n'avait pas grand-chose : le nom de la fille, son âge, sa taille, sa date de naissance, son adresse provisoire au camping municipal de Claouey, le numéro de la plaque minéralogique de son scooter, une carte American Express, une pièce d'identité ancienne avec une adresse à Cologne, un numéro de téléphone mobile qui restait muet depuis trois jours et un autre, fixe, en Allemagne. Et une présomption très forte de disparition involontaire de la personne. Après plusieurs tentatives infructueuses pour joindre quelqu'un en Allemagne, il demanda à son adjoint de lui préparer une tasse de café bien noir et de prendre contact avec le patron du camping.

– Qu'il nous dise s'il connaissait bien la fille, depuis quand il ne l'a pas vue et suggère-lui d'aller jeter un coup d'œil à l'emplacement qu'elle louait.

– Reçu, patron.

Le maréchal des logis-chef sortit un carnet plastifié du tiroir de sa table de travail, l'ouvrit et suivit de la pointe d'un crayon une liste de numéros. Il s'arrêta sur l'un d'eux et le composa aussitôt.

– Les Pastourelles. René à votre service.

– René, c'est Yves. Yves Mayeras, le gendarme...

– Oh ! Yves, je t'avais pas reconnu. Tu cherches un chauffard ?

Le maréchal des logis-chef se racla la gorge, rapprocha les lèvres du combiné et chuchota presque :

– C'est beaucoup plus grave, René. Connais-tu la dénommée Hartmann Ingrid, une Allemande, jeune fille au pair ? Elle est chez toi depuis quinze jours environ.

– Qu'est-ce qu'elle a fait, celle-là ?

– Rigole pas, René, elle a disparu. L'employeur vient de nous prévenir.

– Merde…

07

André Leclerc n'avait pas garé la Mercedes dans le jardin. Il l'avait laissée devant la propriété. Discrètement. En arrivant par la descente au point mort, moteur coupé.

André passa devant le garage fermé, emprunta le petit escalier extérieur en bois de pin, se retrouva sur la coursive nord, et posa la main sur la poignée de la porte de l'office. Il avait les doigts à quelques millimètres du métal comme s'il craignait de prendre une décharge électrique. Il jeta un regard furtif derrière lui, inspira autant qu'il put et poussa le battant. Il traversa la pièce machinalement sur la pointe des pieds avec l'impression désagréable d'avoir pénétré dans un caisson de résonance. Il se retrouva dans un couloir aboutissant à un escalier. Il monta trois par trois une volée de marches et fut bientôt dans sa chambre. André avait ouvert la porte en priant, les yeux fermés, de ne pas tomber sur Madeleine. Mais la pièce était vide, confinée dans une semi-obscurité provoquée par les doubles rideaux laissés entrouverts.

La première chose que fit André fut d'allumer le PC posé sur un bureau de noyer. Pendant que l'ordinateur tournait, il sortit d'une de ses poches le petit appareil numérique récupéré dans la tente d'Ingrid et le connecta à l'ordinateur. Maintenant, il allait savoir ce que contenait la carte mémoire. Il n'avait pas pris le temps de regarder les photos au camping. Et il ne savait de toute façon pas comment lire la carte sur la petite fenêtre dorsale.

L'application FotoStation mit moins d'une minute à s'ouvrir. Il y avait cinquante-quatre images sur la carte. André ne se souvenait absolument pas qu'Ingrid prenait autant de photos.

Et combien de leur aventure ? Cette aventure d'une semaine... André se souvenait de peu d'images. Mais il fallait coûte que coûte qu'il les détruise toutes.

La mémoire tampon du logiciel une fois chargée, toutes les vignettes étaient maintenant affichées. André les fit monter en plein écran en actionnant le diaporama.

Une photo montrait Ingrid en chemisier rose et paréo gris perle, immobile, appuyée sur les pierres jaune d'or d'un muret. Elle était d'un naturel à couper le souffle. C'était une escapade de quelques heures à Saint-Émilion. André avait tenu à montrer le village à Ingrid. Elle lui avait demandé quelques jours plus tôt à déguster « une bonne bouteille », il lui avait répondu qu'ils en boiraient très vite une extraordinaire de 1976 dans un endroit merveilleux. Le surlendemain, ils étaient en fin d'après-midi à Saint-Émilion.

Il y avait beaucoup d'autres photos sur lesquelles André n'apparaissait pas. On y voyait le marché du Ferret, la petite plage, et des terrasses de cafés avec des jeunes gens qu'André ne connaissait pas. Sur l'avant-dernière photo, c'était un couple hilare dans un lit. La fille tendait les mains en éventail devant l'objectif. André sut immédiatement qu'il s'agissait d'Ingrid. L'homme n'était pas identifiable. André vérifia le numéro de l'image. Elle s'inscrivait chronologiquement au milieu des autres. Donc la petite Allemande avait des liaisons multiples, et plus encore, elle partouzait. L'homme dans le lit, celui derrière l'appareil photo... André réprima un geste de colère.

La dernière image représentait Charles et Julie, photographiés de loin au téléobjectif. Ils avaient été pris à leur insu. Julie exécutait un pas de danse, les bras dressés au-dessus de sa tête, les mains refermées sur des castagnettes imaginaires.

André était dans un état d'agitation extrême. Ces images lui avaient donné le tournis. Ingrid avait littéralement semé les preuves. Comment savoir s'il n'y avait pas d'autres photos ailleurs. Il en avait bien retrouvé dans le sac de couchage, le matin, au camping… !

Il tenta de se persuader qu'il n'y avait aucune raison que la police retrouve d'autres affaires appartenant à l'Allemande que celles qu'il avait vues et laissées lui-même. Ces photos, par exemple, allaient disparaître. En trois clics de souris ou presque, elles n'auraient jamais existé. Ensuite, il n'aurait plus besoin de se cacher, pensait-il. Plus de photos, plus de trace de sa liaison avec Ingrid Hartmann. Qui pourrait retrouver les endroits où la jeune Allemande avait fait imprimer les trois ou quatre tirages papier qu'il avait trouvés ? C'était fini. La peur des trois derniers jours, les crampes épouvantables à l'estomac, c'était du passé. André allait maintenant se remettre en vacances, faire du bateau, reparler à sa famille et, surtout, oublier Ingrid.

Il se leva en étouffant un bâillement et fourra le petit boîtier numérique dans la poche de son pantalon. Il rejoignit le garage, s'assura qu'il était seul et rangea l'appareil photo au fond d'un tiroir où il conservait de vieux outils rouillés. Si le temps le permettait, il sortirait en bateau le lendemain. Le Canon finirait par cinq mètres de fond entre la plage de la Villa algérienne et le banc d'Arguin. « *Demain*, se dit-il. *Voilà, c'est ça : demain ! Je le fous à la baille demain.* »

08

Pichart et son adjoint Mayeras venaient de garer le break de la brigade à l'entrée du camping des Pastourelles. Le plus près possible de la porte d'entrée pour éviter les dernières gouttes de pluie apportées par les rafales de vent. Depuis une heure, la météo affichait une nette amélioration même s'il pleuvait encore.

L'adjudant jeta un coup d'œil circulaire sur l'horizon lugubre qu'offraient les pins enveloppés dans la brume et marmonna une phrase inaudible.

– Quoi ? fit Mayeras. Je n'ai rien entendu.

– Je dis qu'on va être positifs et faire comme si le temps se remettait vraiment au beau.

– Ça changera pas grand-chose à la disparition de la fille…

– Là, on n'en sait rien. La perception du camping ne serait pas la même sous le soleil, par exemple.

Le maréchal des logis-chef prit un air entendu.

– Sous le soleil… Qui sait ? Pour l'instant, c'est un peu sinistre.

– Et tu vois, c'est plutôt bon pour nous. Si l'on doit interroger d'éventuels témoins, je te colle mon billet qu'ils se sentiront beaucoup plus concernés par notre histoire avec cette pluie qui fout le cafard.

La guérite de la réception des Pastourelles disparaissait sous un mur de végétation. On entendait en fond sonore des bribes du dernier disque de Pascal Obispo. Le maréchal des logis-chef poussa la porte sans frapper. L'homme assis de dos devant la petite table se retourna d'un coup.

– C'est René Lechemin, dit Mayeras à son adjudant. Le gardien du camping.

– Pichart. Adjudant Pichart. Vous savez pourquoi nous sommes là, alors ne perdons pas de temps. Amenez-nous à la tente d'Hartmann Ingrid. On parlera là-bas. Dépêchez-vous.

Lechemin se leva en réprimant une grimace.

– Putain, ce dos… ! Allez, on y va.

Les deux gendarmes lui emboîtèrent le pas sur un sentier transformé en torrent. Chaque pas projetait des éclaboussures de boue sur les bas de pantalon. Le chemin serpentait entre des massifs de genêts, en filant en pente douce vers le Bassin qu'on devinait à travers le rideau de pins.

– Vous allez voir, tenta le gardien, c'est pas commun.

Les gendarmes restèrent silencieux. Lechemin quitta subitement le sentier pour s'avancer vers une sorte de clairière.

– C'est là, dit-il en tendant le doigt. Voilà la tente de la fille.

C'était une tente de petite taille, à peine plus grande qu'une catégorie sarcophage, de couleur rouge. Au téléphone, le gardien des Pastourelles avait prévenu les gendarmes que tout avait été retourné à l'intérieur, mais qu'on avait pris soin de refermer le zip du battant de la porte.

– Ça ressemble pas à la fille, ajouta Lechemin. Elle rangeait tout au carré, chez elle, vous voyez… Comme une Boche, quoi ! Elle était pas allemande pour rien celle-là, toujours nette, droite, rien qui dépassait…

Il considéra la tente depuis le seuil :

– Quel bordel !

L'adjudant, qui s'était glissé à l'intérieur en avançant sur les genoux, ressortit à reculons et leva les yeux vers Lechemin.

– Et comment vous savez que c'était bien rangé chez elle, vous ?

Lechemin fronça les sourcils.

– Je vous ai posé une question, insista l'adjudant.

– C'est parce que…

– Comment ?

Lechemin bégayait, il roulait des yeux furieux au-dessus de l'adjudant qui n'avait pas bougé d'un pouce, comme si la réponse devait tomber du ciel.

– C'est parce que deux ou trois fois elle m'a demandé de lui apporter des croissants. La boulangerie est sur mon chemin, je passe devant tous les matins à l'heure où elle ouvre, à six heures. C'est une brave gamine, j'avais pas de raisons de refuser. Voilà, alors je la connais, sa tente. Et je vous dis, même quand elle se levait, c'était toujours bien rangé.

Pichart se tourna vers son adjoint et lui demanda de filer récupérer dans le break un grand sac-poubelle de cent litres.

– On va tout mettre dedans et on examinera ce bordel à la brigade. La méthode n'est pas très orthodoxe, mais on ne va pas non plus laisser tout ça à la portée du premier venu. Allez, Mayeras, la main dessus !

Le maréchal des logis-chef démonta les arceaux, replia la toile et bourra l'ensemble dans le sac-poubelle. Cela faisait un énorme boudin que l'adjudant regarda un moment en silence, puis il se tourna vers Lechemin.

– Vous la connaissiez bien ?

– Ben, je peux pas dire. J'ai dû y causer une dizaine de fois depuis qu'elle est arrivée.

– Et elle était là depuis combien de temps exactement ?

– Je vais vous le dire au bureau, mais on peut compter autour de deux semaines déjà.

L'adjudant souleva son képi pour s'éponger le front avec sa manche. Il se rapprocha imperceptiblement de Lechemin.

– Et elle rentrait au camping vers quelle heure ?

– À dix-huit heures, elle était là

– Vous l'espionniez ?

La question fit sursauter l'adjoint. Quelle mouche avait piqué l'adjudant ? Mayeras n'osait plus regarder le gardien, mais il devinait l'embarras de l'homme. Lechemin était resté bouche bée.

– Vous l'espionniez ou pas ? reprit l'adjudant.

Lechemin avait cru au départ que cette histoire avec l'Allemande concernait un délit mineur ou quelque chose comme cela. Peut-être une fugue, au pire. Mais le ton que venait de prendre la conversation avec Pichart lui glaçait le sang.

– Je fais fonction de concierge, ici. Alors j'essaie de me tenir au courant de qui rentre et qui sort. Si ça c'est espionner, alors, oui, j'espionne…

L'adjudant tapa du pied par terre. Rapidement mais rageusement, dans un mouvement d'impatience.

– Alors dites-moi tout ce que vous savez sur elle. Ses fréquentations, par exemple, vous les connaissiez ?

– Quelques-unes…

– Comment cela, « quelques-unes » ? Elle voyait beaucoup de monde ?

Lechemin eut un geste évasif.

– Elle rencontrait différentes personnes. D'abord une bande de jeunes du Ferret avec lesquels elle est sortie plusieurs fois le soir. Je suppose en boîte.

– Boîte de nuit ?

– Ben oui, en boîte de nuit. Qu'est-ce que vous voudriez d'autre ? Et puis, à part les jeunes, il y a eu trois hommes qui sont passés plusieurs fois le soir dans sa tente. Y devaient pas enfiler des perles là-dedans.

– Et ces hommes, vous les connaissiez ?

Lechemin secoua la tête sans prononcer un mot.

– Mais est-ce que vous pourriez les reconnaître ?

Là, le gardien fit un signe affirmatif.

– Un gars genre maître nageur. Gros biceps et larges épaules. Une belle gueule aussi. La quarantaine bien tassée, blond. Celui-là, je l'ai jamais revu, mais si ça se produit, je saurai instantanément que c'est lui. Et puis y'a eu un type qui avait l'air plein aux as. La quarantaine aussi. Pas le physique, celui-là, mais une bagnole sensationnelle…

L'adjudant l'interrompit :

– Quoi, la voiture ? Quelle marque ?

– Attendez, j'y viens. Une Porsche Cayman. Une belle bête, quoi ! Il la rentrait à l'intérieur du camping pour qu'on la remarque bien. On peut dire qu'il se cachait pas, celui-là. La Boche était assez fière de monter dans la bagnole.

– Pourquoi dites-vous cela ?

Lechemin souleva les sourcils.

– Bien sûr qu'elle était fière de monter son cul dans une Porsche Cayman, cette petite Boche…

– Je ne vous demande pas cela, s'emporta l'adjudant. Je veux savoir pourquoi il vous a semblé important de préciser que le propriétaire de la Porsche ne se cachait pas. Vous avez dit : « il ne se cachait pas, celui-là ».

– J'ai dit ça parce que le troisième larron, il a jamais montré le bout de son nez. Je pourrais même pas vous dire son âge. On l'a toujours aperçu avec un chapeau et des lunettes noires… quand il s'approchait du camping. Parce que, en général, il attendait la fille près de la place du marché. Toujours avec l'air de se planquer.

– Mais celui-là, est-il allé dans la tente de Mlle Hartmann ?

– Une fois ou deux…, à la nuit, il y a passé un peu de temps.

– Si vous avez remarqué cela, vous pouvez bien nous fournir quelques informations supplémentaires sur le bonhomme… C'est vous qui nous avez dit que vous étiez concierge ici, et que vous espionniez les gens… Oui ou non ?

Lechemin eut un geste autant d'impuissance que d'agacement. L'adjudant s'empourprait doucement. Son adjoint qui le surveillait du coin de l'œil s'était mis à danser d'un pied sur l'autre.

– Vous allez venir à la brigade et on reprendra tout de zéro.

Mayeras voulut tenter une médiation, mais s'arrêta net devant la mine de son patron. L'adjudant était en colère et l'adjoint ne connaissait que trop bien ses emportements. Il fallait attendre. Laisser le calme se réinstaller dans le système nerveux du bonhomme. Il donna une bourrade amicale au gardien du camping et ne lui laissa pas le temps de protester :

– Allez, Lechemin, viens te faire interviewer à la brigade. On t'offrira un pastaga ensuite si tu as été bon.

Les deux gendarmes attendirent que le gardien ait sorti son véhicule avant de démarrer le break. Il le fit rageusement en laissant crisser les pneus sur les gravillons de l'entrée.

– Tu l'as fâché, regretta Mayeras en s'adressant à l'adjudant Pichart, sans quitter des yeux le véhicule de Lechemin. Quel besoin de l'emmerder à le faire venir à la brigade ! Il est clair, le gars…

09

André Leclerc s'étira, satisfait de la tournure des événements. Ingrid serait bientôt de l'histoire ancienne. Il n'y penserait même plus. Ce qu'il lui avait fait sombrerait dans les tréfonds de sa mémoire. Elle deviendrait un rêve oublié, comme un accroc à la quiétude de la nuit. Un jour, même les traits de son visage s'évanouiraient. Elle serait un fantôme dont il sentirait à peine le souffle sur ses épaules, les nuits d'insomnie. Puis un courant d'air, puis le néant.

– Le néant, se dit à haute voix André, c'est cela, le néant...

Il s'allongea et contempla la télévision sans l'allumer. Depuis le rez-de-chaussée de la maison, des cris d'enfants percèrent les cloisons. André se retourna sur le flanc, ramena à lui un oreiller pour l'écraser sur sa tête. Les cris de Charles et Julie semblaient maintenant provenir de l'intérieur du lit. André colla les paumes des mains sur ses oreilles. Derrière ses paupières, le visage d'Ingrid lui souriait.

Madeleine était rentrée du marché plutôt de bonne humeur. Elle s'était arrêtée chez Frédélian commander un gâteau pour le déjeuner du lendemain et avait fait la connaissance d'Allyson, une Anglaise de passage pour quinze jours. Elle faisait la queue dans la file d'attente, absorbée par les colonnes de chiffres qu'alignait la caissière sur des bouts de papier, quand elle avait entendu la jeune fille demander s'il lui serait possible de laisser une annonce pour garder des enfants le matin. Madeleine n'avait pas laissé le temps à la pâtissière de répondre. Elle avait attrapé l'Anglaise par le bras en lui proposant de lui payer ses gâteaux avant de sortir bavarder un peu. Allyson avait accepté immédiatement. Un quart d'heure plus tard, Madeleine lui confirmait son engagement pour les deux semaines à venir et lui demandait de passer chez elle dans l'après-midi pour lui présenter la famille. La jeune fille lui décocha un large sourire et lui dit avec le même accent que Jane Birkin :

– Vous sauvez *mon* vie. En tout cas, mes vacances...

Madeleine, qui venait de poser dans le garage ses paniers à provisions, s'étonna de n'avoir encore croisé personne. Pas même les deux chats, en général occupés du matin au soir à se pourchasser pour se coller des volées mémorables. Elle rangea aussitôt la réserve de Coca-Cola *light* dans le frigo et ressortit par la porte intérieure. Celle-ci donnait dans un vestibule qui desservait les chambres des enfants et l'escalier menant au salon. Là non plus, personne. Madeleine risqua un hargneux « *Il y a quelqu'un ?* », puis s'énerva du son haut perché de sa propre voix. Elle enchaîna aussitôt sur un ton plus péremptoire :

– Marie-Ange. André. Oh, mais vous allez me rendre folle. Il n'y a donc personne dans cette baraque...

André, qui venait enfin d'entendre sa femme hurler, soupira avant de se retourner sur le lit. Cette fois-ci, il n'avait plus du tout envie de se lever. La perspective d'entendre reparler d'Ingrid Hartmann, d'une nouvelle baby-sitter peut-être, des décisions calamiteuses qu'avait immanquablement prises Madeleine, tout cela le rebutait. Il aurait voulu être sur son hors-bord, ou dans le train Arcachon-Paris. Ou au fond de l'Atlantique Nord, allongé, les bras en croix, à regarder les lumières des derniers feux d'artifice tirés au-dessus du *Titanic* en train de sombrer. S'enfoncer dans l'Océan glacé et sombre. Il repositionna l'oreiller sur ses mains appliquées contre ses oreilles.

– André. Ah ! tu te fous du monde. Tu es là en train de dormir à l'heure du déjeuner. La table n'est même pas mise. Tu n'as pas ouvert de bouteille pour l'apéro...

André tourna la tête avec l'air d'émerger d'une apnée prolongée. Il reprit sa respiration, s'assit au bord du lit, mit un pied après l'autre dans ses espadrilles et consentit enfin à répondre d'une phrase :

– Je voudrais être ailleurs.

Il avait le regard tourné vers la fenêtre. Dehors, le temps se dégageait lentement. Le vent dans les feuillages projetait encore des gouttes de pluie sur les carreaux.

– Qu'est-ce que cela veut dire « *je voudrais être ailleurs* » ? Tu nous emmerdes, tu sais. Tu ne fais jamais rien comme tout le monde. Tu vis à ton rythme sans te préoccuper des autres.

À ce moment, André redressa son mètre quatre-vingt-dix et passa, sans lui décocher un regard, devant sa femme en traînant des pieds.

– Et bien sûr, tu te fous de ce que je te dis. Mais il va falloir que tu m'écoutes, André. Les gendarmes sont venus pour Ingrid. Ils veulent que tu ailles les voir.

Ce fut comme un coup de poing dans le dos. André sentit ses pieds s'enfoncer dans le sol et l'air lui manquer. Il ouvrit la bouche et se fit la réflexion qu'il devait respirer lentement et doucement, sans bruit, pour ne rien dévoiler de son trouble à Madeleine. Les gendarmes ! Devait-il poser des questions à sa femme ou prétendre s'en ficher ? Il ne savait pas. Comment avait-elle pu les appeler alors que, ce matin encore, il lui disait qu'elle ne devait pas mêler la police à cette histoire ? Mais sa femme était une conne, il en était persuadé depuis des années. Depuis leur mariage d'ailleurs. Cela faisait trente-huit ans qu'elle l'emmerdait. Ça ne s'arrangeait pas avec le temps. Mais voilà, il l'avait laissée lui faire cinq filles. Avec elle, cela faisait six femelles à la maison qui passaient leur temps à lui gâcher l'existence. Et puis, il y avait ces odeurs qu'il ne supportait plus. Les savons, les crèmes, les eaux de toilette et les parfums de Madeleine. Plus les années passaient, plus elle en usait. Comme pour masquer les remugles de l'âge. Tout cela faisait un cocktail écœurant. Et André devinait dessous le goût de vieille viande de son épouse. Le goût de la vieillesse. L'avant-goût de la mort. Ingrid sentait le sable chaud, parfois le lilas, parfois les blés fauchés. Il ne s'en lassait jamais. Son parfum le poursuivait nuit et jour. Il n'y avait pas un recoin de son corps qui fût désagréable.

– Mon pauvre ami, tu es hagard, lui fit remarquer Madeleine. Tu as entendu ce que je viens de te dire ?

André hocha la tête et rejoignit la terrasse. Les grandes lames d'iroko brillaient dans la lumière laiteuse. Madeleine était derrière lui. Elle ne le lâchait pas d'une semelle.

– Les gendarmes du Cap-Ferret sont venus ce matin vers onze heures. Ils ont insisté pour te rencontrer. Le chef a dit qu'il ouvrait officiellement une enquête. Et moi, ensuite, je n'ai pas perdu de temps. J'ai trouvé une remplaçante à Ingrid. Une Anglaise, Allyson. Si ça t'intéresse...

10

Gérard Van De Hoordt en rêvait depuis des semaines : s'asseoir à la terrasse d'un bar du quartier chaud de Bangkok, regarder la nuit tomber et les filles déambuler pour trouver leurs premiers clients de la soirée. Les derniers temps à Bruxelles n'avaient pas été une sinécure. Il lui avait fallu se terrer dans la piaule infecte du quartier de la gare, attendre que la police relâche la pression, récupérer une partie de l'argent des braquages, trouver le moyen de le faire sortir du pays et obtenir son faux passeport pour prendre la tangente.

Maintenant, il disposait d'un mois pour trouver l'armement pour sa bande du Brabant. Il savait qu'il ne pourrait pas rentrer les mains vides, mais ne s'inquiétait pas outre mesure. Confortablement installé devant le Kings Corner sur Patpong Road, il posa devant lui son paquet de cigarettes et attrapa la serveuse par la taille lorsqu'elle passa à proximité.

– *Give me a beer, darling. Large. Hurry up.*

Il la poussa sans même lui jeter un regard. La fille s'éloigna en traînant la savate. De Hoordt se cala sur le nez ses lunettes à verres réfléchissants et entreprit de détailler chacune des putes qui traversaient son champ de vision. Il n'était pas pressé, mais il savait qu'il ne passerait pas cette première nuit en Thaïlande seul dans son hôtel. Ensuite, seulement, il s'occuperait de sa mission. On le lui avait affirmé à Bruxelles : « *Y'aura pas de problème pour mettre la main sur les fournisseurs. Quand ils ne sont pas en opérations en Birmanie avec les rebelles du coin, ils passent leur temps au Lucky, un petit bar pépère à l'angle de Patpong Road et de Surawong. Ils sont quatre, toujours ensemble, Pierre Hulé,*

François Rebours, Cyrille Vieiljeux et Amaury Hauteville de Mortagne. Tous français. Au besoin, le patron entrera en contact avec eux. Tu viendras de la part de Jimmy le Belge, c'est comme si c'était fait. C'est le sésame. Il a géré pendant des années l'arrivée des volontaires étrangers dans les guérillas locales. Le mec est mort aujourd'hui, personne n'ira vérifier. Tu diras que tu as bossé avec lui autrefois au Katanga. »

Avec l'argent que De Hoordt apportait, les négociations seraient rapides et faciles. Après tout, qu'est-ce que représentaient pour une guérilla une vingtaine de fusils d'assaut, autant de lance-roquettes, deux ou trois mitrailleuses et quelques caisses de munitions ? Rien. Les Français empocheraient le pognon, livreraient les armes, et il ne lui resterait plus qu'à organiser, avec le contact de son ambassade, le rapatriement de la cargaison. Un jeu d'enfant ! C'était bien que son équipe n'ait pas pu s'approvisionner auprès de la filière croate, comme elle le faisait depuis une dizaine d'années. Il ne serait jamais venu ici. Il aurait continué à faire la navette entre le Brabant et les banlieues merdiques de Paris pour aller discuter avec ces sales petits cons qui avaient la main sur le trafic d'armes. Il n'avait jamais pu blairer ces mecs avec leurs casquettes de travers, leurs survêtements, leurs grosses chaînes en or et leur démarche de pintade. Il détestait leur couleur, leur odeur. C'était la même merde qui était venue coloniser Bruxelles, il se répétait souvent qu'il faudrait un jour faire un gros carton au milieu de ces frangins. Des putains de macaques qui refilaient une fois sur deux des flingues pourris, qui renseignaient les flics, qui se permettaient de donner des conseils et de faire la morale !

De Hoordt déboutonna un peu plus sa chemise et se lissa les poils de la poitrine. Il écarta les deux bras et fit jouer ses muscles construits depuis des années à coups de fonte et d'anabolisants, puis il regarda autour de lui pour en mesurer l'effet sur les filles qui défilaient à la queue leu leu sur le trottoir. Aucune ne semblait vraiment impressionnée. Elles avançaient vers les bars, dont les néons commençaient à s'allumer, sans prêter attention à l'agitation de la rue. De Hoordt ramassa son paquet de Marlboro sur la table et alluma nerveusement une cigarette. « *Les connes, si elles savaient qui je suis* », pensa-t-il.

La serveuse lui apporta la bière et attendit qu'il la lui paie. Elle attrapa le billet d'un air las et le fourra dans son soutien-gorge, avant de tourner les talons sans un regard pour De Hoordt. D'un geste rapide et précis, il l'arrêta et la fit se retourner vers lui.

– *You, boom-boom with me, hotel ? OK ?*

Alors la fille sembla enfin découvrir sa présence. Elle le dévisagea et fit glisser son regard sur les muscles de son torse qui tendaient à faire craquer le tissu de sa chemise. Elle pencha la tête vers ses énormes cuisses et finit par poser une main dans celle que De Hoordt avait laissée sur la table. On aurait dit une minuscule main d'enfant dans celle d'un colosse.

– *You very strong,* lui dit-elle.

De Hoordt ouvrit mécaniquement ses lèvres sur un sourire glacial.

– *Sex very strong also ?* demanda la serveuse sans se départir de son air absent.

– *Very, very strong*, lui confirma De Hoordt.

– *What you like ?*

– *I like special.*

– *Special, expensive.*

– *Money, no problem.*

La serveuse haussa les épaules et dit à De Hoordt qu'il l'attende à vingt-trois heures sur le trottoir opposé à l'entrée du bar. De Hoordt acquiesça et la regarda disparaître dans l'établissement. Il ne quitta pas ses jambes des yeux et se dit à lui-même que pour du spécial, elle serait servie. Elle aurait du spécial.

11

Charles et Julie, quand ils étaient seuls au fond du jardin, adoraient se raconter des histoires à faire peur. Julie disait que les arbres pouvaient lâcher des pommes de pin grosses comme des boules de pétanque qui écraseraient Charles s'il les recevait sur la tête. Charles inventait toujours les mêmes histoires de monstres qu'il apercevait de temps à autre dans les feuillages et qui se nourrissaient exclusivement de petites filles. Comme Julie. Cela faisait rire sa sœur.

– Et tu crois que je vais gober ça ? s'exclamait-elle.

– C'est vrai, ce sont des monstres qui ont la forme des arbres, tu ne peux pas les voir parce que les filles ne les voient jamais. Moi, je suis un garçon, alors je les vois. Hier, il y en avait un et il s'est léché les babines en te regardant.

Julie haussa les épaules.

– Même pas peur… !

Charles fronça les sourcils. Il se tourna vers les massifs de fleurs plus denses qui clôturaient le jardin avant le chemin du lotissement.

– Hier, il y avait bien un monstre au bord de la route, derrière les arbres. Il nous a regardés un long moment.

– Comment l'as-tu aperçu, s'il était déguisé en arbre ?

– Celui-là avait repris une forme de monsieur. Mais il était immense avec un air très méchant. Il était très agile. On aurait dit une bête. Il nous a regardés un long moment et nous a même filmés.

Julie pouffa.

– Alors, comme ça, c'est un monstre qui a une caméra…

– Oui. Une caméra. Il en avait une et il nous a filmés. Il était accroupi, caché derrière les feuilles des arbres, mais je l'ai très bien vu. Et quand papa est venu nous chercher, il s'est sauvé. Il s'est relevé, il s'est mis à courir et il a disparu tout de suite. Comme un animal. Il allait très vite.

Julie allait répondre lorsque leur grand-mère déboucha près de leur cabane.

– Avez-vous vu revenir votre grand-père, les enfants ? demanda Madeleine.

– Non, mamy, répondit aussitôt Julie. Il n'est pas encore rentré. Charles me disait qu'il a vu un monstre, hier, derrière les arbres près du chemin. Il a dit qu'il nous a filmés avec une caméra et qu'il s'est sauvé quand papa est arrivé.

Madeleine leva les yeux au ciel.

– Il n'y a pas de monstres au Cap-Ferret. Encore moins avec des caméras. Charles raconte n'importe quoi. Vous allez ramasser vos affaires et remonter vers la maison. Si votre père vous sait seuls près de la route, il va encore nous faire une crise. Allez, les affaires tout de suite et on rentre.

12

Les oyats cinglaient les jambes de Duncan. L'odeur âcre des lichens et des mousses de la dune grise lui rappelait Binh Tuy. Cette lumière dorée, aussi, qu'on ne trouvait que le soir après la pluie. Duncan se souvenait maintenant très bien vers quoi il avançait à Binh Tuy. Il aurait pu lister une par une toutes les horreurs de cette fin d'après-midi avec la 3e compagnie de fusiliers marins sud-vietnamiens. Les prisonniers dont on entendait les hurlements en fin de colonne, les civils retournés cul par-dessus tête au bord de la piste, là où la mort les avait surpris, et les corps des maquisards fauchés par les mortiers et transformés en statues de sable sur la plage.

Il regardait en contrebas de la dune les cinq corps nus allongés face à l'Océan, recroquevillés, peut-être pour se protéger du vent qui venait de se lever.

Duncan se secoua violemment la tête, passa la main dans ses cheveux et inspira une grande gorgée d'air iodé. Il se déhancha une fraction de seconde pour faire passer dans ses mains le Nikon qu'il portait en bandoulière dans le dos. L'épaisseur et le poids de l'objectif de six cents millimètres le rassuraient. Il allait bientôt élever son appareil à hauteur de l'œil avec le geste d'un tireur à l'arc. À une centaine de mètres en contrebas, sa cible reposait sur la plage à même le sable dans une position étrange, jambes et bras en croix. La fille semblait avoir une vingtaine d'années. Celle-là était blonde, pas très grande, avec une allure sportive. Un peu plus loin, c'était une rousse à la peau très blanche. Une grande fille un peu maigre, lovée autour de son baladeur dans une position fœtale. Le maigre soleil n'avait pas fait revenir les vacanciers. La mer n'était pas calmée. Le grondement des vagues devait s'entendre bien au-delà des pins.

Duncan dévala la pente jusqu'à la plage en enfonçant jusqu'à mi-mollets dans le sable blanc qui crissait à chacun de ses pas. Il en avait mal aux dents. Les corps dénudés prenaient, maintenant qu'il se rapprochait, une consistance différente. Ils devenaient plus lourds, moins gracieux et, sans doute aussi, plus dérangeants, plus agressifs…

Il fut bientôt au bas de la dune et commença sa progression sur la plage. Il voulait se rapprocher des nudistes au maximum sans risquer de les importuner. Pas facile. Il cherchait autre chose que les compositions délirantes de Spencer Tunick. Duncan voulait avant tout de la lumière, de la matière et, comme en suspension entre la mer, le ciel et le sable, l'ombre d'un corps nu. Voilà : l'ombre d'un corps nu. Pas davantage si c'était possible.

Le temps qu'il descende de la dune, quelques-unes des filles s'étaient levées pour quitter la plage. Elles n'étaient déjà plus là. Il ne les avait même pas croisées. Le vent soufflait de manière continue. La mer faisait un boucan ininterrompu. Duncan se dit qu'il n'y aurait plus personne devant l'Océan d'ici quinze à vingt minutes. C'était idiot : il n'allait pas finir ses photos aujourd'hui. Pourtant, la lumière était superbe. À perte de vue la plage était vide. Les derniers nudistes devaient être collés au sol, cachés dans des trous de fortune pour se protéger des rafales. Duncan décida de marcher un peu en direction de la Pointe.

13

Un peu après dix-huit heures, la sonnette du portail retentit. Charles et Julie se levèrent d'un bond de leurs fauteuils d'enfants pour être les premiers dans le jardin. La grand-mère se tourna vers son gendre :

– Vous pourriez les tenir un peu, David. Je ne peux pas tout faire, ici, merde.

Un nouveau coup de sonnette fit tinter la cloche accrochée au fronton de la maison. Un instant plus tard, Charles et Julie ouvraient le portail. Devant eux attendait une belle fille, le visage barré d'un immense sourire. Des jambes interminables sortaient d'une petite jupe-culotte en peau. Elle portait des espadrilles blanches aux pieds et avait les deux mains croisées sur le ventre.

Du haut de la terrasse, David regardait cette jolie blonde à la fraîcheur d'adolescente, complètement subjugué par sa beauté, ses jambes et ses larges épaules de nageuse.

Comme à l'habitude lorsqu'il fallait prendre des décisions, les parents des enfants s'étaient mis en retrait. Marie-Ange attendait, les sourcils froncés, ce qu'allait dire sa mère. David, assis dans le dos de Madeleine, avait gardé ouvert sur les genoux l'un de ses livres de philo et y jetait de temps à autre un coup d'œil à la dérobée.

– Je ne vous vois peut-être pas, mais je vous sens, lâcha Madeleine. Vous pourriez faire semblant de vous intéresser. Ce sont vos enfants, après tout.

Le gendre ne répondit pas et ferma le livre en conservant à l'intérieur un doigt en guise de marque-page. Cinq minutes plus tard, il rouvrait le livre et se replongeait dans Spinoza. Madeleine brossait un tableau idyllique des deux petits. Il fallait mettre Allyson en confiance, lui donner l'envie de rester. Il n'était pas question que cette fille ne prenne pas le poste. Ce n'étaient pas les parents qui allaient s'occuper de Charles et de Julie. Deux égoïstes qui menaient une existence de post-ados sur lesquels on ne pouvait pas compter. Madeleine avait besoin d'être secondée. Ces deux derniers jours sans Ingrid avaient été un calvaire. Si Allyson ne restait pas, elle était décidée à fermer boutique. Tout le monde rentrerait à Paris. André, les enfants et leurs parents. Elle mettrait tout le monde à la porte.

– Ce que Charles adore, dit Madeleine, c'est dessiner. Quand il n'est pas occupé à fabriquer ses potions magiques avec sa sœur, il dessine. C'est un amour. On lui trouve vraiment beaucoup de talent. Vous verrez aussi.

– Et quoi aimes-tu dessiner ? demanda Allyson en se tournant vers Charles.

Charles rentra la tête dans les épaules, les lèvres pincées.

– Ne fais pas ton timide, lui dit sa grand-mère. Allez, dis-le. Tu en meurs d'envie.

– Alors ? interrogea de nouveau Allyson en passant la main dans ses cheveux blonds coupés au bol.

– Je dessine des méchants. Et des méchantes. Des sorcières, surtout… Attends, je vais te montrer.

Charles posa sur les genoux de la jeune fille une pile de feuilles A4 constellées de petits personnages. Il y avait des femmes bossues avec des chaudrons, des hommes en cape noire avec des sabres et de grands yeux sombres. Parfois des cheveux verts et de grands pieds prolongés par des griffes. Toute une armée de sorciers et de sorcières inquiétants, mais qui ne manquaient pas d'imagination. Allyson reconnut que les couleurs étaient belles et originales. Puis elle pointa un curieux individu qui dénotait par rapport aux autres.

– Et celui-là, il est bizarre. C'est un sorcier aussi ? Un moderne sorcier, n'est-il pas ?

– Celui-là, c'est le monstre du fond du jardin. Tu sais, il a une caméra pour nous filmer.

Julie leva les yeux au ciel.

– Charles raconte n'importe quoi. Mamy l'a déjà dit, mais il n'écoute pas.

La grand-mère pouffa.

– Ce petit a une imagination débordante. Il ne faut pas trop y faire attention. Tu vas arrêter de répéter cette histoire, Charles, sinon je te confisque ton papier et tes crayons.

Charles éclata en sanglots. Le regard d'Allyson allait d'un adulte à l'autre. Sans doute attendait-elle un geste ou un mot des parents, mais rien ne se passa. Ils restaient muets, se contentant de froncer les sourcils en direction des enfants qui ne leur prêtaient même pas attention. Une fois encore, ce fut Madeleine qui débloqua la situation en éclatant de son rire aigu.

– Vous verrez, ça se passera bien. Je suis heureuse que vous nous rejoigniez.

Allyson hocha la tête.

– Bien sûr, cela va aller. Ils sont très mignons.

Elle se leva. Madeleine lui attrapa la main.

– Alors, je vous dis à demain, à huit heures trente. Vous resterez jusqu'à vingt et une heures. Soixante-dix euros par jour, petit-déjeuner, déjeuner et dîner compris...

14

Duncan souriait tout seul maintenant. Le monde changeait à une vitesse vertigineuse. En foulant les dernières touffes d'armoise avant de pénétrer sur la bande de sable vierge, il repensait à la tradition du bain de mer qui avait assis la réputation du Bassin. Il était loin le temps où les médecins locaux prescrivaient des ampoules de Quinton aux curistes. Loin, le bon docteur Rocca. Lointaine, l'époque où la mairie d'Arcachon obligeait les hommes à se vêtir d'un pantalon long et les femmes d'un peignoir de la tête aux talons... Un siècle et demi. Aujourd'hui, le sable chaud qui servait naguère à envelopper les malades accueillait les corps dénudés d'hommes et de femmes sans que personne n'en paraisse plus choqué.

Il restait une seule nudiste allongée face à l'Océan. Une fille brune, mince, une paire de lunettes de soleil sur le nez et le journal *Le Monde* posé à côté avec une bouteille d'eau par-dessus pour empêcher les feuilles de s'envoler. Apparemment rien d'autre.

Elle arborait un bronzage intégral. Duncan s'approcha et s'assit à distance respectueuse, posant en évidence son appareil photo entre ses genoux.

– Je me mêle certainement de ce qui ne me regarde pas, mais vous êtes la première vraie nudiste que je croise sur cette plage. Venir seulement vêtue du *Monde* et d'une paire de lunettes de soleil, c'est fort...

La fille brune tourna lentement la tête vers lui. Les verres de ses lunettes reflétaient l'escamulade soulevée par les bâtardes roulant sur la mer à la sortie de la passe.

– Je suis certaine que vous mourez d'envie de m'inviter là où vous avez caché mes vêtements.

Duncan secoua la tête négativement.

– Ah, mais je n'ai rien caché.

– Et vous allez me proposer une séance de photos porno...

– Vous n'y êtes pas du tout. Ce n'est pas ma tasse de thé. Trouver une manière astucieuse et originale de capter votre sensualité, d'accord. Rien d'autre.

– Vous êtes gonflé, dit la fille brune.

– Je sais ce que ma quête sur cette plage a de dérangeant. Et je n'ai même pas d'exemples de photos que je fais à vous montrer. Mais...

Il s'arrêta un instant, eut l'air de réfléchir, et reprit aussitôt avec une pointe d'anxiété dans la voix :

– Mais on peut aller boire un verre. Je vous raconte ce que je fais et, si vous le souhaitez, on convient de faire ces photos plus tard, une autre fois où vous irez à la plage sans vos vêtements.

– C'est bien ce que je dis : vous avez un certain culot.

Duncan prit un air interrogateur.

– Allez, rendez-moi mes affaires, insista la fille. On ira boire ce verre habillés. Mais pour les photos, il ne faut pas trop y compter.

Duncan regarda autour de lui. La plage s'était définitivement vidée. Une lumière sépulcrale perçait maintenant à travers les nuages massés sur la ligne d'horizon. La mer grossissait. Le vent s'était levé. Du sable commençait à filer le long du sol en rase-mottes, cinglant les mains et le visage. Il rit et dit :

– Vous allez avoir froid. Il faudrait vous rhabiller.

La nudiste se redressa, découvrant deux seins ronds, parfaits, accrochés haut sur son buste. Elle croisa les mains sur la naissance de ses cuisses et pencha la tête pour le regarder en biais.

– Ne devenez pas lourd. Mes vêtements, s'il vous plaît.

Alors, à cet instant précis, Duncan frémit. Avec une impression désagréable au fond de la poitrine. Il se releva et regarda encore une fois autour de lui. La mer, la plage, la dune. Rien d'autre. Les nuages s'accumulaient dans le ciel. On entendait maintenant souffler la brise. Il frotta le sable collé sur son jean.

– C'est vous qui me faites marcher, marmonna-t-il entre ses dents.

La fille frissonna. En un clin d'œil, elle fut debout, son journal à bout de bras, collé sur son sexe.

– Vous n'avez pas pris mes affaires ? demanda-t-elle, incrédule.

– Je n'aime pas ça, lui répondit Duncan.

Il la saisit par le bras, lui fit faire demi-tour et la poussa vers la dune.

– Allez, on n'a plus rien à faire ici. Il faut partir.

La fille tenta de se dégager en protestant, mais il la maintenait fermement. Il marchait aussi vite que lui permettait le sable en la poussant devant lui. Au pied de la dune, il s'arrêta pour ôter sa chemise.

– Enfilez ça.

Ce n'était pas une proposition. C'était un ordre.

– Mettez cette chemise, c'est tout ce que je peux vous donner. Et dépêchez-vous. Je n'aime pas du tout ce qui se passe.

Puis il se ravisa. Il se débarrassa de ses claquettes et commença à retirer son jean.

– Oh, non, gémit la fille.

– Qu'est-ce que vous croyez ? Vous allez mettre ma chemise et mon caleçon. Retournez-vous s'il vous plaît, le temps que je l'enlève et que je remette mon pantalon.

Alors, la fille éclata de rire.

– Vous êtes fort. Vous avez presque réussi à me filer la trouille. Bon, sans rancune…

– Vous vous trompez complètement, lui rétorqua Duncan d'une voix glaciale. Je ne plaisante pas. Il se passe quelque chose que je ne comprends pas et qui ne m'inspire pas du tout confiance, et je n'ai pas envie de vous raccompagner au Ferret à poil.

– Vous n'aurez pas besoin de me raccompagner. J'ai une bicyclette. Elle est garée près de la route, à cinq cents mètres.

– Cessez de discuter. Gardez votre souffle pour rentrer. Dépêchez-vous maintenant.

La fille se tourna vers lui, le visage subitement décomposé.

– Je suis partie me baigner il n'y a pas longtemps, parce qu'il n'y avait plus personne dans l'eau. Je souhaitais profiter de ce moment de liberté totale. Dans le bruit et les embruns de la mer, je ne me suis pas rendu compte que quelqu'un s'est approché de ma place pour me voler mes affaires. Même la serviette. Et mon téléphone portable. Je réfléchissais à la manière de régler ce problème quand vous êtes apparu.

– Marchez plus vite.

L'épaisseur du sable de la dune ralentissait leur progression. Duncan sentait la fille complètement essoufflée. Il lui dit de s'accrocher à son bras et de se laisser entraîner. Rien n'y faisait. Il entendait sa respiration siffler comme une forge. Il jeta un coup d'œil autour d'eux. La forêt de pins était presque noire. Le sable avait pris une teinte crayeuse. Les touffes d'armoise étaient pliées par le vent qui soufflait désormais sans discontinuer. À perte de vue, la dune était déserte. Personne d'autre qu'eux-mêmes.

Parvenus enfin en bordure de la D106, ils s'arrêtèrent et posèrent les mains sur leurs genoux pour reprendre haleine. Alors, la fille brune releva la tête et annonça à Duncan d'une voix blanche que sa bicyclette avait également disparu.

– Elle était attachée à l'arceau métallique de l'entrée de la dune avec un câble de sécurité. Je n'arrive pas à le croire…

Duncan s'était redressé lentement. Il repensait tout à coup à sa séance de jogging, deux jours plus tôt, sur la piste cyclable. Il ressentait maintenant un malaise diffus qu'il connaissait bien. Une inquiétude indéfinissable devant un sentiment de danger immédiat. Il attrapa la fille par la main et l'entraîna en courant vers la DS.

– On fout le camp...

Elle hurla en essayant de se débattre. Il allongeait la longueur de ses foulées.

– On fout le camp d'ici, je vous dis.

Quand il ouvrit la portière de la voiture et la jeta à l'intérieur, la fille était devenue muette. Il s'installa au volant et introduisit la clé dans le démarreur.

– Mais nous sommes au Cap-Ferret...

– Et alors ?

– Nous sommes au Cap-Ferret, c'est dingue, cette histoire...

Duncan arracha la DS de l'ensablement du bas-côté de la route en appuyant sur l'accélérateur. La voiture se leva d'un coup et fut bientôt sur le ruban d'asphalte. Duncan passa les vitesses nerveusement. Il ne parlait plus. La fille brune le dévisageait, incrédule.

– Complètement dingue, cette histoire... Où m'emmenez-vous ?

– Je vous ramène en ville. Ou chez vous, comme vous souhaiterez.

15

André Leclerc venait de passer un sale moment. En se rendant à la gendarmerie, il n'avait pas imaginé un tel accueil. L'adjudant n'avait pas attendu une minute pour le mettre sur le gril. Ses mains en tremblaient encore. Il les sentait s'agiter sur le volant. Il n'en revenait pas de ce que lui avait dit le chef de poste. Les mots dansaient dans sa tête : « *Cachottier... Menteur... Baby-sitter... Rapports sexuels... Rendez-vous secrets... Disparition...* » Lorsque l'adjoint lui avait proposé à boire, l'adjudant avait vociféré : « *Alors, d'un côté on a un mystérieux amant de la victime décrit par le gardien du camping, et d'un autre l'employeur que voilà qui ressemble furieusement à cette description. Et toi, tu lui fais des salamalecs... Crétin !* »

André avait eu beau s'offusquer, répéter qu'il ne comprenait pas, qu'il n'avait aucune liaison avec Ingrid, qu'il était scandalisé de la manière dont on le traitait, cela n'avait rien changé. L'adjudant ne voulait rien entendre, suivant obstinément son idée. Il avait continué à lui postillonner au visage : « *Vous êtes l'homme que le gardien du camping a aperçu plusieurs fois. Vous entreteniez une liaison avec votre baby-sitter. Dites-le. Dites-le, bon Dieu ! Où est-elle, cette gamine ?* »

Au bout d'une heure, André avait rejoint sa voiture comme un somnambule, s'attendant d'un instant à l'autre à être rappelé à la brigade. Mais les gendarmes avaient claqué la porte derrière lui.

Il était maintenant incapable de concentrer son esprit sur autre chose que cet interrogatoire. Qui avait bien pu le surprendre à rôder dans le camping ? Ingrid s'était-elle confiée ? Il mesurait tout à coup l'erreur qu'il avait commise en allant fouiller la tente de la jeune fille. Comment être sûr, malgré les précautions sur place, qu'il n'avait laissé aucune trace ? Si c'était le cas, ce serait alors une boulette qui lui coûterait cher. Il venait de le réaliser et cela le terrifiait. L'idée seule d'être confronté à la colère de Madeleine l'anéantissait. Et puis, il y avait l'argent qu'il avait offert à Ingrid. Beaucoup d'argent quand même. Si l'on épluchait ses comptes en banque, cela n'échapperait à personne. Il serait bien en peine pour expliquer tous ces retraits. Combien ? 2 000, 2 500 euros... ? Cela faisait une somme pour le banquier économe qu'il était. Il allait devoir affronter sa famille, trouver quelque chose à raconter de son audition à la brigade et il ne savait pas quoi dire. Chaque kilomètre qui le rapprochait de la villa lui enfonçait un clou dans le cœur.

16

La terrasse du Central était noire de monde. Duncan avait cru un instant ne jamais trouver une table avec deux chaises. La fille brune s'était assise en face de lui et lui avait dit simplement :

– Je m'appelle Clémence. Et vous ?

– Duncan.

– C'est un drôle de prénom…

– C'est une habitude ancienne. On ne m'appelle plus que par mon nom de famille. Peut-être à cause de mes origines anglo-saxonnes.

– Mais vous avez un prénom, quand même ?

– Alain. Ma mère bretonne y tenait. Elle n'a jamais voulu franchir la Manche. Même après avoir connu mon père. Lui était originaire de Glasgow. Un géant roux plein de taches de rousseur. J'ai tout pris d'elle, mes cheveux bruns, ma peau mate, mes traits… Rien de mon père, sauf le nom et le goût des voyages et… la taille.

Duncan fit signe à un serveur.

– Vous prendrez quoi, Clémence ?

– Un grog. Bien chaud et bien fort. J'ai froid et cette histoire m'a mis la tête à l'envers. Bon Dieu que j'ai eu peur… !

– Je ne voudrais pas paraître plus parano que je ne le suis, mais je crains que vous ayez raison. Comment s'est déroulé votre après-midi à l'Océan ?

– Que vous dire ? Comme les autres jours. Rien d'extraordinaire sinon que la météo n'était pas encore terrible. Je vais souvent à cet endroit de la plage. Les derniers nudistes s'y donnent rendez-vous. J'adore être à poil sur le sable. Il n'y a pas beaucoup de gens. C'est plutôt tranquille. On n'est jamais importunée…

La fille s'interrompit une seconde pour rire avant de continuer :

– Sauf par vous.

– Comment cela, sauf par moi ?

– Bien sûr, sauf par vous. Si vous pensez que je n'avais pas déjà repéré votre manège ! Ce n'est pas la première fois que vous déambuliez avec vos gros appareils photo.

Duncan fronça les sourcils.

– Oui !

– Je vous avais déjà vu la semaine dernière. Deux ou trois fois. Je vous avais observé draguer une autre fille. Jolie d'ailleurs. C'est pour cette raison que je ne vous ai pas tout de suite jeté et que je suis restée, malgré cette histoire invraisemblable, plutôt confiante.

– Quand je suis arrivé, aujourd'hui, il n'y avait plus personne sur la plage. Que s'est-il passé juste avant ?

– Le soleil était revenu. J'ai eu envie d'aller me rafraîchir dans une baïne. Et je me suis assise dos à la plage pour surveiller la mer. Je n'avais pas l'intention de me laisser emporter par le courant. Voilà, c'est tout. Je me suis assise, j'ai regardé les vagues. Je me suis laissé aveugler par les reflets sur l'eau. Je n'entendais rien à cause du bruit de la marée.

– Et c'est tout ? Rien d'autre ?

– Rien d'autre à part que je n'avais plus mes affaires lorsque je suis remontée sur la plage. Sur le moment, j'ai cru m'être trompée d'endroit, mais il y avait encore ma bouteille d'eau et mon journal... Et puis vous êtes arrivé. La suite, vous la connaissez.

Duncan se renfrogna.

– Je dois vous dire que cette histoire m'a procuré une sensation de malaise épouvantable. Ça ne m'était pas arrivé aussi fort depuis des années.

– Vous êtes médium ?

– Je me suis trouvé plusieurs fois dans ma vie confronté à des situations dont rien sur l'instant ne laissait supposer qu'elles puissent mal tourner. Mais quelque chose en moi de diffus, de non explicable, en tout cas de complètement irrationnel, m'a persuadé que je devais fuir sans attendre une seconde de plus. Grâce à quoi, je suis toujours en vie.

– Par exemple ?

– Au Cambodge. C'était l'un de mes premiers reportages de guerre. En 1974. Le front s'était resserré autour de Phnom Penh. Il se trouvait à moins de dix kilomètres du centre-ville.

Duncan regardait sa tasse de chocolat en parlant, mais lorsqu'il tourna la tête vers sa voisine, elle lui parut très loin de ce qu'il lui racontait. Elle semblait préoccupée par autre chose.

– Je vous ennuie avec mes vieilles histoires ! Je comprends.

– Pas du tout. Je vous écoute. Vous me parliez du front au..., au...

– Au Cambodge. C'était extrêmement difficile d'y aller. L'armée ne voulait plus de journalistes sur le terrain à cette époque. Tous les jours, je demandais à mon fixeur khmer de me trouver les autorisations nécessaires. De mon côté, je me démenais comme un véritable diable. Tous les jours dans dix bureaux différents. Un jour, le quartier général a fini par donner son feu vert. Le fixeur est passé me récupérer à mon hôtel. On est partis d'abord en cyclo, puis on a fait du moto-stop. Enfin, dans la grande banlieue de Phnom Penh, on est montés dans la carriole d'un paysan pour couvrir les deux derniers kilomètres restants avant d'arriver au Bassac, le fleuve qui délimitait la zone de front. Là, on a sauté dans une vedette qui s'apprêtait à traverser. Inutile de vous raconter comme j'étais heureux. Depuis le temps que j'attendais... On s'est donc assis au milieu des militaires qui, comme nous, dcvaicnt rcjoindrc lcs zoncs dc combat. Jc mc souviens parfaitement avoir compté les soldats dans la vedette – une vingtaine, je ne sais plus exactement aujourd'hui – et je les ai dévisagés l'un après l'autre. Ensuite, j'ai regardé autour de nous. C'était étrangement calme. Le front était à cinq cents mètres, mais c'était calme. Il y avait le fleuve comme un ruban d'argent, des massifs de cocotiers immobiles et un putain de ciel bleu métallique qui écrasait tout dans une chaleur étouffante. À cet instant, quelque chose s'est cassé en moi. J'ai éprouvé subitement le besoin irrépressible de mettre le plus rapidement possible le plus de distance entre moi et cette foutue barque. Je suis repassé sur la berge et j'ai rappelé le fixeur. Il ne comprenait rien, bien entendu. Il m'a dit qu'on allait lever l'ancre. Je me suis énervé et je lui ai répondu qu'on s'en allait. Que c'était sans appel. Le type, qui était adorable, a fait ce que je lui ordonnais, mais il ne comprenait pas. On avait tellement insisté pour être là… ! On est repartis sous les huées des militaires. Les gars se marraient à gorge déployée, je dois avouer. Ils se foutaient ouvertement de ma gueule. Voilà comment on est retournés à Phnom Penh sans aller au front ce jour-là.

– C'est tout ?

– Non ce n'est pas tout. Ça n'aurait aucun intérêt. Le soir, nous sommes allés au point de presse de l'armée. Le gars chargé des médias tirait une mine de dix kilomètres de long. Il a tendu une canne vers une carte et pointé l'endroit où nous étions le matin. Et je l'entends encore dire : « *Aujourd'hui, très mauvaises nouvelles. Notre front sur fleuve Bassac enfoncé par troupes communistes. Unité de parachutistes entièrement écrasée par troupes khmères rouges. Aucun survivant.* »

Duncan venait de prendre un accent asiatique caricatural. La fille éclata de rire.

– Ce n'est pas drôle. Il y a eu plus de deux cents morts dans les rangs des forces armées républicaines. Pas un des soldats qu'on avait vus sur la vedette n'en avait réchappé. Un vrai carnage. Mon fixeur s'est approché de moi et il m'a baisé la main.

La fille frissonna.

– Incroyable. Il vous doit une fière chandelle, ce garçon… !

– C'est de l'histoire ancienne. Il est mort maintenant. Disparu dans la débâcle du 17 avril. Quelques mois plus tard.

– La débâcle de quoi ?

– Le 17 avril 1975, le jour de la chute de la République khmère. Le début de quatre années d'horreur… deux millions de morts..

Duncan avait la voix incertaine.

– Des histoires comme celle-là, il y en a eu d'autres. Quelques-unes en Birmanie, aux Philippines, plus récemment en Bosnie…

Est-ce un don, une sorte de protection divine... supranaturelle ? Allez savoir, je me suis rarement trompé.

– Vous venez définitivement de me gâcher ma journée. Seraitce trop vous demander d'accepter de me raccompagner chez moi après ?

Duncan fit « oui » de la tête. Il termina sa tasse de chocolat.

– Vous allez d'abord déposer plainte à la gendarmerie.

– Pardon ?

– Oui, pour le vol de vos affaires, les vêtements et le vélo.

– Franchement, ce n'est pas la peine.

– Au contraire. J'y tiens. Et je vous accompagne. Je témoignerai.

17

André Leclerc était assis devant son ordinateur. Une nouvelle fois, il fouillait son disque dur principal. Pouvait-il rester des traces de sa liaison avec Ingrid ? Les photos qu'ils avaient regardées l'obsédaient. Il avait vidé la corbeille en mode sécurisé. Il avait formaté le disque dur. Tous les fichiers avaient été écrasés en mode lent. En toute logique, il ne devait rien subsister dessus, mais André n'en était pas certain et cela le minait depuis le milieu de l'après-midi. Il n'avait pas non plus trouvé le temps de se débarrasser du Canon d'Ingrid Hartmann, c'était catastrophique.

Si les gendarmes avaient dit vrai, ils reviendraient. Tout dépendait de ce qu'ils trouveraient sur Ingrid. Ils ne devaient en aucun cas mettre la main sur cet appareil photo. Comment pourrait-il prétendre devant Madeleine que la baby-sitter l'avait oublié chez eux, lui qui disait ne pas s'intéresser à elle ? Il imaginait déjà les gendarmes retourner la villa de fond en comble et trouver le Canon. Que dirait-il ?

André Leclerc ouvrit un magazine d'informatique de la pile qu'il conservait en permanence avec lui. Il voulait vérifier une information qu'il croyait avoir lue quelque temps auparavant. On y parlait de Google, de la mémoire absolument gigantesque de ce moteur de recherche. Le journaliste expliquait que la moindre requête, le moindre nom propre, la moindre adresse URL tapés y étaient – officiellement – conservés pour l'éternité. C'était ce qu'il nommait « la traçabilité informatique ». D'après l'article, toutes les polices du monde y avaient désormais accès. André réalisa tout à coup que cela ne servait pas à grand-chose qu'il ait écrasé son disque. Si l'affaire Ingrid Hartmann s'envenimait, il était donc possible de remonter jusqu'aux trois ou quatre mails enflammés qu'il lui avait adressés.

18

En ressortant de la gendarmerie, Duncan était furieux. Les deux pandores n'avaient rien voulu entendre. On l'avait éconduit. L'histoire des vêtements envolés, du vélo disparu, rien ne les avait intéressés. Ils avaient refusé de prendre sa déposition. L'entrevue n'avait pas duré dix minutes.

– Et maintenant, où dois-je vous emmener ? demanda-t-il à Clémence.

– Je loue une charmante petite résidence près du Phare.

Lorsqu'il gara sa DS le long de la haie de mimosas, Duncan émit un sifflement.

– Joli ! Une vraie maison arcachonnaise.

– Elle est encore plus belle sous le soleil. Le toit pentu avec ses pignons, le beige et le rouge… C'est superbe. Elle a un aspect un peu colonial.

– C'est le côté orientaliste du style qui le veut. C'est sans doute pour cette raison que j'aime autant ces villas. Elles m'en rappellent certaines à Dalat.

– Dalat ?

Duncan prit un air mystérieux.

– Encore de vieilles histoires…

L'intérieur de la maison était simple, mais de bon goût. De larges lambris posés à l'horizontale, lasurés en blanc, et de vieux meubles chinés sans doute chez les antiquaires du coin. Au mur du salon pendait une reproduction d'un dessin d'Arsène-Henry. Duncan se laissa absorber par les ombres portées et les perspectives de la scène. Une représentation du ponton de la jetée de Bélisaire. Les lumières étaient tamisées. Ici et là, les notes de couleur de gros coussins réchauffaient la pièce.

– C'est cosy, chez vous.

– On pourrait se tutoyer, maintenant.

Clémence posa ses deux mains sur ses fesses et le poussa vers la chambre. Puis vers le lit. D'un clic sur une commande électrique, elle avait fait l'obscurité dans la maison entière. Duncan ne distinguait plus que les masses sombres des meubles.

À partir de cet instant, ils ne parlèrent plus. Au fur et à mesure que le temps s'écoulait, Clémence se révélait une fille sensuelle et attentionnée. Presque timide. Duncan la laissait mener le jeu. Il s'était redressé sur les genoux, elle s'était arc-boutée et lui avait offert son ventre avant de se dérober aussitôt. Elle le retenait quand il manquait de lui échapper. Ils riaient. Elle roulait dans le lit, lui prenait le bras et le ramenait à elle. Elle répétait qu'elle ne le connaissait pas, comme si elle s'était retrouvée dans cette chambre avec un homme arrivé là par hasard.

Il restait muet et elle se cachait dans les draps. La tête renversée, enfouie dans l'oreiller, Clémence lançait son bassin en avant et il évitait le coup, ne gardant que le contact minimum avec son corps. Elle suppliait. Elle redressait la tête, les yeux dans les siens, les lèvres entrouvertes, et il se rapprochait d'elle. Il sentait sur son visage un sourire qui ne lui était pas venu depuis une éternité. Il s'interrompait parfois pour la regarder respirer, pour lui embrasser le ventre, pour caresser ses cheveux, souligner du doigt l'ourlet de ses lèvres, toucher ses dents, suivre le contour de son menton, descendre le long de sa gorge, de sa poitrine ou prendre sa main dans la sienne, l'amener à hauteur de son visage et la presser contre sa bouche.

Maintenant Clémence se laissait guider. Les draps moites s'enroulaient autour de leurs jambes, ils les repoussaient chacun son tour, du bout d'un pied. Il plongeait le visage dans son cou et respirait son parfum.

Il écoutait son cœur battre à l'unisson du sien. Il regardait ses muscles se tendre et vibrer sous sa peau, il regardait celle-ci frissonner, transpirer et s'épanouir, l'empreinte de ses os. Il était soudain pris d'une tristesse envahissante. Il avait là, dans ses mains, cette étrange alchimie qui faisait d'elle une fille si fragile dont il savait qu'on perdrait un jour jusqu'au souvenir. Dans l'obscurité, Clémence avait rouvert les yeux et demandé : « *Que dis-tu ?* » Il ne lui avait pas répondu. Il savait que, de ce moment, il conserverait plus tard une image fade et floue.

Elle avait fermé les yeux. Elle réclamait de tout son corps l'amour qu'il se préparait à lui donner depuis que le quartier de lune était apparu derrière les carreaux de la fenêtre de la chambre. Des éclats de rire leur parvenaient de la maison voisine.

Il avait pris sa tête dans le creux de ses mains, comme une coupe, calé ses épaules à l'intérieur de ses coudes, creusé le ventre et s'était détendu pour la prendre enfin. Clémence s'était cambrée et glissait maintenant vers lui. Elle remontait ses genoux et écartait les jambes, plus rien ne la retenait. Elle lui avait saisi les poignets et lui donnait le rythme d'un mouvement imperceptible du bassin. Quand elle rouvrait les yeux, elle reposait son regard sur lui, sur son ventre collé au sien. Elle observait la peau de sa gorge et de ses bras et refermait les yeux, se laissant aller tout entière au balancement de leurs deux corps. Il laissait monter l'envie. Il attendait le moment où elle chavirerait et où, lui aussi, s'offrirait cette joie, longtemps retenue, de couler avec elle, comme deux noyés isolés au milieu de l'Océan.

Enfin, elle s'était mise à crier. Une longue plainte sans modulation, claire et rieuse. Il s'était arrêté et, déjà, elle imprimait le plat de ses mains dans son dos pour lui faire reprendre la cadence des caresses. Alors, il avait roulé sur le côté, et il avait glissé jusqu'à son ventre. Elle était ressortie de cette étreinte le feu aux joues et les yeux cernés. C'est d'une voix presque inaudible qu'elle lui avait dit : « *Tu me tues.* »

Son rythme cardiaque se calmait enfin. Il avait tout à coup le temps. Il ne désirait soudain rien d'autre que la présence de Clémence contre lui, séparée de son corps par un espace si fin que seul un baiser aurait pu s'y glisser. Il s'inquiétait seulement de l'heure qui tournait, près de rompre, aux premières lueurs du jour, cet état de grâce. Il avait oublié la plage de l'Océan. La pièce était devenue silencieuse. Seule, la chaleur dégagée par le corps allongé auprès du sien indiquait une présence.

Il avait refermé les yeux, puis bougé la main pour rencontrer la cuisse de Clémence. Il avait souri dans le noir et s'était endormi dans son parfum.

Plus tard dans la nuit, Clémence lui avait dit : « *Je t'attends.* »

L'obscurité s'était transformée en pénombre, mais il distinguait à peine les détails de la chambre. Un grattement contre la cloison se fit entendre. Une fois, puis deux. Duncan se redressa sur un coude. Le grattement recommença. Un crissement presque imperceptible, mais qui perdurait. Ça bougeait de l'autre côté du mur, à moins d'un mètre de leur lit. Duncan se leva, passa son jean et ses sandales et se dirigea vers la porte. Dehors, l'air frais le frappa en plein visage. Il hésita un instant à rentrer chercher sa chemise, mais traversa rapidement la loggia et descendit les marches vers le parc. Il obliqua à gauche et se dirigea vers l'arrière de la maison. L'endroit était plongé dans l'épaisseur de la nuit. Il avança lentement sans comprendre la raison de son inquiétude soudaine. Il contourna encore un angle de la maison et se retrouva derrière la cloison de la chambre. Bien sûr, il n'y avait rien ni personne. Seulement les ténèbres qui enveloppaient la bâtisse et noyaient dans une masse sombre les premiers arbres du parc. Tout était calme.

Quand Duncan revint, Clémence avait allumé sa lampe de chevet et jeté un voile de crêpe sur l'abat-jour. Elle se retourna et pressa son corps sur le sien. Son visage était au-dessus de lui, ses deux mains à plat sur le torse de Duncan, son bassin sur le sien, une jambe entre ses jambes. Il détaillait son sourire, ses narines un peu pincées et ses deux yeux écarquillés. Ses habits étaient en boule au fond du lit. Clémence le caressait distraitement. Il faisait une douce chaleur dans la pièce, pourtant il était transi. La lumière jaune pâle donnait une forme diaphane aux objets et au contour de son corps. Pendant un temps infini, ils étaient encore restés silencieux. Clémence ne bougeait toujours pas. Elle attendait. Parfois, il pensait à sa femme, à son fils. C'étaient des images fugaces qui lui traversaient l'esprit à la vitesse de la lumière. Clémence souriait encore. De sa main libre, il saisit la tête qui reposait sur l'oreiller et glissa ses doigts entre les mèches légères comme des plumes, il posa sa joue contre la joue humide de Clémence, ne sachant plus si elle avait pleuré ou transpiré. Il l'embrassa.

– Je veux que tu recommences, avait-elle dit.

Elle avait gémi de plaisir. De celui de sentir, au plus profond d'elle-même, le poids de cet homme tout entier pour elle, comme si plus rien au monde n'avait en cet instant d'autre importance que ce corps qui lui révélait sa propre jeunesse.

Duncan s'était laissé glisser le long de son corps, les yeux refermés, la bouche entrouverte. Une immense béatitude, inexplicable, envahissait tout son être. Sa tête arrêtée sur le bas du ventre qui palpitait encore, les cils battant contre la peau, les lèvres écrasées sur le renflement dur qui tendait sa peau. Il n'avait plus bougé, la main de Clémence lui maintenait le visage contre son ventre. Il l'avait entendue reprendre sa respiration. Son cœur, dont il percevait l'écho, résonnait moins fort, moins vite, dans sa poitrine. Elle se détendait et se préparait déjà à leur prochaine étreinte.

Clémence avait tressailli, elle reposait les yeux clos, le visage calme, mais doucement la fièvre la reprenait. Elle n'était pas encore tout à fait avec lui, mais déjà des signes, l'un après l'autre, l'unissaient à son amant. Elle souriait maintenant comme les enfants sourient aux anges, les narines palpitantes. Elle exhalait une senteur nouvelle, où se mêlaient la fièvre de leur étreinte et le parfum de la chambre.

19

Au milieu de la grande forêt domaniale de Lège-Cap-Ferret-Garonne, un jogger avançait à un train d'enfer en bordure de la piste cyclable, comme s'il avait souhaité se cacher un peu plus au fond de la nuit. Il courait d'une foulée puissante, à grandes enjambées, insensible à la végétation qui s'accrochait à lui. Sur le tapis de mousse et les aiguilles de pin, l'homme se déplaçait presque sans bruit. De temps à autre, il s'arrêtait et écoutait. Il redressait la tête et respirait, comme s'il recherchait une odeur. Puis il reprenait sa course folle entre les arbres.

L'écho de plusieurs voix se fit entendre. L'homme s'arrêta instantanément et s'accroupit derrière un massif de fougères. Le bruit se rapprochait. On entendait maintenant les coups de pédale des cyclistes. L'homme roula contre le sol et rampa vers l'intérieur de la forêt. Il fallait pourtant qu'il retrouve ce porte-clés. Comment avait-il pu être assez stupide pour le conserver avec lui le jour du meurtre ? Il dégagea le cadran d'une montre du tissu de latex qui enserrait son poignet et regarda l'heure. Minuit. Les promeneurs attardés s'éloignèrent.

L'homme se releva et tourna encore un moment dans la végétation sans trouver ce qu'il cherchait. Il reprit sa course, cette fois-ci en direction du Bassin, et se laissa avaler par la forêt.

CHAPITRE 3

11 août 2006

20

Du Kings Corner à son hôtel, De Hoordt n'avait pas prononcé un mot. Il s'était engouffré dans un touk-touk avec la serveuse du bar et s'était immédiatement collé à elle. Son mètre quatre-vingt-cinq et ses quatre-vingt-dix-huit kilos prenaient presque toute la place. Il posa une main entre les cuisses de la fille et s'enfonça dans le siège en mousse pour tenter de voir un peu la rue. Un flot de touristes traversait sur le passage piéton devant eux. Beaucoup d'hommes seuls et des couples avec des enfants que les femmes tenaient avec autant de précautions que le saint sacrement. De Hoordt ricana. Venir à Bangkok avec son conjoint, c'était comme aller à Strasbourg avec sa saucisse. Mais avec les gosses, c'était le comble de la connerie. Les enfants n'avaient jamais représenté pour lui autre chose qu'un emmerdement de plus dans la vie. Rien d'intéressant. Ni de valeur. Il repensait parfois au gamin qu'il avait criblé de balles dans un supermarché de Namur. Cela ne suscitait jamais aucune émotion en lui. Tout au plus le désagrément du souvenir d'une opération qui avait failli mal tourner. Il houspilla le chauffeur et lui dit d'accélérer. Il rentra la tête sous le dais du touk-touk et entreprit de peloter la fille. Quand elle lui demanda d'attendre, il lui répondit de fermer sa gueule.

La serveuse avait noué une serviette autour des reins pour sortir de la salle de bains. Le premier geste qu'elle fit en pénétrant dans la chambre fut d'éteindre la lumière. De Hoordt ralluma aussitôt avec l'interrupteur situé à la tête du lit.

– Tu crois quoi, toi, que je vais te filer du fric pour baiser dans le noir ? Spécial, j'ai dit. Spécial ! Quand il attache ses gonzesses, Araki, c'est pas dans le noir.

– *What ?*

De Hoordt souleva sa carcasse du lit. C'était un corps tout en muscles, comme on en voyait sur les couvertures des magazines de bodybuilding, qui dégageait une impression de force brutale, une violence à fleur de peau. Il saisit la fille par la nuque et la jeta sur le lit en lui arrachant sa serviette.

– On va bien baiser et ensuite, on fera comme sur l'ordi, lui annonça-t-il en désignant le PC de la chambre sur lequel défilaient les images d'une scène pornographique.

Une femme retournée et attachée sur un banc se faisait fouetter par deux hommes cagoulés. De Hoordt avait coupé le son de la vidéo. Chaque coup de trique qui s'abattait sur les fesses de la victime marbrait sa chair de traces violacées.

– C'est des conneries, tout ça, murmura-t-il. Elle a pas mal. Elle aime les coups, cette salope. Tu verras, c'est bon, mais il faudra faire un peu plus semblant d'avoir mal.

De Hoordt se jeta sur la serveuse et entreprit aussitôt de la frapper. Il cognait n'importe où, sur le dos, les seins, les hanches, les joues, les bras. Sans doute, parce qu'il se servait du plat de la main, pensait-il qu'il pouvait la tabasser encore et encore. Puis il se dégagea de son caleçon et la retourna violemment sur le ventre.

La tête dans l'oreiller, la fille tentait avec ses deux mains de repousser les assauts de son client. Elle essayait de rentrer son bassin comme un animal. Elle suppliait. Elle secouait la tête, les mâchoires crispées par la douleur, puis elle laissait filer une longue plainte monocorde. Lui sentait la sueur l'inonder. Il s'interrompait parfois pour regarder son visage défait par la souffrance, le maquillage raviné par les larmes, ça lui plaisait, il sentait son membre gonflé d'énergie. Il faisait naviguer ses énormes mains de la poitrine aux fesses de sa partenaire. Seuls, les battements du cœur de la fille le dérangeaient, il en ressentait les coups dans sa propre poitrine et il n'aimait pas cela.

Lorsqu'elle parvenait à s'échapper, il rouvrait ses cuisses d'un coup de genou sec et se réinstallait sur elle, en la dévisageant avec la même morgue.

– Tu crois quoi, putain de conne, que tu vas pas satisfaire l'oncle Gégé ? Ouvre tes guiboles !

Parfois, elle fermait les yeux. Il hurlait que ce n'était pas le moment de pioncer. Des éclats de rire leur parvenaient de la chambre voisine. Elle fixait alors la nuit noire derrière la fenêtre, puis reposait son regard sur lui, sur son torse, sur ses épaules et ses bras. Elle observait le sang battre dans ses veines et priait pour qu'elles éclatent. Elle essayait de lui échapper, il la retenait avec un rire gras, ponctué d'insultes. Elle se débattait sur le lit, le repoussait de ses pieds en suppliant. Elle répétait qu'elle ne pouvait pas faire ce qu'il lui demandait, qu'elle était bouddhiste, que c'était sale, qu'elle serait punie. Il riait en serrant le lien autour de ses poignets.

La serveuse se débattait comme une tigresse. Elle ruait comme un animal piégé par le feu et parvint à désarçonner les quatre-vingt-dix-huit kilos de son tortionnaire. De Hoordt lui agita un sixième billet de 100 dollars devant les yeux.

– Tu te fous de ma gueule ? Je vais pas te refiler 600 dollars pour te caresser un peu le cul, bordel.

Elle était ressortie de cette épreuve pâle comme une morte, et de grands cernes accrochés sous les yeux. Elle était outrée, elle se dégoûtait elle-même, elle aurait voulu se lever, bondir et passer par la fenêtre, mais elle devait rentrer chez elle donner l'argent à sa famille. Elle ramena ses membres à elle, de manière à se faire le plus petit possible et lui hurla au visage :

– *Tiep tee soot, khun yet mae khun*[1] *!*

De Hoordt reprenait son souffle. Il se laissa choir sur le côté, les deux bras en croix, les yeux fermés. Des images dansaient encore devant ses yeux. Il voyait sa gueule tordue par la douleur. Et son cul cramoisi sous les coups de ceinture. C'était bon. Tripoter cette connasse et lui faire mal, c'était bon, bordel que c'était bon. La chambre était devenue silencieuse. Seule la chaleur dégagée par le corps allongé auprès du sien indiquait une autre présence dans la pièce.

21

C'est la main de Clémence qui avait réveillé Duncan. Clémence caressait son visage, lentement, comme on l'aurait fait de celui d'un enfant. Il s'étira et ouvrit les yeux. Une lumière douce, tamisée par les persiennes en bois, baignait la chambre. Duncan jeta un regard autour de lui. La pièce était aussi finement décorée que le salon. Peu de meubles, peu d'objets, mais tous provenant des meilleures boutiques de la région. Et devant lui, assise au bord du lit, un plateau avec le petit-déjeuner posé sur les genoux, Clémence. Clémence nue. Duncan rassembla ses souvenirs. C'était un conte de fées.

– J'ai préparé du café et du thé… Je ne sais pas ce que tu aimes prendre le matin.

– Les deux, mais dans l'ordre : thé, puis café.

Clémence rit.

– Je t'aurais cru moins compliqué. Tu as une idée de ce que tu vas faire aujourd'hui ?

– Sport ce matin. Il faudrait aussi que j'arrive à faire quelques images de Mauresmo en train de courir. Je ne vais quand même pas aller la traquer au tennis Palomar ou à celui de Claouey. Ça n'aurait pas grand intérêt. Jamais je ne vendrai ce genre de photos. Mais elle faisant son jogging, en revanche, peut-être.

---

1. J'ai mal, enculé !

– Bien. Et ensuite, le programme, c'est quoi ? Des photos encore ? Les nudistes ?

Duncan s'étira.

– Les nudistes ? Mais j'ai la plus belle de la plage devant moi.

– Certes, mais tu n'as pas fait de photos de moi… Et je ne t'ai pas dit que j'accepterais.

– Je ne te l'ai pas encore demandé. Je vais me doucher, partir courir, essayer de prendre quelques photos, et je te retrouve ensuite, si tu veux.

– Pour faire quoi ?

– L'amour évidemment. L'amour en fin de matinée, l'amour l'après-midi… J'adorerais.

Clémence releva le menton et le regarda de haut.

– Je ne sais pas. Moi, je n'ai pas envie d'attendre ici. Il y a enfin du soleil aujourd'hui, je vais en profiter. Tu pourrais venir me retrouver en fin d'après-midi…

Duncan posa son index sur ses lèvres.

– Promets-moi de ne pas retourner sur la plage de l'Océan.

Clémence éclata de rire.

– Celle-là, je l'attendais !

– Je suis sérieux. Je te demande de ne plus y aller.

– Alors, on y va ensemble.

– Non. Je n'ai pas envie de retourner là-bas…

– Mais c'est grotesque, Alain. C'est une plage, avec des gens. C'est tout.

Duncan avait pris un air grave.

– Où tu vas, il n'y a jamais personne. Je t'assure que je n'aime pas cet endroit. Franchement, je n'ai pas aimé ce qui s'est passé hier.

– Mais c'était hier, justement.

– Rien ne dit que cette histoire soit terminée. Il y a peut-être quelque part un malade qui fantasme sur toi. Ce n'est pas la peine de tenter le sort.

Clémence leva les yeux au ciel.

– Tu en fais beaucoup.

– Promets-moi. On y retournera plus tard. Ensemble.

Clémence fit un signe de la tête.

– Je prends ça comme une promesse.

Duncan se leva et disparut dans la salle d'eau. Il fit couler la douche et resta un moment sous le jet à écouter Clémence chantonner un air de Katie Melua. C'était étonnant cette chanson qui lui rappelait tant une mélodie japonaise entendue des années plus tôt sur le front, en Birmanie. Il n'avait jamais pu retrouver le nom de la chanteuse. Et puis, subitement, cette année, la petite Britannique avait débarqué avec ce refrain sur YouTube. Le temps semblait s'être compressé. À chaque fois qu'il entendait *Just Like Heaven*, il se retrouvait transporté dans les villages de paillotes merdiques ou dans les bivouacs montés à la hâte au fond de la jungle, avec la radiocassette du commandant en chef des troupes rebelles qui diffusait doucement et inlassablement la musique sirupeuse de la vedette japonaise. Clémence s'arrêta d'un coup. Duncan finit de se savonner et se rinça.

Quand il revint dans la chambre, Clémence avait passé une combinaison. Il l'embrassa dans le cou et se dirigea vers la porte.

– Pas d'Océan, d'accord ? On se téléphone en fin de journée ?

Clémence lui rendit son baiser, silencieuse.

Duncan s'installa au volant de la DS et prit la route du cimetière, décidé à courir jusqu'au Ferret, aller et retour. Un peu moins de dix kilomètres. Une bonne séance de sport pour commencer la journée. Avec un peu de chance, il rencontrerait Mauresmo. Il jeta un coup d'œil à sa montre. Pas encore huit heures. Mais c'était déjà tard pour la star du tennis. La plupart des people se claquemuraient dans leurs somptueuses villas dès que les vacanciers ordinaires se montraient. Les premiers n'allaient pas tarder à débouler sur la piste cyclable.

Duncan ouvrit le coffre de la DS, se changea, vérifia les piles d'un Nikon équipé d'un grand-angle, l'installa en bandoulière autour de son torse, et attaqua la piste cyclable d'une foulée lente et régulière.

Tout de suite, on entrait dans une semi-obscurité que le soleil matinal n'éclairait pas encore. Les feuillages à hauteur d'homme étaient couverts de rosée. L'air exhalait une fraîcheur agréable. Duncan avançait à allure réduite le temps de s'échauffer. Il aperçut un couple à un coude de la piste. La femme courait, cassée en deux, les mains sur les hanches. Ils se croisèrent une fraction de seconde.

– Tu exagères, comme toujours, disait l'homme. Juste une bête crevée.

La femme, le souffle court prononça quelques mots :

– Une puanteur. Je t'assure que je n'ai jamais…

Le reste fut avalé par la distance qui les sépara rapidement de Duncan. Lui humait l'air. Il aimait l'odeur des aiguilles de pin, le matin. Il avait l'impression que tous les arômes de la nuit se concentraient subitement, que ça ne durait jamais longtemps et qu'il fallait en profiter.

Six à sept cents mètres plus loin, il accéléra. Il avait réglé sa respiration. Il pouvait prendre de la vitesse. Il était satisfait. Depuis qu'il avait repris l'entraînement, la forme revenait. Chaque jour, il courait plus vite et ressentait moins la fatigue. Les douleurs aux mollets avaient disparu. Il avait seulement l'impression d'enfermer une horloge dans sa poitrine. Un pouls régulier. Même la chaleur qui lui enserrait le crâne deux semaines auparavant mettait du temps à apparaître. Il ne transpirait plus dès le premier kilomètre. Il accéléra encore.

La piste était maintenant désespérément vide. Mauresmo devait déjà être repartie. Il se concentra sur le bruit de ses semelles.

Alors qu'il s'enfonçait de nouveau dans la profondeur de la forêt, une odeur sucrée le saisit tout entier. Curieuse, plutôt agréable au début. Puis franchement nauséabonde. Quelques secondes seulement. Le temps de quelques foulées, puis de nouveau l'odeur de la sève des pins. « *C'est de ça que se plaignait la femme que je viens de croiser* », se dit Duncan. « *C'est vrai que ça pue.* »

22

Clémence était heureuse. Depuis combien de temps n'avait-elle pas vécu une nuit pareille ? Aussi loin qu'elle cherchait dans sa mémoire, elle ne se souvenait pas d'avoir jamais rencontré un garçon aussi gentil et cabotin à la fois que ce Breton-Écossais. Sa vie venait de prendre un cap nouveau. Allongée sur un bat-flanc chinois en bois sombre, elle s'appliquait à refaire le vernis de ses orteils. Sourire aux lèvres. Elle en était maintenant persuadée, ce Duncan était un sacré farceur. En y repensant, cette histoire de vêtements volés sur la plage ne tenait pas debout. Au fond, elle n'y avait jamais vraiment cru. Mais le canular avait été monté dans les règles de l'art. Elle n'en voulait pas à son amant. Duncan avait-il même été correspondant de guerre ? Sans doute. Ses cicatrices au pied, à la main et au visage, il ne se les était certainement pas faites en tombant de vélo.

Elle se releva et alluma sur une console son ordinateur portable. En quelques clics, elle fut sur le moteur de recherche Google et tapa « Alain Duncan ». Sept pages de réponses s'affichèrent. La première concernait le jury d'un prix décerné par l'Agence France Presse auquel il avait participé quelques mois auparavant. La deuxième le festival annuel de photojournalisme international de Perpignan, l'année précédente. Duncan y avait donné une conférence sur le marché de la photo de presse dont les tarifs s'effondraient depuis quelques années. Clémence consulta ensuite au hasard les réponses. Elle trouva un papier ancien publié par le journal *Libération*. Quelques lignes racontant comment le journaliste avait été blessé lors d'une opération qu'il suivait aux côtés des rebelles communistes de la Nouvelle Armée du peuple. Elle cliqua sur la ligne supérieure. Il s'agissait encore des Philippines. Un papier écrit dans *Le Quotidien de Paris*. Le journaliste y faisait un récit dithyrambique de l'aventure vécue pendant plus de deux mois par Duncan et du reportage qu'il avait diffusé à la télévision.

Clémence referma l'ordinateur. Cela ne changeait rien à ce qu'elle pensait. Duncan était donc bien l'homme qu'il lui avait dit, mais il s'était amusé avec elle. Son insistance pour qu'elle ne retourne pas à l'Océan, c'était une bonne blague. Elle se dirigea vers le réfrigérateur. Tomates, œufs durs, pommes, yoghourt maigre… Ce serait un repas parfait pour passer la journée devant la mer en gardant la ligne. Puis elle quitta la villa en se demandant comment elle allait rejoindre l'Océan à pied, maintenant qu'elle n'avait plus de vélo. Elle fut tentée d'appeler Duncan, mais renonça.

23

Duncan avait couru jusqu'au temple protestant, puis fait demi-tour. Il sentait maintenant la fatigue dans les muscles des jambes. Et cet étau autour de la tête. La chaleur était enfin au rendez-vous. Le tee-shirt collé à la poitrine, il essayait de ne pas réduire son allure et d'écarter les pensées qui l'occupaient. Trois pages avec Mauresmo dans *Gala*, le visage de son fils, sa fuite à perdre haleine devant les chars viets au Cambodge, ses longues journées aux côtés des moudjahidin afghans à se cacher des bombardiers soviétiques sur des plaines désertiques et gelées… Tout ce temps qui s'effritait, et l'échec de sa vie. Comment en était-il arrivé à vouloir faire des photos volées de Mauresmo ? Puis il se revoyait dans cette nuit profonde, la peur au ventre, avec le bruit infernal du tank vietnamien qui éventrait la rizière derrière lui, et l'épouvante dans le regard des maquisards khmers qui couraient à côté de lui. Le *tac-tac* assourdissant de la mitrailleuse vietnamienne. Les hommes qui boulaient et ne se relevaient pas. Le chuintement des obus d'artillerie qui filaient au-dessus de leurs têtes pour s'écraser à l'horizon. Les flashes orangés des explosions. Et le bruit de ses pas emportés dans une course folle sur le sol desséché de ce champ de mort. Parfois, c'étaient des balles traçantes qui le cherchaient au fond de ses cauchemars, des chiens de la nuit qui lui dévoraient les pieds, qui s'accrochaient à lui et qu'il traînait jusqu'au jour. Il s'élançait pour s'échapper et les chiens étaient encore là. C'étaient des cadavres qui se ternissaient dans les rizières mortes. C'étaient des situations de paix qui se mélangeaient avec la guerre. Chaque guerre avait ses cauchemars.

Il avait passé sa vie à courir. Voilà ce qu'il se disait. Il avait couru pendant des années derrière des rebelles communistes, anticommunistes, chrétiens, musulmans… à couvrir des actualités dont on se fichait pas mal dans les rédactions parisiennes. Toutes ces années à prendre des risques dans des guerres qu'il vomissait, mais dont il avait fini par ne plus pouvoir se passer. Il avait toujours couru.

Il avait couru après sa femme. Après leur amour ensuite. Avant de trébucher. Deux ans déjà qu'elle l'avait quitté avec leur enfant. Et les nouvelles qui s'étaient espacées. Maintenant, son travail au journal devenu une routine… et il courait sur la piste cyclable du Cap-Ferret. Bizarre…

Il allait bientôt arriver au tournant qui marquait le milieu de la piste. Encore un quart d'heure et il reprendrait la DS et irait sonner chez Clémence. Il oublierait le reste.

L'odeur le surprit bien avant l'endroit où il l'avait sentie à l'aller. Le vent l'avait poussée, et elle était là, à la fois suave et pestilentielle, lourde et prégnante, abolissant tout le reste. Duncan ralentit la cadence et se dit qu'un animal crevé ne sentait pas comme ça. À une trentaine de mètres devant, des bicyclettes avaient été jetées à terre dans une pagaille indescriptible. Un homme vomissait à gros bouillons. Un autre secouait par les épaules une femme qui n'arrêtait pas de hurler. Elle ne se contenait plus. Elle trépignait. Duncan ralentit encore sa foulée. En l'apercevant, son compagnon leva et agita les bras au-dessus de sa tête, lui faisant signe de s'arrêter. La même panique sur le visage que sur celui de la femme.

– Vous avez besoin d'aide ? interrogea Duncan, essoufflé.

Et il vit le regard de la femme, sachant instantanément qu'il ne l'oublierait jamais. Des années qu'il n'avait pas vu devant lui quelqu'un le regarder de si loin. Des années qu'il n'avait pas soutenu un tel regard. Derrière, l'homme baissait les yeux en sanglotant.

– Un accident ?

L'homme secoua négativement la tête et tendit la main vers l'écran végétal. Duncan ne voyait que les jeunes pousses de pin et les massifs de fougères criblés de soleil.

– Vous avez un téléphone ? murmura l'homme.

– Pas quand je cours, non.

– Alors, on va aller prévenir les gendarmes. Si vous pouviez les attendre...

– Mais que se passe-t-il ? demanda Duncan.

L'homme le regarda en secouant la tête sans prononcer un mot. Il releva les vélos et remit sa femme en selle, immédiatement suivi par leur ami. Duncan les observa. Le temps s'était comme arrêté. Il ne connaissait pas encore la raison de la panique des cyclistes, mais il n'avait plus envie de poser de questions. Il allait les regarder s'éloigner et il entrerait dans le sous-bois.

Duncan erra un moment au milieu des fougères, puis il se retrouva d'un coup au centre de la puanteur. Il faillit marcher sur le corps. Dans une toute petite clairière, à une quarantaine de mètres de la piste, une jeune femme dévêtue, bras et jambes écartelés maintenus par des sortes d'arceaux, avait été clouée au sol avec des tiges métalliques. Sa bouche était en partie scotchée. Elle avait conservé les yeux grands ouverts. Instinctivement, Duncan recula de deux pas. « *Oh, bordel de merde !* » Il tourna la tête. Les grands pins de la forêt, serrés les uns contre les autres, les entouraient. Il n'y avait plus à ce moment que le silence, et la lumière qui tombait du ciel entre les arbres comme au fond d'un puits. Le corps reposait, le bas du tronc surélevé comme s'il avait été installé sur une souche. Déjà, sa peau au ras du sol avait pris une teinte violacée. Le visage avait gonflé. Le cycle de la putréfaction était engagé. Duncan se prit la nuque dans les mains. Au fond de sa poitrine, son cœur s'était accéléré comme s'il avait sprinté jusqu'au parking du cimetière. Il regardait, bouche bée, cette morte, sans y croire. Autour de lui, le bruit du vent dans la végétation était devenu un bourdonnement obsédant avec une résonance métallique qui lui déchirait le crâne. « *Ce n'est pas vrai. Ce n'est pas vrai... C'est un cauchemar* », répétait-il à voix haute.

À côté du cadavre avait été abandonnée une robe d'été blanche à pois noirs. Et une culotte de soie. Duncan était sous le choc. Combien de cadavres avait-il vus au cours de ses années de guerre ? Probablement des centaines. Avec quelques-uns qui surnageaient sur la masse : cette femme tuée par un sniper à Sarajevo devant le stade à l'hiver 1993, étendue sur la neige sale dans un mauvais manteau de feutrine. Il s'en souvenait parfaitement, il faisait très froid. Il l'avait regardée longtemps s'enfoncer dans le mystère de sa mort. La paysanne khmère martyrisée par les troupiers de Pol Pot. Celle-là, il l'avait trouvée en bordure d'une rizière au cours de la saison des pluies 1985, sur la frontière thaïe. Et puis, ce maquisard afghan, les jambes écrasées par un T54 soviétique. Un corps devenu tout petit qui avait pris la teinte taupe de la piste. Comme un point minuscule au milieu de la grande plaine de l'Arghandab. Presque vingt ans plus tôt, l'année du départ des Russes. Ce Vietcong, aussi, aperçu dans l'aube merveilleuse qui caressait les ruines fumantes du village de Santa Maria, sur la route de Dalat. Un garçon de quinze ou seize ans mort les yeux ouverts accrochés au ciel. 1974. Son premier grand reportage. Des cadavres qui avaient ponctué sa vie pendant des années et qu'il pensait avoir enfin pu enterrer quand il avait changé de métier. Et maintenant cette jeune fille... cette vision d'horreur inattendue sous le soleil matinal du Cap-Ferret. Cette jeune fille qui semblait être sa première morte.

Duncan aurait dû s'enfuir. Il aurait dû retourner sur la piste et courir à perdre haleine jusqu'à sa voiture. Il aurait dû foncer chez Clémence, la prendre par la main et s'échapper avec elle. Mais il ne pouvait plus faire un geste. Au fur et à mesure que le temps s'écoulait, Duncan entrait dans l'intimité du corps gisant à ses pieds. Cette forme clouée au sol. Les seins avaient conservé une trace de blancheur sur le reste de la peau bronzée. Il attendait que sa poitrine se soulève encore. Il attendait qu'elle se remette à respirer. Il aurait voulu lui embrasser le ventre, lui caresser les cheveux, suivre le contour de son menton, descendre le long de sa gorge, de sa poitrine ou prendre sa main dans la sienne, l'amener à hauteur de son visage et la presser contre sa bouche. Duncan était maintenant au-dessus du cadavre. Il sentait sa raison vaciller. Il ne voulait pas encore croire à la scène qui s'offrait à lui. Il se répétait que s'il lui parlait, la morte allait se relever, mais il était bien incapable de prononcer une parole. Duncan fouillait le cadavre du regard et ne trouvait rien d'autre que la mort. De son parfum, il ne restait que cet amas de viande qui commençait à suinter. Il suivait des yeux son profil dont rien ne bougeait plus. Il n'entendait plus que le battement de son propre cœur.

Il regardait les muscles inertes de la morte sous la peau. Son rythme cardiaque ne se calmait pas. Le temps filait entre ses doigts. Il regardait ses pieds nus, ses mains tordues sur les pieux métalliques, couvertes de sang et de terre. Son ventre déjà bombé et le renflement de son sexe. Elle avait été labourée. Il tourna son regard vers la robe jetée en boule sur un buisson. Il imaginait cette robe dans le vent chaud de la ville, le corps tiède qui l'emplissait, les seins gonflés, les fesses rebondies sous le tissu, les jambes et les bras en mouvement. La peau mate et bronzée. Un souffle puissant et une odeur, peut-être, de caramel ou de tabac au miel. Et un rire long et clair. L'image ne parvenait pas à s'imposer.

Duncan n'entendait plus à cet instant que son propre cœur qui cognait contre sa poitrine. Une sueur acide coulait sans discontinuer sur son visage. Il se releva et retourna vers la piste cyclable.

24

La villa des Leclerc s'était réveillée, comme à l'accoutumée, aux aurores. D'abord André, qui s'était fait un thé avant de filer le plus loin possible de cet enfer, puis Madeleine. Contrairement à son mari, elle mettait du temps à préparer son petit-déjeuner. Il fallait que tout soit au carré avec une table dressée sur la terrasse comme pour le dîner. Assiettes, couverts, verres posés sur des sets. Corbeille de fruits, plateau de fromages, un amoncellement de tartines de pain de mie et un pot de café fumant. Elle irait ensuite chercher *Le Figaro* dans la boîte aux lettres au bout du jardin, puis reviendrait s'asseoir à table où elle resterait un moment seule. Les parents de Charles et Julie apparaîtraient un peu avant huit heures avec les petits. Puis on attendrait la baby-sitter.

Charles et Julie, encore barbouillés de Nutella, avaient filé directement vers leur cabane en bois, décidés à expérimenter une nouvelle recette de poison avant l'arrivée d'Allyson. Ils avaient à peine touché à leur petit-déjeuner, leur grand-mère était furieuse. Le père des enfants avait rejoint son hamac duquel rien de ce qui se passait au fond du jardin ne pouvait lui échapper. Il avalait quelques paragraphes de son roman historique, contemplait les fleurs de la terrasse, puis jetait un coup d'œil aux enfants. Il attendait tranquillement que Madeleine termine sa dernière tartine de fromage et rentre dans la maison. Alors ce serait les vacances : les fleurs, son livre, les enfants à portée de main... Même si cela ne durait jamais longtemps. Madeleine trouvait toujours quelque chose à faire faire aux autres ou quelque chose à leur reprocher de ne pas faire. Il y était habitué. Tout le monde s'y était habitué. Il avait appris à savourer ces interludes.

– On a sonné, mon gendre, c'est elle. C'est la baby-sitter. Mais vous devriez déjà être à la porte, mon garçon !

La voix de Madeleine arrivait de nulle part, mais on ne pouvait pas la manquer. Elle devait hurler depuis la salle de bains. Le père des enfants replia ses jambes et se releva du hamac. Il y eut un deuxième coup de sonnette. Il hâta le pas. Déjà Madeleine s'époumonait à lui dire de se dépêcher. Derrière le portail, l'Anglaise attendait, assise sur une bicyclette. « *En voilà une plutôt impatiente, ça promet* », se dit-il. Les enfants furent les premiers arrivés à la barrière.

– T'es qui ? demanda Charles.

– Charles ! C'est Allyson, le réprimanda Julie. Tu l'as vue hier.

Le père débloqua le verrou du portail.

– Bonjour, Allyson.

La jeune fille sourit et tendit une main longue et fine.

– Les enfants vous attendaient avec impatience, lui dit-il. Ils ont l'air terribles, comme ça, mais ce sont deux amours. Laissez votre vélo à l'entrée. Ça ne craint rien. On va aller dans la maison. La grand-mère des petits termine de se préparer.

Mais Madeleine était déjà sur la terrasse, une mine de circonstance composée pour l'occasion. Elle paraissait radieuse, disponible, aimable.

– Vous voilà ! Je suis ravie. L'ensemble de la famille mourait d'impatience de vous voir arriver. Donc, voici Charles et Julie que vous avez rencontrés hier. Deux chenapans qui n'ont pas fini leur petit-déjeuner ce matin. On pourrait commencer par là. Vous-même, vous avez pris le temps d'avaler quelque chose ?

– Un café, madame. Au camping. Mais oui… j'ai encore la faim dans mon ventre.

– Ça promet ! articula Madeleine entre ses dents. Asseyez-vous avec les petits, je vous apporte ce qu'il faut, café encore, tartines, croissants, miel et confiture. Asseyez-vous et prenez les enfants en main. Faites-leur finir leurs tartines et leurs corn-flakes. J'arrive, j'en ai pour cinq minutes.

Charles sortit de la poche de son pantalon une feuille de papier qu'il déplia avant de la lisser sur le coin de la table.

– Regarde, Allyson, c'est un dessin de sorcières. Des sorcières méchantes. Je vais en dessiner une rien que pour toi.

– Change de disque. Les sorcières, ça n'intéresse personne. Allyson, elle sait bien que ça n'existe pas.

Julie pouffa et continua de se barbouiller méthodiquement le tour de la bouche de chocolat. Allyson les observait comme elle aurait regardé un match de tennis, la tête un coup à droite, un coup à gauche. Elle ne disait rien.

– Il ne faudra pas hésiter à reprendre Charles quand il fait des fautes de français, dit Madeleine à Allyson. Il en fait encore régulièrement et ça m'énerve.

Puis elle se tourna de nouveau vers son gendre.

– Ce serait plutôt votre rôle, mais comme vous ne faites rien… Votre petit va bientôt parler un sabir franco-british. On va rire.

– Sabir… madame ? interrogea Allyson.

– Ne vous occupez pas. C'est un peu compliqué à expliquer, ma chère. Allez, on vous laisse avec les enfants. Bon courage…

25

Duncan ne savait pas où poser son regard. Le clair-obscur l'aveuglait. Une myriade de taches de lumière dansaient au milieu de la forêt. Le contraste accentuait l'opacité sous les grands pins. Il s'était de nouveau rapproché du cadavre. Il pouvait l'apercevoir au travers de la végétation de la clairière, tourné vers le ciel de manière obscène.

Malgré la répugnance qui le submergeait, Duncan considéra tout à coup qu'il devait faire des photos de la morte. Il ne savait pas encore pourquoi, mais il devait les faire.

Lorsqu'il entendit la sirène de l'estafette de gendarmerie, il avait fait une quinzaine de clichés. Presque sans regarder le corps. En essayant d'utiliser au mieux la lumière.

Le son de la sirène s'amplifiait. Deux notes stridentes. Dans moins de deux minutes, les gendarmes seraient là. Duncan ôta la courroie de l'appareil de son cou et pénétra assez profondément dans le sous-bois pour aller dissimuler le Nikon au creux d'un bosquet. Ensuite, il revint sur ses pas, s'assit à bonne distance du cadavre et attendit. Il fixait un point de lumière qui dansait au milieu de la végétation et tentait de refouler ses émotions. Il avait la sensation assez confuse que ses vacances allaient prendre un tour inattendu et l'emmener au bout d'une histoire qui changerait radicalement le cours de sa vie. Il essaya de faire le vide dans sa tête. Une portière claqua. Puis deux. Le bruit assourdi de voix lui parvint. Il regarda sa montre. Une heure avait passé depuis son arrivée sur la scène de crime. Il avait l'impression d'être là depuis une éternité.

La première personne à déboucher dans la clairière fut l'adjudant de gendarmerie. Même s'il l'avait déjà rencontré à la brigade,

Duncan ne l'avait aperçu que quelques minutes, à contre-jour, assis derrière un bureau. C'était un costaud d'une cinquantaine d'années avec des auréoles impressionnantes sous les aisselles et le képi rejeté en arrière sur le crâne. Alec Guinness dans *Le Pont de la rivière Kwaï.* En temps ordinaire, Duncan aurait souri. Il releva lentement la tête vers lui, mais le gendarme semblait hypnotisé par le corps cloué au sol.

– Oh, bonne Mère !

L'adjudant s'était arrêté net.

– Putain de putain, qu'est-ce que c'est que ce bordel…

Le maréchal des logis-chef Mayeras apparut derrière lui, accompagné par les cyclistes. La femme, soutenue par ses deux compagnons, avançait en titubant, les membres ballants. Un pantin désarticulé. Lorsque le sous-officier aperçut le cadavre crucifié à terre, il fit écran de son corps entre la scène et les cyclistes et se mit à leur parler à voix basse. Duncan n'entendait pas. Il voyait ses mains qui s'agitaient et l'un des hommes hocher la tête. La femme se remit à sangloter. Doucement. Sans bruit.

– Pichart. Adjudant Pichart, dit sobrement le gendarme à Duncan, comme s'il ne le connaissait pas.

Duncan leva les yeux et fit un signe du menton.

– Vous êtes témoin, monsieur ?

Duncan se redressa.

– Témoin de quoi ?

– Vous êtes là, vous êtes donc témoin…

– Je suis arrivé il y a une heure en faisant mon footing. Je suis tombé sur les cyclistes avant qu'ils n'aillent vous chercher. Je vous attendais.

L'adjudant paraissait embarrassé.

– Vous avez circulé ici ? Vous vous êtes approché du corps ?

– Non.

L'adjudant tira un mouchoir de sa poche et s'épongea le front.

– Faudrait pas avoir pollué la scène de crime, monsieur…

Duncan déclina son identité en s'excusant de ne pas emporter ses papiers pour faire son jogging. L'adjudant ne releva pas la remarque.

– Vous allez rester avec nous le temps que j'entre en contact avec le procureur.

Duncan s'écarta du corps et se rassit à l'ombre. L'adjudant retourna vers la voiture, entraînant avec lui les cyclistes. Son adjoint se rapprocha de Duncan.

– Jamais vu ça…

Duncan ne répondit pas. Le gendarme se rapprocha encore et lui demanda s'il se sentait bien.

– J'aurais préféré fumer un paquet de clopes entier ce matin et ne jamais venir courir. Pour des vacances, c'est raté !

– Vous n'êtes pas du coin, donc ?

– Non. Je suis un Parisien ordinaire en vacances au Ferret.

– Vous avez touché à quelque chose ?

Duncan prit un air excédé.

– C'est une idée fixe, bordel. Non.

– J'espère. Ce pourrait être gênant pour nous. Et pour vous… Je crois qu'on se connaît, d'ailleurs.

Duncan se redressa pour planter un regard froid dans les yeux du gendarme, mais rencontra les deux carreaux bleu acier de ses lunettes de soleil.

– Oui, on s'est déjà vus. Hier à la brigade. Vous avez refusé d'enregistrer la plainte d'une jeune femme que j'accompagnais.

– Je me disais, aussi…

L'adjudant qui revenait empêcha son adjoint de poursuivre. Il tenait à la main un gros rouleau d'adhésif noir et jaune.

– Le proc arrive en hélico. Il sera là dans une quinzaine de minutes. Allez, maintenant, on recule, je vais boucler le périmètre.

Puis s'adressant directement à Duncan :

– Vous allez attendre dans la fourgonnette avec les cyclistes, monsieur. On ne vous retiendra pas longtemps.

26

Le vrombissement de la Gazelle se fit entendre d'un coup. On ne le voyait pas encore, mais on devinait qu'il cherchait un endroit pour se poser. L'appareil descendit de l'autre côté du rideau d'arbres, puis coupa son moteur. Ensuite, ce furent des bruits de voix. L'instant d'après, un petit bonhomme rondouillard, en civil, déboucha dans la clairière, accompagné de deux autres personnes caparaçonnées dans des tenues blanches. Le groupe passa devant l'estafette. Duncan aperçut l'inscription fluorescente sur le dos des blouses : « Police scientifique ». Les hommes avançaient d'un pas lent, presque prostrés, réunis pour un conciliabule. Ils entrèrent sous les pins, puis disparurent.

Le substitut du procureur avait une bonne vingtaine d'années de carrière derrière lui. À Pau d'abord, ensuite à Toulouse et Perpignan. Il était à Bordeaux depuis cinq ans. Ancien sous-officier des troupes de marine. Une retraite à trente-trois ans après plusieurs campagnes en Afrique et autant de citations à l'ordre de l'armée, et, tout à coup, l'envie d'entrer dans le corps judiciaire. Depuis, il le répétait souvent, il avait vu beaucoup plus de cadavres que pendant ses années militaires. « *Beaucoup plus, et beaucoup plus moches* », comme il aimait à le dire. Chaque nouvelle scène de crime lui en apprenait un peu plus sur la laideur du monde. Rien ne l'étonnait plus. Il était simplement curieux de découvrir ce que les assassins pouvaient inventer pour martyriser leurs semblables. Ce matin, il avançait lentement entre les fougères, sachant déjà que cette scène de crime du Cap-Ferret ne serait identique à aucune autre. Le rapport succinct du commandant de gendarmerie lui en avait brossé grossièrement le tableau. Cela promettait d'être épouvantable.

Il s'arrêta dès qu'il aperçut le corps. Les trois hommes se mirent en file indienne, le substitut en dernière position. Puis ils reprirent leur progression, le plus lentement possible, en passant au tamis de leur regard la moindre parcelle de terrain autour d'eux, et contournèrent le cadavre. Ils décrivaient des cercles concentriques autour de la morte. Duncan les apercevait repasser devant lui régulièrement et cela l'intriguait. Il s'approcha autant qu'il put sans se faire refouler par les gendarmes. Le magistrat et ses policiers n'avaient pas l'air pressés de parvenir au cadavre. Leur déplacement ressemblait à un rituel sauvage. Ils regardaient à la fois par terre et en l'air. Ils fouillaient le sol et les arbres. L'un des hommes en blouse blanche piquait des étiquettes un peu partout, son collègue équipé d'un appareil photo mitraillait sans relâche en même temps qu'il parlait à voix basse dans un dictaphone fixé au dos de son boîtier. Le substitut du procureur enregistrait également des informations dans un minuscule magnétophone de poche quand il ne s'adressait pas à son équipe. Il l'entendit demander à l'adjudant en se penchant vers lui :

– Vous connaissez bien cette forêt ?

Pichart acquiesça de la tête. Le substitut poursuivit :

– Il y a des villas, ici, ou c'est complètement sauvage ?

– C'est une grande forêt domaniale, monsieur. Cinq kilomètres de long sur presque deux de large. Rien que les arbres et cette piste cyclable qu'emprunte pas mal de monde entre huit et vingt heures, en gros. À part quelques fondus de course à la boussole et quelques promeneurs plus solitaires que les autres, personne ne pénètre à l'intérieur. Il y a des hardes de sangliers qui effraient les touristes.

– Et les gens d'ici ?

– Les gens d'ici, vous savez, ce sont des bourgeois qui viennent en vacances, et le reste, ce sont les ostréiculteurs et les commerçants. Ils n'ont pas vraiment le temps de faire des balades au milieu des pins.

Le substitut laissa les deux officiers de l'unité scientifique continuer leur recherche d'indices et se frotta la nuque avec une petite main boudinée et velue. Il semblait réfléchir à toute allure.

– La nuit, demanda-t-il encore, les jeunes… Ils viennent ici ou pas ?

– C'est-à-dire ?

– Ils font des fêtes ? Est-ce qu'il y a déjà eu des réunions bizarres, avec jeux de rôles et tout le bastringue ? Vous voyez ce que je veux dire ?

L'adjudant toussa, se racla la gorge et secoua la tête négativement.

– Les jeunes, à ma connaissance, ils sont comme leurs parents, des mômes avec de l'argent et bien élevés. Leur terrain de chasse, ce n'est pas la forêt, mais les trois ou quatre boîtes de nuit des environs. C'est très sage. On a même du mal à coller des PV pour excès de boisson le vendredi soir. Franchement, je ne vois pas.

Le substitut se retourna d'un coup sans répondre et rejoignit les membres de l'unité de police scientifique. Ils étaient maintenant à quatre ou cinq mètres du corps. En arrivant devant, l'un d'eux ne put s'empêcher de faire remarquer à son collègue que la morte devait être là depuis un moment et qu'il n'avait jamais vu un truc pareil. Le substitut hocha la tête, mais coupa court à l'échange de propos :

– Allez, les enfants, on n'a pas le temps. Vous continuez à me faire les photos, vous pratiquez les prélèvements de proximité, et vous me faites une première étude du cadavre. Ensuite, on rentre. La médecine légale terminera le boulot.

Puis il ne bougea plus, son magnétophone toujours collé au menton, et regarda ses hommes travailler.

Duncan s'était encore rapproché. Il entendait le substitut du procureur commenter la scène de crime. C'était précis et glacial. Le petit bonhomme n'oubliait rien. Une curieuse épitaphe pour une jeune fille venue se faire trucider loin de chez elle dans un lieu de bonheur familial absolu.

– Dix heures douze. Nous commençons l'examen du cadavre in situ. Une personne de sexe féminin, jeune, dans la vingtaine, environ un mètre quatre-vingts et plus, le légiste complétera, sportive, type caucasien, blonde, peau mate ou bronzée, victime d'une mort criminelle, certainement de cause cardiaque. La physiopathologie le confirmera. Entièrement dévêtue. Un reste de ruban adhésif beige de type courant sur la bouche, l'expertise scientifique en déterminera la marque. Les yeux sont grands ouverts. Plusieurs blessures apparentes sur la face du corps, les genoux ont été râpés, la poitrine, le visage, les pieds et les mains aussi. Le nez a été fracturé. La bouche écrasée. Une plaie au cuir chevelu. Sexe béant. La victime semble avoir été violée avec un objet de taille importante. Très importante. Rien n'a été retrouvé dans les environs immédiats. Couchée sur le dos, bras et jambes écartés fixés à des arceaux. La victime a été clouée au sol à l'aide de pieux métalliques faisant penser à des piquets de tente. L'expertise scientifique confirmera et déterminera la marque. L'état du corps laisse à penser que la victime est morte depuis plus de deux jours. Elle présente une tache verte abdominale caractéristique au niveau de la fosse iliaque droite. Aucune rigidité apparente.

Le substitut s'interrompit le temps de demander à l'un de ses adjoints de prendre la température du corps et de prélever les insectes autour, puis il reprit l'enregistrement.

– Nous allons maintenant examiner le dos de la victime.

Il fit un geste en direction de ses hommes. Duncan les entendit peiner un peu pour retirer les pieux. Le substitut leur demanda d'éviter de les faire bouger dans les blessures et de les protéger à l'aide d'un film plastique de cuisine. Puis il appuya de nouveau sur la touche rouge de l'enregistreur.

– Le corps est maintenant sur le ventre. Il est dix heures trente-huit. On constate des traces de lividité importantes et pâles sur la nuque, les lombes et l'arrière des genoux. Nous dirons que la victime est morte dans la position où nous l'avons trouvée et qu'elle n'a pas été déplacée ensuite. Hormis les orifices de sortie des pieux métalliques dans les mains et les pieds, elle ne présente aucune blessure apparente sur la face arrière du corps à l'exception de quelques traces d'érosion.

Le substitut interrompit son monologue pour se pencher sur le cadavre. Il attrapa délicatement la chevelure et passa une main à l'intérieur. De l'endroit où Duncan l'observait, on aurait pu croire qu'il lui massait le cuir chevelu.

– Pas d'ecchymoses ni d'hématomes sur la tête. Pas de signes d'écrasement ni de fracture. Pas de plaies contuses. Le premier examen laisse à penser que la victime n'a pas été assommée. Elle a été couchée, consciente, sur son lit de torture. Il ne semble pas à première vue qu'elle se soit défendue, ce qui laisse supposer qu'elle connaissait l'agresseur ou qu'elle s'est fait surprendre et endormir.

Le substitut allait effectuer une réquisition des pompes funèbres pour organiser le transport du corps jusqu'à l'institut médico-légal de Bordeaux lorsque la pointe de sa chaussure ripa contre une petite pièce métallique qui affleurait à la surface du sol. Machinalement, il se baissa et regarda. Il n'y avait pas plus de deux millimètres de métal à l'air libre et ce qui l'intrigua fut plus de ne pas avoir remarqué l'objet que l'intérêt qu'il pouvait présenter.

– Déterrez-moi ça.

L'adjoint le plus proche s'accroupit devant l'endroit que le magistrat désignait de l'index. Il sortit une curette de la poche haute de sa blouse et commença à racler lentement la terre sableuse autour de la tache de lumière que reflétait l'objet, un peu à la manière d'un archéologue qui aurait mis au jour une molaire de l'homme de Tautavel.

– On va pas y passer la journée, s'énerva le substitut. Activez, mon vieux. Activez…

– Ça va prendre encore une ou deux minutes, monsieur. Ce n'est sans doute rien, mais dans le cas contraire… autant assurer le coup.

– Qu'est-ce que vous voyez ?

– Comme une médaille ou une pièce. Je ne sais pas encore. Ça n'a pas l'air lourd. Ni très important en taille.

Le policier prit un échantillon de la terre qui le touchait et le glissa dans une poche plastique. Puis il dégagea d'un coup l'objet.

– Alors, à votre avis ?

– Eh bien, un porte-clés. Mais quel genre de porte-clés… Comme ça, je ne saurais pas vous le dire.

L'homme le tenait devant lui au bout d'une pince de philatéliste. Le substitut s'approcha et plissa les narines comme s'il avait voulu humer le métal.

– Il s'agit d'une pucelle, mon vieux.

– Une pucelle, monsieur ?

– Eh bien oui, une pucelle, un insigne de régiment, vous n'avez jamais été militaire, vous ? s'énerva le substitut.

– Non monsieur. J'ai été réformé. Quant à cet objet, il est assez abîmé. Cela ne saute pas aux yeux...

Le substitut l'empocha, attrapa son téléphone et composa un numéro préenregistré.

– Carlier. Il y a un paquet pour vous... Je vous faxe l'ordre de réquisition dès que je rentre à mon bureau... C'est pas en bon état, à manier avec précaution... L'adjudant de gendarmerie va vous rappeler pour vous communiquer les coordonnées pour l'enlèvement... Je veux que la voiture soit là dans l'heure... Vous m'emmènerez le macchabée à l'institut médico-légal de Bordeaux...

Le substitut s'interrompit un instant avant de reprendre, la voix un peu plus haut perchée :

– Vous aurez mon fax dans une heure.

Il referma son téléphone et se passa la main dans les cheveux. Qu'est-ce que pouvait bien foutre ce morceau de métal ici, à proximité du corps !

27

Après avoir ausculté la morte sous toutes les coutures, le substitut se campa bien raide au niveau des genoux de la fille, les pieds de part et d'autre des jambes, puis, les mains sur les hanches, il plongea son regard dans l'ombre du ventre du cadavre, fasciné par cette cavité élargie. Il ne parvenait plus à détourner les yeux, comme aimanté par cette fente qui avait pris la teinte de l'humus.

– Et quoi ? Il faut attendre que vous ayez fini votre petite affaire pour m'en aller ? avait marmonné Duncan entre ses dents.

Le substitut fit d'abord pivoter le buste sans bouger le bassin, puis prolongea le mouvement en tournant la tête.

– Pouvez-vous répéter ce que vous avez dit, monsieur ?

– Ça va faire presque deux heures que je suis coincé ici, dans cette puanteur. Si vous n'avez pas besoin de moi, il faut me le dire et me libérer, dit Duncan d'une voix sourde.

Le magistrat lui répondit sur le même ton :

– Je suis le seul à décider, ici, monsieur. Vous allez faire exactement ce que je vous dirai de faire.

Duncan aspira une grande gorgée d'air par la bouche pour éviter de laisser pénétrer dans ses narines l'odeur lourde et fade de la morte.

– Alors allez-y, videz votre sac, monsieur le substitut. Si je suis suspect, vous me faites emballer. Si je ne le suis pas, vous me laissez repartir. Vous pourriez comprendre que j'en ai ma claque de faire le poireau à côté d'un cadavre.

– Ce n'est pas que vous soyez suspect qui déterminera que je vous garde ici. Ce serait trop facile.

Ils avaient continué à se quereller de longues minutes. Puis la tension était retombée. Enfin, le substitut avait congédié Duncan d'un revers de main. Il s'était retourné vers la morte et avait repris sa contemplation. Duncan avait hésité un instant à faire un détour pour récupérer son Nikon, mais vite abandonné l'idée. Il reviendrait plus tard. Il n'y avait plus de risque que le magistrat et ses hommes mettent la main dessus. Ils se concentraient maintenant sur le corps et enregistraient les derniers détails intéressants à conserver dans le dossier criminel.

Duncan écarta les pieds, raidit le buste et les épaules, tendit les bras à l'horizontale et appuya ses mains sur le tronc d'un pin. Sa respiration sifflait. Son crâne était de nouveau serré dans un étau de lumière. Une multitude de taches phosphorescentes dansaient devant ses yeux. Le maréchal des logis-chef s'approcha et lui demanda si ça allait.

– Pas vraiment.

– Vous voulez une cigarette ?

Duncan fut secoué par un long rire nerveux.

– Là, comme ça, avant de courir… Vous voulez m'achever ?

Le gendarme haussa les épaules.

– C'était pour être sympathique. Pour vous aider… Après une matinée comme ça, normalement on se fait aider.

Il disparut dans les buissons.

Duncan jeta encore un regard à la famille de cyclistes, qui patientait toujours dans l'estafette des gendarmes, et s'élança sur la piste avec une foulée courte et lente. La chaleur était beaucoup plus forte qu'en début de matinée. En deux heures, le thermomètre avait pris plusieurs degrés. Le ruban de la piste à l'air libre concentrait les rayons du soleil. Duncan eut tout à coup l'impression que sa DS était garée très loin. Très très loin. Ses baskets lui semblaient collées au sol. Il avait les genoux et les chevilles ankylosés et raides. Pourtant, il ne voulait pas s'arrêter de courir. Il fallait qu'il rejoigne le plus rapidement possible le Ferret. Un mauvais pressentiment lui écrasait l'estomac. Il fallait qu'il file chez Clémence, qu'il s'assure qu'elle n'avait pas désobéi, qu'elle était encore chez elle, qu'il lui dise qu'une chose épouvantable venait de se produire juste à côté, qu'il la serre dans ses bras, qu'il plonge le visage dans ses cheveux, et qu'il lui fasse faire ses bagages pour aller finir les vacances ailleurs. Peut-être en Bretagne. Oui, en Bretagne, pourquoi pas.

Il voulut allonger la foulée, mais dut renoncer aussitôt. Il était comme un coureur de fond en fin de course. Il n'y avait plus de forces en lui.

Il fut dépassé par deux cyclistes qui pédalaient à un train d'enfer, secoués de grands éclats de rire. Très vite, ils furent hors de vue. Duncan eut l'impression d'avancer encore moins vite. Il n'avait aucune idée de ce qui lui restait à courir pour rejoindre sa voiture. Il ne se repérait plus sur la piste. Encore un coude ou deux ? Une descente ? Une montée… ? Il ne savait plus.

28

La fille était assise à même le sol, dans un coin de la pièce. Maintenant, elle en était persuadée, son client était fou furieux. Elle avait eu toutes les peines du monde à retourner dans la douche. Dès qu'elle mettait un pied hors du lit, il la rattrapait et la ramenait à lui, comme il aurait joué avec un chien ou un chat. Il ne lui parlait pas, il se contentait de lui saisir le bras ou la jambe et de la plaquer sur le lit. Il pouvait enfermer sa cuisse dans ses mains tellement elles étaient énormes. Elle avait comme une boule qui grossissait dans son estomac. Elle ne s'était jamais sentie aussi sale de sa vie. Elle avait envie de pleurer et c'était seulement la honte qu'elle aurait éprouvée à le faire devant cet homme qui la retenait.

Les mêmes éclats de rire se firent de nouveau entendre à travers la cloison. Puis ce furent les grincements d'un sommier. Et ça recommença. La serveuse essaya de faire le vide dans sa tête et de se concentrer sur les bruits voisins. Elle ne voyait que la masse colossale de son client, à contre-jour devant la lampe de chevet. Et puis cette odeur fade qui flottait autour d'elle… Pourquoi était-elle allée avec ce roux ? Elle savait bien qu'ils puaient et il avait fallu qu'elle tombe sur le plus barge d'entre tous. L'homme ne bougeait pas. Il était assis devant elle en tailleur sur le lit, en position de méditation, et elle flaira un nouveau mauvais coup. Elle rentra la tête dans les épaules et ferma les yeux.

– Alors bordel, tu vas la prendre, cette douche ? lui dit-il d'une voix excédée.

Elle se releva et s'enfuit dans la salle de bains. Elle aurait voulu se doucher, mais elle n'osait pas. Elle avait trop peur. Elle l'imaginait déjà débarquant lorsqu'elle serait sous le jet, il ouvrirait en grand l'eau chaude, il la brûlerait, elle ne pourrait pas se défendre. Elle regarda derrière elle en coup de vent, puis se passa le visage sous le robinet du lavabo en tremblant. Elle faisait aussi vite qu'elle le pouvait. Elle remonta tant bien que mal sa culotte et agrafa sa jupe. Putain, ce qu'elle avait mal au ventre, elle se demandait si elle trouverait la force de sortir de l'hôtel ! Elle s'essuya le visage dans la première serviette qu'elle trouva, et se lissa les cheveux avec les doigts. Il ne lui restait plus que son chemisier à enfiler. Elle n'avait plus qu'une idée en tête, prendre les 600 dollars qui étaient posés sur la table de nuit et filer se réfugier dans les bras de sa gamine. Elle s'imaginait se couler dans son berceau, c'était idiot, elle n'y pouvait rien, elle avait ce besoin animal de la présence de sa petite, de son parfum, de sa chaleur, mais elle était si lasse et si triste qu'elle aurait bien inversé les rôles. Elle voulait s'endormir dans les bras de son enfant. Un craquement dans la chambre lui fit tourner la tête.

– Oh, non ! murmura-t-elle en fondant en larmes.

29

La DS avait roulé à tombeau ouvert. Duncan était sorti en claquant la portière sans la fermer à clé. Il avait sauté les marches du perron, ouvert la porte de la maison d'un coup d'épaule et s'était précipité vers le téléphone. La sueur qui inondait son visage l'empêchait de voir correctement les chiffres. Il s'y reprit à deux fois pour composer le numéro de Clémence et s'assit sur l'accoudoir du fauteuil du salon. Au bout de la cinquième sonnerie, il renouvela l'appel. Sans plus de succès. La sonnerie retentissait dans le vide. Il mit l'appareil sur le mode haut-parleur et se releva pour aller boire un verre d'eau abandonné le matin sur le bar de la cuisine américaine. Il recomposa encore une fois le numéro de Clémence et reposa le combiné lorsqu'il considéra que personne ne décrocherait. Duncan ne parvenait plus à rassembler ses idées. Il avait l'impression de flotter, comme s'il s'était encore trouvé sur la piste de jogging. Des gouttes de sueur tombaient à intervalles réguliers sur le parquet. Il se sentait vidé. Il ramassa la clé de la maison sur le bar et sortit pour rejoindre sa voiture.

Sur la départementale qui menait au Ferret, il aperçut l'hélicoptère qui décollait. L'appareil bondit hors des arbres, le nez vers le sol, avant de se redresser et de filer vers l'Océan. Le pied au plancher, il ne ralentit qu'à l'entrée du village. La maison de Clémence n'était plus loin maintenant.

Il laissa la DS sur l'avenue, devant le portail, poussa la barrière et tambourina à la porte. Volontairement, il avait ignoré la sonnette. Il tapait comme un sourd, persuadé que cette violence allait faire apparaître plus rapidement la fille brune, mais rien ne se passait. Clémence ne se manifestait pas. Elle lui avait assuré qu'elle ne bougerait pas de la matinée et elle s'était envolée... Duncan retourna s'asseoir au volant de sa voiture et attendit. Il passait en revue toutes les hypothèses les plus anodines : Clémence sourde sous sa douche, Clémence au marché, Clémence partie boire un café... Et puis aussi Clémence retournée à l'Océan. Elle avait promis, mais ce matin, Duncan n'avait plus confiance. Une angoisse irrépressible lui écrasait la poitrine. Il voulait se convaincre que son attitude était absurde, mais rien n'y faisait. Il avait une boule à l'estomac qui grandissait au fur et à mesure que le temps passait.

Au bout d'une heure, il repartit chez lui. Cette fois-ci, la voiture roulait au pas. Duncan était vidé et avait à peine la force de toucher l'accélérateur. À faible vitesse, la suspension de la DS était infernale. Elle lui mit le cœur au bord des lèvres. Arrivé chez lui, il alla directement à la salle de bains, ouvrit en grand le mitigeur de la douche italienne et s'installa sous le jet sans même s'être déshabillé. Il avait légèrement renversé la tête en arrière, plaqué les deux mains à plat sur le sommet de son crâne, et laissait l'eau l'inonder comme il l'avait fait des dizaines de fois sous les cascades de la jungle birmane des années auparavant. Il inspirait et expirait lentement pour calmer les battements de son cœur. Lorsque son rythme cardiaque fut revenu à la normale, il ôta son teeshirt, son short et ses tennis, se sécha dans une grande serviette de bain et retourna vers le salon pour rappeler encore Clémence.

Le téléphone sonnait dans le vide.

30

Madeleine venait de dresser la table sur la terrasse pour le déjeuner. Elle avait encore une fois sorti le grand jeu. Elle ne savait pas faire autrement. Pour trois feuilles de radis, il fallait un plat. Sur la nappe Bouchara, c'était un déluge de vaisselle. Même les tranches de pain étaient posées dans des coupelles. Elle pestait, parce que cela faisait quatre minutes qu'elle appelait, et que personne ne venait.

Un bruit de moteur dans l'allée lui fit tourner la tête. Le break bleu des gendarmes venait de se garer au pied de l'escalier. « *Tiens, voilà les deux crétins qui reviennent* », pensa Madeleine, puis elle hurla pour appeler son mari :

– André, ce sont les gendarmes. On va avoir des nouvelles d'Ingrid…

Le chauffeur resta au pied de la maison pour fumer une cigarette. Seul, l'adjudant emprunta l'escalier qui menait à la terrasse. Madeleine attendait en haut, plutôt satisfaite de voir revenir ce militaire qui n'avait d'abord rien voulu croire de son histoire de disparition. Le gendarme lui adressa un signe de tête bref et crispé. Madeleine lui répondit par son plus beau sourire, mais l'adjudant Pichart ne sembla rien remarquer. Il entra dans le salon puis demanda si les enfants étaient là. Ils étaient au fond du parc avec Allyson. Madeleine proposa immédiatement d'aller les chercher. L'adjudant lui opposa une main levée :

– Non. Pas les enfants justement. Il ne faut pas qu'ils soient là.

– Que se passe-t-il ?

Madeleine commençait à détester ce gendarme avec sa gueule de messager de mauvaises nouvelles. Elle se demandait ce qu'il allait bien pouvoir lui annoncer qui oblige les petits à rester à l'écart.

– Madame, votre baby-sitter allemande est morte.

La nouvelle l'atteignit comme un direct à l'estomac. Elle s'assit sur la première chaise à sa portée et posa les mains à plat sur ses genoux.

– Ingrid… ?

– Nous venons de trouver le cadavre d'une femme. Tuée dans des conditions épouvantables. Mais je ne vais pas vous les détailler là. Ce n'est pas le but de ma visite. Vous aurez le temps de lire ultérieurement le PV. Je suis ici parce que tout porte à croire qu'il s'agit bien de votre baby-sitter, madame. Nous avons trouvé la robe que vous aviez décrite. Je souhaiterais donc que vous puissiez venir l'identifier. Ensuite, nous prendrons contact avec sa famille.

Madeleine s'accouda à la table du salon et posa la tête dans sa main. Elle ferma les yeux. Une ombre dense mangeait ses joues. Un tressaillement imperceptible secouait son corps en entier. Il s'installa tout à coup entre elle et Pichart un silence absolu. Madeleine pleurait avec des sanglots muets. Pichart retenait sa respiration, espérant l'arrivée soudaine de son adjoint pour dénouer la situation. Mais le chef Mayeras continuait à fumer à la chaîne cigarette sur cigarette, adossé à la carrosserie de son véhicule. Pichart était seul devant la détresse de Madeleine sans pouvoir l'apaiser. Il se demanda ce que cela serait s'il devait rencontrer la maman de la morte. Pendant des années, il avait rêvé d'une grosse affaire au Cap-Ferret et maintenant qu'elle se présentait, il ne se trouvait pas de taille.

Madeleine se tourna vers l'ombre du salon et appela d'une voix presque atone :

– André… André…

André ne répondait pas, mais il était là, derrière la porte, une oreille et les mains collées au panneau de bois, à guetter la moindre information délivrée par l'adjudant. Il réprima un mouvement d'épaules pour ne pas heurter la porte et recula jusqu'à l'escalier. Madeleine l'appelait encore.

André avait blêmi. Il savait depuis deux jours qu'il ne serait plus jamais tranquille de sa vie. Tout l'inquiéterait. La moindre petite chose qui le ramènerait à l'affaire d'Ingrid remettrait tout en question. Il poussa la porte. La clarté entrant par la porte-fenêtre le surprit plus que d'habitude. Il vit d'abord une scène en ombres chinoises et il ferma les yeux. Quand il les rouvrit, il lui sembla que le gendarme avait fait un pas vers lui. Pichart attaqua immédiatement :

– Votre Allemande est morte. J'arrive de la scène de crime. Pas beau à voir. Va falloir me raconter beaucoup de choses, monsieur, puisque madame est incapable de parler…

André écarta les bras en signe de soumission.

– Vous raconter quoi ? Je ne comprends rien à ce que vous me dites.

Pichart se rapprocha de lui.

– On aimerait connaître plus de détails sur la personnalité de cette Allemande. Des choses personnelles, voire intimes… ça nous aiderait à cerner peut-être celle du tueur. Je suis sûr que vous pouvez nous aider.

Madeleine poussa un cri rauque et sourd.

– On ne va quand même pas la déshabiller maintenant qu'elle est décédée. On vous a déjà tout dit quand on a signalé sa disparition.

Pichart fit un signe négatif de la tête. André se rongeait les ongles.

– C'était une jolie fille, pas vrai ? reprit Pichart. Évidemment, ce n'est plus pareil maintenant. Si vous la voyiez…

Il s'interrompit un instant pour observer Madeleine et André, puis continua :

– Elle est morte avant-hier. Probablement quand il n'y avait personne dans les environs, donc certainement à la nuit tombée ou au lever du jour. Le légiste précisera l'heure. On ne sait pas encore si elle a été agressée sur place ou si elle a été traînée là. En tout cas, c'est une vraie boucherie.

Madeleine et André ne répondirent pas. Ils étaient figés comme des statues de sel.

– Elle a été torturée comme on n'avait pas vu cela dans les anales de la police judiciaire en France depuis des années. Elle a été crucifiée, clouée au sol avec des piquets de tente de camping. Les deux mains et les deux pieds. Je vous raconte cela parce qu'il faut que vous soyez un peu préparés à ce que vous allez voir. On lui a certainement fait subir d'autres sévices, mais l'état de conservation du corps n'a pas permis de tout remarquer sur la scène de crime. Avec cette chaleur, le cadavre avait déjà pas mal changé. C'est très moche.

Madeleine était offusquée et, gendarme ou pas, elle reprit les vieux réflexes de grossièreté qui la caractérisaient.

– Pourquoi voulez-vous qu'on la voie, bordel ! Pourquoi devrait-on aller regarder cette pauvre gosse ? On n'est pas sa famille, bordel de merde !

Pichart toussota. Il attendait qu'André intervienne. Or, André ne bougeait pas.

– On dirait que cela vous fait plaisir de nous décrire le calvaire de cette petite. Et il faudrait qu'on regarde ça, par-dessus le marché. Mais ça ne va pas bien, non ?

Pichart éleva sensiblement le ton :

– C'est vous qui m'emmerdez. Vous viendrez voir le corps, parce que la loi m'autorise à vous y contraindre. Ce n'est pas de gaieté de cœur, mais j'ai besoin que vous reconnaissiez le cadavre. Nous nous reverrons donc cet après-midi à quinze heures à la gendarmerie. Une voiture nous conduira à Bordeaux à l'Institut médico-légal. C'est cela ou je vous coffre.

Pichart avait ensuite ramassé son képi sur la table et quitté la pièce sans un mot de plus. Il avait laissé la porte-fenêtre ouverte derrière lui et l'on avait entendu le bruit de ses bottes dans l'escalier. Il attaquait les marches du talon avec une énergie inouïe. Madeleine planta son regard dans celui d'André.

– Ah le con ! Et toi qui ne dis rien ! Tu restes planté là sans répondre. En plus, il t'a parlé comme si tu avais quelque chose à te reprocher.

31

Par la fenêtre de la grande salle de rédaction de *FaitsDiv Mag*, Frédéric Escher regardait les tours de Notre-Dame filer vers le ciel dans la lumière saturée du mois d'août. Depuis le matin, une chaleur poisseuse accablait les Parisiens. Sur le plateau, le thermomètre avoisinait les trente degrés. Les intempéries inondaient le reste du pays. Escher rêvait d'une bonne bruine bretonne, mais pas une affaire intéressante à se mettre sous la dent à l'ouest de la France depuis des semaines. La Bretagne était en train de faire plonger les statistiques de la criminalité. Comme le reste de la rédaction, il désespérait de pouvoir boucler cette semaine un numéro intéressant.

Le stylo entre les dents, il escaladait mentalement chaque étage de Notre-Dame avec autant d'efforts que s'il devait le faire à la force des biceps. C'était sa façon de trouver l'inspiration. Mais cette fois-ci, rien ne venait. Il avait beau grimper, la page restait blanche devant lui.

Escher était maintenant en train de se dire qu'il allait lui falloir trouver assez de courage pour se lever de sa chaise et proposer à son rédacteur en chef le tour de passe-passe classique quand aucun crime ne venait égayer une semaine : faire du neuf avec du vieux en ressortant une des vieilles histoires qui avaient fait la fortune du journal. Les tueurs du Brabant, l'empoisonneuse de Belfort, l'odyssée meurtrière d'Émile Louis ou la très récurrente affaire Grégory… Il y avait toujours, tout au long de l'année, une date anniversaire pour reparler d'un crime dont le public ne s'était toujours pas rassasié au fil des années. C'est ce qui est extraordinaire avec les meurtres, on peut parler dix fois de manière différente d'un assassinat, on intéressera dix fois de suite les mêmes gens. Escher l'avait souvent vérifié. Mais aller tenir ce discours à son patron était toujours un vrai casse-tête. L'idée même que ses journalistes ne puissent pas dénicher une histoire nouvelle en quatre ou cinq jours le mettait hors de lui.

Il se leva de son bureau d'un coup.

– Frédéric, tu ne vas pas me faire avaler qu'il n'y a pas cette semaine un nouveau-né congelé, une vieille à qui on a chauffé les pieds, un flic renversé par un chauffard, un gosse violé par un curé, battu à mort par son père ou… Et merde, ce n'est pas compliqué tout de même, depuis quand ce serait devenu le paradis ici ?

Escher, démoralisé, considéra avec angoisse le compte à rebours qui était enclenché – la remise du papier dans vingt-quatre heures, le choix des photos trois heures plus tard, le bouclage deux heures après – et toujours rien, pas de crime, pas d'idée ! Un été de merde, un de plus, quand la sonnerie délicate du poste se mit à retentir. Il tendit le bras et décrocha.

– Fred ? Duncan.

– Oh, Alain !

– Ça va ?

– Non. Tu vas rigoler, nous sommes en rupture de meurtres. J'ai une journée pour trouver un truc original. Et rien. Les correspondants sont tous en vacances ou aux abonnés absents. Le rédac-chef est hors de lui. Je ne m'en sors pas.

En moins de dix minutes, la voix tremblante, Duncan résuma à Escher ce qu'il avait vu du crime du Cap-Ferret.

– C'est épouvantable, tu ne peux pas imaginer.

Escher considéra une fois encore le chemin de fer du journal et les six pages qui lui étaient attribuées avec les énormes points d'interrogation griffonnés par le rédacteur en chef.

– Ça mériterait que tu descendes faire un tour, ajouta Duncan. Tu pourrais encore attraper un train pour Arcachon et prendre l'un des derniers promène-couillons pour rejoindre le Ferret. Ensuite, je te raconte dans le détail. Tu l'auras, ton papier ! Et puis, il s'est passé ici d'autres trucs bizarres… une nudiste agressée, c'est compliqué à raconter…

– J'arrive, dit simplement Escher, puis il raccrocha.

Il éteignit l'ordinateur, prit son stylo et écrivit en gros sur le chemin de fer : « Fille au pair allemande retrouvée crucifiée au Cap-Ferret. Je pars voir. Enverrai un pré-papier demain avant quinze heures. » Puis il fit passer la feuille A3 à son voisin, lui dit de la glisser sous la porte du bureau du directeur de la rédaction et se dirigea vers la sortie. Le confrère ne fit même pas attention au texte et se leva sans poser de questions. Escher allongea le pas.

32

De Hoordt se tenait, nu, devant l'encadrement de la porte de la salle de bains. Il n'avait pas prononcé un mot. Seul, son regard de fou furieux parlait pour lui. La serveuse savait désormais comment il fonctionnait. Elle s'agrippa au lavabo et mit un genou à terre. Elle ne pouvait plus détacher son regard du sexe de l'homme. C'était une erreur de la nature, un monstre, un cas unique. Dans les théâtres porno où elle avait tourné depuis trois ou quatre ans, elle avait vu tout un tas de mecs montés comme des bêtes, des Indiens, des Pakistanais, des Russes, des Africains. Mais comme ce salaud-là, jamais. Elle n'aurait même pas pu compter le nombre de fois où il l'avait prise depuis la veille. Sept, huit, neuf fois ? elle ne savait plus. Et il allait recommencer.

Elle joignit les deux mains devant son visage et supplia qu'il la laisse partir. De Hoordt l'attrapa par les cheveux et la tira à lui.

– Tu vas t'allonger sagement, maintenant que tu t'es fait une beauté. Sinon, pas de pognon.

Depuis des heures, la serveuse avait renoncé à comprendre ce que baragouinait son client. Elle se laissa conduire vers le lit et se mit dans la position que lui imposa l'homme.

De Hoordt la secoua par les épaules. Si la fille n'avait pas été sur ses guiboles, il l'aurait crue morte. Elle pouvait crever, mais pas dans son hôtel. Il n'avait enfin plus envie d'elle. Il fallait maintenant qu'elle sorte au plus vite. Elle était encore habillée, ça n'allait donc pas traîner. Il jeta un dernier regard à la fente de ses fesses sous la jupe, mais n'en retira rien, ni excitation, ni envie, rien. Il se redressa, prit les dollars sur la table et les jeta devant la fille. Puis il la poussa vers la porte de la chambre.

Il se planta devant le miroir de la salle de bains et fit rouler quelques-uns de ses muscles en prenant des postures de body-builder. Cette première nuit à Bangkok l'avait satisfait au-delà de ses espérances. Cette connasse se souviendrait de la séance ! Pour 600 dollars, ça valait le coup. Maintenant, il allait prendre une douche, filer à la salle de sport de l'hôtel taquiner la fonte, ensuite il irait se faire masser puis il essayerait enfin de mettre la main sur ces satanés Français. Il fallait qu'il les trouve avant d'avoir pompé tout le fric destiné aux armes.

33

Madeleine et André Leclerc étaient arrivés à la gendarmerie après avoir avalé un mauvais repas avec les petits-enfants qui ne comprenaient pas pourquoi les adultes ne riaient pas comme d'habitude en vidant les bouteilles de vin.

Pichart les attendait en feuilletant son carnet de notes.

– Il y a dans la vie de cette jeune fille des zones d'ombre qu'il faudrait que vous puissiez m'aider à éclairer avant qu'on arrive à Bordeaux. On va prendre l'estafette. Le maréchal des logis-chef Mayeras conduira. Nous pourrons parler tranquillement.

L'adjudant attaqua dès que le véhicule fut sur la voie express :

– Une belle plante, votre fille au pair, mais pas une perdrix de l'année, si je peux m'exprimer ainsi. Pardonnez-moi, madame. Elle semblait avoir, comme on dit chez nous, le feu aux miches.

– Vous parlez comme cela d'une morte, ce n'est pas à votre honneur. Je ne suis pas venue pour entendre ça.

– Je vous dis ce que je sais. Et cela ne changera rien à ce qu'elle était ni à ce qui s'est passé. Les informations récoltées au camping laissent penser que la jeune Hartmann ne baby-sittait pas que les enfants. Les hommes aussi. Plusieurs. Le témoignage du gérant du camping…

– Qui c'est, celui-là ? coupa Madeleine.

– Qu'importe. Un monsieur assez curieux qui nous en a appris un peu sur sa vie et ses mœurs. Elle recevait des hommes sous sa tente. Elle en a reçu plusieurs les jours qui ont précédé son assassinat. Donc voilà une jeune fille qui n'avait pas froid aux yeux.

– Oui, une fille de son temps, et alors ! siffla Madeleine, exaspérée.

– Une fille de son temps, mais qui est morte, madame. Tuée par un homme.

– Tuée par un homme… pourquoi pas par une femme ?

L'adjudant ne releva pas.

– Ce qui nous intéresse, maintenant, c'est de savoir s'il s'agit d'une mauvaise rencontre fortuite ou de la suite d'une de ses relations. Nous avons déjà identifié deux hommes qui ont été mis hors de cause. En revanche, il y en a un troisième sur lequel on a encore peu d'éléments. Celui-là nous intéresse beaucoup.

Pichart laissa un silence pesant s'installer. Il regardait Madeleine et André, tour à tour. De son année à l'École d'application de la gendarmerie, il avait retenu une phrase de son instructeur : « *Tous coupables. N'oubliez jamais, tous coupables.* » S'adresser à tout le monde comme s'il n'y avait que des suspects. À chaque fois qu'il avait mis en pratique cet enseignement, il en avait tiré un bénéfice certain. Cette fois-ci, les clients étaient coriaces. Le vieux, surtout. Il était évidemment le troisième homme, l'adjudant en était certain. Même s'il n'avait absolument pas le profil du tueur, Pichart aurait aimé qu'André Leclerc lui avoue simplement sa liaison avec l'Allemande. Pour faire avancer l'enquête. Même si la présence de sa femme lui interdisait toute confession, il devait continuer à le harceler. Peut-être alors Leclerc lui confierait-il un jour, pour se dédouaner, une information qui ferait basculer le cours des événements. Ce n'était pas une bonne idée d'avoir emmené Madeleine Leclerc à Bordeaux. Son mari ne dirait aujourd'hui rien de plus qu'à la brigade. Tant pis, Pichart décida de poursuivre l'interrogatoire du couple, l'air de rien. Il aurait bien le temps d'organiser un nouveau tête-à-tête avec André Leclerc plus tard.

– Le gardien du camping nous a parlé d'une personne qui n'apparaissait que vêtue d'un imperméable, un chapeau mou enfoncé sur la tête, avec des lunettes noires sur le nez même les jours de pluie. Ça vous dit quelque chose ?

André crispait les mains sur ses genoux. Il savait que s'il relâchait la pression, il se mettrait à trembler. Pourquoi cette question, alors que Pichart était persuadé qu'il s'agissait de lui, André ?

– Donc un imper beige un peu sale, un chapeau mou marron, nous a-t-on dit, et de larges lunettes de soleil comme des Ray-Ban, ça ne vous dit rien. Madame ? À vous, ça ne vous dit rien ?

Pichart avait mis Madeleine en colère :

– Non, ça ne m'évoque rien, merde ! Qu'est-ce que vous croyez, qu'on vous cacherait quelque chose si on savait ?

– Monsieur, reprit Pichart, vous m'avez affirmé avoir raccompagné la jeune fille au pair une ou deux fois. Où était-ce ?

Pichart avait mis André sur le gril d'une façon magistrale. Beaucoup moins bête qu'il en avait l'air, le bonhomme ! Il jouait avec lui comme quelqu'un qui a une bonne longueur d'avance. Mais que savait-il vraiment ? André chercha le regard de sa femme, Madeleine gardait les yeux rivés à ses chaussures.

– Je l'ai raccompagnée en ville.

– En ville ? La jeune Ingrid allait en ville après son travail. Où ça en ville ? Essayez de vous souvenir. C'est peut-être capital pour l'enquête.

– Mais je ne sais plus. Je n'y ai pas prêté attention. Je l'ai laissée du côté de chez Frédélian.

– Les deux fois ?

– Oui… Je n'ai pas le souvenir de l'avoir emmenée ailleurs.

– Pourquoi avoir raccompagné quelqu'un qui circulait en scooter ?

André Leclerc sentait son déjeuner remonter au fond de sa gorge.

– Les deux fois où son scooter était tombé en panne.

– Hum… Et vous, vous avez fait quoi ensuite ? Où êtes-vous allé ?

– Ah, ça, je peux vous le dire sans me tromper ! Chez Frédélian. C'est moi qui achète les gâteaux, et on en consomme beaucoup. C'est notre petit plaisir au dîner.

– Elle vous racontait quoi dans la voiture ?

– Rien. Elle a dû me parler des enfants, qu'elle aimait beaucoup. Je suppose. Rien d'autre.

– Elle ne vous a jamais fait de commentaire sur ses relations ?

– On n'était pas intimes. Je... Je...

– Elle ne vous a jamais fait de propositions ?

– Merde ! cria Madeleine. C'est intolérable ! J'en référerai à vos chefs.

– J'interroge, madame. J'interroge. C'est tout. Tout ce qu'on a récupéré dans la tente au camping n'a pas encore parlé. C'est parti avec le substitut à Bordeaux. Et moi, j'aimerais avancer. Et je pense que si vous avez des choses à me dire, c'est maintenant et pas tout à l'heure. Parce que quand vous aurez procédé à l'identification du corps..., je ne crois pas que cela nous aidera à part nous confirmer qu'il s'agit bien de Mlle Hartmann Ingrid. Donc, monsieur Leclerc, pas de propositions ? Pas d'attitude ambiguë ?

André aurait bien voulu lui hurler qu'Ingrid était une belle salope. Qu'elle avait été punie pour ce qu'elle faisait. Il resta de marbre et bougea la tête de droite à gauche en essayant de regarder le plus possible à travers le pare-brise du break.

Vingt minutes plus tard, ils pénétraient place Amélie-Raba-Léon dans la cour de l'institut médico-légal. Bâtiment austère. Enfilade de couloirs plus gris et sales les uns que les autres au fur et à mesure qu'ils s'enfonçaient dans les sous-sols. Puis une salle immense ceinturée de portes métalliques jaunes qui tranchaient sur la peinture beige de la pièce.

– On conserve les corps ici, annonça Pichart. On nous attend dans le labo numéro 5. On a une petite demi-heure de retard. Tout le monde doit déjà être là.

Il se pencha vers Madeleine comme pour lui faire une confidence.

– C'est l'affaire de deux minutes. Pas plus. Le corps est sur une table de dissection, sous un drap. On va vous demander d'approcher. On soulèvera à peine le drap, et vous nous direz si vous reconnaissez la personne. N'hésitez pas à changer d'angle si vous avez un doute.

– Pourquoi aurais-je un doute si c'est elle ?

– On ne sait jamais, madame. Le temps… La transformation du corps… Je vous ai dit. Le cadavre n'a pas encore reçu les soins post mortem, il doit d'abord être autopsié.

Madeleine fondit en larmes.

– Calmez-vous, madame. Ça ira vite. Une formalité…

En pénétrant dans le labo, Pichart s'arrêta net. Au fond de la pièce, à quelques mètres d'eux, sous la lumière glaciale d'un scialytique, une personne en blouse blanche, masque et lunettes sur le visage, s'affairait autour d'un paquet informe posé sur un plateau d'aluminium. Derrière, le procureur prenait des notes sur un dictaphone. À côté de lui, une autre personne avec un appareil photo emballé dans du film étirable mitraillait la scène. Du paquet, émergeaient deux jambes nues couvertes d'éclaboussures sanguinolentes. L'autopsie d'Ingrid Hartmann avait commencé. Les viscères reposaient sur un plateau posé sur une paillasse. La tête avait déjà été décalottée et le scalp tiré vers le bas sur le visage, et une ouverture en T pratiquée du sternum à la gorge. Depuis la porte de la pièce, Ingrid Hartmann n'avait plus figure humaine. Seulement une suite d'organes suintants, éparpillés en vrac autour de la carcasse de la jeune fille. Le tout baignant dans une odeur pestilentielle dans l'atmosphère lourde et chaude de la salle. Madeleine poussa un cri et s'affala dans les jambes de l'adjudant.

– Qu'est-ce que c'est que ce bordel ! cria le bonhomme rondouillard. Ressortez. Ressortez immédiatement.

Pichart était en colère. Lorsque cela lui arrivait, très rarement, il pouvait s'affranchir de la hiérarchie sans complexe, tout à sa fureur. Raison, sans doute, pour laquelle il était encore adjudant à son âge. Il s'en moquait. Il avait depuis longtemps fait une croix sur son avancement comme sur sa mutation chez lui à l'extrême sud du pays. C'était un type simple mais droit, avec un sens aigu du service au citoyen. Le mauvais coup qu'on venait de faire aux Leclerc, il n'appréciait pas du tout.

– Monsieur le substitut, c'est inqualifiable. Vous auriez pu attendre un peu, ou au moins me faire prévenir à l'entrée que vous aviez commencé.

– Ne m'emmerdez pas Pichart. Je fais mon travail. Chaque autopsie est une course contre la montre.

– Mais ces gens…

– Faites-les sortir, je vous ai dit.

Pichart releva Madeleine et la fit asseoir sur une chaise pour qu'elle reprenne sa respiration. Elle s'étouffait.

– Je n'ai jamais vu cela. Je ferai un rapport dont vous vous souviendrez, lança-t-il au magistrat.

– À qui vous voulez, je m'en fous. Je vous rappelle que je dirige cette enquête. Je vous ai dit de sortir.

– Je ne suis pas venu du Cap-Ferret pour me faire jeter comme un deuxième pompe. J'ai une identification à faire.

Le substitut posa son dictaphone et se rapprocha. Il dépassait à peine le niveau de la poitrine de l'adjudant.

– Vous m'emmerdez, mon vieux. Vous voulez une identification ? Je vais vous faire balancer sur l'ordinateur de l'entrée les photos du visage que nous avons faites avant de démarrer le charcutage de la gamine.

– Ce n'est pas conforme à la procédure, s'emporta Pichart. C'est vous qui m'emmerdez maintenant.

– Qu'est-ce que ça change ? Je vous le demande. On est sûrs qu'il s'agit de l'Allemande. On n'a plus besoin du témoignage de ces gens, faites-leur signer le PV d'identification, et qu'ils disparaissent.

– Et ensuite ? C'est vous qui allez gérer ce couple ? Vous croyez que je dispose d'une cellule d'aide psychologique au Ferret, sans blague ? On m'avait prévenu que vous êtiez spécial, mais ça dépasse l'entendement.

– Vous allez arrêter ça immédiatement maintenant, ou je vous fous un motif. Et un vrai. Pouvez me faire confiance. Vous irez finir votre putain de carrière chez les Chtis. Reçu ?

Pichart se tourna vers André Leclerc et le saisit par le bras.

– On va quand même regarder les photos de ce con. Il se croit encore avec sa *harka* en Algérie. Si vous voulez bien vous occuper de votre femme…

Pichart fit passer Madeleine et André devant lui et les poussa presque d'une manière paternelle jusqu'à l'entrée. Il avait hâte d'en finir et de retourner au Ferret.

Un jeune homme, la vingtaine à peine, légèrement boutonneux, une radio HF à la main, les attendait à l'entrée de la dernière pièce du service. Il ne prononça pas une parole. Certainement un étudiant en deuxième année séduit par le côté solitaire et asocial de la thanatologie. Il leur fit signe de contourner un bureau pour se placer devant un ordinateur. Il tendit un bras vers l'écran sans jamais croiser le regard de l'adjudant ou du couple. Un premier portrait apparut, une image de face, légèrement surexposée, aux couleurs délavées. Le visage, les yeux ouverts, le cou, un peu épais, donnaient l'impression que la personne essayait de rentrer la tête dans les épaules. André attira Madeleine à lui, mais elle refusait de regarder.

– Alors ? demanda Pichart.

– Peut-on en voir d'autres ?

Le jeune externe colla sa radio à ses lèvres.

– Une autre, s'il vous plaît.

Une seconde image apparut à l'écran. Le profil n'avait plus rien d'humain. Un masque de cire avec des débris de terre et de feuilles collés dessus. André secoua la tête négativement, commençant sérieusement à douter à la fois de lui et de l'identité de la personne dont on lui présentait les photos. La dernière photo montrait le visage d'un peu plus loin. L'image était coupée à la naissance des aisselles, dissimulées sous un drap blanc. Au fond pas si différente de la première qui lui avait été montrée, mais elle laissait deviner, sur le côté gauche du visage, au niveau de la tempe, trois minuscules grains de beauté. André ne reconnaissait toujours pas la jeune fille au pair, mais ces grains de beauté, il les avait encore plantés au fond de sa mémoire. Combien de fois les avait-il caressés ? Il les sentait encore sous la pulpe de ses doigts. Trois petits points sombres au relief discret sur lesquels il s'était attardé, à l'hôtel de Saint-Émilion, avant de s'enhardir à explorer plus bas le corps de la jeune fille. Il hocha la tête de manière imperceptible.

– C'est elle.

– Ah ! fit Pichart. Cette fois-ci, vous la reconnaissez…

– C'est elle.

L'étudiant, sans chercher l'approbation de l'adjudant, répercuta la réponse d'André dans sa radio. La voix lointaine du substitut s'adressa à Pichart :

– Alors maintenant, on va oublier ce qui s'est passé. Vous prévenez la famille de la morte et vous organisez avec elle le rapatriement du corps pour, disons, dans une petite semaine. Pas avant. Nous, on va de toute façon conserver les éléments dont on pourrait avoir besoin ultérieurement. Vous mettez au propre les interrogatoires des témoins. Et vous me peaufinez l'enquête de voisinage. Je veux tout savoir : ses connaissances, ses amis, ses fréquentations, les magasins… bref toutes ses habitudes. Et vous transmettez l'ensemble. On verra ensuite.

– Reçu, dit Pichart.

Puis il se tourna vers le couple :

– On rentre.

34

Duncan contourna la file d'attente devant la crêperie Frédélian et entra directement dans la pâtisserie. Il s'était persuadé le long du chemin que Clémence s'y serait arrêtée pour lire devant une assiette de gâteaux, comme elle lui avait raconté le faire souvent. À l'intérieur ou en terrasse, chaque table était occupée. L'endroit faisait salle comble dès quinze heures. Frédélian était à l'heure du goûter le rendez-vous de la bonne société du Ferret à ne pas manquer. Les prix exorbitants des trains de plaisir, des cannelés et autres croissants aux pignons ne faisaient fuir personne. Une institution. Clémence avait avoué à Duncan y sacrifier chaque jour une part importante de ses économies. Mais le Ferret sans Frédélian, lui avait-elle dit, n'aurait aucun sens. Duncan refit encore le tour de la salle du regard. Clémence n'y était pas. Il allait quitter l'endroit lorsqu'un mot prononcé à la table derrière lui l'arrêta net :

– Crucifiée…

L'adolescent BCBG qui venait de parler l'avait fait avec un air de gourmandise absolu.

– Tu rigoles ! lui répondit une fille.

– Je t'assure. On l'a clouée par terre.

La nouvelle s'était répandue dans la ville comme une traînée de poudre. Il sortit et se dirigea vers le Central.

Là encore, chaque conversation tournait autour du cadavre de la piste cyclable. Les garçons essayaient bien malgré eux de traiter le sujet avec désinvolture, mais les filles les ramenaient à la réalité. Une peur encore impalpable s'emparait du Cap-Ferret. Pour Duncan, c'était autre chose. Une panique. Depuis le temps qu'il courait après Clémence sans la trouver, il avait tout imaginé. En cette fin d'après-midi, il se sentait rompu, en proie à une angoisse qui l'envahissait aussi sûrement que le ressac les baïnes. Tous les événements de ces deux derniers jours lui revenaient de manière confuse. Il ne les situait plus dans le temps, comme s'il avait perdu ses repères chronologiques. Il tournait en rond dans la ville.

Où était donc Clémence ? Même le début de matinée avec elle s'estompait comme la buée qu'il aurait soufflée sur une vitre. Il doutait maintenant de ce qu'elle lui avait dit avant qu'il ne parte courir. Au fond, Duncan ne se rappelait vraiment que leur nuit et son intensité. Clémence lui avait fait oublier des années de galère affective. Elle avait réussi le tour de force d'extirper de sa vieille carcasse revenue de tout l'ombre du jeune homme qui y sommeillait encore. Un miracle. Mais lui ? Peut-être n'avait-il été qu'une passade nocturne pour elle ? Duncan s'assit et inspira plusieurs fois. L'idée même lui donnait l'impression de se noyer. Comme ce jeudi après-midi, des dizaines d'années plus tôt, quand sa mère lui avait lâché la main dans la foule de Passy. Un mois de juin à une époque où cela était synonyme d'été. Une chaleur épaisse qui prenait les hommes comme dans un four. Il trottinait derrière sa maman, ballotté dans une mer de derrières. C'était laid et inquiétant. Il voyait de sa mère l'avant-bras avec les bracelets en or qui s'entrechoquaient autour du poignet, puis la main qui serrait la sienne et lui faisait mal à cause des bagues. Et elle s'échappa. Il vit sa main glisser sur la sienne, les doigts toucher les siens, puis rien. Les doigts, la main, le poignet et l'avant-bras venaient de disparaître en une fraction de seconde. Il était seul dans la foule. Il appela sa mère comme dans ses cauchemars, quand aucun son ne sortait de sa gorge. Il l'appelait encore et encore, elle ne réapparaissait pas, la foule continuait de l'emporter, et il se sentait glisser, happé par la masse, la respiration coupée.

Il n'avait jamais revécu cette sensation depuis son enfance. Frédélian, le Central, les bars de la Forestière, les cafés de la jetée..., il les avait tous explorés. Il avait couru également le long de la plage du Ferret. Il était allé deux fois déjà à l'Océan. Clémence n'était nulle part. Il était tard maintenant. Ce matin encore, il s'était imaginé le soir de nouveau dans ses bras. Mais en cette fin d'après-midi, il commençait à douter. Aurait-elle décidé de ne plus le voir ?

Duncan composa encore une fois le numéro de téléphone de Clémence puis, à la septième sonnerie, coupa la ligne. Il fallait qu'il parle à quelqu'un. Il regarda sa montre : dix-neuf heures. Son fils devait avoir fini de prendre son bain. La rigueur de son ex-femme n'aurait jamais autorisé que la journée s'étire au-delà de cette limite. Ensuite, c'était le cérémonial du pyjama, le plateau-dîner coquillettes et jambon blanc avec deux petits-suisses pour faire passer l'ensemble, cinq minutes de musique classique pour bien dormir, et le coucher : deux baisers rapides et la porte entrebâillée sur la lumière du couloir. S'il voulait entendre sa petite voix, il devait appeler sans tarder. Le répondeur s'enclencha immédiatement : « *Bonjour, vous êtes bien chez Adriana et Henry. Laissez-nous un message et nous vous rappellerons peut-être. Si vous avez été gentils.* »

– Alain à l'appareil. Adriana... si tu pouvais décrocher, je serais heureux.

– Tu viens me casser les couilles à cette heure ? Je suis en train de coucher mon fils.

Ce n'était ni agressif ni ironique. Ni passionné ni rien, et c'était cela le pire. Seulement un constat.

– J'appelle pour lui parler.

– Tu fais toujours tout à la dernière minute. Il faut que tout le monde te suive. Dans tes délires et dans tes galères. Et cette fois encore...

– Ce n'est pas ce que tu crois...

– Arrête ton cinoche. C'est toujours pareil. Il y a cinq minutes, j'étais tranquille et voilà que tu débarques et que tu me prends déjà la tête.

– Je veux seulement dire bonsoir à Henry, et peut-être après te parler un peu.

– Je te connais comme si je t'avais fait, Duncan. T'es un vieux gamin de cinquante piges qui n'arrête pas de casser les couilles aux gens. Y'a un truc qui ne tourne pas rond, enfin pas comme tu voudrais, et t'as besoin d'une épaule pour pleurnicher... Pas question.

– Laisse-moi dire bonsoir à Henry.

– Attends.

Son ex-femme posa le combiné sur le bahut anglais, il le devinait. Elle était sortie par la porte de droite du salon et filait vers la chambre de leur fils sous une galerie de gouaches misérabilistes de Pailhès. Cinq mètres à faire. Il les entendait sans comprendre le sens de leur échange, comme l'écho de voix qui remonterait d'un sous-marin. C'étaient des sons distordus, mais il parvenait à faire la différence entre la voix d'Henry et celle de sa mère. Un instant après, elle reprenait l'appareil.

– Henry ne souhaite pas te parler ce soir.

– Comment cela : pas ce soir ! Cela ne veut rien dire !

– Si. Ça veut dire que tu ne parleras pas à Henry.

– Je n'aurais pas imaginé que tu avais besoin de revanche à ce point.

– Ne fais pas ton martyr, Duncan. Tu connais tes responsabilités. Cela fait, laisse-moi calculer très précisément, deux mois et vingt-cinq jours que nous n'avons pas eu de tes nouvelles. Tu veux que je te dise le nombre de nuits où j'ai dû me relever pour aller consoler ton fils ?

– Je suis parti plusieurs semaines en reportage, tu sais…

– Où es-tu en ce moment ? En reportage, au bureau, chez une pute ?

– Je suis en vacances au Cap-Ferret, j'ai pris…

– Tu te fous de nous, franchement.

Duncan savait maintenant que sa marge de manœuvre était étroite. Il fut partagé une fraction de seconde entre l'envie de la laisser lui claquer le téléphone au nez et celle de se battre pour la conserver au bout du fil.

– Excuse-moi, je suis désolé. Sincèrement. Mais ça ne va pas trop.

La voix d'Adriana se fit d'un coup plus forte. Plus agressive :

– Tu m'as toujours dit « *Excuse-moi, je suis désolé, ça va pas* », toutes ces conneries… Toujours. Les trois premières années d'Henry, quand tu passais des mois à faire le con sur tous les fronts de la planète sans donner de nouvelles, en me laissant me démerder seule avec lui, pour rentrer toujours à l'improviste, comme une fleur, et me dire : « *Excuse-moi, c'était terrible* », et même pas deux minutes plus tard : « *Faudrait que tu me fasses un massage, j'ai le dos cassé et le moral dans les chaussettes.* » Tu ne prenais même pas le temps d'aller embrasser Henry. Ton répertoire, Duncan, je le connais par cœur. Trois ans, ça a duré. Tu m'as promis d'arrêter de faire ce job, mais tu es parti ensuite te prélasser des semaines dans des hôtels de luxe pour le compte d'un journal de merde avec un salaire de stagiaire. Tu n'as pas vu grandir Henry, tu t'en es foutu. Et quand je t'ai prévenu que tu allais devoir choisir entre tes voyages et notre fils, tu es reparti. Voilà ta réponse. Et tu as fait d'Henry un enfant malheureux.

Duncan regarda autour de lui. Les consommateurs continuaient de commenter le meurtre du Ferret. Il raccrocha.

35

La Mercedes pénétra dans le jardin de la villa dans la lumière orangée du couchant, lorsque celle-ci embrasait la cime des pins. Des taches de couleurs chaudes dansaient sur le sable de l'allée, comme des gouttes de pluie tombées à travers la végétation. Pour la première fois depuis longtemps, Madeleine ne se délectait pas du spectacle. Elle était rentrée de la gendarmerie prostrée à l'arrière de la voiture.

– Nous sommes à la maison, lui chuchota André.

Elle ne bougea pas. André regarda dans le rétroviseur. Madeleine pleurait, le visage dans les mains, cassée en deux. André ne la reconnaissait pas. Ce n'était pas elle. Pas cette toupie débordant d'énergie, l'injure toujours prête à la bouche. C'était une vieille femme dont la silhouette ne lui évoquait plus rien. Il attendit, les yeux toujours rivés au rétroviseur, qu'elle relève la tête.

Ils se dirigeaient vers la maison quand Madeleine s'arrêta.

– Les petits… il ne faut rien leur dire. Il ne faut rien dire à Allyson, non plus. Ça ne doit pas sortir de la famille.

Elle attrapa André par la manche.

– Je suis désolée d'avoir vomi dans la voiture…

Après le départ d'Allyson, les adultes s'étaient retrouvés autour de la grande table de la salle à manger un verre à la main, sorte de rituel familial. André déboucha une bouteille de clairet. Madeleine tendit son verre la première.

– On en a besoin.

André remplit les quatre verres et commença son récit :

– C'est bien Ingrid qui a été tuée. Nous l'avons vue à l'institut médico-légal. Les médecins étaient déjà en train de l'autopsier quand nous sommes arrivés. Mes enfants, c'était épouvantable. Ils l'avaient tronçonnée. Même sa tête avait été ouverte. Comme un melon. Une boucherie, c'était une boucherie !

– Donc, c'est bien elle, fit Marie-Ange.

– C'est elle, il n'y a pas de doute. Mais je me demande encore ce qu'elle avait de commun avec la jeune fille que nous connaissions tous. Vous n'imaginez pas !

– Que va-t-il se passer maintenant ? demanda Marie-Ange.

– C'est toute une histoire. L'adjudant de gendarmerie s'est violemment disputé avec le magistrat qui conduit l'enquête…

– Un sale type, ce gars-là, pesta Madeleine.

– Oui, un type dégueulasse, ne respectant rien, ajouta André. Il nous a expliqué que l'institut médico-légal allait conserver toute une série de prélèvements, de la peau, des morceaux de chairs blessés, des organes, et puis qu'ils la recoudraient pour son rapatriement. Ils vont pouvoir maintenant prévenir la famille avec certitude.

– Pauvre maman ! se lamenta Madeleine.

Elle se remit à pleurer. David, qui était resté muet, se leva et sortit sur la terrasse, son verre à la main. Les derniers rayons du soleil avaient basculé derrière l'horizon. L'obscurité mangeait le pied des arbres. La cime des pins faisait des taches sombres, floues, contre le ciel. Doucement, l'humidité prenait possession du jardin. Il regarda devant lui et ne vit qu'une succession de masses noires, indistinctes, inquiétantes.

Quand il regagna le salon, les grands-parents s'étripaient. Madeleine voulait quitter le Ferret. Pour elle, il n'était plus question de poursuivre les vacances dans cet endroit tant que l'assassin d'Ingrid serait en liberté.

– Comment veux-tu qu'on l'appréhende en si peu de temps ? demanda André. Ce n'est que le début de l'enquête. Ce genre de types, une fois leur crime commis, ils filent ailleurs.

– Qu'est-ce que t'en sais, toi ? Tu n'es pas spécialiste, que je sache.

– C'est ce qu'on lit d'habitude dans la presse…

– La presse ! Laisse-la où elle est. Je te dis qu'on va partir d'ici. On va aller en Bretagne.

– Pour avoir de la flotte tout le reste de l'été, non merci ! Je ne me suis pas saigné aux quatre veines quinze ans à payer cette villa pour qu'on la déserte au moindre problème.

Alors Madeleine piqua une de ses grosses colères :

– Au moindre problème ! On a trucidé notre nounou. À deux pas de chez nous. Le criminel est dans la nature. Peut-être de l'autre côté du jardin. Nous avons des enfants et des petits-enfants… et tu voudrais qu'on prenne ce risque ! Mais tu es totalement con, mon pauvre. Je te déteste, André. Je te déteste. Je fais les valises et j'embarque tout le monde à l'aéroport demain matin à la première heure.

– Nous n'avons pas l'autorisation de quitter le Ferret. L'adjudant nous a demandé de rester à la disposition de la gendarmerie, je te le rappelle.

Le père des enfants leva l'index comme à l'école pour dire un mot.

– Je ne voudrais pas contribuer à cette brouille familiale, mais je pense que Madeleine a raison. Le climat est devenu trop malsain ici. On ne peut pas terminer nos vacances avec Charles et Julie dans cette ambiance. Dix ou quinze jours en Bretagne seraient parfaits pour tout le monde. On a trente-six trucs à faire là-bas avec les petits…

André ne le regarda même pas.

– On ne vous demande pas votre avis. La famille reste ici. C'était prévu ainsi.

Pour la première fois depuis le début de l'été, la table fut dressée dans le salon. La famille s'apprêtait à dîner à l'intérieur.

– Ce sera prêt dans un quart d'heure, annonça Madeleine. Installez les enfants devant *Télétoon*.

– Il fait froid ? demanda Charles.

– Ce soir, on dîne à l'intérieur, répondit leur grand-mère.

Puis, se tournant vers David :

– Puisque vous n'avez pas mis le couvert, mon gendre, pourriez-vous descendre cadenasser la maison ? Fermer la grille du parc et vérifier que les portes du rez-de-chaussée sont bien bouclées ?

Le jardin de la maison était devenu aussi sombre que le fond d'un puits. C'est à peine si l'on distinguait les massifs de fleurs. Les grands pins formaient contre le ciel un écran impénétrable. David frissonna. Une peur confuse reprenait possession de lui, lentement, lui tordant les tripes. Comment allait-il gérer la journée des enfants demain ? Et les jours suivants ? Comment faire pour ne pas les quitter d'une semelle sans leur gâcher les vacances ? Une pomme de pin rebondit sur un tronc et percuta le sol à ses pieds avec un bruit mou. Il sursauta et serra dans sa poche les clés de la grille du parc.

36

Duncan était finalement allé à l'Océan et avait couru à perdre haleine, sur la dune devant la mer. Puis il avait dévalé la pente sableuse jusqu'à la plage, à l'endroit où il avait rencontré Clémence la veille. Et il avait tourné comme un chien fou. Il était parti, puis était revenu à la nuit tombée. Et il avait encore marché sur la plage déserte, cherchant un indice de la présence de Clémence. Lorsque l'obscurité avait été totale, il avait rejoint sa voiture et avait conduit pied au plancher vers la villa de Clémence.

Maintenant, il alternait les coups de poing sur la porte et les coups de sonnette. Il s'arrêta un instant pour reprendre son souffle, puis il hurla le nom de la jeune fille. La porte de la maison voisine s'ouvrit sur un homme, la soixantaine, au profil de retraité modèle. Il mit ses mains sur les hanches et regarda un moment Duncan tambouriner avant d'intervenir d'une voix douce mais ferme :

– En voilà bien du raffut.

Duncan ignora d'abord la remarque et continua à vouloir défoncer la porte.

– Ne me forcez pas à appeler les gendarmes, monsieur. Je peux peut-être vous aider.

Un déclic se fit dans le cerveau de Duncan. Il recula d'un pas et se tourna vers le voisin.

– Je suis un peu perdu. Je n'ai plus de nouvelles de la personne qui habite ici, et je crains qu'il lui soit arrivé quelque chose de fâcheux.

– Mais elle n'est pas là en ce moment. Elle est à Bordeaux chez ses enfants.

– Je voulais dire : la personne qui loue la villa. Une jeune femme, la trentaine, brune, plutôt jolie, très jolie… Clémence…

L'homme souleva les sourcils en pinçant les lèvres.

– Ah, oui. Je l'ai aperçue une ou deux fois.

– Aujourd'hui ?

– Non. Pas aujourd'hui. Ces derniers jours. Une parente à vous ?

Duncan descendit du perron et se rapprocha de la clôture mitoyenne aux deux propriétés.

– Une amie. Comment vous dire ? Ça va vous paraître curieux…, une rencontre d'hier. Voilà. Nous avons fait connaissance et… nous avons décidé de passer le reste des vacances ensemble. Or, je n'ai plus eu de nouvelles de la journée.

L'homme réprima un sourire. Il enfonça les mains dans les poches de son pantalon et fixa Duncan en hochant la tête.

– C'est la vie. Les femmes… Ça va, ça vient. Je ne sais pas si je peux vous dire cela, mais vous avez l'âge… vous avez l'âge de le savoir.

– Pas du tout. Ce n'est pas ce que vous pensez. Vous avez entendu parler de ce qui s'est passé ici, aujourd'hui ? Le meurtre ?

– Le meurtre ? Oui, horrible. Tout le monde en parle. Et vous croyez…

– J'ai de bonnes raisons de craindre le pire. Si je pouvais trouver quelqu'un qui l'aurait croisée aujourd'hui, je serais rassuré.

– De quoi avez-vous peur ?

– J'ai un mauvais pressentiment. Sinon, je ne serais pas ici à tambouriner à la porte de cette villa.

– Le mieux serait de revenir à la première heure demain matin, ou d'aller à la gendarmerie. Il doit y avoir une permanence. Vous trouverez bien quelqu'un à qui raconter votre histoire. Mais vous ne pouvez pas rester là, à ameuter le voisinage. Vous allez vous attirer des ennuis.

Duncan retourna à sa voiture. Il tourna le contact, passa la première et appuya doucement sur l'accélérateur. La DS se souleva lentement. L'homme la regarda s'éloigner avant de rentrer chez lui. Duncan attrapa son téléphone et composa le numéro d'Escher.

– Oui ?

– Frédéric ? C'est Alain. Où en es-tu ?

– Salut Alain. Toujours dans le train. Je serai à Bordeaux dans une dizaine de minutes. Ensuite il faudra que j'attende une correspondance pour Arcachon. J'ai raté le dernier direct. Je vais arriver à pas d'heure.

– Tu ne pourras pas rejoindre le Ferret ce soir.

– Je sais. Je vais me trouver un petit hôtel. Je prendrai le premier bateau demain matin. Je pourrai être à Bélisaire vers neuf heures trente. T'y seras ?

– Neuf heures trente, OK.

– Les nouvelles ?

– Concernant le meurtre, rien de plus que ce que je t'ai dit. Pour moi, ça se complique.

Duncan résuma sa journée à Escher. La DS roulait maintenant dans la forêt domaniale de Lège-et-Garonne. Les phares creusaient un tunnel jaune dans l'obscurité. La masse compacte de la végétation semblait glisser contre la voiture. Duncan coupa la communication et enclencha le lecteur de CD-Rom. Les notes pesantes de *The Crimson King* envahirent l'habitacle. Il ralentit et se laissa porter par la musique. Il avait envie de parler à Henry. Prendre tout de suite la direction de Bordeaux, continuer jusqu'à Paris et arriver chez sa femme pour le petit-déjeuner. Mais elle ne le laisserait jamais entrer. Il le savait. Il augmenta le volume de la musique et ralentit encore.

37

Duncan avait profité de la nuit pour retourner à la piste cyclable récupérer son appareil photo. Revenir sur la scène de crime l'avait vidé. Il était entré dans le sous-bois en apnée, comme si la puanteur du cadavre de la jeune fille avait pu encore flotter entre les arbres. Il avait contourné les rubans installés par les policiers, et s'était enfoncé sous le couvert de la forêt. En moins de cinq minutes, il avait retrouvé le Nikon.

FotoStation mit un moment à monter. Dans le coin supérieur droit de l'écran du portable, l'horloge s'effaça, puis la page s'ouvrit. Duncan déplaça le curseur de la souris sur la gauche et cliqua sur la valise *Photothèque*. Encore quelques clics et il ouvrit le dossier « Photos 20060808 ». De nouveau l'horloge apparut pendant que le décompte de l'extraction des champs IPTC tournait à une cadence prodigieuse. Pour quelqu'un qui avait fait la presque totalité de sa carrière de photographe avec des planches de diapos et des bandes de négatifs TriX, c'était à chaque fois un étonnement. Les vignettes des images réalisées l'avant-veille sur la piste cyclable remplirent la page. Les photos que cherchait Duncan se trouvaient quelque part au milieu de la quarantaine affichées sur l'ordinateur. C'étaient presque toutes les mêmes. Un ruban sableux criblé de taches de lumière serpentant au milieu d'une végétation confuse et touffue. Des pins qui montent vers le ciel et le soleil. Une suite de vues de la piste vide d'abord, la première rafale lâchée par Duncan pour tester le moteur de son Nikon. Et puis une forme sombre sur la droite. Une main au bout d'un bras happé par la végétation.

La photo suivante de Duncan ne montrait rien. Une autre révélait la silhouette d'un homme, plus complète. Duncan agrandit l'image, c'était une sorte d'ombre chinoise lisse et grise comme un héros de *Star Trek*. On ne distinguait pas grand-chose. Sur une autre photo, la forme franchissait la piste dans une zone d'ombre, mais elle apparaissait entière.

Duncan fronça les sourcils. On aurait dit un personnage simplifié, presque stylisé. La silhouette semblait voler, à peine toucher le sol, presque irréelle. À l'image suivante, la forêt l'avait reprise. Avalée. Duncan revint en arrière et fit glisser la vignette vers un petit carré décoré d'une plume situé sur la barre d'outils installée au bas de l'écran. L'horloge indiquant la sélection d'un nouveau logiciel s'afficha. Un instant plus tard, la photo apparut. Duncan cliqua plusieurs fois sur la loupe. L'homme occupait maintenant tout l'espace. Comme un animal sauvage arrêté au milieu d'une course, à contre-jour sur une plage de soleil. Un ensemble de muscles saisis au vol en plein effort. Une forme humaine, mais à l'aspect insaisissable, incompréhensible.

Duncan referma l'ordinateur et se demanda s'il ne convenait pas d'aller tout de suite à la gendarmerie déballer son histoire et ses photos comme le lui avait suggéré le voisin de Clémence. Il se leva, prit les clés de sa DS sur le buffet de l'entrée de sa cabane et glissa le Mac dans une pochette en cuir, mais se ravisa au moment de pousser la porte. Les gendarmes seraient capables de lui saisir son matériel. Mieux valait graver un disque avec les photos et les autres fichiers dont il pourrait avoir encore besoin pendant ses vacances. Il allait en parler d'abord à Escher.

CHAPITRE 4

12 août 2006

38

À quatre ans, Charles ronflait, c'était incroyable. Il dormait sur le dos, les jambes repliées sur la droite et il ronflait comme un adulte. Julie était allongée sur le ventre. Son père fit la moue. Cette chipie avait encore ôté sa culotte pendant la nuit. Il resta un long moment debout sans bouger à regarder son fils et sa fille dormir avant de s'asseoir entre les deux lits sur une petite chaise d'enfant. Partir du Ferret : l'idée l'obsédait. Depuis la disparition de la baby-sitter et l'annonce du crime, il ne vivait plus. Il se sentait habité par la peur à chaque minute de la journée et de la nuit quand il cherchait le sommeil. Il n'avait pas ouvert un livre depuis deux jours. Il fallait qu'il voie les enfants, qu'il les sente à portée de main.

Julie gémit. Quand elle se tourna sur le flanc, son père remonta le drap jusqu'à ses épaules, puis il lui caressa lentement la tête, les doigts enfoncés dans ses boucles épaisses, attendant qu'elle reprenne conscience.

– Tu vas te lever, mon ange…

Julie resta muette, mais ses paupières qui frémissaient indiquaient qu'elle venait de se réveiller.

– Allez, debout. Tu vas sauter dans ta culotte et mettre aussi un chemisier sinon ta grand-mère va nous faire une attaque cardiaque

Charles grogna :

– Papa ! Tu me réveilles. Va-t'en.

– Ce ne sont pas des manières pour accueillir son papa, Charles. Et toi aussi, tu vas passer d'autres vêtements, tu es trempé. Pas question que tu te présentes comme ça à table.

Charles ne bougeait pas.

– Dépêche-toi. Julie, habille-toi.

Les deux enfants se mirent à pousser des ronflements tonitruants. Sans esquisser le moindre mouvement pour sortir de leurs lits. De l'autre côté de la cloison, on entendait Madeleine s'énerver. Elle faisait un raffut infernal. Les couverts arrachés bruyamment du placard étaient jetés à la volée sur la table, les bols et les soucoupes à la limite de la fracture, les portes claquées systématiquement et, comme si cela ne suffisait pas encore, elle alluma France Info à un volume à réveiller un mort au moment où la radio diffusait son bulletin météo :

Le train d'orages descend du nord au sud. Selon Météo-France, les premiers devraient éclater avant la fin de matinée sur le Finistère sud et la Vendée, avant de s'étendre à l'Aquitaine.

– On vous attend avec les enfants, David, vociféra la grand-mère. Tout est déjà froid. Vous vous foutez du monde. Vous n'êtes pas seuls ici !

David tendit le bras vers la fenêtre, l'ouvrit et entrebâilla les persiennes. Un rai de lumière jaune d'or vint frapper Charles en plein visage.

– Mais papa, j'ai mal aux yeux. Tu vas me rendre aveugle.

Il se mit ensuite à pousser une série impressionnante de petits cris rauques et brefs, les bras croisés sur le haut de sa poitrine. Julie rigola et se mit la culotte sur la tête, les mains de chaque côté en forme d'oreilles de lapin. Avant que leur père ait pu esquisser un geste pour remettre de l'ordre dans la chambre des deux monstres, la porte s'ouvrit violemment sur Madeleine.

– En voilà un spectacle ! David, vous ne changerez pas. On ne pourra jamais compter sur vous.

D'un bond, Julie fut debout et fila dans le salon, les fesses à l'air et la culotte toujours vissée sur le crâne.

– Et cette diablesse qui ne dit même pas bonjour ! la houspilla sa grand-mère. C'est un monde ! Charles, debout ! Tu vas venir prendre ton petit-déjeuner avec ta sœur immédiatement.

– Pourquoi ne prend-on pas le café sur la terrasse ? marmonna André, engoncé dans une robe de chambre écossaise.

– C'est comme ça, répondit Madeleine.

– On pourrait aller pique-niquer en bateau jusqu'au soir au banc d'Arguin…

– Avec les orages qui arrivent, tu n'y penses pas ! Et j'ai déjà dit que je voulais aller en Bretagne, ajouta Madeleine.

André avala d'un trait son café et se leva. Il ramassa son bol et son assiette, passa par la cuisine les déposer dans l'évier et rejoignit la petite pièce accolée au garage qui lui servait de bureau.

Il ferma la porte à clé derrière lui, doucement, en faisant coulisser le verrou sans bruit, puis alluma son ordinateur et tapa « *geradaus* », le code qu'il avait trouvé pour identifier Ingrid. En attendant la réponse de son PC, il passa mentalement en revue les dernières niches de l'ordinateur où des images de la baby-sitter auraient encore pu se cacher. Il avait déjà tout vérifié plusieurs fois et, franchement, il ne croyait pas avoir laissé de traces. Mais la parano le gagnait. Lorsque le « *sorry, no match to your request*[1] » apparut, il fut soulagé. Le disque dur avait bel et bien été nettoyé.

1. Désolé, aucune réponse à votre demande.

39

Le bleu du ciel était démenti par un vent désagréable qui balayait la digue. La navette grossissait lentement sur le Bassin. Duncan frissonna. Il attendait maintenant Escher comme un homme à la mer la bouée qu'un marin s'apprête à lui lancer. Peut-être avait-il dormi deux heures la nuit précédente. Et encore. Il avait besoin que quelqu'un l'aide à se persuader d'un départ impromptu de Clémence et lui dise qu'il en aurait l'explication plus tard. Escher, avec son ardeur positive à regarder la vie, serait celui-là.

Les pistons du promène-couillons s'inversèrent et la navette s'amarra au quai par l'arrière. Escher, monté à bord le dernier, était devant la porte, avec sur le dos son costume parisien qu'il n'avait manifestement pas eu le temps de changer. Duncan se demanda s'il en avait emporté d'autres dans sa valise. Mais Escher lui dit en lui serrant la main qu'il avait juste eu le temps d'attraper sa « mallette été » dans son placard du journal, avec dedans un bermuda, un caleçon de bain, des espadrilles et deux trois autres merdouilles pour quand il faisait chaud.

– J'ai fait aussi vite que j'ai pu.

– Au fond, je ne sais pas si tout ce bordel va te servir, lui rétorqua Duncan. Le temps est maussade par ici en ce moment. C'était comment, Arcachon *by night* ?

– Mortel. Mon voisin de chambre a pleuré une partie de la nuit. Quand il ne pleurait pas, il criait dans son sommeil. Je n'ai pas fermé l'œil.

– Bigre ! Et tu es descendu où ?

– Au Nautic.

– Connais pas.

– Et ici, tu as avancé ?

Duncan demeura silencieux jusqu'à la terrasse de L'Escale. Il s'assit face à la mer, posa ses deux mains à plat sur la table, inspira un grand coup et murmura presque à Escher qui n'avait pas ajouté un mot depuis la jetée :

– Pas d'un pouce. Je m'enfonce. Je n'ai aucune nouvelle de la fille que j'ai rencontrée avant-hier et pour moi, c'est le point capital de l'affaire. Je suis maintenant intimement convaincu que cette disparition est la suite du meurtre de la forêt.

Duncan résuma ensuite l'histoire des photos manquées de Mauresmo, la découverte du cadavre sur la piste cyclable, sa rencontre avec Clémence sur la plage de l'Océan, et sa folle journée à la recherche de la disparue. Escher n'avait pas l'air passionné par l'anecdote.

– Tu vas voir les photos à la maison. Tu comprendras.

– Il y a déjà de quoi faire un excellent papier. Pourquoi se perdre dans des supputations autour d'une histoire transversale ?

– Je ne te demande pas d'écrire ce que je viens de te dire. Je te raconte tout ça pour te brosser un tableau général de l'affaire. Et t'expliquer qu'on ne doit pas s'en tenir au cadavre. Il y a d'autres choses à gratter autour de cette horreur. Ça prendra le temps que ça prendra, mais tu verras, ce sera la matière à d'autres papiers.

Duncan avala le reste de son crème d'un trait et chercha les clés de la DS dans sa poche.

– On va y aller. Je vais te montrer les photos

Le *Sud-Ouest* du jour dépassait de la boîte aux lettres. Duncan le prit et le tendit à Escher.

– Tiens. Presse locale. Regarde s'il y a quelque chose d'intéressant.

Alors qu'il ouvrait la porte de sa cabane, il entendit Escher s'exclamer.

– Presse locale, mais drôlement réactive ! Ils font leur une avec le crime. Et une pleine page à l'intérieur. Tu étais au courant ?

– Non. Et ils racontent quoi, tes collègues qu'on n'a pas vus ici ?

– Qu'on n'a pas vus sur le terrain.. vieux débat, ça ! Ils m'ont tout à fait l'air d'être informés. Écoute.

Il ouvrit le journal et commença à lire :

– Le titre : « *Meurtre odieux au Cap-Ferret* ». Et le sous-titre : « *Une jeune Allemande crucifiée dans la forêt domaniale.* » Ils écrivent exactement ce que tu m'as raconté. Pas une ligne à jeter : « *Le corps mutilé d'une touriste allemande d'une vingtaine d'années a été retrouvé par des cyclistes hier matin en bordure de la piste cyclable du village de L'Herbe. Les premières constatations effectuées par la gendarmerie locale font état d'un corps retrouvé nu, cloué au sol par des pieux métalliques, portant des traces de blessures* ante mortem *à la bouche et au sexe...* » Ils parlent même de toi sans citer ton nom, mais c'est beaucoup plus intéressant plus loin : « *Le mode opératoire laisse à penser qu'il ne peut s'agir du crime d'un rôdeur mais au contraire d'une mise en scène qui rappelle une affaire paloise vieille de près de trente ans, la découverte du cadavre mutilé d'une jeune femme trouvé non loin de l'ancienne zone de saut de Lasclaveries. À cette époque, deux parachutistes avaient découvert dans un champ de maïs le corps contusionné et fracturé d'une femme nue. Après plusieurs mois d'enquête, aucune arrestation n'avait été effectuée. Aucune identité n'avait été donnée à la morte...* » Signé : « *Jean Arribarde* ». Alors ?

– Putain, il faut que tu creuses cette histoire, lui répondit Duncan en lui arrachant le journal des mains.

S'il y avait peu de détails sur la morte de Pau, il semblait évident que le rédacteur en possédait d'autres. Il n'avait pas souhaité griller toutes ses cartouches dans l'édition du jour. Il se contentait de rappeler brièvement un fait divers ancien pour soutenir son explication d'un crime compliqué et arrangé au Ferret.

– Cet article donne du sens aux photos que j'ai faites avant-hier. Tu vas voir.

Escher regarda les images s'ouvrir sur l'ordinateur. Duncan, qui se les était repassées vingt fois, avait maintenant une explication :

– Cette silhouette... c'est un type déguisé. Quelqu'un qui a enfilé un truc pour se fondre dans la nature.

– Oui…

– Et il se trouve à quelques mètres du cadavre. Puis il m'aperçoit et il détale.

Escher réfléchit un instant.

– Tu en as parlé aux gendarmes ?

– Les pandores forment une sacrée équipe de psychorigides. Et je ne te parle pas du proc.

40

À neuf heures du matin, L'adjudant Pichart rentra de son footing. Comme chaque jour, une vingtaine de kilomètres entre Piquey et le Truc Vert. Il appréciait le parcours. Les joggers ne l'empruntaient jamais. Trop long, certainement. Il aimait courir seul, à son rythme, pas trop rapide, plus sur l'endurance. Depuis qu'il travaillait avec son adjoint, il n'était pas parvenu à le convaincre de s'y remettre. Mayeras préférait commencer sa journée en grillant quatre ou cinq de ses épouvantables Winston, devant les dépêches de la nuit, quand il y en avait. Pichart avait fini par abandonner.

– Alors ? interrogea-t-il.

– Le service de l'identification a transmis les conclusions provisoires de l'autopsie. La fille est morte de ses blessures.

– Mais encore ?

– Arrêt cardiaque. Ils disent qu'elle est morte sous la torture. Elle a d'abord été immobilisée avec un paralysant, certainement à l'aide d'un aérosol contenant du gaz propulseur HFA-134A à base d'orthochlorobenzylidène, et charcutée ensuite.

– Hum…

– Le substitut a également envoyé une requête.

– Qu'est-ce qu'il veut encore ?

– C'est ce que tu m'as expliqué en rentrant de l'institut médico-légal, il souhaite un complément d'information sur les témoins. Il demande aussi qu'on vérifie les coordonnées GPS de la scène de crime et qu'on identifie les voies d'exfiltration possibles de l'assassin.

– Ah oui... rien que ça !

Pichart se laissa tomber sur une chaise en skaï vert. Il dénoua les lacets de ses baskets et se massa les mollets.

– Je vais prendre une douche rapide. Tu vas me ressortir le dossier. Les photos et les témoignages. Les cyclistes, le jogger et les employeurs. Et on regarde ça ensemble dans dix minutes.

Quand il revint, sanglé dans son uniforme dont la taille n'avait pas suivi l'évolution de son poids, il trouva Mayeras devant les quelques photos du cadavre qu'il avait prises avant l'arrivée de l'équipe du substitut. Faites avec un simple petit numérique de trois millions de pixels, elles n'en étaient pas mauvaises pour autant. Les agrandissements couleurs A4 réalisés à partir de l'imprimante du bureau donnaient des détails d'une précision diabolique, accentués par l'éclairage encore rasant de la scène de crime. Pichart posa ses poings sur la table et se pencha sur les tirages.

– Quelle saloperie, bordel, je n'en reviens pas.

Mayeras sortit une nouvelle cigarette de son paquet froissé.

– Et c'est arrivé à côté de chez nous... !

Le corps, écartelé sur le tapis d'aiguilles de pin, offrait toute la brutalité de sa nudité, renforcée par l'aspect complètement fabriqué de la scène. Les extrémités crispées autour des piquets plantés au travers, la bouche entrouverte sur le ruban adhésif en partie décollé laissant deviner l'éclat de l'ivoire des dents brisées, la bouillie du sexe... La lumière accrochait des morceaux de chair dilatés. Pichart se pencha un peu plus encore et pointa un index sur les tétons de la victime.

– Ils ont été coupés. Je ne l'avais pas remarqué, et toi ? articula difficilement Mayeras.

– Non plus. C'est exact, on les a sectionnés.

L'adjudant jeta un coup d'œil rapide au rapport d'autopsie :

– Effectivement, le toubib le mentionne. On lui a bien coupé le bout des nichons. On aurait dû les retrouver autour du corps. Et ce n'est pas le cas. Le tueur les a balancés plus loin, ou alors il les a emportés. Il se peut aussi qu'un animal les ait bouffés.

Pichart se redressa et alla s'asseoir derrière son bureau. Du bout de sa chaussure, il ouvrit un tiroir et en extirpa un dossier cartonné en kraft beige. Sur la jaquette avait été griffonnée une mention aussi simple que directe : « *Cadavre de Lège-et-Garonne* ». Il défit la sangle de tissu blanche et commença à compulser rapidement les notes qui avaient été réunies à l'intérieur. Pichart n'avait jamais pu travailler avec un carnet. Il fallait toujours qu'il écrive sur des petits bouts de papier.

– Qu'est-ce que tu as pensé des témoins ?

Mayeras alluma une nouvelle Winston.

– Les cyclistes, rien à dire. Le jogger, je ne sais pas. On aurait dit que ce n'était pas le premier cadavre qu'il avait vu. Semblait pas impressionné. Curieux, quoi...

– À quoi penses-tu ?

– Un pékin qui réagit comme ça devant ce genre de scène, ça ne se rencontre pas à tous les coins de rue, non ?

– C'est le journaleux qui est venu nous faire une crise ici, l'autre jour, avec la greluche, rappela Pichart. Je suis curieux maintenant d'entendre ce qu'il avait à nous raconter.

– Son histoire de vêtements envolés ? s'étonna Mayeras.

– C'est ça. Quand il est venu avec la fille à moitié à poil.

Mayeras rangeait le jeu de photos lorsque la porte de la gendarmerie s'ouvrit sur Duncan et Escher. L'adjudant se cambra.

– Voilà une visite qui tombe à pic.

– Ah ? fit Duncan.

– On allait vous convoquer.

– Alors, je vous épargne cette peine. Bonjour messieurs.

– Et qu'est-ce qui vous amène ? demanda Pichart.

– Je venais vous signaler une disparition...

– De vêtements ? ironisa Mayeras.

Duncan ignora la remarque désobligeante du maréchal des logis-chef. Pichart s'adressa à Escher :

– Monsieur ?

– Frédéric Escher.

– Vous êtes ensemble ?

– Oui.

– Je vous écoute, dit l'adjudant à Duncan.

Duncan s'approcha de son bureau.

– On s'était déjà vus avant le meurtre. Je suis passé à la gendarmerie il y a trois jours avec une jeune femme pour vous signaler ce que vous savez…

– Et… ?

– Voilà. Aujourd'hui je suis sans nouvelles d'elle. Elle semble s'être volatilisée. On ne l'a pas revue de la journée au Ferret, elle n'était pas chez elle hier soir. Elle n'y a pas passé la nuit, alors que nous devions nous retrouver vers dix-neuf heures.

– Et qu'est-ce que cela a à voir avec votre histoire de chapardage de vêtements ?

Duncan était entré à la gendarmerie de mauvaise humeur. Au fond, il n'attendait pas grand-chose des gendarmes, mais le ton et la mauvaise volonté de l'adjudant l'irritèrent un peu plus encore.

– Si je reprends le fil de l'histoire, je croise une jeune femme qui fait du nudisme au bord de l'Océan sur une plage quasi déserte et qui découvre qu'on lui a fauché ses vêtements lorsqu'elle se baignait. Je lui prête un pantalon et je la raccompagne jusqu'à la route. Là : plus de bicyclette. Le lendemain matin, on découvre le cadavre d'une autre femme à cinq cents mètres de là. Ensuite, la baigneuse disparaît. J'ai quelques raisons de me poser des questions, non ?

Pichart s'empourpra d'un coup.

– Vous êtes en train de me faire la leçon, ma parole !

– Sauf le respect que je vous dois, OUI si vous le prenez ainsi.

Pichart regardait maintenant Duncan, les yeux presque fermés. La fente de ses paupières s'était étrécie au point qu'on devinait à peine l'éclat des pupilles.

– Et que dois-je en déduire ? Est-ce une déclaration de guerre ?

– Rien que les faits, adjudant. La fille a disparu, et pour moi rien ne peut être laissé au hasard dans le contexte actuel. Je pense qu'il conviendrait d'ouvrir une information pour enlèvement.

– Vous êtes qui par rapport à cette femme pour me demander ça, un parent ?

Duncan inspira lentement pour se calmer.

– Alors ? insista Pichart.

– C'est ma maîtresse.

Pichart fit pivoter son fauteuil et se tourna vers son adjoint.

– Tu en penses quoi, Mayeras ?

– C'est très embrouillé, cette histoire.

L'adjudant se réinstalla face à Duncan.

– Moi, je vais vous dire quels sont les faits. Vous vous êtes mis dans de sales draps, monsieur. Vous débarquez chez nous avec une fille et une histoire invraisemblable de subtilisation de vêtements. On vous retrouve le lendemain sur une scène de crime. Et aujourd'hui, vous nous annoncez ce qui pourrait être un second assassinat...

Escher se tourna vers Duncan :

– Je t'attends dehors, au premier café sur la droite. Je vais essayer de me mettre en contact avec notre confrère de Pau.

– OK.

Pichart fit asseoir Duncan devant lui, rouvrit son dossier et en tira une fiche.

– Racontez-moi votre footing. Vous êtes parti d'où, à quelle heure, vous alliez vers où ?

– Je vous ai déjà dit tout cela.

– Redites-le.

– Bon. J'ai garé la voiture au cimetière vers sept heures. Et j'ai couru jusqu'à la fin de la piste cyclable, à l'entrée du Ferret, où j'ai fait demi-tour. Dans les deux sens, ça fait une dizaine de kilomètres et ça me va.

– Vous n'avez rien remarqué, sur la piste, lorsque vous faisiez votre footing ?

– À part la puanteur, rien ce jour-là.

– Ah, l'odeur ! Vous aviez remarqué…

– Bien sûr, que voulez-vous que je vous dise ? N'importe quel crétin l'aurait sentie.

– Et vous n'avez pas cherché à savoir ce que c'était ?

– D'abord, cela a été très fugace parce que je courais vite. Et puis j'ai pensé à un animal crevé. Pas à un cadavre humain.

– Et au retour ? demanda Pichart.

– Au retour, j'ai été arrêté par les cyclistes en pleine crise de nerfs.

– Que vous ont-ils dit ?

– Ça hurlait. Ça pleurait. La femme était complètement hystérique. L'un des deux hommes m'a dit qu'il venait de découvrir une chose abominable en allant pisser à quelques mètres dans la forêt et m'a demandé si j'avais un mobile pour appeler la gendarmerie.

– Il ne vous a pas précisé quoi ?

– Non, il ne l'a pas fait.

– Alors, pourquoi êtes-vous resté ?

– Franchement, je n'en sais rien.

– Vous ne leur avez pas demandé de quoi il s'agissait ?

– Non.

– C'est cela que je ne parviens pas à comprendre.

– Vous auriez vu les cyclistes, l'état dans lequel ils étaient, vous auriez fait comme moi. Vous n'auriez pas insisté. C'était pas du chiqué. Vous seriez resté.

– Je ne sais pas, grogna l'adjudant.

– Moi, je vous le dis. Vous seriez resté. J'avais bien compris qu'il venait de se produire quelque chose de grave. Et que c'était dans la forêt, juste à côté de nous.

– Pour un journaliste, vous avez un peu manqué de curiosité, non ?

– Mais pas du tout. L'état de choc des cyclistes était suffisant. Ils ont dit qu'ils filaient à la gendarmerie… Je savais bien que je découvrirais assez tôt la raison de leur état.

– Pourquoi n'êtes-vous pas venu vous-même nous prévenir ?

– Encore une fois, de quoi ? Ces gens n'avaient pas envie de faire la conversation. Et puis, j'avais déjà huit kilomètres dans les jambes. C'était plus facile d'aller vous chercher à bicyclette. Ça ne vous semble pas logique ?

– Pas vraiment. Vous aviez bien votre voiture, garée à proximité…

– Je me tue à vous dire que je ne savais pas ce qui venait de se passer. Et que j'en avais marre de courir.

– Donc, ils repartent et vous, que faites-vous exactement ?

Duncan se passa la main dans les cheveux.

– Au fond, j'avais déjà compris.

– Quoi ?

– Qu'il y avait un cadavre.

– Ah, tiens. Tout à coup, vous savez…

– À cause de l'odeur. Alors, je me suis avancé dans le sous-bois, et je suis tombé dessus.

– Et ?

– J'ai tourné autour, pour regarder. Puis je me suis assis et j'ai attendu.

– Mais une morte comme ça, c'est pas courant, non ! Vous avez fait quoi ?

– Des morts en état de décomposition avancé, j'en ai vu plus que vous ne pouvez imaginer. J'en ai charrié, transporté sur mes épaules, enterré. Je n'ai pas été correspondant de guerre pendant plus de vingt ans sans foutre mes mains dans la merde. Mais je n'avais encore jamais vu une jeune fille assassinée comme ça. Je n'ai rien fait. Je me suis assis et j'ai attendu.

Pichart sortit un mouchoir de sa poche pour s'éponger le front. La dernière remarque de Duncan avait ouvert une petite fenêtre dans son esprit. Ainsi, ce grand quinqua à la crinière d'Apache avait été correspondant de guerre. Il avait l'air sincère. La pâleur de son visage l'attestait. Son regard aussi. Il était affecté, mais calme. Pas le profil d'un dissimulateur, et l'adjudant en avait croisé quelques-uns dans sa carrière. Pichart se demanda comment poursuivre l'interrogatoire de façon constructive. S'il était maintenant persuadé qu'il avait fait fausse route en cherchant querelle à son client, il lui fallait conserver la main. S'en faire peut-être un allié objectif. Il roula le mouchoir dans ses mains pour éponger la sueur qui perlait sur sa peau et sourit à Duncan.

– Bon. J'admets. Mais reconnaissez que votre position est inconfortable.

– Certainement.

– Alors, on va essayer ensemble de faire progresser l'enquête. Ça va ?

– C'était mon intention.

– Je vous écoute.

– Je me pose des questions, moi aussi. C'est tout. Je n'ai aucune certitude. Mais je me demande si je n'ai pas été témoin d'autres événements en relation directe avec ce crime. La veille de sa découverte, j'étais le long de l'Océan sur les dunes pour y faire des photos de nudistes. Un travail artistique que je traîne depuis un moment. Et je rencontre cette fille dont je vous ai parlé et avec laquelle je suis déjà venu au poste. C'était assez tard en fin de journée. Il n'y avait plus qu'elle sur la plage. Ses vêtements avaient disparu le temps qu'elle prenne un bain. Je ne vais pas vous cacher qu'elle a d'abord pensé que j'étais l'auteur de la plaisanterie. Je l'ai persuadée du contraire et je l'ai raccompagnée vers la route après lui avoir refilé mon caleçon et ma chemise. Là : plus de vélo. On trouve l'antivol sectionné, et je ne sais pas pourquoi, mais j'ai été envahi d'un mauvais pressentiment. Comme si une autre personne rôdait autour de nous, invisible. Pourquoi vous dis-je cela ? Parce que le matin même j'ai été, sur la piste cyclable, le témoin d'une scène étrange.

– Voilà autre chose ! l'interrompit l'adjudant.

– J'y cours chaque matin depuis que je suis arrivé en vacances et j'ai découvert qu'Amélie Mauresmo s'y entraînait à l'heure où j'y fais mon footing. J'avais décidé de prendre quelques photos pour des magazines people. Histoire de mettre un peu de beurre dans les épinards.

– Ah oui ? Ça marche comme cela ?

– Oui, mon adjudant. Ça se vend très bien. Deux ou trois images pouvaient me payer une semaine de vacances. Donc, j'y suis retourné avec mon matériel pour attendre le passage de la championne de tennis avec son coach. Il était environ six heures trente. J'étais en embuscade à une centaine de mètres de l'endroit où le corps a été découvert. J'attendais, quand j'ai vu une personne que je qualifierais de franchement bizarre traverser la piste.

– Bizarre ?

– Sur le moment, je n'y ai pas prêté attention. Ce n'est que plus tard. D'abord avec l'incident de l'Océan, puis la découverte du crime au même endroit. En regardant les photos que j'avais faites de la silhouette dont je vous parle, on a l'impression que la personne se cache, ou s'échappe, comme si elle m'avait repéré.

– Ces photos, on peut les voir ?

Duncan extirpa de sous sa chemise une enveloppe contenant trois tirages 13 × 18. Pichart émit une série de petits claquements brefs et sonores avec sa langue.

– Curieux, en effet ! On dirait que le type est déguisé. Ou recouvert d'une pellicule argentée. Une combinaison… Oui, une combinaison ! Vos images, c'est du numérique ?

– Oui.

– Il va falloir nous confier des copies des fichiers. Pour que je les envoie à Bordeaux. Le substitut les transmettra au labo.

– Je vous les apporterai dans la journée.

Pichart eut l'air satisfait. Finalement, l'homme qui lui faisait face lui plaisait. Ce qu'il appréciait le plus, c'était sa candeur naturelle et l'impression de droiture un peu paysanne qui se dégageait de lui. Il se leva pour mettre un terme à l'entretien en tendant la main à Duncan.

– Revenez avec les fichiers numériques des photos. Je verrai ce que je peux faire pour vous aider. On trouvera une formule qui ne nous mettra pas en porte-à-faux. Ni vous ni moi. Vis-à-vis du substitut qui est un emmerdeur, vous allez vite vous en rendre compte si ce n'est pas déjà fait.

41

Il en avait marre. Il aurait pu rédiger un miniguide des *go-go-bars* de Patpong. Le quartier n'avait plus de secrets pour lui. La fausse innocence des sourires, l'artifice des postures, les odeurs rances, les bas-fonds miteux, les travelos, les maquerelles, tout, il avait tout vu. Cela faisait maintenant plus de cinq heures que Gérard Van De Hoordt explorait, l'un après l'autre, tous les clubs de l'endroit. Il entrait, faisait un tour d'horizon, parfois il s'avançait entre les tables. Il ne regardait pratiquement pas les danseuses ni les serveuses, il dévisageait rapidement les clients et, lorsqu'il s'était convaincu d'avoir encore fait chou blanc, il quittait l'établissement pour passer dans celui d'à côté.

Il ne trouvait pas ces maudits Français. Et il se répétait leurs noms en boucle dans sa tête, comme si cela pouvait l'aider : Pierre Hulé, François Rebours, Cyrille Vieiljeux et Amaury Hauteville de Mortagne. Il se disait parfois que c'était complètement absurde d'être allé à l'autre bout du monde chercher quatre connards dont il n'avait jamais vu les portraits pour leur acheter des armes. Comment les copains pouvaient-ils leur faire confiance ? Les Français, c'était pire que les Wallons, une mentalité de bougnoules. Et ceux-là qui allaient jouer aux petits soldats dans la jungle, sans doute encore plus merdiques que les autres. Il les imaginait très bien, des fils de bourgeois ou de la noblesse décadente qui n'avaient pas été foutus de faire proprement une école militaire et qui devaient se prendre pour des Rambo parce qu'ils passaient quelques jours par mois avec une guérilla moribonde dont personne n'avait jamais entendu parler. Qu'est-ce qu'ils pouvaient bien y foutre ? Ils auraient été plus utiles à nettoyer leurs putains de banlieues de toute la vermine qui s'y accumulait depuis des lustres. Les vrais hommes, c'étaient lui et ses potes, De Hoordt s'était depuis longtemps fait une idée sur le sujet. Planifier le braquage d'un supermarché à l'heure de pointe, entrer à dix dedans, neutraliser les vigiles, se ruer sur les caisses, flinguer immédiatement les premiers connards qui s'interposeraient, prendre le pognon et se replier, et tout ça en moins de dix minutes... Voilà du vrai boulot de commando !

Jusqu'à présent, pas de Français à l'horizon.

Cela faisait la cinquième fois au moins que De Hoordt entrait au Lucky. Au fil des heures, la clientèle avait grossi et le bar avait réduit l'éclairage. De Hoordt s'avança jusqu'à la scène de danse et scruta la salle. Si les Français étaient bien à Bangkok, comme on le lui avait assuré à son départ de Bruxelles, ils s'étaient cachés ou ils avaient changé de QG. « *Tu verras, ils sont tous les soirs à Patpong dans divers rades, mais ils passent au moins une fois chaque jour au Lucky. Demande au patron* », lui avait répété son contact.

De Hoordt s'approcha de la vieille installée derrière la caisse du bar.

– Alors, toujours pas là, le boss ?

– Monsieur pas là encore. Vous boire un verre en attendant ?

De Hoordt considéra la Thaïlandaise bouffie et ridée comme une vieille mangue.

– Ouais. Fais-moi apporter une bière. Une grande.

La maquerelle s'empressa aussitôt, décapsulant une bouteille et houspillant une serveuse :

– Noï, bouge-toi les fesses, espèce de buffle. Installe le *Farang*[1] à la grande table près de la porte. Et dépêche-toi, t'es bonne qu'à sucer des esquimaux ou quoi !

1. Étranger.

La serveuse précéda De Hoordt jusqu'à la table, se courba en deux et attendit. De Hoordt eut tout à coup une moue d'exaspération et se tourna vers elle :

– Tu veux quoi, bordel ? Va me chercher ma bière, magne-toi, connasse. Elle t'attend sur le bar, je devrais déjà l'avoir bue.

Ce serait la dernière tentative de la soirée. S'il ne voyait ni les Français ni le patron du Lucky d'ici vingt-deux heures, il filerait au massage et rentrerait à l'hôtel ensuite. Il en avait par-dessus la tête. Puis il fut pris d'un doute. Et si ces cons n'étaient pas revenus à Bangkok ? Et s'ils étaient toujours chez les sauvages ? Il se voyait déjà obligé de partir en expédition de l'autre côté de la frontière et cela ne l'amusait pas du tout. Si les Français étaient toujours là-bas, il n'aurait pas le choix, il lui fallait coûte que coûte les armes.

Il était absorbé dans sa réflexion lorsque la porte du bar s'ouvrit à la volée. Un Européen assez grand, maigrichon, la soixantaine, le cheveu blanc, long et filasse, pénétra dans l'établissement, aussitôt acclamé par les filles. Il articula trois ou quatre phrases en thaï à l'adresse des danseuses et s'approcha du bar. « *Alors y ressemble à ça, le patron... Eh ben, c'est pas trop tôt* », maugréa De Hoordt. Il saisit au vol une serveuse qui passait devant lui et lui dit d'un ton ferme et définitif :

– Va me chercher ton boss, je l'invite à boire à ma table.

La fille fila vers le bar sans discuter. Quand l'Européen se présenta à la table de De Hoordt, celui-ci était reparti dans ses pensées. Il essayait de se rappeler ce qu'avait coûté exactement à sa bande la dernière cargaison d'armes venue d'Europe du Nord. Une fortune, cela, il le savait. Mais combien exactement, il avait oublié.

– *Hello. Nice to meet you*[1].

– Ça va, je parle français. Asseyez-vous. Champagne ?

---

1. Bonjour. Ravi de vous rencontrer.

Le patron considéra le mastodonte devant lui. Qu'est-ce que ce malabar lui voulait ? Et depuis quand s'asseyait-on à la table d'un inconnu pour siffler du champagne comme cela ? Dans les films, oui ! Mais dans la vraie vie à Bangkok, cela ne se faisait pas. Le regard et la carrure de ce gars donnaient à réfléchir. Des types louches, depuis qu'il avait posé ses valises à Bangkok, quinze ans auparavant, le patron du Lucky en avait vu des tas. Mais comme celui-ci, aucun. C'était une exception. Un prototype de salaud. Une nouvelle interprétation de *Terminator*. Voilà, *Terminator* ! On aurait dit Schwarzenegger dans *Terminator*... En tout cas, il lui collait une trouille comme il n'en avait pas éprouvé depuis longtemps. Et il fallait qu'il se force à sourire.

– Ah, sans blague, vous êtes français...

– J'ai pas dit ça. Je parle français. Ça fait une nuance, vous trouvez pas ?

Le patron tira sur sa lèvre inférieure en faisant une moue dubitative, puis il s'assit.

– Je m'appelle Roland, fit-il en tendant sa main osseuse à De Hoordt.

– Gérard. Faites venir une bouteille de champ. Ça changera de la bière.

Le patron éleva la voix et passa la commande en thaï à la vieille maquerelle.

– Vous vous démerdez pas mal dans ce charabia de Jaunes.

– Je suis ici depuis quinze ans... Mais il me reste beaucoup de progrès à faire. Je parle le thaï de la vie de tous les jours. La vie courante, rien de plus.

– Moi, ça me débecterait de causer leur langue. C'est à rien y comprendre.

– Mais dites donc, plaisanta Roland, vous-même, le français... C'est votre langue maternelle ?

– Pourquoi vous dites ça ?

– Eh... Il me semble que vous avez une pointe d'accent, n'est-ce pas ?

– Je croyais vous l'avoir expliqué déjà. Je suis flamand.

– Belge ?

– Putain, je sais pas si je vais boire le champagne avec vous. Vous ne savez pas la différence qu'il y a entre les Belges et les Flamands ! Incroyable ! En Belgique, il y a les Flamands et les autres, ces racailles de Wallons. C'est pour cette raison que je n'aime pas dire que je suis aussi français. Car j'ai la double nationalité.

De Hoordt avait toujours procédé ainsi. Dès qu'il faisait la connaissance de quelqu'un, il fallait qu'il le teste. La nature du test importait peu, c'était toujours dérangeant, dégradant ou simplement agressif. Il n'avait jamais dérogé à cette règle personnelle, et il s'était beaucoup battu et avait tué pas mal de monde pour cette raison. Le patron toussota. La serveuse le sauva en apportant la bouteille.

– Ah, le champagne, se réjouit-il en remplissant les flûtes. Alors, à quel événement boit-on ?

– Rien de particulier. Je bois toujours avec les amis...

– Oui, moi aussi, mais nous ne nous connaissons pas...

– Ça ne fait rien. Je voulais dire : mes amis ou les amis de mes amis.

– Et qui a-t-on comme amis en commun ?

De Hoordt fit une pause et sourit à son vis-à-vis. Toujours le même sourire glacial.

– Mes petits amis français, Pierre, François, Cyrille et Amaury.

Le patron du Lucky prit un air embarrassé. Il recula légèrement sa chaise de la table et ne savait pas trop où regarder quand il s'adressa à son interlocuteur :

– Vous êtes de la police ou un truc comme ça ?

De Hoordt fit d'abord semblant d'ignorer la question. Puis il se pencha en avant, enferma dans ses mains la flûte de son invité et l'écrasa sans bouger un cil. Il ne prêta même pas attention au champagne rougi qui coulait entre ses doigts.

– Ai-je vraiment l'air d'un flic ?

– Merde, vous êtes cinglé ! Vous vous êtes blessé, je vais chercher des pansements.

– Restez assis, ce n'est rien.

– Mais vous saignez. Ça n'arrête pas de pisser…

– Je vous dis que ce n'est rien. J'en ai vu d'autres. Vous croyez que j'ai bourlingué des années avec Jimmy sans revenir cousu de cicatrices ?

Le patron resta d'abord bouche bée avant de pointer son index vers De Hoordt avec respect.

– Jimmy, Jimmy… Jimmy le Belge ?

– Lui-même.

L'atmosphère, jusque-là électrique, se détendit d'un coup. Le patron éclata de rire et se tapa sur les cuisses des deux mains.

– Et moi qui vous prenais pour un flic ! Désolé. Alors comme ça, vous connaissiez Jimmy.

– C'était un frère pour moi. J'aurais dû venir avec lui en Birmanie, il y a quelques années. Malheureusement, ça ne s'est pas fait. J'ai été occupé ailleurs. L'ex-Yougo, vous voyez..

– Ah oui, ça devait être chaud.

– Très chaud. J'ai tout fait là-bas, la Croatie, la Bosnie. Osijek, Vukovar, Mostar, Gorazde, Srebrenica, Brcko… Tout le merdier yougo. J'ai entraîné les forces spéciales du HVO, puis celles de Sarajevo.

– Mais ça fait un moment que c'est terminé tout ça. Alors vous avez fait quoi depuis ? demanda le patron.

– L'Irak.

– Oh putain !

– Comme vous dites. Mais je n'ai jamais renoncé à la Birmanie. Juste avant de mourir, Jimmy m'avait parlé des Français pour que je les rejoigne. Mais pour tout vous dire, physiquement, je ne sais pas à quoi ils ressemblent. Jimmy m'avait conseillé de passer par vous pour les rencontrer. Alors, me voilà.

De Hoordt regarda l'intérieur de ses mains. Les coupures étaient superficielles.

– Vous voyez, ça ne saigne déjà plus. Ils sont ici, en ce moment, les Français ?

– Ils passent ici tous les soirs vers minuit et demi. Vous n'aurez pas longtemps à patienter.

Le patron se leva en s'excusant.

– Je vous demande deux minutes. Je vais faire nettoyer la table et rapporter une coupe. Et on va terminer la bouteille en les attendant.

Chapitre 5

14 août 2006

42

Dans la plus ancienne maison du quartier de l'hippodrome, à l'écart des autres en bout du champ de courses, Jean Arribarde retournait depuis une heure des dizaines de vieux dossiers au fond de la cave devant une grande cantine métallique légèrement rouillée. À genoux sur un vieux bout de moquette, il fouillait dans des chemises cartonnées aux couleurs délavées qui partaient en lambeaux. Sur certaines, l'encre des titres avait passé. Il n'y avait plus d'indications. Il lui fallait regarder un à un les papiers réunis à l'intérieur.

Depuis le coup de fil de son confrère parisien, le correspondant du journal *Sud-Ouest* avait pleinement conscience d'avoir soulevé un lièvre en exhumant la vieille histoire du cadavre de Pau. Soit cette affaire et celle du Cap-Ferret se croisaient et il tenait un véritable scoop, soit elles n'étaient pas liées et, au pire, il aurait reparlé d'un autre crime étrange qui avait l'intérêt de ne jamais avoir été élucidé.

Le fait divers s'était produit à la fin des années soixante-dix, quand il était jeune journaliste. Toutes les pistes étaient allées dans le mur. Personne n'avait jamais pu expliquer qui était cette fille retrouvée à demi enfoncée dans la terre molle d'un champ de maïs, près de la zone de saut de Lasclaveries. Un cadavre qui paraissait tombé du ciel. L'enquête avait piétiné des mois. Il n'y avait pas eu une seule mise en examen. Le mystère s'était épaissi au fil du temps.

Les chemises de papier collaient aux doigts. L'humidité qui régnait dans la cave pourrissait tout. Enfin, il trouva ce qu'il cherchait. Il avait dans ses mains un jeu de photos de la victime, des coupures de presse et le carnet de notes dont il s'était servi à l'époque. Arribarde laissa courir son doigt sur l'une des photos. « *Qui étais-tu, toi ?* » demanda-t-il à mi-voix. « *Personne ne t'a jamais réclamée.* » Il ouvrit le carnet et commença à lire. C'était une suite d'interviews de riverains de la scène de crime, de policiers et de gendarmes, de parachutistes habitués du terrain de saut voisin, du procureur et du juge à qui l'instruction avait été confiée. Une dizaine de personnes en tout. Les noms avaient été écrits en lettres bâtons et soulignés, comme des têtes de chapitres. Avec un numéro de téléphone et une adresse sous chacun d'eux. Arribarde feuilleta rapidement les pages du carnet et s'arrêta sur le propriétaire de la ferme qui jouxtait le champ de maïs. « Thalès Ibarburu ».

On ne pouvait pas faire plus local. Le gars avait à l'époque trente-huit ans. Arribarde avait ajouté sous le numéro de téléphone, de son écriture fine aux allures de pattes de mouches : « Marié, trois enfants. Deux garçons, une fille. Diego, Domiku et Malen. » Il l'avait rencontré le mercredi 18 juillet, dès l'affaire connue. Plusieurs autres journalistes avaient essayé d'entrer en contact avec lui, mais Ibarburu les avait tous envoyés promener. Arribarde n'avait réussi à l'interviewer qu'en raison de son patronyme. Le paysan ne parlait qu'aux Basques. C'est l'intérêt qu'avait montré Arribarde pour les prénoms de ses enfants qui avait dégelé la situation. Ibarburu avait longuement expliqué ses démêlés avec la justice pour faire enregistrer des noms que la

République ne voulait pas reconnaître, puis ils avaient démarré l'interview.

Le journaliste s'arrêta sur le récit de la nuit précédant de deux jours la découverte de la femme. Il y était question d'un avion qui avait tourné plusieurs fois au-dessus de la ferme. Ibarburu affirmait qu'il s'agissait du Pilatus du para-club. Il en avait reconnu formellement le bruit. Depuis le temps que l'avion l'emmerdait à voler au-dessus de sa ferme, il était sûr de lui. Le lendemain à l'aube, l'avion s'était écrasé, tuant sur le coup le pilote. Du Pilatus, il ne restait qu'un amas de tôles calcinées, et du pilote presque rien. Le garçon avait été carbonisé dans l'habitacle. Arribarde avait été le seul à recueillir l'information du vol de nuit supposé de l'avion.

Sur la dernière page de son carnet, le journaliste avait écrit le résumé d'une conversation avec un parachutiste croisé un jour à Lasclaveries :

Un gendarme aurait dit à l'un de ses amis, membre du club, que les deux affaires – celle de l'avion et celle de la fille – sont forcément liées et que sa hiérarchie ne semble pas pressée d'aboutir.

Arribarde regroupa tous ses papiers dans la chemise, la referma avec précaution et rejoignit une pièce près de la buanderie où était entreposée une photocopieuse. Il souhaitait que les documents originaux ne quittent pas son domicile. Il décrocha le combiné d'un téléphone posé sur la machine et composa le numéro qu'Escher lui avait laissé.

– Monsieur Escher ? C'est Arribarde à Pau.

– Alors ?

– Je viens de consulter mes archives. Vous allez être content.

– Qu'est-ce que vous avez trouvé ?

– J'ai relu toutes mes notes de l'époque et j'ai déjà repris contact avec certains témoins. Vous allez pouvoir les rencontrer.

– Vous êtes donc d'accord pour la collaboration que je vous ai proposée ?

– Je ne refuse jamais une pige. Et là, croyez-moi, ce sera une grosse pige. Vous ne serez pas déçu. Venez le plus vite possible. On ira voir des gens. Il y a des éléments nouveaux…

– Comment ça ? Après tout ce temps ?

– Sinon, ça ne servirait à rien que vous descendiez à Pau. Oui, des éléments nouveaux.

– Par exemple ?

– Je ne peux pas vous le dire comme ça. Mais je sais que des personnes que je vais vous faire rencontrer vont vider leur sac.

Escher observa un moment de silence avant de répondre :

– Elles vous ont déjà appris quelque chose ?

– Non. Je vous attends pour ça.

– Je vais venir. Avec la personne qui a vu le cadavre du Ferret. Mais seulement quand je serai certain de pouvoir rencontrer vos témoins dans la foulée. Demain, si c'est possible. Vous faites le nécessaire ?

– Pas de problème. Je vous rappelle tout à l'heure.

43

Allyson se présenta au portail de la villa des Leclerc à neuf heures tapantes. La maison était cadenassée. Elle posa son vélo contre la grille et sonna. Lorsque Madeleine appuya sur l'interphone, la baby-sitter entendit des cris. Les enfants se bagarraient. Elle fit la moue et poussa la lourde porte en teck. Elle rentra la bicyclette à l'intérieur du jardin et se dirigea vers la maison. Elle n'avait pas le moral. Dans le bar où elle venait de s'arrêter pour avaler un café, la seule conversation qui semblait intéresser les consommateurs était cette histoire de meurtre. Il ne lui avait pas fallu dix minutes pour réaliser que la jeune fille assassinée travaillait pour la famille chez laquelle elle se rendait. La maîtresse de maison s'était bien gardée de le lui dire. Allyson n'avait pas rebroussé chemin, mais ce n'était pas l'envie qui lui en avait manqué.

Charles et Julie dévalèrent le chemin dans sa direction. Elle s'accroupit pour les accueillir, mais les deux enfants passèrent devant elle sans un regard. Ils disparurent derrière une haie de chênes à la limite du parc.

– C'est ici, expliquait Charles à sa sœur. Ici que je l'ai vu avec sa caméra.

Julie haussa les épaules.

– Tu inventes toujours des histoires pour te rendre intéressant. Maman t'a déjà dit qu'il n'y avait pas de cosmonautes de l'espace ici.

– Si. Il était gris, caché dans les fourrés et il avait une caméra. Je te dis qu'il m'a filmé. Pour m'emmener dans les étoiles.

– Et tu as vu également sa fusée ? demanda Allyson en cherchant à dissimuler son accent pour ne pas effrayer les enfants.

Charles et Julie s'arrêtèrent d'un coup de parler. Ils se tournèrent vers elle et la dévisagèrent.

– Va-t'en ! cria Julie à l'adresse d'Allyson en lui jetant un regard noir par-dessus son épaule.

Allyson considéra ses pieds noyés dans les aiguilles de pin et se demanda s'il ne valait pas mieux tourner tout de suite les talons. Quelle maison bizarre ! Avec ces adultes tellement snobs et ces enfants si mal élevés… Elle ramassa son sac et se dirigea vers la villa. Déjà, Madeleine venait à sa rencontre.

– Les enfants sont de vrais petits animaux. Il ne faut pas vous laisser impressionner. De la poigne, ma fille ! Comme Margaret Thatcher !

Contente de son bon mot, Madeleine attendait une réaction complice de la part de la jeune Britannique, mais Allyson ne goûtait pas cet humour. La Dame de fer était une légende vivante dans sa famille. Pas un sujet de plaisanterie. Elle ignora la remarque de la grand-mère, fit rouler ses épaules de nageuse et lui tendit une main puissante.

– Les enfants ont réclamé leur ancienne baby-sitter.

– Ah, vraiment ? fit Madeleine.

– Je viens d'apprendre qu'elle a été assassinée. Vous ne m'aviez rien dit.

Passé la surprise, Madeleine ne se démonta pas.

– Vous croyez, Allyson, que ce sont des choses dont on parle ? Je n'allais tout de même pas vous dire : « *Ma nounou a été tuée, venez donc la remplacer* » !

– Mais...

– Non. Il ne faut plus en parler. Le petit-déjeuner a été servi à l'intérieur de la maison. Allez surveiller que tout se passe bien. Ensuite, vous baignerez les monstres et vous irez à la plage avec les parents s'ils le désirent. On verra.

Allyson pénétra dans la maison, les enfants sur ses talons. Les parents étaient assis sur le canapé. Ils adressèrent un vague sourire à la jeune fille lorsqu'ils la virent entrer dans la pièce, comme soulagés de pouvoir se débarrasser du fardeau des gosses. L'instant d'après, Charles et Julie se disputaient le Nutella. Charles s'en était immédiatement barbouillé des moustaches jusqu'au milieu des joues et en avait plein les doigts. Julie trépignait devant le pot que son frère ne voulait pas lâcher.

Le carillon du portail sonna et, quelques instants plus tard, Madeleine était sur la terrasse, devant le salon, en compagnie d'un homme en uniforme. L'adjudant Pichart était revenu. Visiblement, elle ne s'attendait pas à cette visite. Elle paraissait agitée. Le ton monta progressivement et Allyson put saisir des bribes de phrases. Le gendarme prononça plusieurs fois le nom d'Ingrid. À chaque fois, Madeleine se mettait entre lui et la porte-fenêtre comme si elle cherchait à faire rempart de son corps à la propagation des sons vers la maison.

– Parlez moins fort, lui souffla-t-elle, les enfants sont à côté. Un peu de tact, bon sang.

Allyson poussa sa chaise pour se rapprocher de la terrasse. Ce qu'elle entendit lui fit dresser les cheveux sur la tête. Le gendarme reparlait de la scène de crime, de l'audition de témoins, la veille, et des nouveaux éléments apportés à l'enquête. Des mots terribles franchissaient de manière anarchique la porte-fenêtre. L'homme évoquait la possibilité de crimes à répétition, de *serial killer*, d'une situation inédite non maîtrisable et d'un danger exceptionnel. Madeleine se liquéfiait au fur et à mesure que le gendarme parlait. Puis elle tourna la tête vers la maison et s'aperçut qu'Allyson écoutait à travers la porte leur conversation et cela la mit dans une de ces colères dont elle avait le secret. Elle opéra un quart de tour brutal, poussa le battant et éclata en imprécations :

– Allyson, je ne vous paie pas pour vous mêler des affaires de la famille. Seulement des enfants. Regardez-les, ils mangent comme des porcs, la nappe est un torchon.

– Madame, se défendit-elle, en anglais, pour laisser Charles et Julie en dehors de la dispute, *I was checking that nothing could be understood by the kids*[1].

– Ah, ne vous foutez pas de moi ! Les petits ne comprennent pas, Dieu merci. Faites-leur terminer le petit-déjeuner et disparaissez.

44

La journée s'étirait en longueur. Duncan et Escher avaient passé des heures à faire la tournée des bistrots et des magasins pour collecter les commentaires de comptoir, espérant trouver dans ce fatras de rumeurs un peu d'information. Assis à une table en rotin devant sa cabane de pêcheurs, Duncan jouait avec un stylo qu'il faisait tourner entre ses doigts. Il regardait dans le vide et respirait à peine. Escher récapitulait mentalement ce qu'ils avaient appris. La seule piste intéressante provenait du correspondant de *Sud-Ouest*. L'idée que le crime de Pau et celui du Cap-Ferret puissent être liés était à creuser. C'était dans l'immédiat le seul angle pour écrire un bon papier. Mais il voyait bien que son copain Duncan était ailleurs. Lui cherchait deux choses : où étaient passés la jeune

1. Je m'assurais que les enfants ne pouvaient pas comprendre.

femme dont il n'avait plus de nouvelles et l'homme qu'il avait aperçu sur la piste cyclable.

– On a interrogé une centaine de gens, murmura Escher, et personne n'a remarqué quoi que ce soit d'extraordinaire ces trois derniers jours. Pas une voiture, pas un suspect…

– Pourtant, la clé de l'énigme se trouve sur mes photos, j'en suis convaincu. Les gendarmes aussi, maintenant.

– Mais personne n'a rien vu.

Duncan eut un sourire désabusé.

– Les gens ne regardent jamais rien. Ils ne font pas attention. Mais je sais qu'il y a forcément quelqu'un qui a vu quelque chose. Si nous le dénichons, nous allons avancer.

– Tu proposes quoi ?

– On retourne à l'Océan. Là-bas, il y a forcément quelque chose à trouver. Un indice ou une personne qui aura remarqué un truc insolite le soir où j'ai rencontré Clémence.

– Tu en fais une affaire personnelle…

– Bien sûr, j'en fais une affaire personnelle. Allons-y.

Déjà, Duncan l'attendait devant la DS.

– Tu ne me crois pas ?

– Ce n'est pas la question. Disons que je suis peut-être un peu sceptique, non pas sur l'histoire, mais sur la manière dont tu l'abordes.

– On ne va pas perdre de temps. Je vais te faire une reconstitution grandeur nature de notre rencontre. Avec un peu de chance, on va peut-être tomber cette fois-ci sur des gens qui ont aperçu quelque chose aussi.

– Avec ce putain de temps, ce n'est pas sûr qu'il y ait encore quelqu'un près de l'Océan. Il ne fait même pas dix-huit degrés à l'extérieur et le vent se lève.

Duncan appuya sur l'accélérateur.

– On y sera dans cinq minutes. Et encore dix minutes pour traverser les dunes, c'est bon. Il y a toujours des retardataires.

– Des retardataires ?

– Oui, des fans de naturisme qui ne lèvent le camp qu'à la tombée de la nuit. Même quand il fait froid. C'est étonnant d'ailleurs.

La DS quitta la départementale pour se garer sur un remblai et Duncan coupa le moteur. Dix minutes plus tard exactement, les deux hommes franchissaient la dernière dune et dévalaient vers la plage. Deux couples se rhabillaient. Duncan s'approcha du premier.

– Bonsoir. Je suis journaliste. Je vais vous poser une question assez extraordinaire mais, d'abord, êtes-vous au courant du meurtre découvert de l'autre côté de la route il y a trois jours ?

L'homme esquissa un sourire.

– Oui, ça ne nous a pas échappé. Mais en quoi ça nous concerne ?

– Voilà, je suis convaincu que cette plage a été ou aurait pu être une autre scène de crime à ce moment-là, entre le 9 et le 11. Et c'est quelqu'un que je connais qui en aurait été la victime.

– Vous plaisantez ?

– Pas du tout. J'ai croisé ici il y a quatre jours une personne qu'on a essayé de piéger. Une jeune nudiste à qui l'on a volé ses fringues en fin de journée. La date correspond avec l'agression dont a été victime l'autre jeune fille. Je cherche des témoignages. Si vous étiez là, peut-être avez-vous remarqué quelqu'un ou quelque chose d'insolite.

– On vient depuis une semaine, répondit l'homme, mais on n'a pas toujours été à cet endroit.

– Vous quittez la plage toujours aussi tard ?

– Oui… Quand on commence à se les geler vraiment.

– Et vous n'avez rien noté ? Vous ne vous êtes jamais sentis observés, en danger…

– Jamais.

Duncan tira une carte de son portefeuille et griffonna dessus un numéro de téléphone.

– Appelez-moi si quelque chose vous revient. C'est extrêmement important. Je ne vous dérange pas plus.

Il les salua et intercepta l'autre couple avant que ce dernier n'entame l'escalade de la dune. Le garçon et la fille étaient très jeunes. Peut-être même pas majeurs. Duncan se dit qu'ils seraient sans doute plus coopératifs que les premiers.

– Bonjour, je n'ai rien à vous vendre ni rien à vous acheter. Juste vous casser les pieds en vous posant trois ou quatre questions très importantes peut-être pour vous. Pour votre sécurité…

Le garçon s'arrêta net et releva un peu le menton. Duncan ne lui laissa pas le temps de réfléchir :

– Est-ce que vous êtes venus là tous les jours cette dernière semaine ?

– Ben ouais.

– Vous n'auriez rien remarqué de bizarre il y a trois ou quatre jours, en fin de journée ?

– Si, vous. Je vous reconnais. Vous faisiez des photos des gonzesses à poil.

Duncan tapa dans ses mains.

– Ah, vous étiez là ce fameux soir. Ce jour-là, j'ai rencontré ici une personne à qui on avait volé tous ses habits et son vélo. Et je suis convaincu qu'il y a un rapport avec le meurtre qui a été perpétré un peu plus loin. Vous en avez entendu parler ?

– Ouais. Vous cherchez quoi exactement ?

– Des témoins d'un incident ou d'un comportement inhabituel ici. Vous voyez ce que je veux dire ?

Le garçon hocha la tête et enlaça l'épaule de sa compagne.

– Il a failli lui arriver la même chose, dit-il en en tournant la tête vers la fille. C'était la semaine précédente. Une sorte d'homme-grenouille a essayé de se barrer avec ses affaires.

– Un homme-grenouille ?

– Ouais, un type entièrement vêtu d'une combinaison de plongée. À mon avis, il ne venait pas de l'Océan, mais de la dune, derrière nous. J'étais dans l'eau avec ma copine, et je l'ai vu ramper avec nos fringues. Je suis sorti de la flotte en gueulant et il a foutu le camp. C'est ça que vous vouliez savoir ?

– Que s'est-il passé après ?

– Il a disparu et on est repartis en longeant la mer. J'ai pas du tout aimé.

– Vous n'êtes pas allé déposer plainte ?

Le garçon gonfla ses joues et souffla l'air d'une manière un peu fataliste.

– J'aurais dû ?

– Allez savoir ! Le type dont vous parlez, vous ne l'aviez pas remarqué auparavant ?

– Non, mais ma copine m'a dit qu'on était observés depuis un moment. J'avoue que je n'y avais pas prêté attention.

La jeune fille s'était tout à coup agitée.

– J'ai dit à Aymeric que quelqu'un était planqué dans la végétation de la dune juste derrière nous et que je n'aimais pas ça du tout. Il n'y avait plus que nous sur la plage, c'était très désagréable.

– Mais vous avez vu cette personne ?

– Non, seulement des reflets, comme si nous étions surveillés avec une paire de jumelles. Au début, j'ai cru que c'était un gendarme et comme on ne devait pas être là... nos parents n'auraient pas aimé qu'on se foute à poil ici... voilà, j'étais inquiète pour ça.

– Ensuite, reprit le garçon, on a compris que ce n'était pas un gendarme, mais un connard qui cherchait à nous empêcher de nous rhabiller. Complètement dingue comme histoire ! Maintenant, si on vous avait pas rencontré, on n'y aurait pas repensé. Pas plus que ça.

– Vous n'avez pas une idée de l'âge du gars, de son allure, de sa taille ?

– Déguisé comme il était, non. Il était costaud.

Duncan sourit au garçon.

– Vous seriez en mesure de me dire exactement où il s'était planqué sur la dune ?

– Juste au-dessus de nous, dit-il en tendant le bras. Il était là-haut.

La jeune fille attrapa le bras de Duncan.

– Je peux vous dire qu'on n'en menait pas large. Aymeric fait le fanfaron maintenant, mais sur le moment, il n'était pas fier.

Le garçon leva les yeux au ciel.

– Faut pas exagérer quand même...

– Si, pendant qu'on rentrait, tu m'as répété plusieurs fois que c'était pas un... je me souviens plus du terme.

– Un mateur, dit Aymeric. J'ai dit que c'était certainement pas un mateur et que j'aimais pas ça.

– Qu'est-ce qui vous laisse penser cela ?

– Vous l'auriez vu... ! C'était pas du tout le profil des emmerdeurs qui viennent mater.

– Pourquoi n'êtes-vous pas allés à la police, bon Dieu ?

– Elle vous l'a dit, on devait pas être là. Nos parents auraient été furieux. Et puis, en arrivant au Ferret, on n'y pensait plus.

La jeune fille frissonnait.

– Vous souhaitez encore savoir autre chose ? Il fait un peu frais maintenant. On aimerait rentrer.

Duncan les remercia et se tourna vers Escher.

– Allons jeter un coup d'œil.

Ils gravirent la dune avec les deux jeunes et se séparèrent en haut. Le soleil avait totalement basculé derrière l'horizon. En contrebas, l'Océan moutonnait à peine différent de la couleur du ciel. Une masse mauve striée par endroits de lignes blanches. Le sable ne brillait plus. Il avait pris une teinte uniformément caramel, piquetée du vert sombre des massifs de genêts.

– Qu'est-ce que tu espères trouver ? demanda Escher.

– Une trace, un objet...

Duncan se déplaçait à peine, le dos courbé. Il balançait la tête de gauche à droite, mécaniquement, examinant le sol à ses pieds. Escher ravala un sourire narquois.

– J'admire ta ténacité, mais c'est vain. On perd notre temps.

Duncan n'écoutait pas. Il continuait de progresser à une allure d'escargot, les yeux rivés à ses pieds. Le sable était désespérément lisse.

45

De l'autre côté de l'ancien enclos de prospection pétrolière, l'homme avait les yeux collés à une paire de jumelles depuis une dizaine de minutes. Il était à moitié enseveli dans le sable et, à moins de lui marcher dessus, la couleur de sa combinaison de plongée en néoprène, identique à celle du sol, le rendait quasiment invisible. Il fixait les deux journalistes.

Il avait regardé passer devant lui le couple de jeunes gens sans y prêter beaucoup d'attention. Cette affaire n'avait pas fonctionné, il s'était rattrapé depuis. Maintenant, il fixait son attention sur Duncan.

Ce grand type brun à la crinière de cheval, il en était certain maintenant, c'était celui de la piste cyclable avec l'énorme appareil photo entre les mains. Sur le moment, ça ne l'avait pas inquiété. Mais c'était encore ce type qu'il avait aperçu sur la plage avec la fille qu'il avait choisie. Et il était de nouveau là. L'homme réfléchissait à toute vitesse. La seule fois où un témoin l'avait gêné, il n'avait pas attendu pour le supprimer. Cette fois-ci, la situation était plus compliquée. Il y avait ce deuxième homme, et la distance qui les séparait. S'il ne parvenait pas à les attirer à lui pour les tuer sur la dune, la sagesse serait de quitter la région sans attendre. Or, son travail n'était pas terminé. Il avait encore une affaire à conclure. Elle était presque bouclée et ses clients l'attendaient avec impatience. Il n'avait pas le choix, il devait se débarrasser de ces fouille-merde immédiatement et terminer son job tranquillement, en professionnel, comme il savait le faire, ou laisser s'échapper les deux hommes et essayer de boucler l'histoire du Cap-Ferret sans attendre pour pouvoir se mettre au vert le plus vite possible.

Il ne les quittait pas des yeux, les jumelles calées dans les paumes de ses mains. Il n'avait plus qu'à attendre qu'ils passent à côté de lui. Il sentait sous sa combinaison son épine dorsale se couvrir d'humidité. Il allait les laisser s'approcher, puis il bondirait comme un chat sauvage. Ils n'avaient aucune chance. Il le savait et son excitation redoublait. En un instant, il se mettrait debout face à eux et leur porterait un atémi à la gorge. Il n'y aurait aucun bruit, aucune plainte. La rencontre serait muette.

Il jeta un regard circulaire autour de lui, la dune était vide. Il n'avait plus qu'à attendre. Encore deux ou trois minutes. Après les avoir tués, il les cacherait dans le sable. Aucun risque qu'on les retrouve ici, à la Torchère, avant qu'il n'ait quitté le Cap-Ferret.

46

Madeleine Leclerc appela la baby-sitter d'une voix qui indiquait qu'elle ne souffrirait aucune attente. Depuis le départ des gendarmes, elle avait été continuellement sur le dos d'Allyson pour parer à la mauvaise humeur des deux petits et essayer de dissiper l'inquiétude de la baby-sitter. L'adjudant avait quitté la villa en se plantant devant la jeune fille pour la gratifier d'un «*Bonne chance, take care*» d'une voix laconique. Allyson était allée s'enfermer aux toilettes et André était venu dire à Madeleine qu'il lui avait semblé l'entendre pleurer.

– Ah, elle ne va pas nous emmerder, celle-là ! avait sifflé sa femme. On lui demande de s'occuper des enfants. Point.

Lorsque Allyson avait refait surface, elle s'était visiblement passé le visage à l'eau. Elle avait la peau encore humide et luisante. Madeleine lui avait donné ses dernières consignes comme si de rien n'était, mais la suite de la journée s'était déroulée à l'inverse de ce qu'elle aurait souhaité. Les enfants avaient été odieux. Impossible de leur faire faire une sieste. Impossible de les faire tenir en place sur la terrasse. Les parents n'avaient une fois encore été d'aucun secours. La mère avait annoncé qu'elle entendait profiter de cette extraordinaire journée de grand beau pour bronzer un peu. Le père s'était replongé dans ses bouquins de philo et plus rien autour de lui n'avait eu d'importance. Quand

Madeleine lui avait fait remarquer qu'on aurait peut-être besoin de son aide par les temps qui couraient, il avait paru étonné.

– À quoi sert de payer une fille au pair si l'on doit continuer de s'occuper des schtroumpfs ? avait-il répondu sans relever la tête de son livre.

À vingt et une heures, Madeleine et Allyson avaient fini par mettre Charles et Julie au lit. Julie avait fait une crise de larmes, hurlant qu'elle détestait la nouvelle baby-sitter. Charles avait encore une fois demandé où était Ingrid. Il s'était relevé pour s'agenouiller à la tête de son lit, les mains jointes, et avait commencé à égrener à haute voix une prière : « *Petit Jésus, ramenez-nous notre chère Ingrid. Je promets d'être le plus gentil des enfants du monde si vous nous rendez notre chère Ingrid...* » La grand-mère était rentrée comme une furie dans la chambre et avait distribué deux ou trois paires de claques à chacun des enfants. Comme Allyson revenait, alertée par les hurlements, elle s'était fait rembarrer méchamment. Madeleine l'avait repoussée vers le salon et lui avait dit : « Demain, il fera jour. » C'était son expression favorite pour indiquer que la coupe était pleine.

– Pourriez-vous payer mon journée à moi, madame ? demanda Allyson.

Madeleine fit un bond en arrière.

– Et quoi encore ? Vous me prenez pour une imbécile, ma fille ? Ce ne sont pas nos accords. J'ai bien l'intention de vous revoir demain matin. À l'heure.

Allyson frissonna.

– Ce n'est pas ce que je vouloir dire.

– Bon, alors ne le dites pas. Vous allez rentrer tranquillement avec votre bicyclette sans vous inquiéter, parce qu'il ne se passera rien. Vous n'allez pas penser au meurtre. Tout le monde sait que les assassins ne frappent jamais deux fois au même endroit. Si c'est cela qui vous fait peur, vous pouvez toujours passer la nuit ici. Il y a encore une chambre d'amis libre au sous-sol de la maison. Vous y serez très bien. Je vous l'offre.

Allyson leva une main en signe de refus.

– Non. Le vrai problème, c'est les enfants. Ils n'aiment pas moi. Ils veulent Ingrid.

En un clin d'œil, Madeleine retrouva sa mauvaise humeur.

– Les enfants ! On ne leur demande pas leur avis. Vous croyez qu'ils m'aiment, moi ? Je ne les abandonne pas pour autant. Vous comprenez ce que je vous dis ? Et maintenant, bon retour et bonne nuit. À demain.

Madeleine tourna les talons et posa une main sur la rampe de l'escalier extérieur. « *Elles nous emmerdent, ces filles* », marmonna-t-elle entre ses dents.

47

Duncan et Escher avaient pris le chemin dans la direction opposée à celle de l'homme qui les observait. Soudain, ils disparurent de ses jumelles, masqués par un renflement du terrain, en remontant par le sud de l'enclos. Quand il se releva pour longer la station de forage, c'était trop tard. Une fois arrivé au sentier, l'homme poursuivit sa course folle, mais il n'y avait plus personne. Ses deux proies avaient déjà franchi la vieille route qui menait à l'ancienne décharge publique, et pénétré dans la pinède. Il remonta la piste de sa foulée de commando, le pouls ne dépassant pas les soixante-dix pulsations par minute. Il expirait l'air de manière régulière à travers les claies de son masque. Sa colère froide ne lui faisait pas perdre le contrôle de son corps. Il s'arrêta en lisière de la forêt. Quand il fut sûr que la route départementale était vide, il la traversa en trois enjambées, puis il repartit en accélérant la cadence vers la piste cyclable. Un nouvel arrêt pour vérifier l'absence de promeneurs tardifs et il pénétra dans la végétation touffue qui descendait en pente douce vers le Bassin. Mais Duncan et Escher s'étaient volatilisés.

La nuit tombait lorsque l'homme passa à côté du village de La Vigne. Les premières lumières d'Arcachon se reflétaient dans l'eau. Il se laissa glisser entre deux parcs à huîtres et commença à nager en direction de la côte qui lui faisait face. Il lui fallait passer entre le Grand Banc et le banc du Benet avant de bifurquer vers le Pilat. L'obscurité ne l'empêchait pas de s'orienter. À cet endroit, il n'y avait aucun corps-mort. L'espace était dégagé. Régulièrement, il remettait le cap sur la masse rose du Pilat. Il allait aborder à environ trois cents mètres au sud sur un perré où ne venait jamais personne. Ensuite, ce serait un jeu d'enfant de rejoindre le véhicule qu'il avait garé à proximité.

La langue de terre du Ferret disparaissait derrière lui. Elle se confondrait bientôt avec le noir du ciel. Seules les lumières du phare lui permettaient d'estimer la distance parcourue. Il nageait sans produire d'effort superflu. Une brasse indienne rôdée par des années de pratique. La même qui lui avait fait traverser plusieurs fois la Manche. Il était comme à l'entraînement. Au milieu de l'eau dans la nuit, il se sentait invulnérable.

Comme il s'en doutait, les abords du Pilat étaient déserts. Il s'approcha du perré, tâtonna un instant, puis remonta, accroché au bout d'un filin transparent, un sac de caoutchouc étanche. Il le passa au-dessus de sa tête et le posa sur le ponton. D'une main, il saisit ensuite un angle du bloc de ciment qui s'avançait sur le Bassin et se hissa hors de l'eau d'un coup de reins. Il se rattrapa sur ses deux pieds, sans un bruit, avec une souplesse et une élégance quasi animales. Alors, il ramassa le sac et s'avança en silence vers les fourrés qui bordaient les villas. Là, il ne lui fallut pas plus de trois minutes pour quitter sa combinaison et se rhabiller du bermuda et de la chemise que contenait le sac. Il y enfourna le pantalon, la veste et le masque de plongée qu'il tassa pour pouvoir y mettre ensuite la paire de jumelles. Puis il se dirigea de nouveau vers le ponton et replaça le sac dans l'eau avec la combinaison.

Il avait garé la voiture louée à la gare à une cinquantaine de mètres. Un modèle courant, passe-partout, au volant duquel il s'installa. Il tourna la clé dans le contact, passa une vitesse et prit la direction de Bordeaux. Il roulait en se maintenant scrupuleusement à une dizaine de kilomètres-heure en dessous de la vitesse autorisée. La voiture avalait la route avec une lenteur infernale, mais pour rien au monde il n'aurait accéléré. Il savait qu'il lui faudrait un bon bout de temps pour parvenir aux faubourgs de Bordeaux. L'important à ce moment était d'arriver à bon port sans problème, sans se faire remarquer.

Il avait un peu plus d'une heure de route jusqu'à Pessac, puis il rejoindrait la gare de Bordeaux-Saint-Jean, tournerait au coin du garage Renault et roulerait jusqu'à la grande cité construite derrière. Il l'avait repérée depuis un moment. Une cité de couche-tôt bien câblée où il lui était facile d'attraper avec son WiFi une connexion avec l'un des comptes ADSL non protégés comme il y en avait des dizaines de milliers en France. Il suffisait de s'approcher et de choisir une ligne en veille sans activité. Le résultat était aussi bon qu'avec son propre abonnement. L'emplacement proche de la gare était idéal. Avec le trafic piétonnier qu'il y avait, personne ne s'étonnerait jamais de le voir rôder dans les parages. Il avait pensé chaque détail de l'opération. Comme toujours. Il maîtrisait tout.

La Ford Fiesta longea les voies de chemin de fer, puis tourna le long du parking avant de s'engager en direction de l'enseigne jaune et noire du garage Renault qui luisait faiblement dans la nuit. Il remonta la rue Pelleport et chercha une place au pied de l'immeuble de douze étages.

Il coupa le moteur et regarda dans les trois rétroviseurs. Derrière lui, la rue était déserte. Idem devant. Il se pencha alors vers le siège arrière, passa sa main gantée de latex dessous et en retira d'abord un i-Book enveloppé dans un sac plastique, puis une caméra, elle aussi protégée par une pochette. Il posa l'ordinateur sous le tableau de bord de la place passager et l'alluma. Aucune musique ne se fit entendre. Le son avait été coupé. Il appuya sur la touche *On* de la Sony Handycam Mega Pixel et attendit qu'elle s'allume également. Moins de trente secondes plus tard, les deux appareils étaient en service. Il vérifia d'abord qu'il n'était pas encore en réseau, puis brancha la caméra à son i-Book et laissa s'ouvrir le logiciel de lecture vidéo iMovie HD. La première chose qu'il fit ensuite fut de créer un nouveau dossier dans lequel il copia en langage crypté le contenu du caméscope sur un disque dur secondaire du PC. Une nouvelle fenêtre s'ouvrit qui indiqua le pourcentage de l'opération déjà effectué et le temps qui restait avant que celle-ci ne fût achevée. Avec ses quatre gigas de RAM, l'i-Book travaillait à une vitesse vertigineuse. Rien dans cette machine n'était d'origine. Chaque pièce avait été achetée dans d'improbables officines chinoises à Singapour, payée cash, pour créer une machine originale spécialement dédiée à la copie et la transformation des signaux vidéo 8, et à leur transmission codée.

C'était un ordinateur inconnu des services de douane français. Rien ne provenait d'un magasin français. Aucune pièce n'avait de numéro de série répertorié dans le pays. L'homme n'avait jamais manipulé un seul des éléments de l'i-Book. Ni laissé une seule fraction d'empreinte digitale sur une seule touche. L'ordinateur était entièrement recouvert de film étirable Alfapac et lui-même ne quittait pas ses gants de chirurgien.

L'homme refit un tour d'horizon autour de la voiture. La rue était absolument déserte. Il abaissa le capot de l'i-Book de manière à ce qu'aucune lumière de l'écran ne puisse être vue depuis l'extérieur.

Une indication dans une fenêtre l'informa que la copie de la bande vidéo avait été correctement effectuée. Si le cryptage de la cassette s'était déroulé rapidement, en revanche, le transfert vers le serveur qui attendait à plus de dix mille kilomètres de là prendrait plus d'une trentaine de minutes. Même zippé, le fichier était lourd.

L'homme fit glisser l'icône du programme vers le logiciel de transmission et démarra la seconde opération. Il se pencha ensuite vers le caméscope pour en ôter la cassette qu'il glissa profondément dans le siège passager, enferma la caméra dans la boîte à gants, puis reposa l'ordinateur au fond de la voiture et regarda de nouveau dans les rétroviseurs avant de quitter la Ford et de se diriger vers la gare.

Il avançait d'un pas léger. Le travail était presque achevé. Lorsqu'il en aurait la confirmation, il ne lui resterait plus qu'à terminer la troisième et dernière affaire prévue au Cap-Ferret. Ensuite, il serait libre pour quelques mois. Il serait tranquille avec un compte en banque de nabab. La Triade payait autrement mieux que ses employeurs français avec lesquels il avait commencé à bosser dans les années soixante-dix. Quand il y repensait, c'était toujours la même image qui revenait : cette femme chevaline dont on lui avait fait passer un jour la photo dans une enveloppe kraft à la terrasse d'un café pourri du quartier rom à Perpignan. Il y avait cette image en noir et blanc, un peu floue. La cartouche de 7,62 tirée avec un silencieux n'avait fait aucun bruit. À peine un plouf que n'aurait pas entendu un promeneur qui serait passé à quinze mètres de lui. Il y avait eu une nappe de sang énorme qui s'était dessinée au-dessus de la tête de la cible, puis la femme s'était écroulée d'un coup. Le soir, il avait reçu ses 120 000 francs dans les toilettes du café de la gare du Nord. D'autres contrats avaient suivi. Puis celui concernant le petit Mohamed.

Comme d'habitude, une enveloppe avec une photo et une adresse. Le seul élément nouveau était qu'on exigeait de lui une mise à mort exceptionnelle, douloureuse et longue, avec des photos pour en apporter la preuve. « *Si tu peux le filmer, ce sera encore mieux* », lui avait dit l'officier traitant. Ajoutant : « *Si tu nous fournis un film avec le son, les clients seront généreux. Disons au minimum 250 000. Mais il faut que ce petit con en bave. Il faut du sang, des cris, du dégueulis… et une main du type pour accréditer la séance de torture et l'exécution. On est d'accord ?* » L'homme avait acquiescé.

Il avait un mois pour s'acquitter du contrat. On lui avait remis une caméra 9,5 mm d'occasion et un petit magnétophone. Trois semaines plus tard, la cible avait été exécutée. Il l'avait cueillie un soir avec sa vieille R16 en limite de la cité. Un coup de pare-chocs à l'arrière de sa moto, le petit Mohamed avait fait un vol plané. La suite s'était déroulée dans une sorte de remise à outils en bordure de petits jardins cultivés par des ouvriers fauchés de Saint-Denis. Un coin désert et pouilleux qui lui avait assuré une tranquillité complète une nuit durant. Il avait attaché à l'aide de ruban adhésif sa victime dénudée, la bouche également scotchée, sur une vieille table. Il avait tendu du papier opaque devant le vasistas et avait allumé une lampe à pétrole pour pouvoir filmer la mise à mort réclamée par ses clients. Dès le début, la scène avait été parfaite. Le choc de la R16 avait brisé l'une des jambes du garçon et Mohamed se tordait déjà de douleur sur sa table de torture. Chaque pression du sang dans le bas de son corps lui arrachait des cris rauques. La plaie ouverte avait gonflé. Mais elle n'offrait aucun caractère de gravité, car seul le péroné avait été brisé. Le tibia était indemne. Aucune artère n'avait été touchée. Le fait d'avoir été déshabillé par l'inconnu avait fait naître en Mohamed autant de peur que de colère. Son tortionnaire avait approché la caméra de son visage pour enregistrer les insultes qui parvenaient à franchir le bâillon. L'Arabe conservait encore à cet instant des ressources d'arrogance et de haine froide incroyables. L'homme, qui n'était pas encore expert dans l'art d'écorcher vifs ses concitoyens, s'était fait la réflexion qu'il allait devoir agir fort tout de suite. Mais il se ravisa presque immédiatement devant les regards de défi que Mohamed continuait à lui lancer. C'est à cet instant qu'il comprit que, dans une exécution comme celle qu'il allait mener, entrait nécessairement une part importante d'action psychologique. Il le comprit intuitivement. Ce fut comme une sorte de révélation.

En avançant le long de la gare Saint-Jean, les yeux dans le vague, il repensait à ce Mohamed avec le même sourire figé au coin des lèvres. Au fond, ce petit Arabe, dont il n'avait jamais su quelle faute contre l'État l'avait condamné à mort, était à la source de tout. Quand il avait installé la caméra devant lui, le cadrant du bas des pectoraux au sommet de la tête, et avait commencé à lui dire pourquoi ils se trouvaient ensemble et ce qu'il allait lui faire endurer, en lui faisant passer devant le visage les instruments de torture, il avait déjà obtenu, en moins de deux minutes, l'essentiel du film qu'il allait tourner. Les insultes s'étaient muées en plaintes et en suppliques. En vomissements également. Il avait dû lui arracher trois fois de suite le scotch de la bouche pour qu'il ne s'étouffe pas avec sa bile.

Il s'était révélé un tortionnaire hors pair, digne des meilleurs bourreaux de l'empire Tang. Sa victime avait mis un peu plus de deux heures à expirer. Il l'avait tuée comme dans un rêve, pas toujours certain d'être éveillé, travaillant comme au ralenti. Mais surtout, il avait tourné un film d'un réalisme et d'une sauvagerie qui avaient laissé pantois son commanditaire. Lui n'avait jamais pu visionner le résultat de son tournage, mais on lui avait dit que le film, développé dans un circuit parallèle, était très au-delà des espérances des clients. Qu'il avait un don. Et que ce don valait beaucoup d'argent. Il avait empoché les 250 000 francs.

Ensuite, son officier traitant lui avait demandé d'exécuter cette fille à Pau. La terroriste d'ETA. Une sacrée mise en scène, celle-là ! Il s'était surpassé.

Puis, les Chinois s'étaient manifestés. Quelle relation pouvait-il exister entre eux et ses commanditaires des services ? Il y pensait depuis vingt ans, sans avoir jamais trouvé le début d'une réponse.

Il n'entra pas dans l'enceinte de la gare. Il se contenta de la longer dans un sens et dans l'autre. Puis il partit en direction de la rue Pierre-Loti avec l'intention de pousser jusqu'au cours de la Marne.

Cela faisait quarante minutes qu'il avait quitté la voiture pour la seconde fois. La transmission était normalement terminée. Il décida de laisser le temps à ses correspondants de visionner les deux films à vitesse rapide comme ils le faisaient régulièrement avant de revenir vers la barre d'immeubles devant laquelle il avait garé la Ford Fiesta.

Il remonta dans la voiture à deux heures du matin. Il tapota doucement la barre d'espace de l'ordinateur pour lui faire quitter l'état de veille et constata que la transmission cryptée s'était opérée sans encombre. La connexion à l'ADSL avait tenu. Il ouvrit sur Yahoo son mail et constata l'arrivée d'un nouveau message. Encore un clic et il fut en mesure de lire la réponse de Bangkok : « *Thanks for your contribution*[1]. » Il éteignit l'i-Book qu'il plaça avec le caméscope sous le tapis de sol, démarra et reprit la route d'Arcachon sans se presser. En arrivant à Lanton, il bifurqua vers l'Eyre, une grosse rivière qui se jette dans le fond du Bassin, et fila jusqu'à Certes. La solitude de ce domaine écologique l'inspirait. Il savait qu'il n'y serait pas dérangé. Il traversa la petite ville endormie et se gara à la sortie d'un coude de la route contre un grand marais salant nouvellement restauré. Il n'y avait aucune habitation à trois cents mètres à la ronde, la route se terminait en cul-de-sac au bord de l'eau. Il ouvrit la fenêtre de la Ford et écouta un moment. Lorsqu'il fut certain d'être seul, il attrapa l'i-Book pour en extraire le disque dur annexe dont il s'était servi pour la transmission. Il l'écrasa et le tordit à l'aide d'une pince et sortit du véhicule après avoir récupéré sur le siège passager la cassette du caméscope dont il brûla la bande avec un briquet. Il s'avança jusqu'à l'eau et lança le plus loin possible les deux objets. Il y eut deux ploufs. L'un rapproché, l'autre plus éloigné. Il en avait vraiment terminé avec les deux premiers volets de son travail au Cap-Ferret. Il se retrouvait, exténué, face à la nuit. Il devina l'ombre d'une aigrette qui filait le long des nuages pâles et se mit alors à repasser mentalement tout ce qu'il avait prévu pour achever sa mission, le meurtre de l'enfant. Encore quelques jours, et il reprendrait la route de Paris.

1. Merci pour votre travail.

48

Gérard Van De Hoordt se demandait ce qui se passerait s'il ne parvenait pas à rapporter les armes en France. Son équipe ne le lui pardonnerait pas. C'était aussi simple que cela, pensa-t-il. Les Français qu'il avait rencontrés grâce au patron du Lucky lui avaient promis de le revoir sans tarder, avant la fin de la matinée, pour déterminer exactement ce dont il avait besoin, et cela faisait maintenant plus de trente-six heures que De Hoordt poireautait. Il commençait à trouver le temps long.

Les Hulé, Rebours, Vieiljeux et ce péteux d'Amaury Hauteville de Mortagne étaient exactement comme il les avait imaginés, de sales petits cons qui, pour sûr, se seraient fait enculer direct par Arnold Schwarzenegger s'il leur avait été donné de figurer deux minutes seulement dans l'un de ses films.

Tout le temps qu'il leur avait parlé, il leur avait souri du seul sourire qu'il était capable d'offrir à quelqu'un, un sourire flegmatique et impassible, aussi chaleureux que l'Océan Arctique. Il ne devait pas les froisser s'il tenait à rentrer en Belgique avec sa cargaison de M16 et de RPG. Plusieurs fois, De Hoordt avait serré les poings au fond de ses poches pour ne pas étrangler ces merdeux sur-le-champ, au milieu du café. Ah, s'il pouvait un jour les recroiser dans l'un des supermarchés qu'il attaquait avec ses potes, il les plomberait immédiatement ! Mais pour l'heure, il fallait obtenir les armes. Il avait donc multiplié les efforts pour paraître sympathique.

Le téléphone restait muet. De Hoordt alluma une cigarette et tira dessus nerveusement. Si les Français n'appelaient pas aujourd'hui, il irait les retrouver en fin de soirée au Lucky. Sa décision était prise.

Un éclair d'une violence inouïe éclaira la chambre une fraction de seconde, comme si une demi-douzaine de photographes avaient déclenché leurs flashes au milieu de la pièce. De Hoordt tourna la tête vers la fenêtre.

Le temps s'était détérioré. Les rafales de vent cognaient maintenant contre la baie vitrée de la chambre. En regardant par la fenêtre, De Hoordt aperçut le portier de l'hôtel juché sur un pot de fleurs en train de s'accrocher à un pylône pour éviter d'être balayé par la tempête. Autour de lui, un torrent d'eau de pluie emportait tout sur son passage. Au milieu de l'avenue, des passants se débattaient, engloutis jusqu'à mi-mollets. De Hoordt avait parfaitement conscience d'être au cœur de la saison des pluies, mais il n'aurait jamais cru que cela puisse prendre de telles proportions.

« *Manquerait plus qu'il faille les accompagner dans leur jungle* », se dit-il. Il reprit une cigarette dans le paquet, mais l'écrasa au bout de la troisième bouffée. Les nouvelles tablettes anabolisantes qu'il prenait depuis quelques jours avaient eu pour premier effet de le dégoûter du tabac.

Il attrapa un sac de sport et allait quitter la chambre pour se rendre à la salle de fitness lorsque la sonnerie aiguë du téléphone retentit. Hauteville de Mortagne lui fixait un rendez-vous deux jours plus tard au Caffè di Roma à minuit.

Chapitre 6

15 août 2006

49

La veille au soir, le personnel de l'hôtel Surriwongse, l'un des pires bouges du quartier de Patpong, était en effervescence parce que l'un de leurs plus anciens touristes était revenu après des années d'absence. Tom Gottlieb, soixante ans passés. Un type éléphantesque au visage gras et congestionné avec des touffes de poils collés sur la peau aussi serrés que la laine d'une moquette. Les Thaïs en avaient toujours ri. Mais sa surcharge pondérale lui conférait, dans ce pays où les gros avaient toujours inspiré le respect, une sympathie immédiate de son entourage. Gottlieb avait débarqué par le vol d'Emirates EK 372 et avait pris directement le chemin de l'hôtel. Il avait demandé au chauffeur de taxi de lui porter ses bagages à l'intérieur du hall, l'avait invité à boire une bière et lui avait laissé un pourboire plus que généreux, une cinquantaine de bahts qui avaient plongé le personnel dans des conciliabules admiratifs à n'en plus finir.

Gottlieb était ensuite allé saluer la caissière et la réceptionniste avec de petits cadeaux rapportés de Bruxelles. Les deux femmes s'étaient confondues en remerciements, les mains jointes devant le visage, en poussant des cris de joie et en insistant sur le fait qu'elles le reconnaissaient parfaitement : « *Hey, you. You Belgian man, yes. Long time no see. Sawatdee kha ! Welcome Surriwongse hotel*[1]. » Elles étaient comme deux gamines devant l'oncle d'Amérique. Tom était ravi. Il rejoignit la chambre qui venait de lui être attribuée.

Lorsqu'il s'arrêta avec ses valises devant la porte et qu'il regarda la petite plaque en fer-blanc avec le numéro 214, son cœur s'emballa. Il se retrouvait après tout ce temps dans cette piaule où, en congé sabbatique, il avait passé en 1988 les plus beaux mois de sa vie. Une année complète à tringler des marlous obscènes comme des singes ! Une suite ininterrompue de jours et de nuits à se rouler dans la fange ! Et maintenant, la même chambre ! Un signe du destin. Rien n'avait changé à l'intérieur. Il y avait toujours la vieille armoire à droite, le grand lit avec le plaid rose bonbon collé à la grande fenêtre aux vitres opaques murées par des parpaings, le petit plafonnier années soixante, le mauvais canapé défoncé couleur crème flanqué de deux petites tables de rangement et le gros crachoir en fer-blanc posé près de l'entrée de la salle d'eau. Et toujours l'horrible lino sur le sol en ciment brut. Il avait rêvé de ce décor ! Son monde intérieur n'était pas constitué d'or et de porcelaine, il aimait les cloaques.

Attablé à la cafétéria en compagnie du portier, Gottlieb étudiait l'édition 2006 d'*Utopia Thailand*, le guide homo de Bangkok, acheté avant de prendre l'avion. Il en tournait les pages avec gourmandise en se faisant commenter les adresses par le Thaï.

Vers vingt et une heures, il remonta dans sa chambre.

Il éteignit la lampe principale, ne laissant la lumière que dans la salle d'eau, et s'assit sur le lit. Ce même lit où, vingt ans auparavant, Toï, un contrôleur de bus dragué un dimanche après-midi devant le Palais royal, l'avait initié. Il avait de nouveau dans la

1. Eh toi. Toı, le Belge, ouais. Longtemps qu'on t'a pas vu. Bonjour. Bienvenue à l'hôtel Surriwongse.

bouche le goût de son sexe. Toï lui avait donné ses plus grandes joies. Il lui avait fait découvrir le Bangkok *underground*. Les matchs de boxe thaïe au stade Lumpini, les combats de coqs et les combats de chiens dans les bas-fonds du port de Klong Toei. Toute une violence interdite qui lui filait des décharges d'adrénaline incroyables qu'il épuisait ensuite dans des étreintes de plus en plus brutales avec son amant. Toï l'abandonnait parfois le matin à l'aube pour prendre son service, cassé en travers du lit, mais ravi. Gottlieb en redemandait chaque fois plus. Un jour, Toï lui avait proposé d'être le dominateur à son tour, de l'attacher au lit et de le frapper avec sa ceinture. Gottlieb sentait encore monter le long de sa colonne vertébrale depuis le creux de ses reins ces décharges électriques extraordinaires. Pour retrouver cette force de jouissance par la suite, il avait été obligé d'aller toujours plus loin. Il s'était enfoncé dans la débauche. Et il était maintenant devant ce lit dont il avait rêvé pendant cinq ans en prison...

Il poussa ses cent quarante-cinq kilos vers le canapé, se laissa choir et ouvrit sa valise pour en sortir un paquet de photos en apparence anodines. Des photos anciennes et d'autres récentes. L'une d'elles représentait l'entrée du marché de nuit de Patpong qui n'existait pas la dernière fois qu'il était venu. D'autres encore, divers *go-go-bars*. Il y avait le 19e Hole, le Safari et le King's Garden. Et puis, photographié depuis le métro aérien, un stand de contrefaçon de jeans comme il en existait plusieurs autour de Patpong. Sur l'image, le vendeur, un garçon d'une trentaine d'années à la peau foncée, relevait légèrement la tête. La lumière des néons du stand accrochait les angles de son visage en y découpant des zones franches, sombres ou claires. Il était vêtu d'un blouson de toile, avec des écussons des Black Angels cousus dessus, et portait autour des bras des dizaines de petits bracelets en poils d'éléphant. Au milieu de son cou pendait un bijou phallique en bois. Gottlieb savait qu'il devait rencontrer ce garçon. Les photos lui avaient été données en Belgique pour cette raison. Il n'y avait pas de nom, pas de coordonnées, pas d'autres indications que sa présence sur cette image prise devant la station de métro de Patpong. Juste ce qu'il fallait pour le trouver et le contacter. Gottlieb fourra le tas de photos dans la poche arrière de son short, refréna un rictus de plaisir et sortit en refermant doucement la porte de la chambre.

Il traversa la cour de l'hôtel et s'enfonça dans le petit *soï* coincé entre deux murs de briques aveugles pour rejoindre l'avenue Surawong. Il tourna à gauche et la remonta sur environ deux cents mètres pour bifurquer une nouvelle fois à gauche et entrer dans Patpong 1. Le marché de nuit commençait ici. C'était un étalage de contrefaçons. Des centaines de stands serrés les uns contre les autres proposaient les derniers modèles à la mode en Europe des plus grandes marques de luxe : Vuitton, Lancel, Chanel, Lacoste, Ralph Lauren… Cela faisait vingt ans qu'on en trouvait à Bangkok. Depuis trois ou quatre ans, étaient venus s'ajouter beaucoup d'autres produits contrefaits. On pouvait maintenant acheter pour quelques euros des Gap, des Chevignon, des Hells Bells, des Cheap Mondays, des Darel, des American Apparel, des Converse, des Todd's… Une concentration de centaines de milliers d'articles. Chaussures, pantalons, chemises, polos, tee-shirts, pulls, ceintures et sacs… Tout ce dont rêvait la jeunesse occidentale fanatique de marques. Gottlieb avançait péniblement, remontant un flux continu de touristes uniquement préoccupés par leurs achats. Il fallait qu'il traverse Patpong avant de s'engager dans l'avenue Silom en direction de la station de métro. Là, il trouverait le marchand de jeans.

Gottlieb était étonné. Il ne reconnaissait rien. Depuis l'allée centrale, on n'apercevait que les stands des marchands de fringues. Les bars qui, des deux côtés, bordaient la ruelle étaient invisibles. Il avait bien le temps d'y aller ! Sa priorité était d'entrer en contact avec le garçon de la photo. Priorité absolue.

Sur Silom, la masse compacte des touristes s'éclaircissait un peu. Seul le brouhaha persistait, grave, comme une respiration monstrueuse. Un bruit de fond, diffus et continu comme celui de l'Océan. De temps à autre, des voix nasillardes ou des cris s'élevaient au-dessus de la rumeur générale. Des filles qui apparaissaient en coup de vent hurlaient des insultes à des clients ou s'invectivaient entre elles. Quelques marchands ambulants essayaient de donner de la voix pour vanter leur camelote, des fruits frais, des insectes grillés, des brochettes de porc à la sauce cacahuètes... En débouchant de sous un tunnel de plastique, Tom aperçut les escalators qui menaient à la station de métro. Il y était. Encore vingt mètres et il vit le stand de jeans. Il était comme sur la photo, une planche toute simple surmontée de deux tubes de néon blancs qui jetaient une lumière froide sur des rangées de Levi's, de Diesel et de Redwood. Derrière, appuyé contre une palissade en tôle ondulée, se tenait le vendeur. Il s'approcha et regarda les pantalons.

– *What size, sir*[1] *?*

Tom Gottlieb ne répondit pas. Il passa la main sur les jeans, testa le tissu d'un 501 entre le pouce et l'index, le déplia, puis le reposa sur sa pile.

– *Want try jean, sir*[2] *?*

Devant l'absence de réponse du Belge, le vendeur s'en désintéressa et reposa la tête contre la palissade. Il fit apparaître au creux de sa main un iPod dont il força le volume de la musique et ferma les yeux. Gottlieb jeta un regard circulaire autour de lui. Le stand était dans un renfoncement de l'avenue. Les touristes passaient au large. Il était le seul client. Il sortit le paquet de photos de sa poche, prit celle du stand et la glissa dans les mains du garçon.

– Hello, dit-il simplement.

Au contact du papier, le vendeur rouvrit les yeux, regarda la photo et souleva les sourcils.

– DVD, demanda Gottlieb.

– *You want DVD ?*

1. Quelle taille, monsieur ?
2. Vouloir essayer jean, monsieur ?

– *Yes. Special. You have ?*

Le vendeur scruta l'avenue. Il regardait derrière Tom Gottlieb comme à travers lui.

– *Maybe. Who give you picture*[1] *?*

Gottlieb approcha encore de la table sa masse de cent quarante-cinq kilos sans se départir de son sourire. Il prononça le mot de passe donné à Bruxelles : « Berkendael. »

– *Oh*, fit le Thaï en se redressant. *Five thousand. Five thousand euros. Last one available. Twenty minutes film. You OK*[2] *?*

Gottlieb était déjà au courant des tarifs. Il savait qu'il mettait cette fois-ci les pieds dans un monde à part qui n'avait rien de comparable avec les pseudo-pros du sexe SM dont il avait visité régulièrement les sites ces dernières années. Il n'était plus question d'abonnement à 200 euros le trimestre pour mater à volonté des saynètes de reconstitutions de viols ou de tortures pratiquées dans des caves de boîtes échangistes avec des accessoires attendus, glanés dans des sex-shops. Il ne s'agissait plus de ces minables productions de cinq ou six minutes avec des acteurs de compagnies de théâtre ringardes qui se présentaient avant et revenaient à la fin des films pour indiquer clairement que rien de ce qui avait été tourné ne l'avait été sans le consentement des protagonistes. Ce n'était pas ces filles et ces hommes vulgaires qui donnaient l'impression de s'emmerder même pendant les séances de *fist fucking*. Pas les fouets en carton ni les pinces en plastique. Cinq mille euros, c'était une somme, mais le peu que son parrain lui en avait fait voir à Bruxelles ne lui laissait aucun doute sur le caractère exceptionnel de ce qu'il allait acheter. « *Les clients habituels*, lui avait-il expliqué, *sont des princes arabes, des émirs du Golfe, des cadors d'Hollywood, des barons de la drogue sud-américains... Tu entres dans la cour des grands. Ta chance à Bangkok, c'est d'y avoir accès à prix cassés. Une sorte de second*

1. Peut-être. Qui a donné photo à toi ?
2. Cinq mille euros. Dernière disponible. Film de 20 minutes. Tu prends ?

marché, si tu veux. Quand les gros clients les commandent, ils peuvent les payer jusqu'à cent fois plus cher. Tu vois ? »

– OK, 5 000, acquiesça Gottlieb.

Le vendeur lui tendit une carte de visite et regarda sa montre.

– *You take taxi. You go this hotel. You don't enter. On left side, there is cemetery. You go to door and you ring bell five times. There is man. You give card and you say One two three. Just that. One two three. And you wait*[1].

Le vendeur se rassit et se remit les écouteurs de l'iPod dans les oreilles. Tom examina la carte. C'était celle d'un hôtel qu'il ne connaissait pas. Le Marriott Royal Garden. L'inscription était en langue anglaise d'un côté, en thaï au verso. La carte avait été biseautée d'une manière particulière à l'un de ses angles. Il l'empocha et se jeta dans le flot de touristes pour regagner le Surriwongse.

50

Lorsque André ouvrit les volets du salon, il constata, la mort dans l'âme, que le temps s'était remis à la pluie. Le fond du parc s'étirait vers l'horizon brossé d'une teinte noire inquiétante. Au loin, là où la route semblait rebondir vers le ciel, des éclairs faisaient parfois briller l'asphalte. André ressentit les prémices d'une journée difficile. Il scruta le paysage à la recherche d'un improbable signe prometteur d'une amélioration de la météo. Il hésita un instant à reposer les coussins entassés contre la porte-fenêtre sur les bancs de la terrasse et se dit que plus la maison aurait l'air estivale, moins sa femme aurait envie de faire des histoires. Il mit donc tout en ordre, attrapa les coussins Cacharel et les jeta sur les bancs de teck, déplia le hamac et réinstalla les pots de fleurs aux quatre coins de la terrasse. Une lumière sale filtrait au travers

1. Toi prendre taxi. Tu vas cet hôtel. Tu n'entres pas. Sur le côté gauche, il y a cimetière. Tu sonnes cinq fois à la porte. Il y a un homme. Tu donnes la carte et tu dis Un, deux, trois. Juste ça. Un, deux, trois. Et tu attends.

d'une brume épaisse. Le plus étonnant était l'absence d'ombres autour des objets.

André allait préparer le petit-déjeuner quand il aperçut Allyson derrière la grille du parc. Il jeta un coup d'œil à sa montre. Les aiguilles indiquaient à peine huit heures quinze. La baby-sitter était en avance.

Allyson avait pris un air contrarié qu'André ne lui connaissait pas. Elle avait une mine de papier mâché et semblait ne pas avoir fermé l'œil de la nuit. Elle avait enfilé une veste polaire et un pantalon de jogging, et ses vêtements étaient froissés.

– Tout va bien ? questionna André. Entrez.

– Non. Ce n'est pas la peine. J'ai bien réfléchi. Je démissionne. Excusez-moi, mais je ne peux pas continuer à m'occuper de vos enfants. Ce ne sont pas eux… c'est, c'est la famille… Je ne me sens pas à mon aise. Et puis, ce crime qui empoisonne l'atmosphère, je ne supporte plus.

Elle avait tout dit d'une traite, butant à peine sur les mots. C'était clair et net. André se fit la réflexion qu'elle avait dû répéter longtemps. Son français était parfait. Bien meilleur qu'à l'habitude. Il poussa un long soupir.

– Allyson, non ! Vous ne pouvez pas nous faire ça. Les petits ont besoin de vous.

– Ma décision est prise. J'en suis désolée. C'est plus que mes forces. C'est… au-dessus de mes forces.

– C'est votre dernier mot, Allyson ? Vous nous plongez dans un embarras que vous ne mesurez pas. On vous a fait confiance. Vous avez été accueillie ici comme quelqu'un de la famille. Je sais que c'est parfois compliqué avec la grand-mère des enfants, mais c'est la vie. Et les petits sont charmants, au fond. Je vous propose de vous donner plus. C'est ça ? C'est l'argent ? Je vous offre 10 euros de l'heure, y compris pour celles que vous avez déjà passées avec nous. C'est bien, non… ?

– Non. Je ne veux pas.

– Mais Allyson, si vous êtes venue jusqu'ici, c'est que vous n'êtes pas vraiment sûre... Restez au moins aujourd'hui et on en reparle en fin de journée.

Allyson recula encore d'un pas et secoua la tête.

– Je suis venue parce que je ne voulais pas le dire au téléphone. Ce n'est pas correct. Je vous en prie. Donnez-moi l'argent.

– Très bien, dit André, mais je ne vais pas vous payer comme un livreur à la porte. Et puis, je dois vous faire signer un papier, écrire que ce que je vais vous donner sera le solde de tout compte. Suivez-moi au salon.

André tourna les talons et repartit vers la maison sans être vraiment sûr de ce qu'allait faire la jeune fille. Il entendit les pas d'Allyson dans son dos.

Quand ils débouchèrent sur la terrasse, André aperçut tout de suite Madeleine debout au milieu du salon. Il l'avait laissée dix minutes plus tôt profondément endormie dans leur chambre, et elle se tenait maintenant devant la porte-fenêtre, sa mise en plis à nouveau d'aplomb, comme si elle avait attendu là toute la nuit le retour de la baby-sitter. Ce n'était pas de chance. Le départ d'Allyson n'allait pas se passer tranquillement.

Quand il poussa la porte, Allyson sur ses talons, Madeleine avait déjà compris. Peut-être à cause de l'attitude de la jeune fille ou de la mine contrite que tirait André, mais une chose était sûre, cette femme avait des antennes. Elle ignora complètement Allyson et apostropha son mari d'une voix sourde :

– Ne me dis pas qu'elle ne vient pas travailler.

André aurait voulu être n'importe où plutôt que face à elle. Il se racla la gorge et écarta les bras en signe d'impuissance.

– Tu sais, c'est la vie. Elle est majeure. On ne peut pas l'attacher aux pieds des enfants. C'est un fait que ça n'allait pas fort entre eux. Mais on va faire les choses dans les formes...

– Dans les formes ! Mais tu es aussi stupide qu'elle, mon pauvre. Je me décarcasse à trouver quelqu'un pour remplacer Ingrid et tu la laisses partir. Tu n'en feras jamais d'autres ! Qu'est-ce qui ne lui plaît pas à cette idiote ? La maison ? La nourriture ? Les horaires ? Nous ? Nous ne sommes pas assez bien pour elle sans doute ?

– J'ai tout essayé, murmura-t-il, mais sa décision est prise. Nous ne pouvons pas la forcer à rester. Nous n'avons pas de contrat avec elle. Que veux-tu que je te dise ? Nous allons devoir trouver une autre personne…

Alors Madeleine se tourna subitement vers Allyson.

– Vous voulez partir ? Alors très bien, vous allez nous foutre le camp. Que les enfants ne soient plus gardés, vous vous en foutez pas mal. Vous n'êtes qu'une petite salope d'Anglaise. La seule chose qui vous intéresse, ce sont les paillettes, la vie facile, votre petit intérêt, votre petit cul. Je connais les gens comme vous.

Elle avança d'un pas en bousculant André pour se tenir juste devant Allyson qui se cambra subitement et leva une main. Les femmes allaient se battre lorsque les enfants apparurent par l'escalier en colimaçon. André attrapa une liasse d'euros dans une boîte posée sur la cheminée et la fourra dans la main de la baby-sitter sans compter.

– Tenez, lui dit-il. On va oublier les papiers. Le mieux est que vous partiez immédiatement. C'est dommage que ça se termine ainsi.

Il la poussa vers la terrasse et la reconduisit à la grille du jardin. Lorsqu'il remonta vers la maison, Madeleine hurlait comme une damnée. Elle donnait à la maison une heure pour boucler les valises. André comprit que les vacances 2006 au Ferret venaient de s'achever. Il regarda le jardin et se fit la réflexion qu'il n'avait pas encore pris le temps de tondre le gazon.

51

Duncan et Escher trouvèrent Arribarde chez lui, dans son bureau. Ils avaient longé l'hippodrome comme leur confrère le leur avait indiqué et avaient repéré immédiatement la petite maison en briques jaunes, située à l'extrémité du champ de courses.

Arribarde avait ouvert la porte au quatrième coup de sonnette.

– J'étais complètement absorbé par mes dossiers, s'excusa-t-il. Vous avez fait bonne route ?

Il s'effaça pour les laisser entrer et leur indiqua le chemin de son bureau.

– Ne faites pas attention au bordel. J'ai sorti tout ce que j'avais sur votre affaire. Vous allez voir, c'est impressionnant. Je n'imaginais pas avoir conservé autant de paperasses depuis l'époque du crime.

Les stores de la fenêtre étaient baissés. Deux lampes à suspension répandaient une lumière jaune et tamisée sur des piles de papiers qui envahissaient entièrement le bureau. Il y en avait sur la table de travail, sur une chaise, sur un fauteuil défoncé, sur un semainier et sur la moquette. Et encore au fond d'une vieille cantine métallique posée sur le sol derrière la porte.

– On va s'asseoir par terre, dit Arribarde.

– Donc, vous avez remis la main sur des témoins de l'affaire, avança Escher.

– Curieusement, oui. Ils ne sont pas tous morts. Vous allez rencontrer le paysan de la ferme qui se trouve sur la zone de saut à Lasclaveries, on ira ensuite chez les parents du pilote qui s'est tué dans l'accident, et vous verrez aussi un policier à la retraite qui, le premier, s'est rendu sur la scène de crime. C'est lui qui a examiné ce qui restait de la fille.

– Il se souviendra de quelque chose ? demanda Duncan.

– Il a une excellente mémoire. Vous serez surpris.

– Il parlera ?

– Il n'a jamais vraiment digéré la manière dont l'enquête a été interrompue.

– Comment cela ?

– Oui, interrompue sur ordre, dit Arribarde.

– Sur ordre de qui ?

– C'est toute la question. C'est peut-être cela qu'il veut nous révéler.

52

Gottlieb serrait la poche retenue par une lanière autour du cou et passée dans son pantalon. Elle devait se situer entre le troisième et le quatrième pli de son ventre. Toutes les deux minutes, il la tâtait du plat de la main. Il s'assurait de sa présence. Elle contenait les 5 000 euros de la transaction qu'il allait mener. Le taxi hélé devant le *soï* débouchant de l'hôtel Surriwongse avait fait demi-tour pour remonter vers le fleuve. Il roulait en direction de Thonburi, la rive ouest du Chao Phraya. Gottlieb avait demandé combien de temps durerait la course. « *Quinze minutes* », avait répondu le chauffeur en ouvrant trois fois de suite la main, les cinq doigts bien écartés. Ils arrivèrent bientôt sur Sathorn Road et la voiture s'élança vers le pont. À minuit passé, la circulation était enfin fluide. Ils prirent ensuite vers le sud sur une sorte de grand boulevard circulaire. Plus aucun magasin n'était ouvert. Les lumières de la ville avaient presque disparu d'un coup. Quelques réverbères brûlaient encore tous les cent ou deux cents mètres. Ils franchissaient parfois de grandes portions d'avenue complètement plongées dans l'obscurité. C'était une succession de rideaux de fer baissés. Ils n'avaient pas croisé un seul piéton depuis qu'ils avaient abordé Thonburi. Gottlieb avait maintenant la main crispée sur la bosse que faisait sous son pantalon la poche avec l'argent. Il craignait moins de se faire dévaliser bêtement que de ne pas pouvoir revenir avec le DVD. Il fixait le dos du chauffeur. Parfois, il se penchait en avant pour regarder ses mains. L'homme avait un cou d'insecte émergeant d'une chemise dix fois rapiécée. Il cramponnait son volant et semblait être uniquement concentré sur sa conduite.

Puis des néons bleus et jaunes apparurent dans le lointain, au détour d'un coude de l'avenue. « *Marriott Garden* », fit le chauffeur comme s'il s'adressait à lui-même. Intérieurement, Gottlieb souffla. La voiture se rapprocha. Comme le lui avait demandé le vendeur au stand de jeans, Gottlieb se fit déposer environ cinquante mètres avant l'entrée. Il donna cent bahts et quitta le taxi.

Il n'y avait plus d'éclairage public à cet endroit. Seuls les néons de l'hôtel permettaient encore d'avancer sur le trottoir sans chuter dans un trou comme les zones piétonnes de Bangkok en présentaient souvent. L'entrée du cimetière se trouvait sous une passerelle enjambant l'avenue. Gottlieb s'arrêta devant la grille et, lorsqu'il eut trouvé la sonnette, appuya dessus cinq fois. Après la seconde tentative, il y eut un bruit de savates. Un homme d'une quarantaine d'années à la face lunaire de Chinois apparut. Il stoppa à un mètre de la grille et s'adressa au Belge de manière assez bourrue :

– *Allaei ? Khoune allaei*[1] *?*

Gottlieb agita devant lui la carte donnée par le vendeur. Mais l'homme ne bougea pas. Gottlieb s'éclaircit la gorge et essaya de prononcer le mot de passe le plus clairement possible sans crier :

– *One, two, three.*

– *Hiii, yet mae khoune. Have the money*[2] *?*

– *Yes. Yes.*

Le gardien du cimetière fit un pas jusqu'à la grille qu'il déverrouilla, passa la tête à l'extérieur pour s'assurer qu'ils ne seraient pas dérangés et demanda d'abord la carte de visite. Il y jeta à peine un coup d'œil, mais la plaça contre une sorte de matrice placée à l'intérieur de son portefeuille et parut satisfait. Il demanda alors à voir l'argent. Gottlieb se tapa sur le ventre.

– *Show me*[3], fit l'homme.

Gottlieb soupira et se contorsionna pour récupérer sa poche. Sous sa chemise hawaïenne, ses bourrelets de graisse s'étaient mis à danser. Il sortit les vingt-cinq billets de 200 euros.

– *Give me.*

---

1. Quoi ? Qu'est-ce que tu veux ?
2. Ha, enculeur de ta mère, t'as l'argent ?
3. Montre.

Gottlieb eut un mouvement de recul.

– *Give me now*, répéta l'homme. *No money, no honey*[1].

Puis il éclata de rire et indiqua du doigt un banc devant une table sous un abribus.

– *You wait there. You sit. Me come back quick*[2].

Gottlieb alla s'asseoir à la table qu'on venait de lui désigner. Il y avait dessus des restes de repas, des nouilles séchées incrustées dans le bois, des taches grasses et d'autres en forme de ronds qui collaient. Il laissa les mains sur ses cuisses et attendit. Parfois un taxi passait au ralenti devant lui pour prendre ensuite la rampe d'accès au Marriott Royal Garden. Puis l'avenue redevenait silencieuse.

À l'intérieur du cimetière, le gardien avançait lentement dans une obscurité complète. Il s'était rapproché d'une sépulture placée au bord du mur d'enceinte, à mi-chemin du fleuve. Il était contre l'allée menant à l'hôtel et hors champ des caméras de surveillance. Les tombes chrétiennes se trouvaient toutes en surface. C'étaient des caveaux en ciment rectangulaires d'environ un mètre cube, tous identiques, avec une croix en relief sur la plaque supérieure. Seules quelques-unes étaient de taille plus importante avec une plaque les surplombant qui résumait en caractères chinois la vie du défunt. L'homme fit pivoter la porte latérale servant à sceller la tombe et tira à lui le cercueil sans aucun effort. Il appuya à deux endroits et ouvrit le couvercle. Il plongea le bras à l'intérieur et en ressortit une jaquette plastique noire de 13,5 cm sur 19. Puis il repoussa le faux cercueil sur ses roulettes, referma la sépulture et repartit vers la grille d'entrée.

Gottlieb transpirait. Sa chemise lui collait à la peau à l'endroit des plis de sa graisse. Il attendait en se rongeant les ongles, calculant déjà comment il allait s'extraire de cet endroit pour regagner l'hôtel Surriwongse sans prendre le moindre risque. Le vendeur de

1. Donne-moi. Pas d'argent, pas de plaisir.
2. Toi attendre ici. Toi t'asseoir. Moi revenir vite.

Silom lui avait conseillé de prendre un taxi au Marriott ou, s'il y en avait encore, le bateau qui reliait le palace à l'embarcadère de Taksin Bridge. Puis le métro jusqu'à Patpong. L'idée de se déplacer dans la ville avec le DVD lui donnait des sueurs froides. Il aurait préféré se faire livrer dans sa chambre, mais le refus de son contact avait été catégorique. Il entendit un pas traînant, le grincement de la grille du cimetière et vit le gardien s'approcher lentement, un paquet à la main. Machinalement, il pressa la poche dans son pantalon. L'homme s'assit à côté de lui.

– *You have the stuff*[1] ?

Le gardien tendit le paquet et regagna le cimetière. Gottlieb avait la gorge sèche. Il lui restait maintenant à retourner dans sa chambre en espérant qu'il n'avait pas payé 5 000 euros pour une mauvaise copie d'un mauvais film de kung-fu chinois.

Le Marriott était en partie plongé dans le noir. Les deux veilleurs de nuit somnolaient devant la porte d'entrée. L'aire de parking des taxis était vide. Gottlieb décida de traverser l'hôtel jusqu'à l'embarcadère pour essayer d'y trouver un bateau. Il pénétra dans le hall du rez-de-chaussée et s'engouffra dans l'ascenseur pour rejoindre l'étage du lobby. Une fille impeccablement sanglée dans un uniforme brun et beige consultait des fax derrière le comptoir. Il suivit les panneaux indicateurs et fut bientôt dans une coursive bordée de plantes luxuriantes qui longeait une gigantesque piscine. Il y avait des cocotiers, des manguiers, des bougainvillées à foison et, tous les cinq mètres, des statues de pierre représentant des divinités du Ramayana. Gottlieb n'avait jamais vu un tel luxe. La galerie s'élargissait devant le Chao Phraya. Elle se prolongeait par un espace très vaste où une cinquantaine de tables attendaient les clients pour le petit-déjeuner. Il repéra immédiatement l'accès au fleuve et s'y engagea, mais fut tout de suite bloqué par une porte en bois fermée. Devant lui, l'eau était d'un noir d'encre. C'est à peine si l'on distinguait les barges qui glissaient

1. Tu as le matos ?

en convoi, tractées par de petits caboteurs. On n'entendait presque pas le bruit des moteurs. Derrière, seules les grandes tours de bureaux étaient restées allumées. Les lumières se reflétaient dans le fleuve en taches de couleur qui dansaient au gré du mouvement de l'eau. Gottlieb jura entre ses dents et reprit la direction du lobby.

La réceptionniste redressa la tête en souriant immédiatement.

– *May I help you, sir ? It's late to be out*[1]...

Gottlieb lui rendit son sourire, un peu tendu.

– *I'd like a cab to go downtown. Could you hire one for me*[2] ?

La jeune femme décrocha un téléphone et dit quelques mots en thaï.

– *At the entrance, downstairs. Five minutes to wait only*[3].

Gottlieb remercia d'un vague signe du menton et reprit l'ascenseur. Il serrait la boîte du DVD à la faire exploser.

Contrairement au Marriott, l'hôtel Surriwongse était en pleine activité. C'était l'heure à laquelle les couples rentraient des bars et boîtes de nuit.

À chaque palier, Gottlieb faisait une pause. Au deuxième, il tomba nez à nez avec un agent de la Tourist Police regardant sur une petite télévision la rediffusion d'un match de boxe thaïe. Gottlieb vomissait tout ce qui portait un uniforme de près ou de loin. La flicaille d'abord, qui l'avait serré quelques années plus tôt. Les magistrats, qui l'avaient envoyé en prison cinq ans. Les matons, bien sûr, qui lui en avaient fait baver des ronds de chapeau pendant son enfermement. Même les postiers, parce qu'ils avaient toujours été, le concernant, porteurs de mauvaises nouvelles. Et les militaires, parce qu'ils représentaient tout ce qu'il n'était pas,

1. Puis-je vous aider, monsieur ? Il est tard pour être dehors...
2. J'aimerais un taxi pour aller dans le centre-ville. Pouvez-vous m'en commander un ?
3. À l'entrée au rez-de-chaussée. Dans cinq minutes.

sportif, courageux. Mais Gottlieb était loin d'être un imbécile. Il n'en avait jamais rien montré. C'était le genre d'homme prêt à s'adapter à toutes les situations pour préserver son champ d'action et sa capacité à trouver du plaisir là où il l'avait décidé. Il se hissa sur le palier en tirant avec sa main sur la rampe et s'arrêta devant le policier, plié en deux par l'effort qu'il venait d'accomplir.

– *Tired sir*[1] *?* demanda l'officier.

– *Yes, a bit. And you, not tired ? Not sleepy*[2] *?*

Le policier éclata de rire en indiquant l'écran de télévision.

– *Me ? No. Good job. Watch TV*[3].

Il y eut un bruit de gong à la télévision et le match reprit. Le policier se détourna. Gottlieb le salua et fila vers sa chambre.

Il donna deux tours de clé à la serrure, enclencha la chaîne du loquet et tira un fauteuil devant la porte. Il touchait au but. Il était à ce point excité que ses membres en tremblaient. Il sentait son cœur s'emballer dans sa poitrine. Il fut obligé de s'interrompre un instant pour enfouir son visage dans ses mains et respirer son propre gaz carbonique pour calmer sa respiration. Il ouvrit sa valise, sortit son Laptop et l'alluma. Le Dell ouvrit les programmes de base et demanda un mot de passe. Gottlieb fit courir ses doigts boudinés sur le clavier. Il tapa « JAG-XJ-1968 » et attendit. L'ordinateur ronronna encore un moment, puis les icônes apparurent sur l'écran. Il était prêt.

Il glissa le DVD dans son logement, vérifia que le son de l'ordinateur était en mode casque et inséra les écouteurs dans ses oreilles. Il déplaça le curseur de la souris et lança le logiciel de décryptage fourni par son contact à Bruxelles.

---

1. Fatigué, monsieur ?
2. Un peu. Et toi, pas fatigué ? Pas envie de dormir ?
3. Moi ? Non. Bon boulot. Je regarde télévision.

53

L'homme avait tiré les volets de la fenêtre pour ne laisser dans la chambre qu'une semi-clarté. Une migraine ne le lâchait pas depuis le matin et la lumière du jour lui faisait mal aux yeux. Néanmoins, il savait que le temps était compté. Il n'avait pas la possibilité de prendre de repos. Les commanditaires chinois n'attendraient pas. Il avait pris du retard dans la livraison du dernier sujet prépayé et il sentait qu'il allait au-devant de graves ennuis s'il ne remplissait pas son contrat. Une personne, à sa connaissance, avait essayé de doubler les Chinois, quelques années auparavant. Un Serbe recruté au cours de la guerre d'ex-Yougoslavie. Un géant de plus de deux mètres qui avait dirigé l'une des milices d'Arkan en Bosnie et s'était d'abord illustré dans un nettoyage ethnique pur et dur dans la région de Bosanski Brod. Pendant des mois, la presse internationale avait dressé la comptabilité des violences commises par son groupe de tueurs. C'était des dizaines de villages incendiés, des centaines de civils abandonnés dans des fosses à purin. Des hommes, des femmes, des enfants, le chef serbe ne faisait aucun quartier. Les Casques bleus qui avaient tenté de mettre un terme à cette folie avaient été débusqués et avaient laissé plusieurs morts sans parvenir à faire cesser cette équipée sauvage. Partout où la milice passait, ce n'était que désolation et meurtres. À Belgrade, le tueur était célébré par les éléments les plus extrémistes de ce que comptait le nationalisme panyougoslave.

La réputation de ce type, connu sous le pseudonyme de Mirko, avait rapidement franchi les frontières des Balkans. La presse internationale en parlait. Lorsque les accords de Dayton avaient été signés, Mirko avait changé de métier. Les Chinois l'avaient recruté pour qu'il continue à tuer pour eux. Il avait réalisé quelques *snuff movies* parmi les plus épouvantables de l'organisation. Un jour, tous les collaborateurs des Chinois avaient reçu une petite vidéo cryptée mettant en scène la mise à mort particulièrement horrible d'un géant barbu.

L'homme avait immédiatement compris qu'il ne s'agissait pas d'un *snuff* ordinaire. Un texte en fin de film en plusieurs langues expliquait que Mirko avait commis l'erreur de ne pas honorer l'un de ses contrats. C'était ni plus ni moins un avertissement pour les autres employés de la Triade. On ne pouvait pas ne pas tenir ses engagements.

Allongé sur son lit, l'homme réfléchissait. Il avait maintenant plus de vingt-quatre heures de retard sur la livraison de son sujet pour lequel les Chinois lui avaient versé 200 000 euros. Et pas d'idée sur la manière dont il pourrait le réaliser. Pour la première fois depuis longtemps, il se fit la réflexion qu'il avait surestimé ses capacités. Il avait trouvé la victime, mais pas les moyens de passer à l'acte. Enlever un enfant présentait beaucoup plus de problèmes qu'un adulte. Il avait beau chercher depuis des jours, le scénario du meurtre du petit garçon blond repéré au Cap-Ferret paraissait aujourd'hui irréalisable. Le gamin était littéralement couvé par ses proches qui ne le laissaient plus un instant sans surveillance depuis la disparition de sa baby-sitter. L'idée de le kidnapper et de l'exécuter comme l'Américain Nick Berg l'avait été en Irak quelques mois plus tôt était de la pure folie. Pour la première fois, l'homme calait devant un assassinat. Lorsque les Chinois lui avaient demandé un enfant, il avait répondu oui sans vraiment réfléchir. La somme en jeu était tellement importante qu'elle avait éclipsé chez lui toute réflexion. Maintenant, l'idée de ce meurtre se faisait plus difficile chaque jour.

Il se retourna sur son lit et attrapa sur la table de chevet une boîte de Doliprane dont il prit un comprimé sans même boire un verre d'eau. Il repensait au film de la fin lamentable de Mirko. Une boucherie dans une cave puante de la banlieue d'Uppsala. Sans doute le Serbe avait-il cru pouvoir s'en tirer en se réfugiant chez les Suédois sous une identité toute neuve. Mais les Chinois avaient mis un peu moins de trois mois pour le retrouver. Dans le mail qu'ils avaient envoyé à leurs partenaires, quelques jours après avoir distribué les images de la mort de Mirko, ils avaient surtout communiqué sur l'impossibilité de survivre à une trahison de l'organisation. L'homme avait encore la phrase en mémoire : « *Les honorables serviteurs des Trois Dragons qui manquent de respect à la Triade finissent tous comme ce traître.* » Et puis, cette explication : « *Partout dans le monde, d'autres serviteurs veillent jour et nuit sur vous pour le meilleur et pour le pire.* » Il avait très bien capté le message. Les Trois Dragons connaissaient absolument tout de leurs employés. Les adresses, les relations, les numéros de comptes en banque, les moyens de transport, tout... Ils étaient au centre d'un maillage gigantesque auquel ils ne pouvaient échapper. L'homme soupira et ferma les yeux.

Il devait trouver un argument pour annuler cette commande. Faire en sorte que ce soit les Chinois qui décident de suspendre l'opération. Il les rembourserait et s'excuserait platement. Il avait d'autres scénarios qui devraient les intéresser et le laisser en selle. Il ne fallait surtout pas les froisser. Il se releva et alla s'asseoir à la table de bois de pin installée devant la fenêtre. Il alluma son i-Book et commença à taper un texte sur son programme crypté : « *Impossible to finish the job. The kid is sick and stays home. If impossibility to perform the stuff in the forthcoming days, I'll let you know and give you the money back. Regards*[1]. » Il le copia sur sa boîte mail et sortit pour trouver une borne WiFi d'où le transmettre. Les Chinois comprendraient. Ils laisseraient tomber l'affaire et seraient bien contents de récupérer leur fric. Ils allaient gueuler, mais tant qu'ils n'auraient pas l'impression de s'être fait flouer, il n'y aurait pas de suites. Le plus important était de leur faire comprendre qu'ils allaient être remboursés. Ensuite, les choses se calmeraient.

1. Impossible de terminer le travail. L'enfant est malade et gardé à la maison. Si impossible de réaliser le film dans les prochains jours, vous le ferai savoir et vous rendrai l'argent. Salutations.

54

À l'exception de la veilleuse de la salle d'eau, Gottlieb avait éteint toutes les lampes de la chambre. Seul l'éclairage bleuté de son Dell jetait dans la pièce une lumière ténue. La vidéo démarrait par un petit texte en six langues – français, anglais, russe, allemand, espagnol et arabe – collé sur une image du bassin d'Arcachon : « *La Compagnie des Trois Dragons a réalisé pour vous le film qui va suivre. Elle vous invite à regarder en exclusivité la mise à mort d'êtres humains. Tout ce que vous allez voir a été réalisé sans trucages. Mortellement vôtre.* »

C'est d'abord un journal ouvert sur une table de café. Le quotidien *Sud-Ouest*. Un titre barre la Une sur quatre colonnes « *Meurtre odieux au Cap-Ferret.* » Une photo présente sur une demi-page des hommes en blanc et des gendarmes au milieu d'une pinède. Puis quelques vues du Bassin et de ses divers endroits, le Pilat, le banc d'Arguin, les cabanes ostréicoles et les plages. La caméra s'attarde sur les touristes allongés sur le sable. On découvre un chemin, entre les pins, sur lequel des joggers font leur footing. L'image les remonte en sens inverse comme si la scène avait été filmée depuis une bicyclette. Gottlieb était inquiet. Mis à part la séquence du journal et le titre, la vidéo ressemblait à un mauvais tournage publicitaire. Et si c'était une arnaque ? Cinq mille euros pour regarder des touristes chercher le soleil sous un ciel gris ! Il s'était remis à transpirer malgré la climatisation poussée à fond. Avec cet argent, il aurait pu s'offrir une sacrée séance SM personnalisée. N'importe quelle pute aurait accepté de se faire torturer méchamment pour une somme pareille. C'était idiot.

Il y a maintenant un camping à l'image. C'est filmé de loin, entre des arbres. Une fille grande et sportive fait sécher du linge sur un fil tendu devant une petite tente Sarco. Déjà plus de cinq minutes et toujours rien. Gottlieb se dit qu'il pourrait toujours retourner au cimetière retrouver ce Chinois pour lui reprendre les 5 000 euros. Avec ses cent quarante-cinq kilos, il n'aurait aucune difficulté à l'écrabouiller. Il s'introduirait de jour dans un caveau, attendrait que la nuit tombe pour coincer ce salopard.

Puis la jeune fille apparaît de nouveau sur l'image.

Elle est dans un grand jardin en compagnie de deux enfants. Une fillette et un petit garçon blond. Ils jouent devant un bac à sable, pour ce qu'on peut en distinguer. Il y a des propos incompréhensibles et des éclats de rire qui s'envolent. Les rayons d'un soleil assez pâle plongent au milieu d'une végétation touffue. La caméra filme depuis le ras du sol. Des feuilles dansent en gros plan devant l'objectif. Un coup de zoom parvient à cadrer le visage de la jeune fille. Elle paraît avoir vingt ans.

Ensuite l'histoire s'emballait d'un coup. Gottlieb avait ouvert la bouche. Les battements de son cœur s'étaient accélérés subitement.

On est de nouveau dans la forêt. La lumière a rosi. Une ombre épaisse noie la végétation au niveau du sol. C'est un plan fixe. Il semble que la caméra ait été posée quelque part de manière à embrasser une zone assez vaste avec une sorte de clairière au premier niveau. Une forme humaine gigantesque revêtue d'une combinaison grise se précipite vers le fond de l'image. On entend un bruit de ferraille et un cri, puis le bruit d'un moteur qui cale. Le géant revient portant sur son dos la fille qu'on a vue. Il la jette par terre devant la caméra.

Gottlieb s'épongea le front et la nuque. L'image se fondit au noir. Puis le son d'une respiration haletante s'amplifia dans ses écouteurs. La caméra avait été déplacée.

Elle est maintenant en mouvement, comme fixée sur la tête de la personne qui enregistre les images. On voit en gros plan le visage de la jeune fille, les yeux clos. Elle a une plaie dans le cuir chevelu qui saigne. Des mains lui posent un gros sparadrap sur la bouche, puis la déshabillent. Sa robe est déchirée avec un cutter. Sa culotte est tirée le long de ses jambes. Elle ne porte pas de soutien-gorge. Elle est nue. Elle repose au sol sur le dos, les bras contre le buste et les jambes serrées. Elle ne bouge pas, comme si elle avait été endormie. La caméra revient vers elle. Les deux mains gantées lui saisissent les poignets et les fixent au sol à l'aide de ce qui ressemble à des arceaux de camping. À leur tour, les chevilles sont entravées. Cette fois-ci, les jambes de la jeune fille ont été écartées. Il y a un grognement. La fille émerge de son coma. Elle ouvre les yeux. Elle ne semble pas comprendre où elle est. Ses yeux tournent dans les orbites. Puis son regard se pose sur l'objectif. Sur la personne qui se tient juste au-dessus d'elle. L'image se rapproche et l'on voit naître une incroyable panique muette au fond de son regard. Elle voudrait bouger. Elle cherche à ramener ses membres à elle. Sans doute comprend-elle à cet instant qu'elle est immobilisée et sa frayeur redouble. Des larmes coulent le long de ses joues. Elle secoue la tête et tente de hurler quelque chose à travers le ruban adhésif. Son visage et sa poitrine se mouillent d'une mauvaise sueur. On perçoit distinctement les gouttelettes de transpiration qui apparaissent à fleur de peau. Les mains empoignent ses seins et les tordent. La fille se cambre et pousse, encore une fois, un cri muet.

Gottlieb se servit un verre de Polaris. Il était attentif à chaque détail de la vidéo, pas encore persuadé qu'il allait voir ce qu'il attendait. Des acteurs peut-être ? Jusque-là, rien ne différait vraiment de ses films SM, si ce n'était la qualité de l'interprétation. Il retenait furieusement une envie de pisser.

Les mains sont de nouveau sur la fille. Elles courent le long de son corps. Elles descendent vers le bassin. Le sexe apparaît en gros plan. C'est un sexe presque glabre, étiré sous le mont-de-Vénus. Une main pénètre brutalement à l'intérieur d'une seule poussée. La fille gigote comme un insecte. Puis, la deuxième main rejoint la première. Elles tirent sur les chairs dans tous les sens. La scène dure deux ou trois bonnes minutes. Du sang coule à flots lorsque les mains ressortent du vagin d'un coup. On remonte au visage. Les yeux de la fille semblent exorbités. C'est une terreur animale qui s'en échappe. Alors, méthodiquement, l'assassin s'acharne sur elle. Il lui martèle la bouche, à l'aide d'un petit objet métallique, et lui casse les dents. Il revient vers la poitrine qu'il déchire comme du papier. Avec un cutter, le tortionnaire la pénètre une fois, deux fois, trois fois. Un coup de caméra de nouveau sur le visage pour fixer la souffrance de la victime, puis l'image glisse lentement sur le corps. On entend des objets qui s'entrechoquent. Et un pieu en métal très affilé est enfoncé dans la paume droite de la victime. Puis dans la gauche. Le tortionnaire se relève pour filmer la scène dans son ensemble. On y voit la fille, les doigts crispés sur les piquets. Ses jambes tremblent. Sa tête balance de droite à gauche à une vitesse incroyable. Il émane d'elle une détresse indescriptible. Ce déchaînement de violence sans autre chose que la respiration régulière de l'homme et les cris étouffés de la victime est presque irréel. Le corps saigne maintenant abondamment. La caméra se rapproche des pieds pour que le tortionnaire puisse les clouer à leur tour avec les mêmes tiges métalliques. Il le fait lentement. Et lorsque le supplice se termine enfin, il arrache le sparadrap du magma de chairs boursouflées des lèvres de sa victime pour en capter le râle qui va bientôt l'accompagner dans la mort. Elle a le regard qui chavire. Puis, apparaît de nouveau le visage de l'enfant blond du début du film. Comme un ange. Un sous-titre avertit qu'il sera prochainement mis à mort dans une vidéo, égorgé comme un chien d'Infidèle, et invite les clients à guetter sa sortie. Un scintillement bleu et rouge envahit l'écran lorsque la vidéo s'achève.

Gottlieb n'en revenait pas. « *Putain de putain de merde. Putain de putain de merde…* »

Il lui fallait du temps pour redescendre. Comme d'un trip aux drogues dures. Le sang cognait contre ses tempes. Une érection tendait la toile de son short sur la jambe droite. Il jeta un regard inquiet vers la porte de la chambre et ferma le programme. Aussitôt, il poussa l'icône du DVD vers un dossier sans titre. « *Après ça, tu détruiras le support*, lui avait dit son ancien compagnon de cellule bruxellois, *ce que tu vas acheter est de la dynamite. Tu t'en rendras compte toi-même.* » Mais Gottlieb ne pouvait s'y résoudre.

Il se leva et alla dissimuler le disque dans un double fond de sa valise. Il regarda l'heure et décida de sortir prendre un verre après être allé se vider la vessie.

55

Au fond d'une masure faisant face à la Krungthep Wing de l'hôtel Shangri-La, deux vieux Chinois discutaient à voix basse en plongeant des baguettes dans une assiette contenant les restes d'un canard laqué à la pékinoise. Il était minuit et demi, mais les hommes mangeaient encore. Assis en tailleur à même le lino de la pièce, ils commentaient un mail reçu de France en montrant à tour de rôle un ordinateur installé sous l'autel des ancêtres dont la lueur rougeâtre des lumignons se mélangeait à la lumière froide du néon suspendu au plafond.

Les hommes étaient vêtus de shorts et de maillots de corps rapiécés. L'un d'eux saisit un cure-dents qu'il plongea entre deux molaires en plissant les yeux de plaisir. Il portait sur la poitrine des tatouages bouddhiques rituels. Mais sur les bras, qu'il avait presque aussi épais que ses cuisses, c'étaient des tatouages des anciens gangs de Klong Toey dessinés à la prison de Bang Kwang. Il avait un nez rond presque inexistant, des yeux sombres globuleux et une peau grêlée, souvenir d'une petite vérole attrapée à l'adolescence dans les bordels de New Road. Posé à proximité, il y avait un colt 45 en acier brossé. Son vis-à-vis était aussi large que lui. Il picorait dans l'assiette de canard, laissant ses baguettes en suspens dans l'air lorsque son patron avançait les siennes. Dans un cendrier, un mégot de Krongthip finissait de se consumer.

– Je te répète, dit-il, le Maître sera furieux. C'est un cas de désertion.

– Le *Farang* ne nous a pas habitués à ces manières. Nous devons essayer de comprendre pourquoi il agit ainsi, Oncle Da. Le frère numéro quatre vient de nous dire qu'il se portait toujours garant pour lui. L'enfant doit être réellement inaccessible. Attendons.

– Il nous a promis cette vidéo. Nous avons trouvé des clients qui nous ont versé beaucoup d'argent. Nous avons payé nous-mêmes une fortune, et aujourd'hui, il ne peut plus nous livrer. Jamais le Maître n'acceptera. Nous sommes responsables de lui. Ce *Farang* nous met dans une situation intenable.

– C'est le frère numéro quatre qui nous a mis dans l'embarras…

Le Chinois tatoué rejeta d'un geste la remarque :

– Non. Nous avons payé et trouvé des clients, nous sommes responsables. Tu connais le Grand Maître…

– Il faut présenter l'affaire simplement au Maître. Surtout ne pas l'inquiéter. Disons-lui qu'il y a eu un contretemps. Il comprendra. Le Maître est une personne avisée. Il sait l'importance de ce *Farang* dans le réseau des Trois Dragons.

Da secoua la tête.

– Le Maître a toujours fait passer son honneur avant les affaires. C'est ce qui lui a permis de devenir aussi puissant. Il n'admettra pas cet échec. Il nous le fera payer.

– Alors, il ne faut rien lui dire. Demandons au frère numéro quatre d'offrir plus d'argent au *Farang*. Trois cent mille euros…

– Trois cent mille ? C'est impossible. Nous n'avons pas cet argent.

– Eh bien, 250 000. Sans autre marchandage possible. Nous récupérerons cette somme ultérieurement sur d'autres commandes.

Les deux hommes s'arrêtèrent de discuter pour finir de mastiquer les dernières miettes de canard. L'air saturé d'humidité les faisait transpirer comme dans un sauna. Da se passa sur le visage une serviette-éponge qu'il portait autour du cou.

– Nous allons demander au frère numéro quatre de lui transférer une rallonge de 50 000, mais il devra nous fournir la vidéo sous soixante-douze heures.

– Et si l'enfant est toujours cloîtré chez lui ?

– Pas d'excuses. Qu'il aille dans la maison le prendre. Qu'il se débrouille. Qu'il tue toute la famille s'il le faut… S'il refuse, nous serons obligés d'en parler au Maître. Demandons à une de nos sentinelles sur place d'entrer en contact avec lui. Je t'en donne formellement l'ordre, frère numéro trois.

L'autre Chinois plissa les yeux.

– Bien sûr, mettons la pression. Qui avons-nous sur place ?

– Nous avons plusieurs personnes à Bordeaux. Je pense à l'un de nos frères, restaurateur. Il sera en mesure de lui envoyer du monde.

56

Les vendeurs de contrefaçons avaient enfin plié boutique sur Patpong. La rue était redevenue praticable. Les restaurants aussi avaient fermé. Seuls, quelques *go-go-bars* et les boîtes de nuit restaient encore ouverts à cette heure tardive. Tom Gottlieb se dirigea vers la terrasse du King's Castle, à l'angle de la ruelle qui menait à la pizzeria. Le bruit des basses du dancing qui occupait le premier étage résonnait à l'extérieur. Quelques noctambules s'étaient attardés autour des tables installées sur le trottoir. Gottlieb fut obligé de se mettre de profil pour faire passer sa stature massive entre les consommateurs. Au moment où il pénétrait à l'intérieur de l'établissement, une main se posa sur son bras.

– *Eh, man…*

Un Blanc, la soixantaine, en chemise à fleurs du plus mauvais goût, poussa une petite danseuse qui s'était collée à lui pour se lever. La fille rajusta rapidement son soutien-gorge. Quand Gottlieb tourna la tête vers lui, il lui fallut une fraction de seconde pour reconnaître Gérard Van De Hoordt. Il ne l'avait pas revu depuis presque dix ans.

– Eh, Gérard, s'exclama Gottlieb. Pour une surprise, c'est une sacrée surprise.

– Quand es-tu arrivé ?

– Ce matin.

– Pas fatigué ?

– J'ai fait une bonne sieste dans la journée, je suis en forme.

De Hoordt haussa rapidement les sourcils.

– Ici, il faut. Regarde, moi je suis en forme tous les soirs, dit-il en montrant la gamine qui s'était rassise devant un verre de Coca-Cola.

– Putain, Gérard, elle est canon…

– Et toi, t'es là pour ça aussi ?

– Pour les filles ? Pas vraiment, s'esclaffa Tom. Ces emmerdeuses…

– Ah, c'est vrai ! Et tu restes longtemps ?

– Fini le boulot, maintenant. Je vais passer quelques semaines ici, et je retournerai chez nous régler des papiers. Je reviendrai m'installer définitivement au début de l'année prochaine. Ensuite, à moi les putes.

De Hoordt lui désigna un siège de la main.

– Vas-y, assieds-toi.

Puis il fit signe à la fille de s'en aller. Lorsqu'elle l'enjamba, il l'arrêta d'une main posée sur son cou, et passa l'autre entre ses jambes avant de la faire disparaître sous le string avec un air gourmand sans quitter des yeux Gottlieb.

– Il n'y a que ça de vrai, ami.

Gottlieb suivit des yeux la fille qui rejoignait la scène. Cinq danseuses se trémoussaient, avec des mimiques désastreuses, le long de barres rivées entre le sol et le plafond. Gottlieb ricana :

– Ça te plaît ces trucs-là ? C'est un peu gentillet, non ?

– Cool, man ! On peut pas tous les jours être sur le fil du rasoir. Ici, c'est de la détente pour moi. Je viens bouffer un *khao pad*[1] avec une bière en regardant les filles, ça va.

– Et en dehors de ça ?

– Rien d'autre. Que du plaisir.

Tom Gottlieb se trémoussait sur son siège. Quel plaisir ? Aller s'enfiler une vulgaire pute dans une chambre ? Il avait, lui, l'impression d'avoir touché à l'expérience ultime du plaisir, ce soir. Il en aurait bien parlé à De Hoordt, mais les mots ne franchis-

1. Riz frit.

saient pas ses lèvres. Comment aborder un tel sujet ? Même s'il l'avait connu, quelques années auparavant, en prison, où De Hoordt avait pris quatre ans pour agression sexuelle, pouvait-il partager avec lui ce qu'il venait de vivre ? Comment lui dire ? Qu'il aimait les garçons ? De Hoordt le savait. Mais qu'il adorait avilir les filles, qu'il rêvait depuis des années d'en voir une se faire scier en deux ? Qu'il aurait donné beaucoup d'argent pour en écrabouiller une lui-même, en lui criant le dégoût qu'elle lui inspirait ? Ce n'étaient pas des confidences faciles à faire. Même à un salaud sans foi ni loi comme De Hoordt.

– Toujours branché SM, l'ami Gérard ?

– Eh ! lui répondit De Hoordt avec un clin d'œil.

Gottlieb salivait. Le mettre dans la confidence, ce serait peut-être acheter à deux des vidéos, les payer moins cher, en voir plus.

– Mais t'as pas un truc à toi ? Un truc spécial ?

– Ouais, les gamines…

– Ah.

– Les très jeunes… Enfin, je fais ce qu'il est possible de faire… C'est moins commode aujourd'hui, d'ailleurs. Un truc à la Dutroux, ça m'aurait fait marrer, mais faut pas rêver…

– Rien que ça !

De Hoordt ne répondit pas tout de suite. Il examina Gottlieb d'un air détaché. Il se rapprocha et baissa la voix malgré le tintamarre craché par les baffles de huit cents watts de chaque côté de la scène.

– Et toi, qu'est-ce qui t'amène là ?

Gottlieb considéra De Hoordt, son air canaille, et pensa que le moment était venu. Il baissa la voix, se rapprocha de lui, et lui murmura dans l'oreille :

– Officiellement, je me fais changer toutes les ratiches. Pour le reste je fais dans les *snuff*. Ça te dit quelque chose ?

De Hoordt plissa les yeux. Son regard était devenu transparent. Il avala une gorgée de bière et s'essuya les lèvres avec le poignet. Visiblement, il n'était pas pressé de répondre. Il réfléchissait.

– C'est quoi ? demanda-t-il enfin.

Gottlieb se rapprocha encore. De Hoordt détourna la tête pour ne pas sentir son haleine.

– Du SM grandeur nature, du vrai, sans trucage. Des connasses qu'on enlève pour les torturer à mort. Y'a un réseau, ici.

Une lueur s'alluma dans le regard de De Hoordt.

– Et tu bosses dedans ?

– J'achète. Je mate, mais, putain, c'est cher !

– Cher comment ?

– Ce que je viens d'acheter : 5 000 euros.

De Hoordt émit un petit sifflement.

– T'as quoi, exactement, pour ce prix-là ?

– Du sexe et du sang, jusqu'à ce que mort s'ensuive.

Gottlieb avait mâchonné sa réponse. C'était dingue d'avoir raconté ça, mais après tout, son compatriote n'était pas un enfant de chœur.

– Des trucs bien sanglants ? insista De Hoordt.

– J'avais jamais vu ça.

De Hoordt se passa la main dans les cheveux et se gratta la nuque. Il donna deux billets de cent bahts à la maquerelle et lui dit qu'il souhaitait discuter encore un moment avec son ami à une table de la terrasse sans être dérangé. La vieille acquiesça et les invita à sortir.

– Viens, dit-il à Gottlieb. On sera pas emmerdés dehors. Ils vont nous laisser une table le temps qu'on voudra.

La moitié des néons de Patpong étaient éteints. Des groupes de filles passaient comme des ombres pour rejoindre les files de taxis garées aux deux extrémités de la ruelle.

– Alors, t'as acheté un film…

– Incroyable, dit Gottlieb. J'y pense depuis tout à l'heure.

– C'était quoi ?

– Une gamine en France, trucidée dans une forêt. On lui plantait des pieux dans les mains et dans les pieds. Un truc vraiment chaud.

– Pour de vrai ? demanda De Hoordt, incrédule.

Une onde de plaisir le secoua. Il repensait à tous les caves qu'il avait butés depuis des lustres. S'il avait pu le faire devant une caméra, combien aurait-il gagné ? Certainement beaucoup.

– Je te le garantis, lui répondit Gottlieb. Y'a aucun doute là-dessus. C'est… C'est génial.

– Comment t'es entré dans cette filière ?

– J'ai partagé la même cellule trois ans avec un mec quand j'ai été transféré à Berkendael. Ça a tout de suite collé entre nous. Et on s'est revus dehors. C'est lui qui m'a branché quand je lui ai dit que je repartais pour la Thaïlande. On s'était déjà fait pas mal de confidences, il savait ce que j'apprécie.

– T'as eu confiance !

– Bah, tu sais, à part perdre mon pognon, je risquais pas grand-chose.

De Hoordt hocha la tête.

– D'où tires-tu le pognon ?

– J'ai quelques économies. Si j'ai passé tout ce temps en taule, c'est que j'avais piqué un paquet de fric. Je l'ai jamais rendu. Il est bien au chaud sur un compte offshore.

– Tout de même, 5 000 euros le film, c'est une somme.

– Ce n'est rien comparé à ce que ça coûte réellement.

– C'est-à-dire ?

– Les vrais clients paient des fortunes. Parfois 500 000 euros la vidéo.

– Mais tu es complètement barjo, mon gros…

– Je sais ce que je dis. Ces vidéos sont tournées pour des clients très spéciaux. Des émirs du Golfe, tu vois le genre… Mon contact m'a assuré que chacune de ces vidéos rapportait parfois plusieurs millions d'euros à l'organisation qui les produit.

– Et toi, tu te pointes et tu les ramasses pour 5 000 putains d'euros. Tu te fous de moi…

– Je profite d'un second marché. Une sorte de combine montée par un des cadors de la Triade. J'en sais pas plus. J'en profite seulement. Voilà…

De Hoordt hocha la tête.

– Reste qu'il va quand même fondre comme neige au soleil, ton magot.

– Tu sais, à part m'acheter ces vidéos et me taper de temps à autre un giton, j'ai pas trop de besoins. Ça coûte pas cher, ici. J'ai pris une piaule dans un petit hôtel minable.

– Comment tu récupères tes films ?

Gottlieb posa un index en travers de ses lèvres.

– Secret-défense, mon gars.

– C'est ici ?

– Pas directement. Ça se fait ailleurs.

– Mais tu veux dire : ailleurs à Bangkok ?

– De l'autre côté du fleuve. Je contacte un gars à Patpong, je choisis un sujet et je suis livré dans un autre quartier. Pour la sécurité, j'imagine.

– Ton affaire m'intéresse.

Gottlieb se rapprocha de De Hoordt, une lueur maligne dans le regard.

– Tu voudrais mater…

– Mieux, on pourrait revendre le matériel nous-mêmes, fit De Hoordt en jetant un coup d'œil autour de lui.

Gottlieb ouvrit de grands yeux affolés.

– Non, non, non. Mon contact, en Belgique, m'a dit qu'il ne fallait surtout pas jouer à ça. Il a bien insisté.

– Arrête de pétocher, c'est pas un problème. Il suffit de trouver des clients discrets avec du fric. Je peux m'en charger. C'est facile. Mais on pourrait aussi envisager autre chose…

– Quoi ?

– Les faire nous-mêmes.

Gottlieb se rapprocha encore, appuyant les deux coudes sur la table.

– Faire quoi nous-mêmes ?

– Ben, ces *snuff*, mon vieux…

Gottlieb écarquilla les yeux. Son visage avait changé. Il était devenu grave.

– Tu te rends compte de ce que tu dis ?

– Oui. Ici, on peut le faire, et au Cambodge encore mieux. On connaît parfaitement le coin. C'est les endroits idéals. Y'a plein de pauvres filles en rupture de ban qu'on pourrait ramasser sans que personne cherche jamais à les retrouver. Et y'a plein d'endroits architranquilles où on pourrait opérer. Vu ce que tu m'as dit, y'a des tonnes de fric à gagner.

Gottlieb frissonna.

– Ça, je sais pas.

– T'as aimé ce que t'as regardé. T'aurais pas envie de le faire toi-même et de prendre du fric en plus ?

– Je suis pas sûr d'être à la hauteur.

– Évidemment, c'est pas banal, sinon d'autres le feraient à tous les coins de rues. Mais crois-moi, on peut casser la baraque. Tu vas commencer par acheter d'autres films, on les duplique et on les vend. Je viens de rencontrer des mecs que ça va faire bander comme des malades. Ensuite, on s'organise pour produire nous-mêmes.

– Je n'ai pas le droit de les revendre, insista Gottlieb. Mon contact a été catégorique. On ne peut d'ailleurs pas lire les vidéos sans un programme de décryptage. J'en ai un autre pour les conserver sur l'ordinateur. Il paraît que c'est un must des logiciels de maquillage de données. La clé serait introuvable. Mais les vidéos, je dois les détruire après les avoir visionnées.

– Vu ce qu'elles coûtent, c'est idiot.

– Je sais, mais on n'a pas affaire à des enfants de chœur. On va prendre un risque énorme.

– Tu parles ! Le gang ne va pas te faire assassiner dans ton hôtel ! Si on fait les choses proprement, y'aura pas de lézard. Et puis, je te dis que j'ai déjà des clients. J'en donne ma main à couper. Je suis persuadé qu'ils pourraient même travailler avec nous. Pour nous…

– Comment ?

– Tu les verras prochainement. Ce sont des mecs qui font la guerre dans le pays d'à côté. Une petite bande de fondus bien comme il faut. Le premier truc à faire, c'est de copier ton film sur un support pour leur en montrer un bout. Il faut les appâter. On va filmer ton écran d'ordinateur avec une petite caméra. Les plans les plus intéressants… On leur montrera, et tu verras tout à coup l'oseille te pousser dans les poches. On va devenir riches, Tom. Très riches. Et on va bien se poiler. Toutes ces petites salopes, on va leur en faire baver, tu n'imagines même pas…

La maquerelle passa la tête par la porte du bar et indiqua sa montre. Il était presque trois heures du matin.

– *You want girl tonight ? Good price.*

De Hoordt secoua la tête.

– À cette heure, le seul cageot que tu peux emmener à ton hôtel, dit-il à Gottlieb, c'est une boîte à sida. Putain, c'est pas croyable ce que ça a ravagé les bordels, ce machin, depuis dix ans. T'habites où, au fait ?

– Le Surriwongse.

– Ah ouais. Je suis au Tower Inn, sur Silom. Impeccable. Je t'accompagne. Tu vas me montrer ta vidéo et on décidera exactement de ce qu'on fait chez toi.

57

Duncan et Escher, accompagnés d'Arribarde, sonnèrent à la porte de Rémi Destangues-Mourier, dans un petit immeuble de Billière. Destangues-Mourier avait été le premier policier de Pau à voir le cadavre de la fille abandonnée dans le champ de maïs. Il était arrivé sur la scène de crime en renfort du procureur et se souvenait, comme si les événements avaient eu lieu la veille, de l'horreur qu'il avait découverte. Depuis l'aube, il attendait les journalistes parisiens en tournant chez lui comme un lion en cage. Arribarde les présenta rapidement. Destangues-Mourier posa devant eux, à l'envers sur la table de son salon, un paquet de photos.

– Je n'aurais jamais dû les conserver, dit-il, mais je l'ai fait. Pourtant, ce n'était pas la première morte que je voyais, mais un truc comme cela, c'était hors normes.

Il s'arrêta pour tousser et reprit :

– Avant de vous les montrer, je dois vous mettre en garde, c'est abject. La femme était broyée comme si on l'avait mise dans un concasseur. En plus, elle avait un poignet lié à une cheville par du fil de fer. Je peux vous affirmer que ses blessures ressemblaient à celles qu'on trouve chez une personne… défenestrée du haut d'une tour. Chose assez difficile à réaliser au milieu des champs, vous en conviendrez. J'ai fait l'Algérie, vous savez. Pas de gaieté de cœur, mais je l'ai faite. Des mecs poussés d'hélicoptères, j'en ai vu quelques-uns. Eh bien, cette fille présentait les mêmes plaies. Et puis, deux mois plus tôt, j'avais vu le corps d'un chuteur opérationnel de l'ETAP dont le parachute ne s'était jamais ouvert, c'était kif-kif avec la fille. Vous me suivez ?

– Vous voulez dire qu'elle était tombée d'un avion ? dit Duncan.

– Exactement. Ça ne fait pas un pli. Mais personne n'a retenu cette hypothèse. Regardez…

Destangues-Mourier présenta à Duncan et à Escher un grand tirage couleurs. Le corps apparaissait couché sur le flanc, dans une position fœtale, couvert de débris de végétaux et de traces de terre. La colonne vertébrale avait été fracturée en plusieurs endroits. Le cou faisait avec le tronc un anglc anormal. Lc bras, qu'on distinguait, semblait avoir été tourné plusieurs fois comme un linge essoré. Quant aux jambes, c'étaient deux morceaux de chair violacés dont on aurait dit que les os avaient été ôtés.

– Étonnant, non ?

– C'est effectivement abject, concéda Escher, mais ce qui nous intéresse, c'est de savoir pourquoi votre hypothèse n'a pas été retenue. Que s'est-il passé ?

– Je n'ai jamais rencontré autant de difficultés pour mener une enquête. Toutes les pistes menaient à des portes fermées à triple tour.

– Pardon ?

– Je me suis occupé de cette affaire trois ou quatre mois. Lorsque j'ai voulu interroger le père Ibarburu, il était déjà entre les mains des gendarmes. On ne m'a pas laissé le voir. Quand j'ai convoqué le patron du para-club, il était en voyage. Cette plaisanterie a duré des semaines. Au début, certains officiers et sous-officiers m'ont parlé. Je les connaissais avant cette histoire, on était en confiance. Mais très vite, ils sont devenus injoignables. On m'a mis des bâtons dans les roues que vous n'imaginez même pas. À chaque fois que je demandais officiellement l'audition de militaires, cela m'était toujours refusé. Oh, bien sûr, pas directement. J'avais un rendez-vous et, à chaque fois, je tombais sur le même général qui s'excusait platement de l'absence de ses subordonnés en se proposant de les remplacer. Vous voyez le genre !

– Et le procureur ? Que disait-il ?

– Au début, rien. Il ne bougeait pas. Il me demandait seulement de le tenir informé au jour le jour.

– Vous l'avez fait ?

– Évidemment. Les choses se sont gâtées lorsque j'ai évoqué très sérieusement ma thèse d'un deuxième pilote qui aurait assassiné la fille et saboté l'avion. J'avais réuni assez d'éléments pour le prouver.

– Oui ? fit Duncan.

Destangues-Mourier finit par sourire.

– On cherchait à me bloquer, j'ai vite compris que le proc voulait m'embarquer vers des pistes qui ne menaient nulle part. Idem avec le juge. Il me demandait d'interroger des gens qui me faisaient perdre mon temps. Mais de mon côté, j'arrivais à tirer des fils. Je menais ma propre enquête, en France, mais aussi en Espagne. Tout à fait illégalement, d'ailleurs. Et j'ai fini par comprendre, ce meurtre était lié aux Basques.

– Pardon ?

– À l'ETA, j'en suis convaincu. Leurs histoires de terrorisme. Celui qui a enlevé cette femme l'a emmenée faire un tour de Pilatus avant de la faire descendre en marche. Pourquoi ? Aucune idée. Mais c'était une exécution programmée depuis chez nous. Que faisait-elle ici exactement ? Je ne sais toujours pas. Elle avait sans doute un rôle au centre du dispositif militaire français, et cela lui a coûté la vie.

– Est-ce que vous n'avez jamais envisagé que le meurtre ait pu être commis par un tueur fou ? Une sorte de *serial killer* ? demanda Duncan.

Destangues-Mourier fit non de la tête.

– Un *serial killer* de ce genre, on en aurait entendu parler après. Croyez-moi, c'était l'œuvre d'un professionnel. D'un côté, vous aviez ce meurtre incroyable et, de l'autre, un enterrement de première classe de l'affaire.

– Donc, on n'a jamais su qui était cette morte, dit Escher.

– Si l'on avait découvert son identité, on aurait peut-être bouclé l'enquête, mais le cadavre n'a jamais parlé. Vingt ans après, elle n'a toujours pas de nom. Officiellement. Officieusement, c'est une Basque impliquée dans l'assassinat de deux gardes civils à San Sebastian quelques mois plus tôt et volatilisée ensuite entre la France et l'Espagne. Et des soupçons contre deux militaires du rang au profil très particulier. Des types multicartes, athlètes de haut niveau, paras, commandos marine, pilotes, tireurs d'élite... la panoplie complète des tueurs assermentés.

– Vous l'avez révélé au proc ? demanda de nouveau Duncan.

– Bien sûr. Il m'a demandé de passer le voir le jour même pour qu'on examine ensemble mon dossier. Ce que j'ai fait. Ah, je dois dire qu'il l'a regardé avec intérêt, mon dossier ! Mais quand j'ai tendu la main pour le récupérer, il l'a enfermé dans un tiroir de son bureau.

– Non !

– Si. Et il m'a dessaisi de l'affaire. Secret-défense, qu'elle était devenue !

– Et le juge ?

– Plus jamais eu de nouvelles.

– Mais il vous reste bien des éléments de votre dossier, aujourd'hui, fit Duncan.

– Rien.

– Et les photos de la morte, pourtant…

– Ces photos, c'est tout, parce que j'avais les négatifs dans un coin. Mais du dossier, plus rien. J'avais tout remis au procureur.

– Et le proc ?

Destangues-Mourier soupira.

Décédé d'une crise cardiaque peu de temps après. Quant à la morte, elle avait pourri dans un frigo hors d'usage. On l'a incinérée au bout de trois semaines. Il n'y a jamais eu d'autopsie. Le juge a classé l'affaire un an plus tard.

– Incroyable ! murmura Escher.

– Je ne pourrai jamais vous donner que mon sentiment, poursuivit Destangues-Mourier. Les gendarmes ont été mutés. Quant aux militaires dont je vous ai parlé, Dieu seul sait ce qu'ils sont devenus.

Une heure plus tard, Duncan et Escher filaient dans l'antique deux-chevaux d'Arribarde vers la ferme proche de Thalès Ibarburu.

C'était une vieille bâtisse immense, plantée au milieu d'un gigantesque champ de maïs. Un tilleul solitaire dans la cour devait servir à donner un peu d'ombre, les jours de beau temps, à une table et une chaise installés en dessous.

– Thalès vit seul ici, maintenant, avec un de ses fils qui a repris l'exploitation, annonça Arribarde en garant sa voiture près de l'arbre. Il approche des soixante-dix piges. Ce n'est pas un commode, vous allez voir. Je ne sais même pas s'il a enfin appris le français.

– Pardon ? fit Escher.

– Oui, c'est un Basque militant. On l'a longtemps soupçonné d'héberger des commandos de l'ETA chez lui. Il a eu la police sur le dos pendant des années. Alors autant vous dire qu'il est méfiant. Les flics, les militaires, les journalistes... il n'apprécie pas trop.

– Mais pourquoi vous demandez-vous s'il a enfin appris le français ?

– Pendant des années, je l'ai entendu ne parler que basque. Il n'a jamais adressé un seul mot de français aux autorités. Il était connu pour cela.

– Sans blague...

– Je ne vous raconte pas le bordel que cela foutait !

– Il est bien d'accord pour nous rencontrer ? s'inquiéta Duncan.

– J'ai eu du mal, mais j'ai fini par le convaincre. Il n'a pas oublié que je l'ai aidé, pour ses histoires avec les Espagnols. J'ai publié une série de papiers qui lui ont rendu un fier service, au moment où il était dans le collimateur de la section antiterroriste. Et, comme l'ancien inspecteur, il m'a confié qu'il souhaitait reparler de l'affaire. Mais ne le brusquez pas.

Arribarde s'extirpa de la deux-chevaux et claqua la portière si fort qu'on crut un instant que toutes ses tôles allaient s'effondrer. Il s'avança et poussa la porte de la ferme sans sonner. Un vieil homme, vêtu d'une salopette en velours sombre, était attablé devant une bouteille de vin déjà pas mal entamée.

– C'est Ibarburu, dit Arribarde. Thalès, je te présente les journalistes de Paris, Alain Duncan et Frédéric Escher. Toujours d'accord pour causer un peu ?

Le paysan attrapa la bouteille et les servit. Il dévisagea Duncan et Escher des pieds à la tête, puis opina du bonnet sans se lever. D'un coup de menton, il leur indiqua les chaises autour de la table.

– Thalès, j'aimerais que tu leur racontes l'histoire du Pilatus qui s'est crashé dans ton champ, lui demanda Arribarde. La fameuse nuit où tu l'as entendu survoler la ferme.

Le paysan s'essuya les moustaches d'un revers de main et commença un long monologue, en français, le regard perdu dans le fond de la pièce :

– Cet avion, je m'en souviens comme si c'était hier. Il m'emmerdait depuis des mois à lâcher au-dessus de la ferme sa tripotée de fadas. Chaque jour, il y avait des parachutistes dans mes cultures. Ils abîmaient tout. Alors, vous parlez si je m'en souviens ! Je l'aurais reconnu dans le ciel à un kilomètre. Le bruit de son moteur aussi. Combien de fois suis-je allé gueuler au club, mais tout le monde s'en foutait ! À commencer par les gendarmes, c'étaient les premiers à sauter en parachute. Bon, et puis un jour l'avion est tombé comme une pierre derrière mon hangar. Je l'ai vu tomber, j'étais dehors au travail. Il est d'abord monté très haut pour larguer les fadas et, comme d'habitude, il a piqué pour se reposer au plus vite. Sauf qu'il n'a jamais pu redresser. J'ai très bien vu quand il est passé au-dessus de la ferme qu'il avait les volets bloqués. J'ai aperçu le pilote aussi, très bien, comme je vous vois, il tirait sur son manche comme un damné. Mais ça n'a rien changé. L'avion a disparu derrière le hangar et il y a eu une énorme boule de feu. Ensuite, il y a eu la rumeur que je l'aurais saboté. Les gendarmes m'ont mis en cabane trois jours et, comme ils n'avaient rien contre moi, ils m'ont relâché. Mais ils m'ont emmerdé pendant des mois. Ils n'ont jamais voulu que je leur parle de ce que j'avais vu la nuit précédente.

– Ah ? fit Escher.

– Je crois que c'est la seule fois que j'ai fait l'effort de leur causer français. Ils s'en foutaient complètement. Ils me gueulaient de la fermer.

– Vous pensiez avoir des éléments intéressants à leur fournir ? questionna Duncan.

– La nuit avant l'accident, j'ai entendu l'avion tourner au-dessus de chez moi. Ça ne s'était jamais produit avant. Le para-club civil, il ne fonctionnait pas la nuit. Alors, je suis sorti pour regarder. Je ne voyais pas le coucou, mais je l'entendais. Il volait un peu au sud de ma ferme. Et puis, j'ai perçu le sifflement d'un parachutiste qui chutait. J'ai attendu pour voir où il allait se poser, mais rien ne s'est produit. Alors, il y a eu un bruit extraordinaire, à deux ou trois cents mètres de l'endroit où je me trouvais. J'ai bien compris qu'il y avait eu un accident. Du coup, je suis allé me poster près du club. Et tout de suite, l'avion s'est reposé. Un gars grand et costaud en est sorti. Ce n'était pas le pilote habituel. Celui-là était beaucoup plus fort. Y m'a foutu la trouille, il avait l'air de faire comme si rien ne s'était passé. J'ai attendu qu'il parte pour me sauver.

– Il a quitté le Pilatus aussitôt après s'être posé ? demanda Escher.

– Il est resté un bon moment à côté, le nez dans le moteur. Il faisait du boucan. C'est ce que je voulais dire aux gendarmes. Ils m'ont jamais écouté. Ça les intéressait pas. Je leur ai dit, le parachutiste qu'on ne voyait pas, le bruit sur le sol… Ils s'en foutaient. J'ai dit que l'avion avait été saboté après… Jamais ils n'ont voulu prendre ma déposition. Ils m'ont tout de suite emmerdé avec leurs histoires d'ETA. Ils m'ont dit de la boucler si je ne voulais pas partir au trou pour vingt piges.

Ibarburu cracha par terre.

– Je vais vous dire quelque chose maintenant : la fille qu'on a retrouvée deux jours plus tard, c'est elle qui a été jetée depuis l'avion. Parce que je l'ai vue, vous savez. Je vois tout ce qui se passe ici. Eh bien, je la connaissais, cette fille. Maria Dolores Xanxo. Une militante de l'ETA.

Arribarde se releva d'un bond de sa chaise.

– Thalès ! Ce n'est pas le moment de plaisanter…

– Tu crois que je m'amuse ? Cette fille était du réseau. Infiltrée ici depuis quelques semaines.

– Qu'est-ce que tu racontes… !

Ibarburu ne se démonta pas, continuant à parler calmement :

– Elle avait une mission très importante à accomplir. On ne lui en a pas laissé le temps.

– Et c'est vingt ans plus tard que tu m'annonces cela ! s'emporta Arribarde. Avec tout ce que j'ai fait pour t'aider… Comment pouvais-tu la connaître, toi ?

– Nous étions à cette époque cinq Basques, dans le coin, qui formions la base arrière de l'organisation. C'est pour cela qu'on m'emmerdait. Il n'y avait pas de preuves, mais les gendarmes s'en doutaient. C'est aussi pour cela que je n'ai pas insisté. J'ai eu peur. Les autres aussi. On a tous fermé nos gueules. Certains sont repartis à San Sebastian. Maria Dolores Xanxo. Je ne sais pas qui l'a exécutée, mais la France a brouillé les pistes.

Duncan et Escher restaient muets. Ils n'en revenaient pas. Ils venaient d'élucider une énigme vieille de plus de vingt ans et se demandaient, en même temps, ce qui pouvait bien maintenant la relier au meurtre du Ferret.

Thalès Ibarburu n'avait plus rien à dire. Il buvait à petites lampées son quatrième verre. Arribarde leur fit signe qu'il était temps de lever le camp. Duncan et Escher saluèrent Ibarburu qui porta deux doigts à son béret :

– *Adichat.*

– Satisfaits ? fit Arribarde lorsqu'ils furent de nouveau dans la voiture.

Escher hocha la tête.

– Ce sont des révélations explosives.

– C'est le moins qu'on puisse dire, rétorqua son confrère palois. Je ne comprends toujours pas que le vieux ait gardé cette histoire pour lui toutes ces années.

– En tout cas, elle recoupe parfaitement ce que nous a raconté tout à l'heure l'ancien flic, dit Duncan. Je comprends mieux pourquoi il nous a dit que nous mettions les pieds dans un champ de mines. Et lui, à propos, vous pensez qu'il nous a dit tout ce qu'il sait ?

– Vous souhaitez une réponse honnête ? fit Arribarde. Non, je ne pense pas.

– Alors pourquoi nous avoir rencontrés ?

– Je suis incapable de vous répondre. Il doit avoir ses raisons. Il vous a mis sur une piste. C'est tout.

Les parents du pilote confirmèrent le récit du paysan. Plus de vingt ans après les faits, ils étaient encore scandalisés de la manière dont l'enquête avait été menée. Ils insistèrent sur le désintérêt qu'avaient manifesté les gendarmes pour l'origine de l'accident qui avait tué leur fils. Ils avaient donc ravalé leur peine et avaient essayé, toutes ces années, de vivre avec.

– Cela nous éloigne considérablement du meurtre du Ferret, maugréa Duncan lorsqu'il se retrouva avec Escher et Arribarde dans un café. Nous avons fait fausse route en venant ici.

– Je n'en serais pas aussi sûr que vous, lui répondit Arribarde. Savez-vous exactement qui était l'Allemande assassinée sur le bassin d'Arcachon ?

– Pardon ?

– J'ai une idée.

– Je ne vous suis pas du tout.

– On ne tue pas des gens de cette manière, même près de trente ans de distance, sans qu'il y ait un lien entre les affaires. Trop rare et trop hors du commun. Cherchez à savoir si cette fille n'était pas liée à des groupes politiques terroristes, par exemple. Cela pourrait expliquer son assassinat.

Duncan éclata de rire.

– Vous rigolez, mon vieux !

– Je m'interroge. C'est tout. Votre crime du Cap-Ferret n'est pas l'œuvre d'un *serial killer.* Nous sommes tous les trois d'accord là-dessus. Donc, que reste-t-il ? Le fait que la victime soit allemande est intéressant. Avec tous les groupuscules merdiques qui sévissent outre-Rhin, on est en droit de se poser des questions...

58

La plage était encore saturée de monde malgré le jour qui baissait. La journée avait été radieuse. Au cours de la matinée, le thermomètre avait entamé une remontée fulgurante. On avait enfin approché les températures de saison. Le vent était tombé. L'eau était lisse et argentée. De l'autre côté du Bassin, le ciel virait au pourpre au-dessus du Cap-Ferret. La ligne d'horizon prenait une teinte bleutée. L'homme était assis sur le muret bordant la plage, un livre à la main.

– Puis-je vous offrir un verre ?

Une jeune femme, la trentaine, blonde, se tenait face à lui. Elle le regardait comme si elle s'étonnait elle-même de sa propre audace.

– Ça me ferait plaisir, ajouta-t-elle. Un verre... Vous avez l'air si seul, et si sympathique...

L'homme se redressa, épousseta d'une chiquenaude le sable qu'il avait sur les genoux et releva la tête. La fille lui souriait franchement. Sans provocation. Le café était à dix mètres derrière eux. Il accepta alors qu'une voix intérieure lui imposait de refuser. Il s'entendit à peine répondre « *pourquoi pas* ».

– J'adore cet endroit, dit la jeune femme. Je m'appelle Sonia. Et vous ?

– Dominique. Tous mes potes m'appellent Dom.

– Si vous saviez comme c'est difficile d'être une fille seule en vacances. On se fait enquiquiner toutes les cinq minutes, personne ne bouge, parfois c'est insupportable.

– À ce point ?

– Oui, même ici, à Arcachon. Ce n'est pourtant pas La Grande-Motte ! Je vais boire un kir. Et vous ?

– Un lait-grenadine.

– Ah, comme les enfants ! Vous ne buvez pas d'alcool ?

– Jamais.

– Vous fumez ?

– Je ne fume pas.

– Alors, zéro défaut ! Vous faites quoi dans la vie, Dom ?

L'homme avait prévu ce genre de situation. Il avait les réponses prêtes. Sa double vie était devenue une seconde nature. Il pouvait mentir sur tout, son âge, son nom, son adresse, sa profession.

– Je suis moniteur de sport.

– Évidemment, j'aurais dû m'en douter. Vous êtes bâti comme un dieu grec. Ça ne s'invente pas.

Sonia poussa doucement son pied sous la table et vint frôler celui de l'homme.

– Je vous dis cela parce que je suis prof de lettres. C'est une obsession chez moi. Je ramène tout à mes centres d'intérêt. Mais c'est vrai que vous êtes superbe. Il y a une gentillesse et une douceur chez vous qui mettent en valeur votre force physique. Je ne vous gêne pas en disant cela, au moins ?

– Un peu, si.

– Il ne faut pas. Je dis toujours ce que je pense.

Sonia avait maintenant le bout de ses orteils sur ceux de l'homme, comme si elle ne se rendait pas compte de ce qu'elle faisait. Son visage restait naturel. Elle se pencha vers le livre que l'homme avait posé à côté de lui sur la table.

– Et qu'est-ce que vous lisez ?

– Un thriller. Mais j'ai du mal. Ces histoires abominables me minent. Je crois que je vais abandonner.

– Ah, pourtant, Mo Hayder, c'est un excellent auteur. C'est bien ce qu'elle écrit. Toujours très réaliste. Avez-vous lu *L'Homme du soir* et *Birdman* ?

– Non. C'est le premier livre d'elle que je lis. D'habitude, je préfère les romans historiques.

Sonia eut un signe approbateur. Elle posa encore des tonnes de questions auxquelles il répondait simplement, d'une voix grave et posée. Il s'amusait de constater l'effet qu'il produisait sur la jeune femme. Elle se comportait en femme libérée et sûre d'elle. Après un deuxième verre de kir, elle avait poussé encore un peu plus loin ses pieds sur les siens. Maintenant, la situation était limpide. Elle avait envie de passer un moment avec lui. Il se demandait de quelle manière elle allait bien pouvoir le lui proposer. Il n'avait pas bougé ses pieds. Il faisait encore semblant de ne s'apercevoir de rien. Mais ça n'allait pas pouvoir durer bien longtemps. Il était en train de lui raconter la vie idéale d'un autre homme lorsqu'elle se souleva de sa chaise pour venir s'appuyer sur la table de façon à se rapprocher de lui. Ses grands yeux clairs s'étaient brusquement enfiévrés. Elle sourit.

– Je crois que j'aimerais bien me réveiller à côté de vous, murmura-t-elle en rougissant.

Il se contenta de lui rendre son sourire, mais un sourire un peu triste qui contenait déjà la réponse négative qu'il retenait encore. Une lueur d'étonnement se figea dans le regard de Sonia.

– Il ne faut pas mal me juger. C'est la première fois que je fais ça. Il y a quelque chose en vous… Comment dire ? Quelque chose que je n'avais jamais rencontré chez personne. C'est… C'est comme une occasion unique qu'il ne faut pas laisser s'échapper.

L'homme n'avait toujours pas desserré les dents. Il continuait de sourire de son air navré. Sonia éclata de rire.

– Je ne sais plus ce que je dis. Je suis désolée. Je crois que je vous ai choqué. Je suis idiote. Vous me prenez pour ce que je ne suis pas. Vous me plaisez et je me suis jetée à l'eau. C'est la première fois que je le fais et je constate que je ne suis pas douée. Pardon, n'en parlons plus.

– C'est moi qui devrais m'excuser. Je suis sincèrement touché de cette déclaration. Mais il y a tellement de choses que vous ne savez pas de moi. Je serais ravi de pouvoir partager un petit-déjeuner avec vous. Ce n'est simplement pas possible. J'ai une femme qui m'attend dans la villa que je loue. Une femme dépressive que je ne trahirais pour rien au monde. Pas même pour le plaisir de passer un moment avec une très jolie fille. C'est dommage, c'est la vie. Je ne suis pas libre.

Sonia ramena lentement ses pieds sous sa chaise. Elle repoussa une mèche de cheveux qui venait de tomber devant ses yeux. Elle hocha la tête.

– Pas de chance. Je ne sais plus quoi dire.

– Il n'y a rien à dire. Nous sommes adultes. Nous devons faire des choix. Ça ne retire rien aux envies qu'on peut avoir. Une chose est certaine, c'est que votre rencontre aura éclairé ma journée. À un point que vous ne pouvez pas imaginer. J'espère seulement que vous ne m'en voudrez pas.

– Pourquoi ?

– Vous savez, les hommes sont convaincus que les femmes détestent qu'on leur dise non.

– Ah, c'est vrai. Mais on s'adapte aussi. Tous les hommes et tous les non ne sont pas les mêmes. Moi, je garderai le souvenir d'une fin de journée extraordinaire. Vous êtes quelqu'un de bien, Dom.

59

L'homme referma la porte à clé derrière lui. Il essayait déjà d'effacer de son esprit la conversation avec cette Sonia. Il ne voulait surtout pas penser à ce qu'elle lui avait proposé.

C'était une erreur d'avoir parlé à cette fille. Il n'avait rien fait d'aussi stupide depuis des années. Ce n'était pas grand, Arcachon. Elle pouvait chercher à le revoir. Lui compliquer sérieusement la vie. Tout en lui le conduisait maintenant à penser que c'était une grossière erreur de la laisser vivante. Et plus le temps passait, plus ce serait délicat de la supprimer. Elle pouvait contacter des amis et laisser des indices qui permettraient peut-être un jour de remonter jusqu'à lui. L'attitude la plus sensée était de retourner au café lui remettre la main dessus. Ensuite, il aviserait.

Il alla dans la salle de bains se passer la nuque sous le robinet du lavabo. Sa migraine revenait en force. Peut-être les prémices d'un nouvel accès de fièvre. Il ouvrit une trousse de toilette et avala un cachet de Lariam. Il sentait la crise de palu arriver, et il la redoutait, sachant qu'à ce moment-là il serait incapable de bouger pendant plusieurs jours. Il ne pouvait pas faire autrement. Il quitta sa chambre pour retourner vers le Bassin.

Sonia était encore attablée à la terrasse du Café de la Plage, absorbée par la lecture d'un magazine. L'homme souffla imperceptiblement. La chance lui souriait. Il ne s'était pas passé plus de quarante minutes depuis qu'il l'avait quittée. Il y avait peu de risques qu'elle ait parlé depuis. Un mail ? Certainement pas. Un coup de fil ? Il vérifierait plus tard. Il s'approcha doucement et s'assit sur la même chaise, face à elle.

– Ouaou, en voilà une surprise ! Qu'est-ce qui vous arrive ?

– Je vous ai menti et je me sens complètement ridicule. À plus de quarante ans, j'ai réagi comme un gamin effrayé… c'est idiot.

– Des regrets, donc..

– Oui.

– Mais, votre femme ?

Sonia avait posé la question d'un air malicieux. Ce n'était pas un reproche. Une taquinerie, tout au plus. L'homme écarta les mains en signe d'impuissance.

– Ma femme ? Elle est partie depuis un bail. Je suis venu en vacances ici, seul, pour tenter de faire un point sur ma vie. Pour essayer de répondre à des questions que je me pose. C'est aussi bête que ça. Je n'avais seulement pas imaginé croiser quelqu'un comme vous. Voilà, je viens de me dire que cette idée de petit-déjeuner était une sacrée bonne idée et que cela valait le coup de la creuser un petit peu. Si vous en avez encore envie, bien sûr.

– Tu sais ce qu'on va faire, l'interrompit Sonia, je vais payer ma consommation et on va se trouver un endroit sympa pour dîner. Ensuite, on décidera quelle sorte de petit-déjeuner on prend.

L'homme lui enferma les deux mains dans les siennes.

– Le dîner, je m'en charge. Soles du Bassin, moules à la façon de chez Hortense, avec un chablis premier cru 2005 et des légumes frais aussi, si cela te dit. J'ai tout dans mon réfrigérateur. Et si tu n'aimes pas le poisson, il y a de la viande et une excellente réserve de saint-émilion 2002. Demande, je fais le cuistot.

Sonia ne réfléchissait plus. Elle regardait l'homme qui venait de s'asseoir devant elle, elle captait la chaleur douce de ses mains, elle caressait des yeux ses lèvres, elle se sentait fondre de plaisir. Elle se dit que ses jambes ne pourraient pas la porter si elle devait se lever dans l'instant. En fait, elle n'avait jamais eu autant envie d'un homme depuis des années. Depuis le collège, peut-être.

– Donc, on va chez toi, fit-elle d'une voix qui tremblait presque.

– Je loue une villa à une dizaine de kilomètres d'ici. C'est un endroit de rêve. Un vrai paradis. Je ne pensais pas le partager, mais ainsi va la vie.

60

Quand ils arrivèrent au bout du Buch, la nuit était tombée. La nature était devenue tout à coup plus sauvage. C'étaient de grandes réserves ornithologiques, des marais plantés de roseaux, des grappes de taillis qui obstruaient l'horizon. La petite route qui serpentait au milieu du biotope était étroite et déserte. La voiture roulait à une quarantaine de kilomètres-heure. Sonia goûtait chaque instant qui la séparait du moment où elle serait enfin dans les bras de Dom. Elle aurait voulu encore le retarder. Elle voulait du temps pour imaginer cette nuit dans sa tête. Elle était comme une jeune fille livrée pour la première fois de sa vie aux feux de l'amour. Elle en sourit d'aise dans l'obscurité de l'habitacle de la voiture. Elle regarda son chauffeur, il avait l'air détendu au volant. Sonia laissa son regard courir sur ses bras puissants, sur ses mains, sur sa poitrine qui emplissait son tee-shirt. Elle regarda aussi ses jambes longues et musclées. Comment commencerait-il à la toucher ? Peut-être lui passerait-il une main sur les épaules ou sur les hanches. Peut-être lui effleurerait-il les seins. Peut-être la renverserait-il à la hussarde sur le sol de l'entrée, elle ne savait pas. Peut-être aussi lui préparerait-il le dîner dont il avait parlé, un dîner aux chandelles, avant de lui prendre la main par-dessus la table et de la faire vaciller avec ses yeux dorés… Vraiment, elle ne savait pas.

La voiture quitta la route principale pour tourner dans un chemin de traverse. De chaque côté, la végétation formait un écran opaque. Un sous-bois au milieu duquel les pinceaux des phares creusaient une trouée jaune qui allait mourir quelques dizaines de mètres devant eux. La voiture avait encore réduit son allure. Elle escalada un talus et pénétra sur un tapis d'aiguilles de pin. L'homme coupa le moteur et se tourna vers Sonia.

– Nous sommes arrivés.

– On ne voit rien, répondit-elle en posant les pieds sur le sol spongieux.

– Je vais te guider.

Il passa derrière elle et la poussa doucement du plat de la main droite.

– Je ne vois pas la maison.

Ils avancèrent encore d'une vingtaine de mètres et se retrouvèrent devant la porte d'une grange.

– La voilà, dit l'homme d'une voix monocorde.

– Tu rigoles !

Sonia se retourna, incrédule. Elle n'eut pas le temps de finir son geste. Il lui saisit la nuque et lui aspergea le visage de gaz. Elle perdit conscience presque instantanément. Elle ne vit rien des événements qui s'enchaînèrent pendant les dix minutes suivantes. Elle ne se sentit pas porter dans les bras de l'homme. Elle n'eut aucune conscience d'être déshabillée et attachée sur une chaise. Lorsqu'elle revint à elle, Sonia avait la tête lourde, l'esprit embué comme au sortir d'une vraie cuite. Elle ne sentait pas les liens qui lui ficelaient les poignets et les chevilles. Pas même la fraîcheur sur sa peau. Elle était comme anesthésiée.

Quand elle rouvrit les yeux, une lampe l'éclairait en pleine face, l'empêchant de distinguer les détails de la pièce autour d'elle. Elle ne vit pas la caméra, ni les instruments de chirurgie sur un vieux guéridon. Il n'y avait pas d'autre bruit dans la grange que celui de sa propre respiration. Un moustique la frôla en bourdonnant. Elle voulut l'écarter d'un geste et se découvrit immobilisée sur sa chaise. Elle rassembla ses esprits et essaya de comprendre. Devant elle, quelqu'un bougea légèrement. Elle écarquilla les yeux et finit par découvrir la masse impressionnante de l'homme derrière la lumière.

– Qu'est-ce qui se passe ? interrogea-t-elle mollement.

Il ne répondit pas. Il laissait s'installer lentement la tension entre lui et la femme. Tout le scénario qu'il avait préparé dans la voiture en roulant vers la grange reposait essentiellement sur le quiproquo de leur rencontre. Il fallait qu'elle parle. Qu'elle pose des questions. Il devait laisser monter la peur lentement. Le film qu'il allait tourner reposait sur une incompréhension et une terreur qui devaient se mettre en place petit à petit. Il avait hésité un moment sur la manière de la tuer. Puis il avait pris sa décision. Jusqu'à l'ultime instant, la femme devait croire qu'elle allait vivre. L'homme se donnait une heure pour tourner son *snuff movie*. Ce serait un huis clos entre une victime et son tueur comme il n'en avait encore jamais réalisé. Il voulait profiter au maximum de la confiance que la femme avait mise en lui.

– Tu as froid, Sonia ? demanda-t-il.

– Qu'est-ce que je fais là ?

– Tu as froid, Sonia ?

– Oui, j'ai froid. Je suis attachée ? Je ne le crois pas… Je suis venue dîner, pas tourner un remake d'*Histoire d'O*. Détache-moi.

– Tu ne veux pas t'amuser, Sonia ?

– Ça ne m'amuse pas du tout. Détache-moi.

L'homme saisit un clamp sur le guéridon et le posa sur l'un des seins de sa victime. La pince serra le téton et imposa immédiatement une violente douleur à la jeune femme. Elle se cambra sur sa chaise et poussa un cri bref. En baissant les yeux, elle aperçut l'instrument et le bras recouvert de latex de son compagnon, et son visage se décomposa.

– Qu'est-ce que tu fais ?

– Tu as mal, Sonia ?

– Bien sûr que j'ai mal, merde. Enlève-moi ça.

L'homme attrapa un autre clamp et le fixa au deuxième sein de Sonia. La jeune femme sentit une douleur irradier sa poitrine, puis lui prendre la tête entière. Elle poussa un cri bref suivi d'une série de plaintes en essayant de retrouver sa respiration. L'homme s'était de nouveau retranché derrière l'éclairage violent de la lampe. De la même voix atone, il lui demanda si elle souffrait. Plusieurs questions se bousculaient dans le cerveau de Sonia. Elle ne parvenait pas à imaginer que son dieu grec qui lui avait paru si tendre était celui qui avait inventé cette mise en scène grotesque. Elle chercha à définir jusqu'où il pourrait aller, mais son esprit se bloquait sur la douleur qui lui mordait la poitrine. Elle lui demanda à nouveau de la libérer de cette ferraille et objecta qu'il aurait pu au moins lui parler un peu de ses fantasmes. Il décrocha le premier clamp d'un coup sec sans le rouvrir. Et aussitôt après le second. Cette fois-ci, la douleur enferma les épaules et une partie du dos de Sonia. Elle sentit son estomac se tordre et mit beaucoup plus longtemps à pouvoir respirer de nouveau normalement.

– Tu aimes avoir mal, Sonia ?

La question paralysa la jeune femme.

C'était un jeu, elle en était sûre. Un jeu idiot, mais un jeu. Il ne fallait pas que ça tourne mal. Sonia se dit qu'elle devait prendre le dessus de la partie. Que c'était le seul moyen de ne pas se faire estropier bêtement. Son hôte ne se rendait pas compte de sa force. Elle devait le guider. Surtout ne pas le prendre de front, mais canaliser ses pulsions. Elle était atterrée. Jamais elle n'aurait imaginé se retrouver un jour dans cette situation. Mais elle y était, et elle devait la gérer.

– Bien sûr que non, je n'aime pas avoir mal. Mais peut-être peux-tu m'apprendre à en faire mon plaisir…

Sonia esquissa un sourire qu'elle voulut un peu vulgaire. Elle plongeait son regard dans la tache de lumière, et le fait de ne rien voir d'autre l'aida à se redonner une contenance. Elle se força encore à rire. Si ce type était complètement barré, elle pouvait peut-être en profiter si elle entrait dans son jeu. C'était le seul moyen de ne pas le heurter. C'était un excentrique. Elle s'affolait pour rien. Tout le monde l'avait vu avec elle sur la plage et au café. Quel risque courait-elle donc ? Ce Dom allait jouer un peu avec elle et demain ce ne serait plus qu'un souvenir. Un souvenir bizarre dont elle ferait peut-être un jour un livre.

L'homme l'examinait tranquillement. Il était dans le rôle du chat face à sa proie. Il prenait son temps. Le plus important était de laisser croire à la victime qu'elle avait une sérieuse chance de s'en tirer. Il la regardait faire des efforts pour lui présenter son sexe. Elle était entrée dans son jeu à une vitesse qui le surprenait. C'était une drôle de fille. Il avança sa main gantée vers la fente de la jeune femme pour la caresser d'un lent mouvement de haut en bas. Sonia rejeta sa tête en arrière et poussa un soupir.

– Eh, tu as sorti le grand jeu, vilain garçon.

– Tu aimes ce que je te fais, Sonia ?

– Continue. T'arrête pas surtout.

Il poursuivit son mouvement un moment, puis donna une série de claques sur les cuisses et les seins de la femme. De plus en plus fort. Sonia finit par contracter son ventre et lâcha une première plainte.

– Tu aimes ce que je te fais, Sonia ?

– Arrête ça.

– Dis-moi que c'est bon, Sonia. Dis que c'est bon à la caméra.

– La caméra ? Qu'est-ce que tu racontes ? Arrête maintenant.

– Regarde sur ta gauche. Tu verras la caméra qui te filme en ce moment. Dis que c'est bon ou je te brise un membre.

Sonia tourna la tête et plissa les yeux pour lutter contre la violence de la lumière. Elle finit par apercevoir le petit caméscope posé sur une vieille table en bois de pin. Un minuscule point rouge indiquait que l'appareil tournait. Alors un sentiment de peur incontrôlable la saisit. Elle sentit son estomac se retourner et sa gorge se gonfler.

– Tu déconnes. Pourquoi tu fais ça ? Je ne veux pas être filmée nue.

Une sensation inconnue venait de s'emparer d'elle. Elle était comme au bord d'un gouffre. Debout au bord du vide. Une épouvantable impression de vertige qui la laissait muette. Maintenant, elle voulait que cette mascarade s'arrête. Elle voulait voir Dom.

Un instant, elle se dit que ce ne pouvait être lui. C'était un cauchemar. Elle se mit à supplier.

Dans l'obscurité, l'homme sourit. Enfin la scène se mettait en place. Il se redressa et passa devant la lampe. Sonia le découvrit entièrement recouvert de sa combinaison de plongée et le monde bascula.

– Tu es la vedette d'un *snuff movie*, Sonia. Je suis en train de filmer ta mort.

– Si c'est une plaisanterie, elle est complètement idiote.

L'homme se saisit d'un marteau et en asséna un coup sur l'un des pieds de la jeune femme.

– Ce n'est pas une plaisanterie, Sonia. Tu es en train de mourir.

Sonia se crispa comme un insecte happé par une flamme. Elle ouvrit la bouche en prenant sa respiration, puis poussa un cri inhumain, interrompu presque immédiatement par l'homme, qui s'était rapproché d'elle. Il lui posa un ruban adhésif en travers du visage.

Le marteau s'abattait avec un bruit mat, écœurant. Sonia s'était violemment cambrée. Elle criait, mais ses cris venaient mourir contre le gaffeur collé à ses lèvres.

– Ce petit film sera revendu à des amateurs éclairés assez riches pour pouvoir se payer le luxe d'une scène de meurtre véritable. Tu vas subir une fin horrible, Sonia.

Sonia avait le regard brouillé par les larmes et les cheveux collés au visage par la sueur. Elle ne sentait plus le bas de ses jambes. La douleur escaladait sa colonne vertébrale. L'homme reposa son marteau et se saisit d'un scalpel d'une vingtaine de centimètres.

– Je vais te découper le bout des seins, puis les lèvres de ton sexe. Je vais t'exciser.

Des souvenirs se bousculaient dans la tête de Sonia. Des sons, des images, des odeurs. Elle revoyait des scènes sans importance de ces derniers jours. C'était une promenade matinale la veille, le long du Bassin, un café au lait qu'elle avait pris quelques jours plus tôt à la terrasse de l'Hôtel de la Plage et sa dernière excursion sur la dune du Pilat. Y avait-il un lien entre tous ces endroits et sa présence ici, ce soir, dans cette nuit froide d'un mois d'août gris et triste comme l'automne ? Elle essayait maintenant de refermer les cuisses en tirant sur les liens. Les extrémités de ses seins étaient dures comme des galets et lui faisaient déjà mal, comme par anticipation. Elle sanglotait telle une enfant. Comment une horreur pareille pouvait-elle lui être arrivée ?

Quand la lame pénétra d'un coup la chair, Sonia ressentit une brûlure intense, puis une douleur atroce qui lui serra le torse avant d'irradier dans le reste de son corps. De nouveau, ses yeux se remplirent de larmes et sa vision fut brouillée. Elle tenta désespérément de faire sortir des sons de sa bouche. Elle voulait que Dom l'entende la supplier. Il y avait la respiration chaude de son tortionnaire contre son visage. Elle réunit ses dernières forces pour rugir de peur et de colère, puis elle perdit connaissance.

L'homme éteignit le caméscope. Il avait filmé jusqu'au dernier souffle de Sonia. Elle était maintenant tassée sur sa chaise, la tête renversée sur une épaule. Ses yeux grands ouverts fixaient l'obscurité épaisse de la grange, au-delà du cercle de lumière propagé par la lampe. Il la détacha et fit rouler le corps sur la bâche de plastique qu'il avait tendue sous la chaise. Il en fit un paquet qu'il ferma avec le reste du scotch, le souleva d'une seule main et se dirigea vers l'extérieur.

Moins d'une heure plus tard, il l'avait ensevelie au milieu de la forêt.

61

L'homme passa devant le Nautic deux fois avant de trouver une place de parking à proximité de l'hôtel. Il gara finalement la voiture à une centaine de mètres. Il était vidé. Ce dernier crime qu'il lui avait fallu improviser l'avait mis sur les genoux. Il avait besoin de se changer les idées. De se poser sur son lit et de laisser le sommeil le prendre par surprise. S'il n'avait pas été si tard, il serait bien allé chercher une borne WiFi pour vérifier si Bangkok lui avait répondu. Mais à plus de deux heures du matin, il calait. Ça attendrait le lendemain. Il allait entrer dans l'hôtel lorsque deux Chinois s'approchèrent de lui. Le plus proche lui tendit une enveloppe. La première réaction de l'homme fut d'ignorer le geste, mais les Chinois s'étaient placé dans l'encadrement de la porte du bâtiment. En accentuant sa courbette, le second lui mit le pli dans les mains.

– *For you, sir*[1].

Puis les deux Chinois s'éloignèrent aussitôt. L'homme les regarda disparaître sur le boulevard de la Plage. Il empocha l'enveloppe, pensant à un racolage pour un club de jeu clandestin ou une invitation à une partie fine. Avec les Chinois arrivés en masse en France depuis quelques années, tout était possible. Il pénétra dans l'hôtel. Le veilleur de nuit, affalé dans un mauvais fauteuil derrière le comptoir, fit à peine attention à lui.

La première chose que fit l'homme dans sa chambre fut d'ouvrir l'enveloppe. À l'intérieur, sur une feuille de papier de dix centimètres sur dix avait été imprimé le visage d'un enfant. Il n'y avait pas de texte. Rien d'autre que le visage. Il reconnut immédiatement le petit garçon du Cap-Ferret et ferma les yeux. C'était la réponse des Chinois de Bangkok qu'il attendait. Mais sous une forme qu'il n'aurait pas envisagée. Il savait l'organisation des Trois Dragons puissante. Il ne l'imaginait pas à ce point. Une bouffée de colère s'empara de lui. On l'avait logé comme un vulgaire employé. Et c'étaient ces putains de Chinetoques qui ne devaient pas même articuler un seul mot de français qui étaient venus jusqu'à lui, au fin fond d'Arcachon. Il n'en revenait pas. Ils s'étaient pointés jusqu'à son hôtel lui mettre la pression. Cette photo sans commentaire n'était rien d'autre qu'une menace. Il le comprit immédiatement. La seule chose qu'il n'arrivait pas à imaginer était la façon dont le gang était remonté jusqu'à lui aussi vite. Il était loin de se douter que, depuis quinze ans, les Trois

1. Pour vous, monsieur.

Dragons le suivaient pas à pas chaque jour. Y compris pendant les longues périodes où il n'avait aucune activité pour la Triade. Il y avait à Bangkok un agenda informatique sur lequel étaient consignés ses moindres faits et gestes, les noms de ses quelques connaissances, ses affectations professionnelles successives, ses endroits de résidence, les numéros de ses véhicules personnels ou de location… absolument tout.

Grâce à un maillage qui aurait fait pâlir de jalousie les Renseignements généraux, la DST et la DGSE réunis, la Triade ne laissait plus une seule parcelle d'intimité à ses collaborateurs. Rien qu'en France, l'organisation disposait d'une centaine de correspondants de premier niveau, tous restaurateurs, qui eux-mêmes faisaient travailler comme informateurs et hommes de main plus d'un millier d'immigrés chinois, la plupart clandestins. Des hommes jeunes, parfois des femmes, tenus par la peur et l'argent, qui obéissaient à des lois internes à leur milieu dont on ne soupçonnait pas la force. Les deux Chinois qui venaient de le tamponner devant son hôtel travaillaient sans papiers comme plongeurs dans une gargote de Bordeaux depuis un an. Ils avaient emprunté aux passeurs plus de 45 000 euros pour arriver jusqu'en France. Ils ne pouvaient pas refuser lorsque leur parrain du Palais de Jade leur demandait un service, récupérer une créance, porter une lettre, comme ce soir-là, ou assassiner un compatriote devenu gênant comme ils l'avaient fait quelques mois plus tôt. C'était une règle tacite qui faisait la puissance de la diaspora dans ce qu'elle avait de plus criminel.

L'homme s'assit sur le bord du lit. Son envie de dormir était passée. Il éteignit la lumière et se mit à siffloter :

Nous, les damnés de la terre entière
Nous, les blessés de toutes les guerres
Nous ne pouvons pas oublier
Un malheur, une honte, une femme qu'on adorait…

Il imaginait son père voguer vers l'Indochine. Il le voyait sur le bateau, fier, debout au milieu de ses copains, au milieu de cette famille d'âmes mortes, chantant à tue-tête leurs refrains guerriers, comme pour annoncer au monde leur arrivée. Il faisait mentalement le chemin, le canal de Suez gardé par la statue de Ferdinand de Lesseps à l'entrée, Port-Saïd et l'approvisionnement en viande pour la traversée. Ensuite, Ismaïlia, Aden écrasés de soleil, puis Singapour. Le bateau ne s'arrêterait pas. Il virerait au premier degré de latitude nord et remonterait vers le cap Saint-Jacques après être entré en mer de Chine. Son père était parti, le laissant dans le ventre de sa mère. Il continuait à chanter entre ses lèvres :

Nous, qu'avons le sang chaud dans les veines
Cafard en tête, au cœur les peines
Pour recevoir, donner des gnons, crénom de nom
Sans peur en route pour la Légion...

Maintenant, l'homme se revoyait lui-même, ce soir du 23 octobre 1983, dans la lueur des projecteurs éclairant la scène de l'immeuble dévasté dans la banlieue sud de Beyrouth. Il venait d'extraire des décombres son dernier copain tué dans l'explosion du Drakkar. Il avait passé sa journée à écouter les plaintes des hommes piégés dans les ruines du camp français, à entendre leur souffle s'amenuiser au fil des heures. Il avait décroché des grillages tordus par l'explosion des dizaines de fragments de corps sanguinolents. Il avait fait tout cela à mains nues.

Il s'allongea sur le lit et ferma les yeux en secouant la tête. Des cris résonnaient à ses oreilles, toujours les mêmes. Depuis vingt-trois ans, le petit adjudant qui l'avait breveté para hurlait dans le noir. Dans quelques minutes, son visage couvert de poussière et de sang apparaîtrait de nouveau, il le savait. L'homme secoua la tête pour le faire disparaître.

Dans l'obscurité de sa chambre, les lumières des projecteurs l'aveuglaient. Il y avait l'odeur des cadavres empaquetés dans leurs sacs à viande déposés en limite du périmètre du camp. Il renifla violemment, cherchant à fuir cette puanteur. Il ne bougeait plus. Il était comme tétanisé sur son lit. Il devait attendre que la fièvre retombe. Un bourdonnement envahissait son crâne. Il était maintenant dans l'hélicoptère qui allait le cracher sur la savane qui entoure Kirdimi. La peur lui nouait le ventre. Les maquisards de Goukouni Oueddeï étaient des centaines, dissimulés dans l'herbe à éléphant et il devait se faire dropper au milieu. Il serrait dans ses mains son FRF1. L'hélico survolait en rase-mottes le terrain et déjà les premiers tirs ennemis montaient du sol. Et il y avait cette enfant dans une case qui venait de jeter une grenade. La cuillère avait rebondi sur sa poitrine. La grenade était presque entre ses pieds. Il comptait les secondes, cinq, six, sept... L'explosion ne se produisait pas. La fillette le fixait intensément. Il tendait son arme vers elle. Il voulait que l'enfant cesse de crier, mais ses cris emplissaient la case. Elle hurlait dans la chambre. Il se souvenait de son doigt pressant sur la queue de détente. Puis c'était une femme qui lui faisait un clin d'œil. Elle avait les yeux maquillés et un reste de fond de teint sur les joues. Elle reposait comme un dormeur sur une table de pierre de l'hôpital Kosevo, les jambes emportées jusqu'au bassin par un tir de mortier venu des collines qui entourent la ville. Depuis le matin, les combats avaient repris de l'intensité. Les obus serbes tombaient, six ou sept par minutes, sur la position française. Il s'était réfugié dans la morgue. Maintenant, la morte lui souriait. Une haleine fétide filtrait entre ses dents.

Il était trois heures du matin. Ses fantômes revenaient toujours à la même heure, au creux de la nuit. Son père s'assit à côté de lui. Il portait cette nuit-là son uniforme d'octobre 1954, usé par la sueur et la mousson. L'homme sentait ses os pénétrer sa chair. Il se tourna sur le lit et enfouit son visage dans l'oreiller pour sangloter. Il pleurait comme un enfant, avec de petits cris aigus. Au-dessus du Bassin, deux avions de chasse passèrent en vrombissant alors qu'il s'enfonçait dans le sommeil.

CHAPITRE 7

16 août 2006

62

Gérard Van De Hoordt grogna. Il ne sentait presque pas la masseuse juchée sur ses reins. Malgré sa poigne, la fille parvenait à peine à faire rouler entre ses doigts les muscles de son client. Elle n'avait jamais vu un corps aussi puissant.

Le rendez-vous fixé par les Français au Caffè di Roma avait apaisé De Hoordt. Il savait désormais qu'il aurait ses armes. La rencontre avec les mercenaires s'était infiniment mieux déroulée qu'il ne l'avait redouté. Il n'y avait pas eu de coup fourré. Ils parlaient tous le même langage, celui de l'argent.

Il avait laissé les quatre crétins faire leur cinéma, puis il avait annoncé la liste du matériel qu'il désirait obtenir, tirant un sifflement d'admiration à Hauteville de Mortagne. « *Rien ne te résistera avec ça* », lui avait dit le garçon. De Hoordt avait acquiescé. Il avait joué à la perfection son rôle de trafiquant froid comme la mort, en prenant soin d'ignorer la moindre tentative de fraternisation de la part des Français. Il leur avait montré 40 000 dollars en petites coupures et leur avait dit que le reste était déjà à Bangkok et qu'ils seraient payés à la minute où le chargement arriverait à l'adresse qu'il souhaitait, c'est-à-dire l'entrepôt de son contact de l'ambassade de Belgique. Mais cette dernière information, les Français n'avaient pas à la connaître.

« *La livraison prendra une quinzaine de jours* », avait répondu Hauteville de Mortagne. C'était long, mais De Hoordt se serait méfié si l'affaire avait dû se conclure plus vite. Il avait écouté patiemment les explications de Hauteville de Mortagne, les messages à envoyer vers le quartier général de leur compagnie, la collecte des armes et des munitions, les accords à passer avec la police des frontières thaïe, le transporteur à trouver, l'escorte aussi... Hauteville de Mortagne disait qu'il y avait pas mal de monde à soudoyer et que c'était cela qui prenait du temps.

Les armes coûtaient beaucoup moins cher que prévu. Voilà la vraie bonne nouvelle de la soirée. Il restait encore un bon paquet de dollars à investir. De Hoordt en était sûr, ces Français allaient adorer son histoire de *snuff movies*. Une voix intérieure, lancinante, lui répétait qu'il était tombé sur la bonne équipe pour monter son propre projet. Quand la masseuse lui murmura à l'oreille qu'il pouvait lui faire l'amour pour l'équivalent d'une trentaine de dollars, il n'y prêta même pas attention. Elle n'insista pas et continua de lui malaxer les dorsaux. Il avait commencé à échafauder son plan. Il allait copier les DVD de Gottlieb sur une caméra qu'il achèterait le lendemain à la première heure. Directement sur l'écran de l'ordinateur. Il reverrait ensuite les Français dans un endroit tranquille, il leur en montrerait des extraits et leur proposerait d'en réaliser quelques-uns pour lui. Les endroits où ils évoluaient leur fourniraient plus de victimes qu'il ne pouvait en souhaiter. Ils adoreraient ça. Restait à savoir combien ils demanderaient. Ils étaient quatre, De Hoordt se dit que cela ne devrait pas lui coûter plus de 50 000 dollars par film. Mais la vraie question était de savoir s'il fallait mettre dans le business ses potes de Bruxelles. Après cinq minutes de gamberge, il considéra que non. Ce serait son histoire à lui. Quelque chose comme son assurance retraite personnelle. Il étouffa un ricanement. La masseuse s'interrompit une seconde et lui demanda ce qui se passait.

– T'occupe, lui dit-il. Continue.

Il était là depuis une semaine, mais avait déjà l'impression qu'on pouvait tout faire en Thaïlande, tout se permettre. Cette fille, par exemple, qui le massait, il l'avait ramassée en pleine nuit, sur l'avenue déserte. Quand ils étaient entrés dans l'hôtel, le veilleur dormait à poings fermés. Ils avaient gagné la chambre sans rencontrer personne. Qui saurait qu'elle était venue ici ? La plupart des hôtesses des bars, on le lui avait expliqué, provenaient de l'autre bout du pays. Les filles n'avaient pas de famille à Bangkok, parfois même aucune relation, pas d'amis, personne. Les victimes idéales... Il fallait seulement trouver des endroits et des scénarios pour les buter. Ce n'était pas la mer à boire. De Hoordt sourit encore une fois. Il se retourna sur le dos en désarçonnant sa masseuse qui, au pied du lit, écarta les bras en signe d'incompréhension.

– Tu sais que tu as de la chance, toi ! pouffa-t-il.

63

Le Café des Jours Heureux ouvrait tôt le matin. L'homme se dirigeait à pied vers la rue Camille-Sauvageau. Il avait repéré la borne WiFi de l'endroit deux jours auparavant et s'était fait la réflexion qu'il pourrait venir y lire des mails s'il en avait besoin. Accéder à son courrier électronique était une démarche anodine. Il n'avait pas besoin de filer à Bordeaux pirater la ligne d'un abonné. Il marchait lentement, pas encore tout à fait remis de sa nuit ni de ses cauchemars. Il s'arrêta à plusieurs reprises devant des vitrines pour scruter discrètement son environnement immédiat. Une fois, il se baissa pour renouer ses lacets en opérant un demi-tour sur lui-même, mais il semblait être seul sur le boulevard de la Plage.

Une musique *country* des années soixante faisait vibrer les cloisons vitrées de l'établissement. Les gratteurs de guitare aux cheveux longs complètement passés de mode aperçus l'avant-veille n'étaient pas encore levés, mais la sono du café produisait déjà un nombre de décibels respectable. Deux vacanciers étaient attablés devant des crèmes, un PC posé devant eux. L'homme choisit une table au fond de la salle, passa sa commande et connecta son ordinateur immédiatement. Il ouvrit Yahoo, jeta un coup d'œil rapide aux nouvelles du jour, alla sur sa boîte mail créée dix jours plus tôt et rentra son code : *volleyball2004challenge005*. Un message l'attendait dans la boîte de réception. Il allait l'ouvrir lorsque la serveuse apparut, le plateau du petit-déjeuner entre les mains. Il poussa son PC.

– Votre commande, monsieur, fit la fille. Un grand chocolat, deux croissants et un jus d'orange.

– Merci.

– Déjà au travail monsieur ? C'est les vacances pourtant...

– C'est les vacances, oui. Posez ça là.

La serveuse lui avait parlé machinalement, sans même le regarder. Elle abandonna le plateau et repartit vers le bar. Instinctivement, l'homme tourna le dos au mur pour masquer son écran. Il cliqua sur l'onglet de la boîte de réception, puis une nouvelle fois sur le mail. La réponse de la Triade, qu'il attendait, tenait en trois lignes : « *Séquence de l'enfant déjà programmée auprès de nos clients. Impossible de surseoir. Soixante-douze heures pour nous livrer la commande. Nous vous offrons 250 au lieu de 200.* » L'homme serra les mâchoires. La réponse était sans ambiguïté. Il rédigea une réponse rapide qu'il envoya, puis écrasa en mode sécurisé les deux mails. Il réclamait un délai supplémentaire pour leur livrer le film sur l'enfant, mais proposait également pour 100 000 euros seulement le sujet qu'il avait réalisé la veille. Sans donner de détails, il expliquait qu'il venait de tourner l'un des meilleurs et des plus originaux depuis dix ans, et demandait que l'accord global soit finalisé sous dix jours. Il avait besoin de temps.

Naïvement, il pensait encore pouvoir négocier d'égal à égal avec le gang de Bangkok en lui offrant un sujet de remplacement à celui de l'enfant. Il ne comprenait pas que les clients habituels des Trois Dragons qui avaient obtenu la vidéo de l'assassinat de la baby-sitter du Cap-Ferret fantasmaient déjà sur la mise à mort promise de l'enfant blond. Ils l'avaient vu jouer auprès de sa nounou dans le parc de la villa. Leur premier plaisir était d'imaginer que ce petit ange vivait ses derniers jours. C'était une dimension de son travail que l'homme ignorait. Toutes ses années de collaboration sans un seul accroc avec la Triade lui laissaient croire ce matin qu'il avait la main pour décider ce qui était possible et ce qui ne l'était pas. Or, il n'avait jamais été qu'un exécutant.

Il laissa l'ordinateur ouvert devant lui et avala en quatre bouchées les croissants, puis but la moitié du jus d'orange d'un seul trait. La musique était assourdissante. Elle l'empêchait de se concentrer convenablement sur son problème. Il saisit la tasse de chocolat et y posa ses lèvres, la faïence était encore brûlante. Il se cala au fond de son siège et laissa traîner son regard autour de lui dans la salle du café. Les deux autres consommateurs étaient totalement absorbés par leur écran. La serveuse s'était repostée derrière le bar avec l'air d'avoir été décérébrée la veille. Il aperçut à travers la baie vitrée un homme qui promenait son chien. Les ombres des voitures et des arbres commençaient à se ramasser sur le trottoir, laiteuses et grises. La rue paraissait sans couleur. La journée s'annonçait une fois de plus désespérante pour un mois d'août. Il prit la cuiller sur le plateau et il commençait à touiller son chocolat pour le faire refroidir lorsqu'une tête de clown apparut dans un coin de son PC. Une voix presque inaudible l'avertit simplement : « *Vous avez un message.* » L'homme revint sur Yahoo. Un nouveau mail « sans objet » attendait dans la boîte de réception. Il hésita une fraction de seconde, puis double-cliqua sur le lien. « *Nous attendons le sujet commandé sous dix jours. Des engagements ont été pris ici qui ne permettent pas de l'annuler. Ne pas le livrer mettrait un terme à notre collaboration. Nos amis que vous avez rencontrés seraient alors chargés de liquider le contrat. Nous ne sommes pas intéressés pour le moment par votre dernière pro-*

position. Nous en reparlerons après réception du matériel que nous attendons. Nous ne reprendrons plus contact d'ici là. »

Jamais les Chinois n'avaient été aussi menaçants. Sa longue expérience des pratiques des Trois Dragons ne lui laissait aucun doute sur la réaction de la Triade s'il n'honorait pas le contrat. Les Chinois ne lui accorderaient aucune marge de manœuvre. Ils le traqueraient jusqu'au bout du monde. Et ils seraient d'une cruauté infernale, persuadés comme toujours de la valeur de l'exemple pour continuer à faire tourner leur boutique. L'homme but le chocolat, laissa un billet sur la table et se leva, hanté par les dernières images de l'existence de Mirko.

64

La chambre du Nautic n'était jamais ensoleillée. Lorsque le temps se couvrait, elle se transformait en cave. C'est à peine si la tache claire du lit se distinguait du mur. L'homme se recoucha sans ôter ses baskets. Il plaça l'oreiller sur son visage et chercha le sommeil. Il était presque dix heures du matin. Il se sentait à bout de forces. Si la police était entrée à ce moment-là, il n'aurait opposé aucune résistance. Il avait comme des pelotes d'aiguilles dans le ventre qui lui hachaient les intestins. Il n'avait plus aucune marge de manœuvre. Il avait envie de dormir la journée entière, et la nuit suivante. Il ferma les yeux.

Les draps sentaient légèrement le moisi. Une odeur d'humidité qu'il connaissait bien. Comme en Afrique. Il sentit le lit basculer sous lui et sa tête devenir lourde. Ses pensées se brouillèrent. Il tombait au fond d'un puits. La chute n'en finissait pas. Il entendit un crépitement. Des broussailles qui flambaient. Maintenant une lumière l'aveuglait, comme si sa chambre avait été libérée des murs et du plafond et posée au milieu de la plage. Il ne distinguait rien d'autre que l'arme qu'il tenait entre ses mains. Il avançait lentement dans la chaleur et le bruit des flammes. Il entrait dans une case. L'endroit était plongé dans une pénombre qui ne laissait apercevoir rien d'autre qu'une fillette couchée sur le sol en terre battue. Elle le fixait de ses yeux sombres. Il voyait son arme tout près de son visage. L'enfant ne baissait pas les yeux. Elle suivait chacun de ses mouvements. Il approchait l'arme de sa bouche. Un objet le frappa à la poitrine. Il sentait son index se crisper sur la queue de détente. Le vacarme de l'incendie ronflait dans sa tête. Il appuya et le visage de la fillette vola en éclats. Il s'essuya la figure et chercha le regard de l'enfant. Il tendit la main et toucha une bouillie sanglante qui collait à la peau.

La gamine portait maintenant un sarong serré autour des reins. Elle était couchée dans un fossé au bord d'un temple qui luisait dans la lumière matinale. Du sang coulait d'entre ses cuisses et lui se rebraguettait. La fillette ne bougeait plus et ne pleurait plus. Le martèlement d'un gourdin sur un gong lui vrillait les tympans. Il ramassa des feuilles de bananier et les jeta sur le corps pour le dissimuler. Puis il remonta sur la piste en latérite rouge et quitta la scène d'un pas pesant. Il ne parvenait pas à arracher ses pieds à la terre. Les mains de la petite morte s'étaient agrippées à ses chevilles. Chacun de ses pas lui imposait un effort incroyable. L'homme se retourna sur son lit, mais la petite fille était maintenant lovée contre lui, la tête à côté de la sienne sur l'oreiller. Il sentait son haleine fraîche sur son visage. De l'enfant se dégageait un parfum de fleur de lotus. Il expira bruyamment et se retourna encore. Un Blanc en costume strict, à contre-jour devant une lampe de bureau, l'engueulait : « *Mais putain, qu'est-ce que vous avez branlé ! Vous imaginez qu'on va pouvoir vous couvrir ?* » Puis le visiteur se mettait à hurler : « *Vous allez disparaître. Changer d'identité, bordel de merde !* » Depuis le début de son cauchemar, assis dans le fauteuil de la chambre, son père regardait, silencieux. Parfois il apparaissait jeune, parfois vieux, puis s'évanouissait comme de la fumée dispersée par le vent. Quand il rouvrit les yeux, l'homme gisait sur le parquet.

65

Depuis qu'il avait visionné la cassette de son compatriote, De Hoordt ne tenait plus en place. Il revoyait en boucle les images de la personne crucifiée. Même les yeux ouverts, il la revoyait. Il n'aurait jamais pensé que ce genre de film puisse avoir une telle force d'attraction. Jusqu'à présent, tuer avait été une sorte de routine pour lui. Il n'avait même jamais prêté attention aux victimes. Elles ne l'intéressaient tout simplement pas. Elles n'étaient que des personnes, jeunes ou vieilles, femmes ou hommes, qui s'étaient trouvées au mauvais moment au mauvais endroit. De Hoordt n'avait jamais pris aucun plaisir à tuer. Il ne concevait pas qu'on puisse en prendre. L'important, c'était l'argent. Et encore, à condition de lui permettre de s'offrir la seule chose qui, pour lui, ait une importance au monde : le sexe.

Il braquait et tuait depuis une vingtaine d'années uniquement pour être en mesure d'assouvir la moindre de ses pulsions sexuelles. Et ce n'était rien d'autre que de coucher avec la première fille venue au moment exact où il en avait envie. C'était le plaisir de pouvoir tirer d'elle tout ce qu'il désirait simplement en allongeant des liasses de billets de banque. La satisfaction de pouvoir avilir n'importe qui.

Mais son monde venait de basculer. Lui qui, d'ordinaire, ne passait pas une journée sans faire appel aux services d'une femme ne s'en était plus préoccupé depuis sa rencontre avec ce gros porc de Tom Gottlieb. Il pensait avoir imaginé et réalisé le pire en matière de délinquance, et il découvrait tout à coup son amateurisme, cette absurdité à monter des braquages avec tous leurs dommages collatéraux pour quelques centaines de milliers d'euros qu'il fallait ensuite se partager à une dizaine de potes. Tout ce mal pour ça ! C'était absurde. Toute cette sueur pour ces pourboires, et toutes ces victimes pour rien !

Gérard Van De Hoordt se racla la gorge et cracha dans un cendrier posé sur le bureau de sa chambre. Décidément, les cigarettes thaïes ne lui convenaient pas. À ce que lui avait raconté Gottlieb, les mecs qui avaient organisé le trafic des cassettes vidéo de meurtres se faisaient plus d'un million d'euros par macchabée. Il n'en revenait pas. Ça lui semblait tellement facile d'enlever quelqu'un et de l'occire devant une caméra. Et il n'y avait jamais pensé, c'était incroyable !

Il ne savait pas comment Gottlieb pouvait lui avancer avec autant de certitude ce chiffre d'un million d'euros, mais il y croyait volontiers. Ce n'était pas du cinéma pour un public ordinaire. Il était clair qu'il s'agissait d'un truc très spécial pour malades mentaux extrêmement riches. Maintenant, sa décision était prise. Il allait tenter l'aventure lui-même. Il avait son idée. Il fallait mettre Gottlieb dans la confidence, puisqu'il savait où se procurer les vidéos. Il décrocha le téléphone du bureau, appuya sur le 0 et demanda à la réceptionniste de lui passer l'hôtel Surriwongse.

La voix pâteuse de Tom Gottlieb se fit entendre à l'autre bout du fil.

– Tom ?

– Ouais.

– C'est Gégé. Dis-moi pas que t'es encore au paddock !

– Qu'est-ce tu veux ? Il est quelle heure ?

– Dans les cinq heures. Faut que je te voie.

– Ça peut attendre ?

– Non, ça ne peut pas attendre, répondit sèchement De Hoordt. Faut aller vite dans la vie. Faut qu'on se voie tout de suite. Nous allons gagner beaucoup de pognon, mon pote.

Il y eut un blanc à l'autre bout de la ligne. De Hoordt s'énerva :

– Putain, t'es encore là, ou t'es déjà barré ? Allô, allô ?

– Je suis là, marmonna Gottlieb, essoufflé.

– Tu baises ou quoi ?

– Non, je suis seul.

– Alors, radine ta viande. À sept heures au Kings Corner.

Tom Gottlieb n'avait pas envie de lui dire qu'il allait, ce soir, retourner au cimetière du Marriott. Il avait déjà choisi auprès du revendeur deux nouvelles cassettes. Il ne tenait plus en place. Il en transpirait, malgré la clim qu'il avait poussée à fond au point de transformer sa chambre en réfrigérateur. Il en salivait comme un chien devant sa gamelle. Encore une fille torturée à mort au bord de la mer, en France. « *La dernière production en date* », lui avait assuré le racoleur. Et puis un vieux film qu'il lui avait fourgué pour quelques centaines d'euros supplémentaires. « *Tu verras, le meurtre d'un garçon, ultraviolent, hypersexuel, complètement déjanté...* » Tom ne tenait plus en place. Il n'était pas une seconde question qu'il aille au Kings Corner voir De Hoordt.

– Je ne peux pas. Je ne suis pas libre.

– Comment ça, pas libre ? Tu te fous de moi.

– Je te dis que je ne suis pas libre, articula lentement Gottlieb. Je ne serai pas dans le quartier.

À son tour, De Hoordt observa quelques secondes de silence, puis il reprit d'une voix froide :

– Écoute bien. Je te donne rendez-vous demain à dix-huit heures. Je laisserai l'endroit à la réception de ton hôtel. Tu me gardes ta soirée. Tu ne seras pas déçu.

– Hum, fit Gottlieb.

– Tom, reprit De Hoordt, tu m'entends ?

– Oui...

– Tom, si tu n'es pas au rendez-vous, je viendrai te chercher moi-même à ton hôtel. Tu t'en souviendras toute ta chienne de vie.

66

Duncan, qui était rentré au Cap-Ferret en laissant Escher à Pau, était allé directement à la villa de Clémence pour constater que son absence se confirmait. Il avait cherché une explication toute la journée, et s'était enfermé dans sa chambre pour ressasser les événements des six derniers jours. Il avait campé à côté du téléphone, se disant que, peut-être, Clémence l'appellerait sur le fixe. Il avait attendu des heures, et rien. La journée avait filé entre ses doigts sans qu'il s'en aperçoive. Le téléphone n'avait pas sonné. Les volets de bois de la fenêtre avaient un peu claqué lorsque le vent s'était levé. La lumière blafarde n'avait pas varié de l'après-midi, Duncan avait été surpris par le crépuscule assis dans l'unique fauteuil de la pièce de sa cabane, près de la commode sur laquelle était posé le téléphone. Il s'était étiré et redressé avec difficulté. La chambre était maintenant dans la pénombre. Il ramassa ses clés et son portefeuille sur la table de la cuisine et sortit se mettre au volant de sa DS. Il fallait qu'il retourne à la villa de Clémence.

CHAPITRE 8

17 août 2006

67

Situé sur le *soï* Nana, l'hôtel Grace avait été pendant des années le temple de la prostitution à Bangkok. Depuis assez longtemps, on n'accédait plus à la cafétéria par la rue. Il fallait passer par le lobby. Les touristes musulmans en avaient fait leur quartier géné ral et la sécurité en avait été renforcée d'autant.

Tom Gottlieb avait rendez-vous avec De Hoordt. Son compatriote lui avait proposé de le retrouver là avant le dîner pour mettre tranquillement au point les derniers détails de la revente de leurs vidéos. « *À cette heure*, lui avait dit De Hoordt, *y'aura personne. Et puis, c'est loin de chez nous. C'est mieux qu'on se donne des rencarts dans des quartiers excentrés.* » Les deux hommes étaient convenus de ne plus se rencontrer autour de Patpong. Une fois scellée leur nouvelle alliance, De Hoordt avait imposé les règles de leur collaboration.

La porte donnant sur le hall s'ouvrit. Gottlieb entendit une fille souhaiter la bienvenue au client de sa voix aigre. Il se retourna. De Hoordt traversait la salle pour le rejoindre. Il s'assit en face de lui. Avec un air mystérieux, il posa une serviette en cuir sur la table.

– Alors ? demanda Gottlieb.

– Je t'ai parlé l'autre soir d'un groupe de mecs un peu spéciaux qui combat en Birmanie. Je me suis renseigné. Ils sont complètement déjantés en fait. Ils ont eu, il y a trois mois, une histoire de sévices sur une pute à Jomthien, à côté de Pattaya. Un truc bien crade que les mecs ont étouffé avec de l'argent. Ils ont arrosé tout ce qu'ils pouvaient et l'affaire s'est tassée. J'ai été mis au courant par le patron d'un bar. Les détails qu'il m'a donnés laissent penser que c'est pas une bande d'enfants de chœur.

– C'était quoi ? demanda Gottlieb.

– Classique. Ils voulaient s'amuser avec une fille. Ils en ont fait venir une des chantiers de construction du coin. Ils l'ont saoulée et ils lui en ont fait voir de toutes les couleurs. Mais ça a mal tourné. Elle a terminé à l'hosto où elle s'en est sortie avec beaucoup de chance. La bande voulait la balancer à la mer. C'est le barman de l'hôtel qui a rattrapé le coup. Je ne sais pas combien ils ont raqué, mais ça a dû leur coûter cher, le barman, le patron de l'hôtel, le toubib, les infirmiers, les flics…

– Ouais… Ils sont peut-être calmés après un coup comme ça.

De Hoordt fit signe que non.

– Tu crois ça ! Le patron m'a raconté que les mecs avaient essayé de recommencer la semaine suivante. Il a refusé de les aider et ils ont dégagé le terrain. Tu comprends maintenant pourquoi je te dis que ce sont des clients potentiels ?

– Et tu les connais bien, ces gars-là ? interrogea Gottlieb.

– Assez maintenant pour discuter librement avec eux. Nous sommes en affaires.

– Ils vont marcher ?

– Ils vont marcher parce qu'on va leur dire qu'on a plein d'autres sujets à leur refiler, et qu'ils pourront de leur côté se faire un max de fric avec. Tu as acheté un autre DVD comme nous en avons parlé ?

Le visage de Gottlieb s'éclaira.

– Deux ! Je les ai regardés cette nuit.

– Je le crois pas ! T'as acheté deux DVD…

– La dernière prod, une fille ensablée vivante. Je te raconte pas. Il faut voir ça ! Et un vieux truc qu'on m'a fourgué pour 2 000 euros, complètement délirant. La qualité est moyenne, mais ça valait le coup !

– Ouais ?

– Un Arabe, un jeune, une sorte de dealer, je ne sais pas, qui est littéralement écorché vif. Ça dure une demi-heure, très sexuel, incroyable…

– Ah, un garçon ! T'as pris ton pied… !

– Inimaginable. Comme jamais.

De Hoordt se rapprocha de Gottlieb.

– Ça va les faire saliver, mes mecs. Ce soir, on fera une copie des vidéos. J'ai le matos. Mais je ne perds pas de vue de parvenir un jour à décrypter les DVD. J'ai mon idée là-dessus.

– Ça me fout les jetons, quand même, fit Gottlieb.

De Hoordt inspira un grand coup et tapota du bout des doigts sur la table.

– Ami, tu me déçois.

– On prend un énorme risque.

– Mais, putain, t'étais d'accord, non… Tu crois quoi ? Qu'on va demander l'autorisation des mecs du gang ? C'est qui, d'ailleurs ?

– Comment veux-tu que je le sache ?

– On a dit qu'on faisait équipe pour refourguer ces vidéos. C'est tout. Donc tu les récupères, je les reproduis et toi, tu les livreras. C'est ce qui était convenu.

68

– Ça va ? demanda Duncan. Comment s'est terminée l'escapade à Pau ?

– Bonne pioche à Pau, dit Escher. J'ai passé encore un bon moment avec le correspondant de *Sud-Ouest*. Le type est assez simple, finalement.

– J'avais noté. Tu es donc reparti directement à Paris…

– Oui. La rédaction a demandé que je rentre.

– Bien. Mais concernant notre histoire, qu'est-ce que tu as de nouveau ?

– J'ai récupéré le constat de gendarmerie effectué sur la zone où a été trouvé le corps de la fille…

– Comment c'est possible ? s'étonna Duncan.

– Ce n'est pas tout. En plus des photos de la fille, j'ai une info étonnante la concernant.

Duncan sursauta :

– Tu blagues ?

– J'ai trouvé des gens qui prétendent l'avoir connue.

– Ne te fous pas de moi.

– Je suis sérieux.

– Comme ça, en vingt-quatre heures ! Tu tombes sur une info qui n'est jamais sortie en presque trente ans…

– C'était une habituée du Gambetta, du Celtic et du Bayard, les trois principaux bars à soldats.

– Qui t'a raconté ces salades ?

– Deux sous-offs à la retraite que m'a présentés Arribarde. On les a croisés vraiment par hasard devant la gare. Arribarde ne les avait pas revus depuis l'époque. Véridique. Ils ont papoté un peu ensemble, et quand il leur a appris pourquoi j'étais là, les deux gars nous ont embarqués direct vers le bistrot.

– Tu trouves cela normal ?

– Je ne me suis pas posé la question. J'y suis allé, et je n'ai pas regretté d'avoir manqué mon train. L'un d'eux m'a même affirmé avoir couché avec elle une fois.

– Tu parles !

– Il m'a donné un détail assez précis de son anatomie qui ne s'invente pas, si tu veux tout savoir.

– Rien que ça. Après toutes ces années…

– La fille avait une tonsure naturelle dans sa toison. Et des poils comme des cheveux. Il a dit qu'il en avait conservé une boucle.

– Non… ! Et eux, pourquoi ont-ils attendu aussi longtemps pour se mettre à table ?

– Ils avaient la trouille. Ils sont d'accord pour que je les cite. J'ai enregistré tout ce qu'ils m'ont raconté et, tiens-toi bien, j'en ai récupéré une partie.

– De quoi ?

– Mais, de ses poils de cul…

– Tu rigoles !

– Pas du tout. L'un des deux anciens sous-offs m'en a confié une mèche. « Pour verser au dossier », a-t-il dit.

– Tu t'es sérieusement fait balader, mon pauvre.

Escher souffla dans le combiné.

– C'est un point de vue. Sauf que le gars se souvenait de son prénom : Maria Dolores.

Duncan accusa le coup.

– Et maintenant ? Tu crois qu'il pourrait y avoir un lien entre cette affaire et celle du Ferret ? Tu y as réfléchi ?

– Bien sûr que j'y ai réfléchi. En tout cas, il y aura peut-être un lien dans la manière dont ces enquêtes auront été menées. Il est encore un peu tôt pour le dire, mais nous ne devrions pas tarder à nous faire une idée.

– Comment ? s'exclama Duncan.

– C'est une hypothèse parmi d'autres. J'ai fini par avoir le proc, à Bordeaux. Complètement mutique, le bonhomme. Jamais vu cela auparavant. Il m'a dit purement et simplement de laisser tomber. Qu'il y avait peu de chances de faire un jour la lumière sur le crime du Cap-Ferret.

– Ce qui veut dire ?

– Seulement la conviction que l'histoire sera classée. Pourquoi ? Mystère.

– Tu vas sortir un papier ?

– Trop tôt. J'ai déjà prévenu le journal que je ne ferais rien dans l'immédiat. Il faudrait que je parle à la mère de la baby-sitter avant. Et c'est compliqué pour deux raisons. La première, il faut que j'arrive à convaincre l'adjudant Pichart de me donner son numéro. La seconde, je parle mal l'allemand. Je dois attendre le retour à Paris d'un de nos reporters bilingues. Il est parti à Dresde interviewer la petite Stéphanie Rudolph qui a été séquestrée plus d'un mois par un voisin en début d'année. Ensuite, je sais qu'il sera en RTT. Ça prendra encore au minimum six ou sept jours.

69

L'adjudant Pichart réprima une grimace. Ses mollets étaient durs comme du bois. Son dernier parcours de santé le long du Truc Vert l'avait achevé. Il ne s'échauffait jamais assez quand il enfilait ses baskets, c'était bien son problème. Il voulait croire qu'il avait toujours vingt ans, mais il en accusait presque trente de plus, et ses muscles le lui rappelaient à la première occasion.

Il se tourna vers Mayeras qui fumait benoîtement une de ses cigarettes, avachi dans son fauteuil.

– Tu crois vraiment que la République te paie à rêvasser en clopant ? lui aboya-t-il dessus.

Son adjoint se redressa à peine.

– Tu me dis ça parce que tu t'es encore froissé un tendon ou je ne sais quoi. Ce n'est pas ma faute si tu t'esquintes à chaque fois que tu vas courir. Au fait, pendant que tu faisais le bleubite, le procureur a appelé.

– Alors ?

– Il n'arrive pas à lire le numéro de la mère de la jeune Hartmann.

– Quel abruti !

– Il a dit qu'il devait appeler en Allemagne.

– Il a du nouveau ? Il t'a dit ?

– Rien. Juste qu'il devait appeler. Il avait l'air pressé.

– Tu lui as redonné le numéro ?

– Non, je t'attendais.

L'adjudant réprima à peine un geste d'exaspération.

– Bon Dieu, Yves, tu ne peux pas prendre un peu d'initiatives !

– En fait, le dossier est sur ton ordinateur. Tu viens de changer de code, je l'ai oublié…

– Saint-Trop. Saint-Trop, comme de Funès, comme gendarmes, c'est pas compliqué !

Le maréchal des logis-chef Mayeras haussa les épaules.

– Autre chose ? demanda Pichart.

– Le patron de l'Hôtel de la Plage, au Ferret, a téléphoné pour porter plainte contre une cliente.

– C'est quoi, cette histoire ?

– La personne s'est barrée depuis deux jours en laissant son ardoise derrière elle.

– Elle est partie sans payer ?

– Voilà.

Pichart cessa de se masser les jambes.

– Le profil de la dame, qu'est-ce que c'est ?

– Une fille seule, vingt-six ans, originaire du centre de la France, apparemment sans histoires.

– On a son identité, ses papiers ?

– Elle s'appelle Sonia Boulanger. Le patron tient à notre disposition la photocopie de sa carte d'identité. Il voulait savoir si l'on pouvait passer à l'hôtel.

– Non, trancha l'adjudant. Tu l'appelles pour lui dire de venir à la brigade. Et tu envoies un mail au procureur pour lui indiquer le numéro de Mme Hartmann. Je vais me doucher.

– Il est déjà tard, objecta son adjoint.

– Je ne vais pas quitter le bureau avant vingt-deux heures, donc c'est lui qui voit. S'il juge son affaire importante, il vient ce soir.

70

Les derniers préparatifs du départ avaient pris plus de temps que prévu. Deux jours pour que la société de gardiennage des bateaux de plaisance accepte de mettre le Sea Wing 5 en cale sèche !

André alluma la télévision au moment où Harry Roselmack, qui remplaçait PPDA pour le mois, ouvrait son journal avec l'histoire du crime de la baby-sitter allemande : « *Nous apprenons aujourd'hui l'identité de la jeune fille retrouvée assassinée dans des conditions abominables la semaine dernière sur le bassin d'Arcachon. Il s'agit d'une Allemande de vingt ans, Ingrid Hartmann, qui était employée comme baby-sitter par une famille d'estivants…* »

Suivait une description assez scabreuse des conditions de l'assassinat d'Ingrid sur fond d'images de la piste cyclable. Madeleine se précipita dans le salon et, ne trouvant pas la télécommande, débrancha la prise de la télévision. Elle se tourna vers André :

– Tu comptes nous imposer ça ?

– Je ne suis quand même pas responsable du JT ! On allait peut-être obtenir de nouvelles informations…

– C'est cela ! Je vais te dire, moi : on va foutre le camp d'ici le plus rapidement possible avant que ces connards de la télé débarquent chez nous. Allez, ferme la maison, on y va.

71

Malgré le boom immobilier des années quatre-vingt-dix et la construction de nombreux hôtels, condominiums, restaurants et grands magasins alentour, le *soï* Cow-Boy conservait son côté pouilleux d'autrefois. Le déluge de néons ne parvenait pas à masquer la décrépitude des façades des établissements. L'intérieur des bars empestait le moisi, la poussière et un mélange de remugles indéfinissable. Le *soï* Cow-Boy drainait une catégorie d'habitués, des expatriés appréciant de se retrouver dans cette partie de la ville où le temps semblait s'être arrêté. Gottlieb et De Hoordt poussèrent la porte du Toy Bar. Une avalanche de décibels les cueillit immédiatement comme un boxeur aurait su le faire avec un bon direct à l'estomac. La salle était minuscule. Une vingtaine de filles pourtant travaillaient là. La moitié pratiquement nues. Les consommateurs s'entassaient, verre à la main.

De Hoordt désigna l'escalier :

– On trouvera les gars au premier.

Des boxes avaient été aménagés à l'étage pour recevoir les

clients plus discrètement. De Hoordt murmura un mot à l'oreille d'une Thaïe assise en haut des marches. Elle indiqua une porte et se replongea dans la contemplation de la cage d'escalier.

Dans la pièce, Pierre Hulé, François Rebours, Cyrille Vieiljeux et Amaury Hauteville de Mortagne étaient déjà attablés. Des garçons dans la vingtaine, ressemblant à des touristes ordinaires, habillés de pied en cap dans les stands de contrefaçon de la ville. Ils discutaient tranquillement autour de pintes de bière locale. L'un d'eux se leva pour faire de la place à De Hoordt et Gottlieb. Un seul membre du groupe était nouveau pour De Hoordt.

– C'est Richard Mareuille, Ricky pour les intimes, annonça François Rebours en lui décochant une tape dans le dos. Il nous arrive tout droit du dernier camp karen sur la rivière Moei. Il attendait de passer à l'intérieur, ça ne s'est pas fait. Ça sera pour la prochaine fois. Il repartira avec nous.

– Je vous présente Tom, annonça De Hoordt.

Gottlieb se mit de profil pour pouvoir entrer et se laissa choir sur une chaise. La pièce n'était éclairée que par un mauvais néon de couleur. Une atmosphère moite et lourde saturait tout l'espace. Il tira un mouchoir de sa poche et s'épongea le front et le cou.

– Y mettent jamais de clim, ici ? se plaignit-il.

– C'est un petit endroit cosy où il peut se passer beaucoup de choses mais dont il faut accepter les contraintes, répondit l'un des Français.

De Hoordt se tourna vers Gottlieb :

– Fais comme chez toi, ami.

– Et c'est qui, exactement ? demanda Vieiljeux en pointant son index sur Gottlieb.

– On va bosser ensemble, répondit De Hoordt.

– Mais encore, ça ne me dit pas qui il est.

– Mon associé, mec. Pas de problème.

– Il n'a pas l'air à l'aise, ici, ton associé.

Gottlieb continuait à s'éponger.

– Il a chaud ! s'exclama De Hoordt. C'est sa carapace qui le fout mal à l'aise.

– Bon, en deux mots, c'est qui ?

– On se connaît depuis vingt ans. C'est un ancien de Berkendael. Cinq piges, il a pris.

– Pourquoi ?

– Pour le sexe, répondit De Hoordt en éclatant de rire.

– Ah, je vois, gros cochon, s'esclaffa Vieiljeux en regardant Gottlieb. Et il est dans le même business que toi ?

– Pas du tout. Ensemble, on fait autre chose. Mes affaires restent mes affaires.

Toujours aussi mal à l'aise, Gottlieb se dit qu'il devait se donner une contenance. Il fallait qu'il entre dans le jeu des mercenaires. Les garçons le dévisageaient d'une manière qui ne lui plaisait pas. On aurait dit qu'ils cherchaient à évaluer son poids.

– Alors, vous faites la guerre en Birmanie ! dit-il. Je croyais que ça n'existait plus, les mecs comme vous. Que c'était que dans les romans…

Les Français échangèrent des clins d'œil autour de la table.

– Cela te dit quelque chose, la guerre ? demanda Vieiljeux.

Gottlieb s'essuya le front.

– Pas vraiment. À part au cinéma…

– Et dans les jeux vidéo ! ajouta Rebours sur un ton canaille.

– Aussi, oui, un peu.

Aussitôt, Gottlieb se fit la réflexion qu'il venait de dire une bêtise.

– Franchement, c'est pas mon truc, corrigea-t-il. J'ai pas le profil. Et vous, votre dernière opération, c'était quoi ?

De Hoordt pensa que Gottlieb se débrouillait mieux qu'il n'en avait l'air. Les Français n'attendaient que cela, parler de leur guerre et de leurs exploits.

– Oh, putain, mon vieux, fit l'un d'eux, on a passé cinq semaines vraiment chaudes. Un truc de fou. La 317e section !

Gottlieb souleva les sourcils.

– Ah bon...

– On a accroché pas moins d'une dizaine de fois. Les deux premières semaines, il ne s'est rien passé. On s'infiltrait vers Kaugmu. Et puis la Tatmadaw[1] nous a barré la route. Ça a bastonné les trois dernières semaines comme jamais auparavant. L'odeur de la mort...

De Hoordt acquiesça d'un air entendu.

– Et alors ? Pas de bobo ?

– Nous, ça va. On s'en est bien sortis, mais il y a eu de la casse chez les maquisards. Sept ou huit Karens, je ne sais plus. Et en face, je ne te dis pas, ils ont morflé.

Les mercenaires éclatèrent de rire.

– Pierre, reprit Vieiljeux en désignant Hulé, en a buté six à lui seul. Un coup de RPG droit au but. Vous auriez dû voir ça. Un des mecs flambait comme une torche. Moi, ce que je peux dire, c'est que j'en ai décanillé plusieurs avec la mitrailleuse chinoise du groupe. On a monté une embuscade la veille de repasser la frontière. C'était à la tombée du jour, on ne voyait pas grand-chose, mais je suis sûr d'avoir mis en plein dans le mille. En tout cas, la Tatmadaw s'est envolée comme des moineaux. On a ramassé une vingtaine de cadavres sur le terrain. Ensuite, on a plié les gaules.

– Vous aviez combien de Birmans, en face ? demanda Gottlieb.

– Un gros bataillon. Cinq ou six cents. En tout, j'ai compté plus de cent vingt macchabées dans cette opération. Et je ne les ai pas tous vus.

– Chapeau bas, les gars.

– Attends, reprit Vieiljeux, ce n'est pas tout. Lors de la troisième attaque de la Tatmadaw, on a capturé un de leurs soldats, un genre d'officier de renseignements. Tu vois ? Un type en civil qui nous suivait depuis plusieurs jours avec un flingue et une radio

1. Nom officiel de l'armée birmane.

sous son *longi*[1]. Alors, on a demandé aux Karens de nous en occuper nous-mêmes. On leur a dit qu'on allait le faire parler.

– Et alors ?

– Il nous a tout dit, son nom, son grade, son âge, l'âge de sa mère, celui de ses gosses... Il ne s'arrêtait plus de raconter... Il chiait sa race, je t'assure.

Vieiljeux était aux anges. Il avait son auditoire. Il se pencha pour soulever une jambe de son pantalon au-dessus d'une botte de jungle de laquelle dépassait le manche d'un couteau commando.

– Rien ne résiste à ça. On a cuisiné le mec pendant toute une soirée. On s'était mis au bout d'un village, dans une paillote dont on avait viré le paysan. Mon vieux, c'était *Apocalypse Now.* On a charcuté le fils de pute jusqu'à ce qu'il n'ait vraiment plus rien à raconter.

– Avec ça ? ironisa De Hoordt, c'est un peu primaire comme outil, non ?

– Excuse-moi du peu. Je ne suis pas parti en Birmanie avec ma gégène. Crois-moi, quand tu sais manier la bonne vieille dague Fairbairn & Sykes, tu fais ce que tu veux. On l'a dépiauté, le fils de pute.

Le Français regarda ses amis, réfléchit un instant, et son visage s'illumina d'un mauvais rictus.

– Un sacré *trip*. Ouais, un sacré *trip*. Maintenant, on peut tout faire. Notre prochain voyage à l'intérieur, c'est pour aller reconnaître le gazoduc installé par Total dans le cadre du projet Yadana. On a convaincu les Karens de l'attaquer.

– C'est une grosse histoire, dit De Hoordt. Pourquoi vous dresser contre les intérêts de votre pays ?

– Les Karens vont nous donner un paquet de blé. Total, on s'en fout. Ce qui compte, pour nous, c'est de pouvoir faire ce que l'on veut dans la guérilla. Ces pauvres maquisards sont complètement à la ramasse. Ils ne savent plus à qui se raccrocher.

---

1. Vêtement traditionnel en forme de jupe que portent les Birmans.

– Et qu'est-ce qui vous intéresse le plus, le pouvoir ou l'argent ?

– Le pouvoir, c'est l'argent.

De Hoordt garda le silence un long moment. Il cherchait encore la manière de présenter son projet aux mercenaires. Il n'avait pas le droit de se tromper. Il devait les séduire immédiatement. Les vidéos étaient de la dynamite en barre. Et ce qu'il allait proposer aux Français, plus encore. Il les regarda l'un après l'autre et se jeta à l'eau :

– Tu dis que les Karens vont vous filer plein de fric, ça représente combien ? demanda-t-il à Cyrille Vieiljeux.

– Je dis ça, je n'en sais rien… Peut-être 1 000 dollars à chacun. Pour commencer. On aura beaucoup plus quand on attaquera.

– C'est quand même pas grand-chose par rapport aux risques…

Rebours crispa ses lèvres et le dévisagea.

– On ne s'inquiète pas. Pour le moment, on se marre.

Puis, il se pencha à l'oreille du Belge.

– Mais si tu as une meilleure idée pour nous enrichir, ne te gêne pas.

– Je l'ai, murmura De Hoordt doucement en appuyant sur chaque syllabe. Ce que Tom va vous proposer, c'est une grosse affaire. Vraiment une grosse affaire. J'en ai rien dit au bigo, parce que je suis prudent.

– Ouais ?

– Vous avez déjà entendu parler des *snuff movies* ? demanda-t-il.

Il chuchotait, à présent.

– Ces films qui circulent sous le manteau où l'on voit des gens se faire assassiner…

Cyrille Vieiljeux haussa les épaules.

– C'est bidon…

– C'est pas des conneries. Tom peut vous en montrer un extrait. Si ça vous intéresse…

– Par exemple ?

– On a une vidéo disponible de suite qui montre l'assassinat d'une Blanche en France, dit-il. Elle est violée et enterrée vivante. Je vous passe les détails, mais c'est assez péchu. Ça dure vingt minutes. C'est pas du Quentin Tarantino. C'est du *live*. On a aussi une autre gamine qui se fait crucifier et casser en morceaux. Ça, c'est complètement dingo. Les mecs qui font ça sont de vrais pros.

– Et ça vient d'où ? demanda Rebours.

De Hoordt leva une main.

– Ho ! c'est pas la question à poser. On a le matos, c'est tout. La seule chose que je pourrais ajouter, c'est que ça coûtera beaucoup moins cher de passer par nous que par le réseau officiel. Avec beaucoup moins de risques aussi. Je vous fourgue les vidéos à 3 000 euros. Si vous êtes malins, vous en tirerez cinq fois le prix.

Les Français se regardèrent en silence.

– C'est ton réseau qui organise ça ? demanda Vieiljeux à De Hoordt.

– Non. Mais j'ai mon idée là-dessus. Je vous expliquerai tout à l'heure. Pour l'instant, je voudrais savoir si le matos de mon pote Tom vous intéresse.

– Faudrait voir, fit Vieiljeux.

– Ça représente même pas quatre pour cent de notre accord sur notre autre business, mon gars… Ça vaut le coup, crois-moi. Vous allez tous devenir très riches, très facilement. Beaucoup plus qu'avec ce que je vous achète, moi.

Les Français se consultèrent de nouveau du regard, sans prononcer un mot. Il émanait d'eux une brutalité animale effarante. Gottlieb se raidit. Il n'avait plus qu'une idée en tête, sortir de là et aller s'enfermer dans sa chambre d'hôtel. Les Français l'effrayaient. Il avait mis le doigt dans un engrenage infernal et il le regrettait déjà.

L'homme en face de lui se racla la gorge. C'était le plus inquiétant de la bande. Gottlieb n'était pas un saint non plus, mais il ne s'y trompait pas, il l'avait repéré immédiatement à la cicatrice boursouflée qui lui barrait le visage d'un œil à la mâchoire.

Vieiljeux était une montagne de muscles avec des attaches ressemblant à des pièces de fonderie. Un tueur en liberté dans Bangkok. Gottlieb se fit la réflexion qu'il ne l'avait pas encore vu sourire. Maintenant, le mercenaire le dévisageait comme il avait dû le faire avec son prisonnier birman. C'était insoutenable. Il regarda, de l'autre côté de la table, vers la porte de la pièce. Elle lui sembla très loin.

– Trois mille, c'est une somme, dit Vieiljeux.

De Hoordt se rembrunit.

– Ce que je peux vous garantir, c'est que lorsque vous en aurez regardé un, vous en redemanderez.

– Mon problème à moi, c'est que je ne vais pas laisser filer 3 000 euros sans me faire une petite idée de ce que j'achète.

– Avant de vous montrer quelque chose, je veux être sûr que vous êtes intéressés.

Gottlieb avait maintenant envie de vomir. Ce Vieiljeux le terrorisait. Son regard était posé sur lui avec une intensité incroyable. Il était impossible de soutenir ce regard. De nouveau, Gottlieb s'était mis à transpirer. Il n'osait pas esquisser un geste. Son estomac se tordait violemment. Il allait vomir, il le sentait. S'il avait pu trouver un peu d'air frais, il aurait inspiré un grand coup, mais la pièce était comme un sauna. Il devait s'efforcer de penser à autre chose. Il sentait, sur son visage, le souffle puissant du mercenaire. Il était paralysé par une peur qui lui gonflait la gorge. Il regarda encore une fois sa fausse Breitling, achetée la veille à Patpong, et constata que l'aiguille des secondes ne fonctionnait plus. « *Merde, je me suis encore fait fumer !* » Il voulut reprendre son infect mouchoir pour s'essuyer le visage, mais fut incapable d'esquisser le moindre geste.

Les bruits du bar leur parvenaient, étouffés. Même les clameurs des clients semblaient lointaines. Il n'y avait que le bourdonnement infatigable d'un moustique qui dérangeait le silence de la pièce. On aurait dit une veillée funèbre. Gottlieb se laissait engourdir dans une mauvaise torpeur, ressassant l'absurdité de la situation.

Il secoua sa graisse, voulut tourner la tête vers De Hoordt, mais le mercenaire l'hypnotisait comme un serpent.

De Hoordt essaya de détendre l'atmosphère :

– On dirait qu'on attend un assaut de la police !

– D'accord, fit Vieiljeux. Mais on regarde un peu. La fille violée…

De Hoordt posa sur la table la petite caméra achetée deux jours plus tôt. Il l'alluma et enclencha immédiatement l'avance rapide. Vers la quinzième minute, il appuya sur la touche Pause.

– On regarde ?

Le mercenaire hocha la tête :

– Allez.

De Hoordt effleura la touche de lecture de l'appareil.

Les jambes d'une fille émergent d'un trou profond creusé sur une plage. Une main, filmée en gros plan, la viole avec un instrument indéfinissable. Le corps se contorsionne sous les coups assénés par son agresseur. L'image bascule vers son visage. La fille a du sable dans la bouche et les yeux exorbités. Il se dégage de son regard une souffrance absolue.

– Putain de bordel, éructa Vieiljeux d'une voix presque atone en se tournant vers Rebours. T'as vu ça ?

– Repasse-nous ça encore une fois, dit Rebours.

De Hoordt répéta l'opération.

À cause de l'orientation de l'écran, seuls Vieiljeux et Rebours avaient été en mesure de voir correctement les images. Pour les autres, l'extrait de la vidéo apparaissait beaucoup trop clair pour qu'ils aient pu en distinguer quelque chose.

– Je ne vais pas vous raconter toute l'histoire dans le détail, mais la manière dont cette nana est assassinée est assez originale. Le DVD dure une vingtaine de minutes. On en a pour son argent. Et on va en avoir d'autres… du très bon matos. Maintenant, on pourrait également envisager un autre partenariat ensemble qui vous permettrait de mettre la main gratuitement sur certaines de nos vidéos et qui vous rapporterait en plus, beaucoup, beaucoup d'argent.

François Rebours pointa son index vers la poitrine du Belge. Ses yeux pétillaient.

– Tu m'intéresses…

– Ça coule de source. Votre Birman, il aurait fait un acteur super. C'est un peu dommage que ça profite à personne votre séance de torture, non ?

– C'est pas con, ton idée.

En un instant, les mercenaires venaient de changer d'attitude. Ils devenaient fébriles.

– Évidemment, c'est pas con. Vous allez dans une zone de non-droit. Vous pouvez tout faire, tu me l'as dit toi-même. Vous êtes des pros, vous n'avez pas froid aux yeux, alors on va pas tourner autour du pot. Si vous nous refilez des tournages exceptionnels, on pourrait envisager entre 15 000 et 20 000 euros par sujet. Pour vous, ce serait joindre l'utile à l'agréable…

De Hoordt expliqua alors le scénario auquel il avait réfléchi. À chacun de leurs voyages à l'intérieur de la rébellion, les Français devraient lui fournir une histoire différente.

– Ce qu'il faut, dit-il, c'est de la boucherie. Il faut du sexe, de la violence, du sang, de la douleur, de la peur et des cris. Il faut que ce soit d'une violence extrême. Et il faut que ça dure à chaque fois une bonne demi-heure. Si vous pouvez faire plus, c'est encore mieux. Il faut varier les plaisirs, aussi : femmes, hommes, enfants… C'est très important, ça se vendra beaucoup plus cher. Faut pas hésiter à mettre en scène vos gaziers. Plusieurs bourreaux, c'est pas mal non plus. Dix gars qui violent une fille, c'est mieux qu'un seul. Reste à déterminer votre marge de manœuvre.

– Une fois à l'intérieur, on fait ce qu'on veut, déclara Vieiljeux.

– J'en doute pas une seconde, mais il y a une différence entre attaquer une *platoon* birmane et massacrer des villageois. Il faudrait être sûr que vos Karens n'y voient que du feu.

Vieiljeux laissa passer sur son visage un sourire énigmatique. Sa *harka*, il la connaissait bien désormais. Depuis le temps qu'ils opéraient ensemble, il avait eu cent fois l'occasion de tester la fidélité de ses hommes. C'était un ramassis de voyous qui convoyaient auparavant des caravanes d'opium pour le compte des unités shans impliquées dans le trafic de stupéfiants. Les Français les avaient un jour coincés sur une piste au nord de l'État karen et, par un hasard exceptionnel, ils ne les avaient pas massacrés. Ils souhaitaient à cette époque former un commando qui leur serait entièrement dévoué. L'occasion s'était présentée ce jour-là. Les trafiquants avaient été désarmés et emmenés dans un premier temps vers un camp de jungle pour être jugés. Aux termes des lois de la rébellion, ils auraient dû être passés par les armes. Mais contre toute attente, les Français les avaient fait gracier et, après quelques jours de prison dans une cage à tigre au milieu d'un marécage puant, ils leur avaient fait suivre un stage d'entraînement. Deux mois à en baver. Il en était ressorti un lien indéfectible entre ces hommes et le groupe de mercenaires. Le commando l'avait par la suite prouvé plusieurs fois lors d'accrochages avec l'armée birmane. Les gars avaient la rage de se battre. Ils étaient durs et endurants. Ils étaient sauvages et cruels. Ils auraient suivi les Français en enfer.

– C'est comme si c'était fait, assura Vieiljeux. On monte les opérations qu'on veut. On a carte blanche du haut commandement karen. Personne ne fout son nez dans nos affaires tant qu'on fait du bilan, qu'on rapporte des armes au QG et qu'on ne touche pas à la dope. On peut aller dans l'État môn ou dans les premiers villages de la plaine birmane. Il y a de telles haines ethniques que ça ne posera aucun problème. Nos gars les détestent. Ce sera facile d'inventer une raison tactique de monter ces raids. On peut faire gober n'importe quoi à nos sauvages. Ils seront enchantés de violer une Birmane, même une gosse, si on leur fait croire que c'est pour la cause. Si on leur raconte qu'un paysan est un agent de la Tatmadaw, ils lui dérouleront les entrailles vivant et ils joueront ensuite au foot avec sa tête. On obtiendra d'eux tout ce qu'on voudra.

– Parfait. Faudra être prudents quand vous rentrerez les vidéos en Thaïlande. Personne ne doit les voir. Pas même vos commandos.

– Évidemment. Pas besoin de le préciser.

– Si. J'insiste, parce que la sécurité de l'opération repose là-dessus. Les vidéos doivent arriver à Bangkok dans le plus grand secret. Vous n'aurez qu'à faire comme d'habitude quand vous sortirez de Birmanie, vous passerez un coup de fil pour dire que vous êtes à Bangkok. Vous n'appellerez plus le numéro habituel, mais sur un portable, le 02 200 0101. Le téléphone est sûr, il a été acheté à Ma Boon Krong et fonctionne avec des cartes jetables. Tom les réceptionnera discrètement, le parc Lumpini me paraît un bon endroit. On jettera un coup d'œil sur les images et mon pote vous remettra l'argent discrètement dans les chiottes d'un bar. Ça va comme ça ?

– Ça me paraît très bien.

– Donc, pour ce qui concerne les vidéos, vous n'aurez plus qu'un seul interlocuteur, ce sera Tom.

Rebours et Vieiljeux tendirent le plat de leur main droite à De Hoordt pour sceller l'accord. Leurs deux autres copains, qui avaient montré des signes d'excitation tout au long de la conversation, indiquèrent leur consentement d'un simple battement de paupières. Ils n'étaient pas bavards. De Hoordt, qui l'avait remarqué, en était plutôt satisfait. Il ne pensait pas, en entrant au Toy Bar, conclure le marché aussi vite et aussi bien. Il sortit une liasse de billets de 200 euros de sa poche et la fourra dans la main de Rebours.

– Voilà une avance. En plus du reste pour notre premier *deal*. Je vous fournirai également demain des caméras et des cassettes. Un paquet vous attendra au Lucky.

Il se tourna vers Gottlieb.

– Ami Tom, va t'amuser au rez-de-chaussée un moment, le temps qu'on parle encore affaires, ici. Nous avons deux ou trois choses à régler qui ne concernent que moi.

De Hoordt et les Français se firent ensuite un rétro-planning. Les armes devaient arriver à Bangkok sous trois jours. Le dernier versement serait effectué à ce moment, lorsque la cargaison aurait été contrôlée dans l'un des entrepôts de l'ambassade de Belgique. Ils repartiraient ensuite pour la Birmanie.

– C'est une affaire qui roule, assura Vieiljeux. C'est comme si c'était fait. Dans quinze jours, on t'apportera les premières images.

– Je repartirai à ce moment-là pour Bruxelles, dit De Hoordt. Mais je serai rapidement de retour. Alors, on mettra sérieusement en place cette histoire de *snuff*. Il faudra que, d'ici la fin de l'année, vous m'en ayez livré quatre ou cinq.

La seule chose à laquelle personne ne prêta attention fut l'attitude réservée de Ricky. Il n'avait rien laissé paraître. Le garçon était resté de marbre. Il avait bu à petites lampées son bock de bière, jouant avec la mousse. Lorsque le groupe se sépara, il fut le seul à ne pas serrer la main à De Hoordt. Il porta négligemment deux doigts de sa main gauche à la tempe et disparut, seul, en direction de l'avenue Sukhumvit.

De Hoordt récupéra Gottlieb au rez-de-chaussée.

– C'est dans la poche, lui annonça-t-il. Ils marchent avec nous. On va se faire un fric que t'imagines même pas. J'ai le réseau pour revendre en Belgique, c'est comme si c'était fait. Qu'est-ce que t'en dis ?

Gottlieb était partagé, excité et inquiet à la fois. Il y avait l'argent, bien sûr, mais aussi la perspective de mettre un jour peut-être la main à la pâte, tourner lui-même ces putains de vidéos, attacher un mec sur une table et le déchirer jusqu'à ce que mort s'ensuive. Il sentait son cœur s'emballer, il ralentit et mit la main sur sa poitrine.

– C'est super, répondit-il. Tu marches trop vite.

De Hoordt ne ralentit pas la cadence, et Gottlieb se mit à trottiner à côté de lui, emporté par les images qui lui traversaient l'esprit.

72

La fraîcheur du soir avait vidé d'un coup la plage d'Arcachon. L'eau du Bassin avait pris une teinte mauve, encore chaude, comme s'il s'était agi d'un été indien. Les dizaines de yachts au mouillage commençaient à se dissoudre dans la lumière qui faiblissait. L'homme avait vérifié une dernière fois le matériel qu'il emporterait pour son expédition nocturne. Il avait déjà revêtu sa combinaison de plongée, fixé son chrono à son poignet gauche et enfermé son caméscope dans une poche insubmersible attachée à une ceinture de nylon. Le reste ne prenait pas de place : un cutter, du sparadrap en bande large, un petit pyjama orange et une paire de boules Quiès, parce qu'il ne voulait pas entendre les cris de l'enfant. Il allait le saigner comme on l'avait fait avec Nick Berg, mais il ne voulait rien entendre. Le gosse lui-même aurait la bouche scotchée. De toute façon, il ne pouvait pas le laisser crier. Il allait devoir le faire dans la maison après avoir éliminé le reste de la famille. Sa reconnaissance de la veille l'avait persuadé qu'il ne pouvait pas agir autrement. Il verrait sur place s'il pouvait tirer parti du meurtre de la famille pour en faire une vidéo.

Il était assis sur le sable face à la côte du Ferret et attendait maintenant de se jeter à l'eau. Mentalement, il refit le calcul du temps que prendrait l'opération : une heure et demie pour accoster de l'autre côté, dix minutes en marche commando pour atteindre la villa, cinq minutes pour se débarrasser des adultes, puis une grosse demi-heure pour réaliser sa vidéo et, de nouveau, une heure et demie pour revenir sur la plage d'Arcachon. À ce stade, il serait presque deux heures du matin. Encore une heure et demie pour aller dans la banlieue de Bordeaux expédier les rushes du film. Les Chinois auraient la séquence avant midi, heure de Bangkok. Il avait réglé sa note d'hôtel avant de partir vers la plage. Il n'aurait donc pas à revenir à Arcachon. Lorsque le carnage serait découvert, il serait dans un TGV en direction de Paris.

C'était la commande la plus obscène qu'il avait à honorer, mais il savait qu'après celle-ci, il allait se mettre au vert pour longtemps.

Vingt minutes plus tard, il entrait dans la mer et commençait à nager vers la côte du Ferret.

À cette distance, elle paraissait uniformément verte. Les villas étaient noyées dans la végétation. Le regard n'accrochait rien, à l'exception du phare et du château d'eau qui se détachaient en ombres chinoises sur le ciel. C'était déjà l'arrière-saison qui s'annonçait sous un soleil voilé et une brise tenace qui refroidissait l'air. Le Bassin luisait comme une plaque de métal poli, tout hérissé de mâts et de haubans. Au loin, dans un halo argenté, la marina de la Vigne se devinait à l'excroissance sombre qu'elle imprimait à la ligne d'horizon. Le nageur voulait aborder l'autre rive à proximité. Il progressait calmement en crawlant doucement sans s'épuiser. Il avait trois bons kilomètres à franchir avant de poser les pieds sur le rivage. Ensuite, il lui faudrait rejoindre la villa, tuer l'enfant, puis retraverser le Bassin.

73

Un quart d'heure après le coup de fil du maréchal des logis-chef Mayeras, le patron de l'Hôtel de la Plage se présenta à la brigade de gendarmerie. Il donnait l'impression de ne pas avoir dormi depuis deux jours, le cheveu en bataille, la chemisette froissée et quelque chose de pâteux dans la voix. Il alla directement au bureau de Pichart et s'assit sans y être invité, dépliant immédiatement devant lui une feuille A4 sur laquelle avait été photocopiée la carte d'identité de Sonia Boulanger.

– Voilà, c'est la cliente dont j'ai parlé au téléphone.

– Vous êtes le propriétaire de l'Hôtel de la Plage ? interrogea froidement Pichart.

– Oui, c'est moi.

– Eh bien, vous allez m'exposer calmement les faits. Le temps de prendre un carnet et un crayon, et je suis à vous.

Pichart fouilla sans se presser dans un tiroir en regardant du coin de l'œil l'homme assis devant lui. Il donnait l'impression d'être en colère. Il avait les joues rouges et le souffle court. Pichart étendit le bras et se saisit de la photocopie.

– Bon, alors, grivèlerie, c'est ça ?

L'homme assis devant lui répondit à l'adjudant d'un signe de tête appuyé.

– Et elle ressemble à quoi, votre cliente ?

– Elle avait l'air d'une fille bien, si on oublie qu'elle était venue en vacances seule.

– Oh, ben, faudrait pas être trop rétrograde, cher monsieur, c'est de notre temps, ça.

– Oui, mais une fille seule en vacances, ça fait quand même bizarre, et vous voyez la suite…

– À vous entendre, je devrais coffrer préventivement toutes les célibataires en vacances ? Allez, soyons sérieux.

Pichart rapprocha la photocopie.

– En effet, pas mal du tout, dit-il en finissant de consulter le document. Mais à part son adresse et sa petite bouille, vous savez autre chose sur elle ?

– Quoi ?

Instantanément, Pichart haussa le ton :

– Il est vingt et une heures passées, cher monsieur. Vous débarquez chez moi pour vous plaindre de vous être fait escroquer par une cliente de votre hôtel et tout ce que vous auriez à m'offrir comme informations, c'est son adresse et sa date de naissance ! Vous vous foutez de moi ?

– Mais je ne sais pas par où commencer…

– Eh bien, la date d'enregistrement chez vous, ses bagages, ses repas, ses moments de détente, ses soirées… Enfin, je veux dire, ses habitudes, quoi ! Vous me racontez tout.

Le propriétaire de l'hôtel se rapprocha encore du bureau et s'essuya le nez avec son index avant de commencer.

– Elle est arrivée au début du mois. Le 2. Elle a pris une chambre donnant sur le Bassin.

– Elle a débarqué comme cela, ou elle avait réservé auparavant ?

– Bien sûr qu'elle avait réservé. Sinon, elle n'aurait jamais pu trouver de chambre. Nous sommes absolument complets l'été.

– Alors, je ne vois pas où est le problème, vous devez avoir un numéro de carte bleue ou un chèque d'arrhes, non ?

– Malheureusement, on ne lui a pas demandé.

– Alors, la suite..., fit Pichart.

– Elle a toujours pris ses petits-déjeuners chez nous, ainsi que les déjeuners. Le matin, elle dormait tard ou se reposait à la terrasse de l'hôtel. Elle lisait.

– Des relations ? Des rencontres ?

– Pas que je sache. Pas chez nous, en tout cas. Mais après le déjeuner, elle disparaissait jusqu'au soir. Elle allait à la plage d'Arcachon.

– Comment le savez-vous ?

– Eh, pardi ! Parce qu'elle m'avait demandé les horaires de la navette et qu'elle y allait chaque jour avec son sac de plage.

– Vous-même, vous l'avez vue à la plage d'Arcachon ?

– Si vous pensez que j'ai le temps d'aller là-bas ! J'y ai pas fait attention.

– Alors, le soir, elle fréquentait qui ?

– Je ne l'ai jamais vue sortir le soir. Et puis la voilà qui fiche le camp sans payer... C'est pas banal.

– Donc, elle a fait le vide dans sa chambre... Nous sommes bien d'accord. Elle a fait ses bagages, elle s'est faufilée derrière vous et elle a pris le premier taxi pour l'aéroport de Bordeaux, ou quelque chose comme cela, n'est-ce pas ?

L'homme se gratta le cuir chevelu. Il se frotta de nouveau le nez et renifla bruyamment.

– Pas du tout. Ses affaires sont toujours chez nous, mais ça représente trois fois rien, notez. Un petit sac, deux paires de godasses, deux ou trois chemisiers, une trousse de toilette et des bouquins… C'est pas avec ces nippes-là que je vais me payer.

Pichart eut envie de dire quelque chose, mais s'abstint. Un mauvais pressentiment venait de s'emparer de lui. Se pouvait-il que le fou dangereux qui avait assassiné la jeune Allemande ait recommencé ?

– Avez-vous un numéro de téléphone la concernant ? demanda-t-il. Le sien ou celui d'une personne de sa famille ?

L'homme réfléchit un instant puis hocha la tête d'un air entendu.

– Je vais appeler l'hôtel. Il devait y avoir un numéro avec la réservation. Je n'y ai plus pensé, ce matin.

Cinq minutes plus tard, son épouse le lui avait communiqué. L'adjudant le nota dans son carnet et appela. La ligne sonnait dans le vide.

– On se tient au courant, dit Pichart en se levant.

– Vous n'enregistrez pas ma déposition ? s'étonna le patron de l'hôtel.

– Je rappellerai plus tard, on verra. Faites pareil de votre côté. Si nous n'avons rien de neuf demain, nous referons un point.

Il raccompagna l'homme vers la sortie et referma la porte derrière lui à double tour. Il n'était pas dans son assiette. Ses mollets le faisaient atrocement souffrir. Il avait comme un début de migraine qui lui emprisonnait la base du cou. Cette histoire ne lui disait rien qui vaille.

74

Lorsque l'homme atteignit l'arrière du parc de la villa de l'enfant, il n'avait croisé personne. Le long de l'allée des Graouères, les maisons étaient toutes éteintes. Il jeta un coup d'œil à son chrono : minuit. Il était dans les temps et ne s'inquiéta pas. C'était normal qu'à cette heure le quartier soit endormi. Les estivants se levaient tôt, mais se couchaient tôt aussi. Il escalada la balustrade de bois, la maison était à une cinquantaine de mètres. Pour ce qu'il avait pu en observer au cours de ses repérages, les chambres se trouvaient au rez-de-chaussée, auquel on pouvait accéder par un garage dont la porte serait un jeu d'enfant à ouvrir. Il prit un passe dans une de ses poches plastique, et remonta vers la villa.

Il lui avait fallu moins de deux minutes pour venir à bout de la porte en bois qui fermait le garage. Il avançait maintenant à tâtons au milieu d'un capharnaüm d'objets hétéroclites en prenant soin de ne faire aucun bruit. Sur le mur opposé, une porte débouchait sur une sorte de sas donnant sur un escalier et deux autres portes. La première était fermée de l'extérieur. La clé était encore dessus. La seconde donnait accès à un long couloir menant aux chambres. L'homme se dit qu'il allait se laisser guider par les ronflements pour repérer les pièces occupées par les adultes.

Le sol du couloir recouvert de tomettes absorbait le glissement de ses pas. L'homme retint sa respiration et s'arrêta pour écouter les bruits de la maison. Il régnait à l'intérieur un silence sépulcral qui l'étonna. Il colla son oreille à la première porte, à la seconde, puis à la troisième et à la quatrième. Rien ne filtrait au travers des cloisons de bois. Pas un son, pas un murmure, pas un souffle. C'était comme une maison artificielle, hors du temps. Il pressa sur une poignée et entrouvrit la porte. Il n'avait pas besoin de lumière pour discerner la masse compacte du lit, parfaitement fermé, comme au carré. La deuxième chambre lui offrit le même spectacle, puis les deux dernières. C'étaient des pièces inhabitées. Il était impossible que toute la famille loge au premier. Il regagna le palier à côté du garage, alluma sa lampe frontale et prit l'escalier en colimaçon. En haut, c'était une vaste salle à manger qui communiquait avec d'autres pièces. Une à une, il entrebâilla les portes sur d'autres chambres, une salle de bains, des W-C et une pièce qui ressemblait à un bureau. Toutes avaient été rangées et nettoyées. Lorsqu'il voulut allumer, rien ne se produisit. Alors, il réalisa qu'il se trouvait dans une maison désertée par ses occupants. L'électricité était coupée. La famille avait plié bagage. Il arrivait trop tard. L'enfant s'était envolé.

Un instant, l'homme fut tenté de se laisser choir dans l'un des fauteuils d'osier du coin-salon, mais il redescendit au garage où il trouva le compteur qu'il réenclencha. Le plafonnier s'alluma instantanément, inondant d'un coup l'ensemble du bric-à-brac qui y avait été entreposé, en même temps que le frigidaire redémarrait à l'étage avec un bruit de ferraille. Il regagna la partie habitable de la maison et alla vers les chambres dont il ouvrit les placards. Quelques vêtements avaient été enfermés dans des housses. Ce n'était pas une petite escapade. La famille avait quitté le Cap-Ferret. Cette fois-ci, la situation se compliquait. Et il savait parfaitement ce que cela impliquait. De chasseur, il risquait de devenir gibier. Il lui fallait retrouver le plus rapidement possible ce sale petit morveux.

75

Ricky pénétra dans la pension Welcome Sawasdee Inn, l'hôtel le moins cher de Bangkok, situé dans la ville chinoise, qui proposait des piaules à trois euros la nuit. Ricky se fichait du confort. Pendant des années, il avait rêvé de jungle, de grandes randonnées dans la forêt asiatique aux côtés de guérillas improbables, de coups de main, de longues rafales de mitrailleuse et d'explosions de grenades au milieu de paillotes pourries. Il avait rêvé de remonter une rivière encaissée au milieu de pains de sucre sous une pluie battante de mousson, comme dans *Apocalypse Now*, en compagnie de maquisards hirsutes et sauvages. Il n'avait pas encore eu la chance de le réaliser. Il avait bien rejoint la jungle, mais s'était arrêté dans un camp de base. Qu'importe, ce n'était qu'une étape, il se sentait déjà devenir un combattant.

Alors, à Bangkok, il n'aurait pas envisagé de résider ailleurs que dans une turne ressemblant à celle où Martin Sheen se saoulait à Saigon, au début de son film fétiche, justement. Le Welcome Sawasdee Inn était parfait. Le sol en ciment, une armoire hors d'âge gonflée d'humidité et complètement déglinguée, une fenêtre aveugle protégée par un grillage, une ampoule nue pendant à un fil dans un coin de la pièce, un lit avec un matelas sans drap et un gros pot en zinc à côté pour servir de crachoir. Pas de W-C, pas de douche. La salle d'eau se trouvait sur le palier, commune aux chambres de l'étage. La chaleur de cette cellule était suffocante.

Ricky déplia, sur l'oreiller couvert de taches, une veste de treillis. Il sortit d'une poche latérale de son sac militaire un i-Pod, fit rapidement pivoter le curseur et s'arrêta sur « Imaginary Roads ». Il alluma une bougie, éteignit le plafonnier et regarda un moment les ombres de sa chambre danser au gré du déplacement d'air brassé poussivement par un ventilateur hors d'âge.

Lorsque le premier volontaire français s'était fait tuer en Birmanie en combattant avec les forces karens, il n'était pas encore né. Des années plus tard, il en avait lu l'histoire dans un vieux *VSD* oublié par ses parents dans leur maison de campagne. Il devait avoir sept ou huit ans, mais l'aventure aussi brève qu'absolue de ce garçon l'avait marqué de manière indélébile. Il ne s'était jamais séparé du magazine. Jusqu'à sa dernière année de Corniche, quelques mois plus tôt, quand il avait décidé devant les photos de son héros, prises au milieu de son commando karen, de tout planter pour aller mettre ses pas dans les siens. Il lui avait fallu quelques semaines pour organiser son départ de France, et moins de trois jours, une fois à Bangkok, pour se retrouver sur la frontière birmane, quelque part au nord de la petite ville de Mae Sot, dans un camp de base de la guérilla. Les Karens l'avaient accueilli chaleureusement comme ils le faisaient depuis des décennies avec tout étranger qui débarquait chez eux. Ils l'avaient installé dans une paillote, l'avaient nourri pendant des semaines, mais n'avaient jamais accédé à ses demandes répétées d'aller au front. « *Plus tard* », répétaient-ils.

Ricky avait commencé à s'étioler lentement dans la touffeur du camp dont le petit-déjeuner vers sept heures, le bain dans la rivière vers midi, la sieste de quatorze à seize, le dîner à dix-huit heures et l'extinction des feux à vingt heures rythmaient invariablement la vie de l'arrière.

Après avoir lu les deux bouquins qu'il avait emportés, il avait passé des jours à écouter le crachotement de la radio qui égrenait les dernières nouvelles du front. Certains jours, il en aurait chialé de rage. Les maquisards faisaient comme s'il n'existait plus. Il en apercevait parfois traverser la grande place du camp, équipés pour un départ en opérations. Il s'approchait, mais il y avait toujours un gars pour le renvoyer à sa paillote. Ricky aurait pu rester deux ans là sans que les Karens ne s'étonnent davantage de sa présence inutile dans une mauvaise case plantée en bordure de la rivière. Et il serait certainement reparti vers la Thaïlande s'il n'avait assisté un matin à l'arrivée du front d'un commando transportant dans un hamac l'un des leurs salement amoché. Les guérilleros étaient passés à un moins de deux mètres de lui, chargés de leur fardeau sanguinolent. Ils avançaient comme au ralenti dans le clair-obscur du couvert du camp avec, sur la civière, le blessé dont le beau visage était celui d'un bouddha déformé par la fatigue et la souffrance. Des gouttes de sang s'échappaient à intervalles réguliers du tissu à l'intérieur duquel il reposait, laissant comme des rubis dans la poussière du sol, le long du cheminement du groupe. Ricky avait attendu un peu, puis ramassé entre le pouce et l'index l'une de ces perles écarlates. À cet instant, il avait senti ses yeux se mouiller. En fin d'après-midi, le maquisard avait succombé à ses blessures et avait été inhumé au fond du camp. Ricky venait enfin de découvrir ce qui le liait moralement et sentimentalement aux combattants de la forêt. Il était prêt à patienter le temps qu'il faudrait pour aller se battre à leurs côtés. Il était l'un des leurs. Il ne lui restait plus qu'à attendre l'occasion de faire ses preuves. Lorsque les quatre Français avaient débarqué dans sa paillote, auréolés de la gloire de leurs cinq semaines de combats contre les soldats du régime de Rangoon, il avait remercié le ciel. Les Français rentraient sur Bangkok, mais projetaient de revenir rapidement. Ils lui avaient proposé d'intégrer leur groupe. Il n'avait pas hésité une seconde.

Le lit puait la transpiration rance. Ricky se laissait maintenant bercer par le souffle des pales du ventilateur. Incapable de trouver le sommeil, il essayait de fixer son attention sur la flamme de la bougie. Rien n'y faisait. Il était furieux. Furieux et écœuré. Jamais il n'avait eu le sentiment d'être trahi de la sorte. Après avoir repassé cent fois les derniers événements de la soirée, il considéra qu'il ne pouvait pas laisser faire.

CHAPITRE 9

20 août 2006

76

Dans les locaux de la Crime Division[1], le général Paibool Bunnag interpella l'un des sous-officiers courbés sur un dossier de feuilles A4 en papier pelure pour qu'il lui apporte un verre de jus de canne à sucre. Paibool avait machinalement porté la main à sa poche pour tirer son paquet de cigarettes, mais arrêta son geste à mi-course. Déjà dix ans que l'interdiction de fumer dans les bureaux était en vigueur et il ne s'y était toujours pas fait. Dès qu'un événement extraordinaire venait rompre le train-train de sa journée, il était pris d'une irrésistible envie d'en griller une. Il s'énerva et houspilla l'homme qui venait de quitter son siège sans se presser.

– Dépêche-toi, crétin, je meurs de soif.

Le sous-officier esquissa un garde-à-vous maladroit et hâta le pas vers un pot de liquide jaune trônant sur un guéridon à l'autre bout de la pièce.

– Avec ou sans glace, mon général ?

1. Commandement de la police criminelle thaïlandaise.

– Avec, abruti. Dépêche-toi.

Le général reporta inconsciemment la main à sa poche, puis fit pivoter le siège de sa table de travail et décrocha un téléphone. Il tapota directement les touches de l'appareil, il connaissait par cœur le numéro de son correspondant. Une voix un peu rauque retentit dans le combiné : « *Delpey, ambassade de France.* » Le général se cala dans son fauteuil, laissa courir son regard sur un grand portrait du roi Bhumibol[1] accroché entre les deux baies vitrées de son bureau et colla ses lèvres en souriant au combiné.

– *Khun Delpey. Sabaïdee reu Khrlap, wanee*[2] *?* C'est Paibool.

– Général ! Bonjour. Ça va très bien et vous ? Vous m'avez encore coincé des petits trafiquants français ? Au son de votre voix, j'en suis sûr…

– Non, Delpey. Une bien plus grosse histoire. Incroyable même. J'aimerais quelques renseignements sur un Français qui sort de mon bureau à l'instant. Le type s'est présenté ce matin pour nous livrer une bande de revendeurs de *snuff movies* qui s'apprêtent à en produire.

Il y eut un blanc à l'autre bout du fil.

– Des quoi ? fit répéter le fonctionnaire de l'ambassade de France.

– Vous savez bien… des *snuff movies*. Ces films de mise à mort en direct de gens dont tout le monde parle depuis des années, mais que personne n'a jamais vus.

– C'est une blague ?

– Eh bien, je ne sais pas. J'ai besoin de toutes les infos dont vous pourriez disposer sur le garçon. Un certain… attendez, je regarde la photocopie de son passeport. Un certain Richard Mareuille qui répond au surnom de Ricky. Vingt et un ans, né le 16 mars 1985 à Pontoise, près de Paris. Domicilié 13, avenue du Colonel-Bonnet dans le seizième. Passeport établi le 20 juin 2004 à Paris. Valable jusqu'au 19 juin 2014. Il dit avoir fait une prépa-

1. Roi de Thaïlande.
2. Monsieur Delpey, comment allez-vous, aujourd'hui ?

ration militaire à La Flèche. Sorti en 2005. C'est un de ces gars qui grenouillent dans les rébellions de Birmanie. Je n'en sais pas plus sur lui. En revanche, il nous a tenu la jambe deux bonnes heures avec cette histoire extraordinaire de *snuff*. J'ai des noms, des numéros de téléphone et des adresses. Mais avant de déclencher quoi que ce soit, vous comprendrez que j'ai besoin de mieux cerner ce cochon.

À l'autre bout du fil, Delpey venait, lui, de s'allumer une Marlboro. Et tant pis si la secrétaire acariâtre en parlait à l'ambassadeur ou au consul. Le policier français avait les yeux fermés. Il se demandait s'il avait bien entendu. Si Paibool avait pris la peine de l'appeler, c'est qu'il considérait l'affaire comme sérieuse. Il n'était pas du genre à faire des plaisanteries. C'était un gars carré malgré son embonpoint dû à la cinquantaine bien nourrie grâce à un bon salaire et à toutes sortes de commissions et cadeaux tous plus lucratifs les uns que les autres. Il connaissait Paibool depuis plus de cinq ans. Ils avaient démantelé ensemble plus d'une trentaine de réseaux de trafic de stups. Une dizaine de Français croupissaient actuellement à la prison de Lard Yao grâce à leurs efforts conjoints, et plus du double dans diverses centrales françaises lors que les accords de dépaysement des peines avaient joué. Delpey ne s'était, en revanche, jamais inquiété de ce qu'étaient devenus les trafiquants ne possédant pas la nationalité française, des Nigérians, des Sénégalais, des Pakistanais, des Chinois et autres Latinos. Son plaisir était de savoir que cette fange était derrière les barreaux pour des années. Cela le rassurait et le comblait d'aise. Il avait une aversion profonde pour le crime. Au point d'avoir tout sacrifié à son métier.

Jusqu'à ce jour, les *snuff movies* n'étaient pour Delpey qu'une hypothèse de travail sur certains types de crimes. Rien de plus. Jamais le début d'une preuve que des gens aient été tués devant une caméra pour alimenter un marché de cinéma-vérité sadique n'avait été trouvé. Pas plus lui qu'aucun autre fonctionnaire de sa connaissance n'avait eu un jour l'occasion de visionner un seul plan de tels films. Seule la rumeur courait, mais elle était tenace. Lors de sa première affectation en Asie, vingt-cinq ans plus tôt, Delpey avait déjà été briefé sur le sujet. Juste avant de quitter Paris, son patron l'avait reçu assez cérémonieusement. Ils avaient longuement parlé de sa future mission auprès de l'ambassade, de l'importance qu'accordait le Service, même si la France n'avait pas les moyens de la DEA, à sa participation dans la lutte contre le trafic de drogue au moment même où les Thaïs semblaient enfin enclins à jouer le jeu, puis la conversation avait subitement dérivé. Le commissaire divisionnaire avait suggéré au jeune inspecteur Delpey de fouiller également, à ses heures perdues, la question des *snuff movies*. « *Ce n'est pas votre travail*, lui avait-il dit, *mais vous allez vous trouver propulsé au milieu d'une faune sans foi ni loi qui pourrait nous fournir des pistes. Je ne sais pas exactement. Bangkok est une ville où tout est possible. Si ces putains de films existent, la Thaïlande doit en produire. D'une manière ou d'une autre. Là-bas, tous les éléments sont réunis pour mettre ce pays sur la liste des zones de production. Nous savons qu'il en existe, mais nous ne savons que ça. Et nous sommes sûrs que ces histoires sont liées au trafic de stups. Donc regardez autour de vous.* »

Delpey s'était mis au travail dès son arrivé à Bangkok. Lorsque sa mission s'était terminée, deux ans plus tard, il n'avait pas avancé d'un pouce. Il avait fait arrêter une cinquantaine de petits dealers et quatre gros bonnets. Un Australien à l'arrestation duquel il avait participé en Malaisie avait même été pendu, mais il n'avait jamais obtenu la moindre information sur d'éventuels *snuff* tournés dans la région. Cette question était devenue au cours des années qui avaient suivi pareille à l'histoire du monstre du Loch Ness. Beaucoup de gens en parlaient, savaient des choses, mais n'avaient rien à produire. Même récemment, lorsque le taux de criminalité avait subitement explosé au Mexique, dans la ville de Juarez, qu'on ramassait chaque matin dans le désert des corps de femmes atrocement mutilés, on y avait repensé et plusieurs équipes d'enquêteurs du monde entier s'étaient rendues sur place.

Mais pour un résultat égal à zéro. En revenant pour une nouvelle mission à Bangkok, quelques années plus tard, il n'en avait plus jamais entendu parler. C'est dire si le coup de fil de Paibool paraissait irréel.

Delpey transpirait à grosses gouttes et tirait sur sa cigarette avec la rage d'un condamné à mort.

– Je suis tout aussi excité que sceptique, général, murmura-t-il à son interlocuteur.

– Moi aussi, Delpey. Mais je vous mets dans la confidence pour trois raisons. La première est que cela concerne en partie des Français, la seconde est que vous avez déjà planché sur le sujet, me semble-t-il, et la troisième est que j'ai une entière confiance en vous. Nous ne pouvons pas agir seuls et vous êtes la personne qui peut nous aider. Franchement, je n'ai aucune idée d'où ces informations vont nous mener. Mais cela vaut le coup de creuser l'affaire, non ?

– Je vais me renseigner sur votre Ricky, ce n'est pas un problème. Vous pouvez m'affranchir un peu plus sur ce que vous savez ?

Dans son bureau, le général Paibool Bunnag sourit au portrait du roi. Il n'avait pas douté une seconde de la bonne volonté du policier français, mais il pouvait encore craindre un manque d'enthousiasme de sa part pour se coller sur une enquête de ce genre à quelques mois de son retour définitif au pays. La réaction de Delpey venait de le rassurer. Il décida de lui dire tout ce qu'il savait :

– À huit heures ce matin, le planton est venu informer mon service qu'un étranger désirait rencontrer le grand patron de la Crime Division pour lui livrer des informations d'une importance capitale. Je dois dire que le garçon m'a fait plutôt bonne impression. Un jeune bien mis, très poli, visiblement d'excellente éducation. Il n'a pas cherché à nous cacher la raison de son passage en Thaïlande, il nous a raconté par le menu le temps qu'il avait passé dans un camp karen de la frontière en soulignant qu'il savait qu'il avait enfreint la loi du pays sur l'immigration et qu'il était prêt à en assumer les conséquences. Puis il est entré dans le vif du sujet. Il a dit avoir assisté hier soir, au Toy Bar, à une rencontre entre un groupe de compatriotes à lui, des combattants étrangers en Birmanie également, et deux Belges beaucoup plus âgés possédant ce genre de matériel. Ces derniers leur ont fait visionner sur un petit lecteur une séquence avant de leur proposer de s'associer.

– Il a vu quoi ? demanda Delpey.

– Lui, rien. Il était mal placé autour de la table, mais il a remarqué la tête que tiraient les Français en regardant le bout de film. Donc, concernant cet aspect de la question, il est catégorique sur le caractère extraordinaire de ce qui a été montré. Le plus intéressant, c'est la suite. Les Belges ont proposé aux Français de leur vendre leur film 3 000 euros, leur assurant qu'il y en avait beaucoup d'autres de disponibles. Ils ont décrit quelques-unes des vidéos qui seraient en leur possession. Certaines auraient été réalisées ailleurs, en Asie, en ex-Yougoslavie pendant la guerre et en Amérique latine également. Vous voyez ? Ça ressemble bien à un trafic international.

– Bigre, fit Delpey.

– Ce n'est pas fini, mon cher. Les Belges ont ensuite proposé à cette bande d'allumés de tourner des séquences au cours de leurs séjours en Birmanie. Ils leur ont dit, et ce sont les mots rapportés par ce Richard Mareuille, qu'ils attendaient de la violence, du sang, des cris et de la terreur. Ce sont ses propos exacts. Ils seraient prêts à payer de sacrées sommes d'agent pour les obtenir, dans les 20 000 euros pour quarante-cinq minutes de mise en scène. Les Français n'ont pas réfléchi plus de cinq minutes pour mordre à l'hameçon. Ils ont donné leur accord immédiatement en commençant à détailler ce qu'ils étaient en mesure de faire. Et, malheureusement, cela paraît sérieux. Ils disent être à la tête d'un commando de Karens qui leur sont entièrement dévoués. Les Belges leur ont remis 2 000 euros d'avance pour entériner leur accord. Nous avons donc quatre types à la tête d'une *harka* d'une trentaine de tueurs armés comme un porte-avions, sans foi ni loi, qui viennent de sceller un accord de production de *snuff movies*. Richard Mareuille nous a ensuite expliqué quelles modalités avaient été mises en place entre les Français et les Belges pour la récupération des films. Nous avons un numéro de téléphone portable qui ne nous mènera pas très loin, mais surtout une adresse de livraison facile à loger : Lumpini, près de la cascade, à l'heure de l'ouverture du parc. J'ai déjà pas mal réfléchi avant de vous appeler, Delpey. Nous allons retrouver les Belges pour les mettre sous surveillance.

– À quoi ressemblent-ils ?

– Je ne les ai pas encore vus. Un seul des deux nous a été décrit facilement, un pachyderme, paraît-il, au moins cent cinquante kilos, la cinquantaine, avec un catogan. L'autre, une sorte de fauve hyper-costaud avec une gueule de tueur à gages. Mais vous avouerez, Jean, des types de cet acabit, il y en a malheureusement pas mal chez nous… A priori, ce ne sont encore que des types qui cherchent à revendre du matériel qu'ils ont entre les mains. S'ils nous donnent l'occasion de taper plus haut, nous agirons immédiatement. Sinon, nous attendons un premier retour des Français de Birmanie et nous les coffrerons à Lumpini. Ce sera un jeu d'enfant de savoir quand ils repasseront la frontière. Nous n'aurons qu'à tendre une souricière autour du parc.

– Cela implique que nous les laissions commettre leurs crimes chez vos voisins, général, répondit froidement Delpey.

– On ne fait pas la guerre sans dommages collatéraux, mon cher. En Birmanie, vous savez, des dizaines de gens sont malheureusement tuées chaque jour… Vous me suivez ?

– Pardon ?

– Je vous demande si vous êtes partant pour ce plan ?

– Non. Je refuse. Je ne peux pas admettre de laisser tuer des gens simplement pour avoir plus d'éléments pour coincer vos salopards de mercenaires.

– Mais nous ne pourrons rien contre eux, sinon, s'énerva Paibool.

– Général, ils n'ont pas encore commis ces assassinats. Arrêtez-les, poursuivez-les pour franchissement illégal de la frontière et expulsez-les. Ils auront compris la leçon. Et trouvez les autres, les Belges. Ce sont les seuls clients intéressants.

– Mais ce ne sont apparemment que des acheteurs de vidéos, pour le moment…

– Et alors, faites-les parler… Vous verrez bien.

– Nous n'obtiendrons pas une affaire extraordinaire.

– Général, c'est non. Vous arrêtez les Belges tout de suite et je suis avec vous ou je ne marche pas.

77

Oncle Da quitta la pièce principale donnant directement sur la rue. Sa maison en bois était l'un des derniers vestiges des taudis des années quarante encore debout dans le quartier de l'hôtel Shangri-La. Il tira la grille qu'il cadenassa sans avoir éteint les deux lumignons posés de part et d'autre du minuscule autel des ancêtres chinois visible depuis l'extérieur. Da devait approcher la soixantaine. C'était difficile à déterminer. La graisse en faisait un homme sans âge. Saison sèche ou saison des pluies, soir ou matin, il était invariablement vêtu d'un mauvais short qui lui mangeait la moitié des genoux et d'un maillot de corps crasseux laissant apparaître les deux touffes de poils noirs sous les aisselles. Il était chaussé, comme des milliers de Chinois dans la ville, d'une paire de claquettes en plastique sans couleur. Il n'avait jamais ni sac ni serviette avec lui, mais emportait partout un cure-dents qu'il faisait régulièrement passer d'un coin à l'autre de ses lèvres charnues. Sur l'arrière de la tête, en haut de la nuque, le poil ras de sa coupe de cheveux laissait deviner un minuscule tatouage en relief représentant trois pattes griffues, la marque distinctive des Trois Dragons. À part cela, Oncle Da était comme n'importe quel Chinois, anonyme dans la foule, presque transparent malgré sa corpulence, un vieil homme qui semblait tirer le diable par la queue et sur lequel on ne se retournait jamais.

Une heure plus tôt, un message codé envoyé depuis Bordeaux lui avait appris que le tueur français avait échoué à accomplir sa mission. La dernière vidéo commandée et payée n'avait pas été tournée. L'enfant n'avait pas été assassiné. Da avait étouffé un juron et mis un moment avant de se décider à aller prendre ses ordres chez le grand patron. Il détestait ces rencontres qui se terminaient toujours en imprécations et en menaces. Pour avoir mis trente ans à se hisser à la place de numéro deux de l'organisation, il avait eu le temps d'apprécier la détermination et la cruauté du chef suprême des Trois Dragons. À soixante-dix ans passés, celui qui était surnommé maître Shaw avait horreur des imprévus. Et encore plus des contrariétés. Certes, il n'élevait jamais la voix. Tout passait par son regard. Aujourd'hui, Da savait le décrypter aussi bien qu'un égyptologue les hiéroglyphes sur le sarcophage de Ramsès II. Il y lisait l'étonnement, la curiosité, l'intérêt, la cupidité, la passion, le doute, la colère, la rancune, la rage, la violence et, quand cela venait, l'instinct de mort. Il ne s'y était jamais trompé. Shaw avait toujours agi en accord avec ce que Da avait lu dans ses yeux. Pour avoir porté à bout de bras l'organisation avec lui pendant plus de vingt ans, il ne redoutait plus qu'une seule chose, cette lueur glaciale qui apparaissait sous ses paupières à l'annonce d'un échec. La Triade était maintenant multimillionnaire en euros, mais lorsqu'une infime somme d'argent était en jeu, Shaw ne se contrôlait plus. Da avait fait décapiter pour lui des dizaines de collaborateurs qui avaient cherché à doubler les Trois Dragons. Et abattre autant de flics véreux qui avaient manqué à leur parole. En y repensant ce soir, Oncle Da avait le tournis. Shaw ne lui avait jamais caché que rien, dans l'organisation comme dans la vie, n'était acquis. Il savait qu'il ne pardonnait jamais et trouvait toujours un coupable à châtier. L'échec du Français était sa responsabilité. Il devait maintenant annoncer au Grand Maître la mauvaise nouvelle en prenant soin de ne rien cacher de ses fautes. En espérant que tout ce qu'il avait aidé à bâtir serait à son crédit à l'heure des comptes. Ce n'était pas tant pour sa vie que Da craignait ce soir, mais pour celle de sa famille. Shaw avait toujours puni les membres importants de la Triade par progression concentrique. Il supprimait un cousin, puis un enfant, puis deux... Si la faute n'était pas réparée, le cercle de mort se refermait inexorablement sur la personne incriminée et la punition était horrible. Lorsque Shaw avait trouvé une place pour ses deux fils au prestigieux collège de l'Assomption, il avait longuement hoché la tête avant de lui dire d'une voix atone, à peine audible, combien il était heureux de savoir les deux aînés de son second dans une si bonne école. « *Tu les aimes, tes fils, Da, n'est-ce pas ?* » La petite remarque résonnait encore dans les oreilles du Chinois.

Da venait de longer les murs de l'hôtel Shangri-La et se dirigeait vers l'embarcadère de Saphan Taksin au-delà duquel il pouvait maintenant apercevoir la noria des embarcations qui faisaient la navette entre les deux rives du fleuve. Dans moins d'une demi-heure, il serait chez maître Shaw. Il verrait bien.

78

Delpey décrocha son téléphone à la deuxième sonnerie. Il ne s'était pas encore endormi malgré l'heure tardive.

– Mon cher Delpey, Paibool à l'appareil. J'appelle un peu tard, mais je viens juste d'obtenir confirmation de l'adresse de l'un de nos Belges. Il loge à l'hôtel Surriwongse, un bouge de Patpong.

– Déjà ?

– Déjà. Mes hommes n'ont pas mis longtemps à le localiser. Sa taille et son poids n'avaient échappé à personne. Toutes les putes du quartier l'avaient déjà repéré. Je me range finalement à votre avis. J'ai pris la décision d'intervenir demain matin. Une de mes voitures passera vous chercher. Comme un des deux gars a la double nationalité franco-belge selon mon informateur, c'est tout à fait normal que vous nous accompagniez. Je n'ai aucune idée de la suite que va prendre cette affaire, mais je pense qu'il serait bon pour la procédure que vous nous épauliez depuis le début. De votre côté, vous n'avez rien encore sur ce Richard Mareuille ?

– Les infos que vous m'avez transmises ont été vérifiées. C'est correct. Je ne vous avais pas appelé parce que j'attendais d'autres choses demain matin.

– Bon, ça ne changera rien si l'on coince les Belges avec le matériel dont a parlé Mareuille. Si ce n'est pas le cas, on va au carton.

– On ne peut pas faire autrement, général.

Il y eut un rire gras à l'autre bout de la ligne.

– Vous me cassez toujours les pieds avec vos histoires de procédure, je vous connais Delpey, on ne vous changera pas...

79

Maître Shaw, vêtu d'un pyjama noir, écoutait, assis en tailleur sur un banc de teck posé dans une pièce où il avait l'habitude de recevoir, le récit de Da. Ainsi que son second l'avait subodoré, il n'avait bougé ni un doigt ni un orteil pendant le temps qu'avait duré le long exposé des faits concernant le contrat manqué du bassin d'Arcachon. Les yeux mi-clos, il fixait un point invisible, loin devant lui, quelque part entre les jambes boudinées de Da.

– Deux de nos hommes l'ont rencontré la semaine dernière, pour lui mettre la pression, continua Da. Puis je lui ai envoyé un mail comminatoire dans les heures qui ont suivi. Notre tueur a bien essayé de remplir son contrat, mais a échoué. La famille de l'enfant avait quitté l'endroit. Voilà où nous en sommes. J'en suis désolé, maître Shaw. Ce fiasco est de ma responsabilité.

Cette dernière remarque, avancée sur un ton contrit, mais mielleux aussi, ne dérida pas le patron de l'organisation. Shaw ferma un instant les yeux, puis les rouvrit d'un coup.

– Qui sont les acheteurs ? demanda-t-il.

– De gros clients du Golfe. Trois émirs.

– Combien ont-ils versé ?

– Près d'un million d'euros. Pour les trois bien sûr... !

Shaw se versa un verre d'eau en oubliant d'en proposer à Da. Il se remémorait le temps qu'il lui avait fallu et ce qu'il avait dû faire pour gagner cette somme la première fois. Il expulsa lentement l'air de ses poumons, contracta son diaphragme, gonfla son ventre, le dégonfla, relâcha ses muscles abdominaux et laissa enfin l'oxygène l'envahir de nouveau. Il fallait qu'il se nettoie l'esprit s'il ne voulait pas tuer sur-le-champ cet abominable esclave qui se tenait devant lui, fagoté dans son short et son maillot immondes. Comment Da avait-il pu commettre une telle erreur ?

En attendant une réaction du Maître, Da baissait la tête. Derrière la véranda du quatrième étage du condominium Riverside, les lumières s'éteignaient une à une sur le fleuve. Seuls brillaient encore les éclairages dans les bureaux de Sathorn et de Silom.

– Pouvons-nous rembourser les Arabes ? demanda Shaw.

Da secoua piteusement la tête.

– Je crains que non, maître Shaw. À moins de leur verser des intérêts fabuleux, peut-être.

– Et votre tueur, combien a-t-il touché ?

– La totalité de la somme convenue. Deux cent mille euros. Cela semblait ne pas poser plus de problèmes que pour les autres contrats. Mais il a différé le meurtre à plusieurs reprises. Il avait à gérer un problème dont je ne connais pas le détail. Il nous a demandé de nouveau beaucoup plus d'argent.

– Qu'avez-vous répondu ?

– J'ai refusé, Maître. J'ai refusé et j'ai commencé à le menacer. Alors, nous avons perdu le contact pendant quelques jours, et c'est à ce moment que je l'ai placé sous la surveillance de deux de nos hommes du réseau de Bordeaux. Pour débloquer la situation, nous lui avons envoyé 50 000 de plus.

Le visage de maître Shaw s'assombrit.

– Et alors ?

– Quand il nous a informés qu'il passait à l'action, c'était trop tard. Nous avons manqué de chance. La famille avait quitté sa résidence… à cause du temps, vous savez, Maître. Il fait un temps horrible dans ce pays en ce moment.

Shaw leva une main devant lui pour intimer à Da l'ordre de se taire.

– Oncle Da, parlez-moi encore une seule fois de météo et vos restes ainsi que ceux de vos fils seront donnés aux piranhas dans la résidence d'Ayutthaya. Vous connaissez ? Vous vous souvenez ?

Le Chinois déglutit avec difficulté la salive qui stagnait depuis un moment sur le fond de sa langue. Son regard fila au-delà de la baie vitrée et il eut l'impression que Shaw allait l'y précipiter.

– Y a-t-il d'autres contrats en cours avec votre Français ? demanda Shaw de la même voix basse et plate.

– Il a un film d'avance sur ce qu'on lui a commandé. Il nous l'a d'ailleurs proposé en remplacement du meurtre de l'enfant et j'ai refusé. Il a prétendu qu'il s'agissait d'un excellent matériel.

– Et combien avons-nous encore d'exécuteurs sous contrat ?

Da réfléchit un instant.

– Quatre, Maître. Lui, un Russe qui travaille en Tchétchénie, un Américain en Asie et un Mexicain en Amérique latine.

– Peut-on remplacer le Français ?

– Pas dans l'immédiat, Maître.

– Combien de sujets produisons-nous par an ?

– Une quinzaine, Maître.

Shaw reprit ses exercices de respiration. Lorsqu'il en avait le courage, Da essayait de chercher ses yeux. Il accrochait son regard une fraction de seconde, puis revenait à ses pieds noirs dans ses tongs difformes. Il s'aperçut que des gouttes de sueur tombaient autour, maculant le carrelage de la pièce. Cela faisait longtemps qu'il n'avait pas éprouvé une telle angoisse.

– Oncle Da, voici ce que vous allez faire. Vous allez rembourser nos clients en leur expliquant qu'un contretemps nous empêche de donner suite à cette commande pour le moment. S'ils le réclament, vous leur verserez les intérêts qu'ils exigeront. Vous leur direz en outre que, lorsque nous serons en mesure de fournir ce qu'ils attendaient, nous le leur céderons à moitié prix à condition qu'ils s'engagent pour d'autres sujets qui couvriront le manque à gagner sur cette opération. Quant au tueur, vous allez lui demander de rembourser ce qu'il a touché et de verser la même somme, 250 000 euros, de dommages et intérêts. Vous allez également demander qu'il nous envoie gratuitement le sujet dont il vous a parlé. Il a dix jours pour s'en acquitter. Au-delà... a-t-il un frère, une sœur, une nièce, ce Français ?

– Personne, Maître. Il est seul.

– Personne dans sa vie à qui il tienne ?

– Personne, Maître. C'est un solitaire.

– Alors, vous le ferez liquider si nous n'obtenons pas ce que je vous demande dans ce délai. Nous réexaminerons la question de l'enfant ultérieurement. Enfin, vous allez chercher quelqu'un de nouveau pour le remplacer.

– Cela risque de prendre des mois, Maître.

– Cela prendra le temps qu'il faudra.

Da était agité de tremblements imperceptibles. Il le sentait et cela le gênait. Il esquissa un sourire servile et attendit que Shaw le congédie.

– Vous pouvez disposer, Oncle Da. Vous connaissez les consignes : vous repartez par le parking, vous n'adressez la parole à aucune des personnes que vous croiserez, vous ne les regardez pas. Vous repartez comme vous êtes venu et vous me tenez au courant de la suite par le canal habituel.

80

Un jour diaphane se levait sur Pont-Aven. La lumière était plus froide que dans le Sud. C'est la première chose qu'avait remarquée Madeleine Leclerc lorsque la famille était arrivée en Bretagne, quarante-huit heures plus tôt. Elle s'étira en se plaignant de son arthrose et considéra, comme hébétée, les bateaux qui remuaient sur l'Aven au gré du courant.

– Ils ne sont pas très gros, ici.

Les deux chambres des adultes du Moulin de Rosmadec donnaient sur la cascade de l'hôtel. Celle des enfants, au bout du couloir, avait vue sur le parc qui dévalait en s'épaississant jusqu'à la rivière.

L'air satisfait, Charles écrasa son nez contre les carreaux de la fenêtre. Il s'était hissé sur la pointe des pieds pour pouvoir regarder.

– C'est très beau, dit-il. C'est comme dans mes livres de magie. C'est une forêt avec des gros cailloux, des grands arbres et des feuilles partout pour nous empêcher de passer. Il n'y a même pas de lumière dans la journée. Le soleil se fait attraper en haut des branches. C'est toujours la nuit, ici, avec des bêtes et des sorciers…

– Tais-toi, lui asséna Julie. Tu nous casses les oreilles.

Leur père aussi regardait par la fenêtre. Il ne comprenait pas pourquoi André avait laissé attribuer une chambre aussi éloignée de la sienne aux petits. Il avait pourtant mis les formes pour s'en étonner auprès de son beau-père, mais Madeleine l'avait interrompu : « *Vous allez arrêter de nous emmerder, David. Vos gosses ne vont pas s'envoler* », s'était-elle énervée. Il n'avait pas insisté. Il la connaissait trop bien pour savoir qu'elle n'attendait qu'un prétexte pour pourrir la vie à toute la famille. Il scruta encore une fois l'agglomérat de roches et de souches qui allaient mourir dans les clapotis de l'Aven et se dit qu'il n'y avait aucune protection. Il n'y avait ni mur ni barrière entre le parc et l'eau. Il posa ses mains sur les épaules de Charles et lui dit de la voix douce avec laquelle il s'adressait d'ordinaire aux enfants :

– Je ne veux absolument pas que toi ou ta sœur alliez jouer seuls derrière l'hôtel. Tu m'as compris ?

– Pourquoi, papa ? demanda Charles.

– Vous risqueriez de vous noyer.

– Mais on ne va pas sauter dans l'eau, argumenta Julie. Mamy a dit qu'elle était glacée, ici. Pire qu'au pôle Nord.

– J'aimerais me cacher au milieu des rochers, ajouta Charles.

– Tu ne feras rien de cela, coupa son père. Tu n'iras pas jouer là-bas tout seul, tu m'as compris ?

Charles essaya de se contenir, mais il sentit les premières larmes rouler sur ses joues et sa lèvre inférieure trembler sans parvenir à réprimer le chagrin qui le submergeait subitement. Sa respiration se bloqua un instant, puis il éclata en sanglots d'un coup.

Alertée par les pleurs, Madeleine passa la tête par la porte.

– David, on entend votre fils dans tout l'hôtel ! Il est à peine arrivé qu'il révolutionne déjà tout l'étage. Occupez-vous-en, mon grand. On dirait que c'est une manie, chez vous, de créer des problèmes là où il ne devrait pas en avoir.

– Pardon, mais je peux encore faire une réflexion à Charles, s'offusqua David. Charles pense pouvoir aller se promener comme bon lui semble hors de l'hôtel. Vous seriez d'accord, vous ?

– Il va bien falloir que ce petit s'aère.

– Oui, avec nous. Pas seul.

– Vous allez me rendre folle, répondit Madeleine, à bout d'arguments. Vous croyez que c'est tellement drôle, ici, qu'il faille en rajouter ?

Elle disparut de nouveau dans le couloir et appela son mari :

– André, André…

La fin de sa phrase se perdit derrière les murs. David attira Charles à lui et le serra dans ses bras.

– Tu sais, mon amour, ce n'est plus comme au Cap-Ferret, ici. Nous ne sommes plus chez nous. Tu ne peux pas sortir dans le jardin sans demander. Il y a d'autres gens qu'on ne connaît pas, il faut faire attention.

– Ils sont méchants ?

– Je voulais dire qu'on ne doit pas les déranger.

– Il peut y avoir des monstres ?

– Pourquoi veux-tu toujours voir des monstres là où il n'y en a pas ? Ici, c'est dangereux parce qu'il y a la rivière et les voitures dans la rue. Promets-moi de ne pas essayer de te promener tout seul.

Madeleine réapparut. Elle avait enfilé un pull-over et un pantalon.

– David, au lieu de parlementer avec ce gosse, nous allons prendre le petit-déjeuner au salon de l'hôtel. Marie-Ange aimerait que vous vous joigniez à nous.

David se leva et s'apprêta à quitter la chambre, puis se ravisa. Il regarda Charles. L'impression de malaise qu'il avait ressentie au Ferret ne le quittait plus. Charles était toute sa vie. Charles et Julie, bien sûr... Mais ce petit garçon avait quelque chose en plus. Il était comme une passerelle avec son propre passé, avec son enfance. Dès qu'il le regardait, dès qu'il l'entendait parler, il se revoyait au même âge, il était de nouveau avec ses parents, avec sa grand-mère maternelle, avec sa sœur. C'était comme une porte qui s'ouvrait d'un coup sur des souvenirs enfouis dans l'opacité du temps. Tous ses chers disparus reprenaient vie au fond de sa mémoire. Charles était un trésor dont le cœur battait à l'unisson du sien. Une angoisse sourde s'était installée en lui qui ne le quittait plus. Il redoutait de découvrir un jour que Charles ait disparu. Il essayait de se raisonner sans y parvenir. Il approcha encore son visage des cheveux de son fils et se laissa pénétrer par son odeur.

– Mamy nous attend, lui dit-il. Nous allons aller boire un chocolat chaud. Tu veux ?

Charles se retourna et lui sourit. Ses larmes avaient déjà séché.

En entrant dans le salon de l'hôtel, David comprit immédiatement que l'ambiance n'était pas au rendez-vous. Julie avait été punie. Elle reniflait en regardant ses pieds, assise entre Madeleine et André, qui étaient aussi raides que des statues de cire. Leur mère était derrière, debout, et fixait, d'un air absent, par la baie vitrée, les bateaux ancrés dans l'Aven. Aucune consommation n'avait encore été apportée. À l'autre bout de la pièce, un couple chuchotait en dévisageant la famille.

– Voulez-vous que j'aille commander quelque chose ? proposa David.

– Je n'ai plus faim, lui répondit Madeleine. André nous demande de descendre et rien n'est prêt. C'est toujours la même chose. À la maison, c'est l'hôtel, et à l'hôtel, il faudrait que je m'occupe encore de tout.

– Ce n'est rien, tenta David. Je vais commander…

– Non, dit Madeleine. Vous avez regardé la carte, seulement ? Le petit-déjeuner à 13 euros et la coupe de champagne à 16, merci ! On n'est pas à Saint-Trop, tout de même. Vous avez vu ce bled ? Et les homards, vous avez vu ? Ils sont plus chers qu'au Ferret ! C'est bien la peine de venir au fin fond de la Bretagne…

André eut beau expliquer qu'ils se trouvaient dans le plus bel hôtel de la région, un lieu exceptionnel, Madeleine était outrée. Elle n'en démordait pas. Surtout, elle s'était fait un avis définitif sur les estivants de la région. Ils n'avaient décidément pas la même allure que ceux du Ferret. Tout ça sentait les touristes bas de gamme, les vacanciers à la petite semaine, les congés payés qui échouaient ici faute de pouvoir s'offrir le Sud. Des pouilleux pas éduqués qui passaient leur temps à commenter les faits et gestes des autres, c'était insupportable. Elle sortit un mouchoir de son sac et s'enfouit le visage dedans. Elle eut envie de maudire Ingrid Hartmann d'avoir gâché leurs vacances, mais cala immédiatement devant l'image de la jeune baby-sitter allongée sur la table de dissection de l'institut médico-légal de Bordeaux. Quelle horreur ! Elle se ravisa et reporta toute sa colère sur Allyson. En voilà une petite conne ! Avoir fichu le camp au bout de deux jours sans motif, inadmissible ! Il n'y avait que les Anglaises pour vous faire ces coups-là. Plus jamais elle ne s'adresserait à ces filles. C'était dit.

– Nous sommes dans un endroit ravissant, l'un des plus beaux, des plus luxueux de Bretagne…, tenta André.

– Et pendant ce temps-là, notre petite Ingrid qui a froid dans son tiroir, à Bordeaux, et qui devient toute noire…

– Maman ! cria sa fille. Les enfants sont là, tu pourrais changer de disque !

– Elle s'est transformée en Africaine, Ingrid ? demanda Charles.

– Oh, mon petit ! hoqueta Madeleine.

David était atterré. Cette famille aurait sa peau, un jour. Il fixa sa belle-mère de son regard le plus rancunier et lui intima l'ordre de cesser d'évoquer l'ancienne baby-sitter. Puis il se tourna vers sa femme. Elle devait faire quelque chose.

– Maman, dit Marie-Ange tranquillement, on va oublier le Ferret et établir un programme des vacances en Bretagne. Je viens de me balader dans le centre-ville, il y a une demi-douzaine de galeries de peinture assez sensationnelles. Elles méritent le détour. On peut même regarder les peintres travailler dans certaines d'entre elles, les enfants vont adorer.

– Tu crois vraiment ?

– Oui. Il y a même un marchand de tableaux qui vend des peintures aborigènes. À Pont-Aven ! C'est pas extraordinaire ?

– C'est quoi, les abo... ? la coupa Charles.

André qui, jusque-là, avait conservé le silence, ricana assez fort pour qu'on le regarde.

– Les *Aborigènes*, mon grand, expliqua-t-il, ce sont des sauvages d'Australie. Les femmes ressemblent aux hommes, et les enfants aux vieux. On ne fait pas la différence. Et ils gribouillent des barbouillages que les musées s'arrachent désormais, paraît-il.

– Tu es vraiment un sale type, siffla Madeleine.

Puis elle se tourna vers Charles qui n'avait toujours pas décrypté la réponse de son grand-père :

– C'est moi qui vais t'emmener voir cette galerie, mon chéri. Tu verras, ce sont de très belles peintures comme tu en fais parfois.

– C'est ce que je disais, s'amusa André. Du barbouillage de gamin.

– Nous irons demain matin, reprit Madeleine. Il est trop tard, ce soir. Demain après le petit-déjeuner, je t'emmène. Tu es content ?

Chapitre 10

21 août 2006

81

Lorsque les quatre voitures du général Paibool Bunnag quittèrent Asok pour prendre l'avenue Rama-IV, les policiers, qui commençaient à s'endormir dans la cafétéria de l'hôtel Surriwongse après une longue nuit de veille, reçurent un message radio qui les réveilla complètement. Le genre de message qu'ils n'avaient encore jamais expérimenté, mais dont ils avaient immédiatement capté l'importance. L'adjoint du commandant de la Crime Division les informait que plusieurs voitures de police allaient pénétrer dans les dix minutes sur le parking de l'hôtel et qu'ils devaient s'assurer que personne ne quitterait l'endroit à partir de cet instant. Les deux flics de la Tourist Police se levèrent comme un seul homme pour aller se placer en faction, l'un devant l'escalier, l'autre à l'extérieur. De cette façon, l'hôtel était bouclé. Il leur avait été également demandé de s'assurer que le réceptionniste ne touche plus à son téléphone. Le policier installé devant l'escalier donna un ordre bref à une femme assise derrière le comptoir de la réception. Elle recula aussitôt d'un mètre et tenta une plaisanterie pour le décrisper. Le fonctionnaire ne releva pas. Il poussa le volume de sa radio et ordonna qu'on lui apporte une bière.

Les voitures de la Crime Division empruntèrent l'avenue Surawong et bifurquèrent presque immédiatement pour se frayer un chemin dans le *soï* minuscule qui conduisait à l'hôtel. Elles passèrent quasiment à touche-touche entre la carriole d'une vendeuse de fruits et le mur aveugle d'un bâtiment défraîchi. Vingt mètres plus loin, elles tournèrent à droite, au niveau d'un pressing, pour s'engager sur l'aire de parking du Surriwongse.

Paibool descendit de sa voiture le premier, Delpey sur ses talons. Les policiers en faction à la réception se mirent au garde-à-vous lorsque le général entra silencieusement, comme il l'aurait fait en pénétrant à l'intérieur du Wat Po[1]. Paibool se fit confirmer que personne n'avait quitté l'hôtel. La réceptionniste considéra, interloquée, le déploiement de forces. Jamais, dans ses vingt-cinq ans de carrière passés dans ce bouge, elle n'avait vu pareille agitation policière.

Paibool se pencha au-dessus du comptoir et demanda à voix basse qu'on lui communique la fiche du client répondant au nom de Tom Gottlieb. La réceptionniste tira à elle une boîte de classement devant dater de la Seconde Guerre mondiale. Elle tria rapidement du bout des doigts une série de fiches et en sortit une qu'elle tendit au général, l'air étonné. Paibool y jeta un coup d'œil avant de la montrer à Delpey, collé à lui comme son ombre.

– Voilà notre client.

Puis il s'assura auprès de la réceptionniste que l'homme se trouvait toujours dans sa chambre. Elle tourna la tête vers le tableau où les clés étaient regroupées.

– Il est là-haut.

– Seul ?

– M. Tom est à Bangkok pour des soins médicaux. Il est très sérieux. Toujours seul.

1. Le plus ancien temple de Bangkok, véritable chef-d'œuvre de l'architecture bouddhique.

– Il ne fait jamais monter de prostituées ? interrogea Delpey.

– M. Tom très sérieux. Jamais boum-boum. Dormir, manger, aller clinique. Rentrer et dormir.

– Bien, fit Paibool. Alors on y va.

Derrière la porte de la chambre 214, Tom Gottlieb faisait la grasse matinée. Il avait contrôlé la qualité de la demi-douzaine de cassettes HI-8 recopiées, la veille, par Van De Hoordt et s'était couché à presque six heures du matin. Ce qu'il avait regardé était infernal. Les crimes avaient succédé aux crimes, tous plus inimaginables les uns que les autres. Même dans ses délires les plus fous, il n'avait jamais envisagé le quart de ce qu'il avait vu. Les trois heures de sommeil qu'il avait trouvées avaient été une longue succession de cauchemars. Comme une répétition de ce qu'il avait visionné dans des lieux et avec des gens qu'il connaissait.

Il passa une main sur les plis de son ventre jusqu'au short qu'il gardait pour dormir. Il en sentit le tissu cartonneux, collé à sa peau. Il avait pollué son lit dans son sommeil. Il se retourna en faisant crisser le sommier pour dégager son visage de l'oreiller. Il n'était pas rassasié. Il savait déjà qu'il retournerait voir le vendeur de jeans pour se procurer d'autres DVD. Jusque-là, c'était un parcours sans faute. Cette association assez inattendue avec Van De Hoordt était sa chance. Il allait satisfaire son vice à moindres frais et même gagner de l'argent. Il regarda le cadran phosphorescent de sa nouvelle montre. Il était un peu plus de neuf heures. Il avait encore bien assez de temps pour dormir et se remettre de ses émotions de la nuit. Il ne se passait jamais rien d'intéressant, à Bangkok, le matin.

Gottlieb sentait le sommeil le gagner de nouveau. Il ne parvenait plus à concentrer ses idées. C'étaient comme des taches de couleur qui prenaient le pas sur ses pensées. Comme des couches de laque qui auraient été déposées sur son cerveau. Il essayait de poursuivre une idée, mais les images s'étiolaient. Il ne sentait déjà plus les extrémités de ses membres. Il avait la nuque engourdie. Il s'enfonçait lentement dans le creux de son lit. Les taches de couleur se battaient entre elles pour dévorer son esprit. Il rendit les armes et se laissa sombrer dans l'inconscient comme il aurait coulé au fond du Chao Phraya un soir de cuite. C'était une sensation agréable. Gottlieb était un homme heureux.

Hormis ses cent quarante-cinq kilos, Paibool n'avait aucune idée de la personnalité du Belge qu'il venait arrêter. Il avait exigé de ses hommes le port d'un gilet pare-balles. Il en avait revêtu un lui-même et maintenant il crevait de chaud. Le Kevlar l'empêchait de respirer normalement. Après la nuit qu'il venait de passer, la fatigue augmentait l'effet d'apnée. Il suffoquait et son humeur s'en ressentait. Il demanda à deux de ses hommes de défoncer la porte. Ils prirent leur élan. Un instant plus tard, l'ouverture de la chambre était béante. Paibool se rua vers le lit, coinça la nuque du dormeur sous un genou, et lui appuya le canon de son petit .38 Spécial sur l'arrière du crâne. Deux autres de ses hommes escaladèrent la masse imposante de l'homme couché dans le lit et pesèrent ensuite de tout leur poids, en équilibre précaire sur son corps. La chambre était saturée d'une odeur aigre, indéfinissable, qui prenait à la gorge.

– Tom Gottlieb, vous êtes en état d'arrestation, lui hurla le général dans les oreilles sous le crépitement d'une rafale de flashes de l'appareil photo d'un policier.

Gottlieb avait mal au cou. Il se demandait ce qui pouvait le gêner à ce point. Lorsqu'il ouvrit les yeux, il ne vit rien. Seulement les rideaux vers lesquels son visage était orienté, faiblement éclairés par une lumière qui semblait provenir de l'intérieur. Il était certain d'avoir éteint la lampe de la salle d'eau, et il ne comprenait pas pourquoi le jour pénétrait dans la chambre. Paibool accentua la pression de son genou et répéta ce qu'il venait de dire. Alors Gottlieb aperçut, en faisant pivoter ses yeux dans leurs orbites, comme un animal énorme juché sur son dos. Puis il distingua les têtes, les épaules et les bras des policiers. Les derniers mots du général franchirent les méandres de son cerveau, et une sueur subite inonda son corps entier. Il sut instantanément qu'il n'était plus emporté dans l'un de ses cauchemars, mais venait d'être propulsé dans une réalité à laquelle il ne s'était pas préparé. Il se laissa menotter sans dire un mot.

Paibool donna un ordre bref à ses hommes qui commencèrent à ouvrir les armoires et les tiroirs des commodes. Tout ce qu'ils trouvaient était jeté pêle-mêle dans des sacs en toile de cent litres. Ils retournèrent les matelas, les sommiers, les poubelles, dévissèrent les caches des toilettes et regardèrent derrière les grillages des fenêtres. Delpey observait chacun de leurs gestes, enregistrant mentalement tout ce qui disparaissait dans les sacs. Il s'était mis à croire à cette histoire, mais jusque-là, rien de ce que ramassaient les policiers thaïs ne ressemblait à du matériel de fabrication ou de projection de vidéos.

Maintenu au sol, Gottlieb voyait des policiers enfouir dans un grand sac de toile jaune tout ce qu'ils ramassaient dans la chambre et se félicitait d'avoir accepté, la veille, de remettre son ordinateur à De Hoordt. « *Je vais tenter de craquer le logiciel de cryptage* », lui avait-il dit. Tom avait d'abord refusé net avant de se laisser fléchir. Quelle chance !

Des flics échangeaient parfois des commentaires en anglais avec un Européen. C'est lui qui eut l'idée de dévisser le globe du plafonnier dans lequel avaient été cachées la mini-DV et les cassettes HI-8 remises par De Hoordt. À cet instant, Tom Gottlieb fut pris d'un tremblement irrépressible. Sa gorge se noua et il se mit à sangloter.

– Nous avons ce que nous cherchions, je crois, dit Paibool à Delpey. On peut retourner à Phanon Yothin. Deux hommes resteront dans la chambre.

82

À dix-huit heures, heure française, la veille, Duncan avait relu plusieurs fois le mail en provenance de Bangkok.

Il n'en croyait pas ses yeux. D'abord le message du commissaire Delpey. Depuis combien d'années n'avait-il pas revu Jean ? Quinze au moins. Depuis leur excursion vers Ban Hin Taek, dans le Triangle d'or. Un épouvantable reportage de quatre jours qui avait failli basculer lorsqu'ils avaient été arrêtés par les hommes de main de Khun Sa. Lui était parvenu à prouver sa qualité de journaliste au roi de l'opium, mais le policier français n'avait aucun alibi. Il avait fallu que Duncan use de toute la persuasion dont il était capable pour leur faire croire qu'il s'agissait de son rédacteur. Les trafiquants les avaient enfermés dans une maison, le policier attaché, lui libre, et avaient prévenu qu'ils décideraient de leur sort après s'être renseignés sur eux à Bangkok. Delpey, qui savait son temps compté, avait exhorté une partie de la nuit Duncan à s'enfuir. « *Ma tête est mise à prix. On leur communiquera prochainement ma photo. Dès qu'ils apprendront que je suis le policier des stups de l'ambassade de France, ils me liquideront. Il faut vous en aller* », avait-il insisté. Duncan voulait rester avec le policier mais, à bout d'arguments, il avait fini par se glisser par la fenêtre de la hutte et avait filé dans l'obscurité, laissant derrière lui Delpey persuadé que sa carrière allait bientôt s'achever là, dans ce village improbable du nord-est de la Thaïlande.

Duncan avait couru le reste de la nuit jusqu'au premier poste de Border Patrol Police[1]. Jusqu'à ce qu'il aperçoive le drapeau thaï flotter au-dessus d'un petit camp de jungle. Il avait raconté son histoire aux policiers et il lui avait fallu encore un moment pour les convaincre de se porter au secours du commissaire français. Mais à l'aube, une centaine de commandos thaïlandais prenaient d'assaut Ban Hin Taek et libéraient Delpey. La Border Patrol Police avait raté Khun Sa, mais elle avait saisi presque une tonne d'opium brut. S'en était suivie une fête mémorable au cours de laquelle Duncan avait été fait membre d'honneur de la BPP. Et ce jour-là, une amitié indéfectible était née entre lui et Delpey.

1. Unité de la police des frontières thaïlandaise.

Après que Duncan eut repris l'avion pour Paris, ils étaient restés en contact des années par courrier. Puis les lettres s'étaient espacées. Ils s'envoyaient encore leurs vœux de nouvel an jusqu'à ce jour où ni l'un ni l'autre ne pensa à le faire. Duncan croyait ne plus jamais remettre les pieds en Thaïlande. Quant à Delpey, il voyait l'heure de sa retraite approcher et espérait aller directement s'installer en Calédonie. Ban Hin Taek était une vieille histoire, ils avaient chacun rempli leur vie d'autres aventures et se disaient sans doute qu'il faudrait un événement extraordinaire pour les réunir de nouveau.

La deuxième raison de l'étonnement de Duncan fut le ton du mail de Delpey : « *Mon Cher Alain, comme tu t'en souviens certainement, je te dois d'être encore en vie et je n'ai à ce jour pas trouvé le moyen d'honorer cette dette. Pendant des mois, lorsque nous nous côtoyions à Bangkok, tu rêvais d'un scoop magistral. Je t'entends encore m'en parler. Eh bien, je t'invite à me rejoindre. Ce scoop, je peux te l'offrir maintenant. Mais comme tu le sais mieux que moi, l'actualité n'attend pas. Il faudrait que tu sois à Bangkok dans les quarante-huit heures. Sincèrement. Jean.* »

Duncan fut tenté d'appeler immédiatement l'ambassade, mais un coup d'œil à sa montre lui indiqua qu'il n'y trouverait personne à cette heure. Il referma l'ordinateur et alla regarder le Bassin.

83

C'est le froid qui avait réveillé Charles. Comme si un courant d'air glacé lui tombait sur le crâne depuis le plafond. Il se tourna et regarda vers le lit occupé par Julie. Sa sœur dormait encore. Il régnait dans la chambre une semi-obscurité due à l'un des deux volets de bois, resté entrouvert. Charles se redressa et frissonna. Il regarda la montre que lui avait offerte son père au début des vacances et prit le temps nécessaire pour déchiffrer le cadran. Il n'était pas encore huit heures. Charles enfila ses chaussons et sa robe de chambre, puis alla jusqu'à la fenêtre. L'espace libéré entre les deux volets était suffisant pour lui permettre d'observer l'extérieur. Le parc était encore dans la pénombre. Au-dessus des arbres, d'énormes nuages sombres avançaient lentement dans le ciel. Les rochers se confondaient avec le sol et la couleur de la rivière, et l'on aurait dit que l'Aven venait de déborder.

Charles regarda les arbres. C'étaient de grands pins comme au Ferret, plus gros, plus puissants encore. Il avait découvert un jour, au Ferret, le monstre caché derrière l'un de ces arbres. Il se dit qu'en attendant, il le verrait sans doute ici aussi. Alors il sortirait sans bruit et irait lui dire que personne ne voulait croire à son existence.

Dans son dos, Julie venait d'ouvrir un œil.

– Pourquoi tu es déjà debout ? demanda-t-elle.

– J'attends de voir le monstre.

Julie soupira.

– Ah oui, le monstre avec sa caméra ! J'avais oublié.

– Non, celui qui est dans les arbres.

– Je sais, celui qui nous filme. Et alors, tu l'as vu ?

– Il va venir.

Julie se mit à rire en forçant sa voix.

– Tu ne me crois jamais, dit Charles. J'irai lui dire que tu ne me crois pas. Il te prendra avec ses pouvoirs magiques, et personne ne te retrouvera jamais.

– Et moi, je vais dire à mamy que tu m'empêches de dormir avec tes histoires de bébé. Elle te grondera et elle ne t'emmènera pas voir les tableaux des sorciers d'Australie.

Comme elle faisait mine de se lever, Charles se précipita vers elle et l'entoura de ses bras.

– Le monstre, c'est notre secret. Ne dis rien. Je me recouche, mais ne dis rien.

Julie se dégagea et essaya de retrouver une expression de sa grand-mère.

– Alors, au lit.

Charles jeta un dernier coup d'œil vers la fenêtre et remonta dans son lit. Il était tranquille parce qu'il savait que le monstre ne l'abandonnerait pas. Il était sûr qu'il ne serait pas long à revenir.

84

Duncan avait veillé tard dans la nuit pour être en mesure d'appeler l'ambassade de France à Bangkok à l'heure de son ouverture. Il demanda le service des stups.

– Allô ? fit la voix grave de Delpey.

– C'est Alain, Jean.

– Ah, tu as reçu mon mail.

– J'ai attendu un peu pour t'appeler. À cause du décalage horaire.

Ils entamèrent leur conversation comme s'ils s'étaient quittés la semaine précédente.

– Sacré Duncan. J'ai toujours une dette vis-à-vis de toi. À chacun de mes anniversaires, je me dis que je le fête grâce à toi.

– C'est un peu exagéré, non ? C'est bizarre de me ressortir cette vieille histoire après tout ce temps…

– J'attendais l'occasion, et elle vient de se présenter.

– Alors, c'est vrai : tu as une proposition à me faire ?

– Une proposition que je n'aurais faite à personne d'autre.

– Explique.

– Pas par téléphone. Il faut que tu me fasses confiance.

– Je suis à dix mille kilomètres…

– Saute dans un avion.

– La drogue ?

– Franchement, je ne peux rien te dire maintenant. Seulement te convaincre de rappliquer par le premier vol. C'est possible ?

– Actuellement, je suis en vacances. Donc ça peut se faire.

– Où es-tu ?

– Au Cap-Ferret.

– Alors file à Paris et arrête-toi directement à Roissy. Tu ne le regretteras pas.

Quand Duncan eut raccroché, il ressortit pour regarder une nouvelle fois le Bassin. Cette invitation allait rompre la monotonie de sa vie et lui permettre de se changer les idées. Il rentra dans sa cabane, prit son portefeuille, vérifia que sa carte Visa et son passeport s'y trouvaient et se rua dans sa voiture. Il démarra sur les chapeaux de roues et prit la direction de Paris. Il pouvait être à l'aéroport vers dix heures et embarquer dans le premier avion qui se présenterait avant midi.

85

Madeleine avait l'impression que les enfants ne s'étaient jamais tenus aussi mal de leur vie. La visite des galeries avait été un enfer. Julie avait roté en entrant dans chaque boutique. Lorsque Charles avait découvert les peintures aborigènes, il était tombé en transe, ne revenant à la réalité que pour se livrer à des incantations avec des mots que sa grand-mère ne comprenait même pas. Abasourdi, le propriétaire de l'endroit avait proposé d'appeler un médecin, et cela avait été comme la cerise sur le gâteau. Madeleine lui avait demandé de répéter. Pensant que la vieille dame était un peu dure d'oreille, le monsieur avait renouvelé sa proposition, avançant même la main jusqu'au combiné de son téléphone. Madeleine avait hurlé. Elle lui avait crié qu'elle se sentait humiliée à un point qu'il n'imaginait pas, que son petit-fils était dans son monde de rêves, comme tous les enfants de son âge, et qu'il était tout à fait normal. Elle avait conclu que, devant de telles horreurs, il lui semblait attendu qu'un gosse perde ses nerfs. « *Et vous vendez ça combien ?* » avait-elle demandé. « *Six mille euros* », avait répondu, interdit, le galeriste. Madeleine lui avait ri au nez avant de saisir Charles et Julie par les bras et de partir en claquant la porte.

Elle était arrivée à l'hôtel la coiffure défaite, le teint pâle, hors d'elle, et avait aussitôt consigné les enfants dans leur chambre jusqu'au dîner.

– Vous savez, dit-elle en trouvant David allongé dans un transat sur la terrasse, un de ses livres de philo dans les mains, si vous croyez que je vais me coltiner vos sales gosses jusqu'à la fin des vacances, vous vous trompez. Et vous direz à ma fille de s'en occuper elle-même lorsqu'elle aura une autre idée aussi brillante que de les emmener visiter des galeries de peintures de sauvages.

À l'instant où David demandait, en portant l'une de ses mains en visière au-dessus de ses yeux, quelles bêtises ils avaient faites, le portable de Madeleine sonna au fond de son sac. Elle lui tourna le dos. David la regarda s'énerver pour attraper le téléphone, puis se replongea dans sa lecture.

Lorsqu'elle raccrocha, Madeleine était bouleversée. Elle tenta vainement de dire un mot à David ; elle était comme un poisson cherchant de l'oxygène. Elle se laissa choir, bouche ouverte, sur une chaise de jardin. Lorsque David leva les yeux vers elle, il comprit tout de suite qu'elle était en proie à une panique affreuse. Sa première réaction fut d'appeler son fils, puis il se rappela qu'il était avec sa sœur dans leur chambre. Qui avait téléphoné à Madeleine et que lui avait-on annoncé ?

– Vous êtes souffrante ? Je peux vous aider ?

– David, murmura-t-elle, vous n'imaginerez jamais ce que je viens d'apprendre…

– Eh… non ! fit-il avec l'air de le regretter.

– Le journaliste de Pau qui nous avait interviewés après la disparition de notre pauvre Ingrid, il vient de rappeler.

– Oui… ?

– Il me dit qu'une seconde fille du Ferret a disparu depuis deux ou trois jours et qu'il y en aurait peut-être même une troisième dont des proches sont sans nouvelles depuis plus d'une semaine. Vous vous rendez compte ?

– C'est sûr, cette histoire ?

– Comment voulez-vous que je le sache ? Il avait l'air très affirmatif. C'est même les gendarmes qui lui ont communiqué mon numéro de téléphone portable. C'est épouvantable.

– Et qui sont ces filles ?

– Il ne m'a parlé que de la dernière. Elle logeait juste à côté de la villa, à l'Hôtel de la Plage. À deux cents mètres de chez nous…

– Comment sait-on qu'elle a disparu ?

– Elle est partie un matin à la plage d'Arcachon comme elle le faisait chaque jour et elle n'a plus réapparu. Elle a laissé toutes ses affaires dans sa chambre. C'est le patron de l'hôtel qui a donné l'alerte.

– Qu'en disent les gendarmes ?

– Il paraît qu'ils prennent l'affaire très au sérieux. Ils vont faire venir des renforts pour effectuer des battues.

– Je ne comprends pas pourquoi ce journaliste vous appelle pour vous raconter cette histoire, s'étonna David.

– Il voulait savoir si nous la connaissions. Ou plutôt si Ingrid la connaissait. Il m'a dit qu'il cherchait des liens entre elle et ces filles.

– Ce que je veux dire, c'est que je ne comprends pas pourquoi ce ne sont pas les gendarmes qui ont appelé. Vous ne trouvez pas cela curieux ? Vous ne lui avez pas demandé ?

Madeleine ne répondit pas. Elle cherchait maintenant un objet dans son sac, le visage quasiment enfoui à l'intérieur. Elle en retira un mouchoir avec lequel elle s'essuya les yeux.

– Non. J'étais incapable de prononcer une parole, reprit-elle. Deux nouvelles disparitions au Ferret, c'est incroyable ! Je vais dire à André de mettre la maison en vente, nous ne pouvons plus y aller.

David se redressa d'un coup sur son transat.

– Madeleine !

– Je vous demande pardon…

– Je pense André assez affecté comme cela pour ne pas en rajouter. Attendons de savoir ce qui se passe vraiment.

– Toutes ces filles qui disparaissent, ce n'est pas suffisant, pour vous ?

– Ce ne sont que des rumeurs…

– Et Ingrid, vous en faites quoi ?

– Voilà. Il y a eu ce meurtre épouvantable. Pour le reste, nous n'en savons rien. Des meurtres, il y en a malheureusement partout en France. S'il fallait fuir tous les endroits où des gens se font assassiner, il n'y aurait plus nulle part où aller.

– Mais comment pouvez-vous avoir encore envie d'aller en vacances dans un endroit où l'on massacre les jeunes filles ?

– Votre fille tient énormément à cette maison. C'est la maison de son enfance, elle fait partie de sa famille. Et je crois que cette histoire de filles kidnappées n'est qu'une parenthèse dans la vie du Ferret. L'assassin n'a pas élu domicile là-bas, tout de même ! Vous verrez que l'année prochaine on n'en parlera plus. Heureusement.

– Et s'il s'agissait de quelqu'un du coin… Vous l'avez envisagé ?

– Alors, franchement, pas du tout.

– Eh bien, dit Madeleine en s'éloignant, réfléchissez encore. Pensez à vos enfants…

David reprit son livre, mais sans parvenir à se replonger dans sa lecture. Les lignes dansaient devant ses yeux. Charles et Julie occupaient maintenant tout son esprit. Bien sûr qu'il pensait à eux, il ne faisait que cela depuis la disparition d'Ingrid. Mais était-ce la peine de se séparer de la maison ? Tout de suite les grands moyens ! Heureusement, le temps ajusterait les choses et les humeurs. Pour l'heure, ils étaient tous à l'abri en Bretagne, il fallait redonner confiance à Madeleine. David se dit qu'il allait même lâcher un peu la bride sur le cou des enfants, histoire de montrer à leur grand-mère que la vie continuait. On ne pouvait pas enfermer continuellement Charles et Julie. Il fallait aussi les responsabiliser. Ce serait pénible, David le savait, mais il se devait de faire cet effort. Pour eux.

86

Gottlieb était ficelé sur une chaise métallique dans la salle de conférences du quartier général de la Crime Division de Phanon

Yothin Road. Le général avait demandé à un policier et à un médecin de son service de l'assister avec interdiction formelle de lui adresser la parole. Les deux hommes observaient le Belge sans broncher. La caméra et les cassettes avaient été posées en évidence devant lui, sur le bureau. La climatisation avait été coupée.

Lorsque Paibool réapparut dans la pièce avec son équipe, il était un peu plus de treize heures. Delpey remarqua aussitôt le corps cassé de Tom Gottlieb sur sa chaise et les sillons brunâtres qu'avaient creusés les larmes sur ses joues. Les policiers passèrent devant lui sans lui adresser un regard. Ils installèrent un écran plasma d'une taille respectable sur la table de travail du général et le dirigèrent vers le centre du bureau, de manière à ce que leur prisonnier puisse le voir. Ils tirèrent des chaises et les placèrent en ligne à côté de celle occupée par Gottlieb. Un aspirant entra avec des rafraîchissements qu'il déposa à côté de chacun des sièges, à l'exception de celui du Belge. Une fonctionnaire de la Crime Division fit une apparition de quelques minutes, le temps de tirer les doubles rideaux afin d'occulter les fenêtres. Ni l'aspirant ni elle n'avaient témoigné une once d'intérêt pour Tom Gottlieb. Chaque personne qui entrait dans la pièce ou en sortait le faisait d'une façon appliquée, presque religieusement, mais comme si rien n'était vraiment important. Pas un mot n'avait été prononcé depuis le retour des enquêteurs dans le bureau. Les mains et les genoux de Gottlieb étaient agités d'un tremblement continu que Delpey avait déjà remarqué tôt le matin. Sur un geste du général, les inspecteurs et le policier français prirent place sur leurs sièges. Paibool fit éteindre la lumière, tripota un moment une télécommande comme s'il cherchait le canal approprié pour ce qu'il voulait faire, puis il appuya sur une touche. Derrière l'écran plasma, un de ses hommes venait de connecter le caméscope récupéré à l'hôtel Surriwongse. Comme les inspecteurs thaïlandais, Delpey était tendu. Il redoutait ce qu'il allait découvrir. La première image éclaira l'écran.

C'est une forêt. On entend des pas et une respiration. La caméra navigue presque au ras du sol. La végétation brouille l'image par moments. Il y a du givre sur les feuillages qui cinglent l'objectif. Parfois, l'image accroche l'horizon et le premier plan s'assombrit. Une silhouette court au milieu de ce fatras de racines, de feuilles pourries et de ronces. Une petite silhouette en anorak fluo. La silhouette se retourne une première fois, mais on ne distingue pas encore son visage. Elle est trop loin. On entend un halètement, un grognement et des jappements. Il y a comme une bête à hauteur de la caméra. On ne la voit pas encore. Contre l'horizon argenté, la petite silhouette pousse un cri. Les jappements redoublent. Une masse noire apparaît en bas de l'écran, tenue en laisse au bout d'une main gantée. C'est un gros chien noir. Un chien dans le crépuscule, qui galope en hurlant vers la silhouette. Elle est maintenant plus grosse sur l'écran. La caméra la rattrape lentement. La silhouette se retourne encore. Cette fois-ci, on aperçoit son visage. C'est une petite fille terrorisée. Elle doit avoir dix ou onze ans. Elle est blonde. La caméra se rapproche encore. La végétation s'écarte devant l'objectif. Le chien noir jappe rageusement au bout de sa laisse. La fillette court moins vite. On sent ses jambes lourdes, difficiles à soulever sur ce sol dont la pente encombrée de racines s'est accentuée. En bas de l'écran, la main retient encore le chien. Le chien talonne la silhouette. Il est presque aussi haut qu'elle. Il aboie furieusement et la silhouette hurle en écartant les bras. Elle se retourne encore. Sur son petit visage, se lit l'incompréhension de la situation dans laquelle l'enfant a été jetée. Alors, la main lâche la laisse et le chien bondit. La caméra cesse de filer entre les arbres. L'image se stabilise et, à l'aide d'un zoom, se rapproche lentement du chien qui vient de renverser l'enfant. On entend des hurlements de terreur mêlés à des grognements et des jappements. Des cris de douleur inhumains. Le bruit des feuilles retournées et des branches cassées, aussi. La petite voix hurle. Elle appelle sa maman et son papa. Puis la caméra est de nouveau contre la scène du crime. La fillette est en gros plan, offerte au spectateur. Des plumes de son anorak bon marché virevoltent autour du corps. Le chien s'acharne. Il arrache, au magma informe, des morceaux de tissu et de chair. La voix de la petite fille a faibli. Ses appels au secours se perdent derrière les grognements du chien. L'image est plus sombre. De la nuit qui enveloppe la scène, un banc-titre surgit en lettres d'or. Une triade répondant au nom des Trois Dragons remercie les acheteurs de cette séquence vérité en allemand, en français, en anglais, en espagnol, en chinois et en arabe.

Delpey consulta son bracelet-montre. Le film avait duré vingt minutes. La mise à mort de l'enfant dix bonnes minutes. Il se tourna vers Paibool, assis à côté de lui, et l'interrogea d'un coup de menton. Derrière l'écran, le policier s'activait à mettre une autre cassette dans le caméscope. Imperturbable, Paibool appuya une nouvelle fois sur la touche de sa télécommande.

– Nous ne sommes pas au bout de nos surprises. Je le crains.

Delpey ne releva pas. Comme chacun des autres membres de l'équipe, il attendait avec anxiété la séquence suivante. Lui aussi croyait avoir atteint le fond de l'abjection humaine au cours de sa carrière. Il découvrait que bien des types qu'il avait contribué à conduire au poteau d'exécution de la prison de Lard Yao n'étaient que des amateurs.

Sur la cassette suivante, les premières images montrent la mer. L'océan dans la lumière d'un jour pâle. On ne sait pas s'il s'agit de l'aube ou du crépuscule. C'est une plage immense et vide qui fait face aux vagues couleur argent. Une femme est allongée, nue, devant ce paysage de fin du monde. Cela ressemble à un été indien. Il n'y a que l'Océan, la plage démesurée, et cette femme seule sur sa serviette de bain. La caméra se rapproche d'elle au rythme du marcheur qui la tient certainement à bout de bras. L'agression se produit à la vitesse de l'éclair. La masse imposante d'un homme se jette sur elle. La femme est étranglée par une corde et traînée jusqu'à un trou à quelques mètres de l'endroit où elle se trouvait. Elle est précipitée à l'intérieur. Son agresseur lui remplit la bouche de sable. On ne voit ensuite que le bas de ses jambes qui s'agitent, ses pieds qui se tendent et mordent l'air autour d'elle. La caméra se rapproche. Elle filme les jambes et les cuisses de la femme. Le reste du corps se confond avec le sable. Une main plonge vers le ventre. Le cadrage se resserre sur le sexe qui l'avale brutalement. À cet instant, la femme parvient à se dégager du fond du trou. Elle s'est retournée et s'est mise sur les genoux. Elle va se redresser. La caméra a dû être posée à même le sol car l'image est bancale. Deux mains puissantes gantées de latex la saisissent par le bassin et la remettent face à l'objectif. Puis le viol se répète, plus frénétique, plus violent. Le corps se contorsionne. On entend par intermittence des cris étouffés par le sable que la victime a dans la bouche. Un gros plan montre une partie du visage de la femme. C'est une jeune femme brune dans la trentaine. La lumière permet encore de distinguer l'éclat de panique qui fait briller ses yeux. D'une poussée violente, la main s'enfonce encore plus loin dans le ventre. Les jambes deviennent molles et retombent sur le corps. L'agresseur comble le trou et la victime tente une nouvelle fois de s'extraire du sable. La caméra filme en gros plan la femme ensablée vivante. Les cris faiblissent. Il ne reste sur la dernière image de la vidéo que la plage, et la mer au loin.

Paibool fit signe au policier d'insérer une autre cassette.

L'image est d'une qualité médiocre, les couleurs ont comme passé avec le temps. On dirait un vieux film. Celui-ci met en scène un jeune Maghrébin ligoté sur une table dans ce qui ressemble à une cabane de jardin. Son agresseur lui détaille les tourments qu'il va lui faire subir. Il s'amuse avec son prisonnier. Il le prépare à une horreur qui glace le sang. La violence monte crescendo. La fin de la séquence est insupportable. Les lèvres et le nez du garçon sont découpés à l'aide d'un sécateur. Son sexe est fendu du haut en bas. Entre-temps, son tortionnaire lui a brisé tous les membres. La mort, pourtant, tarde à venir. La victime s'accroche à la vie.

Delpey avait fermé les yeux. « *L'exécution de Ravaillac... Je viens de voir l'exécution de Ravaillac ! Ce n'est pas possible, cette merde !* »

Paibool demanda à son subalterne un nouveau sujet.

C'est une jeune fille kidnappée au milieu d'une forêt. Elle est dénudée brutalement. La caméra s'attarde un instant sur la robe blanche à pois noirs jetée en boule dans un taillis. Les extrémités des membres de la victime sont fixées à terre. Elle paraît n'avoir pas encore vingt ans. C'est une jolie blonde au visage gracile. Une fille athlétique et fine à la fois. Le tueur s'acharne sur sa beauté. Il lui casse le nez, les dents. Avant de la violer plusieurs fois et de la crucifier. La vidéo se termine sur le visage d'ange d'un petit garçon surpris dans le clair-obscur d'un parc. L'image s'approche jusqu'à le cadrer en gros plan. Puis un texte en six langues : « *Notre prochaine victime.* »

Delpey avait désormais la bouche complètement sèche. Et un poids terrible en haut de la poitrine. Il respirait de plus en plus difficilement. Il aurait voulu dire quelque chose, et il en était incapable. Comment ces salopards pouvaient-ils faire de la pub pour leurs crimes à venir ? C'était inconcevable. Cet enfant était-il encore vivant ? Avait-il été déjà assassiné ? De quelle manière ? Delpey serrait les dents. Dès qu'il relâchait la pression, son menton tremblait.

L'écran éteint, la pièce avait été replongée dans une quasi-obscurité. Seul, le rai de lumière qui filtrait au travers des doubles rideaux laissait deviner les silhouettes assises devant la télévision. Delpey sentit quelqu'un bouger sur sa gauche. Un policier porta la main à sa bouche en se levant pour essayer de gagner la porte de la pièce. Mais à peine debout, il libéra un flot de bile qui éclaboussa ses voisins. Delpey était trop las pour se reculer. Il tourna la tête et surprit le regard que posait sur Tom Gottlieb le policier qui n'avait pas même pris la peine de s'essuyer. Un concentré de tristesse et de haine comme il n'en avait jamais vu. Puis il aperçut la main du policier sur la crosse de son revolver. Delpey allait se lever lorsque le policier relâcha son arme, se passa le revers d'une main sur les lèvres, et quitta le bureau sans un mot. Paibool n'avait rien perdu de la scène. Il effleura l'épaule de Gottlieb et lui lança d'une voix glaciale :

– Tu vas nous nettoyer ça immédiatement, salopard. Tu vas nous nettoyer le sol avec ton short ou je te refroidis.

Gottlieb porta ses mains enchaînées devant son visage. Le général répéta son ordre. Gottlieb fit descendre son short le long de ses jambes et le récupéra en boule, coincé contre ses menottes. Il se laissa ensuite glisser au bas de sa chaise et se traîna jusqu'à la flaque de bile. Paibool s'approcha de Delpey.

– Nous allons obtenir tout ce que nous voulons de ce tas de merde, lui murmura-t-il à l'oreille.

Puis il demanda qu'on mette dans le lecteur la dernière cassette qu'il souhaitait regarder et appuya une nouvelle fois sur la touche de sa télécommande.

Le profil d'un immense bouddha se découpe en ombre chinoise sur un ciel orangé qui vire au pourpre. Dans le lointain, des palmes de cocotiers frémissent contre la ligne d'horizon. Le jour baisse lentement. Il y a de l'ocre et de la poussière dans l'air. C'est l'heure où les animaux, qui se sont cachés pour échapper à la brûlure du soleil, ressortent de leur abri. La caméra glisse lentement en gros plan sur le sourire énigmatique des lèvres du bouddha. L'image disparaît dans un fondu au noir. Une autre bouche occupe ensuite la largeur de l'écran. C'est une bouche bien réelle, aux lèvres tuméfiées qui tremblent. Une perle de sang brille à la commissure. La lumière froide d'un néon éclaire maintenant la scène. Un travelling arrière permet de découvrir la fille entièrement nue suspendue par les bras à ce qui ressemble à une poutre de temple avec des décorations polychromes incrustées dans le bois. La pointe de ses orteils touche à peine le sol. Elle a de longs cheveux très noirs qui tombent en cascade sur son dos. Elle a une vingtaine d'années. Elle n'est pas jolie, mais il se dégage d'elle un certain charme. Sans doute la largeur de ses yeux et l'intensité de son regard. Peut-être aussi la finesse de son cou et la forme de ses seins ronds, compacts, accrochés haut sur la poitrine, dont l'effet est renforcé par la position des bras. La caméra balaye son corps dans un lent mouvement de haut en bas. Tout semble parfait dans ce corps exposé aux regards. La fille a une taille d'une finesse incroyable alors qu'on devine ses fesses charnues et rebondies. Elle a de longues cuisses musclées, des mollets bien dessinés. Sa peau est couleur ambre, à peine foncée. Dorée plutôt. Sous ses aisselles, émergent de petites touffes de poils sombres. Sur son bas-ventre, c'est un triangle de poils parfait, ras, qui brille dans la lumière. La voix d'un homme lui dit en anglais qu'elle va être rasée. La fille frémit. Et une main prolongée d'une lame affilée s'avance sur l'image. Le rasoir caresse ses dessous de bras. La fille n'oppose aucune réaction. Lorsque la lame attaque ses cuisses, la poitrine de la fille se raidit, ses lèvres s'entrouvrent sur une plainte modulée, tandis que des larmes embuent le blanc de ses yeux. Puis le rasoir s'enfonce dans sa peau d'un mouvement prolongé, interminable et méthodique. Alors la fille est écorchée vive, carré de peau par carré de peau. Elle se tord et hurle et fait sous elle. L'urine coule sur le long de ses jambes, diluant le sang qui suinte de son épiderme. À chaque mouvement de la lame, les plaies s'agrandissent. Les pieds de la fille, laissés libres, battent la mesure dans une sorte de danse effrénée. Les liens qui la retiennent aux poignets pénètrent dans les chairs. Elle plante ses ongles dans les paumes de ses mains. C'est une vision insoutenable. Lorsque sa tête retombe sur sa poitrine et que les spasmes de son corps cessent, la cassette tourne depuis trois quarts d'heure.

Delpey avait fermé les yeux depuis un bon moment déjà. Il aurait aimé se boucher les oreilles, mais il n'osait pas. À côté de lui, Paibool serrait les dents. Les autres policiers avaient les muscles tendus à en faire sauter les boutons de leurs uniformes. Seul Gottlieb semblait se dissoudre sur sa chaise comme un glaçon qui aurait été abandonné au soleil. Paibool fit rouvrir les rideaux et se tourna vers lui.

– S'il s'avère que ce film met en scène une ressortissante de Thaïlande, votre affaire est pliée. Ce sera le peloton d'exécution. Vous allez devoir jouer serré pour vous en sortir.

Gottlieb n'était pas en mesure de répondre. Il ne réfléchissait plus. Il n'avait regardé aucun des films qui venaient d'être présentés pendant plus de deux heures. Les bandes-son étaient entrées dans son cerveau comme autant de coups de couteau. Il attendait que son cœur s'arrête, mais la pompe cardiaque continuait de fonctionner, faisant pulser dans les tempes des flots de sang qui accentuaient sa migraine. Il avait soif. Chaque pli de son corps était collé par une sueur épaisse qui empuantissait l'air autour de lui. Il entendait à peine les policiers s'affairer dans la pièce. Il leva ses deux mains, cala ses coudes sur ses genoux, et y enfouit son visage.

– Vous allez nous dire tout ce que vous savez, lui souffla Paibool. Tout. L'endroit où vous avez acheté ces cochonneries, qui les fabrique, combien vous les avez payées. Depuis combien de temps vous êtes dans le système… Si vous collaborez, la justice du royaume en tiendra compte. Vous serez mis au secret et on décidera de votre sort en fonction de ce que vous nous aurez livré. Si vous ne collaborez pas, vous serez enfermé à la centrale de Bangkok, on fera savoir pourquoi, et je doute que vous parveniez jusqu'à votre procès. Le gang qui est derrière cette entreprise s'occupera de vous. Et je n'aimerais pas être à votre place. Vous serez découpé vivant comme le fugu, le poisson chinois.

– Je voudrais rencontrer un avocat, monsieur, articula Gottlieb.

– Vous n'êtes pas en Europe, ici. On contactera un avocat quand vous aurez commencé à parler.

– Je ne suis qu'un acheteur occasionnel, murmura Gottlieb.

– Non, coupa Paibool. Vous êtes un trafiquant. Une saloperie de trafiquant de *snuff movies*.

– Je vais tout vous dire.

CHAPITRE 11

24 août 2006

87

L'homme leva les yeux vers la fille allongée devant lui sur la petite plage coincée dans une crique de la Côte sauvage. Elle avait posé son livre sur son sac et s'était assoupie. Le parasol à bandes jaunes et vertes la maintenait dans un cercle sombre au milieu de la blancheur éclatante du sable. Déjà, les ombres s'étiraient depuis les parois de granit rose. Les dernières familles ramassaient leurs affaires et appelaient les enfants encore occupés à faire des pâtés ou à se mouiller les pieds au bord de l'eau. La marée était haute maintenant.

Il était satisfait. Il pouvait l'être. Son problème, qui la semaine précédente semblait pratiquement insoluble, était résolu. Presque. En trois jours d'enquête, l'homme avait réussi à loger la famille Leclerc. La postière n'avait fait aucune difficulté pour lui donner l'adresse de son nouveau lieu de vacances. Un sourire et une invitation au night-club de la Pointe avaient emporté ses dernières réticences. La fille avait bien ri en lui expliquant que si c'était le mauvais temps qui les avait chassés du Sud, ce n'était pas en Bretagne que ces gens-là retrouveraient le soleil !

Le vent s'était levé. L'homme fixait depuis un moment, derrière les nuages, la tache de lumière descendant vers l'horizon. On aurait bientôt l'impression que la nuit était tombée. Il repensa encore une fois au scénario qu'il avait arrêté. Avec un peu de chance, tout serait terminé à temps.

88

Il avait fallu plus de deux heures à Duncan pour franchir le contrôle de l'immigration et récupérer sa valise. Il alla au comptoir des taxis de ville à côté du point de rendez-vous de la porte 3 et fut immédiatement assailli par une nuée de filles en uniformes jaune Kodak. Il donna une adresse sur l'avenue Sathorn et laissa l'employée lui prendre ses bagages. Cinq minutes plus tard, il était assis dans une voiture confortable dont le chauffeur parlait un anglais tout à fait compréhensible. C'était une révolution. La dernière fois qu'il avait mis les pieds à Bangkok, les taxis ne disposaient pas de compteurs, les chauffeurs étaient crasseux et quasi analphabètes. Il fallait négocier âprement pour ne pas payer cinq ou dix fois le prix de la course.

– *Skyway, sir ?* demanda le Thaï.

Duncan acquiesça et la voiture démarra. La circulation était encore fluide. Le taxi zigzaguait entre d'immenses flaques d'eau laissées par la mousson sur le bitume. Les essuie-glaces balayaient le pare-brise à une cadence effrénée. Duncan posa sa tête sur le dossier de la banquette et regarda défiler le paysage. Un ciel de plomb écrasait la ville. Au loin, c'est à peine si les néons des enseignes publicitaires parvenaient à percer la brume. L'autoroute aérienne filait au-dessus de quartiers qui se ressemblaient tous. Tous les deux cents mètres, des panneaux de signalisation indiquaient les directions de Dao Kanong et de Klong Toey. C'était un réseau inextricable d'échangeurs qui tournaient sur eux-mêmes, incompréhensible au premier abord.

Trente minutes plus tard, le taxi arriva au-dessus du boulevard Rama-IV, Duncan reconnut la flèche qui surplombait l'hôtel Dusit.

Lorsqu'ils passèrent devant le U Chu Liang Building, Duncan regarda les grosses lettres dorées sans y croire. La dernière fois qu'il était venu y rencontrer le chef du bureau d'ABC en Thaïlande, c'était un immeuble de six ou sept étages en béton assez sale. Il avait été remplacé par une tour gigantesque en marbre et en acier. Qui aurait cru que les loyers versés par les agences de presse auraient enrichi à ce point le propriétaire ?

– *Next corner, Sathorn, sir*[1], annonça le chauffeur.

Le taxi patienta cinq bonnes minutes au feu rouge du croisement, puis s'engagea sur l'avenue. Delpey habitait un condominium derrière l'Alliance française. C'était à moins de trois cents mètres, maintenant.

Duncan sortit de son portefeuille 600 bahts et les tendit au chauffeur. Une atmosphère lourde et humide s'engouffra dans la voiture dès qu'il en ouvrit la porte. Il récupéra ses bagages et hâta le pas vers l'entrée de l'immeuble en rentrant la tête dans les épaules pour éviter d'arriver complètement trempé. Un gardien en uniforme de général mexicain le salua et l'interrogea du regard.

– *Khun Delpey*[2] *?* demanda Duncan.

Le Thaï s'avança jusqu'à l'ascenseur et appuya sur la touche du sixième étage.

La porte s'ouvrit sur un homme d'une cinquantaine d'années. Les cheveux blancs, avec un air las que dissimulait mal le sourire qui éclairait son visage.

– *Long time no see*, mon ami, articula Delpey d'une voix pâteuse. Ça fait vraiment plaisir de te revoir. Je me demandais, il n'y a pas longtemps, si tu remettrais un jour les pieds à Bangkok… Et voilà. Je suis content que tu aies accepté de venir. Tu ne vas pas le regretter.

– Salut Jean.

1. Au prochain carrefour, monsieur, nous serons sur l'avenue Sathorn.
2. Monsieur Delpey ?

– En forme ?

– Je suis crevé, mais tu sembles également avoir quelques heures de sommeil à rattraper. Le boulot ?

– L'affaire sur laquelle je bosse, oui. Celle pour laquelle tu es là. Tu verras, tu ne vas pas dormir beaucoup non plus ! Je vais tout de suite t'affranchir pendant qu'on avalera un petit-déjeuner, je te conduirai ensuite à ton hôtel, et on se retrouvera en début d'après-midi avec le patron de la Crime Division.

– Je t'avoue que je suis un peu impatient. C'est la première fois de ma vie que j'accepte un rendez-vous à l'autre bout du monde sans savoir de quoi il retourne.

Delpey précéda Duncan vers une pièce où une table avait été dressée avec un mini-buffet digne d'un cinq-étoiles local. Une enveloppe en kraft était posée sur une assiette.

– C'est toi qui décides, dit Delpey. Tu manges d'abord et tu ouvres l'enveloppe ensuite, ou tu fais l'inverse. Mais dans ce cas, tu risques de perdre l'appétit. Quoi qu'il en soit, tu ne regretteras pas d'être venu, je te le répète.

Duncan s'installa devant l'enveloppe, bâilla, et se versa une tasse de café.

– Je choisis de petit-déjeuner d'abord, répondit-il avec un large sourire. Je suis curieux, mais je suis crevé et j'ai faim.

Il glissa l'enveloppe sous l'assiette. Delpey s'assit devant lui.

– Comment ça va en France ? Toujours heureux dans ton journal ?

– J'ai encore un job, ce n'est déjà pas mal. Et puis ce que j'y fais me plaît. On me fout la paix à la rédaction, j'ai du temps pour moi… Il faudrait simplement que je me file un coup de pied aux fesses pour démarrer le bouquin qui me trotte dans la tête depuis des années, sur l'ex-Yougo. Le problème, c'est que je me dis un jour sur deux que j'ai tourné la page.

Delpey plissa les yeux en signe d'approbation.

– Et ta blessure ? demanda-t-il.

– C'est fini tout ça maintenant. Ça va.

– Tu as déjà commencé à rédiger quelque chose ?

– Bien sûr. Plus de cent pages. Mais chaque ligne que j'écris me renvoie là-bas. C'est infernal. Et au réveil, j'ai envie de me foutre par la fenêtre. Tu vois, c'est compliqué.

Delpey fit un signe vers l'assiette de Duncan.

– Bon, ce que tu vas voir ne va pas te remonter le moral, mais c'est le scoop de ta vie. Il faudra te dire ça. Tu ouvres ?

Duncan avala la dernière bouchée d'une tranche de mangue et prit l'enveloppe entre ses mains. Il y avait à l'intérieur quatre tirages photo couleurs. Le premier représentait une Asiatique nue à la peau écorchée. Sur le second, c'était une enfant dévorée par un chien.

– Merde alors, murmura entre ses dents Duncan. Qu'est-ce que c'est que ces conneries !

Il fit glisser le troisième cliché. À ce moment, Delpey regardait ailleurs. Il entendit un cri. Quand il se retourna vers Duncan, son ami avait toujours la bouche ouverte. Il avait lâché dans son assiette le paquet de photos comme s'il venait de se brûler. Devant lui, le portrait d'une jeune femme le visage en partie enfoui dans du sable, convulsé par la peur et la douleur.

– Cette personne, Jean… cette personne, c'est Clémence. C'est Clémence. Tu savais ça, toi ?

Delpey secoua la tête.

– Jc nc sais pas qui est Clémence, mon vieux.

– Dis-moi, Jean. Est-ce que cette image a un lien avec les autres ?

– Je t'ai glissé dans cette enveloppe quatre captures d'écran de vidéos qu'on vient de saisir ici, à Bangkok. Ce qu'on appelle des *snuff movies*. Des meurtres en direct devant une caméra. Le lien entre les quatre personnes sur ces images, c'est qu'elles sont toutes mortes dans des mises en scène épouvantables, assassinées par la même organisation. La fille au portrait comme les autres. Mais je doute que tu la connaisses. C'est absurde, cette histoire. Une ressemblance !

– On sait quand les films ont été faits ?

– Ah non. Pas encore. Sauf pour un, parce que les assassins ont filmé une coupure de journal relative au meurtre. C'est la dernière photo. Regarde, c'est encore une Blanche, ça se passe en France, près d'Arcachon. Pour les autres, je me demande si on saura jamais un jour. Qu'est-ce que ça a d'important pour toi ?

– Cette fille s'appelle Clémence. C'est une amie qui a disparu sans laisser de traces au Cap-Ferret, il y a environ deux semaines. Je ne peux pas me tromper. À cause de la petite marque qu'on aperçoit sous son œil droit.

– Au Cap-Ferret ? Ah merde…

Duncan tourna un instant la tête vers la fenêtre et regarda la ville. Une chaleur indéfinissable envahissait son corps. Autour de lui, les objets de la pièce étaient devenus flous. Il ne sentait plus l'extrémité de ses membres. Il respirait doucement, par à-coups, de manière imperceptible. Ses poumons le brûlaient. Il aurait voulu se concentrer sur les images, il n'y parvenait pas. Il était emporté dans un abîme sans fond, une sorte de grand trou noir. Par intermittence, le visage de Clémence venait briller comme une ampoule dans la nuit. Puis la vision s'effaçait, aussitôt remplacée par la morte de la piste cyclable. Une vague de tristesse le submergeait. Il se sentait tomber sans pouvoir se raccrocher à quoi que ce soit de rationnel. Il se dit que s'il sautait, il se réveillerait probablement de ce cauchemar à un mètre du sol. Il avait l'impression de peser une demi-tonne. Il allait falloir qu'il s'arrache de sa chaise pour rejoindre le balcon. Puis il sentit la pression de la main de Delpey sur son épaule.

– Le dernier crime dont tu parles, Jean, c'est moi qui l'ai découvert. En faisant mon jogging, lui dit-il.

Delpey alla se rasseoir. Il demanda à Duncan de regarder le dernier tirage et de lui confirmer qu'il s'agissait bien de la même victime. Duncan approuva et lui raconta longuement les circonstances de la découverte du meurtre et l'histoire des photos qu'il avait faites, la veille, sur la piste cyclable à côté de la scène de crime. C'était si confus que Delpey lui demanda plusieurs fois de répéter.

– Cette histoire va passionner le général Paibool, lui dit-il.

– Paibool ?

– Le patron de la Crime Division. Tu le connais.

Duncan enfouit sa tête dans ses mains. Il demeura ainsi un long moment, sans que Delpey ose lui reparler.

– Qu'est-ce que je fous là ? demanda Duncan comme à lui-même. Je vais me réveiller.

– Tu es, malheureusement, complètement réveillé.

– Cette fille… Je l'ai cherchée pendant des jours, après sa disparition. En arrivant ici, je l'espérais encore vivante.

Delpey eut un rictus involontaire.

– Je ne sais pas comment te dire ça, Alain… Ce que tu viens de m'annoncer est terrible. Aussi incroyable que terrible, mais tu vas nous être d'un grand secours. Tu n'imagines pas.

– Tu parles ! Et tu as prévenu les Thaïs de mon arrivée ?

– Quand j'ai parlé de toi à Paibool, il a été emballé à l'idée de te revoir. C'est un pragmatique, il le sera plus encore lorsqu'il apprendra que tu es involontairement mêlé à cette affaire.

– Tu crois ?

– Tu verras tout à l'heure. La seule condition qu'il a posée à ta venue, c'est que rien ne sorte sans notre feu vert. C'est normal. Je m'y suis engagé pour toi. On va aller maintenant déposer tes bagages à l'hôtel. Je t'ai réservé une chambre à côté de l'ambassade, au Manora.

– Oui, à côté du massage Surawonge, je connais. Putain, c'est loin, tout ça !

– Il n'y a plus de massage depuis longtemps. Le quartier a été entièrement transformé. C'est l'endroit où débouche l'autoroute qui vient de l'aéroport.

– Il faut que je fasse quelque chose avant d'aller à l'hôtel.

– Je peux t'aider ?

– Il faut que je prévienne du sort de Clémence.

– Qui ?

Duncan avait l'air perdu.

– Ses proches… Son voisin… Les gendarmes. Je les ai vus, là-bas…

Delpey s'assit face à lui, presque à le toucher. Il lui parla d'une voix calme :

– Alain, rien de ce que tu vois, de ce que tu entends ici ne doit filtrer vers l'extérieur. Je suis désolé. Je suis sûr que tu comprends. Nous remontons la piste d'une des plus grosses affaires criminelles de ces cent dernières années. Personne ne doit savoir avant que Paibool donne son feu vert.

89

André Leclerc affichait ce matin une bonne humeur inhabituelle. Pourtant, la nuit n'avait pas été particulièrement bonne. Le sommier grinçait, le matelas était mou, le lit entier sentait la poussière, Gauguin avait dû dormir dedans. Et Madeleine qui s'était remise à ronfler, il n'avait pas beaucoup fermé l'œil. Le corps d'Ingrid lui manquait. La douceur et l'élasticité de sa peau, l'éclat de son regard et le parfum de son ventre, André avait essayé de convoquer ses souvenirs toute la nuit mais rien n'était venu. D'habitude, il parvenait à provoquer ses rêves érotiques. Une vieille habitude pratiquée depuis son adolescence, il s'endormait en remuant des tas d'images et les rêves venaient ensuite naturellement. Cette fois-ci : rien. Seulement des phases de mauvais sommeil troublé par le bruit du vent et les ronflements de sa femme.

Mais lorsqu'il avait ouvert les volets, le soleil qui inondait le jardin lui avait remis du baume au cœur. Les ardoises des maisons étincelaient dans la lumière. Les cyprès et les pins brillaient comme s'ils avaient été huilés la veille. Le vent était retombé. Une odeur sucrée de praires ou de palourdes, il ne savait pas trop, flottait dans l'air. Il lui semblait que ce serait enfin la première journée agréable depuis trois semaines.

– Alors, fit-il à Madeleine qui venait de s'asseoir dans le lit, quel est le programme, aujourd'hui ? Il fait un temps de Côte d'Azur.

– Tu parles, en Bretagne, je vais te croire !

– Regarde, ma chère, c'est grand bleu.

Madeleine se saisit d'une brosse, sur la table de nuit, et commença à se démêler les cheveux.

– Ferme cette fenêtre, tu vas nous faire attraper la mort.

– Mais il fait chaud en plus. Au moins vingt ou vingt-deux degrés. Nous allons pouvoir emmener les gosses à la plage.

La porte de la chambre s'ouvrit doucement et Charles apparut, en pyjama, pieds nus.

– Tu ne dors plus, mon chaton ? s'étonna Madeleine.

– Va dire à ta sœur que nous allons prendre le petit-déjeuner dans le jardin, dit André, et que nous irons tout de suite après à Rospico. La mer doit être superbe avec ce temps.

Charles avait les yeux brillants d'excitation. Il ne bougeait plus.

– Eh bien ? demanda Madeleine. Tu entends ce que te dit ton grand-père ?

– Je l'ai vu, ce matin, répondit simplement Charles.

– Qui as-tu vu, mon bonhomme ? fit André en s'approchant de lui.

– Mon monstre.

– Ah, mais c'est une manie ! s'exclama Madeleine.

– J'ai vu mon monstre, répéta Charles. Il était au fond du parc, derrière les arbres. C'est quand j'ai regardé tôt, ce matin.

– Il va falloir lui supprimer la télévision, dit André. Voilà le résultat ! Il est cloué devant ce fichu poste depuis des jours et il est perturbé.

– Bon, s'énerva Madeleine, avec le temps qu'il a fait, nous n'avions pas beaucoup le choix. Toi, évidemment, tu critiques toujours tout.

– Je dis simplement que ce petit nous répète cette fable depuis des jours et que nous devrions prendre des mesures.

– On ne peut pas empêcher un enfant de se raconter des histoires. Quand ce n'est pas le monstre, ce sont les potions magiques, c'est de son âge…

– Je trouve qu'il pourrait changer de disque.

Charles s'avança d'un pas dans la chambre.

– J'ai vu mon monstre, j'ai dit. Je l'ai vu avec mes jumelles. Il ne bougeait pas. Il guettait derrière les arbres. J'ai même fait un dessin. Je te le montrerai, mamy.

Lorsque Madeleine et André rejoignirent Marie-Ange et David dans le jardin, ils avaient déjà oublié Charles et ses histoires de fées, de sorcières et de monstres. Le beau temps s'installait. Aux tables à côté de la leur, les estivants avaient délaissé les cabans et les cirés. André se frotta les mains.

– Les enfants, nous allons aller pique-niquer sur la plage de Rospico.

– Vous avez l'air de connaître déjà, remarqua David.

– Ne me dites pas que vous n'avez pas vu *Les Galettes de Pont-Aven*, c'est là que Jean-Pierre Marielle peint ses toiles. C'est un endroit superbe, sauvage, nous y serons très bien pour déjeuner. Les enfants vont adorer.

David prit l'air inspiré.

– Marielle en peintre… Oui. C'était assez drôle. Et vous croyez que les enfants vont s'amuser, là-bas ? Ils ne pourront jamais se baigner. L'eau doit être glacée.

– Ils feront comme tous les enfants, dit André, des châteaux, des pâtés… Et Charles nous fichera peut-être enfin la paix avec le monstre du Ferret.

David, qui s'apprêtait à engloutir un croissant, arrêta son geste. Il fronça les sourcils.

– Pourquoi reparlez-vous de cette histoire ?

– Mais parce que ce petit est complètement obsédé. Il a débarqué dans notre chambre ce matin, alors qu'on venait à peine de se réveiller, pour nous dire qu'il l'avait de nouveau aperçu au fond du jardin de l'hôtel, devant sa chambre.

David reposa son croissant et se leva de table.

– Où sont les enfants, d'ailleurs ? Pourquoi ne sont-ils pas encore là ?

– Ils s'habillent, dit Madeleine. Laissez-les respirer.

David regarda vers l'annexe de l'hôtel où se trouvaient les chambres. Le bâtiment disparaissait dans l'ombre du jardin, masquant, de l'endroit où il se tenait, l'arrière de la propriété. On ne voyait pas les grands arbres, ni les rochers, ni l'Aven. Il ramassa son téléphone sur la table et partit au pas de course.

– Il est quand même bizarre, ton mec, dit Madeleine à sa fille. Il me dit hier que je me fais tout un cinéma avec les disparitions de filles au Cap-Ferret, et il panique dès que Charles reparle du fameux monstre.

Marie-Ange leva les yeux au ciel.

– Tu ne le trouves pas étrange, tout de même ? insista Madeleine.

– Dès qu'il s'agit de Charles, il ne vit plus. Il est constamment sur son dos. Il faut qu'il lui donne la main dans la rue, il descend les escaliers devant lui, le petit n'a pas le droit de toucher aux outils, il y a des cache-prises partout à la maison, au point qu'on ne sait plus où brancher une lampe… C'est un calvaire.

– Il est en train de vous fabriquer une sacrée poule mouillée. Mais d'abord, qu'est-ce que c'est que cette histoire de monstre ?

– Maman, tu sais, Charles prétend avoir aperçu un bonhomme étrange au fond du parc en train de le filmer.

– Ridicule, gloussa Madeleine. Et c'est cela qui met ton mec dans ces états ! Eh bien, ma fille, je te souhaite du courage.

Depuis un moment, André s'était renfrogné.

– Avec ce qu'on suppose s'être passé au Ferret, il faut le comprendre, avança-t-il.

– Mon pauvre André, dit Madeleine, il s'agit de filles majeures et vaccinées. En quoi Charles intéresserait-il ce genre d'obsédé sexuel ? Tu ne comprends jamais rien à rien. Oh, et puis tu ne vas pas t'y mettre, toi non plus ! Il n'y a de monstre que dans la tête de Charles. Changeons de sujet !

Ni André, ni Madeleine, ni leur fille n'avaient remarqué le retour de David avec les enfants. Ils étaient revenus par le bord du jardin, en marchant sur le gazon, sans faire de bruit. Charles se planta devant sa grand-mère.

– Si, mamy, je l'ai vu ce matin, je te dis. Un monstre très grand et très fort, tout gris comme les nuages.

90

À quinze heures, la Crime Division ressemblait à une ruche. Malgré le repos et la douche glacée qu'il avait pris, Duncan accusait la fatigue. Il sentait le *jet lag* s'installer sournoisement. Delpey l'entraîna vers un bureau situé à côté de l'entrée. Une demi-douzaine de policiers entouraient un homme menotté sur une chaise. Dans son dos, un officier rondouillard lui répétait une question en anglais.

– C'est Paibool, souffla Delpey.

L'officier thaïlandais se retourna, sourit et écarta les bras.

– Monsieur Alain ! Combien de temps cela fait-il ? Quinze, vingt, vingt-cinq ans ?

Duncan, à qui s'adressait le général Paibool, plissa les yeux comme s'il cherchait dans sa mémoire où il avait bien pu rencontrer cet officier. Le patron de la Crime Division ! Comment ce gars le connaissait-il ? Paibool fit deux pas vers lui et le serra dans ses bras en riant.

– Je te reconnais, mais toi, non.

Duncan était confus.

– Mon général, je… je cherche.

– Alain ! Aranyaprathet, la frontière khmère, les Khmers rouges, l'opération avec la Border Patrol Police… Tu as oublié !

– Ah, ça non. Mais je cherche encore…

Paibool se saisit des épaules de Duncan et le secoua comme un arbre à litchis.

– J'étais le lieutenant commandant l'unité. Avec vingt-cinq ans et trente kilos de moins.

– Oh bordel ! Ça y est. Oui, mon général, bien sûr. Le village thaï attaqué et la chasse aux bandes de Pol Pot… Une semaine de folie ! Je n'imaginais pas une seconde vous retrouver ici. Ça fait plaisir.

– On a fait notre chemin. Toi, tu es rentré dans un magazine, m'a expliqué Delpey, et moi je suis retourné à la faculté, puis j'ai poursuivi ma carrière à la Crime Division. Et je la commande aujourd'hui. Et nous voilà réunis.

– Vous saviez qu'il s'agissait de moi ?

– Quand Delpey m'a parlé de toi, j'ai eu un doute sérieux. J'ai vérifié et j'ai donné mon accord pour que tu viennes. De toute façon, il faudra bien médiatiser cette histoire un jour. Autant que ce soit avec quelqu'un en qui j'ai confiance.

Duncan eut un geste las.

– C'est une curieuse manière de se retrouver. J'aurais préféré que ce soit à nouveau au sujet des Khmers rouges.

– Les Khmers rouges ! Pour nous, c'est de l'histoire ancienne. La justice les a rattrapés. On découvre chaque jour des éléments nouveaux. C'est effrayant.

Duncan leva les sourcils. Il ne fit aucun commentaire. Décidément les Thaïs étaient toujours d'aussi mauvaise foi. Toujours aussi politiques. Des images se chevauchaient dans sa tête : les vagues d'assaut devant l'aéroport de Pochentong, les roquettes s'écrasant sur Phnom Penh, les incendies ravageant la ville, les corps déchiquetés abandonnés sur le bitume. Et des années plus tard, ses virées avec la guérilla républicaine vers les champs de la mort, les milliers de crânes qu'ils trouvaient sur les lieux du génocide, sa visite de l'école de Tuol Sleng, les lits de fer, les taches laissées sur le sol par les flaques de sang. De quels éléments nouveaux pouvait bien parler Paibool ?

– Oui, mon général. C'est effrayant. Et aujourd'hui, ce que vous avez découvert ?

– Ah, aujourd'hui, ce sont les portes de l'enfer qui viennent de s'ouvrir devant nous. Delpey t'a raconté, n'est-ce pas ? Nous sommes en train d'analyser les premiers films sur lesquels on a mis la main pour tenter de trouver des indices qui nous permettraient de définir où et quand ils ont été tournés. On les repasse en boucle. C'est une horreur. Mes hommes saturent et pourtant, ce sont des durs.

Le général Paibool fit une pause et reprit :

– Tu vois le type enchaîné à la chaise, Alain, c'est le deuxième *Farang* qu'on a arrêté. Celui-là, on l'a cueilli hier, à l'aube, dans un hôtel sur Silom. Il nous a été balancé par la première personne qu'on a serrée, un Belge comme lui. Mais ce n'est pas le même genre. C'est un costaud, celui-là. Il n'a pas répondu à une seule de nos questions depuis qu'il est ici. Il a mordu un de mes hommes jusqu'à l'os. Ensuite, il a simulé une défaillance cardiaque. On vient de perdre une heure avec le médecin.

Duncan tourna la tête vers l'homme sur la chaise. C'était une sorte de colosse d'une cinquantaine d'années dont on n'apercevait que le dos et les bras. Il émanait de lui une puissance à peine contenue par les liens qui l'entravaient aux montants de la chaise.

– Qui est-il, exactement ? demanda Duncan.

– Un trafiquant d'armes…

– Quel est le lien avec votre affaire ?

Paibool s'éclaircit la voix :

– C'est compliqué. Nous avons eu une chance inouïe. Il est arrivé il y a deux semaines pour acheter du matériel de guerre à des Français qui opèrent comme mercenaires dans la guérilla karen. Entre-temps, il est tombé sur l'un de ses vieux potes client de *snuff movies* auprès d'un réseau local. Il s'est tout de suite branché sur cette histoire et a proposé aux Français de s'associer avec lui. Il leur a demandé d'en produire pour son propre compte. Malheureusement pour lui, il y avait dans la bande de frappadingues un garçon à qui ça n'a pas plu. Il nous a tout balancé. On a trouvé le premier client belge tout de suite, et hier, celui-là. Il y a, derrière, une organisation tentaculaire, en apparence chinoise, qui opère dans le monde entier. Et je suis certain qu'elle est basée à Bangkok.

– Alain a déjà localisé deux des crimes, dit Delpey en se penchant à l'oreille de Paibool. Sur les captures d'écran que je lui ai montrées ce matin.

– Ah ? fit Paibool. Comment est-ce possible ?

– Un horrible hasard, murmura Duncan. J'ai reconnu sur l'une des photos une de mes amies disparue au début du mois non loin du lieu d'un autre assassinat dont vous avez les images. Je suis sûr de moi. Malheureusement.

– C'est une blague ? demanda le général, complètement interloqué.

– J'aurais préféré…

Paibool dévisageait Duncan.

– Trêve de balivernes. Comment pouvais-tu déjà être au courant en France d'une affaire qu'on vient de mettre au jour, ici, il y a moins d'une semaine ?

Duncan reprit par le début le récit de ce qu'il savait.

– Comme le dit Jean, c'est un épouvantable concours de circonstances. Bref, je ne vais pas faire de grands discours, j'ai autant envie que vous que tous ces salauds soient mis hors d'état de nuire. Dites-moi tout ce que je peux faire, général, je suis votre homme.

Paibool entraîna Delpey et Duncan vers une porte, au fond du bureau.

– Venez à côté. On a réinstallé le matériel vidéo dans une autre pièce où mes hommes travaillent sur les films.

Trois télévisions avaient été posées sur une grande table. Par endroits, de la sauce de poisson avait laissé des marques. Il y avait des grains de riz séché collés que les hommes de Paibool n'avaient pas pris le temps de nettoyer. Une dizaine de policiers étaient agglutinée autour des écrans, des écouteurs dans les oreilles et des carnets de notes dans les mains. Paibool désigna un siège à Duncan :

– Assieds-toi là. On va repasser dans cinq minutes le film en question. Ensuite, tu me diras ce que tu en penses. Ce sera très précieux pour l'enquête, nous allons avancer main dans la main.

Duncan était de dos par rapport aux télévisions. Il regarda les policiers assis devant et fut frappé par les mines décomposées qu'ils affichaient. Ils donnaient l'impression de gens qui n'avaient pas dormi depuis des jours. Pas un trait de leur visage ne bougeait. Ils avaient le regard fixe, rivé aux images qu'ils recevaient en flux continu. Parfois, l'un d'eux faisait arrêter une vidéo, ils échangeaient quelques mots, prenaient des notes, et relançaient le film. Quelques instants plus tard, le groupe, qui lui faisait face, tourna l'écran vers lui. Un policier lui demanda s'il était prêt. « *Prêt à quoi ?* » s'interrogea Duncan. Paibool s'assit à côté de lui et ordonna qu'on commence.

Il y a d'abord l'Océan éclaboussé des derniers feux du soleil. Le plan sur la mer s'élargit pour englober la plage. C'est une plage à perte de vue filmée en plongée. Déjà, Duncan a reconnu l'endroit. Il a trop souvent arpenté les dunes qu'il devine derrière pour ne pas comprendre ce qu'il regarde. Au loin, les vagues font des rouleaux qui brillent dans cette lumière de fin de journée. Une femme est allongée, seule et nue face à la mer.

Clémence était face à Duncan. Il distinguait le baladeur sur ses oreilles. Quelle musique pouvait-elle bien écouter ? Les Pink Floyd ? King Crimson ? Que lui avait-elle dit, déjà ?

Le cadre de l'image change brutalement. On dirait que le corps de Clémence vient d'entrer dans la pièce. Les plantes de ses pieds sont de chaque côté de l'image. On découvre ses jambes fuselées et la forme rebondie de ses fesses. Son sexe disparaît dans l'ombre de ses cuisses.

Elle allait bientôt mourir et lui, Duncan, s'apprêtait à y assister. Il essaya de concentrer son esprit sur des détails sans importance de la scène.

Duncan serrait les accoudoirs de son siège à s'en meurtrir les doigts. Il fixait la télévision sans parvenir à arracher ses yeux de la neige qui dansait sur l'écran. Il sentait bien le regard de Delpey qui pesait sur lui, et toute la compassion que pouvait ressentir son ami pour lui. Autour, les policiers continuaient de s'activer, mais il ne les voyait plus. Il entendit, comme si elle provenait de très loin, la voix de Paibool. Un policier changea la cassette dans le lecteur du poste qui lui faisait face.

Duncan était assis au bord de son fauteuil comme au bord du bastingage d'un navire sur une mer démontée. Il serrait toujours dans ses mains les accoudoirs et attendait les images. Les policiers lui montrèrent l'agonie de la fille sur la piste cyclable du Ferret, celle de l'enfant livrée aux crocs du chien, le calvaire de la jeune Asiatique écorchée vive.

Duncan décolla ses doigts des accoudoirs du fauteuil et se leva brutalement. Il tourna le dos à la télévision et s'apprêta à quitter la pièce.

– Vous ne regardez pas la suite ? lui demanda le général.

– C'est insupportable.

Paibool se leva à son tour, récupéra la télécommande et interrompit la lecture de la dernière cassette.

– Ça dure encore environ deux minutes. Deux minutes de supplice absolu. Une boucherie. Je ne comprends pas comment cette fille a tenu aussi longtemps.

– Arrêtez, intima Duncan. J'ai compris.

– Non. Tu n'as pas compris, si tu n'as pas vu, dit le général. Ce n'est pas comme les morts que tu as aperçus sur le terrain, au cours de tes guerres.

– Pourquoi voulez-vous que je regarde cette horreur ? À quoi cela va-t-il me servir ? J'ai vu l'essentiel. Clémence… Je peux vous donner le nom, l'âge, l'adresse de la victime. Cette fille, je ne la connais pas. Je ne peux pas vous aider.

Paibool retint Duncan par un bras.

– Je sais, mon ami, ce que tu peux ressentir. Je suis navré pour toi. Mais il va falloir que tu visionnes le reste des vidéos pour connaître le tueur. Si tu ne regardes pas, tu ne sauras rien de lui. Et j'ai besoin que tu m'aides. Peut-être as-tu les réponses aux questions que l'on se pose, je ne sais pas…

Duncan se dégagea. Il tira de sa poche un paquet de Krongthip et alluma une cigarette.

– Normalement, on ne fume pas, ici, Alain. Mais comme c'est nous qui dressons les contraventions, on dira qu'on n'a rien vu. Tu vas fumer ta cigarette, on va boire un verre, et on reprendra le visionnage des films. Ensuite, on pourra vraiment se mettre au travail.

– Vous êtes en train de me manipuler, général.

Le policier sursauta. Il prit un air embarrassé.

– Tu vas réaliser le plus beau scoop de tous les temps. Mais il faut que tu fasses les choses sérieusement. À fond. J'ai besoin de toi. Moi, je suis bloqué dans ce bureau. Toi, tu peux circuler, aller où tu veux. Plus tu auras d'informations sur le tueur, plus tu seras en mesure de nous aider. J'ai besoin que tu détestes ce type au point que tu n'envisages plus une seconde de ne pas le traquer. Je viens de comprendre cela. C'est un pari. Mais je le prends. On a affaire à des meurtres jamais vus à ce jour. Je suis convaincu qu'on vient de mettre la main sur le plus grand réseau international du crime. Ça fait des années qu'on court après ces histoires de *snuff movies*. À une époque, j'avais cru trouver une première piste avec l'affaire Sobhraj[1]. Je m'étais trompé. Eh bien, maintenant, on est en plein dedans.

– Vous me parlez d'un tueur. Il en existe peut-être plusieurs.

– Mais il y en a plusieurs, bien sûr. Seulement, nous n'avons qu'une seule piste pour le moment. Une piste que tu as croisée. Et c'est cela qui nous intéresse.

91

L'adjudant Pichart maugréa lorsque son correspondant se fut présenté. Le journaliste palois, il n'avait pas besoin de lui demander la raison de son appel…

1. Criminel franco-vietnamien qui, dans les années soixante-dix, assassina plusieurs touristes en Thaïlande et en Inde.

– Je n'ai rien d'intéressant à vous dire, monsieur Arribarde.

– Je voudrais juste évoquer deux ou trois points de cette histoire avec vous, insista Arribarde. *Off*, bien sûr. J'ai besoin de votre avis. Laissez-moi tenter ma chance, vous verrez bien si vous souhaitez me répondre ou non.

Pichart, qui s'ennuyait sérieusement dans son bureau et qui connaissait Arribarde, n'eut pas le courage de l'envoyer sur les roses.

– Bon, allez-y.

– Vous vous souvenez du crime de Pau, il y a trente ans, cette fille retrouvée dans un champ de maïs près du para-club…

– Je sais. Vous l'avez évoquée dans votre article sur la victime allemande.

– On ne peut pas dire que la gendarmerie ait fait des prouesses dans cette affaire, ni dans celle de l'accident du Pilatus…

Pichart haussa le ton :

– Je vous arrête tout de suite. Je ne commente pas ce genre de conneries.

– Mon adjudant, ce n'est pas le sujet. Je voudrais savoir si vous pensez qu'il puisse y avoir un lien entre cette affaire et celle du Cap-Ferret.

– À trente ans de distance… Je ne vois pas où vous voulez en venir.

– Nous sommes en présence de deux meurtres exceptionnels. Plus complexes que ceux des pires *serial killers*. Une autre question maintenant : pensez-vous qu'on ait pu faire des images de la mise à mort de votre Allemande ?

– Comment ça ?

– Qu'on ait pu photographier ou filmer sa mort ?

L'adjudant prit le temps pour répondre.

– Quelle drôle de question…

– Pas tant que cela. Le meurtre de Pau a été filmé. J'en suis convaincu. Je souhaiterais seulement savoir si vous avez des éléments dans ce sens concernant le Ferret.

– Vous m'apprenez quelque chose.

– Dans les débris du Pilatus, on a récupéré une boîte de film 9,5 mm. Un format ancien. Je peux vous affirmer aujourd'hui que le pilote n'avait jamais tourné de films, pas plus qu'aucun des membres du para-club. En tout cas pas du 9,5 mm. À croire que la boîte avait été oubliée par la personne qui pilotait l'avion la fameuse nuit.

Pichart eut envie de dire au journaliste qu'il délirait, mais n'en fit rien.

– Je ne comprends pas où vous voulez en venir.

– J'essaie seulement de rassembler les pièces d'un puzzle.

– Je peux vous dire une chose, répondit Pichart, mais vous me jurez que vous ne vous en servirez pas dans l'un de vos papiers.

– Juré.

– La petite Allemande possédait un appareil photo qu'on a pas retrouvé.

– Ah, fit Arribarde. Et concernant cette Allemande, vous avez des éléments nouveaux, elle faisait de la politique ?

Arribarde dut éloigner le téléphone. L'éclat de rire de Pichart avait failli lui percer les tympans.

– Vous déconnez sec, mon vieux, lui dit l'adjudant.

– Une militante des mouvements ultraviolents, quelque chose comme ça ? Elle n'était pas fichée ?

– Vous vous égarez, Arribarde. On n'a rien de ce genre. Une pauvre gosse qui a fait une mauvaise rencontre, c'est tout.

– Mon adjudant, j'aurais besoin d'un service. Pourriez-vous fouiller vos fichiers et me dire s'il y a eu, ces trente dernières années, d'autres crimes non résolus du genre de ceux dont on vient de parler ? Je veux dire, des crimes inhabituels, ahurissants, enfin, le genre Ingrid Hartmann.

Sur le moment, l'adjudant refusa, puis il se laissa convaincre.

– Je vais voir ce que je peux faire. Faudrait pas croire qu'on est reliés à l'ordinateur central depuis Piquey.

– Et cette fille qui a disparu de son hôtel ?

– Comment êtes-vous au courant ?

– L'hôtelier nous a contactés. Il voudrait qu'on publie son portrait.

– N'en faites rien.

– Vous m'avez l'air bien définitif.

– Si j'ai une info intéressante, je vous rappellerai. Pour le moment, je vous demande le silence.

– Je ne vois pas en quoi cela est extraordinaire de passer la photo d'une vacancière qui n'est pas rentrée à son hôtel après être allée à la plage. C'est la routine pour un journal comme le mien.

– Peut-être pas cette fois-ci. Je ne peux encore rien vous dire. Je vous demande d'attendre.

– Vous avez reçu des consignes ?

– On va dire cela comme ça.

– Le proc ?

– N'en faites rien, je vous dis.

92

Duncan avait maintenant une lueur dans le regard indiquant qu'il venait de franchir un cap. Ses gestes également avaient changé. Plus contenus, comme si une force intérieure nouvelle bandait ses muscles en permanence. Il était comme un athlète devant l'obstacle. Tendu à l'extrême. Il se rapprocha du général Paibool :

– Mon général, lui dit-il d'une voix à peine audible mais ferme, ce n'est pas moi la clé du mystère, mais ce Blanc dans la pièce à côté. Il ne vous dira rien, nous sommes d'accord ? Laissez-moi seul avec lui un moment et vous obtiendrez plus d'informations qu'il ne vous en faudra pour poursuivre l'enquête.

Le visage du général s'éclaira.

– Ah, vous vous décidez à mettre la main à la pâte. Pourquoi pas…

Delpey, qui n'avait pas perdu un mot de l'aparté, intervint l'air contrarié :

– Vous ne pouvez pas, général. C'est une mauvaise idée. Alain est trop impliqué. Je le connais, c'est un sanguin.

Puis, en se tournant vers Duncan :

– Désolé, Alain. Renonce à cette idée. Tu vas commettre une bavure. On ne pourra pas te couvrir.

– Quoi ? demanda Duncan. Tu penses que je vais le tuer, ce salopard ? Je vais lui extorquer les aveux que vous ne pourriez pas obtenir. J'ai une légitimité que vous n'avez pas. J'ai un lien direct avec ces crimes, il me parlera. Mais je veux être seul avec lui. À prendre ou à laisser. Si vous m'en empêchez, je reprends l'avion ce soir pour Paris.

Delpey prit un air accablé. Il chercha les yeux du général, mais Paibool regardait ailleurs. Un sourire imperceptible flottait sur les lèvres du Thaï.

– J'accepte, dit Paibool à Duncan. Tu as carte blanche. Tu peux lui casser les mains, les genoux, mais pas le cou. Tu ne me le tues pas, c'est tout. Je te donne une heure. Pas une de plus.

Il rouvrit la porte de la pièce.

– À toi de jouer Duncan.

93

Gérard Van De Hoordt ruminait, menotté à sa chaise. Depuis que les flics de la Crime Division l'avaient cueilli, il n'avait plus qu'une idée en tête : faire la peau à ce gros tas de Gottlieb. Il repassait en boucle tous les sévices qu'il lui ferait subir lorsqu'il serait enfin avec lui. De Hoordt n'avait jamais collaboré de sa vie avec la police. Dans aucune des affaires auxquelles il avait été mêlé il n'avait parlé. Question d'honneur. Mais Gottlieb, lui, s'était couché. Il n'en revenait pas. Il était dans un état de rage froide qui le rongeait de l'intérieur. Il allait lui faire bouffer sa graisse. Il le découperait en tranches et l'obligerait à les avaler. Il lui briserait ses gros doigts, il l'enculerait avec des cailloux. Il le remplirait de pierres. Il lui crèverait les yeux, puis il lui arracherait la langue. Il se donnerait du temps pour l'assassiner. Ce gros salopard allait souffrir. Il s'en était fait cent fois la promesse depuis la veille.

Lorsque la porte se rouvrit derrière lui et que les policiers quittèrent la pièce, il n'y fit pas attention. Il fixait ses pieds nus sur le sol carrelé, occupé à détailler les supplices qu'il infligerait à Gottlieb. Il avait chaud et soif, mais pour rien au monde il n'aurait réclamé un verre d'eau. Il savait qu'il aurait bientôt à boire et à manger. Les Thaïs traitaient courtoisement les étrangers. Même les pires d'entre eux. Entre deux tortures qu'il imaginait infliger à son compatriote, il essayait de se persuader que sa position n'était finalement pas si catastrophique. Il n'avait pas de drogue, il n'avait tué personne, il n'avait pas attenté à la respectabilité du monarque, il n'avait pas été pris en flagrant délit de pédophilie. Il n'avait, somme toute, commis aucun des crimes considérés comme majeurs en Thaïlande. Il n'avait même pas de cassettes avec lui… L'ordinateur de Gottlieb ? Impossible à faire fonctionner ! Les armes ? Elles étaient encore en Birmanie. Il n'y avait rien. Seulement les confessions de ce gros porc de Tom. En prenant le temps de réfléchir, il trouverait bien une parade. Une explication pour minimiser son rôle. Avec un peu d'argent et un bon avocat, il pourrait même s'en tirer à peu de frais. Peut-être même n'y aurait-il pas de procès. Il ressortirait au bout de quelques semaines et serait expulsé du pays.

Gérard Van De Hoordt reprenait confiance en lui, lorsque Duncan pénétra dans la pièce. Il entendit les pas se rapprocher et tourner autour de lui. De Hoordt fixait toujours le sol, devant ses pieds. Ce fut la voix froide, en français, qui lui fit lever les yeux.

– Je ne suis pas thaï, je suis français, dit lentement Duncan, d'une voix calme et posée. Je ne suis pas flic, non plus. Et je ne suis pas diplomate. Je suis là parce que je connaissais l'une des victimes de ces vidéos, aussi extraordinaire que cela puisse paraître.

Puis, Duncan se tut et attendit. Il était debout à côté de De Hoordt. Il ne le regardait pas. Son regard se perdait au-delà de la pièce, à travers la baie vitrée, quelque part dans le jardin ensoleillé de la Crime Division. Le Belge releva la tête. L'homme qui venait de parler était aussi grand que lui, la cinquantaine, avec un air las mais encore jeune. Peut-être à cause de sa chevelure noire et bouclée. Il se dégageait de lui une détermination étonnante. Pour la première fois depuis qu'il était enchaîné à sa chaise, De Hoordt ressentit une sorte de gêne. Il venait tout à coup de prendre conscience de sa vulnérabilité. Il détailla rapidement la carrure de l'homme, puis se concentra encore une fois sur ses pieds. Il attendit. Duncan sortit de sa poche une autre Krongthip, l'alluma, et souffla la fumée loin devant lui.

– Je veux savoir où s'achètent ces DVD. Je veux savoir qui les produit, qui commet les meurtres. Si vous n'êtes qu'un consommateur, il n'y aura pas de querelle entre nous. Vous m'aidez, et je vous aiderai. Mais si vous refusez, je considérerai que vous êtes partie prenante dans la production de ces *snuff movies* et j'aurai votre peau.

Gérard Van De Hoordt réfléchissait à toute allure. Comment ce type debout devant lui pouvait-il être lié de près ou de loin à l'une des victimes des vidéos ? Le réseau n'était attaqué par la police thaïe que depuis quelques heures. Les films que les policiers avaient saisis étaient récents. Ceux tournés en Europe tout au moins. Il en était sûr. Par quel hasard ce Français débarquait-il dans cette histoire ? Quelle sorte de lien pouvait bien avoir été tissé entre un de ces putains de *snuff* et cet homme en si peu de temps ? Comment les Thaïs lui avaient-ils mis la main dessus ? Ça ne collait pas. C'était un piège grossier qu'on essayait de lui tendre. Il se racla la gorge et cracha un glaviot chargé de nicotine qui atterrit entre ses pieds.

– Va te faire enculer, putain de flic. Je t'emmerde.

Duncan se retourna lentement vers De Hoordt. Il fit deux pas et se retrouva dans le dos du Belge, contre lui.

– Je ne suis pas flic. Seulement une personne qui était proche d'une jeune femme tuée sur une plage du sud de la France, mais je connais depuis des années le général qui commande ce service. Il m'a prévenu dès qu'il a visionné le film pour que j'identifie la victime. Maintenant, je veux des réponses aux questions que je t'ai posées.

– Va te faire enculer, j'ai dit.

Duncan sentit son pouls s'accélérer subitement, en même temps que son champ de vision se rétrécissait. Il ne voyait plus que le dos du prisonnier, devant lui. Sa peau sale et luisante. Et l'odeur fade et un peu écœurante de ce corps moite. Il passa un bras autour du cou de De Hoordt et enclencha, avec l'autre, une clé qui l'immobilisa. Puis il plongea deux doigts dans ses narines et tira violemment vers l'arrière. La douleur arracha immédiatement un cri rauque au Belge qui chercha à se dégager de la prise sans y parvenir. Duncan accentua encore le mouvement.

– Je vais t'ouvrir le nez. Je vais te l'arracher et personne ne va m'en empêcher. Tant que tu ne m'auras pas donné les informations que je t'ai demandées. J'attends.

Duncan avait hurlé. Sa voix couvrait maintenant les cris poussés par De Hoordt. Une narine céda et un flot de sang se répandit sur le sol.

– Je vais te détruire la gueule, face de rat. Je vais continuer tant que tu n'auras pas balancé ce que je veux savoir.

Dans l'esprit du Belge, tout venait de se brouiller. Il se disait que la porte allait s'ouvrir et que des flics allaient ceinturer ce dingue, mais rien ne se produisait. L'homme derrière lui resserrait la clé sur son cou et ses doigts cherchaient l'autre narine. Une douleur fulgurante lui déchirait le visage. Il avait maintenant du sang dans les yeux, les objets de la pièce lui apparaissaient déformés. Il chercha à se redresser, mais les menottes et la clé sur son cou l'en empêchèrent. Bientôt, les doigts de l'homme s'enfoncèrent dans sa seconde narine. De Hoordt fut pris d'une nausée subite. Un haut-le-corps le secoua de la tête aux pieds. Il étouffait.

– Stop, lâcha-t-il.

Duncan recula d'un pas, fit le tour de la chaise et se planta devant De Hoordt. Il était méconnaissable. Son nez avait éclaté. L'une de ses oreilles était également en partie arrachée. De la même voix froide et détachée qu'il avait employée au début, Duncan répéta sa question.

– Je veux tout savoir. Qui, où… Tu me dis tout.

– Le contact est à Patpong. On choisit les vidéos là-bas. Chez un marchand de cassettes piratées. Il donne une sorte de clé qu'on va présenter dans divers endroits à Bangkok pour récupérer le matériel. C'est jamais le même endroit. Ça se passe toujours de nuit, dans des cimetières, sur des chantiers de construction, dans des jardins publics… c'est variable. Le seul truc qui ne change pas, c'est le contact devant la station de métro de Patpong. C'est une triade de Bangkok qui est derrière.

De Hoordt parlait d'une voix hachée. Il cherchait manifestement à reprendre sa respiration.

– On peut obtenir une vidéo nouvelle toutes les trois semaines environ si on veut. Ça vient du monde entier. Asie, Europe, Amérique latine, Afrique… de partout. Ça fonctionne depuis une vingtaine d'années il paraît. Plus même.

– Ton rôle, c'est quoi ?

– J'achète. C'est tout. J'ai jamais trempé là-dedans. Il y a quinze jours, je savais pas que ça existait. C'est l'autre Européen, Gottlieb, qui m'a introduit.

– Les mercenaires français ?

– Je voulais leur vendre la combine.

– Ils font partie du réseau, tu les as connus comme ça…

– Pas du tout, j'étais en affaires avec eux pour tout autre chose.

– Dis-moi quoi.

– C'est pas important. Ça n'a rien à voir avec cette histoire de vidéos.

– La drogue ?

– Mais non, je touche pas à ces machins, moi. Des armes pour des collectionneurs.

– Quoi ?

– Je voulais qu'ils me procurent des armes pour que je les refourgue à des fanas mili.

– Pourquoi ton compatriote n'a pas balancé les revendeurs thaïs, si c'est lui qui t'a entraîné là-dedans ?

– Qu'est-ce que j'en sais, moi ? Ce gros con a eu les foies, c'est tout. La trouille des Jaunes. Il a préféré me donner moi, l'enculé de sa race ! Il voudrait me faire porter le chapeau. Mais je ne sais rien de plus que ce que je t'ai dit. J'ai acheté avec lui pour essayer de revendre. C'est tout. Il faut me soigner maintenant. Je suis en train de me vider.

Duncan se dirigea vers la porte, l'ouvrit et fit signe au général et à Delpey de rentrer.

– C'est bon. On a le contact local.

– Oh, putain de sa mère, fit Delpey en découvrant le visage du prisonnier.

Paibool leva les sourcils.

– Efficace, Duncan ! Je devrais t'embaucher.

– Le contact est à Patpong, dit Duncan. Un vendeur de DVD piratés. Si vous le chopez, général, vous parviendrez à faire tomber le réseau.

– Bon, fit Paibool en se tournant vers l'un de ses policiers. Allez chercher l'infirmier pour redonner figure humaine à cette loque.

94

En fin d'après-midi, à leur retour de Rospico, lorsque Charles s'installa de nouveau à sa fenêtre pour attendre l'apparition du monstre, Madeleine s'emporta :

– Ah, non ! David, il faut emmener votre gamin voir un psy. Il est complètement maboul.

Charles se fichait comme de ses premiers Lego de la colère de sa grand-mère. Il avait le nez écrasé sur la vitre et ne manifestait aucunement l'envie de bouger.

– Écoute, dit-il à Julie, tu peux le voir, toi aussi, si tu restes avec moi. Parce que c'est un monstre pour les enfants. Il vient avec la pluie. Si on attend qu'il pleuve, on le verra.

Julie fit une grimace à Charles.

– Mamy a dit que tu es taré. On va t'emmener voir le médecin. Il te fera plein de piqûres et tu auras très mal. Il va peut-être même te changer le cerveau.

Madeleine ne savait plus quoi faire. À côté de son fils, David plissait les yeux comme s'il cherchait quelque chose au fond de sa mémoire.

– Et vous, vous ne dites rien ! gronda Madeleine.

– Charles nous a raconté tout à l'heure qu'Ingrid avait également vu son monstre. Quand elle avait filmé les enfants dans le parc de la villa.

– Et alors, cela ne nous dit pas ce que nous allons faire de ce gamin.

– J'ai mis la caméra dans le coffre de la voiture, lorsque nous avons quitté le Ferret. Les cassettes devraient être avec. Nous pourrions regarder et en finir avec cette fable stupide.

Madeleine s'assit à son tour.

– Qu'est-ce que vous voulez, voir Ingrid ? Je ne regarderai jamais ces films. Je ne supporterais pas de revoir les images de cette petite. David, VOUS M'EMMERDEZ.

Madeleine avait hurlé. Mais David l'ignora et continua, baissant le ton, comme s'il se parlait à lui-même ·

– Il faut regarder.

Un quart d'heure plus tard, le caméscope était installé dans la chambre des grands-parents, branché sur la télévision. Toute la famille était réunie. Madeleine était installée au fond de la pièce. David avait fait asseoir Charles à côté de lui.

– Allez, mon bonhomme, un peu de télévision, tu adores cela.

– Qu'est-ce qu'on va voir ? demanda Charles.

– Les vacances au Cap-Ferret.

– Pourquoi on est partis ?

– Nous voulions venir un peu ici. C'est beau, la Bretagne. Mais la maison du Ferret nous manque aussi un peu, alors on va la regarder à la télévision.

David appuya sur la télécommande et les premières images apparurent à l'écran. Ingrid avait filmé les biches dans le parc, la maison, les magnifiques pots de fleurs de la grand-mère. Parfois, elle avait tourné la caméra vers elle pour délivrer un commentaire. Madeleine se crispa.

– Je ne le supporte pas. C'est infernal. Pauvre petite...

Les images étaient étonnantes, car elles donnaient l'impression d'un été merveilleux, ensoleillé.

– C'est fou ce que les films peuvent mentir, fit André.

Puis, ce fut la cabane, les enfants jouant dans le bac à sable. Derrière, une biche venait d'apparaître à la limite de la propriété. Ingrid avait zoomé sur l'animal. L'image se resserra. Tout à coup, la biche sursauta, elle se cabra et fit un bond en arrière avant de quitter le champ. Une silhouette étrange apparut à l'écran, un homme ramassé sur lui-même, uniformément gris, couché dans les hautes herbes envahissant la clôture. Il était là, plaqué au sol, avec un objet qu'on ne distinguait pas dans les mains, tourné vers l'endroit où se trouvaient Charles et Julie.

– Le voilà, s'excita Charles.

David était maintenant livide.

– Il faut appeler l'adjudant qui est venu chez nous, articula-t-il péniblement.

– Pour lui raconter quoi ? l'interrompit Madeleine. Pour lui dire qu'on a vu un homme-grenouille au bout du jardin ! Mais le Ferret est au bord de la mer, mon gendre.

– Cette personne est peut-être celle que... que notre baby-sitter a croisée sur la piste cyclable.

Madeleine leva les yeux au ciel.

– David, vous devriez lire moins de romans.

95

Klaxon bloqué, le taxi Nissan roulait à tombeau ouvert dans Bangkok noyé sous un déluge de pluie. Les grandes avenues ressemblaient à des piscines. Comme un navire dans la tempête, la voiture semblait se laisser glisser sur son erre, projetant des trombes d'eau de part et d'autre de sa trajectoire. Cramponné à son volant, le chauffeur faisait corps avec sa machine. La lueur blafarde des lampadaires trouait régulièrement la nuit. Duncan regardait sans les voir les immeubles défiler et les derniers passants de la journée s'aventurer sous la mousson. Il se laissait engourdir par le grondement du moteur et le crissement lancinant des essuie-glaces. Un amoncellement de nuages compacts entourait le rayonnement de la lune. Duncan se tourna vers le chauffeur pour lui demander d'accélérer encore.

– *Loï bahts gwa*[1], répondit l'homme en écrasant la pédale.

Dans moins de deux minutes, ils seraient sur le *skyway*. Le taxi pourrait rouler encore plus vite. Ensuite, il leur faudrait moins d'un quart d'heure pour rejoindre l'hôtel Manora.

Duncan se demandait encore pourquoi il s'était laissé embarquer dans cette histoire. Rien ne le prédisposait à revenir en Thaïlande, si ce n'était une envie diffuse de revoir Delpey et certains endroits de sa jeunesse. Et encore, il n'en était pas si sûr. Jusqu'à cette fois-ci, il avait consciemment ignoré chaque occasion qui s'était présentée de retourner à Bangkok. C'était comme un acte manqué. Delpey, comme beaucoup d'autres, avait fini par incarner un passé qui le torturait. Ainsi que le Vietnam, le Cambodge, la Birmanie, la Thaïlande était entrée dans une zone grise de sa mémoire. Inconsciemment, il avait tourné la page. Même les photos mythiques de ses reportages, il les avait décrochées des murs de son appartement. Elles le hantaient suffisamment la nuit. Il voyageait ailleurs, dans le Pacifique, aux États-Unis, en Orient, mais plus en Asie.

Il n'aurait jamais dû revenir. Bangkok défilait derrière les vitres embuées du taxi comme le décor d'une mauvaise pièce. Pendant les années qu'il avait vécues en Thaïlande, Duncan s'était toujours persuadé que ce pays lui réserverait un jour une surprise. Il s'y

1. Cent bahts en plus.

était senti chez lui. Le jour où il avait bouclé ses cantines pour rentrer s'installer en France, il avait été presque étonné de ne pas avoir laissé ses os sur place. Ensuite, le temps s'était étiré lentement dans son nouveau journal, tandis que l'Asie s'éloignait davantage jour après jour.

Maintenant qu'il avait vu mourir Clémence sous ses yeux, il découvrait avec horreur ce que cette ville lui préparait.

Le taxi avait accéléré et la pluie battait plus violemment le pare-brise de la voiture. Duncan sentait ses mains moites coller sur ses cuisses au drap de son pantalon. Il était comme pétrifié sur son siège. Quand le taxi s'élança sur la rampe de sortie du *skyway*, il sentit le poids de son corps l'enfoncer dans son siège. Le chauffeur accéléra encore pour franchir le feu qui passait à l'orange et souleva des gerbes d'eau au croisement avec Silom.

Duncan referma derrière lui la porte de la chambre monacale du Manora et enclencha la chaîne dans la gâche. Il franchit les trois mètres jusqu'au lit et s'effondra en tirant un oreiller sur sa tête. Il n'avait pas ôté ses chaussures. Cela faisait maintenant une quarantaine d'heures qu'il n'avait pas vraiment dormi. Le sommeil le prit d'un coup. C'est à peine s'il entendit une porte claquer à côté de sa chambre et des voix dans le couloir de l'hôtel. Il baignait dans une source de lumière qui avalait pratiquement toutes les formes autour de lui. Sur le carré de sable qu'il apercevait, Clémence riait aux éclats. Son visage se rapprochait de lui. Il voyait ses yeux sombres et la blancheur de ses dents derrière ses lèvres vermeilles, mais n'entendait pas sa voix. Il avança une main pour tenter de caresser son visage. Ses doigts s'enfoncèrent sous le traversin.

CHAPITRE 12

26 août 2006

96

Le racoleur des DVD pirates avait été cueilli la veille au soir, en douceur. Les consignes de Paibool étaient que ses hommes interviennent le plus tard possible, lorsque la presque totalité des touristes auraient déserté la zone. Il ne voulait pas de bavures. Les policiers s'étaient positionnés en partie dans la station de métro Sala Deng, d'où ils avaient une vue plongeante sur le stand de jeans du vendeur de vidéos, et en partie de l'autre côté de Silom, en face du stand. Les deux principaux itinéraires de fuite étaient ainsi couverts. Ils ne devaient pas passer à l'action avant deux heures du matin sauf cas de force majeure. Paibool comptait sur la chance pour coincer d'autres acheteurs de *snuff movies*, mais rien de tel ne se présenta. L'homme avait vendu deux jeans. Pas un seul badaud ne s'était intéressé à son dépliant de jaquettes de DVD. Il avait somnolé sur une chaise pliante une partie de la soirée, et c'est lorsqu'il s'était décidé à plier bagage que les hommes de Paibool étaient intervenus. Ils avaient fait stationner devant l'échoppe un van, portes arrières ouvertes, et y avaient embarqué tout le fourbi du Thaï. Leur priorité était d'éviter une fouille de ses affaires sur le trottoir et une réaction hostile toujours possible des autres vendeurs.

De retour à la Crime Division, les policiers mirent aussitôt la main sur une trentaine de jaquettes explicites cachées au dos de couvertures de films traditionnels, dont certaines relatives aux *snuff movies* qu'ils avaient visionnés ces derniers jours.

Paibool voulait avancer. L'interrogatoire du racoleur de la Triade fut rapide. À six heures du matin, il avait livré les noms de trois des vendeurs de l'organisation : l'homme du cimetière de Thonburi, celui du gardien d'un chantier de construction d'une tour au fin fond de l'avenue Sukhumit, et celui d'un troisième complice employé comme vendeur ambulant de billets de loterie près de la place Sanam Luang, dans le quartier des temples. Les voitures du général repartirent à l'aube, sirènes hurlantes. Avant neuf heures, les policiers avaient ramené tout le monde au quartier général.

Grâce aux capsules d'amphétamines qu'il prenait, Paibool était comme une pile électrique. Il n'avait pas dormi depuis trois jours. Il voulait impressionner les hommes arrêtés et les pousser à bout. Il avait conscience de n'avoir déroulé que le début du fil de l'histoire. Il ne s'agissait que du menu fretin, mais il était sur la bonne voie. Encore quelques claques et quelques coups de ceinturon, et il obtiendrait ce qu'il attendait : le nom d'un donneur d'ordres. La méthode de la terreur fonctionnait. Ses hommes le suivaient. Delpey n'assistait plus aux interrogatoires. Il discutait avec Duncan dans le salon d'honneur de la Crime Division. Paibool leur avait dit qu'il avait besoin de la journée pour faire parler les vendeurs. Il s'employait à tenir sa promesse. C'était une course contre la montre. Il se doutait bien que la disparition subite des trois malfrats de leurs lieux de travail ne passerait pas longtemps inaperçue. Il utilisait donc les méthodes qui, des années auparavant, avaient porté leurs fruits contre les guérilleros khmers rouges sur la frontière cambodgienne. Il était sans pitié. Sans états d'âme. Les prisonniers avaient été conduits dans un soubassement du bâtiment pour éviter que leurs cris n'alertent le voisinage. En milieu d'après-midi, ils étaient réduits à l'état de loques humaines. Et le vendeur de billets de loterie avait enfin livré un nom.

Paibool rejoignit Delpey et Duncan.

– Messieurs, nous touchons au but. Nous avons obtenu l'identité d'un commanditaire. J'emmène une équipe au *soï* Swan Plu, derrière l'Alliance française. Vous êtes du voyage si le cœur vous en dit.

Delpey et Duncan se levèrent d'un bond.

– Déjà ? s'étonna Delpey.

– Déjà, oui. Nous ne savons pas encore ce que cette personne représente dans la hiérarchie de l'organisation, mais il doit s'agir d'un gros poisson.

La pluie et le trafic en fin de journée rendaient la circulation impossible. Même les sirènes et les gyrophares ne permettaient pas aux voitures de la Crime Division de se frayer correctement un chemin dans le flot de véhicules qui paralysait Bangkok. Paibool conduisait la voiture de tête, dans laquelle son aide de camp, Delpey et Duncan avaient pris place. En quittant le quartier général, il avait demandé qu'une surveillance discrète soit mise en place par des policiers de la circulation aux abords de la villa qu'il s'apprêtait à investir avec ses hommes. Au milieu des encombrements, Paibool montrait des signes d'impatience. Il se sentait fiévreux. La chemise de son uniforme était à tordre. Il avait l'impression de sentir aussi mauvais qu'un buffle de la rizière. Tout ce qu'il détestait. En virant dans l'avenue Sathorn, il souffla bruyamment à travers ses narines.

– On arrive. Encore cinq minutes.

Duncan vérifia les réglages de son boîtier Nikon. Dès le début, Paibool lui avait donné carte blanche pour photographier tout ce qu'il verrait. À condition qu'il respecte leur contrat moral. Paibool avait insisté plusieurs fois et Duncan lui avait donné sa parole d'honneur. Il appuya sur la petite flèche en haut à gauche de l'appareil, puis sur le curseur à côté de l'écran de contrôle et fit défiler les images qu'il avait faites depuis trois jours. Des scènes des *snuff movies* capturées sur les télévisions de la Crime Division, le Belge seul au milieu de la pièce attaché à sa chaise, son visage en gros plan, le nez éclaté, l'arrestation du vendeur de jeans et les regards effrayés des marchands autour du stand, son arrivée dans les locaux du quartier général de la police l'air hagard, puis celle des trois autres hommes. Trois visages banals de gens du peuple vêtus de guenilles. Sans doute des Chinois. C'est leur teint clair et leurs yeux très bridés qui le lui faisaient penser.

Le cortège s'engagea enfin dans le *soï* Swan Plu. Paibool avait demandé par radio à ses voitures de couper les sirènes et les gyrophares. Cinq cents mètres plus loin, les véhicules stoppèrent devant une villa cossue.

Une bonne s'apprêtait à conduire les enfants de la maison à l'école lorsque les hommes de la Crime Division investirent le jardin. Elle lâcha les cartables des petits et rentra précipitamment en poussant des cris. Trois policiers s'engouffrèrent derrière elle, avec le général, Duncan et Delpey sur leurs talons. La femme fut ceinturée et jetée à terre avant d'être enfermée avec les enfants dans une buanderie attenante à l'entrée. Pistolet au poing, Paibool gravit quatre à quatre les marches menant à l'étage d'où provenait un bruit confus de conversation. On distinguait les voix d'un homme et d'une femme en train de se disputer. En haut de l'escalier, un large couloir desservait une dizaine de portes fermées. Quand Paibool et son équipe pénétrèrent dans la pièce, la scène qui s'offrit à leurs yeux fut une grande femme d'une quarantaine d'années en déshabillé et un homme à peine plus âgé qu'elle, un Chinois vêtu à l'européenne, debout devant une mallette remplie de billets de banque posée sur un lit. Paibool tendit son arme à bout de bras face à la tête de l'homme.

– Vous mettez les mains derrière la nuque. Madame aussi.

Les policiers s'avancèrent et attachèrent les poignets du couple à l'aide de rubans de plastique. La mallette fut enfermée dans un sac de toile sur lequel le général posa immédiatement un scellé.

Alors seulement, il demanda à l'homme et à la femme de décliner leur identité. Puis, il ordonna le commencement de la fouille de la maison.

Le Chinois se nommait Chanchaï Arawat. Il avait quarante-trois ans, était né à Hong Kong, avait émigré vers Bangkok à l'âge de treize ans, quand son père avait décidé de rejoindre un oncle installé avec bonheur dans le commerce de l'or. Il ne possédait la nationalité thaïe que depuis une quinzaine d'années et exerçait officiellement la profession de courtier en riz. Il était richissime au point d'être membre des clubs de golf les plus huppés de Bangkok, de Pattaya et de Chiang Mai, d'être propriétaire d'une Ferrari, et de s'être acheté cinq ans plus tôt cette villa de trois cents mètres carrés à la domotique dernier cri. Il avait décoré cette gigantesque maison d'une collection surprenante de bouddhas dont le moins cher lui avait tout de même coûté près de 100 000 euros sur le marché local. Et, fait rarissime à Bangkok, il avait fait construire une cave sous sa maison. En fait une grande pièce complètement étanche, isolée phoniquement et protégée par une porte blindée. La porte elle-même était dissimulée au fond d'une penderie remplie d'affaires de golf. Aux rares personnes au courant de l'existence de cette pièce, il en parlait comme d'un abri antiatomique, une sorte de *panic room* qui, en attendant la Troisième Guerre mondiale, servait d'auditorium pour pouvoir écouter à fond les opéras chinois dont il raffolait. Il était de taille moyenne et avait pris du poids avec l'âge. Il s'empiffrait chaque jour d'une nourriture achetée à prix d'or auprès des cuisiniers les plus célèbres de la ville. Il avait épousé dix ans plus tôt une princesse thaïe qui lui avait ouvert toutes les portes utiles de la ville. Elle lui avait donné deux garçons et l'avait aidé, en apparence, à devenir très riche. Mais sa fortune, Arawat l'avait bâtie bien avant, lorsqu'il avait gravi les échelons des Trois Dragons jusqu'à en devenir le frère numéro quatre. Il avait simplement besoin d'une couverture pour pouvoir afficher sa richesse. Avec son épouse, c'était chose faite. Car, contrairement aux autres frères de la Triade, il aimait parader et faire savoir combien il jouissait de la vie. Il savourait chaque jour le luxe dans lequel il se vautrait. Il aimait les repas mondains, les pierres précieuses, l'or, les grosses limousines, les voitures de course et le sexe. Ses seules faiblesses étaient son aversion pour la souffrance, la sienne, et sa peur de la mort. Pour quelqu'un qui s'était enrichi avec celle des autres, c'était paradoxal, mais cela l'aidait à profiter plus encore de la vie. Il passait commande des assassinats pour le compte des plus riches clients de la Triade. Il recevait du groupe opérationnel les scénarios des *snuff movies* et donnait ses consignes aux tueurs. Ses contacts avec le groupe opérationnel s'établissaient par mails grâce à un cryptage de messages complexe. Les matrices des DVD lui étaient ensuite fournies en main propre dans ses bureaux de Siam Square par des coursiers différents à chaque fois. Le reste de son travail consistait à les dupliquer et à les acheminer vers ses clients et les divers points de vente. Il effectuait les copies des sujets dans sa cave sur les airs de ses opéras chinois. Puis il regardait son compte en banque se remplir de quelques millions de bahts après chaque opération. Il attendait son heure pour se hisser plus haut dans l'organisation.

Quelques jours plus tôt, il était encore question qu'il rencontre enfin le Grand Maître. Shaw, qui voulait recruter de nouveaux tueurs, avait ordonné aux frères deux et trois de le voir. Arawat, en plus de parler thaï, était sinophone, anglophone, hispanophone et arabophone. Il s'avérait donc être l'homme de la situation pour mettre en place la nouvelle politique des Trois Dragons souhaitée par le Grand Maître. La perspective d'empocher bientôt chaque mois l'équivalent de 150 000 dollars l'avait conduit à s'endetter lourdement ces derniers mois auprès de prêteurs de la mafia thaïe.

Lorsqu'il avait appris la veille au soir, grâce à des informateurs de la police, la vague d'arrestations opérées par le général Paibool, le monde d'Arawat s'était écroulé d'un coup. Il s'apprêtait à fuir avec trois millions de dollars en grosses coupures en laissant derrière lui son épouse et ses enfants lorsque les hommes de Paibool avaient défoncé la porte de sa chambre.

Les policiers venaient de mettre au jour l'accès à la cave. Ils placèrent trois charges de plastic contre les serrures. La porte blindée s'ouvrit sur un escalier de béton plongeant dans l'obscurité. Le policier de tête balaya l'espace devant lui du rayon de sa torche électrique. Le rai de lumière accrocha un grand casier rempli de bouteilles de vin, une armoire blindée contre un mur, un tabouret et une planche épaisse posée sur des tréteaux avec quatre ordinateurs. Une heure plus tard, la pièce avait été retournée de fond en comble en présence du propriétaire des lieux. Les policiers avaient découvert dans un double fond du coffre une cache contenant une centaine de DVD, une pochette pleine de jaquettes de boîtes de films et une liste codée de noms. Paibool avait demandé à Chanchaï Arawat s'il comptait les laisser galérer des jours ou des semaines pour la déchiffrer ou s'il envisageait de coopérer. Le Thaï avait ricané.

– Vous me demandez carrément de me suicider.

– Vous vous êtes déjà suicidé, rétorqua le général.

Arawat se pencha vers Paibool et lui murmura à l'oreille .

– Cette liste vaut au minimum le prix de ma liberté, général. Vous le savez. Je pourrais même vous donner beaucoup plus, à condition de pouvoir filer avec mon argent.

Le général fit une moue dubitative et lui répondit, également à voix basse :

– C'est étrange. Tous les gens que j'arrête depuis quatre jours sont prêts à collaborer en échange de leur liberté. J'ai l'impression que personne ne se rend vraiment compte de la gravité des faits.

– J'en suis très conscient, mais vous êtes loin d'avoir touché au but. Votre enquête peut s'arrêter là d'un coup, et rien n'empêcherait la machine de continuer à fonctionner. Contrairement aux apparences, je ne suis qu'un petit pion sur l'échiquier de cette organisation. Je n'ai jamais tué personne ni même commandité un seul de ces meurtres. Je ne suis qu'une courroie de transmission, général.

– Une simple courroie de transmission…

– Oui, général. Mais je reconnais être bien placé. En mesure de toucher ceux qui sont au-dessus de moi. Mais il faudrait me motiver pour que je le fasse. Vous pouvez le comprendre, n'est-ce pas ?

– Admettons que je vous suive, que pourriez-vous me promettre ?

– Je vous traduirais cette liste qui représente une dizaine de clients extrêmement importants. Des Orientaux et des Européens. Et je vous aiderais à atteindre ceux qui commanditent les meurtres.

– Parce que vous ne les connaissez pas !

– Non, je ne les connais pas. Mais je peux les joindre. Et je veux que mon épouse reste en dehors de cette affaire.

Paibool réfléchissait pendant qu'Arawat lui parlait. Il connaissait sa femme. Il l'avait vue plusieurs fois dans les pages people des magazines locaux. Mais il ne parvenait pas encore à la situer exactement. Pourquoi parlait-on d'elle ? À quelle occasion ? Il cherchait, mais ne trouvait pas. Où l'avait-il vue ?

– Qui est votre épouse ? demanda-t-il en aparté à Arawat.

Le Chinois se rapprocha de lui et lui murmura à l'oreille :

– C'est une princesse de sang royal. Elle est extrêmement proche du prince. Elle est en affaires avec lui, il tient énormément à elle. Elle a le pouvoir de faire tomber n'importe qui en disgrâce. Et le roi l'adore parce qu'elle a fondé de nombreuses œuvres caritatives. Elle est intouchable.

L'homme avait toisé le général. Beaucoup plus qu'une confidence, cela ressemblait à une menace. Maintenant, Arawat souriait, goguenard, comme persuadé qu'il venait de retourner un joker qui allait assurer son immunité. La mine troublée de Paibool le confortait dans cette idée. Ainsi, cette femme, qui n'avait pas esquissé un geste depuis l'entrée de la police, pouvait être liée au Palais.

En débarquant avec sa troupe dans la villa du *soï* Swan Plu, Paibool ne s'attendait pas à buter sur ce genre de problème. Maintenant, il devait le gérer au mieux et ce n'était pas facile. Il pouvait déclencher un immense scandale en arrêtant une personne du clan du roi. Jamais la justice ne laisserait faire. Son enquête s'arrêterait là et il serait destitué. En même temps, il lui était impossible de vérifier les affirmations d'Arawat sans éveiller les soupçons. Il se sentait coincé. Il se dit que le mieux était dans l'immédiat de laisser croire qu'il était disposé à composer avec l'homme qui se collait à lui. Il n'avait pas affaire à un vulgaire client. Il se pencha vers Arawat et acquiesça d'un léger mouvement de tête.

– Je vais vous donner une chance. Vous allez rester chez vous le temps nécessaire pour me fournir les informations que je vous demande. Votre maison restera sous contrôle de la police. Personne n'en sortira. Je vais faire bloquer vos comptes en banque immédiatement. Lorsque j'aurai eu satisfaction, vous serez libre de partir. Je vous donne trois jours.

Le policier qui continuait à fouiller la cache de l'armoire forte de la cave venait de trouver une boîte en métal, ronde, d'environ six ou sept centimètres de diamètre. Il la posait sur la table quand Duncan l'aperçut. Il ouvrit le couvercle. Une bobine de film 9,5 mm se trouvait à l'intérieur de la boîte. Il déroula le début de la pellicule qui crissa légèrement, comme si l'humidité l'avait collée. Les images minuscules semblaient entièrement noires. Il plaça le morceau de film devant la lampe du bureau et ses lunettes devant, à l'envers, pour s'en servir comme loupe.

– Merde alors, murmura-t-il pour lui-même.

Il avait devant les yeux une fille nue attachée dans la carlingue d'un petit avion. La fille était couchée sur le plancher de l'appareil au bord de l'ouverture de la porte, le visage déformé par la peur. Duncan déroula encore quelques mètres de la pellicule. Un pied en gros plan appuyait sur le fessier de la fille comme pour la pousser dans le vide. Il fit glisser entre ses doigts encore trois ou quatre mètres de la bobine. Il n'y avait plus qu'une jambe sur l'image faiblement éclairée. Le reste du corps de la fille avait basculé par la porte.

Duncan reposa la bobine sur la table. Son cœur avait fait un bond dans sa poitrine. Il venait de comprendre. Le crime de Pau était devant ses yeux en cinéma muet. Presque trente ans après les faits. Ce n'était que la confirmation de ce qu'il avait appris auprès d'Arribarde. Le journaliste de *Sud-Ouest* avait eu du flair ! Il ne s'était pas trompé. La morte retrouvée un matin d'août 1978 écrasée dans un champ de maïs près de la zone de saut de Lasclaveries, avait bien été balancée depuis l'avion du para-club. Et par le même homme qui avait tué Clémence.

Duncan n'en souffla mot à Delpey ni à Paibool. Il tenait à faire le boulot lui-même. Jusqu'alors, il ne s'était jamais senti capable de tuer quelqu'un autrement que pour défendre sa vie. Si cela lui était arrivé deux fois en vingt ans de reportage de guerre, il n'était même pas sûr de ce qu'il avait fait. Mais cette fois-ci, il le savait, il traquerait, retrouverait et regarderait mourir l'assassin de Clémence. Il le traquerait au bout du monde s'il le fallait, et il le finirait. Ce n'était plus, maintenant, qu'une question de temps. Il savait désormais où chercher l'assassin. Il se tourna vers Paibool, essayant de cacher son trouble.

– Ça va ? lui demanda le général.

– Ça va.

Duncan se foutait bien de l'enquête de la Crime Division. Les criminels pouvaient continuer d'assassiner, il n'en avait cure. Il ne croyait d'ailleurs pas une seconde que Paibool mettrait un terme aux activités du réseau. Ses policiers attraperaient encore cinq ou six petits poissons, les patrons de cette mafia auraient tôt fait d'installer un cordon sanitaire autour d'eux, et l'enquête finirait par s'enliser. Une seule chose comptait pour lui, à cette heure : retrouver le tortionnaire de Clémence. Il attendit que Paibool eût terminé son marchandage avec Chanchaï Arawat et lui annonça qu'il rentrait à son hôtel.

Duncan venait de décider de reprendre le soir même l'avion pour Paris.

97

Le beau temps n'avait pas duré. Le ciel plombé était revenu, puis le crachin, puis le froid. Il n'avait plus été question de retourner à la plage. Les enfants avaient été consignés dans leur chambre. Heureusement, l'hôtel possédait le câble et toutes sortes de chaînes pour la jeunesse. Charles et Julie avaient été installés devant leur télévision avec interdiction d'en bouger jusqu'à nouvel ordre. Les grands-parents et leur fille s'étaient retrouvés au salon devant un Scrabble. David avait refusé de se joindre à eux. Il avait fait l'effort de ne pas s'asseoir avec Charles et Julie, mais il voulait être à proximité. Il était donc resté dans sa chambre et s'était installé dans un fauteuil près de la porte restée ouverte, de manière à voir le couloir. Il avait bien ouvert un livre sur ses genoux, pourtant il était incapable de lire une ligne. Il regardait dans le couloir, se levait, allait jusqu'à la chambre des enfants, collait son oreille à la porte, écoutait, puis revenait s'asseoir. Mais il ne lisait pas. Il réfléchissait.

Il fallait alerter la gendarmerie, appeler l'adjudant qui était venu à la villa et tout lui raconter. Sans doute cela n'aiderait-il pas à protéger les enfants immédiatement, mais au moins aurait-il la conscience tranquille d'avoir fait quelque chose. David ne pouvait plus rester les bras ballants. Il retourna à la chambre des enfants et entrouvrit la porte. Charles et Julie étaient captivés par un épisode des *Wings*.

– Vous êtes sages, n'est-ce pas ?

Les deux petits ne bougèrent pas. David répéta sa question, puis referma la porte à clé. Il aurait pu téléphoner sans attendre au Ferret, mais, il aurait bien été incapable d'expliquer pourquoi, il décida de rejoindre sa femme et ses beaux-parents.

La partie de Scrabble piétinait. Avec le ciel bouché et la pluie qui venait maintenant cingler les fenêtres, il régnait dans le salon une atmosphère d'hiver. Les joueurs regardaient machinalement leur jeu et poussaient des lettres sans conviction.

– Tu joues avec nous ? demanda Marie-Ange.

– Non.

Dans leur chambre, Charles et Julie venaient de se disputer. Charles faisait des allées et venues entre la télévision et la fenêtre qui énervaient sa sœur.

– Il n'y a rien d'intéressant dehors, cria Julie. Il fait presque aussi sombre que s'il faisait nuit.

– Tu sais, dit Charles, le monstre est là.

98

Mayeras n'osait pas bouger le petit doigt. Devant lui, affalé sur sa chaise, l'adjudant Pichart écoutait sans broncher le procureur. Il y avait dans le bureau de la brigade une tension extrême. Le magistrat avait débarqué en hélico une heure plus tôt sans prévenir. Il avait immédiatement demandé à faire le point sur les dossiers concernant Ingrid Hartmann, Sonia Boulanger et tout ce qui pouvait s'approcher de près ou de loin de ces deux affaires. Pichart avait commencé à résumer ce qu'il savait, mais le procureur l'avait rapidement interrompu.

– Montrez-moi vos notes, avait-il ordonné, avant de les consulter rapidement et de les faire passer dans sa serviette.

– Vous les gardez ? s'était étonné l'adjudant.

Le procureur avait ignoré la question, mais exigé que Pichart lui ouvre les dossiers sur les ordinateurs du bureau. Il s'était levé et avait attendu.

– Dois-je comprendre que nous sommes dessaisis des enquêtes ? gronda Pichart.

– Dépêchez-vous. C'est plus compliqué que cela. Vous allez écraser tout ce que vous avez réuni comme informations sur ces affaires. Je ne vais pas en discuter avec vous, mais seulement vous dire une chose : ces enquêtes sont maintenant « secret-défense ». J'ai mes ordres, j'exécute. Vous en faites autant.

Mayeras se pinça pour s'assurer qu'il ne rêvait pas. Il s'attendait à un coup de gueule de son supérieur, mais l'adjudant sembla s'être calmé d'un coup. Il obtempéra sans sourciller.

– J'ai l'impression que nous avons mis les pieds dans une sale histoire, fit-il.

Le procureur resta silencieux de longues minutes, puis il saisit le bras de Pichart.

– Vous allez tout oublier. Vous n'allez plus rien faire si l'on vous sollicite. Seulement m'en informer immédiatement.

– Mais tous les témoins… La famille d'accueil de la baby-sitter, par exemple, l'hôtelier…

– Vous leur direz, s'ils se manifestent, que l'enquête a été reprise par Bordeaux et qu'elle progresse. C'est tout. Que ce n'est plus de votre ressort. Me suis-je bien fait comprendre ?

– Parfaitement, monsieur.

– Je ne m'inquiète pas, ajouta le procureur en prenant congé. Vous êtes militaire, je sais que vous ferez ce qu'on attend de vous. Restez seulement en contact avec moi. Prévenez-moi sans délai si quelqu'un revenait vous voir à ce sujet. N'importe qui. Les familles, les employeurs, les témoins, les journalistes… N'importe qui.

CHAPITRE 13

27 août 2006

99

L'avion d'Etihad se posa à Roissy vers dix heures trente. Duncan n'avait aucun bagage en soute, il put sortir immédiatement et trouver sans attendre un taxi pour le ramener rue du Général-Niox. Il faisait un soleil radieux. Paris était encore vide. La circulation était fluide. Vingt-cinq minutes plus tard, il atteignait la porte de Saint-Cloud. Duncan refusa la fiche que lui proposait le chauffeur et quitta la voiture avec une envie partagée entre aller se coucher tout de suite et appeler immédiatement son ami Régis Coulanges qui travaillait à la DPMAT[1].

Il avait passé les seize heures entre Bangkok et Paris à ruminer cette histoire et à analyser chacun des éléments qu'il avait appris. D'abord le meurtre de la piste cyclable au Cap-Ferret et, la veille, la silhouette entraperçue sous les pins. Puis sa rencontre avec Clémence et ce qu'elle lui avait raconté du vol de ses vêtements par quelqu'un resté totalement invisible. Et son assassinat dans des conditions hors du commun. Enfin, cette vieille histoire du cadavre

1. Direction du personnel militaire de l'armée de terre.

de Pau, dont on lui avait raconté qu'il s'agissait d'une exécution politique liée à l'ETA. Foutaises ! Il savait désormais qu'elle constituait les prémices des meurtres du bassin d'Arcachon et, sans doute, de ceux commandés par la Triade.

La découverte du film de l'assassinat de Pau dans la villa du *soï* Swan Plu et tout ce qu'avaient pu lui en dire les témoins de l'époque avaient été le point d'orgue de sa réflexion. C'était devenu une certitude. Duncan ne doutait plus. C'est un militaire qui tuait. Un militaire ou un ancien militaire, qu'importe. Ce type qui avait agi, à presque trente ans d'intervalle, avec une technique de commando et une connaissance parfaite du milieu, ne pouvait être qu'une bête de guerre, rompue à toutes les formes de combat. Il était parachutiste vraisemblablement, la pucelle de régiment retrouvée sur la scène de crime du Ferret par l'équipe du substitut le confirmait. Dommage qu'il ne l'ait pas vue de près. Cela lui aurait simplifié la tâche. Le tueur savait aussi piloter, l'affaire paloise en était l'illustration parfaite. Enfin, Duncan avait identifié ce qu'il portait sur lui le jour où il l'avait surpris en lisière de la piste cyclable : une combinaison de plongée. Le tueur venait de la mer. Il s'agissait donc d'un athlète multicartes, para, pilote, nageur, lutteur. Rompu à toutes ces disciplines extrêmes, un soldat d'élite. Même s'il n'avait pu identifier formellement l'insigne militaire récupéré à côté du cadavre de la jeune Allemande, il n'y avait pas cinquante endroits où le chercher. Duncan se disait qu'avec un peu de temps et un peu d'aide, il finirait par trouver ce salopard dans l'un des régiments où servaient les professionnels de très haut niveau. Il avait noté assez de détails sur les meurtres visionnés à Bangkok pour rétrécir le champ d'investigation. Il connaissait quelques-uns des endroits où le tueur avait agi ces dernières années, et il imaginait parfaitement les pays où l'armée avait dû l'envoyer en mission. Grâce à ses connexions dans le milieu militaire, Duncan était certain qu'il y parviendrait. Le vieil adjudant-chef de la DPMAT lui donnerait le coup de main dont il avait besoin. Coulanges ne se défilerait pas. Il l'avait prouvé à plusieurs reprises depuis qu'ils s'étaient connus au Liban. Il aimait Duncan comme un frère et ne manquait jamais une occasion de lui rendre les services qu'il attendait.

100

Cela faisait deux jours que Paibool attendait qu'Arawat remplisse le contrat qu'ils avaient passé ensemble, mais rien ne bougeait. Le frère numéro quatre semblait définitivement isolé. Les commanditaires, les frères numéros deux et trois, ne donnaient plus de nouvelles. Ils n'avaient pas fait porter le DVD du meurtre de l'enfant que devait recevoir Arawat.

Le général, qui avait monté une souricière dans ses bureaux de Siam Square, perdait patience. Régulièrement, ses hommes l'appelaient à la villa d'Arawat pour lui rendre compte de la situation. Ce soir-là, la Rice Ayudhaya Cie Ldt allait fermer ses portes et aucun coursier ne s'était manifesté. Paibool s'avança vers Arawat. Le huis clos dans la chambre de l'homme d'affaires devenait oppressant. Paibool le saisit par les cheveux.

– Si tu ne trouves pas un moyen de te mettre en relation avec tes patrons d'ici vingt-quatre heures, je t'embarque dans une de nos cellules extrajudiciaires et je te laisse y pourrir le temps qu'il faudra. Je colle ta femme en prison pour complicité et je mets tes gosses à l'orphelinat. Je ruine votre vie. Ta femme aura un accident et toi, personne ne saura jamais ce que tu seras devenu. Ne compte surtout pas sur un juge pour te tirer d'affaire. Tu vas disparaître comme un rat. Tu ne reverras jamais ni ton épouse, ni tes enfants. Il y aura beaucoup de malheur dans ta famille.

Arawat haussa les épaules.

– Alors ça, je m'en fous complètement.

101

Vers quatorze heures, Duncan fut tiré du lit par un coup de fil de Delpey. Le policier avait la voix fatiguée. Visiblement, les dernières heures de l'enquête l'avaient secoué.

– Tu as fait bon voyage ?

– Comme ça… Vous avez avancé ?

– Nous avons visionné encore une trentaine de nouveaux DVD récupérés dans la villa du *soï* Swan Plu.

– Qu'y a-t-il de neuf ?

– Nous avons établi les profils de plusieurs tueurs.

– Par exemple ?

– Nous savons qu'un d'entre eux agit au Mexique. Un en Russie. Un autre aux Philippines. Et que celui qui a tué au Cap-Ferret a également sévi en Yougoslavie et au Cambodge, mais nous n'en sommes pas encore complètement convaincus.

– Qu'il ait assassiné en Asie ?

– Non ! Que ce soit au Cambodge. L'équipe du général procède à quelques vérifications. Paibool est très excité. S'il s'agit, au contraire, de la Thaïlande, il va pouvoir envoyer pas mal de monde devant le peloton d'exécution.

Duncan s'assit au bord de son lit.

– Comment y êtes-vous parvenus ?

– Nous avons analysé les voix. Nous avons rapidement identifié quatre personnes qui revenaient sur plusieurs vidéos. Ensuite, nous avons travaillé sur les images, sur les objets, sur la langue des victimes. Là, les flics de Paibool ont fait un superboulot.

– Ils ont été très rapides…

– Le général ne les lâche pas. Ils ne dorment pas. Ils sont sous amphétamines et bossent sans interruption. Ils font tourner des banques d'images avec des millions de photos, ils décryptent des sons dans des synthétiseurs ultrapuissants, c'est assez bluffant.

– Et donc, à propos du tueur du Ferret… ?

– Celui-là parle beaucoup à ses victimes. C'est toujours la même voix calme, posée, assez grave, entre 200 et 700 Hz. Comme les deux autres, que nous avons repérés, c'est un *travel killer*.

– Pardon ?

– Un *travel killer*. L'assassin par excellence. Un grand prédateur qui ne cesse jamais de chasser, n'importe où, n'importe quand. Un jour à Paris, un autre à Phnom Penh, un autre à Zagreb ou Sarajevo et, entre chacune de ces destinations, encore des meurtres à Metz ou à Arcachon, que sais-je… Il est ce qu'on fait de plus abouti dans la catégorie des tueurs en série. Rien de commun avec les assassins répétitifs ou les assassins de masse, ceux qui tuent uniquement les grosses blondes ou les grandes brunes, et ceux qui déboulent un jour dans une école pour vider leurs chargeurs comme au stand. Il tue n'importe qui, femmes, hommes, ados, enfants… Il ne tue pas pour son plaisir personnel. Il tue pour une raison précise. Ici : l'argent. Il ne répond pas à des pulsions, et c'est cela qui le rend si dangereux et si difficile à appréhender. J'ajouterais que c'est en général le type de tueur qu'on n'attend pas. C'est un tueur à gages hors normes. Un asocial de la pire espèce qui a fait de ces meurtres un business. Il assassine sur commande. Pour le compte d'une autorité supérieure. Il en est le bras armé. Ses amis, sa famille, son voisinage pensent qu'il n'est jamais là où sont commis les crimes. C'est sa force. Et c'est notre problème.

Duncan faillit donner son avis, mais se pinça les lèvres. Il était déjà arrivé à cette conclusion, mais ne voulait toujours pas laisser savoir à son interlocuteur à Bangkok qu'il avait maintenant une longueur d'avance sur lui.

– Bien, dit-il. À part ces considérations philosophiques, tu as une piste sur l'identité du tueur ?

– Évidemment non. Paibool compte sur la collaboration du Thaï du *soï* Swan Plu.

– Et alors ?

– Alors, c'est au point mort. Le type dit qu'il va réussir à loger les donneurs d'ordres de l'organisation, mais pour le moment, rien. Il n'a pas été contacté depuis trois jours, alors qu'il attendait une livraison d'un nouveau DVD pour un client saoudien. Le meurtre d'un enfant en France, précisément. Il paraît qu'il attend le *snuff* depuis plusieurs jours. Ses correspondants sont muets. Or, il n'y a qu'eux qui peuvent nous mettre sur la piste des exécuteurs.

– Qu'en dit Paibool ?

– Il est assez préoccupé.

– Et les vendeurs qu'on a arrêtés ?

– Ils ramènent tous au type du *soï* Swan Plu. Pour le moment, nous sommes dans un cul-de-sac.

Duncan regarda le combiné après qu'il eut raccroché. Il était plutôt satisfait de savoir ses amis de Bangkok dans une impasse. Au fond, il se contrefoutait que le réseau de malades mentaux qui produisaient ces *snuff movies* soit mis hors d'état de nuire rapidement. Il voulait se réserver la primeur de la liquidation du tueur de Clémence.

Il reprit le téléphone et appela l'adjudant-chef à la DPMAT.

– Salut Régis, c'est Duncan.

– Tiens ! T'es pas à la retraite, toi, en train de pêcher le goujon ?

– Mon pauvre ! J'en ai encore pour six ou sept ans.

– Qu'est-ce que je peux bien faire pour toi ?

– C'est tout simple. Je travaille actuellement sur un bouquin de photos, des histoires de troupes d'élite, j'ai besoin de retrouver un type que j'ai connu, il y a une dizaine d'années, mais dont je n'arrive pas à me souvenir du nom ni de l'unité…

– Tu crois que j'ai une boule de cristal, ou quoi !

– Mais tu es la mémoire vivante de l'armée française. Cela ne devrait te poser aucune difficulté…

– Tout de même !

– Je suis sûr que ce n'est pas si compliqué pour toi. Le type était parachutiste, nageur de combat… Un peu tout à la fois. Il a servi à Pau ou dans la région, et il a participé à des missions en ex-Yougoslavie et au Cambodge. Je me rappelle cela. Une vraie force de la nature ! Il était extrêmement baraqué, gigantesque. Ce ne devrait pas être sorcier à trouver !

– Alain, ça fait des centaines de gus…

– Des centaines ? Un gars qui serait para, nageur, immense et ancien de Yougo et du Cambodge ? Je ne savais pas qu'on disposait d'une telle armée !

Il y eut un blanc à l'autre bout du fil. L'adjudant-chef toussa en se mettant à rire.

– Physiquement, il ressemble à quoi, ton type ? Il avait quel âge quand tu l'as connu ?

– Écoute, je ne sais plus. C'est difficile de donner un âge à un athlète de haut niveau. Disons qu'il est entré à l'armée dans les années soixante-dix.

L'adjudant-chef siffla dans l'appareil. Duncan écarta brutalement le combiné de son oreille.

– Tu parles d'un ancien ! Il doit être à la retraite depuis un bail, ton gazier.

– Oui, peut-être, mais ce n'est pas le problème. C'est un livre également sur les vétérans. Je ne parle pas que des militaires en activité. Tu peux m'aider ou pas ?

– Comment veux-tu que je te retrouve un gars qui a quitté l'armée depuis des années !

– Tu dois bien conserver des archives, non ?

– Ben, pas comme ça. Pas sous la main.

– Et alors ?

– Alors, cela veut dire que des archives, c'est toujours sensible. On ne les consulte pas comme cela. Tu aurais une recommandation du ministre ou du chef d'état-major, ça faciliterait la démarche.

– Écoute, je ne prépare pas ce livre avec l'armée. Je n'ai aucune accréditation. Je m'adresse à toi parce qu'on est potes. Parce qu'on a vécu ensemble au Liban quelques trucs qui ne s'oublient pas. Tu veux m'aider ou pas ?

L'adjudant-chef toussa de nouveau et dit que Duncan l'emmerdait, mais qu'il allait voir ce qu'il pouvait faire.

– Dis-moi, au moins, le sujet de ton bouquin, ajouta-t-il.

– Je te l'ai dit : nos soldats d'élite, les héros de l'armée française dont personne ne parle jamais. Sauf lorsque l'un des membres de nos forces spéciales se fait tuer en Afghanistan. Ce sont ces types-là dont je vais raconter l'histoire. Ceux qui feront les guerres de demain, les guerres antiterroristes. Tu vois le genre…

– Un sujet comme cela, pourquoi ne le fais-tu pas en partenariat avec l'armée ?

– Je veux le sortir rapidement. Une coédition avec la Défense prendrait des mois. Le ministère n'aime pas communiquer sur cette question. Depuis l'affaire des Twin Towers et l'intervention en Afghanistan, c'est un sujet sensible. C'est devenu la croix et la bannière pour entrer au 13e RDP ou au 1er RPIMa, tu sais. C'est l'armée… Enfin, tu connais. Ce n'est pas à toi que je vais apprendre ça.

– C'est qui, ton éditeur ?

Duncan bafouilla.

– Tu ne connais pas. Une petite boîte en province, mais avec de l'argent. C'est un ancien officier de réserve qui la dirige.

– Ça ne me dit pas qui c'est…

– Écoute, Régis, ce n'est pas le sujet. Je n'ai pas envie, pour le moment, de communiquer sur l'éditeur. Quand j'aurai avancé, je te dirai de qui il s'agit. Tu me donnes mes infos rapidement ou pas ?

– Je te le répète : je ne peux pas aller fouiller librement dans les archives. Il faut que je trouve un moyen. Je ne te promets rien. Redis-moi un peu à quoi ressemblait ton gazier ?

– Incorporé dans les années soixante-dix, dans le Sud-Ouest. A été parachutiste, commando marine ou nageur de combat, spécialiste du combat rapproché. Je me souviens qu'il a servi en ex-Yougo et au Cambodge.

– C'est tout ?

– Ce n'est pas mal, déjà ! Ah, si, j'oubliais un détail important. Je crois qu'il était pilote.

– Pilote de quoi ? D'hélico ? De Mirage ?

– Pas de Mirage, évidemment ! Arrête de déconner. D'hélico, je n'en sais rien, mais pilote privé. Genre pilote d'aéroclub.

Il y eut un silence à l'autre bout du fil, puis Coulanges demanda :

– Comment sais-tu cela, toi ?

– Je m'en souviens. Il me l'avait dit.

– Bien, je réfléchis et je te recontacte, dit Coulanges.

Duncan se recoucha sur le lit et croisa les mains derrière sa nuque. Il hocha la tête tout seul. Il savait que son pote allait l'aider.

Une seule chose importante lui échappait : la figure que faisait au moment même l'adjudant-chef Régis Coulanges. Un parachutiste, nageur, lutteur, ancien de la région paloise, en mission en ex-Yougo et en Asie, un géant… Soit. Il y en avait quelques dizaines qui pouvaient correspondre à cette description. En revanche, un type qui aurait été pilote en plus d'être tout cela, Coulanges n'en connaissait pas beaucoup. Quatre, précisément. Mais il était hors de question de communiquer sur l'un d'eux.

La manière dont Duncan avait négligemment précisé les qualités de pilote du militaire qu'il recherchait l'avait instantanément mis en alerte. Comme si quelqu'un lui avait proposé tout à coup de jouer au loto les numéros de la combinaison du coffre de son bureau. Coulanges ne savait pas quoi en penser. Un clignotant venait de s'allumer dans sa tête. Il fallait que cela tombe sur lui ! Que ce soit Duncan qui foute le bordel ! « *Qu'est-ce qu'il me cherche, ce putain de con de Duncan !* »

102

Il terminait un exercice de qi gong, lorsque le téléphone de sa salle de sport privée tinta doucement. La modulation de la sonnerie indiqua à Shaw l'origine de l'appel. Il décrocha, mais resta silencieux.

– J'ai de bonnes nouvelles, Maître, chuchota l'Oncle Da. Notre tueur français rencontrera l'enfant sous peu. C'est imminent. Une question d'heures. Je viens d'en avoir confirmation.

Shaw expulsa de ses poumons l'air qu'il avait retenu le temps que Da lui passe le message. Comme Da n'ajoutait rien, Shaw raccrocha. Toujours sans avoir prononcé un mot. Il s'avança jusqu'à la baie vitrée de la pièce de son condominium et contempla Bangkok un instant. Cette cassette valait plus de deux millions de dollars. Il déploya de nouveau ses bras et recommença ses exercices respiratoires.

103

Le message arriva sur l'ordinateur de Duncan en fin de journée. Régis Coulanges avait tenu parole. Il avait travaillé vite. Il lui disait détenir une liste d'une vingtaine de noms de militaires correspondant plus ou moins au portrait-robot qu'il avait dressé, mais que trois seulement possédaient, à sa connaissance, leur brevet de pilote. Coulanges ajoutait qu'il la lui adresserait dans les prochaines heures depuis sa boîte mail privée.

Duncan reçut un second mail en provenance de Bangkok une minute plus tard. Delpey l'informait laconiquement que Chanchaï Arawat venait de perdre la vie en basculant par-dessus la rambarde de l'escalier intérieur de sa villa. Il ne faisait aucun commentaire. Duncan éclata de rire. Il imaginait trop bien le général Paibool piquant un accès de colère mortel comme il l'avait maintes fois vu le faire, des années plus tôt, sur la frontière khmère.

Il répondit aussitôt à Delpey. Il voulait savoir ce qu'il était advenu de l'épouse d'Arawat. Car il y avait également une autre possibilité : qu'elle ait elle-même exécuté son mari. Elle avait une telle tête de sainte-nitouche qu'on pouvait décemment se poser la question. Il demanda à Delpey plus de détails sur la mort d'Arawat, et s'il avait pu obtenir plus d'informations sur le tueur du Cap-Ferret. Enfin, il lui annonça qu'il allait lui transmettre prochainement une liste de Français, et qu'il aimerait savoir lesquelles de ces personnes auraient pu voyager en Thaïlande depuis une quinzaine d'années.

Delpey envoya sa réponse dans les minutes qui suivirent :

« *Mon cher Alain, serais-tu sur une piste dont tu ne nous avais pas parlé ? Si cela a un lien quelconque avec l'histoire qui nous occupe, je serais heureux que tu m'en dises un peu plus. Ce que tu me demandes relève d'une confidentialité difficile à transgresser. Très cordialement. Jean.* »

Duncan composa ensuite le numéro du poste personnel de Coulanges à la DPMAT.

– Mon adjudant-chef, mes respects du soir.

– Ah, Alain. J'ai trouvé quelques gaziers qui répondent à ton pedigree. Une vingtaine de personnes. Je vais t'envoyer leurs noms d'ici une heure, le temps de les recopier sur un fichier indépendant. Je ne veux pas que cela se sache, ici. Je vais te les transmettre depuis ma boîte mail personnelle. Je serais étonné que tu ne retrouves pas ton *warrior* dedans.

– Je ne m'inquiète pas.

– Au fait, qu'est-ce qu'il a fait d'extraordinaire, ton gars, pour que tu lui coures après de la sorte ? Tu en as quand même d'autres dans ta poche, pour écrire ton bouquin… Alors pourquoi lui ?

Duncan sentit la méfiance dans le ton de la voix de Coulanges, mais n'y attacha pas d'importance. L'alibi de son livre lui semblait en béton armé.

– Tu vas rire, je n'en sais rien encore. Je compte sur lui pour me le dire. La seule chose que je sache, c'est qu'il s'agit d'un soldat hors pair, tu vois. Un vrai. Il m'avait raconté des trucs étonnants, à l'époque où je l'ai rencontré. Je suis sûr qu'il a sa place dans le bouquin.

– Si ce n'était pas toi, je ne dirais rien, Alain. Mais bon, pour nos aventures au Liban, je veux bien. Mais on est d'accord qu'on ne s'est jamais parlé, n'est-ce pas ? Je ne tiens pas à prendre une retraite anticipée. Ils sont assez sourcilleux, ici, sur la sécurité.

– Tu as ma parole, Régis. On ne s'est jamais parlé. De toute façon, ce n'est vraiment pas important, cette histoire…

Duncan arrêta sa phrase en l'air, attendit un instant et reprit :

– Tu sais quoi ? Peut-être que le plus simple serait que tu me refiles leur photo, de tes gars. Je reconnaîtrais tout de suite celui qui m'intéresse. C'est possible ?

Coulanges était de plus en plus perplexe à propos de l'attitude de son ami. Il lui expliquait qu'il allait lui transmettre une liste d'une vingtaine de guerriers hors normes, et Duncan s'entêtait à rechercher un seul homme qu'il prétendait n'avoir rencontré que très peu de temps une dizaine d'années auparavant. Il aurait dû, normalement, s'intéresser à tous les autres. Coulanges pouvait, évidemment, tout annuler, mais quelque chose lui disait qu'il fallait qu'il garde un œil sur Duncan.

– Pas de photos, non. Je ne peux pas. Je n'ai pas accès à ces fichiers-là. Mais j'ai une idée, répondit Coulanges. Il y avait, dans les années soixante-dix, à Pau, un photographe qui effectuait les prises de vue des incorporations des principaux régiments de la région, un ancien militaire de l'ECPA. Paul Corcuff. Vers 1976 ou 1977, il a cédé son affaire à un jeune type, Christophe Quelque-chose. Je les ai bien connus tous les deux. Le successeur de Corcuff travaille peut-être encore là-bas. Si tu le rencontres, il pourrait t'aider...

– C'est pas con. Tu ne te souviens pas de son nom ?

– J'ai oublié. Mais, il y avait un café du centre-ville, le Kamok, qui était leur QG à tous les deux. Va te renseigner là-bas.

Duncan entendit Coulanges tousser encore au bout du fil.

– Et tu es sûr qu'il pourra m'aider ? lui demanda-t-il.

– Je ne suis sûr de rien, mais cela me paraît être une bonne piste. Avec ce que je vais te donner de mon côté, tu devrais avancer.

– C'est parfait.

Duncan jubilait. Coulanges venait d'avoir une excellente idée. Il allait pouvoir regarder le trombinoscope des militaires et comparer avec les photos qu'il avait faites sur la piste cyclable. Tous les parachutistes venaient se faire breveter à Pau. Donc, si comme il le croyait, le tueur en avait fait partie, sa photo dormait quelque part dans les archives des photographes de l'ETAP[1]. Avec un peu de chance, il en trouverait un qui lui rappellerait la silhouette aperçue sur la piste du Ferret.

– Tu me diras si tu trouves ton gazier, dit Coulanges.

– Tu seras le premier averti.

Quand Coulanges raccrocha, il était cette fois-ci franchement contrarié. La réponse de Duncan sonnait faux. Pourquoi ne lui communiquait-il pas le nom de l'éditeur ? Que cherchait-il vraiment ? Il ne devait plus le lâcher d'une semelle. Peut-être se faisait-il des idées, mais il avait la désagréable impression que son pote le menait en bateau. Si ce qu'il pensait s'avérait, Duncan s'apprêtait à déterrer l'un des pires secrets de la République.

104

L'épaule d'agneau mijotait depuis trois quarts d'heure dans son plat en Pyrex à l'intérieur du four à chaleur tournante. Escher épluchait les feuilles de menthe dont il avait l'intention de saupoudrer la viande après les avoir coupées en fines lanières, lorsque le timbre de l'interphone vibra dans l'appartement. Il s'essuya les mains sur son tablier rapporté l'année précédente de Londres et répondit dans le micro de l'appareil installé dans le couloir entre deux gigantesques bibliothèques remplies de romans étrangers.

– Troisième gauche, rappela-t-il à Duncan.

Puis il entrouvrit la porte palière et repartit vers la cuisine. Il était en retard et ne voulait surtout pas rater son gigot. Il avait encore besoin de dix minutes pour finir de préparer le dîner. Lorsqu'il entendit claquer la porte de l'appartement, il cria à Duncan de s'asseoir dans le salon et de prendre un bouquin en attendant qu'il ait fini. Il avait hâte d'apprendre ce qui s'était passé à Bangkok. Mais il n'imaginait pas une seconde que ce qu'avait pu y faire Duncan ait un lien avec leurs recherches en France.

– Tu t'es changé les idées ? fit-il.

---

1. École des troupes aéroportées, basée à Pau.

– Pas vraiment.

– C'est quand même extraordinaire de pouvoir aller trois jours comme cela à Bangkok.

– Tu crois…

Escher termina sa coupe de champagne et proposa à Duncan de passer à table tandis qu'il apporterait le gigot. Duncan se servit d'autorité un coup de rouge sans même prendre le soin de regarder l'étiquette de la bouteille. Il but le verre d'un trait. Il se demandait par où commencer.

– Trois jours épouvantables, mon vieux. J'ai vu mourir Clémence.

Escher arrêta net son geste.

– Tu as vu…

– Mourir Clémence, oui.

– Qu'est-ce que tu me racontes !

Duncan lui résuma la raison de son voyage express en Thaïlande, le mail insistant de Delpey, ce qu'il avait imaginé et ce qu'il avait découvert.

– J'ai assisté à la mise à mort de Clémence, j'ai visionné des tas d'autres saloperies, j'ai écrabouillé la gueule d'un mec, et les rares heures où j'ai fermé l'œil, j'ai fait des cauchemars à m'en faire dégueuler les tripes. Et maintenant, je suis en plein décalage horaire…

Escher reposa dans le plat le couteau à découper la viande et recula sa chaise.

– Mais j'ai une idée à présent de qui est le tueur, et je vais le traquer.

– Tu es en train de me dire que tu es parti là-bas sans rien savoir et que tu es tombé sur la suite de notre histoire…

– Exact. Aussi incroyable que cela puisse paraître. Mon pote de Bangkok venait de mettre la main avec l'équipe de la Crime Division sur un réseau de revente de *snuff movies*.

– Tu te moques de moi.

– Est-ce que j'en ai l'air ? Mais ce n'est pas cette nouvelle qui est incroyable, c'est ce qu'on m'a montré sur place. J'ai regardé le meurtre de la piste cyclable du Ferret, celui de Clémence, et une demi-douzaine d'autres dont celui de Pau. Eh oui ! J'ai ici des photos des captures d'écran faites dans les locaux de la Crime Division. J'ai les photos des premiers clients étrangers arrêtés. J'ai les enregistrements de leurs confessions. J'ai les photos des revendeurs thaïs. J'ai même les images de l'intervention des flics dans la villa d'un des pontes de l'organisation.

Escher plissait les yeux. Il avait posé ses deux mains autour du plat et ne bougeait plus.

– Tu ne me crois pas…, dit Duncan.

– Cela paraît tellement invraisemblable…

– C'est invraisemblable, mais c'est ainsi.

– L'enquête est terminée en Thaïlande ?

– Non, ils n'en sont qu'au début. Ils sont bloqués, même, à l'heure qu'il est. Entre-temps, le type de la villa est passé malencontreusement par-dessus une rambarde de sa maison. Un vrai sac de nœuds !

– Pourquoi n'es-tu pas resté ?

– Parce que j'ai compris qui a fait le coup. C'est une information que Delpey et les flics thaïs n'ont pas et que je ne compte pas partager avec eux. Quand je t'aurai expliqué, tu comprendras ma position.

Escher en avait oublié son gigot.

– J'ai décidé de m'occuper moi-même du tueur, dit Duncan.

Escher soupira et secoua la tête comme un boxeur sonné. Il regardait Duncan, incrédule.

– Tu es en train de me dire que tu veux l'arrêter ?

– On va dire les choses comme cela. C'est une histoire personnelle, maintenant. Tu es libre de poursuivre l'enquête avec moi ou de laisser tomber, je sais que tu ne me trahiras pas. À toi de voir.

– Tu n'as pas encore son identité, si je comprends bien.

– Pas encore. Je m'en approche. Je sais que c'est un ancien militaire. Des forces spéciales. Enfin, un ancien soldat d'élite. Je sais, grâce aux DVD qu'on m'a montrés, qu'il a opéré en France, en ex-Yougo et au Cambodge. Et j'ai du mal à croire qu'un touriste soit allé se balader dans ces coins pourris pour y commettre des crimes. C'est la relation des assassinats du Ferret avec celui de Pau et tout ce qu'on nous a raconté sur place qui m'a mis sur la piste. C'est forcément quelqu'un qui a profité de ses missions pour agir. Le Cambodge, l'ex-Yougo… cela correspond à des endroits où allaient des militaires.

– Pourquoi parles-tu de soldat d'élite ?

– Parce qu'on n'y envoyait pas la piétaille de l'armée française. Ensuite, parce que je reste convaincu d'avoir croisé le type sur la piste du Ferret. Les images que je t'ai fait voir… L'espèce d'ombre en combinaison grise. Je sais maintenant qu'il s'agissait d'une combinaison de plongée. Tu crois qu'il s'habillait comme ça seulement pour chasser ? Non, il venait de la mer. Donc un excellent nageur. Et un excellent coureur. La manière dont il a disparu le matin où je l'ai aperçu le prouve. Ensuite, sa première tentative pour tuer Clémence : il lui a pris ses affaires sur la plage sans qu'elle ne s'aperçoive de rien. C'est assez fort. Ça dénote une maîtrise totale du camouflage. Là encore, ce n'est pas donné à tout le monde. Enfin l'histoire de Pau nous indique qu'il était aussi pilote. Et certainement parachutiste, parce qu'il connaissait assez bien le para-club pour y emprunter un avion. Voilà sur quoi je fonde mon raisonnement.

– Ça se tient. On fait quoi maintenant ?

– D'abord, on fait honneur à ton repas. Ensuite, je te montrerai les documents que je rapporte de Bangkok. Et puis, il ne nous restera plus qu'à mettre la main sur cet enfant de salaud. Je vais retourner à Pau ce soir, par le dernier train. J'ai quelques vérifications à effectuer.

– Pour les papiers ? Je suppose qu'on garde au chaud nos infos ?

– On ne publie rien maintenant. Rien qui puisse inquiéter l'assassin. À la rigueur le compte rendu du crime du Ferret, si tu y trouves un intérêt. Histoire de ne pas être descendu pour rien dans les Landes. Mais sans parler de l'homme de la piste cyclable, ni de l'enquête en cours à Bangkok. De toute façon, j'ai donné ma parole que rien de ce qui se joue en Thaïlande ne sortirait sans le feu vert de la Crime Division. Fais un papier factuel. Rien de plus.

CHAPITRE 14

28 août 2006

105

Le train stoppa en gare de Pau sous la pluie. Duncan s'extirpa de sa couchette en bâillant. Il attrapa son sac de voyage et se dirigea vers la sortie. Il avait toujours aimé voyager en chemin de fer. Des six ou sept reportages qu'il avait effectués en ex-Yougoslavie, il en avait fait au moins trois en train. C'était l'endroit idéal pour réfléchir et se couper du monde avant de démarrer une mission. Cette fois-ci encore, il n'avait pas hésité une seconde. Il aurait pu être à Pau en un peu plus d'une heure d'avion, mais il avait préféré ce moyen de locomotion. Il arrivait avec des courbatures et le sentiment de n'être pas très bien repassé, mais qu'importe.

Il récupéra la voiture qui l'attendait chez Ada et décida de faire une halte pour le petit-déjeuner au café dont lui avait parlé l'adjudant-chef Régis Coulanges. Il se gara devant le Kamok et alla s'asseoir à une petite table près du bar. Il s'adressa au vieux barman qui préparait les boissons et lui demanda sans détour s'il avait connu le photographe Paul Corcuff. L'homme s'arrêta net et le regarda par-dessus ses lunettes.

– Paul Corcuff ! Vous êtes de la famille ?

– Pas du tout. On m'a dit à Paris, un militaire qui a pas mal traîné à Pau, qu'on le connaissait dans ce café.

– Paul Corcuff, vous parlez ! C'est des sacrés souvenirs, tout ça.

Le barman se planta devant la table occupée par Duncan et lui tendit la main.

– Marcel. Appelez-moi par mon prénom. J'ai bien connu Paul. En Algérie, d'abord, en 1960. J'étais minot, je venais de débarquer. À la première opération à laquelle j'ai participé, il était là avec son Rolleiflex. Il m'a fait de superbes photos avec ma pièce FM. Ensuite, je l'ai retrouvé ici, des années plus tard. Je travaillais depuis quelques semaines dans ce café quand il s'est installé au comptoir. Mais il est décédé depuis. Ça va faire trente ans. Vous ne saviez pas ?

– Oh, je sais cela. En fait, je cherche à rencontrer le gars qui a pris sa succession.

– Eh ben, lui il n'est pas mort. Enfin, il ne l'était pas encore hier.

Duncan se fendit d'un sourire.

– Il vient quasiment tous les jours ici, Christophe, reprit le barman. Il fait partie de nos vieux clients, maintenant. Il débarque en général vers dix heures. Ça va vous faire un bout de temps à attendre.

Duncan consulta sa montre.

– Effectivement. Vous me donneriez son adresse ? L'adresse de son studio ?

– Il travaille chez lui. Dans une maison de la rue Boileau. Celle que lui avait louée Corcuff quand il s'est installé à Pau. Il n'en a jamais changé. Je n'ai pas le numéro en tête, mais vous la trouverez facilement. Elle est située à l'angle de la rue. Précisément en face de la première villa des Corcuff. Une maison avec piscine.

– C'est un ancien militaire, également ?

– Christophe ? Non. Je sais qu'il a un peu baroudé avant d'atterrir ici. Il vous le racontera si vous lui demandez. Il a fait quelques photos pas mal du tout… en Asie. D'ailleurs, il avait une femme thaïlandaise quand il est arrivé. Très belle.

– Ils ne sont plus ensemble ?

– Ils se sont assez vite séparés. Elle est repartie dans son pays et lui est resté. Vous souhaitez le voir pour affaires ou…

– Pour affaires, oui. Je voudrais lui acheter des photos.

– Ça tombe bien parce qu'il tire un peu le diable par la queue depuis quelque temps. La fin de la conscription a pas mal gâché son business. Il s'est mis aux photos de mariage, mais ça ne l'aide pas beaucoup. Les gens se marient moins. C'est comme ça. Il nous parle sans arrêt de repartir en Asie, mais au fond, il est trop vieux. Il ne le fera pas. Vous connaissez l'Asie ?

– Bien. J'y ai vécu des années.

– Ah ! Il va être ravi de vous rencontrer alors. Il est gentil, vous verrez.

Duncan commanda un crème, l'avala d'un trait et se leva.

– Eh bien j'y vais, Marcel. Merci pour les renseignements.

– Faites-lui mes amitiés. *Adichat.*

106

Un quart d'heure plus tard, Duncan remontait la rue Boileau au ralenti. La maison était à l'angle, une maison Phénix relativement grande avec une antique 4L qui rouillait dans le jardin. La plaque indiquant la présence d'un studio photo était mangée par la rouille. Il se gara et sonna.

Il entendit un chien aboyer, puis une cavalcade de pas dans un escalier.

– Voilà, voilà. On arrive.

La porte s'ouvrit sur un homme de son âge, pas très grand, plutôt mince, qui prit l'air surpris en le voyant.

– Monsieur ?

– Excusez-moi de débarquer si tôt. Vous êtes le photographe de l'ETAP ?

– Oui…

– Bonjour. Je m'appelle Alain Duncan. Je suis journaliste parisien. Je désirerais vous acheter quelques-unes de vos photos. Vous êtes disponible ?

L'homme eut l'air surpris.

– Tiens donc. C'est la première fois que ça m'arrive. En tout cas, depuis bien longtemps. Entrez. Ne faites pas attention au bordel. Je ne range vraiment que mes photos. Le reste, c'est terrible… Je n'y arrive pas. Il y en a partout.

Duncan traversa une grande entrée où traînaient sur le sol un sac de couchage et une boîte de ration entamée. Le photographe s'effaça pour le laisser entrer dans le salon où un pantalon de treillis séchait sur le dossier d'une chaise. Une paire de rangers avait été abandonnée au milieu de la pièce. Une table avait conservé les restes d'un repas autour d'une seule assiette. Le photographe retourna la nappe par-dessus et fit de la place avant d'inviter Duncan à s'asseoir.

– Qu'est-ce qui peut inciter un journaliste de Paris à venir m'acheter des images ?

Duncan regardait autour de lui. Les murs du salon étaient recouverts de photos format 40 × 60. Il y avait une dizaine de portraits de parachutistes. Tous les mêmes. Les militaires posaient face à l'objectif, une main à plat sur leur ventral. Des photos en noir et blanc, denses, belles. Et trois autres, de taille plus petite, faites en Asie. Vraisemblablement au Vietnam pendant la guerre. Des soldats traversaient une rizière en courant, leur arme braquée devant eux. Une femme en très gros plan séchait ses larmes. Un enfant jouait au milieu d'une montagne d'étuis d'obus de char. Encore des photos en noir et blanc.

– Elles sont superbes, dit Duncan. On dirait du Tim Page. Ou du McCullin.

Le photographe lui tendit la main par-dessus la table.

– Appelez-moi Christophe. C'est beaucoup d'honneur que vous me faites. C'est exagéré. Seulement quelques images de jeunesse à une époque où j'ai cru pouvoir faire ce métier. Et puis… J'ai fait une rencontre – je ne sais toujours pas si c'est une bonne ou une mauvaise rencontre – et je me suis retrouvé ici à photographier des paras. Trente ans que ça dure.

– La rencontre, c'est Paul Corcuff ?

– Bon sang, vous le connaissiez ?

– J'en ai entendu parler. Je connais son travail. Pas l'homme. J'aurais aimé, mais ça ne s'est pas trouvé.

– La cafetière est au chaud. Je vais vous servir une tasse et vous allez me raconter tout ça, dit Christophe en se relevant.

Duncan en profita pour finir de détailler le salon. Tout un pan de mur était occupé par des étagères recouvertes de classeurs Panodia. Un petit bureau était installé à l'autre bout de la pièce avec, dessus, un PowerBook relié à un scanner Epson. Il y avait encore un fauteuil devant une télévision à écran panoramique qui masquait en partie une cheminée. C'était tout.

Christophe posa devant lui une tasse de café fumant et un bol de sucres.

– Alors comme ça, vous savez qui était Paul Corcuff.

– Comment vous dire… Il a été avec Claude Sauvageot et McCullin justement, un des photographes dont le travail m'a conduit à exercer le même métier. Les images de Corcuff à Lang Son, pendant la retraite de la rivière Noire, à Nghia Lo… ça ne s'oublie pas. Sublime ! Comme le paquet de décorations qu'il a ramassées en Indo, extraordinaire !

– Vous êtes photographe… de guerre, alors ?

– Je l'ai été pendant un peu plus de vingt ans. Jusqu'au conflit d'ex-Yougoslavie. Maintenant je fais autre chose dans un magazine à Paris. Des sujets de société.

– Vous pouvez me redire votre nom ?

– Alain Duncan.

– Mais je connais vos photos, bien sûr. Le Cambodge, la Birmanie et le Vietnam… Et vous êtes là chez moi, comme c'est étrange ! Vous étiez quand au Vietnam ?

– À la fin. Entre octobre 1974 et avril 1975. Presque jusqu'à la chute.

– Eh bien moi aussi. En décembre 74. Et on s'est pas croisés !

– En décembre de cette année-là, j'étais sur les hauts plateaux avec une unité régionale.

– Mais à Saigon, vous habitiez où ?

– Quand j'étais à Saigon, je logeais au Continental.

– Oui. Chez le Corse, Franchini, épatant, lui aussi… ! J'allais y prendre des verres à la terrasse de l'hôtel. Moi, j'habitais dans la ville chinoise. Une pension bon marché. C'est marrant… En tout cas, je suis très honoré de vous avoir chez moi. Si vous aimez Corcuff… les amis de mes amis sont mes amis. Corcuff… ! Je l'ai rencontré par hasard en Thaïlande, en 77, dans le hall d'un hôtel. Il était en vacances avec sa famille et trois ou quatre anciens d'Indo. On a sympathisé. Je lui ai raconté que j'avais un peu traîné au Vietnam à la fin de la guerre et il m'a dit qu'il recherchait un jeune type dans mon genre pour reprendre une affaire de photos qu'il avait montée avec l'armée quand il avait pris sa retraite. Il m'a accroché en me disant que ça rapportait énormément d'argent et que je pourrais faire plein de missions avec les paras, que c'était une occasion unique pour moi de devenir un nouveau Corcuff précisément, ou un nouveau Ferrari. Vous voyez ? Et un mois plus tard, je débarquais ici avec une petite valise. Il m'a mis le pied à l'étrier. Il m'a installé dans cette maison, il l'a entièrement meublée, il m'a donné sa 4L que vous avez aperçue dans le jardin. Pendant des années, je m'en suis servi pour aller chaque jour faire mes photos à l'ETAP. Elle est morte depuis longtemps, mais je ne me suis jamais résolu à la mettre à la casse. Corcuff m'a fait connaître tout le monde, tous les gradés des régiments pour que je sois accepté. Mais du jour où il m'a laissé les rênes de l'affaire, j'ai accumulé les galères. Les autorités militaires ne m'ont jamais vraiment accepté. Je ne faisais pas partie du sérail. J'avais cru un moment que le fait d'avoir un peu couvert la guerre du Vietnam m'aurait ouvert des portes. Ça n'a suscité que des jalousies. Et puis ma femme m'a quitté. Elle est repartie un matin avec le gosse dans son pays, sans prévenir. J'ai été anéanti. Alors je me suis remis au boulot. J'ai enchaîné des milliers de portraits comme ceux que vous voyez aux murs. Mais je gagnais de moins en moins d'argent, et quand Chirac a supprimé la conscription, ça a été la Bérézina. J'aurais dû tout plaquer, mais à presque cinquante ans, j'étais trop vieux. Je me suis mis à faire des mariages… Pas terrible, non, comme fin de carrière ?

Duncan ne répondit pas. Les yeux de Christophe avaient rougi. Il passa une main dessus et s'excusa.

– Mais je ne devine toujours pas lesquelles de mes photos peuvent vous intéresser, reprit-il. Est-ce qu'un des gars que j'ai photographiés aurait commis une mauvaise action ? Est-ce que c'est pour faire une ouverture dans *Match* ? Un truc dans le genre ?

– Non. Je prépare un livre sur des vétérans de nos dernières grandes opérations militaires françaises : le Tchad, la République centrafricaine, Kolwezi, le Liban, le Golfe, l'ex-Yougo… Vous voyez ? Et j'ai rencontré à Sarajevo, il y a donc pas mal de temps maintenant, quelques-uns de ces gars qui m'ont littéralement épaté. Malheureusement, je les ai perdus de vue et je ne suis pas sûr des noms. Il faudrait que je revoie leurs visages. J'ai pensé que si je vous communiquais une liste, vous pourriez certainement me ressortir leurs portraits, puisqu'on m'a dit que vous aviez photographié tout ce qui s'est engagé dans les paras depuis trente ans.

– Mais vous avez des noms quand même…

– Oui, des noms retrouvés au hasard de mes carnets de notes, mais je n'arrive pas à faire le lien avec les quatre ou cinq personnes que je veux retrouver. Si je vois leurs photos, alors je saurai. Et je pourrai demander au ministère de la Défense de me mettre en contact avec elles.

Duncan posa sur la table la liste fournie par Coulanges.

– Ils se seraient engagés quand, vos militaires ? demanda Christophe.

– Entre 1975 et 1978.

– Ils sont retraités, aujourd'hui.

– Je le sais. Ça n'a aucune importance. Ce qui m'intéresse, ce sont leurs faits d'armes. Si la Défense ne peut pas me mettre en contact avec eux, je demanderai à l'AGPM. En général, tous les anciens conservent leur assurance militaire.

– Je comprends. Vous savez au moins à quels régiments ils appartenaient ?

– Franchement, non. Peut-être le 1er, le 8e, le 3e. Ou le 6e. Ils pouvaient aussi bien être au 13e RDP ou au RHP. Même au RCP. Toutes ces unités ont bourlingué.

– C'est une grosse recherche. Malheureusement, je n'ai rien d'informatisé. Regardez derrière vous, cette bibliothèque. Tous les classeurs Panodia que vous voyez, ce sont mes archives. Encore sous forme de négatifs, avec les noms écrits au crayon derrière les planches-contacts… Vous avez combien de noms ?

Duncan regarda la liste.

– Une vingtaine. Je sais, cela fait beaucoup.

– Et vous souhaitez des tirages ?

– J'aimerais obtenir des fichiers numériques avec un tirage 13 × 18 pour chacun d'eux.

Christophe reposa sa tasse de café devant lui.

– Ça va me prendre toute la journée pour faire le travail. Enfin, si je trouve quelque chose… Je ne vous le garantis pas. Mais je vais le faire. Vous seriez d'accord pour me verser 1 000 euros ? En liquide ? Vous passerez ça en notes de frais auprès de votre éditeur.

Duncan donna son accord et laissa son numéro de portable sur la table avant de prendre congé.

107

En temps ordinaire, Charles aurait eu peur de la nuit. Pas ce jour-là. Il ne faisait d'ailleurs pas vraiment nuit. C'est le temps qui avait assombri la fin d'après-midi. Les nuages qui venaient de l'ouest et le baromètre qui s'affolait depuis quelques heures annonçaient une sérieuse dégradation de la météo. Profitant d'une pause pipi de Julie, Charles avait ouvert la fenêtre de sa chambre, il avait poussé une chaise devant et s'était retrouvé dans le parc avec une facilité qui l'avait d'abord déconcerté. Il avait respiré à fond, puis s'était enfoncé au milieu des rochers et des arbres vers l'Aven. Le monstre l'attendait dans l'eau, contre la berge. Charles était sûr de lui. Comme dans l'un de ses épisodes favoris des *Wings*, il allait tendre les mains vers le monstre et lui envoyer des courants électriques, la créature serait renversée et réduite en poussière. Il était prêt à affronter les pouvoirs du monstre. Il avait bandé tous ses petits muscles et serrait les mâchoires. Ses parents seraient bien étonnés lorsqu'il leur montrerait la carcasse disloquée du monstre. Mais peut-être la rivière l'emporterait-elle, et cela le désespérait car personne ne le croirait. Il fallait qu'il réussisse à conserver quelque chose de cette créature qui était maintenant à moins de dix mètres de lui.

À moitié immergé, l'homme en combinaison de Néoprène se tenait contre la coque d'une barque de pêche, affairé contre le moteur du bateau. Il releva la tête et sourit à Charles.

– En voilà, un joli petit bonhomme ! Viens me voir, mon garçon !

Charles s'avança jusqu'à l'eau et tendit une main vers lui.

– Que tous mes courants magiques te transforment en nuage !

L'homme ouvrit de grands yeux et un rire rauque secoua son immense corps. Il tendit les bras et, d'un coup, saisit Charles qui n'eut pas le temps de l'éviter.

– Quel drôle de bonhomme ! Alors, comme ça, tu penses me changer en cumulus.

– Quoi ? fit Charles.

L'homme pivota sur lui-même et reposa Charles dans la barque.

– Un petit tour en bateau, ça te dirait ? Nous allons voir si ce satané moteur fonctionne.

L'homme regarda autour de lui. En un coup de reins, il fut à côté de Charles. Il lança le moteur et mit le cap vers l'embouchure de l'Aven. Charles était pétrifié. Il n'eut même pas la présence d'esprit de crier.

108

Christophe avait retrouvé tous les noms de la liste fournie par Duncan. La seule opération de consultation de ses archives l'avait occupé pendant six heures. La suite, les scans et les impressions, avait été rapide. À peine deux heures de temps. Au moment où il éteignait son imprimante, Christophe se fit la réflexion que tous ces militaires sélectionnés avaient de sales gueules. De vraies têtes de tueurs. Ce n'était sans doute pas un hasard si le journaliste s'intéressait à eux dans le cadre d'un bouquin sur les forces spéciales. Il lui avait dit les avoir rencontrés en Yougo ou au Liban. Dieu seul savait ce que ces hommes avaient pu y faire. Il regarda encore ses archives et décida d'en extraire une demi-douzaine d'autres photos. C'étaient le même genre de militaires, des types harnachés pour partir faire la guerre à l'autre bout de la planète. Il pensa que le journaliste de Paris serait heureux de les avoir.

Il étala les clichés sur la table de son salon et posa à côté le CD-Rom sur lequel il avait gravé les fichiers. Il était étonné : presque trente ans après avoir fait ces photos, il se rappelait encore quelques-uns de ces soldats. Il les revoyait débarquer des camions qui étaient allés les récupérer à la gare, avec leurs gros sacs et leurs cheveux longs. C'était encore la mode, à l'époque. Des gars qui roulaient des mécaniques, qui se racontaient des histoires de bravoure personnelle, qui avaient hâte de porter le béret rouge et de se sentir dans la peau de paras. Ensuite, ils s'étaient coulés dans le moule. Ils étaient devenus d'abord de braves petits soldats, puis de vrais combattants au fil des années et des missions.

Christophe avait gardé le contact avec certains, devenus par la suite sous-officiers. Il les avait regardés partir en Afrique, au Liban, au Cambodge, dans le Golfe et en ex-Yougoslavie, et avait écouté leurs histoires à leur retour et admiré les clous qui s'empilaient sur les rubans de leurs médailles. Il les avait vus vieillir doucement en même temps qu'ils prenaient du galon, parfois s'empâter, puis occupés à des tâches de moins en moins guerrières. Ils finissaient tous un jour par atterrir responsables du mess de leur unité, des cuisines, du matériel… Et ils réintégraient la vie civile lorsque l'heure de la retraite avait sonné. À partir de ce moment, Christophe les avait perdus de vue.

Des anecdotes de trente ans lui revenaient en mémoire. Il se demanda ce qu'il avait fait de sa vie, lui. Il n'en était pas très fier. Il aurait dû faire comme ce journaliste parisien. Persévérer après le Vietnam. Rester en Thaïlande et s'accrocher là-bas avec sa femme et son fils et poursuivre dans cette voie royale du photojournalisme. Il avait du talent, un œil. Il aurait percé si seulement il n'avait pas croisé un jour de décembre 1977 dans un hall d'hôtel ce cher Paul Corcuff.

Ce que ne savait pas Christophe, c'est que son talent était venu avec le temps, au contact de ces régiments parachutistes. C'est là qu'il avait vraiment appris son métier. Au fond, il n'était pas de cette race des grands reporters au long cours. Il voulait le croire les soirs de cuite, lorsqu'il désespérait, seul dans sa maison au milieu de ses portraits de parachutistes qui le regardaient du haut des cimaises comme autant d'expériences inabouties, mais il n'était ni Tim Page ni Don McCullin. Il était autre chose : la mémoire de plus d'un quart de siècle, d'une partie de la vie de ces unités. Et ce n'était pas rien. Et il allait contribuer à éclaircir l'un des plus importants faits divers de tous les temps. Mais cela, il ne le saurait jamais.

Duncan se présenta à sa porte moins d'une demi-heure après qu'il lui eut téléphoné, impatient d'apprendre ce qu'il avait trouvé.

Christophe le fit entrer dans le salon et lui montra le résultat de ses recherches étalé sur la table.

– J'ai retrouvé tout le monde, dit-il. Pas mal, non ? Et je vous en ai rajouté d'autres.

– Ah, je n'en espérais pas tant. Pourquoi ?

– Je me suis dit qu'ils avaient de vraies gueules de baroudeurs et que vous seriez content.

Lorsqu'il se pencha sur les tirages, la première chose que vit Duncan, et cela l'inquiéta, fut les photos en plans américains des parachutistes. Ce n'était pas ce qu'il attendait. Puis, il découvrit six photos de soldats de plain-pied dans ce qui ressemblait à des marais. Il les désigna du doigt à Christophe :

– C'est où ?

– Derrière la zone de saut. Ça provient d'une série de photos un peu mytho que j'ai faites à une époque avec des types très branchés combat. On partait sur la zone avec des grenades d'exercice refaire la guerre du Vietnam. Ils m'achetaient assez cher mes images. Malheureusement, lorsque le commandement de l'ETAP a eu vent de cette histoire, il y a mis un terme. J'ai failli perdre mon accréditation de la 11e DP[1] Toujours la même histoire avec les militaires : suspicieux et frileux.

Il retourna les photos.

– Vous voyez, dit-il, il y a parmi elles deux des gars que vous cherchiez, Carrère et Debord. Et j'en ai rajouté quatre, Roger Abergel, Yves Chamson, Nadir Mustafa et Éric Py.

Christophe reprit les photos dans sa main, comme un jeu de cartes.

– Ils sont plus vrais que nature, non ? On croirait vraiment qu'ils font la guerre…

Les soldats portent de vieux casques de l'armée américaine et des treillis de combat disparates. L'un a noué autour de son cou le drapeau sud-vietnamien jaune à bandes vermillon. Deux sont déjà

1. Division parachutiste.

dans l'eau jusqu'à mi-cuisses, mais les deux derniers pataugent encore sur la berge. Deux colosses dans les mains desquels les armes factices paraissent minuscules.

– Dans le marais, vous avez Abergel et Chamson, expliqua Christophe. Debout, devant les buissons, Carrère, Debord, Py et Mustafa. Les photos datent de l'été 1977. Ils effectuaient tous les quatre leur peloton d'élèves gradés. Ils n'étaient pas à l'armée depuis longtemps. À peine quelques mois. On s'est bien marrés.

– Que sont-ils devenus ?

– Ceux-là, je les ai perdus de vue. Après mes embrouilles avec l'état-major, ils ont tous rejoint des unités d'élite. Je n'ai plus jamais eu de nouvelles. Mais je vous donne les photos quand même, on ne sait jamais…

Duncan répondit vaguement.

– Merci. C'est bien.

Christophe haussa les épaules.

– C'est tout ce que j'ai. C'est pas mal déjà, non ? Vous pourriez aussi aller voir les patrons des bars à soldats, place Bernadotte. Ils sont là depuis des années, ils vous aideront peut-être.

– Vous croyez ?

– Au Bayard, vous avez un ancien du 8e RPIMa. On ne sait jamais.

Duncan sortit l'argent en liquide comme le lui avait demandé Christophe et commença à ranger les tirages.

– Vous me tiendrez au courant pour votre livre ? demanda Christophe.

– Bien sûr. Je me permettrai même de vous rappeler avant, si j'en ai besoin.

109

Assise entre sa mère et sa grand-mère, Julie ne parvenait pas à s'arrêter de pleurer. La fenêtre de la chambre était restée ouverte. David s'accrochait à l'huisserie pour ne pas tomber. Ses jambes ne le portaient plus. L'air glacé qui s'engouffrait dans la pièce ne le faisait pas frissonner. Il se sentait quitter son corps. Comment son petit bonhomme de six ans à peine avait-il pu s'échapper par là ? Madeleine lui demandait pourquoi il n'avait pas cadenassé les volets, il était incapable de répondre. Il n'avait plus de voix. Il avait la gorge comme du papier de verre. Et une immense envie de mourir sur place, tout de suite.

– Charles a dit qu'il avait vu le monstre, là-bas, près de l'eau. Qu'il l'observait, qu'il était arrivé avec le soir, et Charles s'est sauvé quand j'étais aux toilettes, hoqueta Julie.

Madeleine se tourna vers André :

– Appelle la police, tout de suite.

La famille était consternée. Personne ne voulait encore faire de lien entre cette disparition de Charles et les événements du Cap-Ferret, personne n'en parlait, mais chacun y pensait.

– On ne peut pas rester ici à se tourner les pouces, répondit André. Nous devons sortir le chercher. C'est impensable, ce qui nous arrive !

Toujours devant la fenêtre, David avait joint les mains dans une prière muette. Était-il arrivé, ce jour où Charles ne réapparaîtrait plus ? Une vague d'effroi le submergeait. Ses lèvres tremblaient. Il se tenait maintenant au rebord de la fenêtre. Par intermittence, il fermait les yeux, persuadé qu'il allait se réveiller. Alors, il voyait Charles. Le petit courait sur une plage devant lui, il riait, il le regardait de ses grands yeux verts, ses cheveux blonds dans le vent. Charles se moquait de lui, il lui criait qu'il ne le rattraperait jamais. David courait aussi, mais ses pieds s'enfonçaient dans le sable.

David réalisa qu'il pleurait.

– Cela va bien nous avancer ! hurla Madeleine. David, si vous ne vous ressaisissez pas, nous ne reverrons jamais Charles. Sa mère va rester avec Julie, et André, vous et moi, nous allons chercher dehors.

– Mais chercher où ? murmura André.

– Dans le parc, sur la berge de la rivière, hurla encore Madeleine. Je n'en sais rien. Partout. Tu as appelé la police ?

Madeleine, André et David pénétrèrent dans le sous-bois du parc, serrés les uns contre les autres. La lumière crépusculaire avait effacé toutes les ombres. Devant eux, l'Aven ressemblait à un ruban noir encaissé au milieu d'un paysage décoloré. Poussés par le vent, les bateaux tiraient sur les corps-morts.

– Attendez ! cria David. Attendez !

– Quoi ? demanda Madeleine.

– Ce rire… C'est Charles. Vous n'entendez pas ?

David s'élança vers la berge. Assis à côté d'un gigantesque homme-grenouille, dans une barque qui accostait, Charles riait comme un bienheureux, indifférent au vent et à la pluie qui recommençait à tomber. Il était serré contre l'homme qui tenait sur ses épaules une sorte de bâche plastique.

– Charles ! s'époumona David.

Charles leva les yeux.

– Papa ! Papa, je viens de faire un tour en bateau avec le monsieur. Il a attrapé une énorme langouste. Il a dit qu'il te la montrera.

– *Kenavo*, fit l'homme. Vous avez un bien gentil petit, monsieur. Et courageux ! La langouste ne l'a pas effrayé. Un vrai petit dur !

De nouveau, David ne sentait plus ses jambes. Mais Charles était devant lui. Et Charles riait. Charles était vivant ! L'homme attacha la barque à la berge et ôta la cagoule de sa combinaison. Il tendit une main de pêcheur, calleuse et burinée, à David.

– Alors, c'est vous le papa ? Votre petit a adoré la promenade. Il voudrait recommencer. Si ça vous dit, je vous emmène à la pêche demain. Si vous pouvez être prêts à cinq heures…

L'homme fixait David avec des yeux transparents. Il caressa les cheveux de Charles et le fit passer, comme une plume, dans les bras de son père.

110

Lorsque Duncan quitta le Celtic, après être passé au Gambetta, la nuit tombait. Il était à moins de deux cents mètres du Bayard et décida de s'y rendre à pied. L'éclairage du bar jetait une teinte bleutée dans la nuit. Lorsqu'il fut relativement près, il distingua la voix criarde d'Eminem. À travers la vitrine du bar, il vit que l'endroit était vide. Pas un seul consommateur. Le barman était seul, affairé à nettoyer des verres. Duncan salua en entrant et alla directement s'accouder au bar. L'homme lui répondit d'un mouvement rapide du menton et poursuivit sa vaisselle.

– Qu'est-ce que je vous sers ?

– Un kir, bien rouge. Très rouge, même.

– Mûre ou cassis ?

– Allons pour le cassis.

Duncan sortit de sa poche la liasse de tirages que lui avait remise Christophe et la posa devant lui.

– Vous êtes de la police ? lui demanda froidement le barman sans se démonter.

Duncan secoua la tête.

– J'en ai la gueule ?

– On voit de tout chez les flics, aujourd'hui.

– Eh bien, je n'en suis pas. Je viens vous voir de la part du photographe de l'ETAP.

L'homme reposa le verre qu'il tenait à la main en rejetant son torchon par-dessus son épaule.

– Vous êtes un pote de Chris ? Alors, bienvenue. Qu'est-ce que je peux faire pour vous à part le kir ?

– Christophe m'a dit que vous étiez un ancien du 8e et que vous pourriez m'aider à retrouver les hommes que je cherche. Je suis journaliste, je prépare un bouquin sur les vétérans des troupes d'élite françaises.

Le barman se rembrunit d'un coup.

– Les journaleux, j'aime pas trop. Vous êtes une sacrée belle bande d'enfoirés. Vous avez écrit tellement de saloperies sur les Comores…

– Les Comores ?

– Ouais, sur la GP[1] au moment du dernier putsch du Vieux.

– Vous voulez dire Denard ?

– Ah, ça vous dit quelque chose !

– Évidemment. C'est quelqu'un pour qui j'ai toujours eu une très grande affection. J'étais avec lui dans l'affaire de Cotonou, en 1977.

Le barman mit les mains sur les hanches.

– Vous étiez là-bas ?

– Comme je vous le dis. Nom de code : Amex. Ça a été un sacré reportage.

Le barman lui tendit la main par-dessus le bar.

– Moi aussi, j'ai fait partie de son équipe. Quinze ans à la GP. Je suis arrivé un peu après l'affaire du Bénin. C'est marrant…

Duncan le regarda des pieds à la tête. C'était un géant. Plus d'un mètre quatre-vingt-quinze et certainement plus de cent kilos. Une belle gueule et des mains comme des battoirs.

– Quand avez-vous quitté le 8e ?

– En 1978, à la fin de mon contrat de trois ans. J'étais cabot-chef. Pour des raisons assez compliquées à expliquer, j'ai tout plaqué pour venir tenir le bar. C'est à ce moment que j'ai connu des potes du Vieux. On est devenus amis. Et j'ai mis les voiles début 80 pour les Comores. L'armée me manquait, mais je désirais plus que ce que la France avait à m'apporter. Je recherchais l'aventure. C'est Bob Denard qui me l'a offerte.

Duncan avait repris le paquet de photos dans ses mains.

– J'aimerais retrouver des paras que j'ai connus il y a longtemps. Ce sont leurs photos. Christophe m'a conseillé de vous demander.

1. Garde présidentielle.

– Qu'est-ce qu'ils ont fait, ces gars ?

– Rien du tout. Ils seraient bien dans mon bouquin, dit Duncan en tapotant son paquet de photos. J'ai absolument besoin de les revoir pour des interviews. Vous savez peut-être où ils crèchent.

– Et Christophe, il ne pouvait pas vous renseigner directement ?

– Il n'a conservé aucun contact.

Le barman attrapa les photos et les passa en revue. Les premières ne semblaient rien lui évoquer. Il détaillait le visage, cherchait à repérer l'insigne régimentaire, puis changeait de photo sur une moue d'échec. Il en regarda ainsi une quinzaine avant de s'arrêter sur un para arborant un énorme crucifix autour du cou.

– Le père Thierry. C'était un marrant, celui-là. Qu'est-ce qu'on a pu l'emmerder avec sa croix. En fait, il n'a pas beaucoup changé, ces dernières années.

– Que fait-il aujourd'hui ? Vous savez ?

– Je viens de vous le dire : le père Thierry. Il est curé à une trentaine de bornes d'ici. Il passe de temps à autre prêcher au bar. Il était au 8e, comme moi, mais sur un contrat plus long. C'est après un séjour au Liban qu'il est entré au séminaire.

Le barman écarta encore deux ou trois photos, avant d'en agiter une au bout de ses doigts.

– Carrère…

Duncan vérifia le nom qu'avait écrit Christophe au dos de la photo.

– C'est ça.

– Carrère Émile, du 6e RPIMa, c'était un foutu sportif. Personne n'a jamais couru le 8 kil TAP aussi vite que lui.

– Le quoi ?

– Le huit kilomètres troupes aéroportées. L'exercice consiste à couvrir en moins d'une heure une distance de huit kilomètres en tenue de combat avec un sac de onze kilos sur le dos. Carrère le faisait en vingt-quatre minutes. Une vraie fusée. Et quand il était en forme, il piquait un vélo tout de suite après et sprintait jusqu'à la piscine municipale, à une dizaine de bornes, pour nager une cinquantaine de longueurs. Je sais qu'il est devenu sous-off. On m'a raconté ensuite qu'il avait rempilé plus tard dans la Légion en recommençant tout de zéro avec un nom tout neuf. Je n'ai jamais su pourquoi, et je n'ai jamais eu l'occasion de le lui demander puisque je ne l'ai jamais revu.

– Dans quel régiment de la Légion ?

– Ah, je ne sais pas.

– Et son pseudo, vous le connaissez ?

– Pas davantage. Je sais seulement qu'il a pris, il y a quelques années, un poste de vigile à la Sernam, à côté de Paris. À Clichy, je crois.

Duncan mit la photo de côté pendant que le barman en poussait une autre devant lui.

– Et celui-là, c'est Debord. Gérard Debord, dit Gégé. Ancien du 6e, également. C'était un vrai *warrior*. Trois fois décoré au Liban, une fois au Cambodge et quatre fois en Bosnie. On s'est revus, il n'y a pas longtemps. Il descendait vers le Pays basque pour y passer des vacances avec une petite amie. Il m'a raconté toutes ses guerres. J'avoue que j'ai été un peu jaloux. Il m'a fait regretter mes années à la GP du Vieux. Au fond, moi j'ai mené une vie de nabab colonial, lui une vie de guerrier. Il vit aujourd'hui à Paris dans un endroit merdique, plein de nègres et de dealers, dans le dix-huitième arrondissement de la capitale. Château... Château quelque chose.

– Château-Rouge, précisa Duncan.

– C'est ça. Il est courtier en assurances ou un truc dans ce genre-là.

Le barman tria encore plusieurs photos et en retint trois pendant que Duncan terminait son verre.

– Ceux-là, je les connais aussi. Voilà trois types absolument dingos. Le premier, c'est Sanchez. Je ne me souviens plus de son prénom. Un mètre soixante-cinq à tout casser, mais un guerrier comme on en fait peu. Blessé une fois au Tchad et deux fois au Liban. Il a fini comme moniteur para. Il serait devenu, ensuite, concierge d'un hôtel à Paris. Le deuxième c'est Dumortier. Vous me croirez si vous voulez, mais on l'a collé d'office dans une compagnie d'appui. Avec un nom pareil, ça s'imposait. Il paraît qu'il a été sensationnel en Bosnie. Les Serbes ont dégusté avec lui. Quand il ne jouait pas avec ses obus, il passait son temps sur un vélo ou à la piscine. À Sarajevo, on raconte qu'il a réussi à faire remplir le bassin qui se trouvait à côté de Sniper Alley pour nager pendant l'été 93. Un fou. Il est à Marseille depuis pas mal d'années. Il fait les marchés. Et le troisième, c'est Py. Éric Py. Un type bizarre. On a commencé ensemble à l'ETAP, en 1975, avant d'être mutés au 8e RPIMa. Il était encore plus baraqué que moi, mais il ne se battait jamais. Sauf un soir, ici, quand il a failli tuer un photographe du coin qui avait essayé de faire des tofs dans le bar. On s'est mis à cinq pour l'empêcher d'achever le gars. Il ne parlait jamais à personne. Il n'était intéressé que par deux choses : la musique classique et le bricolage. Dingue, non ?

– C'était quoi, la querelle avec le photographe ?

– Je ne me souviens plus très bien. Le gars voulait réaliser un reportage sur les paras. Il est entré et a commencé à shooter. Py lui a demandé sa pellicule. L'autre a refusé et il s'est jeté sur lui. Il avait beaucoup bu, ce soir-là. Il a explosé l'appareil photo et il a commencé à rosser le type, c'était impressionnant. On les a séparés, puis on a réussi à étouffer l'affaire. On s'est cotisés pour rembourser le matériel et le photographe a décampé sans demander son reste.

– Et il a fait quoi, ce Py, après ?

– Lui ne se liait à personne. Après l'histoire du bar, il n'a jamais remis les pieds ici. Ensuite, je suis parti aux Comores. Après la reddition du camp de Kandani, en 1995, j'ai fait un an de prison. Quand je suis revenu, il avait disparu, comme tout le monde. En fait, on n'a jamais su grand-chose de lui. Il y avait plein de gars comme ça, chez les paras. On avait nos petites bandes à nous, et les autres, on ne les connaissait pas. Les seuls de vos gars que j'ai revus, c'est Dumortier, Debord et le père Thierry.

Il finit de regarder les dernières photos et les repoussa sur le bar vers Duncan.

– C'est tout. Ceux-là ne me disent rien.

Puis il remplit d'office le verre de kir.

– Je vous l'offre. Je n'ai pas été d'une grande utilité.

Duncan reprit les clichés et posa à l'envers sur la pile celles de Dumortier, de Debord, de Py et du légionnaire.

– Au contraire. Plus que vous ne pensez.

– Qu'est-ce que vous allez faire, maintenant ?

– Regarder dans les Pages Jaunes, dit Duncan en riant.

111

Dans la chambre de son hôtel, Duncan venait de charger, sur le disque dur de son ordinateur, les fichiers numériques fournis par Christophe. Il rédigea un mail assez bref à l'intention d'Escher avec les photos des quatre militaires qu'il avait sélectionnées, lui demandant de vérifier s'il était possible de les trouver avec les indications données par le patron du Bayard. Il annonça à son confrère qu'il rentrerait le lendemain matin par le train et qu'il ne serait probablement pas à Paris avant le milieu d'après-midi. Puis, il étala sur son lit les tirages photo et compara les visages des parachutistes avec la meilleure des photos de la silhouette de la piste cyclable du Cap-Ferret. Pour la première fois, il se mit à douter de sa démarche pour retrouver l'assassin de Clémence. Rien, dans les visages jeunes des nouvelles recrues posant devant l'appareil du photographe, ne le ramenait vers cette forme grise et sombre aperçue dans le sous-bois. Les regards étaient inexpressifs. Les garçons fixaient l'objectif de Christophe avec l'air de s'ennuyer. Ils ne laissaient rien transparaître de leur caractère. Duncan prit son portable dans la poche de sa veste et appela le photographe de l'ETAP.

– Je téléphone un peu tard, j'en suis désolé.

– Pas du tout. Je ne me couche jamais avant minuit.

– Je regarde vos photos en ce moment, et je me posais une question.

– Oui ?

– Vous m'avez dit, ce matin, que vous aviez l'habitude de photographier tous les jours à l'ETAP la moindre des activités.

– Oui.

– Si je vous donne quatre noms, pensez-vous pouvoir trouver des photos de ces gars lors d'entraînements commandos, à la piscine ou lors de franchissements nautiques ?

– Comme celles que j'ai faites dans les marais de la zone de saut ?

– Dans le genre…

– Ça va me demander un boulot dingue, parce que je ne marquais pas toujours les noms des gars sur les images de groupes. Il faudrait que je compare avec les portraits. Avec un gros risque d'erreur.

– Je rajoute 300 euros au pot. Ça va ?

– Je peux essayer.

Duncan lui communiqua les noms de Debord, Dumortier, Py et Carrère, puis raccrocha et s'allongea à côté des photos sans se déshabiller. Il éteignit la lampe de chevet et chercha le sommeil.

CHAPITRE 15

29 août 2006

112

Grâce à Internet, l'homme avait obtenu l'adresse de l'école où étaient scolarisés les enfants.

L'idée lui était venue d'un coup. Les photos de classe existaient depuis plus d'un siècle. La plupart des établissements scolaires développaient dorénavant des systèmes intra- et extra-Net pour communiquer, et il était en mesure de percer n'importe quel site. La Toile n'avait aucun secret pour lui. En ciblant en priorité les cours privés et les beaux quartiers de la capitale, il avait eu la main heureuse. Au bout de deux jours de recherche, il avait vu apparaître la photo qui l'intéressait sur son écran. Le cryptage de l'espace réservé aux familles de l'école de la rue de la Pompe avait été forcé avec une facilité déconcertante. C'était bien l'enfant blond du Cap-Ferret qui était devant lui. Assis au premier rang, avec les petits de sa classe, il souriait, la tête légèrement penchée et les mains sagement sur les genoux. Ce sale morveux se dérobait sans cesse depuis quinze jours et revenait, une fois encore, le narguer !

Depuis son retour à Paris, l'inquiétude ne le quittait plus. L'homme avait retrouvé la veille, collées à la porte de son studio, trois cartes Pokemon représentant chacune un dragon. Il ne lui avait pas fallu longtemps pour comprendre. Son dernier contrat n'était pas honoré. Déjà quarante-huit heures de retard sur la *deadline* fixée par Bangkok. Les Chinois n'allaient pas tarder à intervenir. Il ne pourrait pas jouer longtemps les filles de l'air. En attendant de trouver une solution, il ne savait toujours pas s'il devait démissionner tout de suite de son travail ou s'il convenait d'attendre. Ses patrons français avaient voulu qu'il prenne cette couverture lorsqu'il avait changé d'identité. Mais était-ce encore nécessaire aujourd'hui ? Que faisait-il pour eux ? On ne lui avait pas confié de mission depuis cinq ans. S'il restait planté là et que les Chinois décidaient de lui faire payer son échec, il leur serait offert comme un mouton à la lame le jour de l'Aïd. C'était insupportable. Le bon sens lui disait de disparaître.

Il fallait qu'il organise sa mort pour que la Triade le laisse en paix. Or, cela demandait beaucoup d'efforts et il était fatigué. Le plan auquel il avait réfléchi était difficile à mettre en œuvre. Le seul clochard qu'il connaissait dans les environs du passage du Prado, qui avait son âge et sa corpulence, avait des habitudes pour le moins incertaines. Il apparaissait un jour sur trois dans le quartier et pas toujours à la même heure. Il ne pouvait l'attirer chez lui que tard dans la nuit, une fois le secteur débarrassé de ses noctambules. Ensuite, il faudrait le griller dans l'appartement de manière à ce qu'il soit méconnaissable et déclencher après un incendie qui ravagerait l'immeuble suffisamment vite pour que les pompiers ne retrouvent que des morceaux calcinés et que la police n'ait pas envie de pousser l'identification au-delà de la gourmette qu'il lui laisserait autour du poignet. L'évidence de l'accident devait s'imposer et empêcher toute velléité d'aller vers une analyse dentaire ou, pire, une analyse ADN qui risquerait de remonter à la véritable identité du cadavre. Le plan comportait beaucoup d'inconnues. L'homme le savait et avait l'impression de tourner en rond dans un labyrinthe. Un incendie dans un passage miteux du dixième arrondissement, ça s'était déjà vu. Encore fallait-il l'organiser. C'était moins facile que d'enlever une personne sur son lieu de vacances pour la torturer devant une caméra et de se débarrasser du corps.

En pénétrant dans le magasin, il prit la décision de tenter une manœuvre de la dernière chance. Avant l'apparition d'Internet, il avait pendant des années confié ses films, puis ses vidéos, à Wang, un Taiwanais qui tenait un sex-shop rue Saint-Denis. Un intermédiaire. L'homme lui avait été présenté ainsi par la personne qui l'avait recruté. Puis, avec l'apparition de l'ADSL, la procédure avait changé. On lui avait demandé de couper les ponts et de transmettre directement son matériel vers des boîtes mail dormantes. Mais Wang était toujours là, dans sa boutique poussiéreuse, l'homme le savait. Il avait prospéré, devant peser à ce jour pas loin de cent vingt kilos. Il l'apercevait encore parfois, le matin ou le soir, attablé au café faisant face au sex-shop, à engloutir des tonnes de sandwiches et des hectolitres de bière.

Ils ne s'étaient plus parlé depuis presque dix ans.

En ôtant la housse de son comptoir, l'homme cherchait à se persuader que Wang, intermédiaire ou pas, devait être au courant de ce qui se passait à Bangkok. Sinon, pourquoi serait-il encore là ? Il ne pouvait pas avoir quitté la Triade. Personne ne survivait aux Trois Dragons. Donc, que faisait-il encore à Paris dans son sex-shop minable ? Il fallait qu'il lui dise qu'il avait repéré l'école de l'enfant, que ce n'était plus qu'une question de quelques jours, que le travail serait bien mieux fait qu'il ne l'aurait été sur le bassin d'Arcachon, qu'il devait demander à Bangkok de calmer le jeu, que tout allait rentrer dans l'ordre. S'il s'avérait que le gros Wang était l'un des rouages des Trois Dragons, ils trouveraient ensemble une solution à son problème.

113

Assise dans le bureau de sa villa face à Paibool, l'épouse d'Arawat accusait maintenant les heures de privation de sommeil. Le général venait de lui refuser pour la troisième fois l'autorisation de prendre une douche. Il n'avait pas accepté, non plus, qu'elle téléphone à ses enfants confiés depuis deux jours à l'institution catholique du quartier que contrôlait le général. La jeune femme faiblissait d'heure en heure. Paibool prenait son temps. Il se relayait avec l'un de ses adjoints pour dormir pendant qu'elle attendait sur sa chaise la suite des événements.

– Nous avons arrêté une dizaine de personnes à Bangkok, lui dit Paibool. Nous connaissons maintenant les noms de deux tueurs basés au Mexique et aux Philippines grâce à l'examen des dossiers de votre mari. Mais je bute sur le renseignement qui me permettrait de remonter à la source de ce réseau. Et vous détenez ce renseignement, j'en suis convaincu.

La femme secoua la tête rapidement, sans un mot, un peu à la manière d'une folle.

– Je ne vais pas attendre indéfiniment, reprit Paibool. Je souhaiterais rentrer chez moi voir ma famille. Dormir dans mon lit. Donc voici ce qui va se passer.

La voix du général se fit plus grave et plus lente, appuyant sur chaque mot important :

– Vous allez être transférée vers notre centre d'interrogatoire, au quartier général, où je vous remettrai entre les mains des spécialistes du contre-terrorisme. Ce sont des professionnels qui obtiennent des informations même de la part de gens qui n'ont rien à dire. Ensuite, nous ferons le tri dans ce que vous aurez dit, et comme vous aurez été passablement amochée, nous vous ferons disparaître.

La femme se remit à secouer la tête. À une cadence plus rapide. Toujours sans un mot.

– Vous ne me croyez pas ? Nous avons tué votre mari, vous l'avez vu. Nous allons liquider également les étrangers qui achetaient ces vidéos. Les rabatteurs, les receleurs, les mercenaires français, tout le monde… Et pourquoi ? À cause de vous. Parce que je suis convaincu que vous êtes impliquée dans cette histoire contre votre volonté. Tout ce que j'ai fait, je l'ai fait pour vous protéger et pour protéger la famille royale. Dès l'instant où j'ai compris vos liens avec le Palais, j'ai décidé que cette affaire ne devrait jamais sortir au grand jour. Mais vous ne m'aidez pas, vous n'êtes pas reconnaissante, vous n'êtes qu'une emmerdeuse qui me complique la vie. Or, mon seul but est de protéger le roi, la reine et le royaume. Le reste, je m'en fous. Si je dois vous écraser comme votre salopard de mari, je n'hésiterai pas une seconde, princesse. Je considérerai que vous n'êtes pas si innocente que vous le prétendez et je vous ferai disparaître.

Paibool reprit sa respiration, puis hurla, le visage contre celui de la princesse :

– Je veux l'identité de celui qui est à la tête de l'organisation.

Une terreur animale passait maintenant en continu dans le regard de la femme.

– Qui dirige cette bande de cinglés ? s'époumona Paibool, avant de rebaisser le ton. Ensuite, nous trouverons un prétexte pour expliquer l'accident de votre mari. Me suis-je fait comprendre ?

Pour la première fois, la princesse murmura un oui à peine audible.

– Mais quelles garanties ai-je d'être protégée si je vous aide ? demanda-t-elle. Les membres de cette mafia sont autrement plus dangereux que tous vos policiers réunis.

Paibool sourit.

– C'est un point de vue. Croyez bien que dès que nous les connaîtrons, nous ne leur laisserons pas le temps d'exercer leurs talents.

– J'ai rencontré Chanchaï Arawat il y a quinze ans. Il sortait de l'université. Nos familles ont souhaité que l'on se marie. Je lui ai offert l'entreprise de négoce de riz qui se trouve à Siam Square. Les premières années, il ne s'en occupait pratiquement pas. Chanchaï était coureur et buveur. Je le voyais en coup de vent. Notre vie de couple est rapidement devenue extrêmement difficile. Je me suis mise à lui reprocher de ne pas travailler, puis un jour, il m'a ouvert son compte en banque. Il y avait des centaines de millions de bahts. Je n'ai alors plus cessé de lui demander des explications jusqu'à ce qu'il oublie un jour de fermer son bunker, au sous-sol. J'y suis entrée et j'ai vu une des... Vous savez... Une des vidéos. J'étais horrifiée. Nous avons eu une dispute terrible. Je découvrais un homme que je ne connaissais pas. Il s'est moqué de moi en affirmant qu'il s'agissait de gens sans importance et qu'il n'avait personnellement jamais tué personne. Qu'il organisait le commerce de ces films contre beaucoup, beaucoup d'argent.

– Ensuite ?

– Bien sûr, j'ai exigé qu'il cesse cette activité. En retour, il m'a menacée. Il m'a battue et vite fait comprendre qu'on ne quittait pas impunément la Triade chinoise. Lui aussi s'est servi de mes liens avec le Palais pour me faire chanter. Il disait qu'il était prisonnier, le prisonnier le mieux payé du royaume, certainement. Je ne sais plus combien de fois il m'a répété que nous étions tous les deux coincés, si nous ne voulions pas d'un scandale qui emporte la monarchie et plonge le royaume dans un chaos sans précédent.

– Mais, je ne vous fais pas chanter, l'interrompit le général.

– Si, vous me faites chanter. Vous savez parfaitement que je ne peux rien dire. Vous avez mis le doigt sur une affaire qui nous dépasse tous.

– Au point où nous en sommes, je ne vais pas abandonner. Dès que je connaîtrai le nom du cerveau, il n'y aura plus d'affaire. Vous serez libre.

L'épouse d'Arawat sécha une larme qui s'attardait sur l'une de ses joues.

– Depuis toutes ces années, je me consacre aux plus pauvres du pays, les prostituées, les orphelins du sida, les drogués... Pour expier.

– Je le sais. Ce n'est pas cela que vous devez me raconter. Parlez-moi de votre mari, de ses contacts. Tout ce que vous savez.

– Il s'est mis à me battre. De plus en plus fréquemment. Puis il m'a forcée à l'accompagner plusieurs fois dans ses livraisons pour m'impliquer. Il avait peur. Il avait autant peur des Chinois que moi. Il m'était impossible d'agir. Mon mari ne cherchait qu'à m'enfoncer pour mieux me tenir. Il m'a fait déjeuner un jour avec un vieil homme pas très distingué qu'il m'a d'abord présenté comme un négociant en riz. Il m'a avoué plus tard que je venais de rencontrer le numéro trois de l'organisation.

Paibool se cabra.

– Quand était-ce ? Où était-ce ?

– C'était il y a un an, au restaurant chinois du Shangri-La.

– Comment était l'homme ? Quel âge ? Son nom ?

– Son nom ! Comme si cela avait une importance, il était faux, bien sûr.

– Je m'en fous, sous quel nom vous a-t-il été présenté ?

Paibool s'énervait.

– Je ne m'en souviens plus. Ce que je peux vous dire, c'est qu'il était entièrement vêtu de blanc, qu'il avait sans doute autour de soixante ans et des dents épouvantables.

– À part cela ?

La princesse fit une pause dans son récit. Elle semblait chercher un détail perdu au fond de sa mémoire.

– Ah oui, il a dit à Chanchaï de ne plus se servir du mail de son fils. Que ça ne fonctionnait pas.

Paibool arrêta de respirer un instant. Il essuya d'un revers de manche la sueur qui perlait en haut de son front. Pour la première fois, il mettait la main sur une information de premier ordre. Il sourit à la princesse.

– Votre fils ? Mais, il a à peine sept ans !

– C'est une adresse qu'avait créée Chanchaï, une sorte de paravent.

– Donnez-la-moi.

– Je ne la connais pas. Il faudrait examiner ses ordinateurs. Commencez donc par celui de son bureau ou de sa secrétaire.

– Mais, c'est déjà fait…

– Je vous parle de celui de sa société d'import-export.

Paibool se détendit d'un coup. Comment n'y avait-il pas pensé plus tôt ?

– Eh bien voilà ! Mon adjoint restera chez vous cette nuit avec une auxiliaire du service. Vous êtes libre de prendre votre douche. Vous n'êtes plus notre prisonnière. Vous êtes sous notre protection. Je renforcerai dès demain le dispositif autour de votre villa.

114

Delpey était attablé depuis deux heures avec Paibool dans un restaurant chinois du quartier d'Ekamai. Les serveurs passaient et repassaient avec des canards laqués. Les gros ventilateurs ne parvenaient pas à chasser l'odeur de graillon qui flottait dans la pièce. Le général n'était pas très disert ce soir-là et Delpey avait l'impression désagréable de faire tapisserie. Il n'avait obtenu pratiquement aucune information sur les interrogatoires de la journée. Paibool lui disait que l'enquête n'avançait pas, que les Belges avaient raconté tout ce qu'ils savaient et que les receleurs thaïs n'avaient livré que le nom de Chanchaï Arawat, que le temps passait et qu'il attendait maintenant un retournement de situation pour progresser un peu.

– Et la femme du *soï* Swan Plu ? demanda Delpey.

– Rien à voir dans cette histoire, je vous l'ai dit. Il faut que je trouve un moyen pour l'écarter de l'enquête sans faire de vagues.

– Elle était quand même liée à l'un des pontes de cette mafia…

– Je vous assure, elle n'a pas trempé dans ce merdier. Mon vrai problème est qu'elle ne soit pas inquiétée. Malgré ce qui s'est passé chez elle. Quant à son mari, c'était un deuxième couteau.

– Avez-vous conscience du scandale si cela venait à s'ébruiter ? Quoi que vous en pensiez, cette villa est au cœur du système… Et comment expliquerez-vous la mort du mari de la princesse ?

– Cette femme doit être absolument blanchie. Raison d'État. Je gère. C'est mon pays. Je sais comment faire, Jean.

Delpey se resservit une portion de bœuf aux oignons et versa un peu de curry sur une boulette de riz.

– À propos des Français, dit-il, nous souhaiterions à l'ambassade que vous organisiez leur interdiction de séjour dans le pays. Pour un bout de temps. On essaie d'obtenir la même chose en Inde. Il ne faudrait pas que ces petits cons s'imaginent pouvoir rentrer en Birmanie par le Nagaland. Voilà, l'idée serait que vous les arrêtiez et qu'ils soient directement reconduits à l'aéroport.

– Et vous, les Français, vous ferez quoi ensuite ?

– On leur appliquera la nouvelle loi sur le mercenariat. On devrait pouvoir les coffrer pendant plusieurs mois et leur filer une trouille qui leur ôte l'envie de recommencer. Enfin, ça dépendra du juge.

Paibool leva les yeux au ciel. Puis son regard se posa sur Delpey, énigmatique.

– Vous pouvez faire ça pour moi ? redemanda Delpey.

– Je peux, Jean. Je peux.

115

En rentrant au quartier général, la première chose que fit Paibool fut de demander à son jeune capitaine des nouvelles des personnes qu'ils détenaient encore dans leurs locaux.

– Les *Farang* n'ont plus rien à nous apprendre, mon général, lui dit son adjoint. Ils sont d'ailleurs devenus complètement mutiques.

– Les autres ?

– Deux des receleurs donnés par le commerçant de Patpong semblent confirmer l'implication de la femme d'Arawat dans le business. Le vieux qui officiait dans le cimetière derrière l'hôtel Marriott nous a raconté avoir rencontré une fois Arawat en compagnie d'une femme qui ressemble franchement beaucoup à son épouse. En début d'année. Lors de la remise d'un lot de DVD qui s'est effectuée sur la navette fluviale, entre Saphan Taksin et l'hôtel. L'autre raconte la même chose : un rendez-vous qui aurait eu lieu au port il y a moins de deux mois. Les types ne se connaissent apparemment pas et ils brossent le même portrait de la femme.

– Que faisait-elle ?

– Le gars du cimetière prétend qu'elle a elle-même donné le paquet de DVD après les avoir recomptés.

Paibool avait maintenant sa mine des mauvais jours. Il aurait encore aimé croire que la princesse n'avait été qu'un témoin inconscient des activités du gang. Avait-elle vraiment agi contrainte et forcée ?

La dernière chose que lui avait apprise Delpey au restaurant était que les Français se préparaient à repasser la frontière en fin de journée. Les mercenaires qui avaient rejoint la Birmanie depuis plusieurs jours en étaient ressortis quelques heures pour une raison inconnue afin de se rendre au village thaï de Mae Sariang et s'apprêtaient, selon l'informateur, à retourner chez les Karens. Il n'avait pas cessé une seconde d'y penser sur le chemin de la Crime Division. Comme souvent, sa décision fut l'affaire d'une fraction de seconde. Il prit dans sa mallette une radio cryptée, entra en communication avec la région militaire de Mae Sot, et demanda à s'entretenir avec le patron de la zone. Ils se connaissaient depuis l'école d'infanterie et n'avaient aucun secret l'un pour l'autre. Ils avaient baroudé dans le secteur au milieu des années soixante-dix contre les groupes du PCT[1]. Ils avaient ensuite chassé les maquisards de Pol Pot du côté d'Aranyaprathet. Ils avaient encore fait le coup de feu contre les barons de la drogue au cours de la guerre de l'opium du côté de Mae Chan et avaient ensemble quelques exécutions extrajudiciaires à leur actif. Ils n'avaient jamais rompu le contact depuis l'époque de l'académie militaire. Ils s'appréciaient pour les méthodes qu'ils avaient mises en place et nourrissaient une confiance aveugle l'un en l'autre.

– Un groupe d'une demi-douzaine de mercenaires étrangers va s'infiltrer dans ton secteur en fin de journée. Ou cette nuit, ou demain. Je ne sais pas exactement mais c'est imminent, expliqua Paibool à son interlocuteur. Il faut impérativement que ces gars ne

1. Parti communiste thaïlandais.

passent pas la frontière. Leur existence met en danger la Couronne. Je t'expliquerai plus en détail lorsque nous aurons l'occasion de nous revoir.

– Je les arrête ? fit la voix.

– Non. Tu les élimines. Tu montes une embuscade. Je reprendrai ensuite l'affaire en main et je m'en arrangerai avec leur ambassade. Il n'y aura pas de problème. J'expliquerai que leurs ressortissants ont été tués par l'armée birmane. Nous trouverons un général de la Tatmadaw pour confirmer ma version. Ce ne sera pas cher et cela réglera une fois pour toutes les problèmes diplomatiques.

– On pourrait leur demander directement de faire le travail. Après tout, ils ont toute légitimité pour le faire. Une bande de mercenaires étrangers sur leur territoire… ça ne s'invente pas.

– C'est à croire que tu ne connais pas les voisins, coupa sèchement Paibool. Jamais ils ne les coinceront. Leur armée est aussi habile qu'un éléphant. Et puis, on n'a pas le temps. Ça coûtera un peu d'argent et peut-être un ou deux services qu'ils nous demanderont de leur rendre. Comme ils n'ont que faire de l'opinion internationale, ils seront ravis d'annoncer avoir flingué des étrangers armés chez eux. Préviens seulement l'unité birmane concernée de l'itinéraire des mercenaires. Si jamais tes hommes ne pouvaient pas faire le travail, ce serait une sécurité supplémentaire. Mais je n'y crois pas. Il faut que tu interviennes toi-même. C'est entendu ?

– Reçu.

– J'insiste. C'est capital. Ces connards doivent être éliminés. Je t'envoie dans cinq minutes par mail sécurisé les coordonnées du passage des *Farang*.

– Comment peux-tu en être sûr ?

– Mon informateur vient de m'affirmer que le groupe s'est déjà infiltré une fois par cette route. Il doit reprendre le même chemin. Tu as moins de deux heures pour te déployer. Ça ira ?

– J'ai déjà plusieurs unités sur zone. Ce devrait être faisable. Je reprends contact quand ce sera fait.

Paibool coupa la communication et s'étira dans son fauteuil. Le capitaine attendait, au garde-à-vous, à une distance respectueuse.

– Le compte à rebours est enclenché, Tawee, fit le général à son capitaine. Tu as quarante-huit heures pour m'organiser l'élimination des Belges et de toute la vermine qu'on a serrée. Tu te débrouilles, tu sais faire. Je ne veux pas de vagues.

116

Madeleine Leclerc n'avait pas tout de suite compris ce qui venait de se passer. Lorsque la police avait débarqué à l'hôtel, elle avait prétendu que son petit-fils avait été victime d'une tentative d'enlèvement par une sorte d'homme-grenouille et qu'on l'avait sauvé des pattes de ce monstre, elle ne savait pas encore comment. Madeleine était dans tous ses états, la permanente en bataille, le maquillage ruiné par les larmes et toute crottée de la boue du parc. André avait bien essayé de l'apaiser et de lui expliquer qu'elle se méprenait… En vain. C'est lui qui avait raconté ce qui s'était produit exactement, la disparition de Charles, sa rencontre avec un pêcheur et la balade en bateau. Les policiers avaient eu l'air soulagés. « *Oh, mais c'est Mathurin… Un brave gars*, avait affirmé l'un d'eux. *Depuis que son garçon s'est noyé, il y a de cela quelques années, il se passionne pour tous les gosses qu'il rencontre.* »

Madeleine n'avait pas voulu poursuivre la discussion. Elle était désemparée. Comment des policiers pouvaient-ils trouver normal qu'on emmène un enfant en bateau sans l'approbation de la famille ! Toute la soirée, elle avait fait un ramdam incroyable. Elle avait maudit cent fois la Bretagne, la météo pire qu'au Ferret, le village de congés payés, l'hôtel lugubre hors de prix, les histoires à dormir debout de Charles… Elle n'arrêtait plus de se plaindre. « *Des vacances foutues, à classer dans les annales.* » Elle avait exigé que les valises soient bouclées séance tenante. Il n'était plus question qu'elle passe une journée de plus à se morfondre et à trembler en attendant Dieu seul savait quelle bêtise que les petits étaient encore capables d'inventer. Elle avait sorti son carnet de chèques pour régler la note à la réception. Personne n'avait pu l'en dissuader. Ensuite, Charles avait été puni. Madeleine avait saisi la collection de DVD des *Wings* et avait juré qu'ils ne regarderaient jamais plus ces saletés.

Le lendemain, la famille avait regagné Paris. Elle s'était retrouvée, épuisée, dans le grand appartement du quinzième arrondissement qui abritait les trois générations. Pour la première fois, David avait évoqué avec sa femme l'éventualité de se trouver une location pour eux et les enfants.

– Sinon, cela va mettre notre couple en danger, avança-t-il. Tu t'en rends compte, au moins ?

Marie-Ange le fusilla du regard.

– Ta mère est piquée. Elle a le cœur sur la main, mais elle ne sait vivre autrement que dans le conflit permanent. Je n'en peux plus.

– C'est avec ton salaire que tu nous loueras un appartement ?

– Nous trouverons.

– Ah oui ! Où ? Dans les quartiers pouilleux de la capitale ?

117

Escher était épuisé. Il s'était démené toute la journée. Ses recherches n'avaient pas donné grand-chose. Il avait d'abord passé une heure sur les Pages Jaunes pour lister tous les Carrère d'Île-de-France. Cela représentait presque deux cents noms. Il avait ensuite recherché les Py. Il n'avait obtenu aucune réponse. Quant à Debord, Duncan lui avait indiqué qu'il résidait près de Château-Rouge. Il en était certain. Là, l'annuaire électronique n'avait livré qu'un seul abonné. Restait Dumortier à Marseille. Une dizaine de personnes portant ce patronyme résidaient dans la cité phocéenne.

En revanche, toutes ses tentatives d'appel étaient restées infructueuses. Soit les numéros avaient sonné dans le vide, soit les personnes qui avaient répondu étaient totalement étrangères à ce que recherchait Escher.

– Cela se présente mal, dit-il à Duncan au téléphone. J'ai commencé par appeler les Debord, ce matin à l'aube. Eh bien, tu me croiras si tu veux, mais pas un n'a décroché.

– Alors ?

– Ensuite, j'ai appelé les Carrère. Là, j'ai eu au bout du fil une dizaine de personnes. Aucune qui ressemblait de près ou de loin à notre bonhomme.

– Ensuite ?

– Je suis allé aux adresses qui pouvaient correspondre à ton Debord. Je me suis dit que j'aurais sans doute plus de chance en allant sonner aux portes des voisins. Mais une enquête de voisinage sans carte de police, c'est toujours pareil, c'est difficile. Apparemment, aucun de ceux qui habitent là n'a été militaire. En fait, les gens s'en foutent.

– C'est-à-dire ?

– Ils se foutent de leurs voisins. Parfois, ils ne les connaissent même pas. Alors, ce qu'ils auraient été autrefois, tu parles ! J'ai fait chou blanc sur toute la ligne.

– Ne me dis pas que tu n'as rien ramené…

– Si. J'ai contacté Dumortier et je l'ai retrouvé, celui-là. Je peux t'assurer qu'il n'est pas le tueur qu'on recherche. C'est un bonhomme qui a une sacrée tchatche, et qui n'attend qu'un coup de fil de toi pour te rencontrer et collaborer à ton prétendu bouquin. Visiblement, il n'a pas le profil de l'assassin.

– Bon, si je me mets réellement à ce genre de livre un de ces jours, je l'appellerai. C'est tout ?

– Non, il restait le type qui s'appelle Carrère. J'ai pris mon courage à deux mains et je suis allé directement à la Sernam à Clichy. Entre parenthèses, c'est un terrain vague en totale démolition. J'ai été plutôt mal reçu.

– Par Carrère ?

– Tu rêves ! Cela aurait été trop beau. L'endroit était gardé par des Africains flanqués de chiens énormes qui m'ont fait assez mauvais accueil. Les gars m'ont pris pour un flic. Ils étaient persuadés que je venais pour un contrôle de sans-papiers. Quand je leur ai montré ma carte de presse, ça ne les a pas calmés pour autant. Journalistes égalent flics, etc. Tu connais. Je me suis assis devant l'entrée et je leur ai dit que je n'en bougerais pas tant qu'ils ne m'auraient pas rencardé. Finalement, le premier qui a quitté son service a accepté de boire un verre au bistrot du coin. Quand je lui ai montré la photo de Carrère, ça l'a fait marrer. Il m'a confirmé qu'il s'agissait bien du vigile. Tu es assis ?

– Pourquoi ?

– Il m'a dit que Carrère était parti depuis trois semaines en vacances dans le Sud-Ouest.

– Bordel ! C'est vrai ?

– C'est exactement ce que m'a dit le Black.

– Où, dans le Sud-Ouest ?

– Tu ne le croiras jamais. À Arcachon.

Duncan se rendit compte que ses mains tremblaient.

– Alors on tient notre bonhomme. On sait maintenant que notre tueur a sévi en Allemagne, sans doute ces trois dernières années, articula-t-il avec peine. La vidéo concernait une enfant assassinée en automne ou en hiver. Il faut vérifier s'il y est allé en vacances.

– Et comment fait-on ?

– Tu pourrais appeler le service du personnel en te faisant passer pour un hôtelier allemand et prétendre qu'on a retrouvé dans une chambre un objet qu'on pense lui appartenir. Une montre, par exemple.

– Après tout ce temps ? Ça ne semble pas crédible.

– On s'en fiche. Il faut compter sur l'effet de surprise. Le principal est qu'on te confirme qu'il est allé là-bas.

– Et comment le DRH le saurait-il ?

– Il faut tenter le coup. On ne sait jamais. Si ça marche, tu en profites pour redemander l'adresse. Comme tu viendras avec une intention bienveillante, ce serait étonnant qu'on te jette.

– C'est de la science-fiction. Je sens que je vais me faire recevoir !

– Il faut essayer. Moi, je n'ai pas le temps.

Escher maugréa qu'il ne croyait pas trop aux miracles, et que toute cette enquête prenait une voie hasardeuse qui allait les mener droit dans le mur. Duncan, lui, jubilait. Il répéta plusieurs fois à Escher qu'ils touchaient au but et lui dit de le rappeler quand il aurait les informations. Puis il rédigea à l'intention de Delpey un courriel.

« Mon Cher Jean, je t'avais dit avoir besoin de renseignements sur des Français qui auraient pu voyager ces dernières années dans ton secteur. Peux-tu effectuer des recherches sur Gérard Debord, Éric Py et Émile Carrère ? Tous d'anciens militaires. Amicalement. Alain. »

CHAPITRE 16

1er septembre 2006

118

Les policiers qui avaient maintenu Tom Gottlieb à plat ventre sur son grabat le relâchèrent lorsqu'ils furent assurés qu'il ne bougeait plus. Ça n'avait pas été facile. Le gros Tom s'était débattu comme un bison. Leur collègue retira le sac plastique qui couvrait son visage. Il prit son poignet dans une main et vérifia le pouls. Leur prisonnier avait cessé de vivre.

Le policier récupéra ensuite, dans une poche en plastique sortie de sa veste, une boule de riz qu'il malaxa dans les doigts du mort avant de la lui enfoncer dans la gorge.

– Riz et arêtes de poisson, dit-il à l'intention de ses hommes. Imparable.

Puis ils positionnèrent le corps en chien de fusil sur la couche et quittèrent la cellule.

119

André Leclerc regarda à travers la cloison vitrée de son bureau. L'agence bancaire avait rouvert ses portes ce matin. Il était déprimé à l'idée du travail qui l'attendait. Quinze jours de fermeture, c'étaient des dizaines de dossiers à traiter d'urgence, des tas de clients mécontents qui allaient faire des pieds et des mains pour lui arracher des rendez-vous, et des messages d'alerte qui viendraient du siège sans discontinuer pendant des jours. André consulta son ordinateur. Il clignotait comme un arbre de Noël. Entre les découverts, les demandes de crédit et les appels de sa direction générale, il se dit que la journée serait mortelle.

Depuis son retour à Paris, il pensait à Ingrid. Pas tant à ce qui lui était arrivé, mais à son corps, au plaisir qu'elle lui avait donné, à la manière dont elle riait quand il lui faisait l'amour. Il entendait encore son rire pareil à de petits gloussements. Il ne bougeait plus et fermait les yeux, et le rire sortait du fond de sa tête et l'entourait. Parfois, il lui semblait escalader sa colonne vertébrale. André rouvrait les yeux et soupirait. Putain, qu'il avait envie d'elle !

Au fond, il se foutait bien d'Ingrid. Ingrid avait simplement été le contraire de Madeleine. Elle lui avait offert de sa jeunesse et de sa fraîcheur. La tête entre les mains, affalé sur sa table de travail, André se demandait s'il pourrait revivre un jour ces moments merveilleux. Si quelqu'un avait ouvert la porte de son bureau à cet instant, quelle image aurait-il donnée de lui ! André s'en moquait pas mal. Ces vacances ne pouvaient pas n'avoir été qu'une parenthèse dans sa vie. Il ne pouvait pas reprendre le cours poussif de son existence, entre la banque la journée et Madeleine le soir, c'était à mourir d'cnnui.

André se pencha sur son écran et consulta les dossiers des clientes en solde négatif. Une idée toute simple venait de lui traverser l'esprit. Il ouvrait et refermait les fiches des comptes. Les noms défilaient. Toujours les mêmes. Les commerçantes en difficulté de trésorerie, les retraitées qui ne parvenaient pas à joindre les deux bouts, les bourgeoises du quartier qui vivaient au-dessus de leurs moyens, il connaissait parfaitement tous les clients et toutes les clientes de l'agence. Il jetait un coup d'œil distrait et rapide aux comptes. Il fallait qu'il trouve une petite jeune qui aurait commis une vraie bêtise, une série de chèques sans provision, une fille qui se serait mise exceptionnellement dans de gros ennuis. « *Celle-là,* se dit André, *si je la déniche, elle me mangera dans la main. J'en ferai ce que je voudrai.* » Ce serait encore meilleur qu'avec la baby-sitter. Il y aurait un premier rendez-vous avec les réprimandes d'usage, puis un second plus menaçant, il chercherait avec sa cliente une solution impossible à trouver, il la laisserait mijoter un peu, quelques jours, les agios s'accumuleraient, la perspective de l'inscription à la Banque de France se ferait plus inquiétante, il l'inviterait à déjeuner et la fourrerait dans son lit. Un peu de sexe contre la remise en ordre de son compte. Ce n'était pas la mer à boire. Ce ne serait pas compliqué.

Un petit sourire venait de se dessiner sur les lèvres d'André. Dire qu'il n'y avait pas pensé plus tôt !

120

Depuis le début de l'après-midi, Gérard Van De Hoordt avait été isolé dans un bureau donnant sur l'avenue Phanon Yothin. On lui avait retiré les menottes pour lui permettre d'écrire sa confession.

La pièce comportait un banc scellé au mur et une table en teck massif qui devait bien peser deux cents kilos. Une immense fenêtre aux carreaux dépolis laissait entrer une lumière blanchâtre. Elle était cadenassée en son milieu. Il avait devant lui un bloc de feuilles A4 et un stylo-bille.

De Hoordt n'avait pas encore écrit une ligne. Il ruminait sa malchance. Il tourna la tête vers la fenêtre et écouta. Le bruit de la rue lui parvenait assourdi par les vitres blindées. Le ciel semblait s'être alourdi. Il devait s'être remis à pleuvoir. Il spéculait, se demandait où il filerait en premier s'il parvenait à se faufiler dehors. Le seul endroit où il pourrait trouver momentanément une aide était son ambassade. Il n'y avait aucune charge contre lui en Belgique. Il n'aurait pas de mal à faire casser la procédure thaïe. Il était détenu illégalement depuis des jours. Cela déclencherait un scandale. L'ambassade exigerait son élargissement. Ça ne pouvait pas se passer autrement. Mais voilà, il était toujours aux mains des Thaïs, pas en train de se faire la belle.

Il était absorbé par ses réflexions lorsqu'un jeune policier entra, muni d'un seau et d'une éponge montée au bout d'un manche à balai. Le garçon posa son attirail aux pieds du Belge et entreprit de faire les carreaux. D'abord à l'intérieur de la pièce, puis à l'extérieur après avoir ouvert le cadenas fixé à l'espagnolette. Avec la pluie qui tombait, c'était idiot, mais De Hoordt ne releva pas l'absurdité de la scène. Il observait, derrière les vitres dépolies, le policier en ombre chinoise dans le halo des lumières de la rue. La nuit était tombée depuis un moment. Le vacarme de Phanon Yothin s'était calmé.

Le policier était en train de terminer son travail quand sa radio tinta. Il s'identifia et son visage eut l'air de se décomposer. Il se précipita à l'extérieur de la pièce. Le bruit de ses pas cessa bientôt. De Hoordt tendit l'oreille, mais n'entendit rien. Le silence était retombé sur le bâtiment. Machinalement, il tourna son regard vers la fenêtre et resta un instant interdit. Le cadenas n'avait pas été refermé. Il s'approcha et fit glisser le battant doucement. La fenêtre coulissait librement. Il l'ouvrit assez pour passer le haut de son corps. L'avenue Phanon Yothin était devant lui. Des véhicules circulaient à vive allure. Il constata que les trottoirs étaient maintenant déserts. En un clin d'œil, il fut dehors.

Il entamait à peine sa fuite lorsque trois policiers sortirent d'une encoignure du mur du bâtiment, arme au poing. De Hoordt s'arrêta net et leva les bras, mais les policiers le visèrent comme au stand et firent feu en même temps.

121

Le week-end s'annonçait triste à mourir, comme un week-end de retour de vacances. La météo avait bien promis un été indien, mais on n'en voyait pas encore les moindres prémices à l'horizon. La pluie continuait de tomber. Paris sentait le chien mouillé. Les enfants n'avaient pas pris un gramme et leur teint d'endive était effrayant. Madeleine avait sorti du placard de l'entrée les vêtements d'automne, les anoraks, les pulls et les bottes. Le conseil de famille avait opté pour une promenade en forêt de Meudon. Charles et Julie étaient catastrophés. Ils détestaient cet endroit, mais avaient rapidement compris qu'il n'y avait pas à discuter. La balade était décidée. Ils n'auraient pas une minute de liberté. Pas de course, pas d'escalade, pas de partie de cache-cache, ils allaient se traîner deux ou trois heures, collés à leurs parents, main dans la main. Quelle misère !

Les protestations de Charles n'y avaient rien fait. Le souvenir du meurtre d'Ingrid planait sur la maison Leclerc. Les adultes ne cessaient d'en parler. Comme de la disparition de Sonia Boulanger que les journaux avaient fini par relater, malgré le black-out imposé par le procureur de Bordeaux. Ce n'était pas l'adjudant Pichart qui avait vendu la mèche. Mais la famille de Sonia elle-même. La disparition d'une fille à Arcachon quelques jours après le meurtre du Ferret avait été du pain bénit pour la presse.

– Cette Sonia, elle est partie avec Ingrid ? demanda Charles.

– Avec Ingrid, sans doute. Allez, on change de sujet.

– Je voudrais juste faire encore des bisous à Ingrid, c'est tout. J'ai rêvé d'elle, cette nuit. Elle était au milieu de la forêt et me tendait les bras. Elle portait sa jolie robe avec des ronds tout noirs.

– David, s'impatienta Madeleine, faites taire le petit.

– Charles, ta grand-mère ne souhaite plus que tu lui parles d'Ingrid.

– Papa, Ingrid m'a appelé très fort dans mon sommeil. Elle m'a dit qu'elle avait très froid. Il faisait nuit, dans la forêt, et elle ne pouvait pas bouger.

– Charles, tais-toi.

– Je te dis que je l'ai vue. Elle était sur l'herbe, toute seule, et elle ne pouvait pas bouger. Et j'ai été très triste. Papa, je voudrais tellement la voir pour de vrai…

Charles était au bord des larmes. Son père remarqua ses mains qui tremblaient. Fallait-il lui dire la vérité, une fois pour toutes ?

Mais comment Charles n'avait-il pas compris ce qui s'était passé, il semblait à David que toutes les conversations de la famille se focalisaient depuis dix jours sur l'assassinat de la baby-sitter. Il se retourna vers Madeleine et l'interrogea du regard.

– Changeons de sujet, murmura Madeleine en détachant chaque syllabe.

André avait déjà quitté la pièce. Marie-Ange regardait la pluie tomber par la fenêtre. Madeleine se remit à fouiller dans les vêtements chauds qu'elle venait d'étaler sur le canapé. David considéra son fils en se grattant la tête. Charles essayait de ravaler ses larmes sans bruit.

122

À Lard Yao, les prisonniers avaient été ramenés dans leur chambrée par les matons après l'heure du dernier souper. La cour centrale de l'établissement pénitentiaire se vida lentement, puis les grosses lampes au sodium s'éteignirent l'une après l'autre pour ne laisser allumés que les projecteurs dont le mouvement de balayage incessant aurait donné le mal de mer à n'importe quel marin. Il y eut le tumulte des centaines de verrous qui claquaient, puis les gardiens rejoignirent leurs bureaux ou s'enfermèrent dans leurs guérites ou leurs miradors. La prison sembla un instant écrasée sous la chape de plomb d'une nouvelle nuit, puis des cris crevèrent l'écran du silence. Des hurlements de fous, des cris de bagarres et de détresse. Le quotidien à Lard Yao.

Dans le dortoir numéro cinq, le vendeur de jeans de Patpong, incarcéré depuis quarante-huit heures, avait commencé à dérouler sa natte de rotin, espérant trouver le sommeil rapidement, quand il sentit un poids épouvantable sur son dos en même temps qu'on lui saisissait les poignets. Il allait hurler, mais un torchon encore humide du nettoyage de la cellule lui fut enfoncé dans la gorge. Puis une main lui passa un nœud coulant autour du cou. À aucun moment il ne vit ses agresseurs. Il n'entendit aucune parole ni aucun son. Il fut hissé au-dessus des autres prisonniers déjà allongés à même le sol et eut cette impression étrange de s'élever dans un hélicoptère jusqu'au plafond de la pièce. On le rapprocha d'une fenêtre avant de le relâcher brusquement. Il se raidit, s'attendant à chuter au sol, mais sa course s'arrêta presque immédiatement, les pieds dans le vide, avec une douleur inouïe à la base du cou. Il essaya d'appeler, sans pouvoir produire aucun son. Sa vision se troubla et il bascula dans le néant sans avoir compris qu'il avait été pendu.

Un étage plus bas, les trois pourvoyeurs de la Triade venaient d'être également liquidés dans les douches de la prison par leurs codétenus.

Un peu plus tard dans la nuit, le général Paibool Bunnag fut informé que toutes les exécutions extrajudiciaires qu'il avait ordonnées s'étaient déroulées sans problème. Il se versa un grand verre de bière et prit le parti d'aller se coucher. La princesse était enfin à l'abri du reste du réseau. Il la mettrait en sûreté, dès le lendemain matin, en dehors de chez elle, le temps de faire tomber le reste des Trois Dragons. Au point où en était l'enquête, c'était une question de jours pour débusquer les derniers gros bonnets qui étaient désormais complètement isolés. Une fois qu'il les aurait arrêtés et éliminés, il n'y aurait jamais eu d'affaire de *snuff movies*. Et il aurait une princesse proche du Palais à sa botte. Paibool sourit et éteignit les lumières de son bureau.

CHAPITRE 17

2 septembre 2006

123

Paibool laissa sa voiture en face de la villa d'Arawat et adressa un salut à ses policiers installés dans le fourgon garé devant la grille avant de pénétrer dans le jardin. Il jeta un coup d'œil à sa montre. Il était sept heures dix et il allait avoir encore une journée épuisante. Il fouilla dans sa poche, sortit un trousseau de clés et ouvrit la porte du vestibule.

La première chose qui le surprit fut le silence de la maison. Puis, il fut gêné par une odeur fade qu'il n'identifia pas immédiatement et qui devint plus prégnante quand il monta à l'étage. Un rai de lumière filtrait, au bout du couloir, par la porte entrebâillée de la chambre du couple. Paibool appela pour prévenir de son arrivée. Personne ne répondit. Il allongea le pas et entra dans la pièce. Il aperçut en premier les pieds nus de la femme qui dépassaient d'un coin du lit. Puis les corps des deux policiers, affalés dans un angle de la chambre. La moquette café au lait avait bu le sang des cadavres qui avait laissé de grandes taches brunes. Le mur de la chambre opposé à la fenêtre du balcon restée ouverte était constellé d'impacts. Paibool recula d'abord, puis revint vers les corps criblés de balles. Il resta un instant figé devant la scène du carnage. La princesse, qui avait reçu les projectiles dans la poitrine, semblait dormir. La lumière matinale parvenait encore à colorer son visage. Les policiers avaient été surpris assis sur le banc indien où ils se tenaient lorsque l'attaque s'était produite. Le lieutenant était recroquevillé sur lui-même. On ne distinguait que la masse compacte de son corps, comme s'il avait voulu s'endormir la tête sur ses genoux. Le sergent féminin avait été renversé sur le dossier du siège. Elle avait eu une partie du visage emportée par les impacts. Paibool ramassa le premier linge qu'il trouva sur le lit et la recouvrit. Comment ce triple meurtre avait-il pu se produire sans que son équipe de protection rapprochée ait rien entendu ? Il se retourna et dévala l'escalier pour rejoindre le car de police.

– Ça va, mon général ? demanda le planton.

Paibool faillit s'étrangler de rage. Il ignora la question et s'adressa directement au jeune lieutenant assis au fond du véhicule :

– Nous avons trois morts sur les bras, là-haut, bordel de putain de ta mère. La femme et les policiers.

Son subordonné ouvrit la bouche comme un poisson tiré hors de son bocal, mais d'un geste bref le général lui intima l'ordre de se taire.

– Tu vas faire comme s'il ne s'était rien passé. On va venir vous relever et l'on se reparlera au quartier général en fin de matinée. J'ai refermé à clé, mais personne ne doit chercher à pénétrer dans cette villa. On évacuera les corps à la nuit. D'ici là, secret ABSOLU sur ce qui s'est passé.

Paibool remonta dans sa voiture et prit la direction de la société de Chanchaï Arawat à Siam Square.

124

L'homme finit de tendre la bâche sur son stand d'outillage. Il attrapa la chemise pendue à un cintre près de l'entrée et la passa sur son tee-shirt. Les derniers clients affluaient vers les caisses.

Tous ceux qui s'étaient approchés de son emplacement au cours de la journée auraient pu s'étonner de son attitude. Il restait assis, la tête sans cesse en mouvement, à regarder le va-et-vient des gens dans l'allée qui lui faisait face. Il avait évité tout contact, seulement occupé à dévisager les clients qui s'approchaient.

L'homme se demandait quand et comment les membres des Trois Dragons frapperaient. La tentative de médiation avec son contact, la veille, avait rapidement tourné court. Flanqué de deux autres personnes, l'énorme Chinois n'avait rien voulu entendre, répétant inlassablement avec son accent rocailleux que les contrats étaient les contrats et que le Maître n'avait jamais été floué. Alors que l'homme allait quitter la boutique, il ajouta que Paris était aussi dangereux qu'Istanbul ou que Bangkok et que, à moins de verser une amende de 500 000 euros, l'organisation le remplacerait. « *Le mieux, toi partir très loin*, lui avait-il murmuré en s'esclaffant. *Mais même très loin, les Chinois toujours derrière toi.* »

Il n'était pas question qu'il verse la somme demandée et l'homme se dit qu'il tuerait cet hippopotame à la première occasion. Il était persuadé que ce Chinois était celui qui tenait son sort entre ses mains. Pas seulement l'interface entre Paris et Bangkok. C'était certainement l'un des principaux maillons de la Triade. Sans doute celui qui gérait ses centaines d'hommes de main comme ceux qui l'avaient contacté à Arcachon. Ce gros porc prétendait n'être que l'oncle d'un vague sous-fifre de l'organisation, mais il était capable autrefois de sortir 600 000 ou 700 000 francs de son arrière-boutique pour régler un contrat lorsque le versement ne pouvait être effectué sur un compte *offshore* depuis Bangkok ou Hong Kong. Peut-être Wang était-il tout simplement LE Maître. Peut-être la Thaïlande et les liaisons compliquées avec Bangkok n'étaient-elles qu'un écran de fumée destiné à masquer la véritable identité des cerveaux de cette entreprise criminelle.

Un instant, l'homme fut tenté d'appeler son ancien officier traitant pour réclamer une protection. Les ponts étaient coupés mais, il le savait, rien n'était jamais terminé avec les Services. Il n'aurait pas même besoin de détailler ses ennuis. Forcément, il devait y avoir encore quelqu'un qui suivait de près ce qu'il faisait et qui lui obtiendrait le soutien dont il avait besoin. C'étaient des gens pragmatiques, sans états d'âme, qui connaissaient depuis longtemps sa double vie. Sa collaboration avec la Triade ne datait pas d'hier. Déjà, à l'époque où il effectuait ses missions pour la République… Il en était certain. On l'avait aidé à disparaître, on lui avait fourni une nouvelle identité, on lui avait trouvé sa couverture, on lui avait donné de l'argent, on lui avait demandé à mots à peine couverts d'être discret et de rester professionnel… Si l'on avait souhaité se débarrasser de lui, cela aurait déjà été réglé, mais chacun, dans ce foutu marécage, se tenait par la culotte. Il attrapa son téléphone, il n'avait qu'un numéro à composer et une adresse à donner pour obtenir un rendez-vous. Ensuite, les Services sauraient gérer son problème, mais il se ravisa. Le temps avait passé, le gouvernement et les patrons avaient changé. Au fond, il n'était plus aussi sûr de lui.

Il traversa le boulevard Bonne-Nouvelle en slalomant entre les voitures, évitant de justesse un vol de pigeons, et accéléra le pas jusqu'à la rue du Faubourg-Saint-Denis. Les primeurs entassaient leurs cageots en pyramides instables devant les échoppes et les bouchers turcs jetaient à la volée leurs déchets de la journée sur le trottoir. C'était chaque soir le même manège infernal, la rue transformée en dépotoir insalubre. Depuis des années, aucune autorité – ni la mairie, ni le commissariat de police – n'avait tenté d'assainir le quartier. L'homme aurait bien balancé une ou deux quadrillées pour apprendre à vivre à toute cette racaille. Il avait tout prêt dans sa tête un scénario de *snuff movie* à tourner dans l'une de ces boucheries, un Turc ou un Pako débité lentement sur le billot. Il en rêvait parfois la nuit. Et il se réveillait transpirant, convaincu que ce serait la scène qui lui donnerait le plus de plaisir.

Avant de bifurquer passage du Prado, il regarda s'il apercevait le clochard qui pourrait prendre sa place le moment venu, mais, une fois de plus, ce salopard de gueux était invisible. Il salua d'un mouvement de tête muet le vendeur de frusques irakien installé devant son immeuble et poussa la porte. Il guetta un instant les bruits dans la cage d'escalier, puis se mit à gravir les marches. Il fallait qu'il achète un billet *open* pour Bangkok.

La nuit était totalement tombée. La chambre de l'homme avait pris des dimensions insoupçonnées. Dans la pénombre, les angles des murs paraissaient s'être éloignés comme si la pièce s'était agrandie. Il se tenait dans la clarté du lampadaire de la rue. Ça ressemblait à un clair de lune. C'était une lumière bleutée, douce, qui venait buter contre les rideaux. Dans sa tête, il avait définitivement quitté Arcachon et la Bretagne. Il remontait maintenant le cours du temps. Ses souvenirs revenaient comme des éclairs. Des sortes de bouées, flottant dans l'espace et le temps, qu'il saisissait l'une après l'autre. Son père sur le pas de la porte de l'appartement familial, le dernier jour. La manière dont il avait tourné la tête vers lui et la certitude qu'il avait eue de ne jamais le revoir. Le jour de son incorporation à Pau, le petit Mohamed, la fille dans la case africaine… Il tira les rideaux et s'assit sur son lit.

125

Paibool arriva à la Rice Ayudhaya Cie Ldt à huit heures. Il demanda aussitôt à se faire ouvrir le bureau d'Arawat, arguant que le patron de l'entreprise, arrêté pour raisons fiscales, avait besoin de documents comptables pour préparer sa défense. L'employé qu'il avait abordé se cassa presque en deux et l'accompagna dans la pièce. La Rice Ayudhaya Cie Ldt occupait un plateau de cent mètres carrés au deuxième étage d'un vieil immeuble des années soixante de Siam Square, coincé entre deux tours de métal et de verre gigantesques. Il entra dans le bureau et constata immédiatement le désordre. L'unité centrale de l'ordinateur d'Arawat était ouverte. Les câbles avaient été arrachés sans ménagement. Le disque dur était absent. Même spectacle dans le bureau de la secrétaire.

Paibool demanda par radio l'envoi d'une unité scientifique de la Crime Division pour relever les empreintes, puis fit refermer à clé la porte d'entrée du plateau par l'employé en lui interdisant d'y pénétrer jusqu'à nouvel ordre.

Il appela ensuite son adjoint et lui dit de trouver dans l'heure le fournisseur d'accès Internet d'Arawat.

– J'en ai besoin immédiatement. Les événements ont tourné au vinaigre cette nuit. Tu me trouves ce fournisseur et tu m'amènes le responsable à la Division. Il faut qu'on lui parle avant la fin de la matinée.

126

À presque une heure du matin, le général Paibool appela Delpey. Le téléphone sonna un moment, puis une voix endormie répondit.

– Delpey à l'appareil.

– Jean, c'est Paibool. Je sais qu'il est tard, mais il y a du nouveau et c'est important.

Delpey regarda sa montre. C'était assez inhabituel de recevoir un coup de fil de Paibool à cette heure. Il alluma sa lampe de chevet et s'assit au bord du lit.

– Je vous écoute, général.

– Il y a eu un problème avec les Français. À l'heure qu'il est, une unité de la région militaire de Mae Sot part à leur recherche.

– Qu'est-ce que cela signifie ?

– Ils sont tombés dans une embuscade des forces birmanes, immédiatement après avoir franchi la frontière. Comme si on les attendait.

Delpey tira sur son caleçon qui lui comprimait les testicules. Il avait dans la bouche un épouvantable goût métallique et chercha des yeux la carafe d'eau, mais il avait oublié de la poser à côté du lit. Il déglutit plusieurs fois avant de poursuivre :

– Comment êtes-vous déjà au courant ?

– La région a intercepté les communications radio. À la fin de l'opération. Il n'y aurait aucun survivant.

– Je vous demande un instant, fit Delpey en se levant.

Il reposa l'appareil, passa dans la cuisine, prit une bouteille de Polaris et s'en versa une rasade dans le col de sa chemise avant de s'en asperger le visage. Puis il revint s'asseoir au bord du lit.

– Qu'est-ce que c'est que cette merde, général ?

Le ton de sa voix était neutre. Delpey ne parvenait pas encore à analyser la situation. Il cherchait à rassembler ses idées.

– Quand l'incident a-t-il eu lieu ? demanda-t-il.

– Avant-hier.

– Quand l'avez-vous appris ?

– Ce soir, vers vingt et une heures.

– Quel bordel ! Comment l'affaire s'est-elle produite ?

– Vos compatriotes ont pénétré en Birmanie dans un secteur occupé depuis la veille par la Tatmadaw. Leur guide ne le savait pas. Nous non plus, d'ailleurs. Les Birmans viennent de déclencher une série d'opérations pour interdire l'accès aux camps de réfugiés de la région. Une offensive éclair. Ce n'est pas de chance pour vos Français. Ils sont tombés au milieu d'un énorme dispositif qu'ils n'ont pas soupçonné à cause de la nuit et du mauvais temps, je suppose. De plus, ils n'étaient quasiment pas armés.

– Merde alors, rétorqua Delpey. Il va y avoir beaucoup de paperasse à établir. Comme si je n'avais que cela à faire ! En plus, cela ne va pas faciliter notre enquête… On vient de perdre quelques-uns des éléments essentiels, n'est-ce pas ?

Delpey attendit une remarque, mais rien ne se produisit. À l'autre bout du fil, Paibool conservait le silence.

– Allô ? Vous m'entendez ?

À cet instant, Paibool cherchait encore l'art et la manière d'exposer les derniers événements à Delpey sans le braquer.

– Tout à fait, Jean.

– Comment se poursuit votre enquête ?

– À vrai dire, nous n'avons pas beaucoup avancé. Les étrangers ne nous auront pas beaucoup aidé, non plus…

– Vous parlez comme si leur cas était réglé…

Paibool respira un grand coup et se jeta à l'eau :

– On a eu du grabuge, chez nous aussi.

Il y eut un silence entre les deux hommes, puis Delpey reprit :

– Je vous écoute.

– Les Belges sont morts. De Hoordt a été abattu lors d'une tentative d'évasion. Une connerie. Un de mes hommes l'a laissé sortir de la pièce où il était confiné. Il en a profité pour essayer de s'enfuir, il a été tué aussitôt par des gardes qui se trouvaient à l'extérieur. L'autre, le très gros, s'est étouffé avec des arêtes de poisson. Un truc stupide, mais apparemment assez courant selon le médecin du QG.

À l'autre bout du fil, le visage de Delpey s'était empourpré. Il découvrait tout à coup que Paibool le prenait pour un imbécile.

– Je ne vous suis pas, général. Assez courant… Où cela, dans vos locaux ?

– Pardon ?

– Si vous me disiez la vérité, ce serait plus simple…

– Quelle vérité, Jean ?

– La vérité.

– Qu'est-ce que vous insinuez ?

– Enfin, nous sommes sur une enquête incroyable, vous détenez deux étrangers, un se fait plomber dans une tentative de fuite qui ressemble à une corvée de bois, et un autre s'étouffe avec des arêtes de poisson. J'aimerais bien connaître le taux de décès, en Thaïlande, dus à ce genre d'accident, vraiment… Je vous demande de me dire POURQUOI ces gens sont morts.

Le général s'énerva.

– Oh, mais si vous croyez que j'ai envie d'en discuter à cette heure, vous vous trompez. Je tenais à vous informer de la mort des Français. Rien de plus. Pour le reste, je vais gérer.

– Vous allez avoir du mal…

– Non. Nous sommes devant un fâcheux concours de circonstances, c'est tout. Le seul vrai problème, c'est qu'on risque de piétiner un moment dans l'enquête. Parce qu'il ne nous reste plus grand monde.

– Il y a encore le rabatteur et les receleurs.

Paibool toussa.

– Oui…

– Ils se sont mis à table, ceux-là ?

– Justement. Là aussi, ça s'est gâté.

– Allez-vous m'annoncer qu'ils sont morts, également ? demanda Delpey d'une voix glaciale.

– Le petit voyou qui proposait les DVD a été retrouvé pendu dans sa cellule de Lard Yao où nous l'avions transféré. Les autres ne valent pas mieux. Liquidés. Tout cela est allé très vite. Il semble que la Triade nous ait pris de vitesse. Il y a encore une autre mauvaise nouvelle.

– Dites toujours.

– La princesse a aussi été butée. Avec deux de mes fonctionnaires. Voilà où nous en sommes, ce soir. C'est une hécatombe !

Paibool expliqua en détail la découverte macabre du matin et sa visite, ensuite, dans les locaux professionnels d'Arawat. Delpey écoutait, perplexe, le général lui raconter les événements de la veille, et il avait la sensation désagréable qu'il cherchait à l'entraîner avec lui dans la spirale infernale où il s'était laissé enfermer. Ou bien Paibool ne contrôlait plus rien, ou bien il s'était mué en assassin fanatique, et l'on aurait pu lui décerner le prix du meilleur *serial killer* thaïlandais, les morts jonchaient ses quinze jours d'enquête et il s'en ajoutait chaque jour. Delpey se servit de nouveau à boire.

– Mais alors, il ne reste plus personne…

– Si, le Grand Maître et sa garde rapprochée.

– Quels éléments avez-vous aujourd'hui pour les arrêter ? ricana Delpey.

– Nous en avons assez pour reprendre l'enquête. Ils ne s'en tireront pas.

– J'en doute, si vous permettez.

– Vous croyez qu'on peut tuer mes policiers sans que je réagisse ? Je vais curer tous les égouts de Bangkok s'il le faut, mais je trouverai ces salauds.

– Vous voulez que je vous dise, général, on croirait plutôt que vous avez fait le ménage. Mais je ne m'explique pas pourquoi. Et je m'explique encore moins la raison pour laquelle vous me réveillez à une heure du matin pour m'annoncer toute cette merde.

– Jean, j'aurais pu attendre demain matin pour vous en parler, mais si j'ai pris la liberté de vous appeler si tard, c'est que cette affaire est gravissime. Pas les morts, l'affaire elle-même. Elle pourrait mettre immédiatement en cause des personnalités du pays parmi les plus haut placées. Je vais tenter de la résoudre, mais je dois vous demander d'oublier tout ce que vous avez vu et appris.

– Vous me virez ? s'insurgea Delpey.

– C'est beaucoup plus compliqué que cela. Les étrangers sont morts, vous n'avez plus de raisons d'intervenir, j'en suis sincèrement navré. Cette affaire est maintenant secret d'État. Je vous demande de détruire toutes les notes que vous auriez pu prendre. Notre collaboration doit s'arrêter là, tout de suite. Il y va de l'unité du pays, j'insiste. Je vous ai affranchi par amitié. Nous ne devons plus commettre une seule erreur.

Delpey écarquilla de grands yeux en pinçant la bouche. Il était outré.

– Mais quelle erreur ai-je commise ? Je suis sidéré, je vous le dis sans détour. Je ne sais pas encore pourquoi vous cherchez à me faire porter une partie du chapeau de cette foutue histoire, mais je ne suis pas d'accord. Vous m'entendez bien, général, je ne suis pas d'accord. Je n'ai rien à voir avec cette avalanche de morts subites, je les déplore même, pour ne pas dire que je les condamne, je suis atterré par la manière dont cette enquête a été pourrie, et vous en portez seul la responsabilité. Désolé, mais c'est comme cela.

– Jean…

– Sauf votre respect, vous vous foutez de moi, général.

– Je n'oserais pas, Jean. Seulement je suis ici chez moi, je suis le patron de la police, et je souhaite la fin de notre collaboration dans cette enquête.

– Je n'en reviens pas ! Vous m'avez mouillé, bordel…

– Je croyais bien faire. Maintenant, les choses ont évolué. Vous sortez.

– Ne croyez pas que vous allez traiter ainsi l'ambassade de France.

– Merde, Delpey… Vous imaginez le scandale si on vient à apprendre que la princesse a été d'une manière ou d'une autre liée à cette Triade ?

– Vous semblez oublier le tueur du sud de la France, le relança Delpey.

– Au contraire, je ne l'ai pas oublié, celui-là. Mais on ne sait pas s'il est français, et on n'a rien de rien nous permettant de remonter jusqu'à lui. Un jour sans doute. Comme je vous l'ai dit, je vous le ferai savoir. Jusque-là, Jean, cette enquête ne doit plus sortir de la Crime Division. Et j'ai un autre service à vous demander.

– Oui ?

– Le photographe qui est venu la semaine dernière, votre ami, il faut que vous récupériez tout son matériel, ses notes et ses photos.

– Général, vous rêvez !

– Je suis sérieux.

– Écoutez, je suis à Bangkok, il est à Paris, et que croyez-vous qu'on puisse faire avec un journaliste en France ?

– Il est votre ami, non ? Il sera payé pour ça. Je suis prêt à lâcher un gros paquet de dollars.

– Sauf votre respect encore, général, pourquoi ne lui demandez-vous pas vous-même ?

– Mon cher Jean, je ne peux pas moi-même formuler cette requête. Et Duncan n'est pas mon ami, contrairement à vous. Vous aurez beaucoup plus d'arguments pour lui faire comprendre l'aspect extraordinaire de la situation. De toute façon, il s'était engagé à ne rien faire sans notre feu vert, n'est-ce pas.

– Le problème, général, c'est que vous ne me donnez pas beaucoup d'arguments. Vous m'annoncez que tout le monde est mort et que vous avez décidé de couvrir cette enquête d'une chape de plomb. Vous oubliez qu'Alain a visionné les films et qu'il a été lui-même le témoin d'un assassinat en France. Vous vous rendez compte de ce que cela représente pour un journaliste ? Jamais il ne rendra ses notes ni ses photos. Il fallait y penser avant.

Paibool serra le téléphone dans sa main. Subitement, il était consterné de la légèreté dont il avait fait preuve. Il aurait dû attendre avant d'accepter la venue du journaliste. Il s'était emballé, pensant que la publicité que Duncan pouvait faire autour de l'affaire le servirait. Il lui avait laissé carte blanche sans prendre aucune précaution, puis il avait agi de façon impulsive en oubliant que ce foutu journaliste connaissait toute l'histoire. Et maintenant, ce connard de flic français qui lui faisait des remontrances... Ce n'était pas tant les liquidations de témoins qui l'inquiétaient, elles avaient été effectuées dans les règles de l'art, mais plutôt le ton de Delpey et son quasi-refus de l'aider à obtenir de Duncan ce qu'il attendait. Sans compter que lui-même pouvait constituer un problème à terme. On n'était jamais sûr de rien avec ces Français...

– Il va falloir le contacter, Jean. Sans attendre. Trouvez un prétexte qui tienne la route.

– Mais il n'acceptera jamais de vous restituer son matériel. Vous allez seulement aiguiser sa curiosité. Ce qui va se passer, c'est qu'il va redébarquer et ne plus vous lâcher.

Paibool n'attendait que cela. Il répondit d'une voix assez badine :

– Dans ce cas, je lui expliquerai moi-même. Je ne vous dis même pas que la nuit porte conseil, Jean. Le mieux serait que vous le contactiez sans attendre. On n'est pas encore couché en France à cette heure-là.

127

Duncan terminait *La Route*. Il ne se rappelait pas avoir été aussi ému depuis des années à la lecture d'un roman. Il avait vécu l'errance de ce père et son fils comme sa propre histoire. Plusieurs fois, il avait failli appeler sa femme pour parler au petit, mais y avait renoncé. Il lui aurait fallu puiser dans des forces qu'il n'avait pas.

L'ordinateur devant lui émit trois notes de musique. Le sigle de la boîte mail clignotait. Il déplaça la souris et ouvrit son courrier. Delpey lui résumait de façon laconique les derniers rebondissements de l'enquête, sans entrer dans les détails. Le ton relativement détaché du mail l'intrigua, mais plus encore sa provenance. Delpey ne l'avait pas transmis de sa boîte habituelle. Il avait utilisé une adresse anonyme depuis un cyber-café. Ce qui ne lui ressemblait pas. Il lui confirmait par ailleurs qu'un dénommé Carrère avait bien séjourné en Thaïlande à plusieurs reprises ces cinq dernières années et lui demandait s'il avait l'intention de revenir prochainement à Bangkok. La dernière phrase avait été rédigée en caractères gras : « ***N'entreprends rien sans m'en avertir avant. Ne réponds à aucune sollicitation de notre ami commun, ici, que tu as rencontré avec moi dans le cadre de cette affaire qui nous intéresse.*** » De qui parlait-il ? De Paibool ? Quel était le problème ? Que se passait-il en Thaïlande qui fasse que Delpey prenne autant de précautions ?

Il était trop tard pour l'appeler. Duncan téléphona à son ami Coulanges, à la DPMAT.

– J'ai l'impression que je te chope juste avant la fermeture.

L'adjudant-chef ne démentit pas.

– J'ai tout éteint. Que puis-je pour toi ?

– Si je te donne trois noms, peux-tu essayer de me fournir les CV ?

– Pour ton livre ?

– Évidemment.

– Dis toujours.

– Émile Carrère, Gérard Debord et Éric Py.

Duncan entendit le bruit d'un ordinateur qui se rallumait. Trois minutes plus tard, l'adjudant le reprit au bout du fil.

– Je ne suis pas sûr. Je n'ai rien dans ma bécane, je dois regarder aux archives. Je te propose de te retrouver dans deux heures au Mabillon. Je serai au fond de la salle. Si j'ai quelque chose, tant mieux. Sinon, on se contentera de prendre un verre ensemble.

Lorsqu'il reposa le téléphone, Coulanges claqua violemment le combiné sur sa base. Il était atterré. Duncan se rapprochait petit à petit de l'un des secrets de la République les mieux gardés. Comment avait-il eu ce nom ? Qui avait bien pu le balancer ? Il fallait prévenir les autorités, mais l'adjudant-chef hésitait encore. Comment pourrait-il trahir Duncan ! D'ailleurs, il n'était même pas sûr que son ami s'intéressait à cette personne pour les raisons qu'il redoutait. Il réfléchit, la tête dans les mains, une bonne demi-heure, puis décida d'accéder à la demande de Duncan. Comme si de rien n'était. Il verrait bien.

128

L'adjudant-chef Régis Coulanges était déjà installé au fond du café devant un demi, une pochette posée sous un coude, lorsque Duncan entra.

Coulanges lui fit un clin d'œil en guise de salut et lui désigna la chaise. Puis il ouvrit sa chemise cartonnée, insistant immédiatement sur le fait que, malheureusement, il n'avait plus aucune coordonnée actualisée et qu'il n'était pas du tout sûr que les numéros de téléphone dont il disposait soient encore valables.

– Tu verras, Alain, ça fait presque dix ans qu'ils ont quitté l'armée. Aucun n'a jamais eu d'activité de réserve. On a simplement perdu leur trace. C'est un vrai coup de chance que j'aie quand même pu te ressortir ces documents.

Duncan commença à lire la note concernant Carrère. Il y retrouva les principales informations données par le patron du Bayard, à Pau. Plus beaucoup d'autres, très précises, sur le déroulement de sa carrière depuis le premier jour de son arrivée sous les drapeaux jusqu'à celui où il avait signé sa feuille de sortie définitive. Duncan tourna les feuilles, il y en avait une bonne demi-douzaine, dactylographiées serrées. Plusieurs intervenants avaient aidé à constituer le CV, les chefs de groupe de Carrère, ses chefs de section, ses commandants de compagnie, les membres de la Sécurité militaire et quelques-uns des chefs de corps sous les ordres desquels il avait servi. Treize ans de service passés à la loupe. Puis ses cinq années de Légion, les endroits où il était intervenu, ses blessures, ses décorations, quelques appréciations de sa hiérarchie ; cette dernière tranche de sa carrière militaire était beaucoup moins renseignée que la première.

Duncan vérifia qu'il existait bien, sur ce document, les coordonnées de l'ex-militaire, puis jeta un coup d'œil rapide aux deux autres CV. Il était pressé de rentrer chez lui, de se replonger dans le dossier Carrère, pour procéder à quelques vérifications avant d'appeler Escher et lui annoncer ce qu'il avait obtenu du sous-officier de la DPMAT.

Le CV de Gérard Debord offrait les mêmes litanies de passages de brevets, de grades, de zones d'intervention, de faits d'armes et de remises de médailles. Duncan lisait machinalement.

– C'est ce que tu attendais ? fit mine de s'inquiéter Coulanges.

– Oui…

– C'étaient des sacrés gaziers, hein ! Ils ont fait des trucs… Des commandos, quoi !

Duncan venait d'aborder les quatre feuilles consacrées à Éric Py. Sans doute s'agissait-il bien du même que celui dont le photographe de Pau lui avait donné un cliché et dont le patron du Bayard lui avait parlé, mais il ne retrouvait pas le portrait qu'on lui avait brossé. Quelque chose le dérangeait. L'homme était devenu sociable et aimable.

– C'est étrange, ça ne colle pas avec ce qu'on m'a rapporté à Pau, dit Duncan.

– Qui, à Pau ?

– Des gens… Des gens qui l'ont bien connu.

– Et qu'est-ce que ça change ? Est-ce que c'est le gars que tu cherches ? Et si c'est le cas, tu n'as pas de chance.

– Pourquoi ?

– Parce qu'il est décédé. Lis sa fiche jusqu'à la fin. Il est mort en Bosnie, en 1994, à Gorazde.

– Ah ! fit Duncan d'un air détaché. De toute manière, non, ce n'est pas lui que je cherchais.

Coulanges joua un instant avec la mousse de son verre, puis planta ses yeux dans ceux de Duncan.

– Qui t'a renseigné sur les militaires, à Pau ? Pas Christophe…

– Non, pas lui.

– Qui ?

– Pourquoi me poses-tu cette question ?

– Je t'apprécie beaucoup, Alain. Alors ne me prends pas pour un bleu.

Duncan prit un air interloqué.

– C'est-à-dire ?

– Ton bouquin, c'est du vent.

– Qu'est-ce que tu me chantes ?

– Tu ne prépares pas de bouquin sur les forces spéciales.

Duncan ne sut d'abord pas quoi répondre. Il n'avait pas envisagé cette réaction de la part du bon Régis.

– Moi aussi, j'ai mes informateurs, qu'est-ce que tu crois, reprit Coulanges. Tu m'as bien contacté parce que tu recherchais une personne précise, n'est-ce pas ?

– Et alors ?

– Au lieu de cela, tu me balances une liste de noms…

– Qu'est-ce que cela change ?

– En fait, tu ne connais pas le gazier. Tu cherches un type que tu n'as jamais rencontré, et laisse-moi te prévenir que tu touches à des gens aussi dangereux qu'une caisse de grenades dégoupillées.

L'adjudant-chef baissa la voix avant de poursuivre :

– Tu es allé à Pau rencontrer mon copain photographe, bien. Mais lui m'a appris que tu t'étais déjà rendu sur place quelques jours plus tôt. Les nouvelles vont vite, là-bas, tu sais, c'est un village… Je sais exactement ce que tu cherchais. Je sais aussi que tu passais des vacances près d'Arcachon et je sais ce qui s'y est passé. Alors ?

Duncan fixait maintenant Coulanges comme s'il s'était agi d'une apparition.

– Reconnais que ça t'en bouche un coin ! insista l'adjudant-chef. Il va falloir que tu te mettes à table, Alain…

– Pourquoi m'aides-tu, dans ces conditions ?

– À cause du Liban, de ce que tu as fait pour moi. Mais je ne pourrai pas aller au-delà de ce que me commandent de ne pas faire certains intérêts supérieurs. Tu dois en être convaincu, parce que tu mets le doigt dans une sale histoire. Ce n'est jamais bon de sortir des cadavres des placards. Tu remues une merde dont tu n'as pas idée. Si tu t'entêtes, aller chercher le pain le matin comportera très vite un risque mortel pour toi. Me fais-je bien comprendre ?

– Je te repose la question : pourquoi m'aides-tu ?

– Tu te trompes, je ne t'aide pas. Je veux dire : je ne t'aiderai plus. C'est une bombe thermonucléaire, ton affaire. Laisse tomber. Tu n'as que des coups à prendre. Il n'y a aucune vérité à révéler. Mais tu risques de faire très peur à certaines personnes, et là est le risque.

– Accouche, fit brutalement Duncan.

– Tu rêves ! Je n'irai pas au-delà de ces conseils. Il s'est passé ici des choses dégueulasses, terribles, inimaginables. Longtemps, j'ai espéré que quelqu'un viendrait nettoyer toute cette fange. Aujourd'hui, je sais que cela est impossible. N'essaie pas de jouer les Don Quichotte.

Coulanges avait parlé rapidement en fixant le fond de son verre.

– Je te souhaite bonne chance, Alain, dit-il en laissant un billet sur la table.

Il salua Duncan et quitta le bar sans se retourner.

La chaleur de son appartement fit suffoquer Duncan lorsqu'il poussa la porte. Malgré les volets qu'il avait fermés le matin et la pénombre, son trois pièces était une étuve. Il alla dans la cuisine se servir un verre d'eau fraîche et aperçut sur la table une barre de chocolat oubliée après son petit-déjeuner. Quand il voulut la saisir pour la remettre dans le réfrigérateur, ses doigts rencontrèrent une matière molle qui perça l'enveloppe de papier. Duncan s'essuya directement à un torchon et alla s'asseoir à son bureau.

Il posa devant lui les CV des trois militaires et se mit à lire celui concernant Carrère. Incorporation au 6e RPIMa en février 1975. Breveté para au mois d'avril. Séjour de six mois au Liban en 1980. Champion de triathlon militaire en 1982 et détenteur de tous les records du 8 kil TAP. Rengagement la même année au 3e RPIMa. Stage commando à Collioure en 1983 et stage de nageur de combat immédiatement après, avec une spécificité d'action sous-marine obtenue à l'issue d'une formation Hubert. Passage au grade de sergent quelques mois plus tard. Sergent-chef en 1986. Départ au Gabon en 1987. Nouvelle mission en Afrique, au Tchad, en 1989. Puis retour à l'ETAP pour un stage de moniteur para. Casque bleu au Cambodge en 1992, puis en Croatie, avec une blessure et une deuxième citation à l'ordre du bataillon avant d'aller moisir trois mois aux Invalides et de se faire démobiliser. Inscrit au club d'aviation de Mont-de-Marsan, puis de Carcassonne. Membre du para-club de Pau pendant un an. Il n'y avait pratiquement rien sur son temps à la Légion.

Sur la fiche de Py, une écriture manuscrite soulignée trois fois indiquait, dans la marge du dernier feuillet, comme s'il s'était agi d'une incongruité : *Parle anglais, allemand et espagnol. Baccalauréat A4 mention bien.* « *Tiens, un intello chez les paras* », pensa Duncan.

Py avait été incorporé la même année que Carrère, à l'ETAP. Muté ensuite à Castres, avec un départ pour le Liban en 1980 après avoir été détaché au 6e RPIMa. Deuxième au championnat de triathlon de 1982 derrière Carrère, mais là, leurs carrières semblaient se séparer. Py se retrouvait, comme par l'opération du Saint-Esprit, quelque temps avec les Fumaco. Pendant les cinq années suivantes, peu d'informations si ce n'est qu'il avait servi également comme moniteur parachutiste à l'ETAP, comme moniteur de tir et moniteur de sport au 1er RPIMa. Puis il était mentionné un séjour en Nouvelle-Calédonie, en 1988, et son détachement au 1er RPIMa en 1989 comme chuteur opérationnel. Il semblait retrouver Carrère avec un séjour au Cambodge et en Croatie, mais servait en 1994 au Rwanda, où il obtenait sa cinquième citation et la médaille militaire avant de servir comme interprète à son unité lors de son séjour en Bosnie où il avait perdu la vie dans un accident de la circulation du côté de Gorazde. Malgré ces états de service, les notes étaient moyennes. On le présentait comme un sous-officier plus intéressé par la vie des mess et des boîtes de nuit que par le terrain. « *Ah, tiens !* » fit Duncan.

Suivait le CV de Debord : incorporation en 1977 à Pau, au 1er RCP, moniteur de saut à l'ETAP entre 1980 et 1982, puis envoyé au Liban en 1983 où il avait réchappé de l'attentat contre le camp Drakkar. Stages de nageur de combat, séjours en Afrique, puis au Cambodge comme Casque bleu, jusqu'à sa blessure, trois mois après son arrivée, dans la banlieue de Battambang. L'armée l'avait démobilisé aussitôt après sa sortie du Val-de-Grâce.

Duncan alluma son scanner, il fallait qu'il envoie la fiche de Carrère à Escher. Il savait maintenant qui avait tué Clémence. Restait à décider de ce qu'il allait faire. Mais la conversation avec Coulanges l'avait déstabilisé. Qu'avait voulu lui dire l'adjudant-chef ? Que savait-il exactement des activités de l'ancien militaire ? Pourquoi ces menaces à peine voilées ? Qu'est-ce que Carrère avait pu faire pour l'armée que son CV ne mentionnait pas ? Duncan avait beau réfléchir, le mystère s'épaississait. Il essaya d'appeler Arribarde, mais la ligne était en dérangement. Il composa ensuite le numéro du studio photo de Christophe sans plus de résultat. « *Incroyable !* »

129

Escher n'avait jamais ressenti autant d'excitation. Un quart d'heure plus tôt, il n'aurait jamais cru obtenir aussi facilement les renseignements qu'il attendait de la Sernam. La personne qu'il avait eue en ligne était charmante. Pas du tout à l'image de l'entreprise pour ce qu'il avait déjà pu en voir : les cerbères du dépôt. Il avait passé son coup de fil sans trop y croire au service du personnel. Une femme dont la voix trahissait un âge proche de la retraite l'avait accueilli assez chaleureusement, pas du tout étonnée de sa démarche. Escher n'avait eu aucune difficulté à se faire passer pour un patron d'hôtel bavarois, maniant le français avec cet accent inimitable d'outre-Rhin, mêlé de quelques mots de la langue de Goethe. Son interlocutrice connaissait apparemment sur le bout des doigts les employés de l'entreprise. Elle demanda deux minutes pour consulter le dossier de Carrère et annonça qu'il était bien parti l'hiver précédent en Allemagne pour une dizaine de jours de vacances.

– C'est un agent modèle un peu atypique chez nous, lui dit-elle. Vous savez, un ancien militaire formé à l'ancienne. Il lit beaucoup et voyage dès qu'il le peut. Il sera ravi d'apprendre que vous avez récupéré un effet personnel. C'est très élégant de votre part de vous donner tant de mal pour restituer une montre. Je ne peux pas vous le passer directement car son poste ne dispose pas de ligne avec l'extérieur et je ne suis pas habilitée à vous fournir son numéro de portable, mais je vais lui faire la commission et il vous rappellera.

Escher remercia et laissa la directrice du service du personnel à ses divagations. Il reposa le combiné sur sa base et se servit un verre de chirouble frais. Duncan avait eu raison. C'étaient toujours les plus grosses ficelles qui permettaient de faire avancer les enquêtes. Les gens se méfiaient rarement des questions simples. Au fond, ils étaient toujours prêts à collaborer pourvu qu'on ne leur donne pas l'impression de les enfermer dans une problématique compliquée.

Il finit son verre et composa le numéro du portable de Duncan.

– Carrère est allé en Allemagne l'hiver dernier. Mais j'ai appris qu'il a également pris des vacances ces trois dernières années en Croatie et au Portugal.

Duncan exulta. Il émit une série de jurons qui semblait ne devoir jamais s'arrêter.

– Tu vois, on a eu raison de chercher dans cette direction. J'ai son CV entre les mains. C'est une machine à tuer. C'est notre homme. Je t'enverrai le fichier tout à l'heure. Maintenant, il faut que tu ailles le rencontrer. Il faudrait que tu arrives à nous faire une photo de lui aujourd'hui. Je suis persuadé qu'on le tient.

– En dehors de lui, tu as obtenu des infos intéressantes ?

– Des gars qui ont tous le profil que nous recherchons, oui, mais avec des trajectoires différentes et parfois curieuses. Le seul vraiment intéressant, c'est ce Carrère. J'ai besoin de sa photo.

– C'est plutôt ton job, la photo.

– Pas là. Il ne faut absolument pas qu'il puisse m'apercevoir et me reconnaître. Je vais te passer un boîtier et un putain de téléobjectif, et tu vas te démerder pour me tirer le portrait de ce connard. Ensuite, on comparera encore avec les images que j'ai faites au Cap-Ferret.

CHAPITRE 18

3 septembre 2006

130

L'Oncle Da avait ouvert les grilles de sa maison comme à l'accoutumée, un peu avant six heures. Il avait pris le frais devant la porte, assis sur un mauvais tabouret de bois, et s'était gratté les pieds entre les orteils. Il avait salué les employés du Shangri-La qui rejoignaient leurs postes. Il faisait encore nuit et il n'avait pas dormi depuis la veille. Lorsque la première information concernant l'arrestation d'Arawat lui était parvenue, il s'était simplement demandé ce que ce crétin avait bien pu inventer pour attirer sur lui la curiosité de la police. Puis il avait appris l'arrestation de clients étrangers et, pour couronner le tout, la rafle opérée par le patron de la Crime Division chez les receleurs de la Triade et la mort d'Arawat lui-même.

Son contact au sein de la police lui avait raconté en détail ce que savait Paibool et ce qu'il s'apprêtait à faire. Là, son sang n'avait fait qu'un tour. Da n'avait pas hésité une seconde. Il avait ordonné l'exécution de la princesse et la récupération du matériel informatique de son époux dans ses locaux de Siam Square. L'opération s'était parfaitement déroulée. Le tueur était entré dans la villa en passant par le *klong* qui longeait l'arrière de la propriété. Il n'avait eu besoin que d'une vingtaine de minutes pour s'introduire dans la maison, abattre avec un silencieux la femme, les deux policiers et dérober le disque dur de l'ordinateur d'Arawat, puis il avait filé vers les bureaux d'Arawat faire main basse sur tout ce qui ressemblait de près ou de loin à de l'informatique. L'Oncle Da avait ensuite passé le reste de la nuit à examiner les répertoires du matériel et il s'était dit à plusieurs reprises qu'il aurait aimé lui-même faire passer de vie à trépas Arawat.

Arawat avait communiqué une cinquantaine de fois, ces huit derniers mois, avec plusieurs des membres importants de la Triade en s'affranchissant complètement des règles de sécurité imposées par celle-ci. Il avait détourné des millions de bahts en vendant pour son propre compte plusieurs vidéos. En fait, il était en train de monter une organisation parallèle lorsque l'équipe du général Paibool lui était tombée dessus. Ce que ne comprenait pas Da, c'était comment certains des frères des Trois Dragons avaient pu accepter les propositions d'Arawat sans en référer. Restait qu'Arawat avait pu semer ailleurs d'autres petits cailloux, et que Paibool et son flic français pourraient peut-être remonter un jour jusqu'à lui et jusqu'au frère numéro un. Il avait donc envoyé vers quatre heures du matin une série de messages en direction de Paris et Manille, ordonnant l'élimination des personnes liées à Arawat. Il avait conscience qu'il démantelait ainsi les Trois Dragons, mais il ne faisait qu'appliquer les principes du Maître : savoir se couper un membre en cas de nécessité absolue.

Les premiers taxis convergeaient vers l'hôtel Shangri-La. Da regarda sa montre et se dit qu'il n'y avait plus qu'à attendre. Il échangea quelques formules de politesse avec l'imam qui arrivait, ponctuel, à la mosquée Ban Oou, puis rentra chez lui. Il prit dans un tiroir caché sous un meuble une grenade quadrillée et la fourra dans la poche de son short au cas où il aurait la mauvaise surprise de voir débarquer la police. Ensuite, il avala à même le sol de la pièce principale un *ba mi* et attendit.

131

Paibool avait choisi un endroit discret dans le quartier excentré de Nakhon Chai Si pour réunir sa garde rapprochée. Le rendez-vous avait été fixé à la buvette de l'arrêt de Thahan Road de la ligne fluviale du Chao Phraya Express. Un vilain endroit fabriqué en planches mal jointes, séparé du quai par un rideau de bambous. Paibool était arrivé avec sa voiture personnelle. Ses hommes avaient pris le bateau. La pluie qui tombait sans discontinuer depuis la veille n'incitait pas les passants à s'attarder. Quand la serveuse eut servi les cafés frappés commandés par le groupe, le général la congédia d'un petit geste autoritaire de la main.

– Certains d'entre vous se sont demandé, hier, comment on a pu en arriver au triple meurtre de la villa d'Arawat sans rien voir venir, commença Paibool. J'ai entendu parler d'un mouvement d'humeur au sein du service. Je ne le tolérerai pas. Je vous demande donc de resserrer les rangs. Je suis aussi affecté que vous par la perte de nos deux fonctionnaires, mais il faut aller de l'avant. L'urgence est maintenant de gérer ces morts vis-à-vis de l'extérieur.

Ses hommes gardaient le silence. C'est à peine si l'on entendait les glaçons s'entrechoquer dans les verres. Le général jeta un regard autour de lui et reprit sur le même ton, la voix sourde :

– Je tiens à vous redire solennellement qu'aucune information sur cette affaire ne doit filtrer. Nous organiserons un raid contre un repaire de petits trafiquants d'héro, nous les liquiderons tous et nous annoncerons que nos deux policiers auront été tués au cours de l'opération. Nous avons au minimum cinquante adresses à exploiter dans la banlieue de Bangkok, ce ne sera pas difficile, nous n'avons qu'à choisir.

Paibool se tourna vers son adjoint :

– Tawee, tu t'en occupes.

– Reçu, mon général, mais que fait-on avec la princesse Arawat ? Que va-t-on dire ? demanda le capitaine.

– Pour le moment, elle reste au frigo. Nous trouverons une solution ultérieurement. Nous devons nous concentrer sur la suite de l'enquête et mettre la pression sur le fournisseur d'accès au réseau de son mari pour qu'il nous transmette le plus vite possible les copies miroirs des mails qu'avait envoyés Arawat.

Paibool reboutonna son uniforme et se leva.

– Vous savez ce que vous avez à faire. Au travail !

132

Escher débarqua porte de Saint-Cloud, comme prévu, pour le dîner. D'expérience, il savait que la soirée avec Duncan allait vraisemblablement tourner à la beuverie. Il était donc venu en métro, l'appareil photo dissimulé dans un vulgaire sac plastique. Il poussa la porte de l'immeuble de la rue du Général-Niox à vingt et une heures pétantes, plutôt satisfait d'en avoir terminé avec le dernier papier commandé par son magazine. L'inspiration n'était pas chaque fois au rendez-vous. Il avait besoin de vacances, mais il savait que les premières à l'horizon ne viendraient pas avant deux mois. Qu'entre-temps, l'automne se serait installé et qu'il lui faudrait ramer pour dénicher une destination au soleil qui ne lui coûte pas les yeux de la tête.

Il tendit le Nikon à Duncan et se laissa tomber dans le fauteuil faisant face à la grande toile aborigène que son ami avait rapportée d'Alice Springs quelques années plus tôt.

– Elle me fait toujours le même effet, ta peinture. Elle me transporte direct ailleurs. Où ? Je ne sais pas, mais ailleurs. Tu sais que je suis toujours intéressé si tu souhaitais t'en défaire…

Duncan sourit. Il était déjà assis devant l'écran de son ordinateur et attendait que FotoStation ouvre le dossier des images faites par Escher le matin devant la Sernam. Une fois que l'horloge du logiciel eut fini de tourner, une quarantaine de photos s'affichèrent. « *Voyons si je te reconnais, connard* », murmura Duncan en commençant à faire défiler les images en diaporama.

Une série de photos avaient été faites au soleil, une autre à l'ombre. Duncan en sélectionna une de cette dernière et l'agrandit en la déplaçant sur l'icône PhotoShop. Escher, qui s'était relevé, se tenait derrière lui.

– Alors ? interrogea-t-il.

Duncan zoomait sur l'image. Il plaça le portrait de Carrère en format 13 × 18 à côté de celui fait sur la piste cyclable et ne répondit pas. N'importe qui aurait pu ressembler à la silhouette sombre et floue du Cap-Ferret. Le résultat était décevant et n'apportait rien.

– Merde, fit Duncan entre ses dents. Je me suis gouré sur toute la ligne. Ça ne donne rien. On sait que ce type a un cursus hors du commun, qu'il s'est trouvé à plusieurs endroits en France et à l'étranger où des crimes ont eu lieu, on a des photos de lui anciennes et récentes, mais on ne peut pas les relier. Je suis dégoûté. On va pourtant coincer ce salopard.

Escher lui mit une claque dans le dos.

– Et comment vas-tu t'y prendre ? Tu vas aller l'interviewer ? Ou le dézinguer sans savoir exactement s'il est responsable des meurtres ? Allez, sers-nous un verre à boire, mon vieux.

– Je vais lui coller aux basques pendant ses prochaines vacances. Voilà la solution.

– Tu parles ! ricana Escher. Et comment feras-tu pour découvrir où et quand il part ? Sans compter qu'avec notre petit scénario, l'histoire de l'hôtel en Allemagne, si on ne lui a pas mis la puce à l'oreille, je rentre dans les ordres.

– Tu vas te débrouiller avec tes potes de la police pour obtenir son adresse. Tu trouveras un prétexte. Et moi, ensuite, je ferai ce qu'il faut.

– Tu ne vas rien faire du tout, tu vas laisser tomber.

– Je surveillerai sa boîte aux lettres, ses coups de fil et son mail.

– Mais tu pètes les plombs, Alain. Ses coups de fil et son mail… ? Tu vas t'y prendre comment ?

– Je vais mettre sous surveillance sa ligne fixe, je poserai un mouchard dessus. Et son mail, une fois que je l'aurai, je demanderai à un copain hacker de s'en occuper. Si tu as une meilleure idée, je t'écoute.

– Oui, fit Escher, tu vas laisser tomber. Tu te fais un cinoche de malade, mon vieux. Mouchard, hacker, et quoi encore ? Tu vas te faire pincer. Tu vas terminer en taule. Tu t'emballes sur ce Carrère, mais si cela se trouve, la solution est ailleurs. On n'a même pas commencé d'exploiter les autres pistes. Il y a encore une série de suspects sur lesquels nous n'avons pas travaillé. Au moins cinq types qui correspondent au profil que tu recherches. Attends avant de foncer tête baissée.

– Oui, mais Carrère est allé en Allemagne. Et il revient du bassin d'Arcachon.

CHAPITRE 19

4 septembre 2006

133

Madeleine gara sa voiture rue de Siam et alluma les warnings. Depuis que la police interdisait la dépose-minute devant l'école, c'était la croix et la bannière pour conduire les enfants à la Providence. Elle consulta rapidement sa montre. Ils avaient trois minutes pour être dans la cour avant la demie.

– Allez, Charles, Julie, pressez-vous. Nous ne pouvons pas nous permettre d'être en retard le premier jour.

Madeleine fit descendre les enfants, claqua les portières et les verrouilla à la volée avec sa clé magnétique. Ils s'engouffrèrent ensuite presque au pas de course dans la rue de la Pompe. L'école était à cinquante mètres. Madeleine aurait voulu leur faire les recommandations d'usage, mais déjà elle apercevait le concierge de la Providence refermer la grille. Tant pis, les enfants allaient se débrouiller. Elle ne savait pas encore qui irait les rechercher en fin d'après-midi, ils attendraient devant la porte.

– Dépêchez-vous. Vous allez rester dehors.

– C'est toi qui viendras, ce soir ? demanda Julie.

– Je ne sais pas, ma grande. Je ne sais pas. Peut-être. Prends soin de ton frère. Allez, ouste, dépêchez-vous.

134

L'homme avait attendu presque deux heures derrière la vitrine du café donnant sur le sex-shop de la rue Saint-Denis, avalant plusieurs crèmes. Il en avait mal au cœur. Aucun client n'était entré. À part des gens pressés rejoignant leur travail, l'endroit n'avait montré aucune activité particulière. Les premières prostituées de la journée essayaient vainement d'attirer l'attention des passants. De temps à autre, des immigrés passaient, pliés sous le poids de portiques soutenant les habits sortant des ateliers de confection du quartier.

Vers dix heures trente, il régla sa note et se leva. Il traversa la rue et poussa la porte de la boutique. Ça sentait le chien mouillé et la sueur. Le propriétaire n'avait toujours pas investi dans l'éclairage. Les revues étaient maintenant sous blister. Comme dans les vidéothèques, les pochettes de film étaient vides, il fallait les récupérer directement à la caisse. Un Pakistanais, la cinquantaine mal entretenue, avec des mains velues pendues au bout de bras squelettiques, s'approcha de lui avec un sourire mielleux et lui demanda ce qui lui ferait plaisir pour commencer la journée.

– Je viens voir Wang, répondit l'homme. Il est arrivé aujourd'hui ?

Depuis trois jours, le patron du sex-shop était invisible. Chaque fois, un employé différent expliquait que M. Wang était absent.

– Patron pas là. Pas venir travailler aujourd'hui. Dormir chez lui.

– J'ai de l'argent pour lui.

– Vous donner ici. L'argent, dans la caisse…

– Non, fit l'homme. Il faut que je le donne à Wang en main propre.

– Moi, pas savoir. Vous, laisser l'argent.

L'homme s'approcha très près de l'employé. Il pouvait maintenant respirer son odeur, un mélange de patchouli et d'épices. Il le dominait de presque deux têtes.

– Je pars en voyage. Alors, ou je rencontre Wang, ou je fiche le camp avec l'argent. Tu comprends ?

Le Pakistanais hésitait.

– Si Wang n'a pas son argent, il sera très en colère, dit l'homme doucement.

Cinq minutes plus tard, l'adresse de Wang était dans sa poche. Il poussa l'employé et s'éclipsa.

135

À Colombes, toutes les avenues sont des ruelles minuscules. L'homme pensa s'être trompé de chemin au moins trois fois avant de réaliser la bizarrerie de la municipalité. Il finit par se trouver dans la rue Brassat, puis tomba presque par hasard sur l'avenue Joseph-Lasnier. Il y avait un quart d'heure de marche entre la gare des Vallées et l'endroit où vivait Wang, mais l'homme erra presque une heure avant d'arriver en vue de la maison du Chinois.

La bâtisse était en retrait de l'allée, sur une minuscule parcelle de terrain envahie par une végétation à l'abandon. Des massifs de bambous gigantesques la séparaient des jardins mitoyens. Un oranger du Mexique débordait par-dessus la grille, répandant autour de lui un parfum sucré qui rappelait l'Asie. Comme les autres maisons, celle de Wang était éteinte. Les vitres noires réfléchissaient la clarté laiteuse de la lune. L'endroit était à la fois désert et silencieux. L'homme dépassa l'adresse jusqu'à l'angle de la rue d'Estienne-d'Orves, s'assura de la tranquillité du quartier puis revint sur ses pas. Il prit devant une maison voisine une poubelle, se hissa dessus et franchit le portail. Des caisses et des vieux cartons traînaient sur ce qui avait été autrefois une pelouse. L'allée menant à la porte d'entrée disparaissait sous un tapis de feuilles mortes. Contrairement à d'autres maisons du quartier, celle-ci n'était en apparence pas équipée de matériel de détection de présence. L'homme en eut rapidement fait le tour. Un soupirail était entrebâillé. Il tenta de s'y glisser, mais sa corpulence l'en empêcha. En observant encore une fois la maison, il s'aperçut que les Velux du toit étaient ouverts. Il lui fallut quelques minutes pour escalader la façade à l'aide d'une gouttière.

La pièce dans laquelle il pénétra était une sorte de grenier encombré de toutes sortes d'objets inutiles comme on en entasse dans ces réduits. Le plancher craquait légèrement. L'homme avança à tâtons jusqu'à la porte. Un couloir étroit desservait trois autres pièces jusqu'à un escalier plongeant dans l'obscurité de la maison. Pas un bruit ne filtrait. C'était comme si le pavillon était inhabité. La chambre de Wang devait être au premier étage. Toute la journée, l'homme s'était promis de faire d'abord parler le gros Chinois. Son plan était d'une simplicité absolue. Une fois qu'il l'aurait trouvé, il ne lui laisserait pas une seconde pour se défendre. Une pression contrôlée à la nuque le ferait plonger dans une inconscience passagère, le temps de l'immobiliser définitivement à l'aide du gaffeur qu'il avait emporté. Ensuite, il aurait la nuit devant lui pour lui soutirer les renseignements qu'il attendait. Il ne s'inquiétait pas : le pavillon lui fournirait tout le matériel nécessaire pour faire parler Wang. Ce n'était qu'une question de méthode. Mais comment pouvait-on imaginer que Wang habitait dans ce taudis ? Un doute sérieux taraudait maintenant le cerveau du visiteur nocturne. Si le Chinois était effectivement aux commandes des Trois Dragons, pourquoi résidait-il dans cette cambuse ?

Les autres pièces de l'étage étaient d'autres capharnaüms qui auraient fait la joie des brocanteurs. Des bouddhas en stuc côtoyaient des statues de la Vierge en plâtre, des poussettes d'enfants, des piles de livres et de vieilles revues pornographiques, une collection de poupées démembrées, des outils de jardin rouillés, des miroirs cassés, un coucou suisse gigantesque, des cartons débordant de cartes postales écornées, des sacs de vêtements, une paire de skis en bois, des jouets *made in Hong Kong* encore dans leurs emballages d'origine et des postes de radio à lampes. Sur une étagère de la dernière pièce, une collection de godes traînait au milieu de boîtes de médicaments. Dans un coin, une poupée gonflable finissait de rendre l'âme, avachie sur une chaise de jardin. L'homme commença à descendre l'escalier lentement, les oreilles aux aguets. La rampe était poisseuse. La pénombre laissait deviner sur les murs de grands pans de peinture écaillée.

La porte de la première pièce de l'étage était ouverte sur une salle d'eau qui n'avait pas dû être rénovée depuis plus d'un siècle. La seconde avait été arrachée. Une cuvette de W-C sans couvercle brillait légèrement dans l'obscurité. Plus loin sur le palier, deux autres portes étaient fermées. L'homme s'arrêta pour écouter. Il cherchait à distinguer des ronflements ou la présence d'une respiration qui l'auraient guidé jusqu'à la chambre, mais rien. La maison paraissait abandonnée. Puis, quand il s'approcha de l'avant-dernière porte, un fumet d'excréments remplaça d'un coup l'odeur de moisi qui émanait de la maison. Il appuya lentement sur la poignée de la porte. La clarté de la lune baignait la pièce d'une lumière pâle, détachant un grand lit posé devant la fenêtre sans rideaux. Wang était allongé en travers. Alors l'homme comprit d'instinct que le Chinois avait cessé de vivre. Il aurait pu être plongé dans une sorte de catalepsie, mais le remugle de merde, plus prégnant maintenant, indiquait que le corps s'était relâché. En s'approchant, il découvrit les yeux de Wang restés ouverts. Une corde était encore serrée autour de son cou. Dans un coin plus sombre de la chambre, les tiroirs d'un bureau avaient été jetés au sol. Quelqu'un était passé avant lui. L'homme quitta la pièce pour rejoindre le rez-de-chaussée.

Celui-ci était sens dessus dessous. Chaque meuble avait été vidé et fouillé. Il ressortit par la fenêtre d'une cuisine donnant sur l'arrière de la maison. Il hésita un instant, puis s'éclipsa par les jardins mitoyens du pavillon de Wang.

Ce meurtre ressemblait à s'y méprendre à une exécution. Qu'avait bien pu faire Wang pour être condamné à mort ? S'il lui avait encore fallu une confirmation, l'homme savait désormais que l'énorme Chinois n'avait pas dirigé la Triade. Il n'en avait été qu'un rouage et en était maintenant une victime. Quelqu'un d'autre tirait les ficelles des Trois Dragons. Mais où, à Bangkok, à Paris ?

Les réverbères de l'avenue Joseph-Lasnier venaient de s'éteindre. L'homme s'enfonça dans l'obscurité.

136

L'adolescent chinois entra dans le passage du Prado par la porte donnant sur le grand boulevard. On lui avait dit qu'elle restait ouverte quelle que soit l'heure de la nuit. L'immeuble était à l'autre bout. Il suffisait d'un ticket de métro plié en trois pour débloquer le mécanisme de fermeture de l'entrée. Il fallait ensuite monter jusqu'au premier et ouvrir la fenêtre. Puis, c'était un jeu d'enfant, lui avait expliqué son commanditaire. Il se retrouverait sur une coursive aveugle. La première fenêtre à sa droite serait la bonne. Il n'y avait pas de barreaux. Cinq minutes seraient suffisantes avec un diamant pour accéder à l'espagnolette. Il pourrait pénétrer alors dans la salle de bains. La suite, il devrait l'improviser. Son client était aussi dangereux qu'une mine bondissante. C'était un athlète rompu à toutes les formes de combat. Pas le patron du sex-shop. Il n'était pas question de l'approcher.

Le garçon serra au fond de sa poche le browning équipé d'un silencieux. L'arme était volumineuse mais, coincée sous son pantalon, elle n'attirait pas l'attention. Il se rendit bien compte qu'il peinait à avancer, presque paralysé par l'hébétude qui l'avait envahi. Il avait longtemps pensé que le jour où son clan lui confierait une mission, il aurait enfin gagné ce qu'il espérait depuis son plus jeune âge, entrer dans une mafia. Mais ce jour était venu et il s'efforçait de ne pas douter de sa détermination. Lorsque le patron de l'atelier de confection clandestin du dix-neuvième arrondissement lui avait demandé de laisser ses papiers et tous ses objets personnels dans la boîte en carton qu'il lui tendait, il avait compris qu'il courait le risque de ne pas revenir.

Cette mission représentait sa chance de s'élever dans la hiérarchie du clan et de pouvoir un jour retourner dans son village avec les honneurs dus à son nouveau rang. Une seule chose le motivait, la vanité de pouvoir grimper dans la hiérarchie criminelle sichuanaise et profiter des largesses du clan. Mais voilà, être choisi à minuit pour tuer un homme avant l'aube était autre chose que d'intimider des restaurateurs et corriger des filles dans des appartements de passe clandestins.

Il tourna à l'angle du passage devant l'hôtel borgne dont lui avait parlé son patron. À partir de là, la lumière de la copropriété était éteinte. Seul l'éclairage de la rue, à l'autre bout, l'aida à avancer. Il s'arrêta devant la dernière porte, vérifia le numéro et inséra dans la boîte de protection le ticket de métro. Il y eut un bruit sec d'aimants qui se décollaient et la serrure se libéra. À presque quatre heures du matin, l'endroit était désert et silencieux. Le garçon gravit les marches de l'escalier et trouva la fenêtre. Il voulut l'ouvrir lentement, mais le battant mangé par les ans et la crasse résistait. Il tira d'un coup sec, une fois, deux fois, avant d'y parvenir.

Derrière le mur, l'homme n'avait pu trouver le sommeil depuis son retour de Colombes. Il allait actionner la chasse d'eau des toilettes lorsqu'il entendit un bruit sourd qu'il identifia immédiatement. Quelqu'un venait d'ouvrir la fenêtre donnant sur la cour intérieure de l'immeuble. Il lâcha la tirette, remonta son pantalon, éteignit la lumière et passa dans la salle de bains.

La lune répandait une lumière sépulcrale dans la pièce. Si faible que le carrelage brillait à peine. En revanche, lui distinguait parfaitement l'extérieur à contre-jour derrière les carreaux. L'ombre du Chinois qui venait de prendre pied sur le passage métallique de la coursive sembla hésiter un instant, puis se retourna vers lui et s'approcha de la fenêtre. Lorsque l'homme entendit le crissement du diamant sur le verre, il enjamba la baignoire et se plaqua contre le mur, à la limite du battant. Il vit la main terminer le cercle et enlever la vitre à l'aide d'une ventouse, puis passer à l'intérieur de l'orifice et chercher la poignée de la fenêtre. À l'instant où celle-ci fut ouverte, il saisit le garçon et le tira violemment vers l'intérieur. Ses doigts s'étaient refermés sur son poignet comme un étau. La prise d'aïkido ne lui avait laissé aucune chance. Il sentit sur sa peau le sang dégouliner, chaud et visqueux, lorsque la vitre explosa sous l'effet de la traction. La suite dura quelques secondes. L'homme fit passer le Chinois de l'extérieur vers l'intérieur d'une seule secousse. Lorsque le tueur à gages se fut affalé dans la baignoire, il lui asséna deux atémis à la gorge avant d'y enrouler le flexible de la douche. Puis il serra jusqu'à ce que le corps se relâche. Il attrapa le sac plastique de la poubelle, le plaqua sur le visage de son visiteur et compta mentalement jusqu'à trois cents. Alors seulement, il se redressa, tira les rideaux opaques devant la fenêtre et alluma la lumière.

Au fond de la baignoire, le Chinois était mort. C'était un garçon d'environ dix-huit ans, grand et mince. En le fouillant, l'homme remarqua instantanément la bosse sous son pantalon. Il tendit la main et en sortit le pistolet. Le Chinois n'avait pas autre chose sur lui. Ni papiers, ni bijoux, rien. S'il avait pu, jusque-là, s'interroger sur les raisons de cette effraction nocturne, il n'avait maintenant plus aucune hésitation. Ainsi donc, les frères de Bangkok avaient décidé de passer à l'offensive. Cela le remplissait d'une colère froide. Il considéra un instant le visage du mort et lui envoya un coup de poing qui fit rentrer à l'intérieur les cartilages du nez. L'homme respirait maintenant par à-coups. La fureur qui s'était emparée de lui l'empêchait de contrôler son corps. Il s'étendit sur le sol, ferma les yeux et attendit que la fraîcheur du carrelage le calme un peu.

La fenêtre et la baignoire étaient maculées de traces de sang. Il y avait des éclaboussures jusqu'au milieu de la pièce. L'homme entreprit d'abord de nettoyer la salle de bains, puis il alla chercher dans la cuisine un rouleau de film alimentaire dont il emmaillota le cadavre. Il quitta ensuite ses habits qu'il enferma dans une poche en plastique et enfila un jogging propre. Il devait se débarrasser du corps. L'heure était propice. Un peu avant que les camions poubelles passent effectuer le premier ramassage des ordures de la journée. Il descendit préparer le container collectif de l'immeuble et vérifia qu'il restait encore de la place à l'intérieur. Il y plaça rapidement le corps entre deux couches épaisses de détritus, puis entreprit d'échanger la poubelle avec la première qu'il rencontrerait, un peu plus loin dans le faubourg Saint-Denis. Il était quatre heures trente et la rue était absolument déserte. L'échange se fit rue de Paradis.

En rentrant chez lui, l'homme referma la fenêtre de l'escalier et ramassa sur la coursive le diamant et la ventouse du tueur. Il aurait dû filer à l'aéroport sans attendre. Partir au bout du monde se faire oublier quelques années. Mais sa colère n'était pas retombée. Il n'avait jamais calé devant l'adversité. Il n'avait jamais renoncé devant les problèmes. Il avait toujours fait face.

Chapitre 20

5 septembre 2006

137

Duncan avait fini par se ranger à l'avis de son ami. Moins se focaliser sur Carrère et exploiter les autres pistes. Deux des cinq derniers anciens militaires dont il avait mis de côté les noms résidaient à Paris. L'un était concierge d'un grand hôtel, marié et père de famille. Le second était missionnaire. Un père blanc, actuellement en convalescence après une sérieuse crise de malaria attrapée dans son fief rwandais. Il avait failli mourir dans sa case des Mille Collines. Sa hiérarchie l'avait finalement fait rapatrier. Il se remettait doucement à l'ombre des tilleuls du jardin des Missions étrangères de la rue du Bac.

Ni l'un ni l'autre ne correspondaient à l'homme que recherchait Duncan. Il avait classé les dossiers et considérait maintenant les derniers noms sur lesquels lui et Escher travaillaient. L'un, Fabrice Tonelli, tenait un bar à filles à Phnom Penh. Les deux autres, Roger Abergel et Nadir Mustafa, avaient rempilé depuis des années dans des sociétés privées de maintien de l'ordre. Leur piste était réapparue à la fin des années quatre-vingt-dix avant de se perdre rapidement au tournant du siècle.

L'adjudant-chef de la DPMAT avait bien fait encore quelques difficultés pour sortir les informations, mais avait une nouvelle fois cédé devant l'insistance de Duncan.

– Leur dossier est ultrasensible. Cette fois-ci, tu dois t'adresser au ministère, avait-il dit.

– Pourquoi ?

– Parce qu'ils sont restés liés à l'armée. Comment te dire ? Ils continuent à travailler pour nous en solo. Tu comprends ?

– Dans la réserve ?

– Beaucoup plus que cela. Ne fais pas l'idiot, tu sais parfaitement de quoi je parle. La seule info que je puisse te donner, c'est qu'ils sont quelque part, dans une guerre quelconque, sous un uniforme étranger, et qu'ils travaillent pour nous.

Duncan était rentré chez lui en se demandant comment il pourrait leur mettre la main dessus. C'est Escher qui avait trouvé la solution.

– Un de mes bons copains dirige une agence de renseignement économique. Un ancien Cyrard. Il connaît sur le bout des doigts tout ce milieu des anciens. Sa boîte a des ramifications sur les quatre continents. Je l'ai tiré d'un mauvais pas, il y a quelques années, après qu'il avait déserté pour aller faire sa guerre en Afrique. L'armée avait porté plainte, il y avait un mandat contre lui. Il ne pouvait plus revenir en France. Un procès l'attendait à Paris, et c'était à peu près certain qu'il allait prendre un ou deux ans de prison. J'ai témoigné pour lui et fait jouer quelques connaissances. La plainte a été retirée. Le parquet a abandonné les poursuites. Il a pu enfin rentrer.

Quelques heures après le coup de fil que lui avait passé Escher, son ami avait rappelé. Abergel et Mustafa travaillaient comme *contractors* en Irak pour la société américaine Xe. Blackwater-Xe. Ils étaient arrivés à Bagdad peu après l'invasion américaine et n'avaient pas quitté le territoire irakien depuis. Pourquoi l'auraient-ils fait, d'ailleurs ? Avec un salaire de 35 000 dollars par mois pour faire absolument ce qu'ils voulaient, c'était le gros coup de leur vie.

– Mon pote m'a dit qu'ils allaient être mutés prochainement en Afghanistan. En plus, ils ne font rien l'un sans l'autre. Ce ne sont pas nos bonshommes. Il va falloir chercher ailleurs. Mais, franchement, je ne sais plus où.

– Rappelle ton gars de l'agence de renseignement économique. Demande-lui de se brancher sur le patron de bar, au Cambodge.

Escher haussa les épaules.

– Je vais le faire, mais je n'y crois pas. Tu t'entêtes à penser pouvoir trouver l'assassin de ta copine en épluchant des vieux dossiers. C'est complètement irréaliste. Si cela se trouve, ton assassin n'a rien à voir avec l'armée. C'est peut-être un brave père de famille avec une double vie.

– Complètement idiot, coupa net Duncan. Je suis sûr de moi. C'est un type seul, un *traveler killer*, un professionnel de l'élimination. Je sais que mon analyse repose essentiellement sur une intuition, mais je sais aussi que je suis dans le vrai. Et ça, je ne peux pas te l'expliquer.

– Mais pourquoi pas un flic ou un ancien sportif ? C'est complètement dingue de faire une telle fixation sur un ancien militaire.

– Le début de l'histoire prouve la relation du meurtrier avec l'armée. Je ne vais pas t'en refaire le résumé. Depuis le crime de Pau, je sais que nous avons affaire à un profil de type que seule l'armée pouvait engendrer.

– Nous ne savons même pas si les meurtres de Pau et du Ferret sont liés !

– Bien sûr qu'ils le sont. Nous avons mis au jour des noms d'anciens militaires qui se sont trouvés ces quinze dernières années aux endroits où ont été commis quelques-uns des crimes dont j'ai vu les vidéos. Ça ne s'invente pas.

– Mais rien ne prouve que le même type a assassiné Maria Dolores Xanxo, Ingrid Hartmann et ta copine Clémence…

– On a un type qui se trouvait en Allemagne, et encore récemment sur le bassin d'Arcachon, au moment où ont été perpétrés des crimes, et tu considères qu'on s'est gourés !

– Il y a peut-être plusieurs tueurs. Assez différents de l'idée que tu t'en fais…

– C'est cela que je vais vérifier.

– Mais tous les autres…

– C'est toi-même qui m'as suggéré de ne pas me focaliser sur Carrère. Il faudrait savoir !

– Écoute, on n'a jamais vu une enquête menée de cette façon. Je me demande si tu n'es pas un peu antimilitariste sur les bords. La solution viendra de Bangkok. C'est là-bas qu'ils trouveront le nom de l'assassin.

– Téléphone à ton copain, répéta Duncan, pour qu'il nous renseigne sur le mec de Phnom Penh. Et sur Émile Carrère, on aurait dû commencer par là !

– Nous y revoilà ! Tu ne veux pas lâcher ce type.

– Bien sûr que non, je ne veux pas le lâcher. Demande-lui de récupérer le maximum d'informations.

138

– Tu vas nous faire avoir des ennuis avec les voisins, dit André à sa femme.

Madeleine Leclerc fulminait. Elle avait prévu depuis une semaine d'emmener les enfants le mercredi suivant visiter la maison de Monet, et voilà que son mari lui annonçait qu'il allait avec Charles au BHV chercher du matériel pour réparer la maisonnette en bois du Cap-Ferret. Elle criait à tue-tête que les choses n'allaient pas se passer ainsi.

– Comme s'il y avait une urgence ! aboya-t-elle encore.

– Nous avons dit que nous retournerions passer une petite semaine au Ferret dans quinze jours. Charles compte absolument que je lui rafistole sa cabane.

– Et tu ne pouvais pas le faire lorsque nous y étions… !

– Avec les événements que nous avons vécus, j'ai eu la tête ailleurs. Mais Charles y tient et je le lui ai promis.

– Alors vas-y sans lui.

– Mais les enfants ont envie de voir les outils.

– Les outils ! Comme si c'était une balade pour des petits, hurla Madeleine. J'ai dit que je les emmènerais voir le jardin de Monet. Ça me paraît plus intéressant, tout de même.

– Il faut croire qu'ils ne sont pas de ton avis. Et leurs parents sont d'accord.

– Ah ! Ceux-là, ils ne changent pas. Toujours à accepter que tu fasses n'importe quoi avec leurs mômes pourvu qu'ils aient la paix.

– Tu n'as qu'à les emmener à Giverny le matin, et me les ramener pour quinze heures…

Madeleine jeta au milieu de salon le torchon qu'elle avait à la main.

– Tu m'emmerdes, cria-t-elle avant de fermer la porte à la volée.

On entendit encore claquer la porte du vestibule, puis celle de l'entrée et, enfin, le silence retomba sur la maison.

– Les voisins vont finir par porter plainte au commissariat, soupira André.

139

Le compte rendu de l'agence de renseignement économique arriva en fin de soirée sur l'ordinateur de Duncan. Une page d'un millier de signes. Il lui fournissait toute une série d'informations sur la surface du bar, le nombre de filles, le prix de la location du pas-de-porte, le montant des consommations, les gains journaliers de l'établissement, ce que reversait le gérant à la police et à la mafia locales, les noms de quelques habitués et ce qu'ils faisaient dans la vie, et enfin un détail d'importance sur le patron lui-même : unijambiste depuis quatre ans après avoir sauté sur une mine dans la région de Kompong Som. Il n'y avait aucune info sur

Carrère. Seul, Debord faisait l'objet d'une note succincte. Franchement, rien que ne sût déjà Duncan.

« *Putain de merde* », se dit-il en refermant le mail.

Il s'allongea sur le canapé placé devant la fenêtre du salon et regarda un moment les nuages courir dans le ciel qui rosissait. Escher avait-il raison ? Se pouvait-il qu'il se soit fourvoyé sur toute la ligne ?

Escher s'envolait le lendemain matin pour Marseille. Duncan fut tenté de ne pas lui communiquer tout de suite le résultat des recherches menées par l'agence. Il avait envie de quarante-huit heures de plus pour réfléchir et reprendre leur enquête depuis le début. Peut-être retourner à Pau en coup de vent pour réexaminer les archives de la police. Sans doute était-il passé à côté d'une information capitale. Puis il se releva, décrocha le téléphone et appela le journal d'Escher.

La sonnerie retentit une seule fois, et une voix grave se fit entendre à l'autre bout de la ligne.

– Escher.

– Salut, c'est Alain.

– Oui. J'attendais ton appel. Tu as du nouveau ?

– Je n'ai pas de bonnes nouvelles, à vrai dire. Le peu de renseignements que m'a refilés ton pote est désespérant. Notre patron de bar, à Phnom Penh, a sauté sur une mine, il y a déjà plusieurs années.

– Ah ! Il est mort…

– Pas complètement. Il a perdu une guibole dans l'explosion. Ça le met de fait hors jeu. On en est là.

Il y eut un silence à l'autre bout du fil, puis Escher reprit la conversation, une octave plus bas qu'à l'habitude :

– Franchement, quand bien même ton gars aurait toujours eu ses deux jambes, qu'est-ce que tu aurais fait ?

– Je serais certainement parti à Phnom Penh.

– Pour lui demander s'il est l'assassin des vidéos ? Tu te fous de moi.

– Maintenant qu'on sait qu'il n'y a plus que Carrère sur la liste, je vais m'en occuper.

– Que t'en a dit l'agence ?

– Rien. Tu t'es procuré son adresse comme je te l'avais demandé ?

– Pas encore.

– Tu vas le faire…

– Laisse-moi le temps. Mais je t'aurai mis en garde, tu prends un gros risque.

– Ouais, ouais…

– Il y a une chose que tu ne comprends pas, Alain. C'est qu'on ne touche pas à certaines histoires, comme les histoires de pédophilie. Il n'y a que des coups à prendre, tu vas t'enfoncer dans un merdier dont tu n'as pas idée. Mettre un type sur écoute pour une prétendue affaire de *snuff movies*, c'est énorme.

– Arrête, fit Duncan.

– Non, j'y réfléchis sans cesse depuis une semaine. Tu es toi-même complètement impliqué. Au Cap-Ferret, où on t'a trouvé sur la piste à côté du corps de la victime allemande. À Bangkok, où on t'a invité par le plus grand des hasards. Ici, à Paris, où tu as emmerdé ton copain de la DPMAT. À Pau également, où tu as remué ciel et terre. Sans compter que moi aussi, j'ai laissé des traces un peu partout…

– Tu flanches ?

– J'ai la trouille, oui, parce que tu es devenu totalement incontrôlable.

– Nous ne pouvons pas abandonner.

– Ce n'est pas ce que je te demande. Je me tue à te dire que nous ne sommes pas le FBI. Il y a des méthodes qu'on ne peut pas employer. Nous avons déjà beaucoup d'éléments sur cette enquête, nous avons largement de quoi écrire une série de papiers extraordinaires. Ce qui serait raisonnable, ce serait de le faire et de laisser les flics finir le travail.

– Nous en avons déjà parlé plusieurs fois, c'est non. Et, sincèrement, je me fous des articles.

– Attendons que les choses se décantent à Bangkok.

– Non, nous avons trop avancé pour baisser les bras. Nous touchons au but, tu le sais.

– Tu l'as dit toi-même, les photos que j'ai faites de Carrère ne t'ont rien apporté.

– Les photos, ce sont les photos. Nous sommes à deux doigts d'obtenir des preuves irréfutables.

– Mais bordel, il y a des centaines de gens qui sont allés en Allemagne au moment des meurtres.

– Certainement, mais ils ne se trouvaient pas à Pau il y a trente ans, et ils ne reviennent pas tous de vacances à Arcachon.

Duncan regarda de nouveau vers la fenêtre. Le ciel était noir, maintenant. Il tendit le bras pour allumer la grosse lampe de chevet posée près du canapé et reprit :

– On ne va pas discuter une fois de plus. Le CV de Carrère correspond parfaitement à l'emploi du temps supposé du meurtrier.

– Pourquoi n'interroges-tu pas ton ami Delpey ? Demande son aide, si tu es certain de ce que tu avances. C'est le moment.

– Je veux me débrouiller seul, maintenant. Je te l'ai déjà dit. Démerde-toi pour obtenir les infos que j'attends.

La voix d'Escher se fit encore un peu plus grave :

– Demain matin, première heure, j'appelle mon contact pour toi. Tu auras ce que tu souhaites dans la matinée, mais ce sera la dernière chose que je ferai. Je me retire de cette histoire. Désolé, sincèrement, je suis désolé. Je n'ai pas la même implication que toi.

Ils échangèrent encore quelques banalités, puis Escher raccrocha le premier.

CHAPITRE 21

6 septembre 2006

140

André descendit au parking du BHV. Il s'arrêta devant une place et demanda aux enfants de sortir de la voiture et de se tenir par la main contre le mur en attendant qu'il ait terminé sa manœuvre.

Cinq minutes plus tard, ils pénétraient tous les trois dans le magasin par l'accès souterrain. Mercredi, c'était normal, l'endroit était bondé. André se fraya un chemin devant le stand de la visserie, puis obliqua sur sa gauche. Il voulait trouver des cornières mobiles. De mémoire, elles étaient vendues avec les poignées pas très loin de l'escalator, mais il n'en était plus très sûr. C'était à chaque fois la même chose lorsqu'il venait au BHV, il tournait en rond un bon moment avant de trouver ce qu'il cherchait. Les enfants trottinaient derrière lui, essayant de se faufiler dans la foule des clients. André se retourna et dit à Charles de ne pas lâcher la main de sa sœur.

– Si l'on se perd, ajouta-t-il, vous irez m'attendre au stand des meubles de jardin. Pas de panique. Je serai là dans les cinq minutes. Ce n'est pas la peine de mettre tout le magasin en émoi. Vous irez là-bas et vous m'attendrez calmement. Pour l'instant, vous me collez aux talons et vous ne me lâchez pas.

– J'ai peur, dit Julie.

Charles ricana.

– Papy va se sauver. Papy va se sauver, chantonna-t-il en arrachant sa main de celle de sa sœur.

Il avait les yeux rivés aux jambes d'André. Il suivait la tache grise du pantalon au milieu de la marée humaine. Julie lui donna un coup de poing dans le dos, mais il ne broncha pas. Il attendait secrètement le moment où son grand-père disparaîtrait. Alors il pourrait filer la trouille du siècle à sa sœur et se balader ensuite comme il l'entendait au milieu de cette caverne d'Ali Baba, avant d'aller au rendez-vous, aux meubles de jardin.

André avait dévié sur sa gauche sans que Charles et Julie s'en aperçoivent.

Derrière les boîtes d'outils, l'homme ne vit d'abord que deux enfants s'avancer tranquillement dans l'allée. La petite fille tourna la tête et emprunta le premier accès menant au rayon des roulettes en tout genre. Le garçon continua de marcher en regardant vers ses pieds comme s'il cherchait quelque chose au sol.

Au moment où l'homme sortit de derrière son comptoir pour demander à l'enfant s'il était perdu, Charles tourna la tête vers lui. L'homme eut alors l'impression d'entrer éveillé dans le cauchemar qui le poursuivait depuis des jours. Il ne pouvait pas se tromper. Cet enfant, il avait eu l'occasion de l'observer souvent dans le sud de la France. Il l'avait ensuite longuement regardé sur la vidéo qu'il avait tournée de lui. C'était bien le petit garçon du Cap-Ferret qui était l'objet de son dernier contrat inachevé. Ce sale petit morveux à qui il devait tous ses ennuis. Le gosse qui venait de ruiner sa vie. « *Voilà un heureux hasard* », se dit-il.

Il y avait maintenant moins de trois mètres entre lui et l'enfant. Il lui posa la main sur l'épaule en s'agenouillant devant lui.

– Alors mon bonhomme, tu t'es perdu ?

Derrière son sourire et son regard enjoués, l'homme réfléchissait à toute vitesse. Aucune autre occasion ne se représenterait avant peut-être un siècle. Et quand bien même cet enfant ne serait pas celui du Cap-Ferret, il y avait une telle ressemblance qu'il fallait la saisir. Mais une voix intérieure le persuadait déjà que le petit garçon qui se tenait sagement devant lui était celui qu'il avait longtemps cherché. L'homme croyait aux signes du destin. L'enfant s'était égaré. Les parents ne s'en étaient pas encore aperçus. Voilà sa chance. Il devait agir. Il n'avait peut-être que quelques minutes pour distraire le garçonnet de la foule. Il fallait l'emmener d'abord dans le vestiaire, puis dans une réserve où personne n'allait jamais. Le magasin était une véritable forteresse aux couloirs interminables fermés au public, aux pièces cachées, aux remises insondables. Restait le problème de la vidéosurveillance. Mais l'homme en connaissait tous les secrets. Les horaires de changement des disques durs et, surtout, les angles morts.

– Il ne faut pas avoir peur, mon petit. Nous allons retrouver papa et maman ensemble.

141

André ne se referait pas. Les outils le passionnaient. C'était plus qu'une marotte, c'était une véritable obsession. Il vénérait depuis des années tous ces objets jetés en vrac dans les bacs. La moindre vis le plongeait dans un abîme de réflexion. Il voulait en connaître la destination exacte. S'il avait pu, il aurait monté depuis longtemps une succursale du BHV au Ferret. En attendant l'âge de la retraite, pour pouvoir se livrer enfin à son culte du bricolage, il adorait flâner au milieu des outils et en discuter avec les vendeurs.

Il ne s'inquiétait pas pour les enfants. Le BHV était un espace familial. Des gens attentifs pour lui, il devait y en avoir des dizaines. Si Charles et Julie ne l'avaient pas suivi, il les retrouverait comme prévu dans un petit moment devant les meubles de jardin. Il fallait aussi que les petits vivent leur vie. Cet après-midi, c'était un peu leur fête. Il n'était pas mécontent de leur avoir communiqué sa passion.

André ne se retourna même pas pour les chercher du regard. Il était entièrement absorbé par la contemplation d'un sachet de mèches. Douze pièces pour moins de 20 euros, il n'en revenait pas… Il demanda au vendeur d'où elles provenaient.

– De Chine, monsieur.

– Ah, oui. J'aurais dû m'en douter. Et elles sont efficaces ?

– Pour un emploi occasionnel, oui. Je ne les conseillerais pas à un professionnel, mais à un particulier, sans problème. L'important, c'est la perforeuse que vous mettez derrière, surtout. C'est cet outil qui vous donnera ou non le résultat.

André hocha la tête en souriant, puis passa au stand suivant. Il n'avait toujours pas trouvé les cornières dont il avait besoin pour réparer la maison en bois de Charles. Mais il ne s'inquiétait pas. Il finirait bien par tomber dessus.

À une trentaine de mètres de là, Charles se laissait conduire à travers les stands. L'homme, derrière lui, lui parlait d'une voix chaude, douce, il n'avait pas de raison de s'inquiéter. Le vendeur le guidait d'un doigt posé sur l'épaule.

Ils se dirigeaient maintenant vers une porte dérobée, placée derrière l'emplacement des accessoires pour animaux domestiques. Charles trottinait docilement devant. Julie n'avait pas suivi. Il en était plutôt heureux, il allait découvrir, seul, la caverne d'Ali Baba. Il en rendrait sa sœur jalouse pour le restant de la journée.

Son plan était arrêté. Il enfermerait l'enfant dans la réserve d'hiver du deuxième sous-sol où personne, à l'exception de lui-même, ne venait jamais. Il foncerait au stand de la vidéo emprunter une caméra, cela ne poserait aucun problème. Moins de dix minutes pour revenir là où l'attendrait le gamin. Puis il le conduirait dans la chaufferie. Qui, en plein été, pourrait avoir l'idée de venir flâner à cet endroit ? L'enfant serait attaché et bâillonné. Alors, il le clouerait à son siège avant de le finir à l'aide d'un rabot électrique. Ce ne serait pas exactement ce qui avait été prévu. Ce serait une vidéo courte avec une mise à mort rapide, mais elle aurait du cachet. Il reprendrait son poste de travail jusqu'à la fin de la journée. Personne ne trouverait l'enfant. Il enverrait la vidéo le soir même, puis il évacuerait le cadavre du gosse pendant la nuit. Depuis des années qu'il y travaillait, il connaissait le BHV comme sa poche. Au besoin, il savait comment mettre la main sur les vidéos de surveillance du magasin. Aucun flic ne pourrait jamais établir un lien entre la disparition de l'enfant et lui. Ensuite, il prendrait quelques jours pour aller à Bangkok régler son problème en direct avec la Triade. Les Chinois finiraient par passer l'éponge sur ses erreurs. Ils avaient besoin de lui.

– Tu me montreras tout ? demanda Charles.

– Tout, dit l'homme. Notre réserve avec plein de jouets.

– C'est chouette. C'est Julie qui sera jalouse…

– Qui est Julie ?

– Julie, c'est ma sœur. Elle s'est perdue aussi. Elle était avec moi, tout à l'heure.

L'homme regarda autour de lui. Il serra plus fort la main de Charles et accéléra l'allure.

– Si tu veux lui faire une farce, il ne faudrait pas qu'elle nous voie. Dépêchons-nous.

Devant eux, derrière le rayon des litières pour chats, une porte obstruée par un portique présentant les dernières laisses à la mode conduisait au vestiaire des employés. L'homme appuya sur le battant et poussa Charles en saisissant un licol en cuir.

– Peut-être as-tu envie de jouer ?

– Jouer à quoi ?

– Aux Indiens. À l'attaque de la caravane. On dirait que je suis un Indien, que je t'attrape et que je t'attache. Tu m'attendras là, j'irai chercher des plumes et des peintures de guerre. On s'amusera, tu verras. Après, je te montrerai tout ce que tu veux. On retrouvera ton grand-père ensuite.

Julie se retourna encore une fois. Elle ne voyait plus Charles. Il était pourtant avec elle cinq minutes plus tôt. Deux grosses larmes perlaient au bord de ses paupières. Et son papy qui avait disparu, aussi ! Elle appela d'une voix presque aphone : « *Charles !* » Mais Charles n'était plus avec elle. Il lui avait lâché la main et s'était enfui. À l'instant où l'homme poussait son frère à l'intérieur du vestiaire, elle aperçut ses petites jambes. Elle ne pouvait se tromper, c'était le pantalon que lui avait mis mamy le matin. Il n'y en avait pas deux pareils. « Ah, Charles ! fit-elle. Charles, où vas-tu ? »

La porte se referma. La réserve était un bric-à-brac invraisemblable de cartons, de sacs plastique et de mobilier hors d'usage.

– Nous allons bien nous amuser, dit l'homme.

– Où sont les joujoux ? demanda Charles.

– Je vais te les montrer. Attends.

Le ravisseur sentait le flux et le reflux de son sang dans ses veines. Jamais il n'avait agi aussi précipitamment. Mais il le faisait à l'instinct, il n'avait pas le choix. Dans trente minutes, l'affaire serait réglée. L'enfant serait mort, il aurait tourné sa vidéo, il sortirait par le parking et rejoindrait son poste de travail par l'extérieur. Le reste, il gérerait.

Il désigna une chaise bancale à Charles et lui ordonna de s'asseoir dessus.

– C'est là que je vais t'attacher. Ensuite, tu vas m'attendre un peu, le temps que j'aille chercher les déguisements.

Charles s'installa et laissa pendre ses bras le long des accoudoirs comme le lui demandait l'homme qui commença aussitôt à le ficeler à l'aide de vieilles sangles en caoutchouc.

Après avoir essayé en vain de pousser la porte, Julie était repartie vers l'allée centrale.

142

La nuit était tombée depuis un moment sur Bangkok. À l'exception de quelques bureaux au rez-de-chaussée, les locaux de la

Crime Division étaient éteints. Paibool terminait la dernière réunion de la journée avec son état-major. Il avait posé sur la grande table en fer à cheval, autour de laquelle ses hommes étaient assis, une pile de papiers impressionnante.

– Voilà, a priori, tout ce qui a été envoyé par Arawat ces huit derniers mois depuis le mail de son gosse, annonça-t-il. Le fournisseur d'accès au réseau vient de nous communiquer ce paquet d'informations. Il y a plus de quatre mille cinq cents mails.

Quelques policiers froncèrent les sourcils.

– Vous allez vous partager le travail, reprit Paibool. Environ quatre cents mails chacun, cela ira plus vite que vous pouvez le penser. Vous allez commencer par mettre de côté tous les messages qui pourraient paraître suspects. Il est évident qu'Arawat a dû coder ses textes. Donc, ceux qui seraient incompréhensibles comme ceux qui vont vous sembler complètement anodins, vous les analyserez en priorité. Vous m'établirez la liste des destinataires. Ensuite, nous regrouperons, parmi ces mails, les adresses qui reviennent régulièrement. Puis on déterminera leurs fournisseurs d'accès propres et l'on se fera communiquer tout ce qu'ils ont envoyé et reçu durant cette période. C'est là que le travail va devenir un vrai casse-tête. Nous allons obtenir vraisemblablement des dizaines de milliers de réponses.

– Ce travail va nous prendre des semaines, objecta un jeune capitaine.

– Ne croyez pas cela. Vous vous mettrez au travail cette nuit. Je veux que vous ayez terminé la première partie de la recherche dans deux jours. Ensuite, nous aurons besoin de quatre ou cinq jours pour récupérer les informations des fournisseurs. À partir de maintenant, vous vous mettrez sous Maxiton.

– Comment ? demanda un policier.

– Sous amphétamines. Vous prendrez les produits que vous voulez, mais personne n'ira dormir avant de poser sur mon bureau une liste d'individus susceptibles d'être liés de près ou de loin à la

Triade. Cette histoire doit être bouclée. Nous nous sommes trop engagés.

Le général se servit un verre d'eau et reprit en martelant chacun de ses mots :

– Nous devons terminer le business. Il ne doit absolument rien subsister de cette histoire de *snuff movies*. L'autre priorité est de faire revenir le journaliste français et de récupérer son travail.

Les hommes de Paibool attendirent que le général développe son idée.

– Nous allons lui donner l'envie de revenir.

– S'il refuse…, avança le chef de cabinet du général.

– Il acceptera, tonna Paibool. J'ai dit qu'il fallait lui donner L'ENVIE. L'ENVIE DE REVENIR. Il viendra.

– Pardon, mon général, mais dans le cas où il ne viendrait pas…

– Je ne vais pas me faire baiser par un enculé de petit Blanc.

Les policiers dévisagèrent Paibool, stupéfaits par sa réaction. Ils étaient accoutumés aux accès de mauvaise humeur de leur patron, mais pas à ce comportement irrationnel. Visiblement, le général était au bout du rouleau.

– Oui, mon général, murmura le chef de cabinet.

– Tous ces gars marchent au fric, reprit Paibool, plus calmement. Il viendra. Nous allons le faire inviter par un grand hôtel. L'Oriental ou le Hyatt, quelque chose d'exceptionnel. Il ne pourra pas ignorer une telle invitation. Nous agirons à ce moment-là.

143

André était absorbé par sa contemplation des charnières qu'il avait enfin trouvées. Il était indécis devant la trentaine de modèles que proposait le BHV. Il aurait bien pris les petites galvanisées, mais elles étaient hors de prix et sans doute pas assez résistantes pour le poids de la porte de la cabane. Il devait compter avec la brutalité des enfants qui finissaient un jour ou l'autre par casser tout ce qu'ils avaient entre les mains. Deux sauvageons ! Le problème était qu'il n'y avait pas de vendeur à ce stand, et André restait perplexe devant les morceaux de ferraille. Il se retourna pour parler à Charles et découvrit tout à coup l'absence des enfants. Il regarda sa montre. Il était dans le magasin depuis un quart d'heure. Charles et Julie devaient courir entre les rayons. Il se donna encore dix minutes avant de filer vers les meubles de jardin et tendit la tête hors de son col de chemise comme un oiseau pour tenter d'apercevoir un employé disponible.

Le haut-parleur annonça une promotion-surprise de trente pour cent sur les fraiseuses et les mèches de perforeuses pour la demi-heure à venir. Il n'en fallait pas plus pour déclencher chez André une envie d'achat compulsive. Il se décida en un instant et repartit vers le comptoir où il venait de regarder le petit matériel de perforation *made in China*.

CHAPITRE 22

8 septembre 2006

144

Sa grande mèche le gênait. Duncan secoua la tête pour compter les pièces de monnaie qu'il avait dans la main. Il avait quitté l'appartement en oubliant son portefeuille et il ne pouvait pas acheter le magazine qu'il souhaitait. Même pas *Le Figaro*. Il avait juste de quoi se payer *Le Parisien*, 90 centimes. Faire la moitié de la ligne 9 avec ce journal, ça ne l'enchantait pas. Mais il le préférait encore aux gratuits. Il s'était juré de ne jamais en ouvrir un seul et, jusque-là, il tenait bon.

Le kiosque regorgeait de magazines que Duncan aurait aimé lire. Il se saisit du *Parisien*, paya et tourna les talons avec une moue fripée. La journée commençait mal. Un instant, il eut envie d'aller jusqu'à Sipa Press rafler deux ou trois canards, l'agence n'était qu'à cinq minutes du métro, mais il n'y avait pas mis les pieds depuis une éternité. Il n'allait pas pouvoir prendre les journaux dans la salle de rédaction et s'en tirer avec trois salamalecs. Il était déjà dix heures. Sa conférence de rédaction n'allait pas tarder à commencer et, une fois de plus, il serait en retard. Il aurait encore droit aux réflexions aigres-douces du patron et aux mimiques entendues des jeunes connards du journal. Il allongea le pas en direction de la station.

À cette heure déjà tardive, le quai était désert. Duncan s'assit sur le banc du milieu et commença à feuilleter *Le Parisien* jusqu'à ce que le titre principal de la page « Faits divers » retienne son attention. Il y était question d'une tentative d'enlèvement d'enfant au BHV. Duncan allait poursuivre le survol du journal avec, déjà, l'envie de l'abandonner dans une poubelle, lorsque la photo publiée lui fit pencher la tête.

C'était un cliché d'assez mauvaise qualité montrant un enfant en pleurs à côté d'un adulte visiblement désemparé. Le ton du papier se voulait inquiétant. Comment un gosse de quatre ans pouvait-il échapper à la surveillance de son grand-père presque une demi-heure ? Et comment pouvait-il dans un endroit comme le BHV, avec l'affluence d'un mercredi, avoir failli être kidnappé ? Le journaliste rapportait ensuite les propos recueillis de la bouche même de l'enfant. C'était assez confus. Il parlait d'un homme très grand et très fort qui lui avait proposé de l'emmener rejoindre ses parents avant d'essayer de l'attirer dans une espèce de cave. La sœur expliquait elle-même qu'elle était allée chercher du secours et qu'un employé avait découvert son frère, seul, attaché sur une chaise dans la réserve. L'homme qui avait enlevé Charles avait mystérieusement disparu. Personne n'avait réussi à l'interpeller.

Toute cette histoire était étrange. Duncan finit de lire le papier et les reproches que faisait l'auteur au grand-père présenté comme l'irresponsable de service.

C'est lorsque les portes du métro se furent refermées que Duncan réalisa la ressemblance troublante entre le petit garçon du BHV et celui dont il avait aperçu à Bangkok, dans les locaux de la police, le portrait sur le *snuff movie* de l'assassinat du Cap-Ferret. Il n'avait jamais rien vu d'autre qu'une image arrêtée à la fin de la vidéo, mais cette photo l'avait hanté des jours durant. La seule évocation d'un meurtre programmé lui avait glacé le sang, plus sans doute que s'il en eût regardé la réalisation. Il lui était insupportable de détenir cette information sans pouvoir agir. Il avait bien envisagé de retourner au Cap-Ferret essayer de retrouver l'enfant, mais son ami Delpey avait été d'un cynisme consternant, lui faisant remarquer qu'il se ferait rapidement arrêter à force de regarder tous les petits garçons des plages du bassin d'Arcachon.

Le soir, en s'enfermant dans sa chambre, Duncan s'était fait la réflexion que ce visage de gosse serait un de plus parmi tous ceux qui, la nuit, venaient lui reprocher de ne pas s'être montré à la hauteur. Et il s'était mis à grelotter dans le noir, assis au bord du lit.

Au milieu du tunnel, le train prit de la vitesse. Duncan était secoué sur son siège comme un glaçon dans un shaker, la page du journal dansait devant ses yeux. À la suite de plusieurs brèves, dix lignes rapportaient la disparition sans explications d'un employé du BHV. L'article était accompagné du portrait d'un homme au format timbre-poste, collé entre le titre et le texte.

Duncan venait de refermer *Le Parisien* lorsque le métro entra dans la station Exelmans. Son cerveau s'était mis à travailler sans qu'il en ait encore pleinement conscience. Il était comme quelqu'un essayant de discerner une scène au travers d'une fenêtre sale. Il aurait bien commencé à préparer mentalement sa conférence de rédaction, mais il en était incapable. Il se répétait en boucle des morceaux de phrases qu'il venait de lire. Il butait sur les mots « enlèvement », « enfant ».

La sonnerie du train prévenant les voyageurs de la fermeture des portes retentit et il se leva d'un bond. Il quitta la rame comme si le feu s'y était déclaré et s'arrêta d'un coup au bord du quai pour rouvrir le journal. « *Oh, bordel* », fit-il à haute voix. En une fraction de seconde, il venait de comprendre. Jamais la solution d'un problème ne lui avait paru aussi limpide.

145

Le capitaine Tawee émit un bâillement sonore. Pas couché avant trois heures, levé à cinq... Interdiction de faire sa nuit...

Seulement une heure ou deux pour décompresser… Un rythme infernal depuis des jours ! Il accusait la fatigue, et la perspective de ne pas relâcher la pression avant un moment le déprimait gravement. Il n'était pas entré dans la police pour ce genre de servitude. Ce que demandait le général à son équipe, depuis que cette affaire de vidéos avait été mise au jour, était simplement devenu invivable. Il ne voyait plus sa famille, il n'avait plus une seconde pour aller se relaxer dans l'un des salons de massage où il était comme chez lui, il ne pouvait évidemment plus aller taper une seule balle de golf près de Don Muang… Sa vie était devenue un enfer, d'autant plus, il le savait maintenant, qu'il n'en tirerait rien sur le plan professionnel. Tout ce que lui et ses collègues ramassaient comme informations disparaissait immédiatement dans les archives secrètes du patron.

Tawee relut encore une fois le rapport qu'il venait de préparer pour le général. La réunion de l'état-major allait avoir lieu dans quelques minutes. Il n'avait trouvé, dans la centaine de mails qu'il avait épluchés toute la matinée, qu'un seul élément intéressant. Du texte planqué dans les pixels d'une image de photo de vacances envoyée par Arawat à un correspondant qu'il nommait Jeff. Il lui transmettait son meilleur souvenir de Pattaya. Une ligne de texte à chaque fois et, attachée, une assez mauvaise photo de son couple avec les enfants sur la plage de Jomtien. Tawee avait trouvé étonnant qu'aucune réponse ne lui ait été renvoyée. Il avait ensuite repéré assez vite qu'il ne s'agissait pas de la famille Arawat. Il avait donc pris la décision de faire plancher le laboratoire sur la pièce jointe. Les experts de la police scientifique avaient rapidement trouvé ce que contenait l'image. Tawee leur avait alors demandé de travailler sur l'adresse et il attendait les résultats. À part cela, il avait retourné les quelque trois cent cinquante autres messages dans tous les sens sans rien découvrir de suspect. Il redoutait un peu la réaction du général, espérant que ses collègues auraient un peu plus de matériaux à montrer que lui-même. Il allait devoir bluffer pour s'en tirer.

Sa radio clignota et une voix monocorde l'avertit que la réunion commençait dans la petite salle attenante au bureau du général.

Le reste de l'état-major avait déjà pris place autour de la grande table en teck. Paibool était assis dos à la fenêtre.

– On n'attendait que vous, Tawee.

Puis Paibool décida que chacun des policiers prendrait la parole à tour de rôle et que l'exposé se ferait dans le sens des aiguilles d'une montre. Plusieurs d'entre eux avouèrent piteusement l'échec de leurs recherches. Au fur et à mesure que ses hommes secouaient la tête négativement, le général se raidissait. Il faisait craquer ses phalanges et son visage se fermait. S'il en faisait le compte, cela signifiait que plus de trois mille mails n'avaient livré aucun secret, aucune piste. Tous avaient été expédiés à des adresses relais, sur des serveurs fantômes, qui ne débouchaient sur rien. Rien d'exploitable. Il bouillait intérieurement, mais attendait encore avant d'exploser.

– On vous paie pour trouver, messieurs. Vous avez mal regardé. Vous allez vous remettre au travail. Vous allez reprendre chaque message et me rédiger un rapport d'expertise pour chacun d'eux. La teneur du texte, l'identité de son destinataire, tout. Je veux tout savoir. Retournez dans vos bureaux.

Il les congédia d'un geste dédaigneux et se tourna vers les quatre policiers encore assis autour de la table.

– Et vous ?

Les pieds de Tawee étaient secoués par un tremblement nerveux sous son tabouret. Il attendait son tour avec anxiété. Au train où allaient les choses, il ne retournerait pas se faire masser avant un bon moment. Et il y avait cette envie furieuse d'une fille qui l'obsédait depuis des jours. Il transpirait à l'idée de devoir encore se serrer la ceinture. Paibool et son histoire de mails l'emmerdaient et il ne savait pas comment exposer le fruit de ses recherches sans déclencher l'ire du général. À y réfléchir, le résultat de ses investigations était grotesque. Si Paibool piquait l'une de ces colères qu'on lui connaissait, il était capable de le muter sur une frontière pourrie. Il prit la parole d'une voix cassée lorsque le général pointa son index sur lui.

– J'ai retenu deux mails, mon général, articula avec difficulté Tawee. Oh, pas grand-chose, si ce n'est qu'Arawat a envoyé un message en apparence anodin à un étranger, qu'il nomme Jeff, avec une photo de ses vacances à Pattaya.

– Et alors ?

– Le premier indice, c'est que, contrairement à ce qu'avançait Arawat, il ne s'agit pas de sa famille. J'ai donc fait analyser la pièce jointe. La photo contenait du texte caché dans des pixels.

– Excellent. Regardons.

Le capitaine Tawee sortit d'un dossier une impression laser couleur du fichier photo et la poussa sur la table en direction du général. Paibool la consulta d'un air absent puis s'adressa de nouveau au capitaine :

– Le texte, Tawee…

– Le message n'a aucun intérêt, mon général : « *Sir Jeff, je ne résiste pas à l'envie de vous faire parvenir une photo des dernières vacances de la famille à Pattaya.* » Ensuite la signature : « *Chanchaï* ».

Le général leva les yeux vers le capitaine sans que son visage bouge d'un millimètre.

– Le texte contenu dans la photo, Tawee…

Le capitaine tendit à Paibool une autre feuille.

– Le labo a trouvé ceci : « *Cher Oncle Sam, J'ai mis au point un mode d'enregistrement d'une vidéo Mpeg4 qui pourrait être envoyée en haut débit sur une image fixe à l'aide d'un cryptage PgP après une compression standard. Les images converties en texte RTS seraient placées de manière fragmentée dans des pixels bleus de valeur 250 à 256 par nos correspondants et récupérées ici par un informaticien.* »

Paibool devint livide.

– Qu'est-ce que c'est que ce charabia ? Il s'adresse au président des États-Unis, ou quoi ?

– Non, mon général, fit Tawee, il ne s'agit pas de cet Oncle Sam-là. Il convient de le lire comme notre chiffre « trois » en thaï, Oncle TROIS. Vénéré Oncle Trois, très exactement. Nous sommes au cœur de la Triade. J'ai la certitude qu'Arawat correspondait avec la direction des Trois Dragons, au moins l'une des personnes que nous cherchons encore. Nous travaillons actuellement sur l'adresse IP. Nous allons prochainement obtenir le contenu de cette boîte mail et nous remonterons jusqu'à elle. Nous savons déjà que le serveur est en Thaïlande.

Un épais silence s'était installé autour de la table. Les policiers regardaient leur collègue, effarés par ce qu'ils venaient d'entendre. Paibool souriait, apaisé, comme un bouddha. Il était clair, maintenant, qu'Arawat avait reconstitué les Trois Dragons en miniformat. Mais, contrairement à ses patrons, il s'était affranchi des précautions élémentaires. Il avait commis une erreur qui allait peut-être permettre aux policiers de trouver les pièces manquantes du puzzle.

– Combien de temps pour arriver jusqu'au numéro trois ?

– Quelques heures, mon général.

– Tawee, à partir d'aujourd'hui, vous êtes major. Mon second s'occupera des formalités nécessaires pour entériner votre nouveau grade. Je vous félicite.

Puis il se tourna vers trois autres policiers :

– Nouvelle réunion ce soir à vingt heures.

146

Le pan de la veste de l'hôtesse frôla son visage qui reposait sur le dossier du siège, tourné vers le couloir de l'appareil. L'homme ouvrit un œil avant de retomber dans un demi-sommeil. Lorsque la jeune femme lui demanda s'il souhaitait un autre jus d'orange, il secoua la tête mollement en conservant les yeux fermés.

Il faisait des efforts pour échapper aux images de sa jeunesse, mais la voix de sa mère résonnait dans son cauchemar sans qu'il parvienne à la chasser. Il était debout dans un bureau poussiéreux meublé en style Louis XVI, faisant face à un vieil homme dont seul le nœud papillon semblait apporter une tache de couleur dans son rêve en noir et blanc. Il ne voyait pas sa mère, mais entendait sa voix sèche, presque désincarnée, qui exigeait qu'il ôte son pantalon. Le médecin attendait, immobile. Lui ne bougeait pas, serrant sa ceinture dans ses mains. Inlassablement, sa mère lui répétait de baisser son pantalon. Il sentait des larmes de honte couler le long de son visage. Il n'osait pas les essuyer. Il ne voulait pas que le vieil homme lui prenne le sexe dans ses mains gantées de caoutchouc. Il était incapable de prononcer un seul mot. Sa mère lui répétait de se déshabiller. Puis une voix glaciale sortit de la bouche charnue du praticien : « *Exhibez-moi l'objet du délit, jeune homme.* » Il devinait l'extrémité de son sexe collée par le pus à son caleçon. Il faisait des efforts pour que sa mère s'évanouisse, mais au fur et à mesure qu'il s'enfonçait dans son cauchemar, elle prenait des proportions gigantesques, occupant derrière lui une bonne partie de la pièce entre le sol et le plafond.

L'hôtesse repassa et, cette fois-ci, le frôlement de la veste sur sa joue réveilla l'homme. Il émergea de sa torpeur comme d'une mauvaise cuite. Il était encore, en partie, dans son cauchemar et savait d'expérience qu'il ne s'en libérerait pas de sitôt. Sa mère était morte depuis plus de vingt ans, mais elle ne l'avait pas laissé en paix une seule journée.

Il la revoyait avec sa jupe plissée en dessous du genou et sa veste de tailleur qui lui écrasait les seins, son chignon posé sur son crâne comme un casque lourd, et son visage blafard aux lèvres pincées pareil à celui d'une morte. Elle répétait, dès que l'occasion s'en présentait, que les hommes étaient mauvais. Son père en tête, qui avait depuis des années déserté les trois pièces familiales d'un immeuble de la Ville de Paris. Il n'apparaissait plus à la maison, pas même en coup de vent, préférant ses affaires, la boxe et ses maîtresses. Il ne s'était pas préoccupé d'obtenir le divorce que sa mère lui aurait de toute manière refusé. Ses dernières tentatives de passer encore un peu de temps avec eux avaient provoqué de telles disputes qu'il y avait renoncé définitivement. Il venait parfois à la porte du lycée glisser dans la poche de son fils un billet ou un ticket pour un match de boxe où il n'allait jamais. Il lui caressait les cheveux, l'embrassait sur le front, lui murmurait à l'oreille deux ou trois mots gentils qui contrastaient avec sa stature de géant, puis disparaissait comme il était venu. Le retour à la maison était toujours traumatisant. Sa mère se tenait derrière la porte, les yeux rivés à sa montre, et calculait à haute voix le temps qu'il lui fallait pour rejoindre le boulevard Murat, passer devant l'église Sainte-Jeanne-de-Chantal, traverser la place et rejoindre l'appartement. Les yeux plissés de colère, elle levait la main, mais la gifle ne tombait jamais. C'était cela le pire. Il aurait cent fois préféré prendre la claque, mais sa mère ne le touchait pas. Elle avait avoué un jour à leur gardienne qu'elle en aurait été trop dégoûtée. Lui se tenait derrière la porte du salon et il avait entendu.

Toutes ses lectures étaient passées au crible. Il n'avait le droit de lire que ses livres scolaires et quelques ouvrages de peinture. Il les revoyait encore, ces bouquins passés par la censure maternelle. Sans plus aucune forme, amputés des pages représentant des tableaux mettant en scène des modèles trop dénudés au goût de sa mère. Tout était prétexte à la critique et aux coups de ciseaux. Même les peintures votives du treizième siècle ne trouvaient pas grâce à ses yeux. Les Christs étaient obscènes ! Les Saintes Vierges avaient des airs de traînées ! La peinture académique comme *L'Enlèvement des Sabines*, c'était *Play-boy* avant l'heure ! Et que dire des saints Jean-Baptiste, elle savait bien quelle perversité masculine se cachait sous les airs confits en souffrance de ces saints percés de flèches qu'on voyait depuis quelque temps s'accumuler dans des magasins fréquentés par des hommes aux allures de femmes ! Sa mère taillait dans les pages du superbe papier glacé de 250 g/m^2 des livres d'art en sifflant comme un serpent. Les textes n'avaient plus ni queue ni tête. Il ne connaissait jamais la fin des histoires des peintres ou des tableaux. Et bien sûr, son imagination courait d'autant plus vite et plus loin que sa mère avait laissé des trous mystérieux sur les poitrines des Sabines ou sur le bassin d'un Christ plus nu que d'ordinaire. Apparaissaient alors de gros seins laiteux au milieu desquels il fourrait, les yeux fermés, son visage.

Il n'y avait pas de télévision dans l'appartement de sa mère. La radio était sous clé. Les soirées ne variaient pas. Ils dînaient vers dix-neuf heures d'un plat de pâtes avec une tranche de jambon ou d'une purée de pommes de terre agrémentée de quelques sardines dont il devait manger la peau, les intestins et les arêtes. À dix-neuf heures trente, la table débarrassée et la vaisselle faite, il se mettait à ses devoirs à côté de sa mère. C'est à ce moment qu'elle dépliait *Le Monde*. Elle le lisait en commentant à voix haute, pour elle-même, les articles. Elle, qui n'avait jamais quitté Paris une seule fois dans sa vie, se passionnait pour la politique étrangère. Elle avait de quoi faire à cette époque. L'Afrique, le Vietnam, les États-Unis la mettaient en transe. Il l'entendait comme un bruit de fond, qui lui serait parvenu de l'étage supérieur ou de l'appartement voisin, ratiociner sur ces « *pauvres Nègres* », ces « *Jaunes qui menaçaient le monde* » et ces « *Américains qui ne feraient jamais que le contraire de ce qu'il fallait faire* ». Il enregistrait des noms : Nigeria, Khe Sanh, Washington… Il se disait que puisque cela intéressait sa mère, il ne devait pas y faire bon vivre.

Quand elle avait refait le Têt Mâu Thân, l'élimination des Khmers Kroms par Sihanouk ou l'ascension politique d'Houphouët-Boigny, elle laissait le journal sur la table, allongeait ses jambes devant sa chaise, posait les mains sur ses genoux et fermait les yeux. Il ne devait plus bouger. Le moindre crissement de stylo sur le papier de ses cahiers l'irritait. Il l'observait à la dérobée. Elle était belle. Une beauté hiératique, glaciale, comme les statues du musée des Monuments historiques. Elle n'avait pas d'âge et ne voulait pas en avoir. Il avait fallu qu'elle meure pour qu'il découvre enfin sa date de naissance. Elle était née en 1937 et lui avait donné le jour dix-sept ans plus tard. Les anniversaires n'avaient aucune importance pour elle. Il n'avait jamais su ce que représentaient un gâteau et des bougies avant sa vingtième année lorsque ses copains la lui avaient fait découvrir. Elle était morte jeune, un 30 avril 1975, le jour de l'entrée des communistes à Saigon, et il s'était souvent demandé par la suite si cette nouvelle lui aurait fait plaisir ou le contraire. Son père n'était pas venu à l'enterrement. Seulement sa grand-mère et lui. Sa grand-mère lui avait dit : « *Elle n'avait pas l'âge de faire une morte, mais elle aurait dû partir plus tôt encore. Beaucoup plus tôt.* » Il avait vingt ans. Il végétait à la fac de Nanterre. Moins d'un mois plus tard, c'est sa grand-mère qui s'en allait, victime d'un infarctus. Et il se retrouvait seul dans l'appartement où il avait grandi.

Il avait fait venir un brocanteur pour enlever les meubles. Il en avait récupéré à peine mille trois cents francs. Puis il avait fait deux tas. Les choses à jeter et celles qu'il conserverait. Dans le premier tas, il y avait toutes les frusques de sa mère, c'est-à-dire trois fois rien. Elle avait toujours été habillée comme une bonne sœur, il n'y avait pas de bas, pas de soutiens-gorge, et les culottes auraient pu appartenir à son père. Il avait également jeté la vieille batterie de cuisine qui avait contribué toutes ces années à une si mauvaise bouffe. Et puis les jeux de société avec lesquels il s'était ennuyé, les livres d'art découpés, ses jouets en carton-pâte, tous ses cahiers d'école et de lycée qu'elle avait gardés comme autant de pièces à conviction de sa fainéantise et de son manque d'intérêt pour les choses importantes. Il avait encore jeté tout un bric-à-brac de petits objets ridicules et souvent usagés qu'elle avait rangés dans diverses boîtes, tickets de métro perforés, notes du boucher, épingles de nourrice rouillées, épingles à cheveux tordues, élastiques séchés, bouts de crayon, morceaux de gomme noircis, des centimes aussi… Il aurait bien mis le feu à toute cette merde si elle avait pu brûler.

Dans le deuxième tas, il avait posé les quelques lettres reçues de son père et la photo de ses parents, bras dessus, bras dessous, pendant leurs vacances au Crotoy. D'autres photos de famille aussi. Il y en avait peu. Quelques-unes de lui en judoka, en pianiste, avec un costume de d'Artagnan sur le dos, et puis des réunions de famille pour Noël, ça s'arrêtait au milieu des années soixante. Lorsque son père avait quitté la maison, on avait cessé de faire des photos. Sa mère s'était débarrassée de l'appareil Voigtländer offert par un oncle. Quand sa grand-mère s'était inquiétée de savoir pourquoi, elle avait répondu que cela ne se faisait pas de photographier les gens. Les vieilles photos avaient été sauvées de la cheminée à l'issue d'une crise mémorable entre les deux femmes. Depuis cette date, plus rien n'avait jamais été enregistré de leur quotidien. Mais qu'y avait-il d'ailleurs qui mérite qu'on se le rappelle ? C'était un passé comme un tunnel, rectiligne et sombre, sans hasards et sans joie. Qui aurait eu envie de fixer sur une pellicule une telle vie ? Sa mère le gardait à la maison les jours de la photo de classe. Exactement comme elle le gardait avec elle les jours de séances d'éducation physique. Il avait ajouté, sur ce deuxième tas, sa collection de timbres, cinq ou six disques de Reggiani et de Ferrat, et son diplôme de baccalauréat.

L'homme appuya sur le bouton d'appel de l'hôtesse pour réclamer une boisson et ferma les yeux un instant. Il fallait qu'il s'habitue à son nouveau nom. Combien de fois en avait-il changé au cours de sa vie ? Trente fois, cinquante fois ? Il avait vécu au final moins longtemps sous son patronyme de naissance que sous tous les autres pseudos qu'il s'était inventés ou qu'on lui avait attribués au fil de ses missions. Ronaldo Morretti, Pierrick Buisson, Denis Rousset, Jérôme Prévent, José Micheletti, Émile Chanson… Même Martin Dupont ! Il y en avait eu beaucoup avant qu'il endosse très officiellement celui de Patrick Jourdain. Et maintenant Vincent Durafour… À chaque alias, un pays, une ville, un mort. Parfois, un nom lui revenait qu'il ne resituait pas, ni dans le temps ni dans l'espace. Vingt ans passés à brouiller les pistes, à effacer le moindre de ses passages. Savait-il seulement qui il était encore ? Dans quelques heures, il s'appellerait Jean Van Dewelt. Il tomberait sans prévenir sur Arawat. Enfin, il saurait. Peut-être rencontrerait-il enfin le Maître lui-même qui l'écouterait et accepterait de repartir sur de nouvelles bases. Bien sûr, le Maître n'apprécierait pas du tout d'être identifié par quelqu'un comme lui, mais il lui rappellerait tous les risques qu'il avait encourus pour la Triade. Il était persuadé d'en être le meilleur exécuteur et savait qu'il ne pourrait être remplacé avant longtemps. Il avait appris d'Arawat lui-même, quelques mois auparavant, que toutes les tentatives du Maître ces dernières années pour recruter en Europe un autre tueur de son calibre avaient lamentablement échoué. Et puis, il y avait l'argent qu'il lui avait fait gagner. Cela aussi, il en parlerait. Mais il y avait aussi ce voyou qui s'était introduit chez lui pour essayer de l'éliminer. Il ne comprenait pas. Il réalisait que sa colère n'était pas retombée. Il la gérait. Tout au plus.

Il prit le verre de jus de fruits, l'avala d'un trait et le rendit aussitôt à l'hôtesse. La voix du commandant de bord annonça aux passagers que l'appareil allait entrer dans une zone de turbulences et leur demanda d'attacher leurs ceintures.

147

L'ordinateur, qui avait été mal éteint, se mit en phase de vérification. Cela pouvait durer deux minutes comme un quart d'heure. Duncan bouillait. Il regrettait maintenant d'avoir laissé les tirages papier des photos fournies par Christophe chez Escher. Même s'il était sûr de lui, il avait encore besoin de comparer les portraits. Il étala *Le Parisien* sur son bureau et prit une loupe dans le tiroir. Il la posa directement sur la vignette de l'employé du BHV. Dans quelques instants, il aurait la confirmation qu'il cherchait.

Le curseur sur la barre de vérification du disque dur avançait à grande vitesse. C'était bon signe. Le processus n'allait pas s'éterniser. L'écran s'assombrit subitement et se ralluma d'un coup. Les icônes apparurent. Duncan ouvrit FotoStation et cliqua sur un dossier sauvegardé au premier niveau de la colonne de travail. Une série de photos s'affichèrent.

Duncan sélectionna celle du militaire prise dans le marais de Pau. Il joua un instant sur le module des contrastes et éclaircit l'image. La manipulation rajoutait du bruit au fichier, mais le visage de Py sortait enfin de l'ombre, avec sa mâchoire carrée, ses pommettes saillantes et ses yeux enfoncés dans leurs orbites. Et cette trace sur l'arcade sourcilière, comme la cicatrice d'une blessure ancienne. Duncan releva légèrement la loupe du journal. Le visage était sensiblement différent, comme après une intervention de chirurgie esthétique, mais il restait cette balafre…

Duncan éclata d'un rire nerveux. Il avait fallu ce départ précipité de chez lui sans pratiquement un sou en poche pour qu'il achète un quotidien qu'il ne lisait jamais et qu'il y trouve la réponse à ses questions. Il regarda ses mains qui tremblaient et parcourut une fois encore la brève. L'homme s'appelait Jourdain. Patrick Jourdain. Où était-il allé pêcher ce nom ? Ça n'avait aucune importance. C'était le Py de l'armée. L'ancien commando parachutiste passé par tous les régiments d'élite du sud de la France, déclaré mort par l'autorité militaire en 1994 à Gorazde et qui venait de refaire surface. Même visage, même regard, même bouche, même nez, même menton, et puis cette cicatrice… La photo ne pouvait pas mentir. Restait à comprendre comment un mort pouvait travailler au BHV, c'était la nouvelle la plus incroyable de toute cette affaire. Et s'il prenait l'histoire par l'autre bout, Duncan se demandait comment l'armée avait pu rayer de ses effectifs, pour cause de décès, un sous-officier toujours vivant. Et pour quelle raison, surtout ? Et, du coup, qu'est-ce que Carrère venait faire au milieu de cette pagaille ? Pourquoi se trouvait-il systématiquement à proximité de toutes les scènes de crime alors que le véritable assassin n'apparaissait pas ? Se pouvait-il que les deux travaillent ensemble ? Duncan considéra un instant cette éventualité, mais la rejeta tout de suite. « *Un mort et un vivant ensemble, ça ne colle pas.* »

Duncan se débattait au milieu d'une avalanche de questions auxquelles il ne trouvait pas de réponses. Alors, il se fit la promesse de s'abonner le jour même au *Parisien*. Il devait bien ça à ses confrères. Cela resterait une démarche personnelle qu'il n'expliquerait jamais à personne. Mais il le ferait, parce qu'à cinquante ans passés, il croyait toujours aux signes de la vie. Jamais depuis des années, il n'en avait ressenti un si puissant. Il avait enfin mis un visage sur l'assassin de Clémence. Il savait où il était. Il avait sur lui une avance considérable. C'était maintenant une question de temps pour le coincer. Il irait en fin de journée au BHV pour en savoir plus. Il ne savait pas encore ce qu'il y ferait, mais il ne s'inquiétait pas. Il lui fallait son adresse. Ce Patrick Jourdain avait déserté son poste de travail l'avant-veille. Personne n'avait apparemment encore établi de relation entre sa disparition et la tentative d'enlèvement de l'enfant. C'était peut-être une question d'heures. Duncan devait trouver un moyen de le loger. Ensuite, il verrait bien…

Restait Escher. La chance voulait qu'il souhaite abandonner l'enquête. Duncan n'allait pas laisser passer l'occasion. Il allait lui laisser croire qu'il se rangeait finalement à ses arguments et qu'il attendrait que l'équipe de Bangkok avance dans ses recherches avant de se remettre au travail. Escher serait satisfait d'avoir convaincu son ami et lui, Duncan, aurait les coudées franches.

Mais maintenant qu'il touchait au but, il se rendait compte de l'énormité de sa décision. Vouloir régler lui-même cette affaire allait en faire un meurtrier. Pour la bonne cause, mais un meurtrier quand même. Le plus paradoxal était qu'il n'avait rien à offrir à la police pour permettre l'arrestation de Py. Tous les éléments de l'enquête se trouvaient à Bangkok et, pour une raison qu'il ne comprenait pas, plus aucune information ne filtrait. Duncan avait le pressentiment qu'une autre partie se jouait en Thaïlande, sans parvenir à en saisir la teneur. Py, à Paris, pouvait continuer à assassiner autant qu'il le voulait, il n'était pas près d'être arrêté.

Il se releva pour aller se chercher à boire dans la cuisine. Il régnait dans l'appartement une chaleur lourde et moite qui ne collait pas avec l'absence d'ensoleillement de ce premier étage. Pourtant, dès que l'été arrivait, le trois pièces se transformait en étuve.

Duncan ne s'y était toujours pas habitué. Même l'eau du robinet était chaude, c'était une vraie poisse. Et ce frigidaire qui n'avait pas été rempli depuis une semaine ! Il n'y avait rien à boire à l'intérieur. Duncan attendit un moment en passant régulièrement le doigt sous le filet d'eau, mais la température ne variait pas. Il s'en servit un verre à contrecœur, puis revint à sa table de travail.

Il avait largement dépassé l'heure de sa conférence de rédaction. Ce n'était plus nécessaire de se hâter pour rejoindre le journal. Il ouvrit sur son Mac un document Word et se mit à cogiter. Écrire le récit de cette histoire, même au brouillon, lui prendrait plusieurs jours. Ce n'était pas forcément ce qu'il fallait faire. Or, il ressentait un besoin impératif et immédiat d'écrire.

Peu après quinze heures, Duncan avait tapé un texte de vingt-cinq feuillets, augmenté des fichiers des photos des militaires récupérés à Pau, des CV transmis par la DPMAT, des scans du *Parisien* et de toute une série de papiers de *Sud-Ouest*, des images qu'il avait faites à Bangkok, ainsi que des PV d'audition des prévenus que lui avait refilés Paibool. Il avait ajouté les interviews de Thalès Ibarburu, de Jean Arribarde, celle de l'inspecteur qui s'était occupé de l'affaire de la jeune fille retrouvée morte dans un champs de maïs, et plusieurs notes sur ce que lui avaient raconté le serveur du Kamok et le gérant du Bayard. Cela faisait déjà un dossier de plus de cent pages. Il passa ensuite rapidement en revue les gens auxquels il pouvait décemment en laisser un exemplaire et force lui fut de constater qu'à part Escher, il n'y avait personne. Au fil des années, sa vie était devenue vide à ce point. En avait-il seulement conscience ? Il émit, lèvres retroussées, un bruit assez trivial et lança l'imprimante.

Du tiroir de son bureau, il sortit une grande enveloppe sur laquelle il écrivit de son écriture sèche et nerveuse : « *À n'ouvrir qu'en cas de décès ou d'emprisonnement longue durée.* »

148

Le journaliste du *Parisien* n'avait pas exagéré. Py, alias Patrick Jourdain, s'était bel et bien volatilisé le mercredi précédent. Le chef de rayon avait fini par s'en apercevoir lorsque plusieurs clients mécontents s'étaient plaints de ne trouver personne pour les renseigner au comptoir des petites machines-outils. Le magasin avait lancé plusieurs appels sans réponse. On avait essayé de joindre Jourdain sur son portable. Le responsable des relations humaines s'était même déplacé jusque chez lui. En vain.

Le lendemain, lorsque le stagiaire du *Parisien* avait rappelé pour deux ou trois précisions au moment où il bouclait son papier sur l'enlèvement manqué de Charles, son interlocuteur à moitié ivre lui raconta une histoire à dormir debout, mais le garçon n'en fut pas surpris outre mesure. Il nota consciencieusement les déclarations de l'employé qui expliquait qu'un de ses collègues avait disparu comme par enchantement au beau milieu de son service. Ajoutant que ses camarades du magasin s'inquiétaient car le gars était gravement dépressif, qu'il n'en était pas à sa première fugue et qu'on craignait de sa part un geste fatal. Malgré les explications fournies par Charles, qui n'avait cessé de répéter au milieu de ses sanglots qu'il avait été attiré vers la réserve par un homme très fort, aucun vendeur du BHV n'avait soupçonné une seule seconde que leur collègue eût été capable d'avoir manigancé l'affaire. Le lien entre la tentative de rapt du petit garçon et Jourdain n'avait pas été fait. Ni par les collègues de Jourdain-Py ni par le stagiaire du *Parisien*.

Duncan arriva au BHV un peu avant la fermeture. Il s'avança lentement vers le rayon des scies et des visseuses électriques. Les clients commençaient à se diriger vers les caisses. Il vit immédiatement la grosse dame sans âge immobile derrière les empilements de boîtes d'outils. Lorsqu'il se fut assuré que Py n'était pas là, il s'approcha d'elle et lui demanda des détails très complexes sur le fonctionnement d'une scie. La vendeuse écarquilla les yeux en le regardant comme s'il venait de débarquer de la navette spatiale.

– Bon, c'est tout moi, ça. Faut que je tombe sur un client comme vous.

– J'ai dit quelque chose de mal ? interrogea Duncan avec le sourire le plus enjôleur qu'il put fournir.

– Disons que j'y connais rien, mon pauvre monsieur. Je fais le bouche-trou, moi. Mon rayon, c'est la lingerie féminine. Vous pouvez tout me demander, là. La taille des bonnets, la résistance des élastiques, les dernières couleurs tendance... Mais les scies électriques, ben non. J'suis désolée, remarquez. Et puis, j'ai même pas le temps de vous trouver quelqu'un pour vous expliquer.

Duncan plaça l'index sur ses lèvres.

– Cela ne fait rien chère madame. Je vais quand même vous prendre la boîte, là, à 60 euros. Dites-moi tout de même si j'ai un petit délai de réflexion pour la changer au cas où elle ne conviendrait pas.

– Vous viendrez me voir personnellement. Je vous la reprendrai.

– Juré ?

La vendeuse pouffa.

– Juré.

– Mais comment se fait-il que vous soyez là ? demanda Duncan. Je pensais trouver mon camarade Patrick.

– Ah, vous le connaissez ? Sûr qu'il vous aurait renseigné, lui. C'est un de nos meilleurs employés. Il connaît le rayon bricolage comme sa poche. Vous pouvez tout lui demander. Pas seulement sur ses outils, mais tout le reste. Il sait où ça se trouve.

– Et alors, il est où ? tenta Duncan.

– Eh ben, on ne sait pas. Ça va faire trois fois qu'il nous fait le coup.

– Oui, il disparaît sans prévenir. Je sais.

– Ah, vous savez...

– Pour tout vous dire, je le connais bien. C'est un copain. Enfin, on a fini par devenir copains, parce que j'achète souvent du matériel ici. Et il a toujours été d'une efficacité et d'une aide exemplaires. Mais là, tout de même, c'est embêtant, cette histoire. Il va finir par avoir des ennuis.

La dame prit un air entendu.

– Vous parlez ! Les patrons, ils n'aiment pas trop ça.

– J'irais quand même bien essayer de lui serrer la main à Jourdain. Vous n'auriez pas son adresse par hasard ?

– C'est le DRH qui pourrait vous donner ça. Moi, pour ce que j'en sais… Et puis, c'est pas sûr que je puisse.

– Bien, fit Duncan en consultant sa montre. Pour le DRH, c'est un peu tard. Et puis, je ne voudrais pas déranger. Non, c'était histoire d'aller voir comment il va, s'il n'habite pas trop loin. Avec tout ce que vous venez de me dire, faut pas le laisser tomber. Faut l'aider. Voilà, si j'avais pu…

La vendeuse lui fit signe d'attendre, puis alla vers un collègue. Deux minutes plus tard, elle revenait, un bon sourire sur sa face poupine.

– Vous avez de la chance, il crèche à côté. Vous pouvez même presque y aller à pied. Il est dans un des passages de la rue du Faubourg-Saint-Denis, le premier à partir du grand boulevard. Le passage… Le passage Crado, Trado… Ah, vous trouverez bien. Il est au 14.

Duncan la remercia chaleureusement.

– Dites-lui qu'on l'attend tous, ici, si vous le voyez, lui cria la vendeuse.

Duncan avait attendu que la nuit soit tombée depuis longtemps pour aller à la recherche du passage. Il avait patienté plusieurs heures dans un bistrot à l'angle du boulevard Bonne-Nouvelle et du Faubourg, consommant café sur café. Lorsque le garçon était venu l'avertir à une heure passée que l'établissement allait fermer sa terrasse, il s'était transformé en une véritable boule de nerfs. Il avait assisté au retour du travail de la France laborieuse, de petites gens pressées qui se hâtaient d'aller faire trois courses de bouffe avant de regagner leur logis, puis au débarquement des bobos qui prenaient d'assaut les bars branchés comme un nuage de sauterelles. Pendant des heures, le quartier changeait de physionomie jusqu'à ce que la noria des derniers camions poubelles fasse fuir les consommateurs plus au sud. Les gens partaient par groupes, à pied ou à bicyclette, vers les Halles. Beaucoup plus tard, les immigrés sortaient des taudis qui les abritaient. Les hommes seuls. Il n'y avait pas de femmes. Ils s'installaient aux terrasses de débits de boissons improbables pour jouer aux cartes ou se raconter les histoires qui leur avaient fait quitter leurs pays.

Lorsqu'il fut prié de déguerpir, le quartier avait replongé dans l'obscurité. Duncan trouva presque immédiatement le passage du Prado, mais se heurta à une impressionnante grille cadenassée. Il allait repartir quand un Pakistanais s'excusa pour introduire une clé dans la serrure. Duncan le salua et engagea immédiatement la conversation :

– Vous tombez à pic. J'avais oublié les miennes.

– Vous vivre là ?

– Au 14. Chez un ami. Patrick Jourdain. Vous ne devez pas le connaître.

– Si, dit l'homme. Jourdain, monsieur tranquille. Premier étage. Voisin à moi. Moi, c'est dernier étage. Ah, ah ! Vous, c'est chance aujourd'hui, parce que dormir dehors, pas bon. Très dangereux n'est-ce pas ? Parce que beaucoup drogués par là.

Duncan acquiesça et emboîta le pas au Pakistanais.

– Je ne vous ai jamais rencontré, hasarda Duncan. Vous travaillez dans le coin ?

L'homme prit tout à coup un air de bête traquée en dévisageant Duncan des pieds à la tête.

– Moi, c'est attendre papiers pour travailler. Moi, c'est pas de problèmes. C'est habiter chez mon cousin avec carte de séjour.

– Oh, je ne vous demande pas vos papiers, plaisanta Duncan. Je ne suis pas de la police, cher monsieur. Si vous pouviez également m'ouvrir la porte de l'immeuble, ce serait parfait. Je suis bien content de vous avoir rencontré.

Le Pakistanais glissa un passe en plastique noir dans un boîtier, avant de saluer et de monter l'escalier quatre à quatre. Duncan resta dans l'entrée et prit son téléphone, attendant que l'homme ait disparu. Il l'écouta finir de gravir les marches, puis, lorsque la porte claqua, il sortit d'un sac un 11,43 parabellum. Il était dans un état de tension extrême. Dans moins de cinq minutes, il serait en face de l'assassin de Clémence. Allait-il tirer ? La rage qu'il sentait grandir en lui l'empêchait de réfléchir. Il avait rêvé de ce moment depuis trois semaines, mais maintenant qu'il se trouvait au pied du mur, il n'était plus sûr de rien. Comment tuer Py et ne pas aller en prison ? Il n'avait même pas de silencieux sur cette vieille arme rapportée du Vietnam en 1975 ! Les coups de feu réveilleraient le quartier entier. L'arme tonnait comme un canon. Et même s'il parvenait à s'échapper, il resterait toujours une trace de sa présence, l'après-midi, au BHV. Les vidéos de surveillance qui n'avaient certainement pas manqué de le filmer, la vendeuse qui témoignerait des questions qu'il lui avait posées… Cette entreprise était pure folie. Mais une force indéfinissable le poussait maintenant dans l'escalier. Il montait vers l'unique porte de l'étage, comme aspiré par un trou noir.

Il sonna. Une fois. Deux fois, trois fois. Le carillon au timbre aigu résonnait dans le vide. Il insista encore, collant son oreille à la porte. Quand il fut certain que l'appartement était vide, il reprit son téléphone et appela la serrurerie express du quartier, expliquant qu'il était sans ses clés devant chez lui. Une voix ensommeillée lui demanda s'il avait de quoi prouver qu'il résidait effectivement là.

– J'ai mes papiers avec moi. Pas de problème, assura Duncan.

Le compte à rebours était enclenché. Il verrait bien le moment venu. La voix lui dit qu'il faudrait une petite demi-heure avant qu'un technicien n'intervienne. Duncan remercia. Il s'assit et attendit.

Duncan vit immédiatement que le bonhomme était espagnol ou portugais. Il s'adressa à lui en castillan. Le serrurier lui sourit et ne fit aucune difficulté pour introduire son passe dans la porte de l'appartement de Py. Il empocha les 120 euros que Duncan lui tendit et le laissa sans rien lui avoir demandé de plus.

Duncan respira plusieurs fois à fond pour évacuer le stress qui l'avait envahi. Il entra sans allumer la lumière. Le réverbère situé devant le salon suffisait à lui permettre de se déplacer. C'était une grande pièce presque nue avec une cuisine à l'américaine et deux portes fermées de chaque côté. Il alla vers la fenêtre et tira les rideaux. Enfin, il pressa le commutateur. Une lumière jaune pâle diffusée par une ampoule pendue au bout d'un fil clignota un instant avant de se stabiliser. À part une table en bois blanc et une chaise, un fauteuil en rotin posé devant un petit poste de télévision, il n'y avait rien. Ni bibelots, ni tapis, ni tableaux. La première porte donnait sur une chambre équipée d'un lit picot. La deuxième, sur un couloir menant à des toilettes et à une salle de bains. Un rasoir traînait sur la paillasse en faïence noir brillant. Duncan le ramassa à l'aide de son mouchoir et l'empocha. Un jour, peut-être aurait-il l'occasion de le faire analyser pour en extraire d'éventuelles traces d'ADN afin de prouver que le mort de Gorazde était toujours vivant. Il ne parvenait toujours pas à imaginer comment Py avait pu organiser son décès en Bosnie et s'évanouir dans la nature. Il connaissait trop bien le terrain pour savoir que personne n'aurait jamais pu réussir une disparition de ce genre sans des complicités. Et qui aurait pu aider un Casque bleu à s'éclipser de la sorte ? Les Serbes ? Les Bosniaques ? Foutaises. Duncan aurait pu y croire si le type s'était contenté de prendre la poudre d'escampette, mais pas dans les conditions qu'il connaissait. Il fallait d'autres connivences pour faire croire à sa mort à une armée entière. Et plus Duncan y réfléchissait, plus il désespérait de comprendre qu'il n'y avait guère que l'armée elle-même, précisément, qui pouvait être intervenue. La mauvaise humeur de Coulanges, ses mises en garde répétées, son fameux

« secret de la République » ! C'était clair maintenant. Le seul élément du problème sur lequel il butait était les raisons pour lesquelles l'armée française avait décidé de protéger un tel criminel.

Dans le placard du couloir, un blouson léger et un manteau d'hiver étaient accrochés à des cintres. Des chemises, des pulls et des jeans étaient rangés sur une étagère. C'est en passant la main derrière la pile de vêtements que Duncan découvrit la combinaison de plongée en Néoprène dans laquelle il avait surpris Py sur la piste cyclable du Cap-Ferret. Elle était pliée dans une poche en feutrine. Sa taille laissait penser que l'ancien militaire devait mesurer entre un mètre quatre-vingt-quinze et deux mètres. « *Un putain de bestiau* », se dit Duncan. Il retraversa le salon et revint à la chambre où une lampe de chevet constituait le seul éclairage de la pièce. Les draps étaient réunis en boule sur le lit. Au sol traînaient quelques papiers froissés. La seule décoration de l'appartement consistait en un poster représentant un portrait de Mozart punaisé au mur faisant face au lit. L'affiche devait être ancienne parce que les couleurs semblaient passées. Duncan s'assit par terre et commença à déplier chacun des morceaux de papier qui avaient été abandonnés sur le parquet. Des tickets de caisse d'un Franprix, un billet d'entrée à l'opéra Garnier, un récépissé ancien d'achat d'un CD chez Surcouf et une coupure de journal sur l'avancement de la recherche médicale dans le traitement de la malaria… Rien d'excitant. Il refit encore une fois le tour de l'appartement, mais ne trouva rien qui puisse l'orienter sur le dernier emploi du temps de l'occupant des lieux. C'était à se demander si l'endroit avait jamais été habité. Même le placard sous l'évier était vide. Soit Py avait vécu là comme un Spartiate, soit l'endroit n'était qu'un leurre. Comme sa nouvelle identité.

Duncan faisait un dernier tour dans la chambre quand il lui vint l'idée de secouer les draps. Un bout de carton virevolta un instant avant de retomber à ses pieds. Duncan se pencha pour le ramasser et il sentit un flot d'adrénaline envahir ses artères. Pour en avoir utilisé souvent, il reconnut immédiatement le fragment d'un étui de billet de la Thaï International. La pochette avait été déchirée, mais il en restait assez pour deviner un morceau de la fleur de lotus de la compagnie. Sur un coin de l'étui, on pouvait lire quatre chiffres écrits au stylo-bille : 06 09. « *6 septembre. Il a foutu le camp le jour de la tentative d'enlèvement. Avant-hier*, se dit tout haut Duncan. *Ce ne peut être que ça. Je sais où tu es, connard, maintenant.* » Il était clair que Py n'avait pas anticipé la tournure qu'avaient prise les événements. Il avait quitté le BHV, puis la France, pour ne pas être arrêté, alors que personne ne le soupçonnait. S'il était resté, il n'y aurait pas eu de papier dans *Le Parisien*, et lui, Duncan, n'aurait même jamais eu connaissance de son existence. Impossible de faire le rapprochement entre le tueur et l'employé du magasin au visage en partie refait.

Duncan ressortit du passage par le côté donnant sur le grand boulevard. Il avait craint un instant de rester bloqué dans ce coupe-gorge, mais la seconde porte était ouverte. Il attrapa au vol un taxi qui filait vers l'ouest et demanda au chauffeur de le conduire porte de Saint-Cloud. Il était un peu plus de trois heures du matin et il se sentait essoré. Un mélange curieux d'épuisement absolu et d'excitation incontrôlable.

CHAPITRE 23

9 septembre 2006

149

Py descendit du taxi dans Khaosan Road. Il entra au New Joe Guest House et posa sur le comptoir de la réception son passeport au nom de Vincent Durafour. L'employé le salua d'un « *Sawatdee Ton Chao Mister Vincent* », et recopia les numéros du document et du visa dans un grand cahier d'écolier. Plusieurs routards attendaient déjà, sac au dos, leur guide pour partir en excursion. Il n'était pas encore neuf heures, mais le quartier commençait à s'animer. À l'angle de la terrasse donnant sur le jardin, des Allemands terminaient des bocks de bière. Deux couples de jeunes gens consultaient au fond du lobby Internet sur les ordinateurs mis à disposition de la clientèle. Il régnait dans la pièce, ouverte sur l'extérieur, une chaleur d'étuve que les larges pales des ventilateurs ne parvenaient pas à dissiper.

– *Holidays ?* demanda le réceptionniste en lui tendant une clé accrochée à une grosse plaque de bois.

– Oui. Quelques jours de vacances, répondit Py.

– *Good. Very good. If you want girls, no problem. You ask. If you want beer, can drink here or at Lucky Beer, across the street.*

Same same guest house. Same same boss. Cheap beer. If you want tour the city, you ask. Same same[1].

Py laissa vingt bahts de pourboire au garçon et se dirigea vers sa chambre.

C'était une pièce au confort minimaliste. Un grand lit seulement recouvert d'un drap bleu, deux tables de nuit avec sur l'une d'elles un antique téléphone, une petite armoire déglinguée pour y ranger trois vêtements et une valise, et un grand miroir sur le mur faisant face au lit. Une fois la porte refermée, il fallait allumer le plafonnier. La chambre avait été peinte en vert pâle. Une paire de tongs portant les traces noirâtres d'empreintes d'orteils traînait sur le sol en ciment brut. C'était Khaosan. Le quartier des hippies. Py savait qu'il s'y noierait dans la masse des touristes et qu'il y serait en sécurité. L'endroit dégageait bien trop d'argent pour que la police y importune les étrangers.

Il posa son sac sur le lit et chercha une adresse dans un carnet. Il voulait commencer par se faire faire de nouveaux faux papiers au nom de Van Dewelt. Une cinquantaine de boutiques en proposaient ouvertement dans la rue. Pour quelques dizaines de bahts, on obtenait des cartes de presse, des cartes de membre du Rotary, mais pour ce qui était plus sérieux, les cartes d'identité ou les passeports, cela se négociait dans des maisons anonymes. On n'y entrait pas par hasard. Il fallait une recommandation et un bon paquet de dollars. Les contrefaçons étaient sérieuses et rapides. À condition d'y mettre le prix, on pouvait même s'y faire établir un visa d'entrée en Thaïlande. C'est ce que voulait Py. Quelle tournure prendraient les événements ? Les Chinois étaient capables de le tracer jusque dans les ordinateurs de l'immigration. Autant être prévoyant. Il glissa dans sa poche 3 000 euros et ressortit par l'arrière de l'hôtel.

1. Bien. Très bien. Si vous souhaitez des filles, pas de problème. Vous demandez. Si vous voulez une bière, pouvez boire ici ou au Lucky Beer, de l'autre côté de la rue. Si vous voulez visiter la ville, vous demandez. Pareil.

Il le savait, il lui faudrait deux jours pour obtenir un passeport avec un visa. D'ici là, il attendrait tranquillement au New Joe de rencontrer Arawat.

150

Ce n'était pas dans les habitudes de Delpey d'être aussi tendu. Il semblait très contrarié, presque aux abois. Comme s'il avait redouté le coup de fil de Duncan. Il lui intima l'ordre de ne rien dire et l'assura qu'il allait le rappeler, puis raccrocha.

Duncan resta avec le combiné à la main, les sourcils froncés. Pourquoi Delpey réagissait-il ainsi ? Il n'avait pas même eu le temps de lui dire autre chose que bonjour. Dix minutes plus tard, son portable sonna. Il jeta un coup d'œil à la fenêtre du téléphone, c'était un appel masqué. Il appuya sur le triangle vert de l'appareil, la voix de Delpey lui parut extrêmement proche.

– Je te rappelle d'un poste sécurisé de l'ambassade, lui dit Delpey.

– Pourquoi cette précaution ?

– Les choses ont évolué dans le mauvais sens, ici.

– Tu as des problèmes ?

– Pas seulement moi. Toi aussi.

Duncan accusa le coup.

– Explique, fit-il.

– Je n'aime pas du tout la tournure des événements. Le général est devenu fou.

– Paibool ? Qu'est-ce qu'il a bien pu faire ?

– Il s'est débarrassé de tout le monde, les étrangers et les Thaïs, il n'a pas fait dans la dentelle. Suicides, accidents, meurtres, disparitions mystérieuses… Il y a eu une avalanche de macchabées.

– Oh, bordel !

Il y eut une plage de silence, puis Duncan demanda ce qui s'était passé.

– Justement, je ne le sais pas.

– Enfin, on ne tue pas les gens comme cela ! Tu as vu les morts ?

– Pour quoi faire ? Je n'ai aucune raison d'en douter. Malheureusement.

– Passons. Comment l'as-tu appris ?

– Par le général lui-même.

– Et alors, s'il t'a raconté cela, il a dû t'en donner la raison.

– Non, il me l'a dit parce qu'il ne pouvait pas me le cacher si je restais dans l'enquête. Il m'a seulement précisé que tous ces gens étaient morts pour raison d'État et que je devais tout oublier. Et là, je me suis dit que cette affaire commençait vraiment à puer.

– Soit, mais de là à développer une parano…

– Le général m'a aussi réclamé de te demander de détruire tout ce que tu avais enregistré.

– Oh… !

– Il a essayé de me convaincre de te faire revenir.

– Et pourquoi ?

– Officiellement, pour te racheter ton travail.

– Et combien offre-t-il ? demanda Duncan en rigolant.

– Ne te marre pas. C'est sérieux.

– Je dirais : c'est curieux. Mais tu es flic, je suis journaliste… La belle affaire !

– Nous sommes les derniers témoins de cette histoire, Alain. Voilà le problème…

– J'ai reçu hier une invitation de l'hôtel Oriental, dit Duncan. Tu en penses quoi ?

À l'autre bout du fil, Delpey faillit s'étrangler.

– Ah, le salaud ! Il n'a pas perdu de temps.

– Tu crois que c'est lui ?

– Qui veux-tu que ce soit ?

– L'Oriental…

– Et l'hôtel t'aurait invité pour quelle raison ?

– Parce que je suis membre de l'Association des journalistes de tourisme. Une opération de communication de l'hôtel, en quelque sorte…

– Et tu trouves cela normal !

– Cela se pratique. Mais dans les conditions actuelles, évidemment, je ne sais pas quoi en penser.

– Ne viens pas.

Delpey avait légèrement haussé le ton.

– Ne viens pas, Alain. Ce serait te foutre dans la gueule du loup.

– Tu crois vraiment…

– Je ne prendrais pas le risque.

– On t'offrirait une semaine de vacances dans le meilleur cinq-étoiles de Bangkok, tu n'irais pas, toi ?

– Laisse tomber.

– Il y a quand même un problème…

– Oui ?

– J'ai déjà donné mon accord. J'arrive après-demain.

– Annule tout. Dis-leur que tu as un empêchement.

– Il y a un autre problème.

Delpey prit un ton irrité.

– Quoi, encore ?

– Je vais quand même venir.

– Pourquoi tu t'entêtes ?

– Parce que hier, peu de temps après avoir reçu l'invitation, j'ai découvert quelque chose qui m'oblige à revenir en Thaïlande…

– Tu ne m'as pas compris. Je te dis de laisser tomber.

– Je ne peux pas.

– Qu'est-ce que tu me chantes…

– C'est une affaire personnelle, maintenant.

– Je vois. Toi aussi, tu pètes les plombs. Je ne veux même pas connaître le début de ton histoire…

– Mais je ne te dis rien. Seulement que j'arrive. Reste à déterminer comment je fais, car j'ai bien entendu ce que tu m'as dis.

– Tu es un grand malade, Alain !

– Une question encore : pourquoi Paibool ne m'a-t-il pas contacté lui-même, selon toi ?

– Je suppose qu'il ne souhaite pas laisser de trace de son intervention.

– Bien. Dans ces conditions, je vais utiliser le *prepaid* et m'installerai ailleurs à Bangkok.

– Alain, à partir du moment où tu te trouveras dans cet avion, tu seras attendu. Je ne pense pas d'ailleurs qu'on te laisse aller jusqu'à l'hôtel. Tu seras tamponné avant.

– J'en ai vu d'autres. Je vais trouver un moyen de venir sans attirer l'attention de nos amis.

– Ils te mettront la main dessus dès la sortie de l'aéroport.

– J'ai un deuxième passeport au nom d'un de mes pseudos qui m'a été délivré pour voyager dans certains pays arabes, je vais m'en servir.

– Alors, le *prepaid* ne servira à rien, et ton pseudo sera aussi ridicule qu'un faux nez.

– Je vais trouver une solution.

– Franchement, gronda Delpey, je ne comprends pas ce qui te pousse à revenir. Je te dis qu'il n'y a plus rien à voir. Écoute-moi, bordel…

– Il faut que je vienne. Je ne peux pas faire autrement.

Delpey fit une grimace fataliste.

– Bon, tu vas prendre un billet pour Kuala Lumpur, et de là, tu viendras par le train. Tu appelleras un de nos amis de l'Alliance française que nous connaissons bien tous les deux, juste avant de passer la frontière pour confirmer ton heure d'arrivée à Bangkok, et je te ferai récupérer à la gare. Utilise ton pseudo. J'espère que cela te protégera quelques heures.

– C'est aussi grave que cela…

– Plus que tu ne l'imagines.

151

La gardienne de l'immeuble arrêta Escher lorsqu'il passa devant la loge. Elle lui dit qu'on avait déposé un paquet pour lui dans le courant de la journée et lui demanda d'attendre. Escher fut tenté de continuer jusqu'à l'ascenseur tant cette femme l'exaspérait. Elle pouvait bien faire l'effort de monter trois étages pour lui remettre son courrier, mais elle réapparut aussitôt, une énorme enveloppe dans les mains.

– C'est lourd, dit-elle simplement avec l'accent portugais dont elle n'avait jamais réussi à se départir après plus de vingt ans de présence à Paris.

Escher salua et s'en alla. L'ascenseur était au rez-de-chaussée. Il entra, appuya sur le troisième et attendit que les portes se referment. Il était épuisé. La chaleur lourde qui s'était abattue sur la capitale n'arrangeait rien. Tout l'après-midi, il avait rêvé d'un bain froid. C'était une question de minutes, maintenant. Mentalement, il dressa le programme de la soirée : le bain tout de suite, un plateau-repas devant les infos, un peu de lecture du Frantz Fanon qu'il avait déniché chez un bouquiniste le week-end précédent, et puis extinction des feux. Cela ne lui ferait pas de mal de se coucher tôt. Le rythme du journal et l'enquête parallèle avec Duncan l'avaient littéralement vidé.

Il claqua la porte de l'appartement derrière lui et posa l'enveloppe sur un guéridon. L'étiquette imprimée à son nom ne lui donnait aucune indication sur l'expéditeur. Il se dit qu'elle devait provenir de la rédaction. Encore certainement des éléments pour une enquête de dernière minute. Son rédacteur en chef était coutumier du fait. Il fila vers la salle de bains.

À vingt-deux heures, il reposa *Peau noire, masques blancs* et réfléchit un moment, la main sur l'interrupteur de la lampe de chevet. Lorsqu'il se fut convaincu qu'il ne pouvait pas retourner à sa rédaction le lendemain sans avoir pris connaissance du contenu de l'enveloppe, il considéra que ce serait plus compliqué encore de le faire le matin dans la précipitation que le soir même. Il ressortit du lit.

L'enveloppe devait peser dans les deux kilos. Il la déchira et fut assez surpris d'y trouver une seconde enveloppe cachetée. Une mention manuscrite indiquait : « *À n'ouvrir qu'en cas de décès ou d'emprisonnement longue durée.* » Il avait trop correspondu par lettres avec son ami Duncan avant l'apparition du Web pour ne pas reconnaître son écriture. C'était une surprise à laquelle il ne s'attendait pas. Escher ne se posa même pas la question de la raison de cet envoi. Ce ne pouvait être que lié à leur enquête. Qu'est-ce que Duncan avait bien pu découvrir qui l'obligeait à procéder ainsi ? Était-il maintenant en danger au point de devoir laisser derrière lui ce qui ressemblait à n'en pas douter à un testament ? « *Et merde !* » marmonna Escher en attrapant le téléphone fixe.

À presque minuit et demi, il abandonna la partie. Duncan était injoignable. Aucun de ses trois numéros n'avait décroché. Les messageries des lignes étaient pleines. Alors, il décida enfin d'aller dormir. Sans ouvrir la seconde enveloppe.

CHAPITRE 24

11 septembre 2006

152

La visite chez Arawat, en fin de matinée, avait plongé Py dans un abîme de perplexité. Il avait d'abord décidé de remonter le *soï* Swan Plu en *touk-touk* avant de revenir sur ses pas à pied. Une bonne vieille méthode éprouvée pour ne pas se jeter dans la gueule du loup. Il voulait prendre rapidement la température du quartier avant de sonner à la porte de la villa. Au milieu de la ruelle, le triporteur avait ralenti pour contourner une voiture de police en stationnement. De toute évidence, elle n'était pas là par hasard. Py s'était baissé pour regarder par-dessous le dais du *touk-touk*. La voiture se trouvait devant la porte de la maison d'Arawat. Il s'était fait reconduire à l'embarcadère de Taksin, sur le fleuve. Une fois de retour à son hôtel, il avait appelé plusieurs fois le numéro du Thaï. Sans que personne décroche jamais.

Py avait passé le reste de la journée enfermé dans sa chambre à s'interroger. Quel problème Arawat pouvait-il avoir avec la police ? Comment se faisait-il que même le personnel de maison ne réponde pas ? Un coup de fil au *Bangkok Post* en demandant au bluff où en était l'affaire Arawat n'avait rien donné non plus, le journaliste lui avait répondu qu'il ne voyait pas de quoi il lui parlait. Py était resté allongé sur son lit à réfléchir. Il ne pouvait pas aller se présenter à la porte de la villa du *soï* Swan Plu si Arawat était sous le coup d'une quelconque investigation. Même si l'affaire n'avait rien à voir avec les activités de la Triade, le risque était trop important. Il ne pouvait pas, non plus, reprendre l'avion et rentrer en France. Il devait d'une manière ou d'une autre entrer en contact avec les Trois Dragons.

Arawat avait évoqué une fois un personnage de la Triade très important, en apparence pauvre et effacé, qu'on reconnaissait au seul tatouage rituel débordant de l'échancrure de son col. Il avait dit à Py que cet Oncle prendrait un jour la succession de l'organisation criminelle. Il lui avait dit qu'il serait sans doute conduit à le rencontrer quelque part en Europe, peut-être même en France, parce que l'homme souhaitait connaître personnellement chaque élément de l'organisation. C'était juste le contraire de ce qu'avait toujours fait le Grand Maître, mais il avait ses raisons. Arawat avait insisté sur le fait qu'il représentait l'avenir du crime organisé en Asie. Pour clore le portrait du personnage, il avait ajouté que c'était un bonhomme extraordinaire, de la vieille école chinoise, richissime mais vivant toujours dans des gourbis, comme le dernier en date, une maison de bois insalubre accolée à une vieille mosquée située derrière l'hôtel Shangri-La. Une bicoque alors que l'Oncle aurait pu s'offrir un palais avec la fortune qu'il possédait, mais c'était le genre d'habitations où il aimait vivre parce qu'elles lui rappelaient le taudis où il avait grandi à Hong Kong. Pourquoi ces précisions ? Py n'en savait rien. C'était l'unique autre piste dont il disposait. Autant dire : pas grand-chose. Pourtant, il fallait qu'il s'y accroche. Il n'avait pas d'autre moyen de retrouver ce frère et de régler son problème.

Py avait attendu la fin du jour pour ressortir. Il s'était installé sur un siège à l'avant du bateau de la ligne Chao Phraya Express et regardait la nuit envelopper progressivement la vie sur le fleuve. Très vite, les maisons sur les rives se confondirent avec la masse noire de la jungle qui venait encore, par endroits, manger la ville. Seules, les tours se distinguaient sur l'écran bleu sombre du ciel. Il passa devant le grand palais et le Wat Mahathat sans même les voir. Le gros bateau-taxi était régulièrement dépassé par des embarcations effilées aux moteurs rugissants. Depuis Khaosan, la balade sur le Chao Phraya durait presque une heure pour rejoindre l'embarcadère de Taksin. Lorsque le bateau accosta, la nuit était définitivement tombée. Des lumignons dansaient sur l'eau. Py ne s'attarda pas à contempler la féerie nocturne qui s'emparait du fleuve. Il sauta sur le ponton branlant, puis accéléra le pas jusqu'au métro aérien. Là, seulement, il se remit à marcher normalement. Il se trouvait contre l'aile sud du Shangri-La. Il connaissait bien le quartier pour y avoir séjourné deux fois déjà. Il se dirigea vers la pagode chinoise, à l'angle d'une ruelle qui longeait l'hôtel. Si ce que lui avait raconté un jour Arawat n'était pas faux, la maison du Chinois devait se trouver à quelques centaines de mètres plus loin.

Le quartier s'était vidé. Py avançait à la lueur des éclairages des chambres du Shangri-La. Les vingt étages étaient allumés. En contrebas, la plupart des mauvaises maisons de bois bordant le *soï* avaient déjà éteint leurs lumières. Une vendeuse de sauterelles grillées pliait sa boutique roulante. Py fit un écart pour éviter l'éclairage de la lanterne et revint sur le trottoir en rasant les murs. Il scrutait chaque ouverture, chaque porte et chaque fenêtre d'où il aurait pu apercevoir quelque chose qui attire son attention. Par endroits, il devinait derrière des claies en bois des rais de lumière pâlichons indiquant que les occupants des maisons veillaient encore. Il n'avait emporté avec lui qu'un couteau muni d'une lame de vingt-cinq centimètres, tranchante comme un rasoir. Pour l'heure, elle était fixée sur son flanc gauche à l'aide de chatterton. Il ne lui faudrait pas deux secondes pour s'en emparer le moment venu.

La ruelle fit brutalement un coude au niveau de l'entrée du parking de l'hôtel. Elle obliquait d'abord sur la gauche, puis, de nouveau, vers la droite. À partir de cet endroit, elle s'élargissait un peu jusqu'à une place bordée d'arbres rabougris. Py aperçut immédiatement la coupole de la mosquée. C'était un bâtiment ridiculement petit, recouvert de faïences blanches, à l'aspect fatigué. Un néon anémique fixé au-dessus de la porte d'entrée éclairait une plaque de cuivre sur laquelle avait été gravé un texte très court qui résumait l'histoire de ce lieu de culte. Py s'approcha et se planta devant le temps qu'il lui fallut pour repérer la maison dont avait parlé Arawat.

Elle était située à l'arrière de la mosquée. Comme les autres du quartier, il s'agissait d'une cabane améliorée en planches mal dégrossies, recouverte de dizaines de pots de plantes vertes et fermée par une grille pliante et coulissante. Celle-ci ne disposait d'aucun éclairage frontal. Seul un lumignon brûlait à l'intérieur, qu'on devinait au-dessus d'un autel des ancêtres. Py s'approcha et écouta.

Le bruit caractéristique d'un clavier d'ordinateur qu'on manipule lui parvint faiblement aux oreilles. Quelqu'un devait travailler dans une pièce à l'arrière de la maison. Aucun autre son ne provenait de l'endroit. Py jeta un coup d'œil circulaire autour de lui. La rue était déserte. Il contourna la maison, prit appui sur un pylône électrique pour atteindre le balcon du premier et s'y hissa d'un bond. Là, il écarta le volet d'une fenêtre et, lorsqu'il se fut assuré que la pièce était vide, il s'y introduisit avec la souplesse d'un félin.

À l'exception d'un linoléum, d'un grabat jeté dans un coin et d'une pile de vêtements posée à même le sol, il n'y avait rien. Au fond de la chambre, un escalier droit et étroit plongeait dans l'obscurité de la maison. En se penchant au-dessus, Py aperçut l'autel des ancêtres dans ce qui ressemblait à un salon, puis un dégagement menant à une pièce d'où montaient des relents de cuisine. C'est de là que semblait provenir le bruit de pianotage sur le clavier.

Le cliquettement cessa, il y eut un craquement de parquet puis un bruissement d'étoffe froissée, et la silhouette d'un vieil homme obèse passa furtivement dans l'encadrement de l'escalier. Py remarqua aussitôt le tatouage noir sur la peau cuivrée de l'homme, un dragon à trois têtes. Il ne s'était pas trompé : il se trouvait bien chez l'Oncle d'Arawat. Ainsi, le numéro deux de l'une des Triades parmi les plus importantes d'Asie campait dans ce gourbi infâme. Py descendit les premières marches sur la pointe des pieds et attendit. Le Chinois fourrageait quelque part dans la pièce principale. Lorsqu'il repassa, Py le crocheta au cou et le plaqua au sol, une main sur la bouche. L'attaque avait duré une fraction de seconde. Dans sa chute, l'Oncle Da s'était à moitié assommé. Il n'émit aucune plainte, aucun son. Py le retourna de manière à coller son visage contre le sien et commença les présentations et l'interrogatoire.

– Mes respects, mon Oncle. Je suis l'exécuteur français. J'arrive de Paris.

Les yeux du vieil homme s'agrandirent comme s'il reprenait tout à coups ses esprits, tandis qu'une lueur d'étonnement passait dans son regard.

– Je me suis invité chez vous, parce qu'il y a une querelle entre nous que je regrette. J'ai bien essayé d'y trouver une solution en France, mais en vain…

Le Chinois voulut parler, mais Py lui posa un doigt sur les lèvres.

– Chut. Chuuut. Ces Chinois très désagréables à Arcachon, puis celui à Paris qui s'est introduit chez moi… je n'étais pas habitué à de tels procédés, mon Oncle. Je vous sers depuis plus de vingt-cinq ans. Combien vous ai-je fait gagner d'argent ? Seriez-vous seulement capable de le calculer là, tout de suite ? Vingt, 30 millions d'euros ? Peut-être le double ? Et vous m'expédiez des ultimatums, puis un tueur minable ! Parce que je suis exceptionnellement dans l'incapacité d'honorer l'une de vos commandes !

Py avait parlé sa tête contre celle de l'homme. Allongés au milieu du couloir de la maison dans cette position, on aurait pu croire qu'ils s'embrassaient. La voix de Py était un murmure grave et lent, pour que chaque mot pénètre dans le cerveau du Chinois.

Il ne doutait d'ailleurs pas une seconde que le vieillard comprenait couramment l'anglais. Ses yeux bougeaient maintenant à une cadence effrénée, allant de ceux de Py à sa bouche, à son front. Il détaillait son visage. Plus son regard bougeait, plus il semblait se remplir d'épouvante. Cela n'échappait pas à Py.

– Je vais t'endormir un peu, grand-père, le temps que je trouve ici quelque chose pour te faire tenir tranquille, lui dit-il en commençant à lui presser la nuque.

Un quart d'heure plus tard, Py avait attaché le Chinois à un tabouret de la cuisine et lui avait placé un chiffon crasseux dans la bouche pour l'empêcher de crier.

– Alors, mon Oncle, pourquoi cet acharnement ?

L'Oncle Da battit des paupières pour évacuer une larme qui perlait. Sa bouche tremblait et de la salive s'accumulait autour du chiffon, tandis que son torse se couvrait de sueur. Py décrocha son poignard.

– Il va quand même falloir me répondre, mon Oncle. Nous avons toute la nuit, mais je préférerais en finir avant.

Le Chinois émit un gargouillis en secouant la tête, Py tira un peu sur le chiffon.

– Oui ?

– Je suis humblement désolé des tracas qui vous ont été causés. Ils ne sont pas de mon fait. Je ne suis qu'un maillon de la chaîne.

– Qui, alors, mon Oncle ? demanda Py en posant la pointe de la lame du couteau sur le sexe de l'homme.

– Le Grand Maître, bien sûr. Le Grand Maître. Je lui ai simplement rendu compte que nous n'obtenions pas la vidéo de l'enfant, c'est tout ce que j'ai fait. Mais cela l'a fortement contrarié. Il y avait beaucoup d'argent en jeu. Il s'est braqué, comme cela lui arrive parfois. Je sais parfaitement les services que vous avez rendus à l'organisation depuis toutes ces années… J'ai plaidé en votre faveur, mais il aurait fallu que je le rencontre, et je n'y suis pas parvenu jusqu'à présent. Les choses se sont compliquées, ici.

– Vous n'êtes pas parvenu à le voir !

– Impossible sans être invité. Les derniers événements font qu'il ne rencontre plus personne. C'est notre Oncle numéro trois qui a convaincu le Grand Maître de vous punir. J'ai manqué de temps pour l'apaiser. Les événements, ici, ne m'ont pas aidé.

– Arawat m'avait dit que vous alliez prendre le contrôle de l'organisation. Je suis étonné que vous vous soyez laissé doubler par un subalterne, murmura Py.

– J'ai réglé ce problème. Vous ne craignez plus rien.

Le Chinois cherchait à gagner du temps. L'apparition soudaine de l'exécuteur français chez lui était un renversement de situation qu'il n'aurait jamais imaginé. Comment ce foutu cochon gratté avait-il bien pu débarquer ici, si vite ? Il le savait professionnel hors normes, mais de là à arriver jusqu'à chez lui, à Bangkok, il ne l'avait jamais envisagé. Py appuya sur la lame.

– Ne faites pas cela. Je ne suis pas votre ennemi. J'avais même pensé travailler directement avec vous. J'y pensais encore ces derniers jours… J'avais demandé à mon neveu de vous contacter…

– Que fait la voiture de police garée devant chez lui ?

– Ah, c'est ce que j'essayais de vous dire, tout à l'heure. Les événements ont tourné au vinaigre, ici. Pour une raison que j'ignore encore, la police a eu connaissance de l'existence de notre organisation. En quelques jours, elle a procédé à une vague d'arrestations chez des clients de seconde ou troisième catégorie qui lui a permis de remonter notre filière. Je ne sais pas comment elle a pu réussir ce coup de filet, mais nous avons perdu nos revendeurs, nos dépositaires et mon neveu Chanchaï, notre commercial. Je m'apprêtais moi-même à disparaître lorsque vous avez fait… irruption chez moi.

– Qu'est-il arrivé à Arawat exactement ?

– Je ne sais pas. Il est actuellement interrogé. Nous devons donc nous cacher et attendre. C'est la consigne donnée par le Grand Maître. Vous devriez faire de même. Ensuite, nous nous reparlerons. Nous examinerons la situation calmement.

– Dites-moi où réside le Grand Maître.

– Cela ne servira à rien. Il ne vous parlera jamais. Vous ne le trouverez même pas. Pour les raisons que je vous ai exposées. Moi-même… je n'ai plus de contact direct avec lui. Depuis une semaine. En attendant que la situation se calme, je peux vous aider. Je peux vous cacher.

Py pivota légèrement la lame de son poignard entre les jambes du Chinois, puis lorsqu'il fut certain qu'elle piquait l'extrémité de la verge, il renfonça le chiffon dans la gorge de l'homme et appuya d'un coup. Le cri se perdit en hoquets dans le tissu du bâillon.

– Dites-moi où réside le Grand Maître.

Le sang inondait le short du Chinois et commençait à goutter sur le sol.

– Mon Oncle, dites-moi où réside le Grand Maître. Je suis venu de Paris pour le rencontrer. Ça n'attendra pas demain. Cette rencontre doit avoir lieu cette nuit.

– Oh, vous m'avez blessé.

– L'adresse du Grand Maître…

– Vous serez tué, là-bas.

Py augmenta légèrement la pression sur le manche du poignard.

– L'adresse du Grand Maître…

L'Oncle Da s'était recroquevillé comme si tout son corps cherchait à s'enrouler autour de la lame. Ce salaud de *Farang* allait le mutiler. Il avait passé sa vie à avaler de la poudre de corne de rhinocéros et de la graisse de tigre, qu'il payait des fortunes, pour entretenir sa sexualité, et cette ordure allait l'émasculer. Il ne pouvait s'imaginer estropié. Son seul plaisir était d'aller dans les maisons de thé lutiner les petites vierges de dix ou douze ans, et que ferait-il si sa verge était amputée ?

– Arrêtez. Je vous donne son adresse, mais vous n'obtiendrez rien. Vous ne le verrez pas. Je vous l'ai dit. Mais pour vous prouver que je marche avec vous, je vous la donne. C'est à côté d'ici. Sur l'autre rive du fleuve. Le condominium Riverside. En face de l'hôtel Shangri-La. Il habite l'ensemble du building. Seulement, il ne doit pas s'y trouver. Il n'y aura que des hommes de main.

– On verra bien. Combien sont-ils ?

– Deux dans le jardin en plus du concierge et deux dans l'appartement supérieur. Les deux premiers étages du condominium sont vides. Le Grand Maître n'habite que le dernier étage. On ne sait pas pourquoi. C'est comme ça.

– Comment êtes-vous au courant de ces détails ?

– Je connais le Grand Maître depuis quarante ans. Je sais ce qu'il mange, combien d'heures il dort, ce qu'il lit et la musique qu'il écoute. Je connais sa dernière épouse, ses enfants et ses petits-enfants. Donc, quand je vous dis que vous ne le trouverez pas, je sais de quoi je parle. Mais si vous voulez bien patienter, je vous le ferai rencontrer.

– Ses gardes du corps, ils sont armés ?

– Évidemment. Une véritable artillerie. Des Glock et des fusils d'assaut HK. En plus, ce sont tous d'anciens champions de boxe thaïe. Vous courez au-devant de sérieux ennuis si vous allez là-bas. Vous n'en ressortirez pas vivant.

– Un système d'alarme ?

– Comment ?

– Il y a forcément un système d'alarme. Comment fonctionne-t-il ?

– Bien sûr qu'il y en a un. Comme chez tous les gens importants, ici. Vous ne pourrez pas pénétrer dans le jardin sans être détecté.

Py se tut un moment.

– Qu'est-ce qui me prouve que vous dites la vérité, mon Oncle ?

– Laissez-moi attaché, ici, et allez voir. Vous verrez que je ne vous mens pas. Ensuite, si vous revenez, nous examinerons ensemble comment nous pourrons retravailler. Il n'y a pas de différend entre vous et moi. J'ai besoin de vous pour continuer le business, et vous de moi pour continuer à faire de l'argent.

– Une question encore, dit Py. C'est bien vous qui contrôlez les réseaux étrangers, n'est-ce pas ?

– Oui. C'est moi.

– Alors expliquez-moi, mon Oncle, qui a fait assassiner votre représentant à Paris, le gros Chinois dégueulasse du sex-shop. Je l'ai trouvé froid comme un rosbif dans son pavillon à Colombes.

Le Chinois secoua la tête avec un manque de conviction évident. Il n'avait pas prononcé une parole que ses yeux avaient déjà donné la réponse à la question de Py.

– Assassiné... ? Je ne vois pas. Assassiné, vous dites ? Ce ne peut être que le Grand Maître... Je ne sais pas pourquoi.

– Quand avez-vous été en contact avec lui pour la dernière fois ?

– Pas depuis que la police nous a attaqués. Je vous le jure.

Le Chinois tremblait comme s'il avait pu avoir froid malgré l'ambiance de sauna qui régnait dans sa maison. Py chassa un moustique et regarda sa montre. Il était deux heures passées. Jamais il n'aurait le temps de traverser le Chao Phraya, de faire ce qu'il avait décidé chez le Grand Maître, si tant est qu'il ait la bonne adresse, et de revenir dans cette maison avant que le quartier ne se réveille. Mais quelque chose en lui l'avait convaincu que le vieux Chinois ne lui avait pas menti sur l'endroit où résidait le frère numéro un. Il considéra l'homme avachi devant lui et lui sourit. Puis il passa derrière pour lui briser le cou. Il quitta enfin la maison et se dirigea rapidement vers l'embarcadère de l'hôtel Oriental pour trouver un bateau et rejoindre le Peninsula. De là, il irait à pied au condominium.

153

Paibool écoutait le major Tawee fraîchement promu fredonner le texte défilant sur l'écran du karaoké. Il écorchait pratiquement chaque note de musique, soulevant des vagues d'éclats de rire parmi les clients de l'établissement. Mais il n'en avait cure. Il continuait à se prendre pour le leader de Karabao[1]. C'était étrange

1. Groupe musical thaï des années soixante-dix, proche des mouvements étudiants contestataires.

d'entendre un policier de la Crime Division chanter en public cette musique qui avait été si longtemps interdite dans le pays. Paibool aurait aimé que le supplice s'arrête, mais son adjoint semblait décidé à ne poser le micro qu'une fois le répertoire achevé. Sur d'autres écrans de télévision, des images de la destruction des tours jumelles à New York passaient en boucle pour le cinquième anniversaire de l'attaque d'al-Qaida. C'est à peine si l'assistance y prêtait attention. Tout l'état-major du général participait à la petite fête. Elle avait été décidée sur un coup de tête du général, à la fin de la dernière conférence de la journée, lorsque le groupe avait résumé l'avancée de ses travaux.

Le principal fournisseur d'accès à Internet de Thaïlande avait confirmé l'identité IP de l'ordinateur avec lequel Arawat avait envoyé ses messages codés. Une enquête réalisée dans des temps records auprès des revendeurs informatiques de la ville avait ensuite livré le nom de l'acheteur du PC. Il s'agissait d'un Chinois de Hong Kong émigré depuis une quarantaine d'années en Thaïlande où il semblait passer son temps à changer d'adresse. Les trois premières résidences visitées n'avaient rien donné. En attendant de le loger, les policiers avaient commencé à analyser sa correspondance informatique.

Paibool pouvait exulter. Que les tueurs étrangers restent dans la nature lui importait peu. Seuls le Grand Maître et les numéros deux et trois faisaient problème. Il était impensable qu'ils échappent maintenant au coup de filet. Dans deux jours au plus, il aurait démantelé les Trois Dragons.

En attendant de les confondre, le général avait tenu à remotiver ses hommes. Il avait enfermé les documents dans le coffre de son bureau et avait annoncé qu'il emmenait tout le monde dans le karaoké de l'un de ses amis près du monument de la Démocratie.

– Nous allons prendre un peu de bon temps, leur avait-il dit. Bière, Mékong et filles à volonté ce soir. Nous rentrerons dormir au QG vers trois heures pour nous remettre en selle dès le premier passage des bonzes. Ceux qui sont trop fatigués vont se coucher immédiatement. Ici. Je ne veux toujours aucun contact avec vos proches tant que cette affaire ne sera pas soldée.

Le karaoké était un établissement pour Thaïs. Et, de toute façon, bien trop caché au bout d'un minable *soï* donnant sur une face aveugle du temple de la Montagne d'or pour qu'un étranger ait l'idée de s'y aventurer. Ce n'était pas officiellement un bordel, mais toutes les filles couchaient. Paibool le savait et il y était venu pour cette raison. Ensuite, il y avait le prestige de l'uniforme. Ses hommes n'auraient pas à attendre que les civils aient consommé. Ils auraient priorité sur tout : le repas, les boissons, le micro et les putains.

Paibool regardait ses policiers s'amuser. Le major Tawee en était à son dixième titre. Il venait de redescendre d'une chambre où il s'était échappé une demi-heure avec deux filles et monopolisait maintenant le micro. Le sexe lui donnait de la voix. Les autres policiers qui n'étaient pas occupés dans le bordel éclusaient des bières. Sur la table, les vestiges du festin de la soirée, poissons grillés, *lap* à la laotienne, mangues, melons d'eau, ananas au crabe… avaient été abandonnés à même la nappe. Le général avait commandé ce qu'il y avait de meilleur sur la carte. Il regardait ses hommes en se disant qu'il était curieux d'imaginer la suite. Il n'y pouvait rien, sa décision était irrévocable. Quel que soit l'angle sous lequel il abordait la question, il lui apparaissait qu'il ne pouvait pas les laisser en vie. Un jour ou l'autre, l'un d'eux parlerait. Il les connaissait trop. La seule inconnue restait à l'heure actuelle la méthode. Il ne savait pas encore exactement comment il allait procéder, mais il trouverait. Ce n'était qu'une question de choix des moyens. Son service n'en serait pas déstabilisé pour autant. Il avait autour de lui une foule de jeunes officiers compétents qui ne demandaient qu'à se hisser dans la hiérarchie de la Crime Division. Il y aurait une belle crémation nationale pour honorer les héros tombés dans l'exercice de leurs fonctions, puis des moyens supplémentaires donnés à son unité. Il lui faudrait seulement continuer à vivre avec le souvenir de ses crimes, mais il en avait déjà commis tellement pour la raison d'État qu'il s'était depuis longtemps forgé une sacrée carapace. Il pourrait toujours se regarder dans un miroir. Il en était persuadé maintenant : le véritable héros, c'était lui, le général Paibool Bunnag.

154

Le concierge du condominium, endormi sur son transat, ne se rendit compte de rien lorsque Py lui fit pivoter la tête à cent quatre-vingts degrés. Il y eut un craquement et ce fut tout. Pas un cri, pas même un râle. Ainsi que l'avait expliqué l'Oncle Da à Py, deux hommes de main du Grand Maître étaient censés faire le guet autour du jardin. Mais à presque trois heures du matin, les gardes s'étaient assoupis. Ils subirent le même sort que le concierge, et Py entreprit de s'introduire dans l'immeuble.

Les verrières en vitres blindées étaient hermétiquement verrouillées. Ne restait que l'escalade. Après un examen rapide de la façade nord du condo, Py considéra que ce serait un jeu d'enfant. Dix minutes plus tard, il posait un pied sur un balcon. Un vasistas caché derrière un palmier en pot était resté entrouvert, assez large pour lui permettre de s'y faufiler. Il fut bientôt dans des toilettes aussi spacieuses et luxueuses que celles d'un bar branché. La porte donnait sur un long couloir où brûlait une veilleuse fixée à une prise de la plinthe. Il fit un pas et écouta. Un vague ronflement de respirations alanguies lui parvint de l'autre extrémité du corridor. Il s'avança jusqu'au premier coude du couloir et marqua une pause. Quinze mètres plus loin, deux hommes dormaient, tête renversée, sur des fauteuils en rotin installés devant une porte d'ascenseur. Py attrapa son poignard et franchit l'espace qui le séparait des gardes du corps comme s'il avait voulu s'envoler.

L'attaque n'avait pas duré cinq secondes. Il abandonna les gardes la gorge ouverte et reprit son exploration des lieux. Un deuxième couloir permettait d'accéder sur sa gauche à deux grandes salles de réception encombrées de bouddhas ventripotents et de vases gigantesques et, sur sa droite, plusieurs autres pièces. Il poussa chaque porte, découvrant un bureau, une bibliothèque, puis plusieurs chambres vides et, enfin, ce qui devait être une suite parentale. Une forme était allongée sur un grand lit recouvert d'un dais de nylon. Dans un coin près d'une fenêtre, deux enfants dormaient sur un canapé au-dessus duquel avait également été tendue une moustiquaire.

Py refit un tour complet de l'appartement, puis, quand il se fut assuré qu'il n'y avait plus, à l'intérieur, de vivantes que ces trois personnes, il revint à la chambre et alluma brutalement la lumière du plafonnier. La femme sur le lit se redressa d'un bond, la main devant les yeux et la bouche ouverte. C'était une jeune femme d'une quarantaine d'années, mince et longiligne, aux traits typiquement chinois. Les enfants n'avaient pas bronché. La femme cligna des yeux encore un moment, puis resta interdite en découvrant Py au milieu de la chambre.

– Où est le Maître ? demanda-t-il sans lui laisser le temps de reprendre ses esprits.

Passé l'instant de surprise, la femme hurla. Py reposa sa question, s'approchant un peu plus d'elle. Elle cherchait maintenant à remonter sur elle le drap qu'elle avait tirebouchonné à ses pieds pendant son sommeil. Py ouvrit d'un coup de lame la moustiquaire et lui arracha des mains le carré de tissu. Il se rendit compte, alors, qu'elle ne le regardait pas, mais fixait sa main qui tenait encore le poignard sanguinolent. Il fit un pas vers les enfants, provoquant un nouveau hurlement de la femme qui sauta hors du lit pour se jeter sur lui. Py lui saisit au vol un bras qu'il lui tordit dans le dos en la forçant à s'agenouiller. D'un seul mouvement, il lui ôta sa chemise de nuit, puis la poussa du pied sur le parquet de la chambre. Il referma violemment une main sur sa poitrine et lui redemanda pour la troisième fois où était le maître de maison. Il lui tordait les seins comme il aurait essoré une éponge. La douleur prit la Chinoise par surprise. Elle ouvrit d'abord la bouche, muette sur sa respiration bloquée, puis poussa un long cri strident. Les enfants bougèrent enfin. Ils devaient avoir cinq et huit ans. Pas plus. Un garçon et une fille. Py se baissa et passa la lame de son couteau sur le sexe de la femme, essuyant le sang des gardes sur la fourrure du pubis.

– Je t'ai demandé où se trouve le Grand Maître, putain de salope, articula-t-il lentement en appuyant le fil de la lame sur sa peau.

De nouveau, la Chinoise bloqua sa respiration.

– Si tu ne parles pas, je vais t'empaler avec ce couteau. Et j'égorgerai les gosses sous tes yeux.

Sur un bureau de la chambre, le téléphone se mit à sonner. Py se retourna.

– Qu'est-ce que c'est que ce bordel ? gronda-t-il. Tu attendais un coup de fil de ton amant, ma chérie ?

– C'est le Maître, répondit la jeune femme pour la première fois.

Sa voix était posée et ferme, malgré la peur. Elle tremblait à peine, ou peut-être n'avait-elle pas parlé assez pour extérioriser son effroi. Elle s'était exprimée en regardant Py droit dans les yeux. À ce moment seulement, il réalisa son extrême beauté.

– Il n'y a que lui qui peut téléphoner à cette heure. Il appelle parce qu'il sait ce qui se passe ici, reprit-elle.

– Bien sûr. Il a un don de divination, notre Grand Maître…

– La maison est sous surveillance vidéo et audio. Alors il sait.

Le téléphone sonnait toujours.

– Décrochez, continua la jeune femme. Puisque vous demandiez après lui, décrochez ! Appuyez sur la touche qui clignote, c'est le haut-parleur.

Py la saisit par les cheveux et la tira avec lui jusqu'au bureau. La sonnerie ne s'arrêtait pas. Py pressa du bout de l'index sur le bouton lumineux. Une voix aigre, lointaine, sourde, comme si elle avait été filtrée par un morceau d'étoffe, s'invita dans la chambre : « *Je sais qui vous êtes. Je sais que vous êtes Éric Py, alias Ronaldo Morretti, alias José Micheletti, alias Patrick Jourdain, alias Émile Chanson, alias Vincent Durafour, alias Jean Van*

Dewelt. Ce que je ne sais pas, c'est comment vous êtes arrivé jusqu'à ma famille. Mais vous venez de commettre la plus grande erreur de votre vie. Vous auriez dû disparaître plutôt que chercher à me rejoindre. Je vous avais laissé le temps de le faire. Au lieu de cela, vous vous introduisez chez moi et vous menacez ma famille. Je vous pensais plus intelligent... Comment pouvez-vous imaginer qu'on sache où se trouve ma retraite ! Que même ma famille le sache ! »

Py écouta la voix sans quitter des yeux la jeune femme. Petit à petit, la voix était devenue rauque, empreinte d'une colère palpable au ton sec et descendant qui ponctuait chaque fin de phrase. Il était sous le choc. Ainsi, le Grand Maître connaissait jusqu'à son dernier pseudonyme. C'était incroyable. Py réalisa soudain qu'il avait dû naviguer ces trois derniers jours entre une équipe de tueurs lancée à ses trousses. Mais pourquoi était-il encore en vie ?

Sur le canapé, les enfants venaient de s'asseoir, pas complètement réveillés. Ils regardaient leur mère recroquevillée aux pieds de l'homme en se frottant les yeux. Py leur intima sèchement l'ordre de se recoucher. La voix retentit de nouveau dans la pièce : « *Vous nous avez trahis. Vous n'avez pas rempli votre dernier contrat et nous avez fait perdre une somme d'argent que vous n'imaginez même pas. Nous vous avions donné la possibilité de vous racheter, mais au lieu de cela, vous avez préféré nous défier. Je vais maintenant vous faire une proposition. Une seule. Dans quelques minutes, une nouvelle équipe de mes gardes du corps sera dans l'appartement. Vous avez juste le temps de vous esquiver. Ensuite, ce sera dans votre intérêt de vous terrer à jamais dans un coin pourri pour vous faire oublier.* »

Py ne parvenait pas à déceler l'emplacement des caméras, mais il savait maintenant que tout ce qui se passait dans la pièce était filmé. Il ramena la jeune femme vers le canapé et la jeta à côté de ses enfants.

– Vous n'êtes pas en position de me faire une quelconque proposition, Grand Maître. Je n'aurais jamais dû me trouver là. C'est votre maladresse qui m'y a contraint. À moi de vous faire une proposition, maintenant. Ou vous me donnez de quoi repartir sans craindre une nouvelle attaque de votre part ou j'élimine votre famille. Vous n'avez pas le temps de la réflexion. Je veux un sauf-conduit. Vous donnez l'ordre à votre jeune épouse de me rédiger rapidement en anglais une confession complète vous mettant en cause et je disparais. Ce sera mon assurance vie. Sinon, vous assisterez en direct au meilleur des *snuff movies* dont vous pouviez rêver. En direct ! Vous vouliez une mort d'enfant ? Je peux vous en offrir deux pour le même prix.

Puis, Py cria presque :

– J'ATTENDS.

La voix reprit : « *Vous n'êtes rien, Éric Py. Juste un rouage de cette machine dont vous ne soupçonnez pas la puissance. Il n'y a rien à discuter. Vous quittez mon appartement immédiatement et vous allez vous cacher. Et j'ajouterai : si vous voulez avoir une chance de survivre, vous me transférez, au compte offshore que vous savez, 500 000 euros. Pour la vidéo que je n'ai pas obtenue. Plus 500 000 autres pour être venu menacer ma famille. Je vous laisse vingt-quatre heures pour effectuer ce transfert. Maintenant, il vous reste... il vous reste, disons cinq minutes pour vous enfuir.* »

Involontairement, Py éclata de rire.

– Votre organisation est moribonde, sale macaque jaune. La quasi-totalité de vos sbires ont été arrêtés, ici à Bangkok. Et je viens de régler son compte à votre numéro deux. Quant à vos hommes de main, je les attends. J'en ai éliminé quatre ici. J'ai tout ce qu'il faut pour en recevoir d'autres, deux fusils d'assaut, trois Browning et une dizaine de grenades. Si seulement vos tueurs tentent d'entrer, ce sera Fort Alamo. Je suis un soldat à la base, je n'ai pas peur de mourir.

« *Vous commettez une lourde erreur. Mes hommes ne vous laisseront aucune chance.* »

– Je sais ce qu'ils valent. Ce sont de petits gangsters minables. Sans entraînement. Et j'ai votre famille à mes pieds. Voulez-vous un aperçu de ce que je peux lui faire subir ? Jamais vous n'aurez mon argent. Vous allez dire à votre pute de rédiger l'attestation que j'attends.

« *Elle ne va rien écrire du tout. Voici ma nouvelle proposition : vous allez mourir, mais je vous laisse encore le choix de votre mort. Vous laissez ma famille et elle sera inattendue et rapide. Ou vous faites du mal à ma femme et à mes enfants et je vous ferai regretter d'être né. Je lancerai dix de mes exécuteurs à vos trousses. Des gens comme vous, ceux qui me livrent mes vidéos depuis le Mexique, les Philippines, la Russie, la Yougoslavie, les États-Unis... Je vais leur payer le plus formidable contrat pour qu'ils réalisent le plus horrible des films avec vous. Ils vous chasseront et ils vous trouveront, soyez-en persuadé. Vous n'aurez plus une minute de répit. Je sais tout de vous. Tous vos noms, toutes vos adresses.* »

Py présenta sa montre au plafond, là où il pensait que les caméras étaient dissimulées, puis enclencha le chronomètre.

– Je vous laisse encore cinq minutes, pas une de plus, pour demander à votre femme de rédiger la confession que j'attends.

La Chinoise serrait maintenant ses enfants dans ses bras. Mais elle avait gardé le menton levé et continuait de soutenir le regard de Py. Lui sentait couler dans ses veines l'adrénaline qui s'était toujours manifestée aux moments où il s'apprêtait à commettre ses meurtres pour la Triade. C'était une sorte de métamorphose, lente au début, qui allait ensuite en s'accélérant. Il sentait sa raison vaciller. Il avait, dans la bouche, un goût métallique qui lui envahissait brusquement le palais. Ses lèvres s'asséchaient. Il perdait sa salive. Ses narines se fermaient comme celles d'un mort.

Au moment où la voix du Grand Maître lui répétait qu'il allait mourir, la jeune femme eut un soubresaut et lui cracha au visage avec une morgue à laquelle il ne s'attendait pas. D'un geste circulaire, Py lui ouvrit la gorge, puis il attrapa le petit garçon par les cheveux et cria en direction du plafond comme s'il s'était adressé au Seigneur :

– Regarde, vieux singe. REGARDE…

155

Le taxi qu'il avait arrêté à trois cents mètres du condominium le laissa à la gare des bus de Mochit à cinq heures. Les premiers cars arrivaient des provinces du Nord-Ouest et ne restaient sur place que le temps de changer de chauffeur et de refaire le plein de passagers. Py monta dans l'un de ceux qui assuraient la liaison Bangkok-Mae Sot et s'installa au fond. À ce moment seulement, il réalisa que ses mains étaient rouges du sang séché de la famille du Grand Maître. Il les essuya sur le bas de son jean, sortit de sous sa chemise le Browning rapporté du condominium et le cacha sous son siège. Il tira de son portefeuille un billet de 500 bahts et attendit que l'assistant du chauffeur se présente à lui.

Évidemment personne n'avait tenté de l'intercepter chez le Grand Maître. Tout cela n'avait été que bluff. Py avait compris que la Triade devait fonctionner au ralenti depuis que la police s'y était attaquée. Il ne restait pas grand monde capable de lui donner la chasse en Thaïlande actuellement. Le Maître avait beau disposer des dernières informations sur lui, il n'avait personne pour les traiter. Mais Py savait aussi que ce n'était qu'une question de jours, peut-être même d'heures. Le Chinetoque se ressaisirait bien assez tôt pour qu'il n'attende pas de se faire refroidir dans sa *guest-house* de Khaosan.

À y réfléchir, le meilleur endroit pour se terrer en attendant que les choses se tassent se trouvait à une journée de bus de Bangkok. Il avait pris sa décision depuis un moment, à Paris. S'il n'était pas suivi, il lui fallait rejoindre Mochit où il pourrait se fondre dans la population de junkies et de babas cool, sauter dans un car sans réservation et ne pas éveiller l'attention jusqu'à ce qu'il atteigne la ville de Mae Sot. Le bus arriverait à la nuit. Il n'aurait plus qu'à louer un chauffeur de moto pour le conduire sur la frontière.

Ensuite, il devrait s'arranger pour se faire conduire en barque dans l'un des camps de la guérilla qui mettait à feu et à sang depuis des années les territoires birmans situés aux confins des deux pays. Il avait lu tant de récits sur cette guerre oubliée qu'il connaissait tous les arcanes pour y entrer.

La première fois qu'il avait entendu parler de la rébellion karen remontait à plus de vingt ans lorsque l'un de ses copains de régiment était allé s'y faire tuer au début des années quatre-vingt. Ils s'étaient connus à l'ETAP au moment de leur incorporation, s'étaient retrouvés encore à Castres, y avaient fait côte à côte leur peloton d'élèves gradés, puis avaient commencé à bourlinguer ensemble jusqu'à ce qu'un accident de tir arrache la moitié de la main à son camarade. N'ayant plus rien à attendre de l'armée française, le garçon s'était retrouvé, Dieu seul sait comment, embringué dans un régiment commando de ces rebelles karens. Un jour en ouvrant *VSD*, Py avait découvert comment son copain était mort avec beaucoup de courage en montant à l'assaut d'un piton ennemi perdu au milieu d'une jungle dont il ne connaissait même pas l'existence. Py y serait bien allé, mais la Triade pour laquelle il travaillait déjà était bien trop rémunératrice pour qu'il mène sa petite guerre personnelle.

Au fond, les événements le poussaient à réaliser son vieux rêve. Il ne doutait pas un instant de la réussite de son entreprise. Il ferma les yeux sous le tissu glacé que venait de lui tendre une hôtesse du bus et se laissa bercer par les coups de volant du chauffeur.

CHAPITRE 25

12 septembre 2006

156

Le train stoppa dans un vacarme infernal de ressorts malmenés et de pistons fatigués. Une voix annonça aux passagers par haut-parleur qu'ils venaient d'arriver en gare de Hua Lumpung, le terminus du voyage. Cela faisait trente-six heures qu'ils avaient quitté Kuala Lumpur, en Malaisie. Malgré la première classe et le service impeccable de la compagnie ferroviaire thaïe, Duncan était rincé.

Il descendit du wagon et, au lieu de continuer vers la gare, rejoignit directement la petite sortie face à la ville chinoise que lui avait indiquée Delpey. Il remarqua tout de suite la voiture aux vitres teintées de leur ami commun de l'Alliance française et s'engouffra dedans.

– Ah, Alain, lui dit en souriant le diplomate. Jean vous attend dans un petit hôtel de New Road. Vous verrez, c'est tranquille. Vous ne serez pas dérangés. Vous avez fait bon voyage ?

– Autant qu'on peut le faire sur cette distance !

– Le franchissement de la frontière ?

– Normal. Il y avait beaucoup de militaires à cause des événements dans le Sud. Je me suis cru trente-cinq ans en arrière, au Vietnam.

– Il faut dire que la situation empire de jour en jour. C'est catastrophique pour le pays.

– Les musulmans gagnent du terrain ?

– Disons qu'ils se renforcent. Ils sont chaque jour plus violents. Nous sommes très préoccupés, à l'Alliance, parce que nous avons du personnel à Pattani et à Yala. On devrait les faire remonter à Bangkok prochainement. Hier encore, les séparatistes ont assassiné deux professeurs et leurs dix élèves. Des enfants qui n'avaient pas quinze ans. Vous vous rendez compte ?

– C'est moche. Quelle pourrait être l'issue de ce bordel ?

– Pour le moment, on n'en sait rien. On parle d'instaurer la loi martiale dans les trois provinces concernées. Vous avez eu de la chance de pouvoir passer aussi facilement.

– Les militaires n'ont rien demandé aux étrangers, à part leur passeport. Les vérifications ont été ultrarapides. On ne peut pas dire la même chose des locaux. J'ai vu plusieurs personnes, je ne sais pas si elles étaient thaïes ou malaises, qui ont été emmenées. Bref, je me suis enfermé dans ma cabine et j'ai attendu.

– Parfait. Jean vous en dira plus : il faudra que vous restiez prudent. Il fait beaucoup de mystères à ce sujet, je ne sais pas pourquoi, mais ça a l'air sérieux.

La voiture pénétra dans une cour d'immeuble et s'arrêta dans un espace entouré de grands rideaux qu'un groom referma aussitôt derrière le véhicule.

– Nous sommes dans un ancien bordel, expliqua le chauffeur. Un *curtain hotel.* Il n'y a plus de filles, mais le décor est resté inchangé. Personne ne devait savoir qui venait dans l'établissement et cela fonctionne encore. Vous pouvez organiser vos rendez-vous de manière toujours aussi discrète. Jean vous attend dans la chambre, je vais rester là.

– Vous ne venez pas ?

– Jean n'y tient pas. Il m'a demandé d'attendre dans la voiture.

Duncan s'extirpa de la limousine et cogna à la porte de la chambre.

– Entrez, fit la voix de Delpey.

Delpey était assis sur l'un des deux fauteuils entourant une table basse. Le mobilier de la pièce était succinct : la table, les deux fauteuils, une armoire et un vieux lit défoncé. Il n'y avait aucune fenêtre. Le confort de la salle d'eau était également réduit au minimum. À part la cuvette des W-C et la douche, il n'y avait qu'une tablette ridiculement étroite fixée au mur. Pas même de lavabo.

– C'est ce que j'ai trouvé de mieux pour toi, Alain, dit Delpey. Personne ne viendra t'importuner, ici. Je connais la famille qui gère l'hôtel depuis vingt ans. Aucun lien avec la police maintenant que les filles ne travaillent plus. C'est une clientèle de routards et de petits représentants chinois. Les flics ne viennent jamais. Tu as fait bon voyage ?

Duncan lui répéta ce qu'il avait dit à l'employé de l'Alliance française. Il jeta ses bagages sur le lit et s'assit en face de Delpey.

– Cet hôtel minable, alors que j'avais une chambre réservée à l'Oriental… ! On est en pleine Série noire.

– Qu'est-ce que tu crois ! C'est la guerre, ici ! L'enquête a pris une tournure détestable, Alain.

– Mais, toutes ces précautions, j'y ai réfléchi en venant, ce n'est pas un peu trop ?

– Le théâtre d'opérations a changé de dimensions, mon vieux. Tu ne mesures pas encore très bien la gravité des événements.

– Je sais, tu m'as raconté…

– Non, tu n'as aucune idée des gens qui sont en face de nous.

– La Triade… ?

Delpey fit mine de s'énerver.

– Nos amis les flics thaïs, merde. Je n'ai pas été assez clair ?

– Je ne vois pas en quoi je peux les inquiéter. J'ai donné ma parole, non ?

– Ils s'en contrefichent, de ta parole. Ils veulent du concret. L'insistance qu'a eue Paibool, ces derniers jours, à me persuader de te faire revenir fait craindre le pire.

– Personnellement, je ne suis pas contre lui revendre tout ce que j'ai conservé de ce qu'il m'a laissé voir... Je tire un peu le diable par la queue, à Paris.

– Ah oui !

– Oui.

– Tu es un innocent. Tu ne réalises pas ce qui s'est passé. Tous les types qui ont été arrêtés, tous ceux que tu as vus, sont morts à l'heure qu'il est.

– Tu me l'as déjà dit.

– Tu ne veux pas comprendre ou tu es devenu idiot ? Paibool a fait éliminer TOUS les témoins. Avec ou sans photos, avec ou sans enregistrements, tu restes une menace.

– Et toi ?

– Moi, c'est différent. Je suis flic de l'ambassade. Et Paibool m'a mouillé, dans cette affaire. Il sait pertinemment que mon intérêt est de me taire.

– Ce qui veut dire... ?

– Je ne ferai jamais rien contre lui. Je n'ai rien vu. Je ne sais rien.

– Tu es sérieux ?

– C'est ce qu'il croit. C'est important. Entre nous, je ne désespère pas de pouvoir mettre un jour la main sur le tueur français. Ce qui se passera ensuite, je m'en fous. Le type parlera, on creusera l'histoire et Paibool devra s'expliquer. Mais nous en sommes loin. D'ici là, je serai rentré en France...

– Qu'est-ce que tu sais de plus aujourd'hui ?

– Un des hommes de Paibool me renseignait encore jusqu'à avant-hier, mais depuis, c'est silence radio.

– Qu'est-ce qui s'est passé ?

– Si je le savais ! Paibool est un tueur. C'est cela que je veux que tu comprennes. Il est capable de se débarrasser de n'importe qui.

– Tu ne m'as pas dit quand cette foutue enquête a déraillé. Ni quand ni pourquoi.

– C'est la seule chose que je ne parviens pas encore à déterminer. Il s'est produit un truc que j'ignore.

– Et tu n'as aucune idée ?

– Aucune. J'ai essayé de cuisiner Paibool à la bonne franquette, il n'a pas voulu me le dire. Il s'est fermé comme une huître. « Raison d'État. »

Delpey s'interrompit un instant comme s'il fouillait dans sa mémoire.

– Ah, j'oubliais… Tu te souviens du début de l'histoire, comment elle est arrivée à la connaissance de la Crime Division ? Ces mecs, ces Français volontaires chez les rebelles de Birmanie… Les petits cons qui voulaient monter leur propre réseau de *snuff movies*…

– Je sais, ils sont morts. Tu me l'as déjà dit…

– Sauf que la version officielle est bidon. Ce ne sont pas les Birmans qui les ont embusqués. En plus, ça s'est produit dans une zone où la Tatmadaw n'intervient pratiquement jamais. Et de nuit… Ce serait bien la première fois que les Birmans auraient monté une telle opération. Ce n'est pas une mauvaise armée, mais elle n'est pas connue pour ses actions commandos. Ce sont les Thaïs qui ont fait le coup. C'est sans doute le premier crime de Paibool dans notre affaire.

– Mais enfin, quel rapport avec Paibool ? Il est policier et à Bangkok…

– Il est extrêmement puissant. Il connaît tout le monde, chaque patron de régiment. Il a donné l'ordre, crois-moi. Je dois ajouter également que le Français qui a balancé ses copains n'est jamais rentré chez lui. Voilà la dernière info. Il n'a pas quitté le pays, nous avons vérifié à l'ambassade, j'en ai eu la confirmation hier soir.

– Le mec qui a vendu la mèche ?

– Lui-même. Le seul type bien de la bande. Introuvable !

– C'est-à-dire ?

– Introuvable, je te dis.

– Vous avez lancé un avis de recherche ?

– Tu parles !

– Vous avez cherché ailleurs ?

– En Inde, au Vietnam, au Cambodge, au Laos… Toutes les ambassades s'y sont mises. Il n'a pas quitté le pays. J'ai demandé à Paibool. Officiellement, il est toujours en Thaïlande. En vacances. Son visa court encore un mois. Le général se fout de moi. Je sais que ce Français avait décidé de quitter le pays et qu'il n'en a rien fait. Et quand tu mets cette info en parallèle avec le reste, elle devient troublante.

– Qu'a dit Paibool, exactement ?

– De ne pas m'inquiéter, que le gars devait être quelque part sur une plage avec une pute.

– C'est tout ?

– C'est tout, oui.

Duncan alluma sa troisième cigarette. Il s'était mis à transpirer. Depuis un moment, il faisait un effort pour contrôler le tremblement nerveux qui s'était emparé de ses jambes.

– L'enfoiré…

– Je suis heureux de te l'entendre dire.

Delpey souleva sa chemise.

– Je suis armé maintenant. Ça ne m'était pas arrivé depuis des années, à l'époque des troubles avec les communistes. Depuis la semaine dernière, je ne sors pratiquement plus du bureau. Je dors à l'ambassade et quand je vais en ville, je porte ce flingue… Malgré ce que je t'ai dit me concernant, on ne sait jamais.

– C'est complètement dingue, cette histoire. Qu'est-ce qui peut avoir fait déjanter Paibool ?

– Il ne se passe pas une heure sans que je me pose la question. J'aimerais savoir quel secret d'État il a découvert. Et toi, pour être revenu ventre à terre, qu'est-ce que tu as découvert ? Tu avais promis de m'affranchir, une fois ici.

– Je crois savoir qui est le criminel du bassin d'Arcachon.

Delpey eut un sursaut d'étonnement. Il plissa les yeux, puis éclata de rire.

– Alors c'est la meilleure, celle-là. Tu en as d'autres comme ça ?

– Tu ne me crois pas ?

– Mais alors, pas du tout.

Duncan afficha une mine qui signifiait qu'il ne plaisantait pas.

– Pourtant, c'est la vérité.

– Et pourquoi es-tu ici ?

– Mais parce que notre tueur est ici, également…

Delpey ramassa sur la table le paquet de cigarettes de Duncan.

– Tu déconnes, Alain…

– Pas le moins du monde.

– Alors, comme ça, toi tout seul, tu as trouvé l'assassin ! Tout seul ! Alors que les Thaïs n'ont même pas le début d'une idée de qui il est… Je ne voudrais pas te vexer, mais c'est insensé.

– Tant pis ! De toute manière, je n'ai pas vraiment besoin de ton aide…

– Allez, raconte…

Duncan s'exécuta. Il reprit l'histoire du début, la photo de la silhouette dans la forêt du Ferret, le cadavre sur la piste cyclable, la rencontre avec Clémence, sa disparition, son invitation à Bangkok et ce qu'il y avait vu, son enquête personnelle ensuite à Pau et à Paris, la contribution du photographe de l'ETAP et de Coulanges… Jusqu'à ce coup du sort, l'article dans le journal. Et ce qui avait suivi, sa visite de l'appartement de Py. Il omit seulement, volontairement, de mentionner trois choses : le nom du magasin, du journal et du tueur. S'il l'avait fait, Delpey aurait enclenché immédiatement une procédure d'interception de Py. Duncan ne le voulait pas. Il avait encore dans la tête l'idée d'aller débusquer lui-même l'assassin de Clémence. Quand il eut terminé, Delpey avait grillé plusieurs cigarettes.

– Bordel de bordel de bordel… Qui est-ce ?

– Ça, je ne te le dirai pas. Je veux coincer ce salopard moi-même. Comment dire… ? Ce sera le *scoop* de ma carrière.

– Tu es tombé sur la tête !

– Je vais le coincer.

– C'est complètement absurde. En admettant que tu parviennes jusqu'à lui, il ne te laissera pas une chance. Que feras-tu, lorsque tu l'auras gaulé ?

Une lueur énigmatique passa dans le regard de Duncan.

– Tu vas te venger ? demanda Delpey.

Duncan ne répondit pas.

– Tu n'as aucune chance. Laisse-moi faire.

– J'admets qu'en arrivant, je me posais encore des questions. J'ai une longueur d'avance. Je vais trouver un moyen de le piéger. Ensuite, crois-moi, j'obtiendrai de lui ce que j'attends.

– Et comment vas-tu t'y prendre, Sherlock, pour le loger ?

– Je crois au facteur chance. Ça m'a bien réussi jusqu'à présent.

– Et ?

– Et si j'ai besoin de toi, je te contacte.

– Comme tu le sens, fit Delpey. Tu es un grand garçon.

157

Le quartier était entièrement bouclé. L'avenue menant au *soï* du condominium était fermée par plusieurs cordons de police. Plus aucun bateau n'était autorisé à traverser le Chao Phraya. Les navettes du Peninsula et de l'Oriental avaient été suspendues. La zone était en état de siège. Seuls, les journalistes du *Bangkok Post*, du *Nation* et du *Thaï Rat* avaient été acceptés sur place, mais étaient confinés devant les grilles du jardin de la résidence.

De l'endroit où ils étaient parqués, ils pouvaient apercevoir, derrière un massif d'hibiscus, les pieds des cadavres des deux gardes du corps tués par Py, mais rien de plus. En revanche, ils savaient déjà que huit personnes avaient perdu la vie dans l'un des assassinats les plus violents et mystérieux qu'avait connus Bangkok depuis longtemps. Ils attendaient le premier rapport de l'officier de presse de la Crime Division. Le lieutenant finit par les rejoindre en fin de matinée. Le policier leur révéla l'identité du propriétaire du condominium : le vieux Shaw, le plus important antiquaire de Siam Center, un homme d'affaires honorablement connu depuis des années, qui possédait des galeries au Cambodge, en Chine, mais aussi à Paris, Berlin et Tokyo. Il ajouta que sa femme et ses deux jeunes enfants avaient été également assassinés dans des conditions de sauvagerie inouïe, mais que lui était absent de la scène de crime, et qu'on essayait pour l'heure de le localiser afin qu'il puisse, s'il était encore vivant, procéder à l'identification des corps. Puis le policier leur tourna le dos et regagna l'immeuble.

Les journalistes commençaient à rédiger leurs papiers sur leurs ordinateurs portables, à même le trottoir, lorsqu'une vieille femme en haillons se présenta à eux.

– Je suis la marchande de fleurs du quartier, leur dit-elle simplement. Je vis dans une cabane en carton à cinquante mètres d'ici, et je sais qui a tué tous ces gens.

Elle se mit à rouler des yeux et commença à faire de grands gestes avec ses bras.

– Je l'ai vu la nuit où les crimes ont été commis. C'était un *Farang*, très grand, très fort. Je l'ai vu cette nuit-là dans le jardin avec les gardes du seigneur, puis escalader l'immeuble. J'étais cachée et terrorisée, et j'ai tout vu. C'était une sorte d'homme-araignée qui grimpait le long du mur comme un margouillat.

Les reporters hochèrent la tête en ricanant, à l'exception de celui du *Bangkok Post*, qui parut relativement intéressé par l'histoire de la vieille. Il s'approcha d'elle et lui sourit.

– Dites voir, c'est une fameuse histoire que vous nous racontez là. Alors le gars a grimpé à l'extérieur du condo comme ça !

– Puisque je vous le dis…

– Je vous crois. Pourquoi dites-vous qu'il s'agit du tueur ?

– Parce que les hommes du Maître venaient toujours la nuit me demander des filles. Sauf cette fois-là. Alors, quand je suis allée voir pour leur dire que j'avais chez moi deux petites Issarn magnifiques, je les ai vus refroidis dans le jardin. C'était un quart d'heure ou une demi-heure après le passage de l'homme blanc.

Voilà pourquoi je sais, mais je ne veux pas d'histoires. Je ne veux pas que vous parliez de moi.

Le reporter sourit à nouveau et jeta un regard à la dérobée vers ses voisins. Les deux confrères semblaient s'être désintéressés de l'histoire. Le journaliste du *Bangkok Post* regarda la marchande de fleurs en posant l'index devant ses lèvres.

– Chuuut. Promis.

158

Duncan écrasa sa huitième cigarette de la matinée. Il n'avait pas voulu perdre un seul détail de ce que Delpey lui avait raconté, et s'était mis à la rédaction d'une longue lettre aussitôt après le départ de son ami.

Il était ensuite allé au *Bangkok Post* et avait acheté tous les journaux relatant les faits relatés par Delpey. Ce n'était pas grand-chose : quelques papiers sur la tentative d'évasion du Belge des locaux de la Crime Division. Un autre concernant l'étouffement de son compatriote. Le patron de l'hôtel se plaignait de ne pouvoir récupérer l'argent que lui devait son client. À propos de la mort d'Arawat et de sa femme, rien. Pas plus concernant les suicides des membres secondaires de la Triade. En revanche, il avait trouvé un long papier commentant l'embuscade dans laquelle étaient tombés les Français en Birmanie. Le journal avait également publié leurs noms et leurs photos. Le quotidien racontait que l'état-major de la Tatmadaw avait reconnu être responsable de la destruction de ce commando de mercenaires et qu'il annonçait que toute nouvelle tentative d'infiltration de groupes étrangers sur le territoire du pays serait traitée de la même manière. Tout cela faisait un bon dossier à ajouter à celui déjà remis à Escher.

Duncan s'installa ensuite dans un café du quartier, commanda un jus d'orange pressée, entreprit de découper les articles et les réunit dans une enveloppe qu'il enferma dans une seconde sur laquelle il inscrivit le nom et l'adresse de son ami à Paris, puis il héla un taxi et se fit conduire à la poste centrale de New Road.

Il fit un envoi express en recommandé international, après quoi il regagna son hôtel à pied sous une pluie battante. La mousson créait de gigantesques embouteillages. Les voitures n'avançaient plus. Il acheta un chapeau de paille local à un camelot sur le chemin et rentra tranquillement, les mains dans les poches.

159

Paibool fit débarrasser la grande table de conférences et demanda à Tawee, assis à sa droite, de bien vouloir présenter les dernières conclusions de l'enquête.

Ses hommes montraient des signes d'épuisement évidents. Le major se leva en étouffant un bâillement sans même s'excuser et lança PowerPoint sur un ordinateur relié à un écran mural.

– Ce que nous avons analysé du disque dur du PC de la personne retrouvée assassinée derrière le Shangri-La nous conduit à penser que nous touchons au but, commença-t-il. Tous les collaborateurs de la Triade sur le sol du royaume ont été mis hors d'état de nuire, à l'exception du cerveau. Sans doute reste-t-il encore dans le pays des seconds couteaux, mais ils disparaîtront comme les fruits tombés de l'arbre pourrissent. En outre, nous savons aujourd'hui que trois des étrangers opérant à haut niveau pour l'organisation à l'extérieur du pays ont été sacrifiés par cette dernière, un Américain résidant aux Philippines, un Chinois de Paris et, apparemment, le tueur français. Il nous reste à obtenir la preuve de cette dernière liquidation. En revanche, nous n'avons pas d'éléments pour expliquer ces exécutions.

– Bien, dit Paibool.

Il ramassa un grain de riz resté collé sur la table et le porta machinalement à sa bouche.

– Pouvez-vous nous présenter l'organigramme de la Triade et faire un point précis de ce qui est advenu de ses membres, major ?

Les policiers éclatèrent de rire.

– Messieurs, les interrompit Paibool, nous ne sommes pas là pour rigoler. Je vous rappelle le caractère gravissime de cette opération. La moindre erreur nous coûterait très cher. Tant que nous n'aurons pas arrêté le Grand Maître, autant dire que nous n'aurons rien fait. Alors ?

Tawee déplaça le curseur de sa souris sur le logiciel et cliqua sur une case. Un tableau s'afficha à l'écran.

– Nous avons affaire à une organisation mafieuse d'une vingtaine de membres en Thaïlande, reprit le major. Au sommet de la pyramide, celui qu'on nomme le Grand Maître, ou encore frère numéro un. C'est l'inconnu de l'énigme. Juste après lui, le frère numéro deux, celui qui se faisait appeler familièrement Oncle Da. Da est l'homme retrouvé assassiné hier dans le *soï* de l'hôtel Shangri-La. C'est grâce à l'exploitation des données informatiques de son ordinateur que nous avons pu reconstituer l'organigramme de la Triade. Il était apparemment le seul à entrer en contact avec le Grand Maître. Malheureusement, Da n'a laissé aucun lien direct permettant de remonter jusqu'à lui. Seulement des notes personnelles, des sortes de mémos qui ne nous ont pas aidés. Ensuite, le frère numéro trois qui s'occupait des finances de la Triade, très lié au numéro deux, l'Oncle Da. Grâce aux informations collectées chez Da, nous nous sommes rendus à son adresse, dans la banlieue de Bangkok, où nous avons trouvé son cadavre et ceux de sa famille. Le légiste fait remonter leur mort à plus de trois jours. Puis le quatrième frère, l'homme d'affaires Chanchaï Arawat. Il faisait office de dernier verrou entre les membres subalternes et la direction des Trois Dragons. Il était en contact avec les tueurs étrangers, dont nous ignorons le nombre, les six revendeurs locaux, deux pourvoyeurs de matériel humain local et de nombreux gros clients. Il ne connaissait pas le Grand Maître et nous savons aujourd'hui que son épouse ne faisait pas partie de la Triade. Depuis plusieurs mois, Arawat et le troisième frère avaient monté une organisation parallèle de distribution des vidéos. Très efficace. Nous ne sommes pas encore parvenus à identifier tous les consommateurs.

– Tant pis, le coupa Paibool. Laissons-les tranquilles. Ce ne sont pas eux qui viendront se plaindre de ne plus être approvisionnés. Continuez, major.

– Arawat travaillait avec une dizaine de racoleurs pour les ventes particulières à de petits clients locaux. Comme celui de Patpong. Il y en avait également à Pattaya et à Phuket. Ceux-là ne connaissaient que les revendeurs. Enfin, cinq assistants connus également des seuls revendeurs dont la mission était de veiller au grain sous toutes ses formes. Ils s'assuraient de la fiabilité des racoleurs et surtout que rien ne puisse venir gêner le commerce de la Triade. Ils surveillaient les clients locaux et étaient infiltrés dans les médias thaïs, dans la police et dans l'armée. À ce jour, tous ces gens sont morts, liquidés par nous-mêmes ou des agents à nous dans des simulacres de meurtres crapuleux, d'accidents ou de suicides. La presse n'a évoqué que l'assassinat de l'Oncle Da, l'embuscade dans laquelle les Français sont tombés en Birmanie et la mort des deux Belges. De ce côté, nous gérons parfaitement. Nous avons fait passer le premier pour un pédophile, avec force témoignages de familles d'enfants pauvres, et les seconds pour des trafiquants d'armes liés aux Français tombés en Birmanie. Ce qui n'est pas entièrement faux, remarquez…

De nouveau, les policiers éclatèrent de rire autour de la table.

– Les journalistes se désintéressent déjà de l'histoire et leur ambassade semble être en catalepsie, reprit Tawee. Reste la famille Arawat. Personne ne sait encore ce qui lui est arrivé. Le couple est toujours dans nos frigos. C'est le dernier problème avec le Grand Maître.

Le major éteignit PowerPoint et attendit une réaction du général.

– C'est parfait, Tawee. Vous venez de nous faire la démonstration qu'il nous reste encore beaucoup de travail. Vous vous replongez tous dans l'examen des données informatiques des Trois Dragons et vous essayez de trouver une piste qui nous conduise au patron. Je veux aussi que vous planchiez sur des scénarios envisageables pour expliquer la mort des époux Arawat. Nouvelle réunion demain à la même heure, messieurs. Plus vite vous aurez terminé, plus vite vous serez chez vous.

En regardant ses hommes quitter la pièce, Paibool n'en revenait pas de leur bêtise. Pas un n'avait fait le lien entre la série d'assassinats au Riverside et le Grand Maître. Il ne pouvait espérer mieux. Il allait s'en occuper lui-même. Une question de jours, maintenant. Restaient deux problèmes majeurs à régler, son ami Delpey et Duncan. Il devait s'assurer de leur silence. Plusieurs options s'offraient à lui, et il ne savait pas encore laquelle choisir.

160

La maison était une authentique demeure thaïe en bois d'Ayudhaya. Broocker l'avait fait démonter vingt ans plus tôt, transporter sur des camions et remonter au fin fond de Sukhumvit Road, à Bangkok, où sa jeune épouse possédait un terrain. Elle faisait au bas mot cent mètres carrés au sol, possédait un étage et avait été décorée au fil du temps avec toutes sortes d'antiquités thaïes, laotiennes et birmanes glanées au cours de ses reportages par le journaliste belge. Il y avait ajouté également des dizaines d'objets ethniques de la région. Sa femme, très impliquée dans la vie artistique du pays, y avait accroché des peintures anciennes de l'art bouddhique et quelques-unes, contemporaines, qui n'auraient pas fait tache à la Fiac. Ce n'était pas la maison de Jim Thomson, mais elle avait un certain cachet. *Elle*, *Vogue* et *Esquire* y avaient plusieurs fois réalisé des séances de photos de mode. On ne comptait plus le nombre de magazines et de productions thaïs qui étaient venus y faire des images. Broocker était heureux d'y vivre et toujours fier d'y inviter ses amis.

Broocker devait à Duncan de lui avoir fait connaître la Thaïlande et de l'avoir aidé à s'y installer et à y travailler. À l'époque où Duncan avait diffusé son premier sujet télé consacré à la guérilla karen sur Antenne 2, la RTBF l'avait acheté et Broocker l'avait vu à Bruxelles alors qu'il terminait ses études de journalisme. De ce jour, il n'avait eu de cesse de partir faire ses premières armes au milieu de cette petite rébellion. Il était allé à Paris rencontrer le reporter français et se souvenait encore de l'extraordinaire manière dont Duncan l'avait accueilli. Duncan lui avait immédiatement ouvert son carnet d'adresses, lui avait prodigué tous les conseils qu'il pouvait. Broocker y avait certainement gagné des années de travail et n'avait pas oublié. Il était devenu l'un des cinq spécialistes mondiaux des conflits interethniques du Myanmar. Ensuite, Duncan avait fini par quitter l'Asie du Sud-Est, mais les deux amis étaient toujours restés en contact. Lorsque Broocker avait été blessé à Bangkok au cours du coup d'État manqué de 1992, Duncan s'était encore occupé de lui depuis Paris. Ils étaient liés comme deux frères.

– Comment va cette jambe, maintenant ? demanda Duncan.

Broocker rejeta la tête en arrière.

– Ça tire un peu, toujours, pendant la saison des pluies. Tu connais ça, je suppose.

– Moi, c'est les migraines. La ferraille que j'ai dans le crâne ne se fait jamais oublier. Qu'il pleuve ou pas.

Broocker gloussa.

– Ça me fait toujours un bien fou de te revoir, Alain. Ça fait un peu réunion de GIG… c'est marrant. En plus, tu débarques toujours à l'improviste. C'est à chaque fois la surprise. Tu vas récupérer tes bagages dans ton hôtel pourri, et venir t'installer ici.

– Franchement, je ne veux pas te déranger.

– Ce n'est plus de ton standing de te loger dans la ville chinoise, mon vieux.

– Tu sais, je passe en coup de vent…

– J'insiste. On reparlera du bon vieux temps. Des Karens… Ça bouge, là-bas.

– Ah oui ?

– Oui. Ils prennent une sacrée branlée en ce moment. Les Birmans ont déclenché une offensive générale au printemps dernier. Et, pour la première fois, la saison des pluies n'a pas calmé leur ardeur. Ça accroche tous les jours. Il y a des réfugiés par centaines qui affluent quotidiennement sur la frontière. Un vrai désastre.

– Ils résistent un peu ?

– Ils font ce qu'ils peuvent. Les Thaïs leur ont pratiquement coupé les vivres. Ils leur font maintenant payer les munitions une fortune. Et encore, ils ne les leur donnent jamais quand ils en ont vraiment besoin. Bangkok et Rangoon ont passé des accords. Les Karens en font les frais.

– L'ONU ?

Broocker ravala un juron.

– Comme toujours. Aux abonnés absents. L'ONU est vaguement impliquée dans la question des réfugiés. Elle se fend parfois de communiqués concernant le sort fait par les Birmans à Aung San Suu Kyi, mais c'est tout. Les combattants karens, ça la dérange. Cela fait soixante ans que ça dure.

– Qui les aide encore ?

– Pratiquement plus personne. Un peu les Thaïs, je te l'ai dit. Les Chinois ont passé des accords économiques avec la junte, les Américains idem, les Suédois également… Tous ceux qui, à une époque, avaient un peu soutenu la guérilla ont baissé les bras. Les Karens ne peuvent compter que sur des initiatives personnelles. Des volontaires qui passent parfois quelques mois avec eux. Mais ça ne pisse pas loin. Ça entretient leur moral, c'est déjà ça.

Duncan hocha la tête, pensivement.

– Tu es au courant, j'imagine, pour les cinq Français embusqués au début du mois au moment où ils entraient en Birmanie, reprit Broocker. Cela aurait pu faire parler d'eux… Eh bien, rien ! À part de petits articles ici, aucun journal en Europe n'a repris l'information. Bangkok s'est débrouillé pour noyer le poisson. J'ai proposé des papiers, personne n'en a voulu. À cause de la guerre au Liban. On m'a répondu d'être « un peu sérieux ». Que ça ne « pesait pas grand-chose au regard de l'invasion israélienne ». Tu te rends compte ?

– Très bien.

– Ça m'a rappelé tes déboires en 1982, lorsque tu étais revenu de ton grand voyage dans la rébellion avec des images extraordinaires… Il s'était passé la même chose. L'opération israélienne Paix en Galilée. Tu n'avais rien vendu, n'est-ce pas ? Putain de Liban !

– Je sais. Les Karens auront toujours une guerre de retard. C'est comme ça, mon vieux Broocker.

– Heureusement, il y a encore des gens qui y croient. J'ai reçu ce matin un message d'un de mes amis de Mae Sot qui m'avertissait qu'un nouveau volontaire venait de franchir la frontière. Pas un jeune con en mal d'aventure, mais un pro. Un vieux de la vieille.

Duncan sentit sa bouche se dessécher. Il déglutit et demanda d'un air détaché :

– Tu le connais ?

– Non. Le Karen m'a dit que c'était la première fois qu'il le voyait, mais que le type avait un curriculum au-dessus de tout espoir. Il s'est présenté comme un ancien commando français bardé de médailles, capable de remonter une unité de choc. Il leur a dit qu'il était un copain du premier Français tombé sur le champ de bataille à leurs côtés. Ça leur a plu. Ils l'ont fait passer immédiatement dans un camp de base. Tu sais comment ils sont ? Toujours à attendre le messie… !

Duncan devenait fébrile. Était-il possible qu'il ait enfin retrouvé Py ? Cela paraissait trop facile. Il se servit de l'eau et sourit à Broocker.

– Tu te souviens de ce Français dont tu parles, celui qui est mort dans les rangs de la guérilla ? questionna Duncan.

– Très bien. Je n'étais pas encore là. Mais ça avait fait beaucoup de tapage en Europe. Lui, au moins, aura eu droit aux honneurs de la presse. Sans doute aussi à cause de sa blessure.

– Sa blessure ?

– Il était amputé de la presque totalité d'une main. Un accident dans l'armée française… Il s'appelait Courrèges-Clerc. Un type bien, d'ailleurs. Sa mort a profondément marqué les Karens. Elle a aussi aidé à faire venir ensuite beaucoup de monde chez eux. C'est grâce à Courrèges-Clerc que des dizaines de volontaires ont rejoint le maquis. Les Karens ont même donné son nom à l'un de leurs camps. Ils n'ont jamais pu récupérer son corps et je crois qu'ils le regrettent encore. Ce sont des sentimentaux, nos Karens !

Duncan se leva.

– J'y pense, je dois passer un coup de fil. Je vais téléphoner dans le jardin.

161

Régis Coulanges finissait de regarder une rediffusion des *Feux de l'amour* lorsque son portable sonna. Le correspondant était masqué. Il haussa les épaules, mais prit tout de même la communication.

– Je sais qu'il est tard en France, lui dit Duncan. Je suis désolé. J'ai une urgence. Pour des raisons que je ne peux pas t'expliquer, j'ai besoin de savoir si le gars dont nous avions parlé, celui disparu en Bosnie, avait travaillé avec un dénommé Courrèges-Clerc. Un militaire victime d'un accident en France qui aurait quitté l'armée très tôt.

– Tu me téléphones à minuit passé pour me poser ce genre de question ? Tu te fous de moi, Duncan.

– Si je prends la peine de le faire, c'est que la situation m'y oblige.

– De qui me parles-tu, d'abord ? Quel mec disparu en Bosnie ?

– L'adjudant-chef Éric Py. Tu m'as fourni son CV.

– Mais puisqu'il est mort, en quoi cela te sert-il ? Tu ne vas pas l'interviewer !

– J'ai besoin de cette information le plus rapidement possible.

– Tu vas te fourrer dans de sacrées emmerdes, Duncan.

– Vas-y, crache ta Valda.

– Laisse les morts dormir en paix.

– Ce n'est pas sorcier, j'ai seulement besoin que tu me rencardes sur ce Courrèges-Clerc…

Régis Coulanges l'interrompit :

– Arrête ton cinoche, Duncan. Je sais pertinemment que Courrèges-Clerc ne t'intéresse pas. Je ne te parle pas de lui, je te parle de l'autre.

– Qui ?

– L'AUTRE.

– Et pourquoi ?

– Oublie-le.

– Mais puisqu'il est mort…

– Et arrête de me prendre pour un con, Duncan.

Duncan eut envie de raccrocher. Il réalisa tout à coup que son ami Coulanges le promenait depuis le début.

– Tu savais qu'il était en vie, n'est-ce pas ?

– Laisse tomber. C'est le meilleur conseil que je puisse te donner, ou tu auras rapidement le service action sur le dos.

Duncan émit un long sifflement qui fit s'éloigner Coulanges du téléphone.

– Nous sommes en plein roman d'espionnage…

– Je te dis cela pour toi.

– Je ne comprends rien à ce que tu me racontes. Je veux seulement savoir si le dénommé Courrèges-Clerc, un parachutiste qui a été démobilisé au début des années quatre-vingt après avoir perdu une main, et qui est ensuite parti faire la guerre en Birmanie, où il a été très rapidement tué, avait été ou non à un moment donné en contact avec Éric Py. Ce n'est pas compliqué !

– Les dossiers des types dont je t'ai passé les CV sont inaccessibles depuis quelques heures. Je suis convoqué demain par le grand patron. Tu comprends ?

– Non, répondit Duncan en essayant de maîtriser les battements de son cœur qui s'accéléraient.

– Ton affaire est secret-défense. Tout ce que tu as fait ces derniers jours n'est pas passé inaperçu. Tu gênes beaucoup de monde.

– Alors pourquoi m'avoir passé le CV de Py ?

– Puisqu'il était mort… Je ne pensais pas que tu trouverais… Je ne voulais pas éveiller tes soupçons. C'est une putain de connerie que je regrette.

– Eh bien, c'est trop tard. Tu t'es gouré. Faut-il que je te reparle du Liban, Régis ?

Il y eut quelques minutes de silence. Duncan crut que la communication avait été coupée. À l'autre bout du fil, Coulanges revoyait la place des Canons et les fedayin qui approchaient. Il était à terre, une jambe fracassée par une balle. Au milieu des détonations, une voix hurlait : « *Soldat français, fils de porc, tu viens avec nous. Fils de porc.* » Il savait qu'il allait être achevé au couteau au milieu des ruines criblées de soleil, ou finir ses jours dans une geôle immonde quelque part dans la banlieue sud de Beyrouth. Puis il revoyait Duncan se dresser, un M16 calé contre la poitrine. La rafale, au-dessus de sa tête, lui déchirait les tympans. Il y avait de la poussière autour d'eux, et les trois fedayin au sol, cassés comme des pantins jetés à la volée. Depuis, il ne se passait pas un jour, quand il faisait l'amour, quand il s'offrait un bon repas ou quand il se promenait le long de la Seine, sans qu'il repense au cadeau que lui avait fait Duncan.

La voix de Coulanges résonna de nouveau :

– Laisse tomber cette histoire. Oublie Éric Py. Va raconter ce que tu sais au procureur de la République et laisse faire la justice.

Duncan pouffa :

– Je te savais retors, mais à ce point, je n'aurais jamais imaginé.

– Alors, pour moi… Fais-le pour moi. Je risque ma peau, aussi.

– Ridicule !

– Alain, ce gazier a un dossier qui ne tiendrait pas dans une armoire Fichet. Des dizaines de pontes, militaires et politiques, sont mouillés. Il a réussi, au fil des années, à les enfermer tous dans une problématique insoluble. On n'y TOUCHE PAS, tu saisis ? On ne te laissera pas faire.

– Je comprends…

– Tant mieux. Donne-moi ta parole…

– Que dalle. J'ai la réponse à ma question, ça va comme ça. Je sais ce qu'il me reste à faire.

– Tu sais, tu n'es pas plus en sécurité en Asie qu'à Paris.

– Comment sais-tu où je me trouve ?

– Je le sais.

– Tu me menaces ?

– Laisse tomber. Donne-moi ta parole.

Duncan écrasa la touche rouge de son portable. Une colère froide le submergeait. « *Putain de connard.* » Il hésita, puis retourna vers la maison de Broocker.

162

Le *Nation* et le *Thaï Rat* n'avaient rien publié, mais le *Bangkok Post* consacrait une demi-colonne au récit de la marchande de fleurs de Thonburi. Le général Paibool Bunnag était consterné. D'abord, le tueur français qui venait de ressusciter, il en aurait mis sa main à couper. Et cette femme, maintenant. D'où sortait-elle ? Pourquoi avait-elle parlé aux journalistes et non aux policiers ? Maintenant, toute la presse allait rapidement s'interroger sur l'identité de ce mystérieux étranger capable de dessouder huit personnes de l'entourage d'un des plus grands antiquaires de Bangkok. Dans quelques jours, les journalistes se poseraient une autre question : qui était le vieux Shaw pour qu'on vienne lui assassiner sa femme, deux de ses enfants et ses quatre gardes du corps plus le concierge ? Paibool avait évidemment trouvé la réponse, et c'était une catastrophe. Sa satisfaction d'avoir enfin mis un nom sur le frère numéro un des Trois Dragons ne résistait pas à la perspective des problèmes à venir. Il devait mettre la main sur Shaw dans les plus brefs délais. Il devait aussi empêcher que la marchande de fleurs ne parle encore. Il se saisit de son téléphone personnel et appela un numéro qui sonna dans une mauvaise maison de planches et de tôles ondulées du quartier du port.

– Ouais, répondit un homme à la voix cassée.

C'est Papa Bravo, dit simplement Paibool. Un travail pour toi. Tu regardes le *Bangkok Post* d'aujourd'hui, page 33. Tu vas me trouver la vieille qui vend des fleurs et tu lui règles son compte. Un accident. Tu as compris ? Un accident. Je laisserai ce soir une enveloppe à ton nom au Siam Bar avec 2 000 bahts.

– Je ne lis toujours pas l'anglais, s'esclaffa l'homme.

– Tu regardes la photo. Elle est faite de loin, mais ce sera suffisant pour que tu la reconnaisses. Tu la trouveras près du Riverside, en face de l'hôtel Shangri-La, de l'autre côté de la rivière.

CHAPITRE 26

14 septembre 2006

163

C'était une grande ville de province qui s'étendait jusqu'à la frontière ouest du pays.

Comme toutes les villes frontalières, il y avait en fait deux villes : la thaïe, un peu endormie, et l'autre, la birmane, mystérieuse, sans cesse sur le qui-vive, où l'on ne pénétrait jamais innocemment. La communauté chinoise faisait le lien entre les deux. La ville thaïe vivotait, insouciante. La ville birmane espionnait, trafiquait, mentait et se dérobait chaque fois qu'on voulait la déchiffrer. Les Chinois faisaient des affaires, jour et nuit.

Duncan avait fait, sans le savoir, le même parcours que l'homme qu'il poursuivait. Il était allé au lever du jour à la gare des bus de Mochit et s'était installé dans le premier car en partance pour Mae Sot. Au moment où il était monté dedans, il n'y avait encore presque pas de passagers. Il avait payé son voyage au chauffeur et s'était assis à l'arrière, contre la vitre. Il avait d'abord regardé le paysage défiler, puis s'était endormi en pensant à Clémence. Des images de la plage du Ferret avaient remplacé celles de l'autoroute. Quand il se réveilla, ses voisins avaient tiré les rideaux. La climatisation tournait à fond. Il remonta la couverture jusqu'à son cou et jeta un coup d'œil à l'extérieur, en écartant du bout du doigt le rideau. La campagne était criblée de lumière. Le bus roulait entre deux rangées d'arbres brûlés par le soleil. Au-delà, le miroir d'une rizière accrochait parfois des portions de ciel et faisait danser la brume de chaleur.

La voix de l'hôtesse avait annoncé, en thaï et en anglais, que l'autocar allait faire une halte technique dans un restaurant où des paniers-repas seraient servis aux passagers et que ceux-ci auraient une demi-heure pour se dégourdir les jambes. Duncan n'était pas descendu. Il s'était rendormi et n'avait rouvert les yeux que dans les faubourgs de Mae Sot.

Le jour tombait maintenant. Le bus avait plus de deux heures de retard. Trois crevaisons de suite, qui avaient failli laisser les passagers au bord de la route. Duncan ramassa son sac sous son siège et sortit au milieu de la foule des cyclo- et des moto-taxis. Il fit signe à un jeune Thaï, enfourcha sa Honda et lui dit simplement : « *La maison du docteur Soso.* » Le garçon ne fit aucun commentaire et enclencha la première.

Ils traversèrent la ville, puis s'engagèrent sur une longue route poussiéreuse bordée de villas cossues. Deux kilomètres plus loin, la moto ralentit avant de stopper devant un portail en bois.

– *You come fight Burmese*[1] *?* demanda le Thaï.

– Oui. Je suis volontaire australien, lui répondit Duncan.

Il savait que le garçon serait moins d'une demi-heure plus tard au PC de l'armée pour rendre compte de sa course avec l'étranger. Il fallait brouiller les pistes. Un journaliste : les militaires auraient débarqué sur-le-champ. Un volontaire : cela lui laissait un peu de temps. Duncan entra dans la maison en se disant qu'il ne devait pas s'éterniser dans la *guesthouse* du major karen.

1. Vous venir pour vous battre contre Birmans ?

Soso était attablé devant une soupe lorsque Duncan poussa la porte de la salle de réception. Il faillit lâcher son bol en apercevant le journaliste.

– Duncan ?

– Soi-même, major. *Long time not seen*, n'est-ce pas ?

– Duncan, je pensais à vous hier, c'est drôle… Je me demandais ce que vous étiez devenu. Tout ce temps depuis votre dernier passage ! C'était… Quand était-ce, déjà ?

– Cela fait quinze ans, major. Eh oui, quinze ans déjà.

– Vous savez, on regarde souvent le film que vous aviez fait à Mae La. Un grand film ! Nous avions remporté une sacrée victoire contre la Tatmadaw. Je l'ai encore montré, il y a deux jours, à l'un de vos compatriotes qui s'est présenté chez moi pour aller combattre à nos côtés.

Une heure plus tard, le major Soso avait tout raconté à Duncan de sa rencontre avec Py et de la mission à laquelle il l'avait instantanément rattaché.

– Je regrette de ne pas pouvoir vous faire partir à l'intérieur avec lui. À deux jours près, c'est idiot ! Il a quitté cet après-midi notre camp de base sur la rivière. Il doit être déjà loin à l'heure qu'il est.

– C'est sans importance. Je ne viens pas faire un reportage sur les volontaires, mais sur vos maquisards. J'aurai peut-être l'occasion de le croiser plus tard à l'intérieur. On verra.

– Bon, je vous propose de vous installer ici, le temps que se mette en place une nouvelle unité. Vous partirez quand elle sera prête. Nous avions de toute manière décidé d'envoyer, dans les jours qui viennent, un groupe de soutien à celui du volontaire. Nous devons occuper le terrain, la situation est très mauvaise. Très très mauvaise, Duncan.

– Non, major. Je voudrais passer ce soir. J'ai très peu de temps devant moi. Je souhaiterais commencer à travailler dans le camp de base. Nous nous verrons plutôt à mon retour.

– Vous n'avez pas changé. Toujours pressé. C'est dommage car j'aurais bien aimé parler avec vous.

– Nous le ferons plus tard. Quand je serai un peu plus au courant de ce qui se passe dans vos montagnes. Vous pouvez m'organiser cela ?

Le major acquiesça, comme contraint et forcé.

– Si vous voulez. Je vous laisse le temps de prendre une douche et l'un de mes soldats vous conduira à la frontière dès que la nuit sera complètement tombée.

164

L'eau de la rivière reflétait la lune. Au-delà, c'était la masse sombre et compacte des massifs de bambous royaux qui enserraient le petit camp karen. Le guide éteignit le moteur de sa moto, porta les mains à sa bouche et imita le cri d'un animal. Il recommença trois ou quatre fois et Duncan discerna des mouvements sur l'autre rive. Le vent poussait jusqu'à eux un bruit étouffé qu'il n'identifiait pas encore. Puis ce fut le chuintement caractéristique d'une barque qui glissait sur l'eau.

Deux passeurs amarrèrent la pirogue devant lui et l'aidèrent à embarquer après avoir échangé quelques mots avec le guide. Le garçon enfourcha de nouveau sa moto et disparut. L'embarcation reprit le chemin du camp.

Duncan était assis entre les deux guérilleros. Il laissa traîner un instant sa main dans l'eau. Elle était fraîche. Il n'arrivait pas encore à croire qu'il était en train d'entrer dans la rébellion karen. Il en aurait presque oublié les raisons qui l'avaient amené là. Cela faisait quinze ans qu'il n'était pas revenu au Kawthoolei. Quinze ans pour changer de vie, pour abandonner ses rêves de jeunesse, pour se construire un statut de journaliste conventionnel, et il lui semblait maintenant qu'il n'avait rien fait de toutes ces années, que le temps s'était arrêté et qu'il se réveillait d'un long rêve un peu pénible. La barque glissait silencieusement sur la rivière. Les massifs de bambous obscurcissaient l'horizon entier.

L'un des deux passeurs émit une série de cris comme l'avait fait un peu plus tôt le guide du major Soso. Il y eut un choc un peu brutal, puis la pirogue s'immobilisa contre la rive. L'homme assis à sa droite aida Duncan à se relever et à prendre pied sur la terre ferme. Un sentier s'enfonçait dans la végétation en pente douce. Duncan mit son sac à la bretelle et commença à le gravir, les deux passeurs sur ses talons.

Cinq minutes plus tard, il débouchait sur une clairière où l'on distinguait des paillotes réunies autour de ce qui ressemblait à une place d'armes. L'un des deux hommes lui indiqua l'une d'elles, où brûlait une bougie dont on apercevait la lueur dansante entre les claies des fenêtres.

Une moustiquaire avait été préparée au-dessus d'une paillasse. Sur un plateau posé à côté, un pot d'Ovomaltine fumait entre deux tasses. Un paquet de gâteaux secs attendait d'être entamé. « *Et voilà*, se dit Duncan, *rien n'a changé.* » Les deux hommes l'invitèrent à s'asseoir et le saluèrent. Puis ils s'évanouirent dans la nuit.

Duncan ouvrit son sac pour vérifier encore une fois l'état des batteries de sa caméra. Il ôta ses chaussures et les plaça à l'entrée de la paillote. Il scruta un moment la clairière et ses abords. L'endroit était absolument vide et silencieux. Seul, le bruit lancinant des crapauds-buffles troublait le calme de la nuit. Duncan douta un instant d'être en Birmanie. Le calme du camp ne coïncidait pas avec la situation de la guérilla décrite par son ami Broocker. Il retourna s'asseoir sous la moustiquaire et regarda autour de lui. Deux M16 étaient posés dans un coin de la pièce sur une caisse de munitions. Sur un mur était suspendu un vieux calendrier de la KNU qui n'avait pas été remplacé depuis des années. Il n'y avait rien d'autre. Il attrapa dans son sac le *Bangkok Post*, qu'il avait acheté avant de prendre le bus, et se plongea dedans.

– *Mister* Alain ! En voilà une surprise !

Duncan n'avait pas entendu le maquisard venir. Il sursauta en se retournant. L'homme avait son âge. C'était un grand type mince au visage émacié, avec deux yeux qui brûlaient au milieu d'une fièvre puissante. Duncan se concentra sur son regard qui ne le lâchait pas. Il cherchait dans sa mémoire. L'homme ne bougeait pas, mais continuait à sourire.

– *Mister* Alain. Je croyais ne jamais vous revoir. Vous êtes si vieux maintenant...

Alors Duncan revit la scène en une fraction de seconde : l'homme qui courait vers lui au milieu des tirs dans la jungle, les balles arrachaient les branches autour de lui. C'était un vacarme invraisemblable qui lui nouait les tripes. Il cherchait à se relever après le souffle de l'explosion qui l'avait jeté à terre, et l'homme courait vers lui en lui criant de ne pas bouger. Il avait senti son poids lorsqu'il s'était jeté sur lui. Après, il avait cru devenir sourd quand le maquisard avait vidé son chargeur, l'arme posée sur sa tête. Il tirait de longues rafales sur une cible invisible. Il hurlait en tirant, Duncan sentait les étuis brûlants éjectés sur sa peau. Combien de temps avait duré la scène ? Il n'aurait pu le dire. Le maquisard changeait ses chargeurs et se remettait à arroser la jungle. Puis les coups de feu avaient cessé subitement et il s'était senti arraché à l'humus du sol et poussé vers l'arrière de la ligne de front. Au débriefing après le combat, il avait compris que l'homme lui avait sauvé la vie. Il était retourné sur la zone et avait vu les cadavres des trois voltigeurs birmans qui devaient se trouver à une dizaine de mètres de l'emplacement où il s'était aventuré. Le maquisard s'appelait Tannyson. Il était le bourreau de l'unité avec laquelle il avait suivi l'offensive karen contre la garnison gouvernementale de Mae La. Il avait offert sa montre à Tannyson qui lui avait donné en retour une baïonnette prise à un Birman sur le terrain ce matin-là. Puis ils s'étaient perdus de vue au cours de la suite de l'opération.

Tannyson était maintenant debout face à lui. Il regarda sa montre et dit qu'il était bien tard. Duncan reconnut instantanément sa vieille Seiko.

165

Des lampes s'allumèrent dans le village, créant des îlots de lumière blême dans la touffeur de la nuit. Les dernières teintes mauves du soir s'étaient évanouies derrière la ligne de crête. L'obscurité était complètement tombée sur la vallée. La montagne tout entière avait disparu. La colonne avait encore ralenti sa cadence. Les guérilleros avaient réduit les distances. La piste qui montait vers Klokoti s'était faite tout à coup plus raide. La pluie avait cessé, mais la végétation conservait l'eau de la journée et il continuait de pleuvoir sur les hommes. Py ne distinguait plus le voltigeur devant lui. Il le devinait seulement. Il le suivait au bruit de ses pas, glissant sur le raidillon boueux. À chaque instant, des branches se détendaient comme les cordes d'un arc et venaient lui fouetter le visage.

Puis le tunnel de la jungle avait fait place d'un coup à un espace large et plat. Des jappements avaient troué le silence de la nuit. L'air, saturé d'humidité, s'était adouci et avait porté jusqu'au groupe des odeurs de bois brûlé et de viande grillée. La colonne s'était arrêtée, Py avait posé au sol la crosse de son G2 et pris appui sur le pontet du canon, comme un marcheur ivre se serait reposé sur sa canne. Autour de lui, les formes fantomatiques des arbres semblaient danser. Il avait la tête prise dans un étau de chaleur qui lui montait de la poitrine. Il devinait le sang battant derrière ses tempes. Il pressa sur une touche de sa montre pour allumer les cristaux liquides du cadran : presque 20 : 00. Il marchait dans cet enfer vert depuis l'aube. Il avait fait trois haltes depuis le début de la progression et n'avait rien avalé depuis le matin. Il avait l'impression d'avoir couru deux marathons d'affilée et s'étonnait de son état de fatigue. Comme si toutes ses années d'entraînement et sa condition physique venaient d'être brutalement remises en question. Un maquisard remonta la colonne en courant et disparut dans la clairière. Peu après, des paillotes s'illuminaient.

– C'est le village, annonça le traducteur qui talonnait Py. C'est dormir là, cette nuit.

« *Eh bien, c'est pas trop tôt* », pensa Py.

– Ah oui ? OK, répondit-il avec assurance.

La colonne se remit en marche et le traducteur invita Py à le suivre jusqu'à une cabane située au milieu du village. Le Karen lui demanda de laisser sa paire de bottes devant l'escalier, abandonnant lui-même ses tongs au bas de l'échelle. Il gravit ensuite les marches de bambou et se laissa tomber sur le seuil de l'unique pièce. Py fit de même. Il était abruti de fatigue. Quatorze heures de marche à monter et descendre les sentiers de cette jungle imbibée d'eau… Il se demandait combien de kilomètres ils avaient bien pu parcourir. Il n'en avait au final aucune idée. Il ne lui avait pas fallu plus d'une journée pour perdre tous ses repères, mais il sentait monter en lui un sentiment de bonheur qu'il n'avait pas éprouvé depuis des années. Il savait qu'il allait dîner, qu'il pourrait ensuite dormir. Il fouilla dans une poche de son treillis, sortit son baladeur et se ficha les écouteurs dans les oreilles. Il sélectionna un opéra de Verdi, lança la lecture et ferma les yeux. Dès les premières notes, un sourire indéfinissable se figea sur son visage. La lueur jaune de la torche, qui brûlait au centre de la pièce, dansait sur ses traits tirés. Il en percevait les mouvements au travers de ses paupières closes. Il n'entendait pas le bourdonnement des moustiques autour de lui. Une main tira sur l'étoffe de son pantalon. Quand il rouvrit les yeux, une jeune femme attendait à genoux, une théière à la main. Le traducteur finissait déjà son verre. Il tendit le sien et observa d'un air détaché la villageoise lui verser le thé. Il porta le verre à ses lèvres et referma les yeux lorsque le liquide parfumé et chaud coula dans sa gorge.

Il allait s'endormir quand le traducteur réapparut.

– Situation très mauvaise, dit-il.

– Ah ? fit Py.

– Ennemi pas loin. Nous, c'est pas moyen d'aller vers division spéciale tout de suite. C'est devoir attendre renforts.

– Il est où, cet ennemi ?

– C'est très près d'ici. C'est moyen couper notre route.

– Tu crois vraiment ça, toi.

– Oui. C'est très nombreux et très fort. C'est commando spécial de 41e régiment. C'est très fort. Nous, c'est attendre renforts ici demain.

– Ça va.

Py approuva de la tête. Une journée de plus pour se reposer et renforcer la colonne, cela lui convenait. Il découvrait subitement la réalité de la guerre de jungle : s'enfoncer dans la forêt avec des guérilleros n'avait rien à voir avec ce qu'il avait vécu en Afrique. Ce n'était pas non plus l'un de ses entraînements en Guyane. C'était aussi bien différent du triathlon. C'était une épreuve qu'il n'aurait jamais soupçonnée. Il se dit que la journée du lendemain l'aiderait à s'habituer. Il ne doutait pas une seconde d'être à la hauteur, mais les événements étaient allés trop vite. Au fond, il était là parce que sa situation l'y avait obligé. Ce n'était pas un choix et cela lui minait le moral. Il était totalement dépendant de cette troupe de Karens et il se sentait comme un bouchon ballotté sur une mer démontée. Il remit ses écouteurs dans les oreilles, mais le traducteur s'adressa de nouveau à lui :

– Demain, renforts arrivent avec journaliste français. C'est bon pour toi.

Py frissonna comme si la température avait chuté d'un coup.

– Quel journaliste ? Qu'est-ce que c'est que cette histoire ? Qui est-ce ?

Le traducteur ignora l'énervement soudain du mercenaire.

– C'est journaliste de ton pays. Grand ami des Karens.

Py secoua la tête.

– Non. Je suis venu pour vous aider. Je ne veux pas de témoins. Pas de journaliste. Même français.

– Mais…

– Écoute bien ce que je vais te dire, je ne veux pas de journaliste. Je ne veux pas croiser de Blanc.

– Commandement déjà organisé renfort demain. C'est pas moyen changer.

– Je m'en fous, c'est pas moyen changer. Je te dis que je ne veux pas rencontrer de journaliste. Tu te démerdes pour qu'il ne soit pas dans la colonne de renfort. Je ne veux pas qu'on parle de mon travail ici. Qu'il aille ailleurs.

– Bon...

– C'est clair ?

– Oui.

– Alors, tu vas prévenir le chef qu'il voie avec la base arrière et tu me rends compte. Si le journaliste vient, je retourne vers la frontière.

Le traducteur se leva et quitta la paillote. Py rangea son baladeur. L'émotion lui nouait la gorge. La jeune femme repassa devant lui et alla souffler la bougie. L'intérieur de la hutte bascula d'un coup dans une obscurité profonde. Py s'adossa à son sac et demeura les yeux grands ouverts à scruter les étoiles dans le ciel.

166

– Tannyson ! s'exclama Duncan. Tannyson !

– Alors, tu m'as reconnu.

– Oh, mon frère, je pense à toi régulièrement. Mais putain, que c'est loin !

– Quinze ans, *mister* Alain.

– Et tu es toujours là...

– Je dirige le camp, maintenant. J'ai pris le commandement de la 7e brigade. Ce qu'il en reste...

– Ça va mal, n'est-ce pas ?

– Nous avons des difficultés. En fait depuis la chute de notre quartier général, il y a quelques années. Puis, nous avons perdu l'un après l'autre nos comptoirs frontaliers. L'argent ne rentre plus. Et puis, il y a eu cette scission au sein de nos forces...

– Ah.

– Tu as entendu parler des bouddhistes qui ont rejoint le gouvernement, ça a été un coup terrible porté à la rébellion. Nous avons une poignée d'hommes, maintenant. Ma brigade en compte à peine quatre cents.

Le Karen s'était assis en face de Duncan sur la natte. Il prit le pot d'Ovomaltine et remplit les tasses.

– Comme tu vois, toujours le même rituel.

– Mais tu montes toujours des opérations à l'intérieur...

– Nous sommes obligés. Pour aider les réfugiés qui quittent chaque jour leurs villages et pour récupérer de l'armement sur les troupes ennemies. Si nous ne le faisions pas, nous ne pourrions pas survivre. Tu sais, nous sommes dos au mur, maintenant. Nous n'avons plus d'autre choix que de combattre.

Tannyson s'interrompit un instant pour resserrer son *longi* autour de ses épaules. Un courant d'air glacé traversait la paillote.

– En ce moment, les conditions climatiques ne nous aident pas. C'est la première fois depuis des années que les Birmans poursuivent leur offensive malgré la saison des pluies.

Un chien hurla quelque part dans le camp. Aussitôt, d'autres animaux lui répondirent et ce fut, l'espace d'un moment, un vacarme de jappements et de cris. Puis la pluie se remit à tomber et les chiens se turent. Tannyson dégustait à petites lampées sa tasse de chocolat. Duncan écoutait les gouttes crépiter sur le toit de tôle de la baraque. Il était heureux d'avoir retrouvé son sauveur de l'opération de Mae La, mais n'avait pas envie de converser. Tannyson se leva en se tenant les reins et se retourna sur le seuil de l'entrée.

– Tu sais, j'ai encore regardé ton film de l'accrochage à Mae La. Du sacré travail ! Tu as dû être célèbre avec un tel reportage...

Duncan haussa les épaules.

– Tu parles !

– Si, du très beau travail. Ton film nous a beaucoup aidés. Pour recruter des jeunes dans les villages et pour informer les journalistes en Thaïlande. On l'a souvent montré. Et justement, hier encore… Il y a un volontaire qui s'est présenté. Cela fait longtemps que ce n'était pas arrivé. Il a été épaté. Il n'a pas voulu attendre avant de filer en opérations. Il a pris le chemin de la division spéciale ce matin avec une de mes unités. Autrefois, il serait resté ici plusieurs semaines avant de pouvoir partir sur le terrain. Tu vois, les choses ont changé.

– Il est parti pour longtemps ? demanda Duncan négligemment.

– Pour un mois, au moins. La zone est délicate. On va essayer de lever des impôts dans les villages, mais les paysans n'ont plus rien à nous offrir et les Birmans vont tout faire pour nous couper la route. Ils nous asphyxient.

– Ça m'intéresserait de le croiser, ce volontaire. Histoire de raconter dans mon sujet qu'il y a encore des gens qui s'intéressent à votre cause.

– Tu le rencontreras rapidement. Nous devons envoyer une colonne de renfort. Les informations de la journée étaient mauvaises. Nous allons avoir besoin de plus d'hommes et de plus de munitions sur le terrain. Tu partiras avec cette colonne. En attendant, dors bien. Petit-déjeuner à six heures demain, sardines et riz complet.

Tannyson éclata de rire et sortit de la paillote en courbant la tête sous les rafales de pluie. Duncan mouilla ses doigts et pinça la flamme de la bougie entre le pouce et l'index. Il s'allongea sur la paillasse et libéra la moustiquaire. Il n'avait pas sommeil. Il chercha encore à écouter les bruits du camp, mais le martèlement de la pluie dominait tout.

CHAPITRE 27

15 septembre 2006

167

Lorsque Duncan fut réveillé par le son du clairon, il régnait une lumière d'aquarium sur le camp. Un ciel bas et gris touchait les frondaisons des grands arbres qui délimitaient la clairière. Il faisait froid. Deux maquisards hissaient le drapeau bleu frappé d'un soleil rouge en haut d'un mât. Un troisième soufflait dans son instrument des notes plaintives. Duncan s'accouda à la balustrade de la paillote et contempla la scène.

L'endroit ressemblait plus à un village qu'à une garnison. Une vingtaine de huttes défraîchies, battues par les vents et la pluie, se confondant avec la forêt. Des herbes folles envahissaient la place. La garde d'honneur salua les couleurs et repartit vers le fond de la place d'armes, puis un silence déconcertant retomba sur le camp. Une odeur de pourrissement montait du sol. Tout cela sentait la mort lente. Duncan faillit buter contre la gamelle posée sur la terrasse de sa paillote. Du riz et des sardines à la sauce tomate avaient été déposés à son intention. Il n'avait pas faim, mais s'assit tout de même et commença à manger. Il n'était ni heureux ni malheureux. Seulement décontenancé de se retrouver là. Deux semaines plus tôt, il était au Cap-Ferret. Il arpentait de long en large la forêt dont les odeurs le renvoyaient parfois à l'Asie. Il se demandait même s'il n'y avait pas encore de la nostalgie dans ces réminiscences. Il lui arrivait d'avoir envie de retrouver la jungle... Et maintenant, il se demandait ce qu'il était venu foutre là. Folie, tout cela, folie...

Le bourdonnement caractéristique des moustiques l'obligea à fermer les boutons de son col et de ses manches. Il alluma le serpentin d'encens qui traînait au pied de sa natte et avala un comprimé de Lariam.

– Tu es prêt, *mister* Alain ?

Tannyson venait de sortir de sous la hutte.

– La colonne se met en marche dans un quart d'heure. Les hommes attendent de l'autre côté du camp.

– Déjà ? demanda Duncan.

– Nous devons rejoindre la première unité avant la nuit. Ce sera un long périple. Difficile avec cette pluie. Nous n'avons pas une minute à perdre.

Duncan rejoignit le groupe sans avoir pris le temps de lacer ses bottes. Les sardines pesaient sur son estomac. Il détacha sa gourde de son brélage et but une longue rasade d'eau.

– Boire maintenant pas bon, lui souffla l'un des maquisards.

Une cinquantaine de combattants attendaient, debout, le signal du départ. Ils le dévisageaient tous, l'air absent. Duncan tenta de leur sourire, mais les hommes étaient concentrés sur la mission qui les attendait. Ils ne répondirent pas, ajustant des paquetages ou finissant de se répartir les munitions et les réserves de nourriture. Tannyson réapparut, flanqué d'un vieillard.

– *Mister* Alain, tu te souviens de La Too ?

– Pas vraiment.

– Il avait quarante ans, la dernière fois que tu l'as croisé. C'est notre plus vieil officier. Il va conduire les renforts. Il parle couramment l'anglais maintenant.

Le Karen tendit une main ferme à Duncan sans lâcher sa chique de bétel. Puis il se tourna vers ses hommes et lança un ordre bref. Avec des piétinements, des chocs métalliques et des grognements, la colonne fit mouvement. La pluie recommençait à tomber. Les maquisards ajustèrent sur eux des morceaux de plastique improbables pour se protéger. Dès la sortie du camp, ils prirent leurs distances. Quinze mètres entre chacun d'eux. C'était comme une longue chenille qui serpentait entre les feuilles géantes et les lianes gigantesques de la forêt. Par endroits, la brume avalait les hommes, puis les recrachait sans prévenir. Duncan se mit au milieu, derrière La Too, et tenta de faire le vide dans sa tête.

168

Depuis deux jours, le général Paibool était en contact permanent avec les services de l'immigration. Le journaliste français n'était pas réapparu. Il avait accepté l'invitation de l'hôtel Oriental, mais n'était jamais arrivé. Aucun des fonctionnaires de l'aéroport Suvarnabhumi ne l'avait repéré. Paibool avait interrogé sans plus de succès les autres postes-frontières du pays. Il était en colère et décida de tenter une dernière manœuvre avec Delpey. Il le cueillit chez lui au petit-déjeuner :

– Ça va Delpey ? C'est Paibool.

– Vous êtes matinal, général.

– L'habitude, mon cher, l'habitude. Je m'inquiétais de savoir si vous aviez des nouvelles de notre ami Alain.

– Pourquoi devrais-je en avoir ?

– Ah ! Voilà la question. Parce que j'en attendais personnellement et que je n'en ai pas eu. Je pensais que vous auriez pu m'éclairer. Vous me disiez l'autre jour être en relation assez serrée avec lui.

– Non. Pas exactement. Ça va, ça vient. Mais pourquoi attendiez-vous de ses nouvelles ?

– J'ai appris qu'il avait été invité par l'Oriental. Il devait être là et il n'est pas là…

– C'est étrange, en effet, fit Delpey, essayant d'être le plus sincère possible.

– Vous savez bien… cela m'aurait été agréable de pouvoir m'entretenir un peu avec lui.

– Je sais, je sais.

– Vous auriez des nouvelles, vous me le diriez, n'est-ce pas ?

Paibool en bégayait presque. À l'autre bout du fil, Delpey était devenu méfiant. Tout ce qu'il avait pressenti se confirmait. À l'évidence, Duncan n'avait pas été invité par l'Oriental, mais par Paibool. L'hôtel n'avait été qu'un prétexte policier pour attirer le photographe à Bangkok. Delpey s'épongea le front avec sa serviette. Son salon lui sembla subitement manquer de climatisation.

– C'est navrant, général. Il va falloir remettre votre tête-à-tête à plus tard. Mais si vous le souhaitez, je peux tenter de contacter Alain pour savoir ce qui se passe.

– S'il vous plaît. Et trouvez un moyen de le faire venir. C'est extrêmement important. Vous comprenez bien la situation…

– Parfaitement, général.

– Encore une chose, Delpey. J'ai fait appeler Alain à sa rédaction et devinez ce qui s'est passé…

– Je suis policier, général. Pas devin.

– Imaginez qu'on m'a répondu qu'il était en reportage en Thaïlande. Étonnant, non ?

Delpey venait de se laisser surprendre. Paibool était aussi malin qu'un singe. Il l'avait piégé. Rien de ce qu'il faisait n'était jamais innocent. Delpey aurait dû le savoir depuis le temps. Aussi désarçonné qu'il fût par l'attaque du général, il ne se départit pas de son calme et partit d'un grand rire un peu forcé. C'était la meilleure défense.

– Oh, général, vous connaissez notre animal. Il est un peu à l'ouest depuis quelque temps : ses problèmes de famille, son travail, notre histoire de *snuff movies* qui l'a profondément affecté à cause de cette victime qu'il a reconnue… S'il était ici, nous le saurions. Je suppose qu'il a profité de l'offre de l'hôtel pour s'octroyer chez lui quelques jours de vacances supplémentaires.

– Mais les vacances, nous les lui offrions ici...

– Non. Il n'a simplement pas eu envie de venir. Il aura dit à sa rédaction qu'il partait à Bangkok et sera resté chez lui à roupiller.

– Ça ne tient pas debout, cette histoire.

– Allons ! C'est du Duncan tout craché. Je vais m'informer de mon côté. Je vous tiendrai au courant.

169

Py fut réveillé par le petit maquisard qui lui avait été attribué comme ordonnance. Le gamin avait quinze ou seize ans. Il était taillé comme un roseau, mais transportait un paquetage presque aussi lourd que lui. Il s'approcha de Py, étendu contre le foyer de la paillote, et lui toucha l'épaule.

– C'est moyen prendre la douche maintenant, commandant. Ensuite, c'est manger. Ensuite, c'est faire patrouille autour du village.

Py se retourna sur sa couche et le fixa sans répondre. Malgré son anglais de cuisine, le garçon parvenait à se faire comprendre. Il était pitoyable dans ses frusques trop larges qui sentaient le purin, mais il avait une bonne tête. Py esquissa un sourire forcé et se redressa en tentant d'atteindre la pointe de ses orteils avec ses doigts. Il fit signe au maquisard qu'il avait compris et le congédia d'un geste. Puis il se mit face au sol et entama une série de pompes.

Une violente douleur courant du bassin à l'arrière du genou droit l'empêcha de continuer l'exercice. « *Allons bon. Ça faisait longtemps !* »

Après avoir barboté un bon moment dans l'eau de la rivière du village pour calmer sa sciatique, il remonta vers sa paillote, tombant nez à nez avec son ordonnance.

– Maintenant, c'est moyen manger. Avec les officiers.

Le Karen lui désigna une hutte un peu plus grande que les autres au milieu de la place.

– C'est vous habiller d'abord et c'est aller là ensuite.

Py le toisa sans lui répondre et bifurqua vers sa paillote. Pouvait-il vraiment faire confiance à cette armée de va-nu-pieds pour assurer sa protection ? Un gosse de quinze ans comme second ! Même en Afrique, il n'avait jamais vu cela. L'urgence était de vérifier que le journaliste dont on lui avait parlé ne viendrait pas. Il atteignit la maison en traînant la jambe et entreprit aussitôt de se laver les dents avec l'eau bouillie de sa gourde. Le jour ne semblait pas vouloir se lever. C'était sûr, il allait reflotter. Il rangea ses affaires et se dirigea vers le bivouac des officiers, arme à la bretelle.

Ils étaient déjà une dizaine à piocher dans une gamelle commune remplie de riz et de pousses de piment rouge.

– Bienvenue commandant, l'apostropha le plus âgé des hommes. Bien dormi ?

– Ça va.

– Pas trop épuisé de la journée d'hier ?

– Ça va.

Py s'installa autour de la table improvisée et chercha des yeux d'hypothétiques couverts. Les maquisards s'esclaffèrent.

– Ici, on mange avec les doigts, reprit le vieux Karen. C'est le *jungle way of life*. Vous avez vu… nous sommes pauvres. Pas les moyens d'avoir de fourchettes ni de couteaux.

– Ça va.

Depuis le début, un jeune officier ne le quittait pas des yeux. Py s'en aperçut et soutint son regard. L'homme fronça les sourcils, puis lui sourit.

– Alors OK, commandant Sava ? OK ?

Les maquisards, de nouveau, éclatèrent de rire. Puis il n'y eut plus que le bruit des mastications et du vent s'engouffrant sous la véranda de la paillote. Py écartait les piments avant d'avaler les bouchées de riz. Quand il eut terminé, il se tourna vers l'officier supérieur et le questionna sur le journaliste.

– L'interprète m'a parlé hier d'un journaliste français qui doit nous rejoindre. Il vous a dit que je ne veux pas rencontrer de journaliste ?

– Ça va.

– Pardon ?

Nouvel éclat de rire.

– Il vous l'a dit ? Je ne veux PAS de journaliste dans mes pattes. PAS de reportage sur moi. Je suis venu pour aider, pas pour passer à la télévision.

– Nous avons bien compris, commandant. Mais ce journaliste est un vieil ami de notre cause. Nous ne pouvons pas le laisser derrière. Il a fait un très long voyage pour venir raconter notre guerre…

– Êtes-vous en train de m'expliquer qu'il va débarquer ici ?

– J'ai bien envoyé votre message au quartier général de la 7e brigade, mais le colonel Tannyson m'a répondu qu'il n'y aurait pas de problème.

Py devint blême. Il n'y aurait pas eu autour d'eux les deux cents guérilleros, il aurait saisi son G2 et abattu tous ces abrutis qui lui faisaient face. Il s'était mis à transpirer abondamment, comme sous le coup d'une crise de palu. Il sentait ses jugulaires battre sous la peau de son cou. Des gouttes de sueur perlaient à la racine de ses cheveux. Il avait les bras aussi humides que s'il les avait plongés dans une bassine d'eau. Il respira à fond et reposa sa question :

– Il va débarquer ici ?

– Oui. Ce soir. Sa colonne nous rejoint pour nous épauler dans la division spéciale. Mais vous ne serez pas obligé de le croiser. Ce soir, nous serons presque trois cents, répartis en plusieurs groupes. Vous irez avec l'unité de tête. Vous serez à environ un kilomètre devant. Vous ne le verrez pas.

– Ça va ? demanda le jeune officier.

– Ça va, répondit Py. Dites-moi seulement comment il se nomme et à quoi il ressemble.

– On va vous dire tout cela. Vous allez vous reposer ce matin, puis vous rejoindrez avant le crépuscule le groupe de reconnaissance qui bivouaquera sur la ligne de crête, au-dessus du village.

Chapitre 28

16 septembre 2006

170

Depuis la veille, la colonne de renfort tournait en rond dans la forêt. En milieu de journée, un renseignement apporté par un paysan avait convaincu le commandant de l'unité qu'accompagnait Duncan de changer de direction. La route de Klokoti était barrée par une *platoon* birmane. Il devait se diriger vers un autre village, dix kilomètres à l'est, et rejoindre la première compagnie le lendemain.

La forêt dans laquelle les hommes avançaient s'était assombrie. La nuit était tombée. Ils avaient poursuivi leur cheminement dans le dédale de lianes et de feuilles détrempées. De temps à autre, un briquet s'allumait pour permettre de consulter une boussole. Duncan progressait, les deux mains tendues devant lui pour se protéger le visage. Des heures à gravir et à descendre des sentiers escarpés, glissants comme des patinoires. Puis les premières lueurs de l'aube avaient éclairé la désolation de la forêt. Les hommes étaient encore enfermés dans la végétation opaque comme si celle-ci repoussait continuellement autour d'eux. Le commandant La Too jeta un coup d'œil à sa montre. Sept heures. Ils marchaient depuis presque vingt-quatre heures et ils n'avaient toujours pas trouvé le village.

La troupe peinait maintenant. Les hommes avaient l'impression de ne plus avancer. Par endroits, l'eau leur montait jusqu'aux chevilles. Elle leur brouillait la vue et leur glaçait l'épine dorsale. Les maquisards s'étaient perdus. Ils avaient tourné en rond des heures durant dans la forêt. Puis il y avait eu cette rizière inondée qu'ils avaient prise pour une clairière. Puis les premières paillotes. Le rideau d'eau incessant les avait empêchés de les apercevoir.

Le radio émit un juron : « *Fucken Burmese*[1]. » La pluie avait une fois de plus noyé ses batteries. Le poste n'émettait plus. La troupe pénétra dans le village à l'aveugle. Le chef de groupe laissa trois hommes en recueil, cent mètres avant les premières maisons. Puis il envoya deux binômes de chaque côté du village avec pour consigne de s'installer à l'opposé, en lisière de la forêt qui reprenait immédiatement après les dernières paillotes.

Au milieu du dispositif, il y avait La Too qui marchait sans arme. À quelques mètres derrière lui, Duncan.

« *Fucken Burmese* », répéta le radio. Il donna un coup de pied dans le poste. Les bretelles lui avaient scié les épaules. Il considérait maintenant sa charge à ses pieds d'un air mauvais. Les maquisards, entrés avec lui au centre du village, avaient posé les fusils et les mitrailleuses à terre. La pluie rebondissait sur le métal des armes. Les hommes attendaient immobiles sous les trombes d'eau. Des statues au milieu d'un parc en friche. Les feuilles de plastique dont ils s'étaient couvert les épaules et le torse battaient sous les rafales de vent. Le ciel de plomb mangeait le faîte des toits de chaume des paillotes. La Too rejoignit son ordonnance et indiqua de la pointe d'un stick de bois de ken quelques maisons. Le village était abandonné.

---

1. Enculés de Birmans.

– On se répartit là. On dort quatre heures et on reprend notre route. Le point de ralliement est plus à l'ouest. Derrière la ligne de crête.

Duncan était hagard. Il ne sentait plus ses membres. La pluie n'en finissait pas de dégringoler, drue et glacée. Il serra son poncho. De nouveau, le ciel avait disparu derrière un écran de brume, monotone. Toute la jungle ruisselait, et le martèlement incessant de l'eau étouffait les voix des hommes.

Un grondement sourd creva le battement lancinant de la pluie. Un bruit confus, impossible à replacer dans l'espace. La Too laissa choir sa badine et scruta l'horizon. Vingt secondes plus tard, les explosions encadraient le village.

– À midi, à midi ! hurla La Too.

Les maquisards ramassèrent leur barda et coururent se regrouper à l'entrée nord du village. Duncan arriva au niveau des dernières paillotes, hors d'haleine.

– Tirs de harcèlement, expliqua La Too. Les Birmans arrosent toute la zone pour faire fuir les civils. On repart.

171

Une brise tiède, chargée d'une odeur d'humus, avait dissous la brume. On devinait le soleil derrière l'écran encore plombé du ciel. Une lumière sans ombre tombait sur le village. Les derniers paysans venaient de quitter leurs huttes pour rejoindre les brûlis. Des enfants traversèrent la place pour aller à la corvée d'eau. Assis sur sa paillasse, Py regardait la cime des arbres. Il se demandait quelle avait été la vie de son père, avant d'entrer dans l'enfer de la longue marche qui avait suivi la chute de la cuvette de Diên Biên Phu.

Curieusement, Éric Py était né ce jour-là, le 7 mai 1954, jour où le camp retranché français était tombé après cinquante-sept jours du siège.

Des années plus tard, son père lui avait un peu parlé de sa captivité. Le souffle du vent qui s'engouffrait dans la vallée, entre les pains de calcaire et la Rivière d'or, et poussait devant lui l'odeur du cimetière quand il prenait en enfilade les rangées de paillotes. Il avait encore dans les yeux cette luminosité aveuglante, piquetée des ombres des fossoyeurs vacillantes comme des mirages, et dans les oreilles le bruit des corps qui tombaient au fond des trous et les cris des rats qui se disputaient les cadavres. Dans ses accès de fièvre, son père lui parlait des images de ses copains disparus qui, l'un après l'autre, se relevaient comme des pipes dans une baraque de fête foraine. Il lui racontait les heures de marche d'un camp à l'autre. Il lui parlait en grelottant de ces villages plantés au milieu des rizières dans des cuvettes cernées par des falaises abruptes et des nappes de brume accrochées à la pierre et aux arbres qui filtraient en continu la lumière.

Il luttait des nuits entières, presque chaque nuit, contre le souvenir des conférences politiques, entre le coucher du soleil et le lever du jour, à la lueur de la lampe à pétrole, jusqu'à l'épuisement ! Toute cette abjection capable de faire abdiquer un légionnaire ! Et puis, cette occasion perdue, juste avant la capture. La course haletante, de nuit, la volonté de s'en sortir, l'espoir du repas, de la décoration, du sourire des copains… et les Viets, au matin, tout autour, la rage qui l'avait pris lorsque le *bo doï* lui avait posé le canon de son fusil sur le ventre… Py se souvenait comme s'il le lui avait encore raconté la veille de chaque mot du récit de son père.

Après trois mois de jungle et trente-cinq kilos de moins, son père avait été rapatrié. On l'avait photographié avant son embarquement sur le *Pasteur*. Cette photo, Py l'avait longtemps conservée. L'image d'un mort vivant. Allongé en compagnie d'autres soldats sur le pont supérieur du navire ancré à l'entrée de l'estuaire du fleuve Rouge. Avec une casquette de marin qui lui mangeait le front et reposait sur ses oreilles. Torse nu. On comptait chacune de ses côtes. À contre-jour, on aurait presque pu apercevoir les organes à travers sa cage thoracique. Il avait fait trois nœuds à la ceinture de son pantalon. Il n'avait plus de chaussures. Ses orteils avaient l'air démesurés. S'il n'y avait eu ce pâle sourire qui lui éclairait le visage, on aurait cru à la vision d'un mort couché parmi d'autres morts.

Quand Py avait eu douze ans, son père lui avait raconté les derniers combats, les nuits de pilonnage de l'artillerie de Giap, les vagues d'assaut, les centaines de morts des dernières heures. La poussière de la piste, la fuite, la peur au ventre, les courses haletantes sous les rafales pour garder sa liberté.

C'était un récit halluciné, mais économe. Presque pas assez de mots. Il lui avait aussi raconté cette voix nasillarde et sèche, métallique, qui égrenait les victoires du Vietminh, les actes héroïques du peuple en lutte, les noms de ceux qui s'étaient sacrifiés sur les pistes et les champs de bataille, la longue liste des défaites et des humiliations du camp colonial, les postes pris, les armes récupérées, les amis morts…

Py fit grincer les lames de la paillasse de bambou. Il se tourna un instant vers l'intérieur de la pièce dans laquelle la lumière pénétrait à peine, filtrée par le treillis des murs de la paillote, comme s'il avait voulu s'y dissimuler. Il imaginait son père amaigri, couvert de vermine, affalé à même le sol de sa hutte, fixant dans ses moments de détresse le liseré clair que la nuit posait sur les cimes de la jungle. Il devait boire des yeux le serpent d'étoiles planté au milieu de l'obscurité. Py s'était toujours demandé comment il avait fait pour supporter les poux, le froid, la faim et l'amibiase qui le terrassaient. Il n'avait jamais osé le questionner.

Les jours de grande déprime, son père lui parlait des marches de trente kilomètres, vingt kilos de paddy tassés dans les jambes de son unique pantalon de rechange nouées et jetées sur les épaules. Des corvées de sel, les plus pénibles, quarante à cinquante kilomètres pendant trois ou quatre jours avec des équipes qui rentraient au camp amputées de moitié. Les morts qu'il fallait encore ensevelir sur le bord de la piste, leurs charges à se répartir, et les Viets accrochés à leurs basques, toujours la menace, l'injure à la bouche… Les kilomètres qui s'ajoutaient aux kilomètres, les heures qui n'en finissaient plus et, au retour, les copains qui râlaient de tout ce retard. Ceux qui étaient morts à force d'attendre. Son père avait tout fait au camp. Il avait balayé, nettoyé les feuillées, les jambes jusqu'aux cuisses dans les déjections grouillantes de vers, gratté la terre dure comme du béton pour creuser à peine de quoi enfouir les corps. Des journées entières à enterrer les cadavres. Cinq, six, sept par jour... Il arrivait que la lame de son coupe-coupe plonge dans une matière molle. Rien n'indiquait l'emplacement des tombes et il n'était pas rare qu'il creuse là où des camarades avaient été inhumés quelques jours auparavant. Presque tous les morts, il les déterrait deux ou trois fois, jusqu'à ce qu'il n'y ait plus que les os. Alors il ne rebouchait pas le trou et déposait dedans celui qui attendait. Un jour, la corvée d'enterrement avait entendu : « *Attendez un peu !* » Le corps, presque déjà entièrement enseveli, avait bougé une main. Son père l'avait transporté de nouveau jusqu'au camp, et ce jour-là, lui avait-il raconté, il avait pleuré longtemps.

C'est cet homme qui était revenu à Paris un matin glacial de février 1955, et qui avait serré Py dans ses bras à l'en étouffer.

Qu'aurait-il fait, à sa place ? Aurait-il trahi, se serait-il évadé, aurait-il patienté ? Py s'interrogeait, le regard de nouveau perdu derrière les grands arbres qui bordaient l'horizon. La jungle, qu'il découvrait depuis quarante-huit heures à peine, ne lui plaisait pas. Elle imprimait en lui un sentiment de malaise indéfinissable qui l'effrayait. Pour la première fois depuis des années, il découvrait qu'il ne maîtrisait plus la situation.

CHAPITRE 29

17 septembre 2006

172

La première chose que fit Duncan, en se réveillant, fut de demander à La Too à combien d'heures de marche ils se trouvaient du groupe du volontaire français.

– Une journée à peine. Nous y serons avant ce soir si nous n'avons pas de mauvaises surprises en route.

Duncan serait bien resté couché dans la forêt où son groupe venait de passer la nuit. Il regarda La Too préparer le café. Le feu avait eu du mal à prendre, mais maintenant il crépitait, éparpillant des étincelles autour de l'âtre. Plus loin, les maquisards avaient déjà roulé leurs paquetages et attendaient l'ordre du départ.

– Comment est la situation ? continua Duncan.

– Très mauvaise. Deux régiments birmans ont essayé d'encercler Klokoti, hier. Le groupe de tête est parvenu à se dégager vers un autre village, mais l'ennemi ne va pas abandonner la partie. Nous devons rattraper nos camarades avant que les Birmans ne tentent une nouvelle manœuvre. Nous avalons le café et nous levons le camp, *mister* Alain.

Duncan se rapprocha de La Too.

– Le Français, il est toujours avec le groupe de tête ?

– Oui, mais vous ne pourrez pas le voir.

– Ah ?

– Le quartier général m'a fait passer cette nuit un message précisant qu'il ne veut pas de journaliste. Il est très déterminé.

Duncan s'assit sur son molleton.

– C'est idiot, cette histoire. Pourquoi ?

– Je ne sais pas. Ce n'est pas contre vous. Il ne veut pas de journaliste. C'est tout. En général, les volontaires qui sont venus chez nous ont toujours fui la presse.

– Pouvez-vous me mettre en relation avec Tannyson ?

– Pas maintenant. L'antenne est démontée. Il faut attendre la prochaine vacation. D'ici deux heures.

La Too fixait Duncan, vaguement inquiet.

– Quel est le problème ?

Duncan faillit raconter son histoire à La Too, mais le temps lui manquait. Par où commencer ? Comment la raconter ? Et puis il regarda le vieux Karen blanchi sous le brélage. Qu'est-ce que ses histoires de meurtres pouvaient lui inspirer à lui ? Combien de morts avait-il vus dans sa vie, deux mille, trois mille, trente mille ? Il avait côtoyé le pire. Plus de quarante ans qu'il se débattait dans un enfer de seconde classe, indicible, indescriptible ! Duncan haussa les épaules.

– Il n'y a pas de problème, mais mettez-moi en relation avec Tannyson avant que nous n'ayons rejoint la colonne de tête.

La Too se leva et écrasa de la pointe d'un pied les dernières cendres rougeoyantes. Puis il recouvrit le foyer d'un paquet de feuilles et de branches mortes. Il mit son sac en bandoulière et tendit un bras en avant. La colonne s'ébranla d'un pas lourd et indécis.

173

À midi, un sifflement traversa le ciel au-dessus du groupe de Py. Les Karens étaient à contre-pente. C'était un entrelacs de racines et de branches qui compliquaient la progression. Quelques maquisards avaient rentré la tête dans les épaules, et le premier mortier avait éclaté. Puis deux, trois, cinq, dix, quinze. Py avait rapidement cessé de les compter. Les coups s'intercalaient entre les battements de son cœur. Il avait chaud, mais sentait ses pieds gelés au fond de ses bottes. Ce matin encore, il pensait pouvoir éviter de se battre. Il allait devoir prouver aux Karens ses qualités de soldat.

Py ordonna aux hommes de se mettre à couvert. La lisière de la forêt se trouvait à cinquante mètres à peine. Au pas de course, le groupe se précipita vers les arbres. Py était presque arrivé quand, à côté de lui, le tireur FM trébucha et roula à terre, les deux mains serrées sur l'une de ses jambes. Py ramassa le fusil-mitrailleur, revint sur ses pas et, à l'épaulée, vida la bande de munitions vers le fond de la rizière où l'on pouvait maintenant apercevoir des silhouettes en uniforme vert se mettre en ligne. Il passa la sangle de l'arme autour de sa poitrine, releva le blessé et l'installa d'un coup de reins sur ses épaules. Lorsqu'il parvint sous le couvert de la forêt, les maquisards qui s'étaient accroupis le regardaient, bouche bée.

– Grenades, grenades, cria-t-il. Deux cents mètres.

– Qu'est-ce qu'il a ? demanda l'interprète en désignant l'homme sur les épaules de Py.

– Éclats dans la jambe. GRENADES ! Faites tirer les grenades, bordel. Les grenades !

Cinq maquisards karens enfournèrent les munitions de 40 mm dans les tubes de leurs armes comme un seul homme et relevèrent la réglette de visée, puis le tir de barrage commença. Py réclama une nouvelle bande de munitions et l'installa dans la chambre de la mitrailleuse avant de caler l'arme contre un tronc de teck et de lâcher de longues rafales précises et dévastatrices sur les rangs birmans, prêts, maintenant, à donner l'assaut. Les grenades explosèrent dans un vacarme assourdissant en soulevant des paquets de terre. Alors que les soldats birmans reculaient pour chercher un abri, des coups de sifflet stridents montèrent du fond de la vallée. Dans ses jumelles, Py distingua un sous-officier, pistolet à la main, qui exhortait ses hommes à reprendre la manœuvre.

– On décroche, hurla-t-il. ON DÉCROCHE.

Deux maquisards ramassèrent le blessé et le groupe s'éparpilla à travers les arbres.

174

La voix était comme désincarnée. Elle paraissait venir du bout du monde. La Too avait rétabli le contact radio avec l'arrière et avait tendu le combiné du poste à Duncan. Les maquisards s'étaient laissés choir au bord de la piste et ils regardaient maintenant le Blanc discuter dans une langue inconnue avec le quartier général.

La voix de Tannyson était presque inaudible :

– *Mister* Alain, je te reçois.

– Je n'entends rien.

– Je te reçois fort et clair.

– Tannyson, sommes-nous seuls sur cette fréquence ?

– Affirmatif.

– Je ne te reçois pas. Je ne comprends pas.

– Affirmatif. Je dis AFFIRMATIF. Nous sommes seuls.

– Je dois retrouver le volontaire français. On doit me conduire sur sa position.

– Il ne veut pas te rencontrer.

– Je ne te reçois plus.

– J'ai dit négatif. Il ne veut pas. Pas de journaliste. Il ne veut pas. Reçu ?

– Je suis venu pour le voir. C'est très important. Est-ce que tu m'entends ?

– Affirmatif. Je te reçois fort et clair. Son groupe vient d'être accroché par les Birmans. Il y a de la casse. Il ne sera pas au point de rendez-vous. Reçu ?

– Reçu. Le son est faible, mais je t'entends. Tannyson, ce volontaire n'est pas l'homme que vous croyez. C'est un assassin.

La communication sembla s'interrompre. La radio grésilla, puis la voix reprit :

– Peux-tu répéter ?

– Ce volontaire est un assassin. Je le traque depuis des semaines. Il n'est pas venu vous aider, mais se cacher. Peut-être même prendre des civils, chez vous, et les liquider.

– *Mister* Alain...

– C'est un tueur international qui travaille pour un réseau chinois. Il kidnappe des gens et fait des films de leur mise à mort.

– Mais il se bat avec nous. C'est un ami de Courrèges-Clerc. En ce moment même, il se bat héroïquement...

Duncan s'impatientait :

– Tu vas le faire arrêter et me faire conduire à lui. Je pourrai le confondre et tu connaîtras toute l'histoire. C'est trop compliqué pour en discuter maintenant.

Tannyson observa encore un long moment de silence. Duncan attendait, la main serrée sur le combiné de la radio. La Too, qui avait écouté la conversation, était devenu pâle. La voix étouffée de Tannyson se fit de nouveau entendre :

– Nous faisons la guerre, en ce moment. Nous ne pouvons pas arrêter ce volontaire. Ce que je peux essayer de faire, c'est de l'exfiltrer vers une zone moins sensible où tu le rejoindras. Je vais donner des ordres au commandant de son unité. Lorsque ton groupe arrivera dans le secteur, le colonel La Too te fera conduire jusqu'à lui. Dis-moi, est-ce que tu as une arme ?

– Non.

– Je vais demander à La Too de t'en donner une. Nous referons un point ensemble dans deux ou trois heures.

Après que La Too eut fait démonter la radio, il appela l'un de ses officiers, lui demanda le pistolet qu'il portait à la ceinture en plus de son M16, et le tendit à Duncan.

– C'est une sale affaire, dit-il. C'est mauvais pour les Karens.

– Vous avez entendu ?

– Oui. C'est mauvais pour les Karens.

– Non, répondit Duncan. C'est une affaire franco-française. Mais comme c'est vous qui allez l'arrêter, ce sera au contraire excellent pour votre cause. Si vous parvenez à m'aider, vous mettrez un terme aux activités d'un des plus grands criminels de notre époque.

La Too resta un moment immobile, visiblement préoccupé, puis il releva la tête et fit signe à la colonne de se remettre en marche. Il n'avait pas prononcé une parole de plus, mais Duncan savait déjà qu'il s'était rallié à sa cause. Le vieux maquisard se retourna vers lui et lui serra le bras.

175

La voiture de Paibool roulait doucement sur Phetchaburi Road. Il avait pris lui-même le volant. À côté, se tenait le major Tawee qu'il avait récupéré devant l'école de l'Association des femmes thaïes.

– Tawee, nous sommes pratiquement à la fin de l'opération. Je sais que le photographe français est à Bangkok. Il est venu sous une fausse identité. Nous allons l'intercepter et nous occuper de lui après avoir réglé le problème du policier français.

– Vous voulez dire que nous allons nous en débarrasser, général ?

– Je ne sais pas encore. Je ne sais pas ce qu'ils complotent, tous les deux. J'ai donc pris une décision.

Tawee tourna la tête vers le général.

– Je vais rencontrer Delpey ce soir au café de l'hôtel Trocadéro, continua Paibool. Je vais lui laisser une dernière chance de collaborer avec nous. S'il est loyal, ça se passera bien. Sinon, nous le supprimerons. Normalement, après notre rendez-vous, il repassera par l'ambassade. En tout cas, il ira vers New Road. Si je te passe un coup de fil, tu le liquideras. Il faudra suggérer un accident. Tu vas me poster deux voitures avec de fausses plaques de chaque côté de la rue. Si tu as mon feu vert, tu le fais écraser. Ce sera du billard. Ce ne sera pas la première personne écrabouillée sur ce carrefour.

– Et les collègues ? Il y a toujours des patrouilles, dans le secteur.

– Il n'y aura aucun policier dans les environs, ce soir. J'y ai veillé. Les éventuels témoins ne serviront à rien. Tu vérifieras juste avant qu'il n'y ait pas un connard de touriste avec une caméra, ou quelque chose comme ça.

– Si c'est le cas ?

– Tu fais simuler une agression par l'un de nos hommes, on pique le matériel, et tu laisses les touristes aller chercher un flic pour porter plainte. Ensuite, vous serez tranquilles.

Le major ne bougea pas un cil. Tout ce que décidait le général était incontestable. Il l'aurait suivi aveuglément dans un champ de mines. Paibool obliqua vers le nord et accéléra jusqu'à la mosquée Darul Aman.

– Quoi qu'on décide ce soir, on s'occupera du photographe après, continua Paibool.

La voiture ralentit. Paibool s'arrêta entre la façade aveugle d'un immeuble et un massif de bougainvillées.

– Nous allons rentrer séparément. Tu vas descendre et prendre un taxi. Tu n'as pas une minute à perdre.

176

La colonne piétinait depuis une heure sur la berge boueuse d'une rivière qui serpentait entre d'énormes blocs de rocher.

La Too se tourna vers Duncan en lui tendant son téléphone de campagne.

– Le colonel qui dirige la compagnie que nous devons rejoindre souhaite vous parler.

Duncan s'attendait à entendre la voix sèche et cassante du commandant en second de la 7e brigade. Ce fut une voix chaude et profonde qui lui parla en français :

– Quelle drôle d'idée d'être venu jusque-là pour me trouver.

Duncan en resta muet. Il pensait surprendre Py, et le tueur l'attendait.

– Je sais que vous ne vouliez pas de journaliste, mais je suis chez moi en pays karen. On ne me refuse rien. Je ne pouvais pas rater cette opération.

Duncan espérait encore que Py ne sache pas qui il était. Il lui dit deux ou trois banalités, puis attendit. Le téléphone restait muet.

– Vous m'entendez ? demanda Duncan.

– Oh oui, je t'entends. Je t'entends et je t'attends. À moins que… que tu aies la bonne idée de faire demi-tour. Il est encore temps.

Duncan s'arrêta au milieu de la piste, confondu.

– On se connaît, alors ?

– Pas encore, mais tu viens faire connaissance. Je le sais. Tu es le photographe du Cap-Ferret.

Duncan se laissa tomber au pied d'un immense fromager. Des maquisards le dépassèrent. La Too se rapprocha de lui, étonné par la pâleur soudaine de son visage.

– Tu es le grand type athlétique avec des cheveux longs. On m'a décrit à quoi tu ressembles. Je t'ai déjà vu. Sur la piste cyclable et devant l'Océan, au Ferret.

Les jambes de Duncan tremblaient légèrement. Il le sentait maintenant. C'était imperceptible pour les autres, mais lui savait qu'elles tremblaient. Il était sous le coup d'une violente émotion qui le privait de forces. Il ne s'attendait pas à cette prise de contact. Il avait imaginé piéger Py et le trouver enchaîné au moment de leur rencontre. Mais il avait été doublé. Py avait été plus malin et plus fort que lui. Ce n'était plus la peine de jouer au chat et à la souris.

– Donc tu sais pourquoi je suis ici ?

– Peut-être cherches-tu encore la belle brune… Sincères condoléances, vraiment.

– Tu es arrivé au terme de ton voyage, Éric Py.

– Ça t'amusera certainement d'apprendre que, pendant que tu

errais comme une âme en peine à la recherche de ta brune, elle était sous tes pieds. Très exactement sous tes pieds. Tu cherchais des indices devant l'Océan, je voyais chacun de tes gestes dans mes jumelles, et elle était là. Tu lui as marché dessus plusieurs fois sans le savoir. Incroyable, n'est-ce pas ?

Duncan crispa sa main sur le combiné de la radio, posa son front dessus et ferma les yeux.

– Je vais te buter, salopard.

– Ta, ta, ta. Pas de gros mots entre nous.

– J'ai vu la vidéo de ton crime, enfoiré. Je ne vais te laisser aucune chance.

Il y eut un instant de silence qui sembla durer une éternité. Duncan entendit Py s'éclaircir la voix :

– Je ne peux pas dire que je regrette ce que j'ai fait à ta brune, mais je regrette que tu aies vu la cassette.

Duncan ne répondit pas. La voix de Py résonna de nouveau, lointaine, dans le haut-parleur du téléphone :

– Cette mort ne devait pas franchir le cercle des initiés. Sincèrement désolé !

– Salopard.

– Cool, mon gars. Toute cette histoire n'a été que du business. Comme la drogue, la Bourse… Ça aussi, ça fait des morts.

– Pourquoi elle ?

– En voilà une question ! Elle ou une autre, qu'est-ce que cela aurait changé ? Si je comprends bien ta question, tu aurais souhaité que je tue quelqu'un d'autre. Alors, tu n'aurais pas eu la même approche du meurtre. Ça ne t'aurait pas touché et tu ne serais sans doute pas là, à essayer de m'attraper. Tu vois, toi aussi tu adjuges inconsciemment une échelle de valeur à la vie des autres.

Duncan rapprocha ses lèvres de la radio et répondit presque à voix basse :

– Je veux savoir pourquoi tu t'es acharné sur elle. Pourquoi tu as mis trois jours à accomplir ton forfait. Tu l'avais ratée une première fois. Pourquoi t'es-tu obstiné sur elle ?

– Les Chinois souhaitaient une fille qui ressemble à quelqu'un de connu. Il y avait une grosse prime à la clé. Et celle-là ressemblait à Carole Laure dans sa jeunesse. C'est cette ressemblance qui l'a tuée. Je n'allais tout de même pas m'attaquer aux people du Ferret, n'est-ce pas ? Les Chinois ne m'auraient jamais payé une véritable actrice à son juste prix. Et puis, je te passe les emmerdements, ensuite. Alors que ta gonzesse, personne ne s'en soucie. À part toi…

– Combien de femmes as-tu tuées ? Combien de fois as-tu pris ton pied en torturant des innocentes ?

Il y eut un ricanement qui arriva à travers la radio comme un grésillement.

– Tu ne veux pas comprendre. Je ne suis ni un violeur en série, ni un tueur en série. Ni un psychopathe pervers. Un businessman, c'est tout. Je vais te faire une confidence : tu ne me parles que de femmes, il y a eu également des hommes. Bien sûr, la grande majorité des tordus qui ont acheté mes vidéos préfèrent les femmes, mais il y a aussi quelques pédés pas très nets qui s'amusent à voir crever des garçons… Le seul plaisir personnel que j'ai pris dans cette affaire aura été de compter les liasses de billets. Et aussi, je dois le confesser, la traque des victimes. La chasse… Comme une chasse à courre. As-tu déjà chassé à courre, photographe ? On lève la bête, on suit la voie, elle est bonne ou mauvaise, on avance en escalier, on flaire, on renifle, on regarde… Jusqu'au moment où l'on prend. Ça, pour moi, ç'a été vraiment excitant. Trouver les bonnes personnes, les suivre, les étudier. Qui sont-elles, que font-elles, quelles sont leurs relations, leurs points faibles ? Planifier leur kidnapping, les courser, les attraper. C'est un métier. Il ne faut pas laisser de traces, jamais apparaître. On commence par la fin de l'histoire, après le meurtre, l'enquête de police, et l'on remonte dans le temps jusqu'à l'instant idéal pour saisir la proie. J'ai toujours tout prévu. Ne jamais rien laisser au hasard. À partir du moment où j'avais trouvé quelqu'un et quand je décidais de passer à l'action, j'avais anticipé tout ce qui allait suivre. Une règle apprise aux échecs : ne jamais jouer sans avoir plusieurs coups d'avance. Tu vois ? Comme dans une chasse à courre, on enferme la proie, on la serre, on l'accule et on la pique.

Duncan releva la tête et fit un tour d'horizon. Le jour semblait avoir été avalé par la forêt. Il se demanda à combien d'heures de marche le tueur pouvait bien se trouver. Il posa le téléphone près de lui, joignit les mains et se mit à réfléchir comme s'il avait prié.

– Je ne t'entends plus, fit Py. Tu n'aimes plus notre conversation ? Qu'est-ce que tu mijotes ? Je suis persuadé que tu regardes en ce moment les montagnes et que tu te demandes derrière laquelle je me cache…

Duncan pointa un index vers le téléphone.

– On va te trouver. C'est une question d'heures, maintenant.

– Dans tes rêves, mon gars. Tu es ici au milieu d'une grosse botte de foin et je suis une petite aiguille avec une garde rapprochée que j'ai grassement payée. Tu connais ce pays ? C'est important l'argent, ici aussi. Les gens n'ont rien. Ils ont besoin de mon argent pour faire leur guerre. Tu verras, ta colonne abandonnera bientôt la poursuite. Tes petits maquisards vont tourner les talons et te ramener à la frontière. On n'a jamais vu des Jaunes s'entretuer pour deux Blancs. Tu rêves, je te dis. Je vais prendre des dispositions, tu n'arriveras jamais jusqu'à moi. Je vais offrir à mes gars une fortune pour te dégommer si tu t'incrustes.

– Je suis à moins de cinq kilomètres de ta position, ordure.

Py s'esclaffa.

– Tu bluffes mal. Je saurais si tu te trouvais à proximité. J'ai vingt-quatre heures d'avance sur toi. C'est beaucoup sur ce terrain. Tu le sais ? Tu le sais, puisque tu y as passé des années. Je vais te donner un conseil…

– Je vais couper la communication. La prochaine fois qu'on se parlera, ce sera en tête à tête.

– Je vais te donner un conseil, je te dis. Tu vas faire demi-tour cette nuit, ou tu ne verras pas le jour se lever. Mes gars vont se battre pour te liquider.

Duncan jeta un regard à La Too.

– Tu es fini. Nous arrivons, dit-il à Py.

– Tu sais maintenant qui je suis. Cela devrait te suffire. Tu ne me ramèneras pas en Thaïlande. Jamais. Encore moins en France. Tu vas rentrer chez toi écrire un beau papier merdique dans ta presse merdique, et moi je vais poursuivre mon chemin dans les montagnes karens. J'en ressortirai quelque part et je referai ma vie dans un coin. La seule chose que tu puisses espérer est de me croiser un jour dans un bar à Los Angeles, Berlin, Séoul ou Bamako... À voir. Ici, il ne se passera rien. Parce que je l'ai décidé et qu'il arrive toujours ce que j'ai décidé.

Duncan entendit Py glousser dans le combiné.

– En fait, tu n'entendras plus parler de moi, reprit Py. Je vais filer vers l'ouest avec ma *harka*. Ensuite, je m'évaporerai aux confins de l'Inde et de la Chine. Je changerai encore de nom, peut-être d'apparence, je changerai de métier et tu n'entendras plus jamais parler de moi.

Il y eut un déclic, puis le grésillement de la liaison cessa.

177

La communication radio avec l'unité de tête passait fort et clair. Tannyson n'aurait pas eu besoin de hurler, mais il ne décolérait plus. Il s'était assis devant l'antique poste RX BC-923 à la place de son soldat et regardait la tache blafarde du jour à travers la meurtrière du bunker. Son commandant en second ne voulait rien comprendre. Tannyson avait pourtant ordonné la veille qu'aucune information concernant Duncan ne soit donnée au volontaire français, mais son subordonné n'en avait fait qu'à sa tête. Le volontaire connaissait maintenant les raisons de la présence de Duncan et Tannyson craignait pour la vie de son ami. Avec l'attaque birmane au début de la journée, la situation s'était tendue. Il avait maintenant deux problèmes à résoudre, et il se sentait dépassé par les événements.

– Je veux que le volontaire soit désarmé et évacué vers l'arrière de la compagnie, répéta-t-il.

– Négatif, répondit son interlocuteur. Le volontaire participe aux combats.

– Vous l'exfiltrez de la première ligne et vous le désarmez.

– Impossible.

– Faites ce que je vous demande.

– Négatif. Il a pris le commandement de la première section et se trouve en ce moment entre deux lignes gouvernementales qu'il tente de briser.

– Dès qu'il aura fait la jonction avec le reste de la compagnie, vous l'arrêterez. C'est un ordre.

– Mais colonel, c'est le meilleur volontaire étranger qui soit venu chez nous. Il a le soutien du général Bo Mya.

– Mensonges ! Tout ce qu'il nous a raconté est faux. C'est un assassin. Duncan va le ramener en Thaïlande.

– Ce volontaire nous a offert 50 000 dollars pour acheter des munitions. Il s'est placé sous ma protection.

– C'est un assassin. Son argent est celui d'une organisation criminelle. Toutes les polices du monde sont à ses trousses, arrêtez-le.

– Négatif. Ses problèmes à l'étranger ne nous concernent pas. Qu'est-ce que les polices du monde entier ont fait pour nous, toutes ces années ? Rien. Nous ne leur devons rien. Moi, je vous demande de contacter La Too et de lui ordonner d'organiser le retour du journaliste vers la frontière. Terminé.

– Je vous donne un ordre, colonel.

– Et moi, je suis le *field commander*, je décide de ce qui se passe sur le terrain. Terminé. Je répète : terminé.

Tannyson bouillait. Il appuya de nouveau sur la poignée du combiné du RX BC-923 et attendit. Son second reprit la communication :

– Ici Soleil Un, parlez.

– Informez-moi dès que vous serez en contact avec la colonne de renfort.

– Reçu.

– Organisez le retour du volontaire au quartier général dès que vous le pourrez.

– Je n'ai pas les moyens. La situation ne le permet pas. Nous maintenons le plan arrêté au quartier général.

– Alors vous êtes responsable de la sécurité du journaliste.

– Bien reçu. Terminé.

De nouveau, le commandant en second coupa la communication. Tannyson laissa divaguer son regard sur le no man's land qui s'étendait à perte de vue au-delà de la tranchée et de la triple rangée de barbelés installés devant le bunker. Par endroits, des cadavres de Birmans jamais récupérés formaient de légers renflements sur le terrain. Ils avaient depuis longtemps fait corps avec le sol. La pluie les avait dissous. Dans la pâleur du jour, les vêtements collés à leurs carcasses ressemblaient à de minuscules murets sur le glacis.

Tannyson demanda au soldat de le prévenir dès que la radio émettrait de nouveau. Puis il s'éloigna sur le *marchfeld* détrempé par la mousson.

178

Il y avait dans la jungle cette inquiétude permanente qui vous brisait. Des cathédrales de végétation suspendues au-dessus de la tête qui donnaient l'impression de ramper sous d'interminables bancs de lianes pourries, ça durait des dizaines de kilomètres, des jours et des nuits, on en oubliait le temps. Duncan était de nouveau au cœur de cette impression épouvantable, comme au cœur des ténèbres. Le cliquetis des armes, le clapotis de l'eau dans les bidons, le bourdonnement de la colonne, le martèlement obsédant des sandales sous la plante des pieds des hommes et leur respiration essoufflée l'avaient coupé du monde. Il y avait d'interminables couloirs de végétation qui ne se croisaient jamais. Chaque objet, chaque forme prenait dans ce paysage aquatique une dimension terrifiante. Des paillotes abandonnées flottaient entre ciel et terre, des arbres sans racines, des racines sans arbres, des hommes-troncs sans jambes, ou des hommes sans tête, des corps mutilés progressant sans un souffle, sans but véritable… Plus rien de réel.

Duncan avançait dans les profondeurs de la forêt depuis des heures. On aurait pu croire la nuit presque tombée, mais ce n'était encore que le début de l'après-midi. Après un dernier coude de la piste, la colonne déboucha au pied d'une colline déboisée. La végétation avait disparu subitement. Au-delà de la première ligne de crête, d'autres s'étageaient jusqu'au bout de l'horizon.

– Nous approchons, dit simplement La Too.

Un coup de feu claqua sur leur gauche à environ trois cents mètres sur l'autre versant d'un talweg, puis deux, trois, des dizaines, une fusillade nourrie. Comme un seul homme, Duncan et la cinquantaine de maquisards qui montaient vers Htisekaw s'accroupirent. Puis vinrent des tirs de calibres plus gros. Après le plouf à peine audible du départ des lance-grenades, c'étaient les explosions assourdissantes des projectiles. Depuis la lisière de la jungle, une mitrailleuse lâchait des rafales saccadées.

Maintenant, toute la colonne était aplatie au sol. Lorsque Duncan releva la tête, il aperçut des silhouettes qui couraient, cassées en deux, à contre-jour, vers le fond du talweg. Les hommes hurlaient. Ça ressemblait à des ordres, parfois à des cris d'animaux. D'autres cris leur répondaient, au milieu du vacarme de la fusillade.

Derrière Duncan, un maquisard priait en anglais : « *Lead us not into temptation and deliver us from evil*[1] *!* »

La ligne d'horizon tanguait comme les silhouettes surprises dans l'embuscade. Les combattants basculèrent derrière un mouvement de terrain. Des balles perdues claquaient encore au-dessus de la position du groupe de Duncan. Le vent poussait vers eux l'odeur âcre laissée par les mortiers sur le piton, et des bribes de

1. Ne nous laissez pas succomber à la tentation mais délivrez-nous du mal.

voix inquiètes surgies, comme de nulle part, de la solitude de l'autre versant.

Le fracas de la bataille s'éloignait. Parfois, le coup sourd d'une explosion était ponctué de clameurs.

Les combats se déplaçaient le long de la colline. La bataille semblait tourner autour. Des taches de couleur vert sombre réapparurent sur le site du premier engagement. Elles rampaient, s'évanouissaient, revenaient, elles se rapprochaient, précédées d'un mur de feu. Duncan était en apnée depuis un bon moment, il s'en aperçut lorsque ses poumons le brûlèrent. Il respira de nouveau et tourna la tête. Allongé sur sa gauche, La Too, une main sur une oreille, parlait dans le téléphone de campagne. Deux roquettes s'écrasèrent sur la position ennemie et quelques-unes des taches vertes furent soulevées du sol. Les cris ne cessaient pas. Alors Duncan fit pivoter sa caméra et filma La Too.

– Que se passe-t-il ? demanda Duncan.

– C'est le groupe du volontaire français qui accroche.

En bas de la colline, une voix que Duncan ne parvenait pas à identifier se rapprochait. Il savait maintenant que leur position était encerclée par plusieurs centaines de réguliers birmans. Il n'avait pas vu ni compris grand-chose à l'accrochage sur le piton d'en face, et il y avait maintenant cette voix aigre et nasillarde et ces coups de sifflets qui venaient vers eux. Voilà ! dans ce grand bordel, il se dit que c'était aussi cela, la peur : une voix anonyme qui escaladait lentement la colline. Autour de lui, les maquisards s'étaient crispés sur leurs armes. Chacun attendait de voir les hommes qui allaient surgir devant eux.

Puis ils distinguèrent des râles, et les premiers blessés karens de l'accrochage débouchèrent du mouvement de terrain. Les maquisards les regardèrent passer. Les moins atteints s'effondrèrent au milieu de la colonne de renfort. Les autres, soutenus ou traînés par leurs camarades, poursuivirent leur chemin vers le haut du piton.

De longues rafales d'armes automatiques résonnaient encore dans le fond de la vallée. Duncan ne parvenait pas à les localiser à cause de l'écho. Il distinguait simplement le bruit caractéristique du FM G4. Les gouvernementaux s'accrochaient au terrain. Les blessés arrivaient par vagues successives. Puis les premiers morts, ficelés sur de longues perches de bambou, émergèrent sur la piste, soutenus par des porteurs.

– Dix-sept blessés et quatre morts, annonça La Too. Mais il y en a encore d'autres.

Une série d'explosions, très proches, au bas de la colline, comme des tirs de canon sans recul, troua le silence qui semblait revenir. Les blessés avaient rouvert les yeux. Enfin, La Too donna l'ordre de reprendre la progression vers Htisekaw.

– Les Birmans décrochent, ajouta-t-il à l'intention de Duncan. Ils ont beaucoup de pertes. Plus de cinquante morts.

Il régnait à Htisekaw une activité de ruche dans la lumière qui baissait. Les premiers maquisards de La Too arrivés sur place déballaient déjà leurs sacs de munitions. Quelques-uns faisaient cuire des poulets offerts par les paysans. D'autres tiraient sur les haubans d'une grande antenne radio. Par paquets, d'autres encore erraient sur la place du village, attendant de recevoir leurs ordres des officiers. Un infirmier s'activait autour des blessés légers. On entendait aussi le bruit sec des coupe-coupe utilisés par les hommes qui préparaient des civières.

Ce fut le commandant de la première colonne qui vint vers Duncan alors qu'il visionnait ses images des combats. La fatigue des dernières heures se lisait sur son visage. Il salua rapidement et invita Duncan à le suivre.

– Finalement, on peut dire que vous avez de la chance.

Duncan attendit la suite.

– Vous allez rencontrer le Français.

Le ton était sec. Avec une pointe de déception évidente dans la voix. Le Karen allongea le pas jusqu'à une grande paillote plantée à la sortie nord de Htisekaw. La Too n'avait pas été invité à les suivre. L'officier et Duncan étaient seuls. Duncan posa la main sur la crosse de son pistolet.

– Ce n'est pas la peine, fit le Karen. Vous ne risquez rien. Les dés sont jetés.

Il attrapa la rampe de l'escalier d'une main et gravit les marches de bambou.

– Montez, dit-il.

Au fond de la pièce faiblement éclairée par une lampe à pétrole, un homme était allongé, comme s'il avait été jeté là en vrac. On entendait le sifflement rauque de sa respiration. On ne distinguait pas encore son visage. Seulement sa poitrine qui se soulevait avec difficulté. À côté, une paysanne se servait d'une feuille de bananier pour lui faire un peu d'air. Un enfant poussait des braises sous une marmite. Des pansements imbibés de sang jonchaient le plancher. Duncan comprit instantanément.

L'homme était bien trop grand pour être un maquisard. Duncan s'approcha et il aperçut le visage. Le blessé ouvrit les yeux et un sourire forcé lui donna dans la lumière rasante un air de divinité chinoise grimaçante.

– Il semblerait que tu aies gagné, articula Py. Tu as fini par me trouver.

Duncan avait imaginé cette rencontre un millier de fois et il ne trouvait rien à répondre. Il était fasciné par la scène. L'officier était ressorti de la baraque comme il y était entré. Duncan était maintenant seul avec Py et les villageois. Il alluma sa caméra et la posa sur le sol, face au tueur.

– Mais tu vas avoir du mal à me ramener en Thaïlande J'ai morflé.

La veste de treillis de Py était entrouverte. Malgré la pénombre, plusieurs minuscules impacts étaient visibles sur sa poitrine. Les plaies ne saignaient plus. Il se dégageait du corps une odeur aigre, de sueur rance et de pisse mêlées.

– M79, ajouta Py.

Il referma les yeux, chercha sa respiration et refréna une quinte de toux.

– Es-tu prêt à me parler ?

Py conserva le silence. Le commandant de l'unité revint dans la paillote, accompagné d'un de ses officiers.

– *Mister* Duncan, vous allez retourner cette nuit au quartier général. Avec l'autre Français. On ne peut pas le soigner ici. Vous allez avaler un bol de riz et vous partirez aussitôt après.

Duncan demanda à être mis en relation avec un numéro de téléphone à Bangkok avant de lever le camp.

– Est-ce vraiment important ? demanda le Karen.

– C'est capital.

– Vous savez que c'est dangereux, pour nous. Je vous l'accorde, à condition que ce soit rapide et que vous ne disiez rien de notre position ni de nos moyens.

– Je souhaite seulement m'entretenir avec une personne de l'ambassade de France.

– Vous ne devrez rien dire de notre situation.

– Je dois seulement parler de lui, répondit Duncan en désignant Py d'un coup de menton.

– On va vous apporter votre dîner ici et je vous préviendrai lorsque vous pourrez utiliser la radio.

Py avait esquissé un geste du bras, mais sa main était retombée mollement le long de son corps.

– Es-tu prêt à te confesser ? répéta Duncan.

– Comment m'as-tu trouvé ?

– Je t'ai posé une question.

– Je te raconterai tout ce que tu veux savoir si tu me dis comment tu m'as trouvé. Je n'arrive pas à comprendre… Tu n'aurais jamais dû parvenir jusqu'ici. Même la police…

– Quoi, la police ?

– Même la police a été incapable de m'intercepter toutes ces années. Je ne comprends pas. J'étais protégé…

Duncan sentait Py prêt à collaborer. C'était une question de doigté, maintenant. Il haussa les épaules et s'assit près de lui.

– Je te pistais depuis des semaines. Puis il y a eu l'affaire du BHV.

Py hocha la tête.

– Je suis heureux de ne pas avoir réussi. Aujourd'hui, je suis heureux. Je suis apaisé. Ainsi, il aura seulement fallu cet incident de parcours pour que tu remontes jusqu'à moi, chapeau !

– Ce n'était pas gagné. Contrairement à ce que tu dois imaginer, tu n'as pas été mis en cause dans cette histoire.

– Je ne comprends pas.

– C'est une longue histoire. J'avais déjà ton CV. Au milieu d'une trentaine d'autres. J'avais déjà fait le lien entre le meurtre du Cap-Ferret et celui de Pau, et j'avais compris que l'assassin ne pouvait avoir qu'un profil très particulier, genre soldat d'élite, je passe les détails. Voilà comment j'ai commencé à chercher dans ton milieu. J'ai fini par débusquer un type qui était allé partout où avaient été commis les meurtres des vidéos que j'avais visionnées.

Py expira longuement, comme s'il cherchait à se vider les poumons.

– Ah oui, le copain Carrère ! Je n'avais pas fait les choses à moitié. J'agissais toujours là où il se trouvait. Je savais tout de lui, tout ce qu'il faisait, jour après jour... En cas de pépin, on l'aurait fait tomber à ma place. Mais alors, et moi, comment m'as-tu logé ? Je suis mort depuis une dizaine d'années.

– Ta photo. Elle m'a été donné à Pau au milieu de beaucoup d'autres. Ensuite, *Le Parisien* a publié ton portrait quand tu as disparu. C'était dans le même journal qui relatait la tentative de rapt de l'enfant. J'avais vu sa photo sur l'une de tes vidéos.

– Je comprends de moins en moins, j'ai changé de visage...

– Pas suffisamment. Quand j'ai vu ta photo dans le journal, j'ai pigé. Je suis allé chez toi. J'ai découvert que tu avais fui en Thaïlande.

– Comment ?

– Un fragment d'enveloppe de billet d'avion… Ensuite, j'ai vite compris que tu te cachais ici. Je suis venu pour te tuer.

Duncan scandait chacune de ses phrases. Chacune était plus forte que la précédente. Il s'était rapproché de Py, la main toujours sur son arme. Py lui jeta un regard désabusé.

– Rien que ça.

– Te tuer…

– Je suis déjà mort, mon gars. Des éclats de M79 dans le buffet à quatre ou cinq jours de marche d'un hôpital, ça ne pardonne pas. Mais je salue ton obstination.

Les deux hommes se turent un long moment.

– Alors, tu n'es venu jusqu'ici que pour cette fille ? demanda Py, de nouveau. Elle devait être bien pour que quelqu'un comme toi s'intéresse à elle. Reste un problème…

– Ah oui ?

– Tu es venu m'éliminer, parce que tu te crois différent de moi, mais quand tu m'auras tué, où sera la différence ?

– Tu vas me faire pleurer, éructa Duncan.

– Et tu vas filmer l'exécution ? Alors là, mon gars, bienvenue au club. Ce sera ton premier *snuff movie*. Les Chinois t'en donneront un bon paquet de dollars. Tu sais, je n'ai pas commencé autrement…

– Arrête ton baratin, salopard. Je viens tuer un tueur.

– Les premières personnes que j'ai traitées avaient du sang sur les mains. Et puis les autres, pour la Triade… Mais à quoi bon t'expliquer…

La voix de Py était comme un souffle monocorde. Il économisait ses forces.

– Ne te fatigue pas, lâcha Duncan. Je n'ai rien de commun avec toi. Arrête de m'embobiner avec tes salades. Tu crèves de trouille.

– Je n'ai pas peur. Tu te trompes, mon gars. Puisque tu fais maintenant partie de mon histoire, j'essaie de t'éclairer. Tu te goures en croyant être moins coupable que moi. Tu n'es pas meilleur. Ou alors tu es encore plus dangereux, parce que tu inventes des règles qui ne sont pas celles de la société au nom de laquelle tu revendiques l'acte que tu veux commettre.

– Tu ne vas pas sauver ta peau avec ces conneries.

– Tais-toi. Tu ne comprends rien. Je ne te supplie pas. Je te livre deux ou trois idées auxquelles tu pourras réfléchir plus tard. Quand il faudra que tu expliques ton geste.

– Mais personne n'en saura jamais rien. Tu vas disparaître comme un serpent au milieu de cette jungle.

– Je voulais dire : quand il faudra que tu t'expliques ton geste à toi-même. Parce que cela viendra. N'en doute pas une seconde, mon gars.

– Comment as-tu commencé à tuer ?

– C'était avant. Je ne vais pas t'expliquer. C'est trop long, trop compliqué. Ensuite, les événements se sont emballés.

– Tu te cherches des excuses ?

– Je n'ai aucune excuse pour ce que j'ai fait. Tu ne m'écoutes pas ? J'explique. Je n'excuse pas. Je suis un tueur. C'est tout. Mais avec ceci d'exceptionnel que je sais qui je suis et qui vous êtes, toi et tes semblables. Je suis certain que tu penses mériter la Légion d'honneur pour tout ce que tu as fait, toi qui as côtoyé le mal depuis des années. Et me trouver et m'anéantir, c'est un peu la cerise sur le gâteau, mais tous les gens que tu as vus mourir, t'es-tu seulement dit une fois qu'ils étaient peut-être morts à cause de toi ? Comme tous les journalistes, tu penses sans doute n'avoir jamais été qu'un témoin. Je peux te dire d'expérience que quand vous arriviez quelque part où nous étions, lorsque j'étais encore militaire en opérations, nous faisions le boulot plutôt trois fois qu'une. Combien de types sont morts parce que tu étais là, parce que leurs chefs avaient décidé de se battre uniquement parce que tu attendais des images ?

– Je connais la rengaine. Un jour ou l'autre, ils seraient morts.

– Peut-être pas. Peut-être pas eux.

– Je n'ai pas de commentaire à faire. Pas avec quelqu'un comme toi.

– Tu es persuadé d'être honnête et irréprochable, mais tu n'auras été rien d'autre qu'un assassin par procuration. Combien de guerres se sont emballées parce que les journalistes venaient y faire chier le monde ? Ce que j'ai fait est ce qu'il y a de pire pour toi, mais nous sommes tous attirés par le mal. On le travestit simplement avec les habits qu'on peut.

Duncan ne répondit rien. Pour la première fois, Py lui sourit.

– J'espère que tu enregistres bien tout ce que je te raconte.

– Es-tu prêt à raconter tout ce que tu as fait ?

– Et toi, le journaliste, qu'est-ce que tu vas faire de tout ça ?

– Je vais coincer les Chinois.

Py attendit quelques minutes avant de répondre :

– C'est bien. Alors, je vais te dire ce que tu veux savoir.

179

Delpey n'était plus très enclin à transmettre à la Crime Division les photocopies des passeports des trois petits dealers qu'il venait d'identifier. La manière expéditive qu'avait Paibool de traiter les affaires qui le gênaient l'étourdissait. Certes, ces trois crétins étaient d'authentiques salauds, mais français tout de même. Il les aurait bien laissés repartir pour Paris avec leur cargaison d'héroïne. Il ne risquait pas grand-chose. Les trois gars seraient arrêtés à Roissy et, si le juge savait s'y prendre, ils donneraient rapidement leurs contacts à Bangkok. Dans le cas inverse, ce serait un fiasco. Delpey pesait le pour et le contre lorsque son téléphone sonna. Une voix étrangère au méchant accent anglais l'informa qu'un journaliste français souhaitait lui parler.

– Jean ?

– Bon Dieu, d'où appelles-tu ?

– De Birmanie. Je suis avec les Karens.

– Drôle d'idée. Tu étais venu pour autre chose…

– Justement. Je l'ai coincé.

– Pardon ? Chez les rebelles..

– Je ne peux pas te donner plus de détails. On est en pleine bagarre.

– Avec le type que tu cherchais ?

– Non, avec les Birmans. Lui, il a eu son compte. Il est salement touché, mais il a accepté de se mettre à table. On va le redescendre sur la Thaïlande. C'est cela que je voulais te dire. Il faut que tu nous récupères à la frontière.

La communication était parasitée par des coups sourds, comme si un fou avait tapé à la volée sur un tambour de bronze à proximité du téléphone de Duncan. Delpey avait du mal à suivre ce que lui disait son ami.

– Qu'est-ce que c'est que ce bordel, chez toi ? Où es-tu, exactement ? demanda-t-il.

– Je suis en pleine bagarre, je t'ai dit. Le canon n'arrête pas de tonner. Les Birmans tirent au 105, ça fait un bruit d'enfer.

– À quel endroit te trouves-tu ?

– Comment peux-tu imaginer que je te dise où je suis ! Je suis dans la merde, quelque part à l'est de la Birmanie. Il faut absolument que tu me récupères dès que je mettrai un orteil en Thaïlande, demain ou après-demain.

– Mais à quel endroit ?

– Je ne peux rien te préciser maintenant. Pour des raisons que tu comprendras aisément. Je voudrais juste que tu puisses venir à Mae Sot. Lorsque j'aurai traversé, je te rappellerai pour te dire exactement où nous sommes. Nous serons quelque part sur environ cent kilomètres de l'un ou l'autre côté de la ville.

– Et qu'est-ce que je vais faire de ton blessé ?

– Je n'en sais rien pour le moment. L'important, c'est que tu sois là. Si tu pouvais venir avec l'ambassadeur, ce serait encore mieux.

– Rien que cela ! Et qu'est-ce que je vais lui raconter, moi, à l'ambassadeur ?

– Je ne sais pas. À toi de voir.

Delpey entendit des voix derrière son ami, puis Duncan lui dit :

– Jean, on me demande de couper la communication. Sois à Mae Sot demain matin.

Delpey demeura un moment bouche bée, le téléphone toujours dans la main. Il connaissait les ressources de Duncan, mais à ce point, il était épaté. L'ambassadeur ? Ce n'était même pas la peine d'y penser. Ce serait une source d'ennuis supplémentaire. Il se rendrait seul à Mae Sot. Il composa le numéro de la Thaï Airways sur son téléphone fixe et réserva un billet pour le premier avion du lendemain.

180

La lune s'était levée. La végétation apparaissait uniformément bleue, trouble et sombre, comme au fond d'un océan. Les collines autour du village ne faisaient plus qu'une. L'air était chargé d'une humidité poisseuse. Des chiens aboyèrent quelque part dans le village. Un coup de fusil claqua. Les aboiements redoublèrent. Un Karen engeula les chiens. Puis à nouveau, le silence. Avec la nuit, le vent s'engouffrait dans la vallée. Le courant d'air fit frissonner Duncan.

Une vingtaine d'hommes entamaient le retour vers la frontière. La civière de Py tanguait au rythme assoupi de la progression. Le groupe quitta l'espace dégagé du village, puis, immédiatement, ce fut la forêt.

Duncan marchait à côté de Py. Il reprit sa caméra et pressa sur la touche du *nightshot*. L'écran s'alluma et un éclairage vert répandit un halo irréel autour de lui. Py oscillait sur l'image. Celle-ci se rapprochait, puis s'éloignait.

– Tu peux encore parler ? demanda Duncan.

– Oui.

– Quand les crimes ont-ils commencé ?

– Vers la fin des années soixante-dix. J'ai eu un contrat pour éliminer une femme qui gênait.

– Le premier film ?

– Non. C'était pour la France.

– La France ? Explique.

– Non. Je ne vais te parler que des Chinois. La France, c'est ce que j'ai fait de bien. Sache seulement une chose, c'est qu'on t'en voudra de m'avoir arrêté. Tu n'es pas sorti de l'auberge !

– La Triade, comment cela a-t-il commencé ?

– C'est venu après. Très vite. L'un de mes commanditaires français devait à l'évidence connaître les Chinois. On m'a demandé un jour de liquider un Arabe. Comme souvent, je ne savais pas pourquoi. C'était extrêmement rare qu'on me donne le détail des CV des cibles. Mon officier traitant voulait des images de la mise à mort du bougnoule. Il m'a refilé une caméra pour que je filme et c'est ensuite qu'on m'a commandé les films de meurtres pour les revendre. Quelqu'un s'est servi de moi. Pendant des années, j'ai essayé de le démasquer. Jamais pu…

– Pourquoi as-tu accepté ?

– Quand j'ai compris, les jeux étaient faits. Et puis il y avait beaucoup d'argent en jeu.

– C'est-à-dire ?

– Je ne sais plus. Beaucoup.

– Donne-moi un chiffre.

– Ça a évolué avec le temps. Plus j'ai travaillé pour la Triade, plus j'ai gagné d'argent. Les derniers contrats, c'était de l'ordre de 200 000 euros. Quand j'ai commencé, on me payait autour de 400 000 francs le film. Cela a été le tarif, quelques années.

– Combien de meurtres depuis le début ?

Py ricana, déclenchant une quinte de toux.

– J'ai soif.

– Tu ne dois pas boire.

– J'ai soif.

– Est-ce que tu as une idée du nombre de meurtres que tu as commis pour les Chinois ?

– Un jour, j'ai arrêté de compter. Peut-être une centaine.

– Tu as dit une centaine ?

– Oui. Au début, c'était un ou deux par an. Puis ça a augmenté à partir de la Yougoslavie. Là-bas, j'ai dû organiser ma disparition…

– Je sais. Mais pourquoi ?

– Mes protecteurs me l'ont imposé.

– Tu veux dire…

– Les Français, ceux pour qui tu votes…

– Qui te protégeait ? Qui ?

Py demeura silencieux, les yeux fermés.

– Qui ? demanda de nouveau Duncan.

– Ça n'a pas d'importance. Un cabinet noir, certainement…

– Pardon ?

– Une agence… Un État dans l'État…

– Je vois…, fit Duncan, abasourdi.

– Quand il s'avérait nécessaire de buter tous ceux qui emmerdaient la France, il fallait bien quelqu'un pour faire le job. J'étais cette personne. Certainement pas la seule, d'ailleurs, je fais confiance à la France pour avoir plus d'un tueur à gages à sa disposition. Disons que moi, je travaillais à un niveau très proche du pouvoir suprême. Enfin, je le pense… Donc, j'avais droit à un régime spécial. On me foutait la paix, j'étais bien trop précieux. Je n'en dirai pas plus. On me laissait faire mon business.

– C'est cela que je ne comprends pas, c'est hallucinant d'imaginer qu'on ait pu te laisser refroidir tous ces innocents sans intervenir. Je ne peux même pas l'envisager.

– Tu as tort, photographe. C'est ainsi. Mais personne n'a jamais su exactement mon degré d'implication dans la Triade. Il y a eu des soupçons, rien de vraiment avéré. On m'a un peu cassé les pieds à une époque, puis j'ai fait valoir à la fois mes qualités d'exécuteur et le nombre de dossiers que je détenais. On n'en a plus jamais reparlé jusqu'à la Bosnie, où j'ai commis une grosse erreur. Pour épargner certaines personnes, il a fallu que je disparaisse. L'endroit était propice, c'était un jeu d'enfant de faire croire à ma mort. Il y avait à cette époque des macchabées partout dans les morgues du pays qui n'étaient pas réclamés. On en a prélevé un pour le mettre à ma place dans un véhicule, puis on a organisé une attaque à l'IED dans un bled pourri de Bosnie centrale. On a laissé les paysans du coin récupérer les morceaux et donner l'identité du soldat français – la mienne – tué dans l'explosion. Entre-temps, j'avais déjà été exfiltré vers l'Italie avec des papiers tout neufs. Six mois plus tard, j'étais employé au BHV.

– Comme ça ?

– Ceux qui m'avaient fait disparaître à Gorazde n'allaient pas m'abandonner en rase campagne, tu imagines bien ! J'avais encore du boulot à abattre pour eux. Quant au BHV, ça collait pour moi et, pour eux, disons que c'était facile. Il y avait des contacts entre l'armée et certains cadres de cette boîte.

– Et ce Patrick Jourdain, il tombait d'où ?

Py toussa, envoyant autour de lui des particules de matière rosâtre, qui brillèrent brièvement devant la caméra. Il rouvrit les yeux et porta lentement la main à sa bouche pour s'essuyer la commissure des lèvres.

– Celui-là, je l'avais dégommé trois ans auparavant, un clodo sans famille, sans amis, né la même année que moi. J'avais vu tous ses papiers. C'était facile.

– Que faisais-tu pour l'armée ?

Py eut un geste las.

– Je te l'ai déjà dit, je supprimais des ennemis de la République.

– Par exemple ?

– Je ne veux pas en parler.

– Tu te fous de moi ?

– Ce que j'ai fait pour la France n'a rien à voir avec le reste.

– Au point où tu en es…

– Je ne dois pas.

Duncan se rapprocha du hamac. Le sol accidenté de la forêt imprimait à la civière des mouvements brusques. Il se pencha un peu plus vers Py.

– Le problème, c'est que je ne te crois pas.

Py tourna la tête vers lui.

– J'ai tué des Libanais, des Iraniens, des Allemands, des Soviétiques, des Espagnols, des hommes, des femmes, beaucoup de monde.

– Des Allemands et des Espagnols ?

– Des Allemands de l'Est et des Basques, des terroristes.

– La fille de Pau ?

– Mon troisième ou quatrième contrat... Mais tu ne sauras rien d'autre sur elle.

– Elle s'appelait Maria Dolores Xanxo. Une Basque de l'ETA. J'en sais beaucoup plus que tu ne crois.

Py expira comme s'il venait de livrer son dernier souffle.

– Comment peux-tu savoir ça, toi ? Aucun des enquêteurs ne l'avait identifiée...

– Tu oublies le paysan de la ferme, derrière le para-club. Celui qui a assisté à l'élimination de Maria Dolores. Il la connaissait, et comme il a vu le cadavre...

– Qui ?

– Un paysan, un membre d'une cellule dormante de l'ETA. Visiblement, tes commanditaires ne l'avaient pas logé. Ils étaient plusieurs, dans le coin. Pourquoi t'a-t-on demandé de liquider la fille ?

– C'était un gros poisson. On ne m'a pas dit grand-chose, seulement qu'elle était arrivée à Pau pour piquer des armes et, sans doute, faire sauter une bombe dans l'une des casernes de la région. Parce que Paris venait de passer des accords avec les Espagnols pour traquer les Basques. La fille était dangereuse, très pro, elle connaissait son job. Elle tenait les paras par la queue. Je l'ai embarquée une nuit dans l'avion du para-club et je l'ai dégagée en vol. Ensuite, je l'ai cherchée. Ça a duré une partie de la nuit. Elle était au milieu d'un champ de maïs. J'ai filmé son corps à l'aide d'une lampe-tempête.

– Pourquoi cette mise en scène ?

– C'était une exigence de mon agent traitant.

– Donc c'était lui qui servait de passerelle avec Bangkok !

– Eh non. Il a eu un accident de voiture quelques jours plus tard. Ce n'était pas lui… Il m'avait demandé de faire le film pour qu'il soit transmis à quelqu'un en Espagne. Pour leur envoyer un message clair et fort… Et je sais que l'ETA a reçu les images. Ce dont je ne me doutais pas, à l'époque, c'est que le film aboutirait chez les Chinois.

– Pourquoi n'y a-t-il pas eu de véritable enquête ?

– Les flics sont remontés jusqu'à moi, très vite. J'ai rendu compte et l'enquête leur a été retirée en même temps que leurs dossiers leur étaient confisqués. Les gendarmes ont fait le reste.

– C'est-à-dire ?

– Ils ont enterré l'affaire…

– Comment as-tu réussi ce tour de force ?

– Je n'ai rien fait d'autre que rendre compte. On m'a protégé. J'avais, à l'époque, plusieurs missions en cours d'une importance capitale. On m'a seulement demandé d'être plus vigilant.

– Et les Libanais ?

– Deux gars responsables de la mort de l'un de nos otages à Beyrouth. Je suis fatigué, j'ai soif.

– Dis-moi d'abord comment tu t'y es pris.

– Comme d'habitude, comme un pro. Je suis arrivé à Beyrouth à la nage, depuis un bâtiment français qui croisait au large. Ensuite, j'ai piqué une voiture pour filer vers le quartier qui m'intéressait, ce n'était pas loin. Puis j'ai rejoint la baraque par les toits. Ensuite, j'ai exécuté nos deux bonshommes et toute leur famille. L'opération a pris moins de cinq heures.

– Toute leur famille ?

– Quatorze personnes.

– C'est la France qui avait ordonné ce massacre ?

– La France, la France ! C'étaient des politiques, et ils avaient raison.

– C'étaient toujours des missions aussi risquées ?

– Parfois, c'était un jeu d'enfant. Un jour, j'ai dû exécuter une fille qui bossait pour le KBG, elle était call-girl dans une boîte minable de Pigalle. En janvier ou février 1981, je crois. Je bossais déjà pour la Triade. Je l'ai charcutée pendant une trentaine de minutes et j'ai balancé le film aux Chinois. C'est comme ça que l'armée a compris que j'avais établi un lien direct avec eux.

– Comment ?

– Sans doute le gars de chez nous qui fricotait avec la Triade. Il a dû tomber sur ce film… Donne-moi à boire.

Duncan rapprocha ses lèvres du micro de la caméra.

– Reparle-moi de la Yougoslavie. Pourquoi fallait-il que tu disparaisses ?

– Cela n'a aucune importance.

– Au contraire. Que s'est-il passé ? L'erreur dont tu parlais, c'était quoi ?

– Le sujet ne t'intéresse pas.

– Réponds-moi. Qu'as-tu fait ?

– On s'égare. Je ne te dirai rien.

– Parle et je te donne à boire.

Py avait tourné la tête vers la gourde dans la main de Duncan.

– J'ai flingué trois Casques bleus dans un village abandonné près de Foca. C'était un endroit épouvantable. Le trou du cul du monde.

– Pourquoi ?

– Je ne peux pas le dire.

– Tu veux boire ou pas…

– Garde ton eau, je ne te dirai rien de plus.

Duncan eut envie d'assommer Py. Il crispa les poings, puis se détendit et attendit un peu avant de reprendre :

– Donne-moi à boire.

Duncan lui tendit le bouchon de la gourde avec un peu d'eau. Py aspira le liquide et referma les yeux.

L'un des porteurs buta contre une racine, imprimant à la civière un mouvement brusque. Py geignit.

– Tu as mal ? demanda Duncan.

– Qu'est-ce que ça peut te foutre. Je ne me plains pas. J'ai mon baldaquin et je sais que je n'arriverai pas en Thaïlande. Donc ça va.

– Tu es bien sûr de toi…

– J'ai été militaire. J'en ai vu crever, des mecs..

– Qui dirige la Triade ?

– Un certain Shaw. Un antiquaire. Mais je ne sais pas où il se planque. J'ai anéanti sa petite famille, mais lui, je l'ai raté. Il est dans la nature…

– Où vit-il ?

– À Bangkok, le condominium Riverside. Il faut que t'essayes de le faire arrêter.

– Et les autres ?

– Quels autres ?

– Les autres membres du gang…

– Shaw a fait le ménage. Et la police. Et moi, aussi. Reste plus personne que je connaissais.

– Tu as eu des contrats à l'étranger, n'est-ce pas ?

– Évidemment.

– Alors pourquoi la France ?

– C'était la demande. C'était très bien payé.

– Combien as-tu touché pour assassiner Clémence ?

Py tendit une main vers le ciel.

– Il y a un baladeur dans mon sac. Donne-le-moi. Je voudrais écouter de l'opéra. De la musique dans la nuit…

– Plus tard. Quand on aura fini.

– Donne…

– À la prochaine halte…

– Je veux de la musique. Je ne vois plus rien..

– Combien as-tu touché ? répéta Duncan.

– Cent mille. Tu vois… Ce n'était pas le plus gros contrat.

– Comment l'as-tu tuée ?

– Tu as vu la cassette, tu sais, pourquoi poses-tu la question ?

– Je voulais dire : comment est-elle morte ?

– Tu te fais du mal, mon gars.

– Comment est-elle morte ? Raconte-moi ses derniers instants. A-t-elle dit quelque chose ? A-t-elle prononcé le nom de quelqu'un ?

– Tu veux savoir si elle a parlé de toi ? Je pourrais te répondre oui, pour te faire plaisir, ou te dire non si elle l'avait fait, pour t'emmerder. Mais je ne sais pas. Je ne pouvais pas entendre ce qu'elle disait. Elle avait du sable dans la bouche. Elle étouffait. La musique, allume la musique…

La voix de Py n'était plus qu'un halètement. Duncan cessa de le questionner, mais Py continuait de balbutier des mots quasiment inaudibles.

– Musique. La nuit… La petite fille dans la case… Diên Biên Phu, tu sais ? Je vois mon père. L'Opéra..

– Quelle petite fille ?

– Dis à mon père de partir…

Maintenant, Py délirait. Duncan lui versa un peu d'eau sur le front. Py ouvrit la bouche pour essayer d'avaler quelques-unes des gouttes.

– Tu as assez bu.

– J'ai soif. Jamais eu soif comme ça…

L'interprète les rejoignit pour vérifier d'un coup de torche rapide le goutte-à-goutte de la transfusion.

– Est-ce que tu as gardé quelque part une liste des personnes que tu as tuées ?

– La nuit… Je ne vois plus…

– Le nom de la personne qui te protégeait en France ?

– Allume la musique. Je voudrais que mon père s'en aille…

– Dis-moi. Qui magouillait avec toi ? Dis-le-moi, bordel.

Une lumière rouge clignota dans un coin de l'écran de la caméra. La batterie s'épuisait. Duncan jura et entreprit de la remplacer. Quand il recommença à filmer, Py délirait de nouveau. Il ne semblait plus entendre ses questions. Sa voix était devenue si faible qu'elle se confondait avec les sons de la forêt. L'officier fit arrêter la colonne. Les porteurs déposèrent la civière sur un talus au bord de la piste et attendirent sans un mot. Duncan se cala contre le tronc d'un banian et ferma les yeux. Il réfléchissait à la confession du tueur qu'il venait d'enregistrer. Il se dit qu'il faudrait qu'il aille encore tourner, à Bangkok, quelques images aux adresses que lui avait livrées Py. Qu'il retourne aussi chez lui à Paris. Également au BHV, au stand où il travaillait. Puis au Cap-Ferret, là où Clémence avait été ensevelie. Il raconterait toute l'histoire au juge en charge de l'affaire du meurtre de la jeune Allemande et assisterait aux recherches du cadavre de Clémence qui ne manqueraient pas d'être immédiatement ordonnées. Et Coulanges aussi. Il allait le coincer et l'obliger à déballer son sac. Il allait foutre un bordel inimaginable.

181

Des Pakistanais en pantalons tirebouchonnants et chemisettes sales étaient vautrés dans le hall du Trocadéro. Vêtu d'un costume civil de la meilleure coupe, Paibool pénétra dans l'hôtel et s'appliqua à ne pas les regarder. Il les détestait. Simplement. Son séjour de trois mois, comme jeune colonel, dans les zones tribales du pays lui avait laissé un souvenir qu'il n'était pas près d'oublier. Pour lui, ces gens étaient au mieux des voleurs, au pire des terroristes. Il vomissait leurs manières, leur culture, leur langue… Mais il continuait à fixer des rendez-vous dans cet hôtel, que les Pakistanais avaient envahi vingt ans plus tôt, parce que l'endroit était devenu tellement pauvre et délabré qu'il ne risquait pas d'y être importuné. Il passa devant la réception et alla directement vers la cafétéria.

Delpey était déjà attablé. Il s'était installé à l'extrémité de la salle, près de la porte donnant sur l'avenue Surawong. Paibool commanda à la serveuse une Singha et s'assit en face de lui.

– Alors, mon cher Jean, des nouvelles ?

Delpey tournait machinalement la cuillère dans son café glacé. Il leva les yeux et les planta dans ceux du général.

– Pour avoir des nouvelles, j'en ai…

Ses yeux brûlaient d'un feu intérieur qui n'échappa pas à Paibool. Delpey manifestait une très grande excitation.

– Je vais pouvoir vous donner des nouvelles à la fois d'Alain et du tueur français.

Delpey savourait à l'avance ce qu'il allait révéler à Paibool. Pour lui, l'affaire était terminée. Le général avait perdu la partie. Il allait avertir l'ambassadeur qu'il récupérerait deux Français le lendemain sur la frontière birmane, et Duncan et le tueur seraient rapidement placés sous sa protection. Paibool n'aurait plus qu'à s'incliner. Pour la suite, il trouverait un moyen pour l'aider à trouver une porte de sortie honorable. À condition qu'il se mette à table, lui aussi. D'ici là, il allait le laisser mijoter et mouiller sa chemise. Ça ne pouvait pas lui faire de mal.

– Alain est en Birmanie, dans les maquis karens. Il suivait depuis plusieurs jours la trace du tueur. Elle l'a conduit jusque-là. Et, à l'heure qu'il est, il a fait arrêter notre bonhomme. Il l'a débriefé. Il possède maintenant toute l'histoire.

Delpey s'interrompit, le temps de voir l'effet que produisaient ses paroles sur Paibool. Le général eut l'air incrédule.

– Vous ne me croyez pas ? Cela vous étonne ?

Paibool prit le parti de sourire. C'était toujours la même chose avec les Thaïs lorsqu'ils étaient gênés, ils se retranchaient derrière un sourire inexpressif. Paibool était très fort à ce jeu-là.

– Vous croire ? Je suis bien obligé. Mais à la question de savoir si cela m'étonne, alors oui ! Cet après-midi encore, vous me certifiiez n'avoir aucune nouvelle d'Alain et vous m'annoncez maintenant qu'il est chez les Karens où il a mis la main sur le tueur… Avouez qu'il y a de quoi rester pantois.

– Vous devez penser que je vous ai trahi, mais ce n'est pas le cas. Je ne pouvais simplement pas faire autrement. Votre insistance à faire revenir Alain… Vous m'avez mis très mal à l'aise, général.

Paibool tapotait la table avec son index. Il s'était tout à coup rembruni.

– Si, vous m'avez menti.

– Par omission, seulement, général ! Je ne pouvais pas agir autrement.

– On a toujours le choix…

– Vos demandes répétées de vous aider à attirer Alain ici, au vu de ce que vous aviez déjà fait, il y avait de quoi se tracasser. La manière dont vous avez conduit cette enquête pose pas mal de questions. On ne peut pas dire qu'elle corresponde à… à nos standards policiers français. J'ai été obligé de mettre en garde notre ami Alain.

– Vous devenez franchement désagréable.

– Non. J'ai essayé de vous protéger contre vous-même. Que vous traitiez les questions de drogue à Bangkok à votre façon, cela vous regarde. Je n'ai rien à dire. Je désapprouve, mais je n'ai rien à dire. En revanche, que vous éliminiez systématiquement tous les acteurs de notre affaire, les Thaïs, les Chinois, les Belges, et je ne parle pas des petits cons de Français tombés dans une malheureuse embuscade birmane…, alors là… Je ne pouvais pas laisser Alain répondre à l'invitation de l'Oriental.

– Qu'avez-vous dit à Duncan ?

– Lorsqu'il m'a expliqué qu'il allait revenir, je lui ai fait part de mes préventions, mais il insistait. Il avait une raison personnelle qu'il n'a pas souhaité expliquer. Je ne savais absolument pas qu'il avait remonté la piste du tueur. Cela, je vous le garantis. Il a donc débarqué en Thaïlande sous une deuxième identité. Par la Malaisie. Ensuite, il a fait ce qu'il devait faire. Je ne sais que depuis deux heures à peine qu'il traquait le tueur. Il a eu une chance de cocu dans cette histoire. Mais ce n'est pas le sujet. Maintenant, il sait tout. Il a récupéré une somme d'informations colossale. Il y a des témoins. Il sera en Thaïlande demain et je m'inquiète un peu de son retour.

– Vous vous inquiétez…

– Bien sûr, général. Il détient une foule d'éléments que vous ne voudriez pas voir publier. Enfin, je crois.

– Que vous a-t-il raconté ?

– Pour l'instant, ce que je viens de vous dire. Là où il se trouvait, ce n'est pas le meilleur endroit pour faire la causette. Lorsque je l'ai eu en ligne par la radio de la brigade, je pouvais entendre des explosions en bruit de fond. On a parlé moins de deux minutes.

Paibool termina son verre et essuya la mousse sur ses lèvres, du dos de la main.

– Bon, il va rentrer et venir me voir. Nous allons reparler de toute cette affaire calmement. Je vais lui racheter son reportage. J'ai les fonds pour cela. Il aura beaucoup plus d'argent qu'aucun journal ne lui en proposerait. À vous, mon cher Jean, je ne vous offre rien… Je connais votre éthique. Mais Duncan… il n'y aura pas de problème. N'est-ce pas ? Je vais faire contacter les Karens pour qu'ils nous gardent au chaud le tueur, le temps de décider ensemble de ce qu'on fait de lui.

– Ce n'est pas aussi simple, général. Notre tueur a été blessé hier. Il serait pas mal amoché. En ce moment, les Karens le redescendent vers un hôpital de la frontière.

– Je vois…

Paibool recommanda une bière.

– Voulez-vous boire autre chose ?

– Merci, général. Ça ira. Alain n'a manifestement pas l'intention de venir vous voir. En tout cas, je pense qu'il sera d'abord chez nous à l'ambassade avant d'aller chez vous.

– Qu'est-ce que vous cherchez, Delpey ?

– Il faut que le tueur soit débriefé. En ce qui vous concerne, j'y ai réfléchi, les gens qui vous gênaient n'existent plus. Vous pourriez les sortir de l'enquête… Vous trouverez bien un prétexte pour habiller toutes ces morts. Je vous fais confiance.

– Vous êtes décidé…

– Tout à fait.

– Vous ne voulez pas nous confier le journaliste et le tueur…

– Je crois qu'on peut résumer les choses ainsi.

Paibool hocha la tête plusieurs fois.

– Mais vous êtes d'accord pour faire part de ma proposition à Duncan ?

– Général, je lui en ai déjà parlé. Il n'avait pas l'air intéressé et je crains qu'il le soit encore moins désormais.

– Vous pensez que Duncan ne changera pas d'avis ?

– Il est breton.

– Ah oui, j'oubliais. Vous avez sans doute raison, Delpey. Je ne pourrai pas indéfiniment cacher cette histoire. Autant prendre les devants et faire au mieux.

– Je suis heureux de vous l'entendre dire, général.

– Vous devez me promettre deux choses.

– Oui ?

– La première, que vous me soutiendrez toujours dans cette affaire. Vous tairez à jamais ce que vous avez cru comprendre.

À son tour, Delpey offrit un large sourire au général.

– La seconde, c'est que vous ne fassiez rien avec Duncan avant que nous en ayons parlé tous les trois. Nous devons nous rencontrer le plus rapidement possible pour mettre au point une stratégie de communication. Ce ne sera pas simple. Il va falloir gérer les juges, la presse… et j'en passe. En même temps, ma proposition pour Duncan est toujours valable. Il y a sans doute des aspects de l'enquête qu'il ne devra pas révéler. On pourra toujours s'arranger financièrement. Il faudra en décider ensemble.

– Nous verrons. Je vous recontacte dès qu'Alain sera ici. Il se rendra directement à l'ambassade, puisque j'y ai établi mes quartiers depuis une semaine.

– Et votre appartement ? s'étonna Paibool.

Delpey prit un air évasif.

– Je me sens mieux à l'ambassade…, dit-il avec un large sourire. Excusez-moi deux minutes.

Il se leva et se dirigea vers les toilettes. Dès que la porte se fut refermée, Paibool actionna la radio qu'il portait à la ceinture.

– Tenez-vous prêts. Vous me recevez ? Tenez-vous prêts.

– Reçu, lui répondit une voix, nous sommes en position.

Lorsque Delpey revint des toilettes, Paibool avait commandé une troisième bouteille de bière.

– Vous trinquerez bien avec moi.

– Si vous insistez. La Singha, le soir, ça m'empêche un peu de dormir, mais allons-y.

Delpey quitta l'hôtel avec une sensation de légèreté assez inattendue. Ce sacré général était un drôle de pistolet. Très politique, au fond. On pouvait lui reprocher beaucoup, mais pas d'ignorer où se trouvait son intérêt.

Paibool regarda autour de lui dans la cafétéria. Il ne restait plus un seul client. Il pressa la touche Communication de sa radio et entendit aussitôt le grésillement de la ligne.

– Feu vert, dit-il, feu vert.

– Feu vert pour l'opération Crémation ? interrogea son interlocuteur.

Paibool devinait la tension dans la voix du major Tawee.

– Opération imminente. Moins de deux minutes. Je répète : feu vert. Terminé.

À presque minuit, l'avenue Surawong était déserte. Toutes les boutiques avaient baissé leur rideau de fer depuis un bon bout de temps. Depuis la disparition des derniers massages quelques années plus tôt, les touristes ne traînaient plus dans le quartier. Celui de l'hôtel Manohra, un peu plus bas, tournait au ralenti avec les seuls clients de l'établissement. Delpey prit la direction de l'ambassade, décidé à rédiger un petit compte rendu de sa conversation avec Paibool avant d'en oublier les détails. Il arriva bientôt au niveau de la pharmacie faisant l'angle avec New Road et s'élança pour traverser. Il connaissait bien le carrefour. L'endroit était dangereux de jour comme de nuit. Les voitures surgissaient de tous les côtés. En l'absence de policiers, il fallait compter sur le facteur chance pour arriver indemne sur l'autre trottoir.

C'est quand il fut au milieu de la rue qu'un pick-up, qu'il n'avait pas remarqué, bondit vers lui, tous feux éteints. Il se déporta vers lui et accéléra. Le choc le projeta une trentaine de mètres plus loin. Une seconde voiture démarra et lui roula sur le corps, écrasant ses genoux et ses vertèbres. L'action n'avait pas duré plus d'une minute. Déjà les deux véhicules disparaissaient chacun de son côté dans New Road.

Le vibreur de la radio de Paibool s'actionna. Le général mit l'appareil à son oreille en fixant une tache sur le mur de la cafétéria.

– J'écoute.

– Opération accomplie. Je confirme, opération accomplie. Positif.

– Reçu. Terminé.

Paibool changea de canal et regarda autour de lui avant d'appeler son chef d'état-major. La serveuse était allée s'allonger sur une banquette du hall.

– Ici autorité. Rappelle-moi sur mon deuxième portable.

Un instant plus tard, un téléphone sonnait faiblement dans la poche intérieure du costume de Paibool.

– Wachara, mon général.

– Écoute bien ce que je vais te dire. Je veux d'ici deux heures sur mon bureau le décryptage de toutes les communications karens interceptées depuis avant-hier. Tu vas également contacter les BBP de Mae Sot. Ils doivent se déployer dès demain matin à l'aube entre Phop Phra et Sop Moei autour des pistes qui sortent du Myanmar. On attend une petite unité avec deux étrangers dont un blessé dans les quarante-huit heures. Ils vont essayer de rejoindre l'un de nos hôpitaux. Ce ne sera pas Mae Sot. Trop compliqué, mais plutôt Ta Son Yang ou Mae Ramat. Tu préviens l'état-major birman de notre opération par le canal habituel. Je ne veux pas d'histoires avec la Tatmadaw. Ordre d'intercepter les deux Blancs et de les éliminer. Reçu ?

– Reçu, mon général.

– Je serai au bureau d'ici trente minutes. Je veux également la liste de tous les Français entrés en Thaïlande par la Malaisie en avion ou en train depuis une semaine. Les photocopies de leurs passeports. Tu me réveilles ces fainéants de l'Immigration et ils se mettent au boulot tout de suite.

– Reçu, mon général.

182

– Le volontaire est mort.

La phrase traversa l'esprit engourdi de Duncan et, lorsqu'il rouvrit les yeux, La Too était agenouillé à côté de la civière.

– C'est fini.

Duncan se releva d'un bond et se pencha au-dessus de Py. La Too l'éclairait avec sa torche. Il reposait dans son hamac, la tête rejetée en arrière et le regard perdu quelque part vers la cime des arbres. Il avait la bouche ouverte, le menton reposant sur sa poitrine. Ses poings étaient serrés comme s'il avait eu du mal à mourir. Duncan regarda l'officier, hébété.

– On l'enterre ici, dit La Too, et on rejoint au plus vite la frontière. J'ai de mauvaises nouvelles. Les Birmans ont fait mouvement vers le quartier général.

CHAPITRE 30

19 septembre 2006

183

Un brouhaha diffus, comme le grondement d'un métro souterrain, envahissait depuis un moment l'espace dans lequel se déplaçaient les maquisards. L'officier avait ordonné de ralentir la progression.

– Qu'est-ce qu'on entend ? demanda Duncan à un maquisard.

– C'est Tatmadaw. C'est Birmans essayer couper notre route.

Ce matin-là, dans l'épanouissement de l'aube, le soleil projetait des ombres longues et fines derrière les hommes. Les grands arbres maigres plantés au bord de la piste se dressaient vers une poignée d'étoiles encore suspendues, pâles dans la clarté naissante. Il avait cessé de pleuvoir. La colonne se traînait lentement vers l'est. C'était une procession presque tranquille, en clair-obscur. Le maquisard avait eu cette phrase d'excuse :

– C'est devoir se battre encore.

– Allons bon. Où sommes-nous exactement ?

– Devoir demander au commandant. Lui, c'est garder la carte. Lui, c'est pouvoir te dire.

Plusieurs explosions trouèrent le silence de la forêt. La Too revint en courant vers Duncan.

– L'artillerie birmane, *sir*. Elle tire sur la route que nous devons emprunter.

– Les explosions, c'était loin ?

– Une dizaine de kilomètres. Une unité karen a quitté le quartier général pour essayer de nous récupérer. Les gouvernementaux pilonnent le chemin. Nous allons faire autrement.

L'officier déplia une carte d'état-major à ses pieds et commença à suivre du bout de l'index une ligne sinueuse, grise au milieu de hachures vertes.

– Voilà, dit-il, nous sommes ici, à cinq heures de marche du quartier général. Mais la zone est sous le contrôle du 72e régiment birman. Les soldats sont venus du nord, cette nuit, pour attaquer le camp. Ils ont coupé la route. Il faudrait que nous changions d'itinéraire. Nous allons attendre un peu, le temps d'avoir plus d'informations du quartier général.

Duncan défit le sac qu'il portait aux épaules et commença à examiner les affaires de Py qu'il avait prises la veille. Les liasses de dollars avaient été laissées à La Too, mais il avait conservé tous les autres papiers du tueur. Parmi ceux-ci, la photo d'un soldat prise sur le pont d'un navire. Un soldat flottant dans son uniforme défraîchi, le regard accroché à l'objectif qui le photographiait. Duncan connaissait ce genre d'images. Il retourna la photo pour y chercher une inscription. Il y avait trois mots : « Papa, octobre 1954 ».

Quand La Too réapparut, il avait l'air embarrassé. Son arrivée fut saluée par trois nouvelles déflagrations, assourdies par la distance, mais assez fortes tout de même pour faire sursauter Duncan.

– Comme vous l'entendez, la situation se complique. Le quartier général me demande de ne pas vous ramener. Vous êtes à cinq ou six heures de marche du village de Ta Son Yang sur la frontière. La zone est calme pour le moment. Un guérillero vous y conduira. Si vous marchez bien, vous pourriez même l'atteindre en quatre heures. Vous avez de la chance. Avec le soleil qui est revenu, ça peut aller vite.

– Mais je ne serai jamais plus en sécurité qu'avec vous, objecta Duncan.

– Non. Nous ne sommes même pas certains de pouvoir rejoindre le quartier général. L'infanterie birmane occupe tout le terrain. Nous allons certainement devoir retourner vers l'intérieur. À partir de là, personne ne peut dire combien de temps cela va durer. Des jours, des semaines… On ne sait pas. Et le fait que vous soyez avec nous constitue une menace supplémentaire. Les Birmans le sauront. Ils n'auront de cesse de nous attaquer pour vous capturer.

– Mais ils ont déjà été informés de ma présence…

– Bien sûr, mais ils se rendront rapidement compte que vous êtes parti. Ils ont des espions partout, même au cœur de la jungle. Ça nous laissera un répit et vous, vous serez loin. Je suis désolé. Nous allons devoir nous séparer maintenant. Il n'y a pas de temps à perdre.

Duncan se leva pour serrer la main de La Too. Une sensation désagréable l'avait envahi.

– Qu'est-ce qui ne va pas ? demanda l'officier.

– Je voudrais que vous preniez avec vous une partie du matériel que j'ai tourné ici. Je vais dupliquer la cassette sur le disque dur de la caméra, il y en a pour une dizaine de minutes. Je vais également vous laisser les papiers du volontaire français, et des notes personnelles que j'ai rédigées cette nuit. J'en ai une copie. Je voudrais que vous transmettiez l'ensemble à quelqu'un en France. C'est possible ?

– Mais cela risque de prendre des semaines, je vous l'ai dit.

– Je sais. Mais je préfère agir ainsi. Je n'ai pas le temps de vous expliquer. Vous non plus, d'ailleurs, n'avez pas le temps. Je vous demande juste d'attendre une dizaine de minutes que j'aie terminé de préparer ce que je veux vous remettre.

Une fois la reproduction de la cassette vidéo parachevée, Duncan la mit avec le reste dans un sac plastique et rédigea sur un morceau de papier l'adresse d'Escher à Paris.

– Voilà. C'est très important, mais je sais que vous le ferez.

Les hommes se saluèrent une dernière fois et le groupe du colonel s'évanouit dans l'éblouissante lumière blanche du matin. Le maquisard montra à Duncan une direction qui filait vers le sud. Ils ramassèrent leurs sacs et se mirent à courir vers l'herbe à éléphant qui dévalait la pente.

184

À moins d'un kilomètre de la frontière, en territoire birman, le lieutenant de la Border Patrol Police donna les dernières consignes à ses hommes. Plusieurs centaines d'autres avaient été déployés entre Mae Sot et le camp de réfugiés karens de Mae Ra Ma Luang. Lui avait été désigné pour se mettre en place plus au nord, devant Ta Son Yang. Il avait conduit avec succès la dernière mission d'interception du côté de Mae Sariang un mois plus tôt. On lui avait donc confié celle-là. « *Une mission capitale* », lui avait dit son colonel, « *j'en réponds personnellement devant le commandement suprême de la Crime Division.* »

Le lieutenant avait été informé qu'un gros bonnet européen de la drogue était localisé du côté de Ta Son Yang en compagnie d'une ou plusieurs personnes armées des minorités birmanes, qu'ils transportaient peut-être un blessé, et qu'il était impératif de les éliminer sur place. Qu'il y allait de la sécurité nationale. Les mêmes consignes avaient été transmises aux autres policiers échelonnés sur la trentaine de kilomètres le long de la frontière. Le lieutenant envoya un groupe de reconnaissance vers l'intérieur et plaça le reste de ses hommes en embuscade. Il resta quelques minutes à observer le glacis qui s'étendait entre la rivière et la jungle. L'eau scintillait dans la lumière de midi. Le soleil était au zénith, mais on devinait déjà l'orage qui se reformait derrière la barre montagneuse. Les soldats étaient installés au carrefour des pistes qui venaient de Birmanie. Si le trafiquant avait suivi l'itinéraire indiqué par sa hiérarchie, à quatorze heures, tout serait terminé. Encore deux heures à attendre. Il actionna le squelche de sa radio et passa en revue chacune des fréquences des unités engagées dans l'opération. Elles restaient muettes.

De grands oiseaux noirs planaient dans le ciel laiteux. Il retira la sécurité de son arme et attendit.

185

Duncan se dit que la première chose qu'il ferait à Ta Son Yang serait de téléphoner à son fils, puis il réalisa l'heure. Avec le décalage, ce n'était même pas la peine d'y penser. Il avait quitté Paris sans le faire. Pourtant, il avait promis. Une fois de plus, il n'avait pas tenu parole. Que pourrait-il expliquer à sa femme ? Elle allait encore s'énerver, pleurer, hurler, et elle ne lui passerait pas le petit. Il n'avait aucune excuse valable à lui présenter. Lorsqu'elle apprendrait d'où il venait, ce serait pire encore. Comment lui dire ? Il ne pouvait pas évoquer Clémence. Même morte. Elle allait lui interdire les visites jusqu'à la Toussaint. Peut-être jusqu'à Noël. Son fils allait continuer de grandir loin de lui. Il finirait, un jour, par ne plus le reconnaître, comme Jean-Paul Kauffmann débarquant à Villacoublay après ses trois années de captivité au Liban n'avait pas reconnu le sien. Duncan sentait une irrépressible envie d'entendre la voix de son fils, et ses crises de rire qui le renversaient dans ses bras. Il téléphonerait quand même. Une sorte d'euphorie incontrôlable s'emparait de lui maintenant, il était parti dans un compte à rebours des kilomètres et des heures qui le séparaient du petit. Il obtiendrait forcément d'entendre sa voix. Il allait tout promettre à sa femme, elle accepterait.

Duncan frissonna. Il rouvrit les yeux et émergea de son rêve. Le chemin avait rétréci à en devenir un étroit couloir serpentant au travers de la forêt. La chaleur commençait à monter du sol. Py devait certainement avoir commencé à pourrir, la jungle humide était gloutonne. Restaient Clémence et son calvaire. Que pouvait-il y faire ? La dernière chose qu'il avait à lui offrir était une sépulture décente. Il ne l'associait plus, maintenant, à son assassin. Elle était enfin devenue une personne décédée, seulement cela.

La lumière baissait de nouveau. L'orage les rattrapait. Duncan leva la tête et aperçut les nuages noirs qui filaient vers le soleil. Le maquisard avait encore accéléré le rythme de la marche. Il dévalait presque en courant la pente qui les séparait de la dernière ligne de crête à franchir avant d'atteindre la vallée de Ta Son Yang. Bientôt, le rideau de pluie serait sur eux.

– C'est marcher encore une heure. Après c'est vous arriver frontière.

Les premières gouttes les atteignirent alors qu'ils prenaient pied sur l'autre versant de la colline. De grosses gouttes tièdes. Puis la pluie s'abattit par paquets, transformant aussitôt le sentier en torrent de boue. La forêt entière frémissait sous les assauts de la mousson. La chemise et le pantalon de Duncan s'alourdirent. Il s'aidait des branches pour monter le raidillon. Devant lui, le maquisard avançait, cassé en deux. Par moments, ses mains raclaient le sol pour saisir de minuscules racines. La pente s'adoucit et ils furent de nouveau sur le plat, au sommet du mamelon. Ils parcoururent quelques dizaines de mètres sur le chemin, puis le garçon fit une pause et montra du doigt des toits de tôle ondulée qui luisaient loin devant, au fond de la vallée, derrière une rivière encaissée entre des calcaires.

– Ta Son Yang. C'est arriver bientôt.

Il inspecta rapidement le défilé qui menait à la frontière et ajouta :

– C'est pas de problème.

La descente de la colline était pire que la montée. Les crampons des semelles glissaient sur la terre gorgée d'eau. Duncan et son guide s'élançaient de tronc d'arbre en tronc d'arbre. Lorsque la végétation s'éclaircissait, ils se pliaient en deux et tendaient les bras devant eux. Ils agrippaient ce qu'ils pouvaient, mais la pente les entraînait. Ils étaient comme au bord d'un abîme sans pouvoir retrouver leur équilibre. À chaque chute, le maquisard criait ou riait. Duncan cherchait à entendre encore le rire de son fils, au milieu de ses cabrioles lors des dernières vacances. Il s'élançait vers le bord de l'eau et plongeait tête la première, en gloussant comme un chat surpris. Il ne ressortait de l'eau que pour recommencer, et il riait encore, Duncan avait l'impression que cette fête avait duré la journée entière.

Enfin, la rizière fut devant eux. Pour se protéger un peu des trombes d'eau, le maquisard obliqua vers leur gauche et commença à longer l'herbe à éléphant qui délimitait l'espace à découvert.

Ils n'entendirent aucun bruit, mais Duncan aperçut nettement les traînées orange des grenades traversant la rizière. Il crut d'abord à un vol d'oiseaux, mais cela arrivait trop vite. Le premier projectile souleva son accompagnateur du sol. Duncan eut à peine le temps de lever les bras pour se protéger le visage, la seconde grenade explosa à trois mètres devant lui. Puis ce fut un déluge de feu.

Les balles hachaient la terre autour d'eux. Il se dit qu'il avait mal, mais qu'il ne devait pas plus se plaindre que Py. Chaque respiration lui déchirait la poitrine. Il essaya d'appeler le guide karen et réalisa qu'aucun son ne franchissait ses lèvres. Il se demanda qui avait tiré, mais l'idée quitta son esprit aussitôt. Une foule d'images défilaient devant ses yeux. Ce n'était pas net. Cela sautait comme un film qui aurait déraillé dans le projecteur. La morte du Cap-Ferret sous les pins, une petite fille qui s'enfuyait dans un sous-bois, un char qui tirait sur l'aéroport de Pochentong, puis son fils qui courait vers lui... Il ferma les yeux. Il voulait conserver l'image comme on cherche à retrouver un rêve. Son fils était secoué par un rire qui n'en finissait plus. Il n'entendait plus les rafales d'armes automatiques. Sans doute avaient-elles cessé. Il souffrait atrocement des jambes. Il regardait en lui-même les images qui continuaient de se succéder. C'était Clémence qui lui souriait. Il y avait des sacs à viande entassés dans une cabine d'hélico et les pieds des morts qui dépassaient. Derrière, le mitrailleur se pinçait le nez. La bouche du canon flairait le sol. En dessous, c'était la jungle opaque. Duncan étendit un bras pour la toucher. Des soldats couraient devant les ruines fumantes d'un village. Où était-ce, déjà ? Des fusées éclairantes étaient suspendues entre ciel et terre. Un maquisard, retourné sur le dos, fixait la nuit dans laquelle il agonisait. Il y avait aussi une jeune fille en *ao daï*, immobile dans la rizière. Sa veste était déboutonnée. La netteté de sa poitrine dénudée était bouleversante. Puis une vieille femme surprise par l'objectif, devant le zoo de Saigon. La pluie ruisselait sur son chapeau conique. L'horizon semblait se fondre dans la grisaille du ciel. La femme lui parlait encore, comme des années plus tôt, mais il ne comprenait toujours pas ce qu'elle attendait. Duncan chercha à se retourner. C'était maintenant une fille nue qui se recouvrait de savon devant lui. Il attendait. Elle baissait la tête. Et la femme de Sarajevo aussi, qui s'enfonçait dans le mystère de sa mort. Elle avait les yeux maquillés et un reste de fond de teint sur les joues. La fille asiatique sous la douche, il ne savait plus où… Le Belge enchaîné sur sa chaise qui le regardait. Encore la morte de la piste cyclable. Py sur sa civière. La pluie qui tombait sur Bangkok, et son fils dans les bras de sa femme. Il prit sa respiration pour lui parler, mais sa poitrine se bloqua. Il eut l'impression de sortir de son corps, tout devint noir.

186

Paibool était enfermé dans son bureau depuis le matin. Il savait bien qu'il était allé au bout de ce qu'il était possible de faire. S'il ne regrettait rien, il était rongé par l'inquiétude. Une seule pièce manquait encore sur le puzzle qu'il avait assemblé : le photographe français, Alain Duncan. Shaw avait été liquidé au cours de la nuit.

Paibool appuya sur la touche d'un interphone et se commanda un *khao pat moo*. Il avait une sacrée fringale. Sur la table de travail, devant lui, était posé un énorme dossier. Il se leva et alluma la broyeuse installée dans un coin de la pièce. Par superstition sans doute. Quand il aurait reçu le coup de fil qu'il attendait, il pourrait enfin détruire ses papiers. Il en était sûr, c'était une question de minutes maintenant. Ce n'était pas qu'il était fier ou non de ce qu'il avait fait, il l'avait fait. C'est tout. Il avait été contraint de le faire. Il avait agi en grand commis de l'État. Pour le royaume. Il aurait condamné ses propres parents s'il y avait été obligé. Il n'attendait ni médailles, ni remerciements. Tout resterait secret à jamais.

Après avoir frappé à la porte, une jeune femme entra avec le riz frit sur un plateau et se courba devant le général.

– Pose ça là, dit Paibool en lui désignant le bord du bureau.

Il aspergea le plat de pimenté et commença à picorer les morceaux de porc à l'aide de baguettes. Il n'aurait jamais osé utiliser ce genre d'instruments devant une tierce personne mais, seul, il ne se privait jamais de ce plaisir. À côté de lui, la radio crachouilla : « *Unité un à QG, répondez.* » Paibool repoussa l'assiette et saisit le combiné du poste.

– Ici, QG. J'écoute.

– QG, interception terminée. Deux cibles. Aucun blessé transporté. Je répète : aucun blessé transporté. Deux cibles, une blanche, une jaune. Élimination confirmée. Matériel récupéré. Attendons instructions.

– Unité un, laissez l'Asiatique sur place. Transportez le Blanc au régiment. Arriverai ce soir en hélico. Terminé.

– Reçu, QG. Terminé.

Paibool posa ses coudes sur le bureau et mit sa tête dans les mains. Il venait de vivre les trente jours les plus pénibles de son existence et, certainement, l'opération la plus fabuleuse de sa carrière. Il tira à lui le *Bangkok Post* plié sur le bureau et relut le papier consacré à la découverte des cadavres de la famille Arawat. La presse n'y avait vu que du feu. Les journalistes s'étaient laissé intoxiquer par son équipe comme dans un manuel de guerre psychologique. C'était presque un cas d'école. Mais, Paibool le savait, ce ne serait jamais versé aux annales de la Crime Division. Il termina son déjeuner et fit venir son état-major pour lui annoncer la fin officielle de la mission. Il lui restait à envoyer ses hommes dans le piège qu'il avait soigneusement préparé. L'intervention était prévue pour la fin de la matinée. Avant quatorze heures, il ne resterait plus aucun autre témoin vivant que lui-même de l'opération Vidéos.

CHAPITRE 31

21 septembre 2006

187

Les avions avaient allumé leurs phares. Des trombes d'eau balayaient le tarmac. Depuis la zone militaire de l'aéroport, c'est à peine si l'on apercevait le terminal de Suvarnabhumi. Le ciel était encore descendu d'un cran. La masse compacte des nuages se rapprochait dangereusement de la tour de contrôle. Encore un peu et toute la zone serait engloutie. Chargé de ses passagers, l'Airbus 360 d'Air France attendait, malle ouverte, que l'ambulance de la police arrive. La berline de l'ambassadeur, drapeau tricolore en berne, était garée à proximité. Seul Paibool bravait la pluie. Il faisait les cent pas entre son Toyota et l'avion en se passant régulièrement la main sur le crâne pour en chasser les gouttes grosses comme des cafards. À cause de ses vitres teintées, il n'apercevait pas l'intérieur de la voiture de l'ambassade de France, mais il imaginait l'ambiance. Delpey avait-il parlé avant de mourir ? Leurs derniers rendez-vous avaient été compliqués. Il avait compris depuis longtemps, mais pouvait-il s'en être ouvert à sa hiérarchie ? Paibool faisait des efforts pour repousser cette idée. Delpey lui-même avait trempé dans l'affaire. Il avait couvert les premières exécutions extrajudiciaires. Comment aurait-il pu l'expliquer ? Il était impliqué. C'est plus tard qu'il avait perdu les pédales. Il ne pouvait pas avoir parlé, mais il pouvait avoir laissé des notes quelque part. L'idée même glaçait le sang du général.

Il se déplaçait comme un buffle dans son enclos, tête baissée, épaules raides. La pluie le cinglait. Son uniforme dégoulinait et lui collait au corps. L'ambulance aurait déjà dû être là. Le mauvais temps devait compliquer la circulation... Sans pouvoir s'en empêcher, il revenait à ses préoccupations. Si Delpey avait laissé un testament, il le saurait très vite. Mais que ferait l'ambassade ? Était-elle prête à faire éclater le scandale ? Heureusement, les relations entre Bangkok et Paris n'étaient pas importantes au point que cela débouche sur une affaire d'État. Et il occupait un poste bien trop haut placé pour que les Français lui cherchent des ennuis. Mais on ne savait jamais avec ces donneurs de leçons. Il avait bien noté que l'ambassadeur n'avait pas été très aimable en arrivant à l'aéroport.

Paibool se secoua. Il était en train de se monter la tête. Si l'ambassadeur restait dans sa voiture, c'était à cause de la pluie. S'il ne lui avait pas proposé de se mettre à l'abri avec lui, c'était à cause du protocole. Rien d'autre. Il fallait qu'il l'invite rapidement à une fête pour le sonder. Demain peut-être. Ou pour le *Loï Khratong*. C'était bientôt. Voilà ce qu'il allait faire. Il trouverait l'occasion de lui en parler tout à l'heure. Mais auparavant, il devait lui annoncer la mort de Duncan et celle du tueur. Cela faisait beaucoup de cadavres.

Sirènes hurlantes, la Miesen apparut bientôt. Son gyrophare éclairait par à-coups les rafales de pluie. L'ambulance ralentit et vint se garer devant la porte ouverte de l'Airbus. Paibool se précipita. Derrière lui, une portière claqua et l'ambassadeur s'approcha, accompagné du consul. Deux infirmiers de la police sortirent le cercueil plombé de la voiture et le présentèrent devant le tapis roulant de l'avion. L'ambassadeur et le consul s'avancèrent et s'inclinèrent longuement, aussitôt imités par le général.

– Une bien triste histoire, murmura Paibool.

Le vent avait pratiquement couvert ses paroles. L'ambassadeur hocha machinalement la tête et joignit les deux mains devant le visage. Paibool ne savait pas s'il saluait la dépouille de Delpey ou s'il s'adressait à lui. Il fit un pas en avant et lui tendit la main. Ce n'était pas habituel que les officiels thaïs saluent à l'européenne, mais il le fit. Au point où il en était, il devait bien faire quelques concessions.

– Je vous renouvelle toutes mes condoléances, monsieur l'ambassadeur. À vous et à la France.

– Bah ! Pas eu de chance, Delpey. Un banal accident. L'aurait pu mourir en service. Même pas. Triste fin de carrière.

– On gardera de lui un souvenir exceptionnel. C'était un très grand professionnel.

L'ambassadeur sourit. Le consul apposa un second cachet de cire sur le cercueil à côté de celui de la police thaïe et inclina encore une fois la tête.

– À titre personnel, monsieur l'ambassadeur, j'aimerais présenter une requête, murmura Paibool.

– Oui ?

– J'aimerais conserver quelque chose de Jean Delpey. Quelque chose de son bureau. Je ne sais pas quoi. Vous pourriez voir si c'est possible. Un stylo ou son agenda, par exemple. Ce que vous pourriez me donner. Cela me ferait plaisir.

L'ambassadeur acquiesça.

– Je m'en occuperai en rentrant, général.

Le cercueil disparut dans le ventre de l'Airbus. L'ambassadeur allait retourner vers sa voiture lorsque Paibool le saisit par le bras.

– J'ai une autre mauvaise nouvelle, monsieur l'ambassadeur. Un journaliste français a été tué avant-hier par l'armée birmane à côté de Mae Sot. Ainsi qu'un autre Français qui se battait aux côtés des Karens. Le corps du journaliste a été identifié hier soir par nos services. L'autre a été enterré dans la jungle par les rebelles. Apparemment, il est mort assez loin de la frontière. Les rebelles n'ont pas pu le convoyer jusqu'en Thaïlande. Je n'ai pas encore son identité exacte. Il semblerait qu'il soit dans la guérilla sous un pseudonyme. Nous n'avons pas retrouvé son nom dans les fichiers de l'immigration. Mais, bien sûr, nous allons continuer les recherches. Je vous tiendrai au courant. En attendant, il va falloir organiser le rapatriement du journaliste.

– Tué par les Birmans, dites-vous...

– Oui. Dans une embuscade. C'est l'écoute des transmissions de la Tatmadaw qui nous a alertés. Avec l'accord des Birmans, notre police des frontières s'est rendue sur place et a pu récupérer le cadavre.

– Mais cette histoire est invraisemblable. Il ne voyageait pas seul, tout de même. Qu'est-il advenu des autres ? Pourquoi les Karens ont-ils abandonné le corps ? Que s'est-il passé exactement ? Comment se fait-il qu'on ne me prévienne que maintenant ?

– Ils étaient seulement deux. Le journaliste et un guide. Ils avaient certainement quitté le gros de la troupe des rebelles peu auparavant. La situation est très mauvaise, en ce moment, là-bas. On assiste à une recrudescence de l'activité militaire entre Mae Sot et Mae Hong Son. Il y a de gros combats depuis trois mois. Tous les jours, des centaines de civils franchissent notre frontière. L'état-major karen n'a pas été tenu au courant de cette embuscade. Quant aux Birmans... vous savez comment ils communiquent ! Nous pourrions essayer de récupérer le corps du combattant français, si vous le souhaitez.

L'ambassadeur eut un geste vague.

– C'était un combattant, n'est-ce pas ? Alors il est certainement mieux là-bas que dans un cimetière de banlieue en France. Et puis cela nous évitera une foule de problèmes avec Rangoon. La Birmanie, pour nous, c'est Total. Rien d'autre. Vous comprenez ?

– Ah, parfaitement, monsieur l'ambassadeur. Je vous avoue que le laisser là-bas nous évitera à nous aussi beaucoup de tracas.

Paibool respira un grand coup et reprit d'une voix plus forte :

– Nous allons organiser pour le *Loï Khratong* une fête à la Crime Division. Je serais ravi de vous avoir avec votre épouse.

– Pour le *Loï Khratong*… Pourquoi pas. J'espère que nous aurons terminé d'enterrer nos morts, d'ici là. Oui, pourquoi pas.

L'ambassadeur rentra la tête dans les épaules et fit signe au consul, qui n'avait pas prononcé un seul mot, de retourner à la voiture. Paibool demeura seul, stoïque sous l'averse, à regarder l'avion gagner la piste d'envol. C'était un peu comme une partie de lui-même qui s'envolait dans la boîte vers Paris. Bientôt, ce serait le tour de Duncan. Paibool se demanda s'il avait des remords, mais considéra, tout bien pesé, que non. Il n'avait agi que pour le royaume. Au plus regrettait-il la mort de la princesse. Et encore ! Il ne savait plus.

CHAPITRE 32

1er octobre

188

L'enterrement d'Alain Duncan avait été pour Escher l'un des plus tristes auxquels il avait assisté. Dans le cimetière de Saint-Denis, qui ressemblait à un champ d'épandage, il s'était mis à pleuvoir, un vrai temps de chien. Les croque-morts avaient exigé d'attendre la fin du grain pour commencer leur travail. Escher était resté sous la flotte, engoncé dans une mauvaise gabardine, son chapeau à la main, il ne savait même plus pourquoi.

Le cercueil avait été débarqué à Paris quatre jours plus tôt. La cellule rapatriement du ministère des Affaires étrangères, qu'il avait contactée aussitôt que la nouvelle du décès de son ami lui était parvenue, l'avait informé du retour de la dépouille de Duncan. Une simple notice apportée par un motard. Il ne comprenait toujours pas pourquoi sa veuve avait catégoriquement refusé de s'en occuper. Maintenant, il attendait de le mettre en terre et, avec cette foutue pluie qui redoublait, c'était vraiment à pleurer, cet enterrement. Escher regarda encore autour de lui. Il y avait, serrées sous des parapluies, trois ou quatre personnes qui ne devaient être là que par attrait pour les cérémonies mortuaires. Des gens du quartier, peut-être. Mais de la rédaction de Duncan, personne. Il avait téléphoné, pourtant, et personne n'était venu. Escher eut envie de rappeler et d'insulter le premier connard qui répondrait. À quoi bon !

Était-ce cette mort qu'avait souhaitée Duncan ? Une mort absurde dans un endroit où il n'aurait jamais dû retourner ? Et cet enterrement dans un cimetière de deuxième classe... Sans tambour ni trompette... Un coup de tonnerre éclata et un éclair déchira le voile noir qui recouvrait Paris.

Escher s'approcha du cercueil et posa dessus une petite photo du fils de Duncan. Les croque-morts s'avancèrent enfin, installèrent les cordes sous le cercueil. Escher se demandait à quoi ressemblait maintenant Duncan. Il ne savait pas précisément comment il avait été tué, par balles, par éclats ou par un blast d'obus. Il se demandait s'il était entier dans sa boîte, ou si une partie de lui-même était restée en Birmanie, éparpillée au milieu de la jungle. Il regardait les coins du cercueil et il avait peur d'y apercevoir des traces de sang, comme si Duncan eût pu encore se vider, là, au milieu de ce cimetière minable, rien que pour emmerder le monde. Pouvait-il encore saigner ? Escher ne parvenait plus à penser à autre chose. Son regard était prisonnier du cercueil et il se reposait sans cesse la même question.

Les croque-morts soulevèrent la boîte avec la même facilité que s'il s'était agi d'un *daotouche*[1] acheté dans un *mingyipu*[2], et ils le firent disparaître dans la cavité de la tombe. Mais ce cercueil n'était pas en papier collé. Duncan n'était pas une de ces divinités de carton-pâte. Peut-être parce qu'il ne l'avait pas vu raide, Escher avait encore du mal à croire à sa mort. Il ne concevait pas qu'il ait pu être assez con pour aller se faire trouer la peau dans cette guérilla merdique des bords du Siam. Duncan lui avait affirmé un jour

1. Corbillard chinois en papier destiné à transporter l'âme des défunts.
2. Boutique, dans la Chine ancienne, où l'on fabriquait et vendait les objets de papier nécessaires aux funérailles.

que les cercueils puaient souvent en Asie, et que le jour où on les jetait sur le bûcher était une délivrance pour tout le monde. Escher s'approcha du trou et tendit le cou hors de son pardessus pour tenter de déceler la pestilence de la mort. La pluie s'infiltra par l'encolure de son manteau et il rentra la tête dans les épaules. « *Bonne route vers la grande tribu des morts, Alain* », murmura-t-il avant de tourner les talons.

En quittant le cimetière, Escher fila directement à sa rédaction. Un travail colossal l'attendait. Il avait hâte d'y être car il savait que ce qu'il préparait allait faire vivre encore longtemps Duncan en lui.

Il savait aussi que sa mort allait être vengée. La sienne et celle de son ami Delpey. Et qu'il serait, à titre posthume, crédité du plus grand scoop de tous les temps. Cela au moins aidait Escher à accepter la disparition de son meilleur ami. Cela l'aidait à accepter cette mort qui avait fondu sur lui telle la vague d'un tsunami, et il voyait désormais cette mort comme une mort héroïque, incomparable, enviable même. Il l'habillait des derniers atours romantiques dont il était capable, simplement parce qu'il refusait de regarder la réalité en face, parce qu'il ne voulait pas s'avouer combien sa vie était vide depuis l'annonce de la disparition de Duncan.

Il y avait d'abord eu la nouvelle de l'accident de Delpey. Un flash à la radio, au journal du matin. À cet instant, Escher avait arrêté son geste. Il avait cessé de tourner sa cuillère dans son café. Delpey, le contact de Duncan en Thaïlande... Et le voilà écrabouillé de nuit sur le pavé humide de Bangkok. Un malencontreux accident sans chauffard, sans témoins... Pour la première fois, Escher faillit ouvrir l'énorme enveloppe qui lui avait été transmise trois semaines plus tôt par Duncan. Mais il renonça. Pourtant, à partir de ce moment-là, les journées qui suivirent furent toutes comme une parenthèse dans sa vie. Il respirait mal, la moindre volée de marches l'épuisait, il ne dormait plus, les bruits ordinaires de la ville le faisaient sursauter, il ne vivait plus qu'au rythme des infos, attendant au fond ce qu'il pressentait depuis toujours, mais qu'il n'aurait formulé pour rien au monde. Puis une seconde enveloppe lui fut déposée par la concierge. Puis une troisième, la semaine précédente. Duncan ne donnait aucune autre nouvelle de lui. Seulement ces sortes de testaments qui arrivaient comme des bouteilles à la mer et qui s'empilaient sur le bureau de sa chambre. Le lendemain, France Info annonça qu'un journaliste français venait de perdre la vie sur la frontière birmano-thaïlandaise. La radio ne donnait pas de nom, mais Escher se souvenait encore du cri qu'il avait poussé dans sa cuisine. Il n'avait pas besoin de confirmation pour savoir que Duncan ne rentrerait pas. Ensuite, le ministère des Affaires étrangères lui avait confirmé l'identité du mort, sans parvenir à lui donner aucun détail sur les circonstances de son décès. Duncan avait été tué dans des combats entre maquisards et gouvernementaux birmans, les fonctionnaires du Quai d'Orsay n'en savaient pas davantage. Escher ouvrit les enveloppes.

Et ce fut absolument incroyable de compulser tout le matériel réuni par Duncan. Il ne s'en lassait pas. Depuis dix jours, il avait épluché chaque document, chaque photo, chaque vidéo, chaque article de presse, chaque interview, chaque rapport de police, chaque rapport médico-légal, chaque note de Duncan, tout ce qu'il avait eu, à un moment ou un autre, entre les mains. Le fait divers du Cap-Ferret, son enquête à Pau, à Paris, à Munich, à Bangkok et en Birmanie. Les photos et les cassettes qu'il avait faites en France et en Asie. Les extraits des *snuff movies* qu'il avait soustraits à la Crime Division, Escher se demandait encore comment. Son incroyable film en Birmanie et l'interview de Py au cœur de la jungle, en pleine bagarre. Les heures de conversation avec Delpey. Le policier français détaillait avec une précision déconcertante la manière dont le général thaï avait géré l'affaire d'un bout à l'autre : les personnes arrêtées, les Belges, les Thaïs, ce qu'elles faisaient dans la vie, leurs interrogatoires, les conditions de leur élimination. La liste impressionnante de tous les morts... L'épisode des mercenaires français. Une seule personne n'était jamais réapparue, Richard Mareuille, le fameux Ricky, grâce à qui l'affaire avait éclaté. Il n'avait jamais refait surface. Delpey l'avait cherché partout, en vain. Contrairement aux affirmations de Paibool Bunnag, il n'avait jamais quitté le territoire thaïlandais. Il s'était évanoui dans la nature. Sa famille l'attendait encore avenue du Général-Bonnet, dans le seizième arrondissement, à Paris. Le patron de la Crime Division s'en était évidemment débarrassé. Mais il l'avait fait cette fois-ci avec plus de finesse qu'à son habitude. Il y avait les dizaines de coupures de journaux thaïlandais, français et allemands. Les portraits obtenus chez le photographe palois. Tout ce qu'avait glané Duncan auprès du garçon du Kamok, du patron du Bayard, des anciens flics de Pau et des gendarmes du Cap-Ferret. Également de tous les témoins secondaires des différentes affaires. Tout était classé avec soin et intelligence. Escher se demandait si les policiers, en France ou en Thaïlande, avaient fait seulement le dixième du travail de Duncan. Il y avait des photos de l'adresse du tueur à Paris, les documents de la DPMAT le concernant et les conclusions d'Alain...

Ainsi, pendant près de trente années, un tueur en série avait été couvert par les services secrets. Il avait assassiné sur ordre et pour son compte personnel. On l'avait aidé à commettre ses crimes, on l'avait payé, on lui avait même fourni une autre identité. Les enregistrements des conversations entre l'adjudant-chef Régis Coulanges et Duncan ne laissaient planer aucun doute. Éric Py avait été, toutes ces années, l'un des bras armés d'une officine de la République sur laquelle aucun contrôle ne s'exerçait. Il avait rempli une trentaine de contrats pour les gouvernements successifs, en même temps qu'il avait assassiné plus de cent personnes pour ses employeurs chinois. À aucun moment personne ne s'était levé pour le stopper. Le plus étonnant, sans doute, était sa confession arrachée par Duncan en Birmanie. Certes, il n'avait livré aucun des noms de ses commanditaires français, mais il avait détaillé plusieurs des opérations de destruction menées à leur demande. La morte de Pau avait désormais une identité et l'on savait pourquoi elle avait été tuée. En plus du rasoir saisi chez Py, Duncan avait même glissé dans la dernière enveloppe, avec ses cassettes, un pansement maculé du sang du tueur pour qu'on puisse procéder à une éventuelle recherche ADN. C'était chose faite. Escher venait de recevoir les résultats du labo suisse le matin même.

Il y avait également, dans les enveloppes de Duncan, les noms d'une partie des membres de la Triade, leurs adresses et la liste des policiers de la Crime Division qui avaient travaillé sur l'enquête. Bref, les noms de ses assassins. Ce qu'avait confié Delpey à Duncan ne laissait subsister aucun doute sur la responsabilité du général Paibool Bunnag dans l'épidémie de décès qui avait entouré l'affaire, pour reprendre un mot du policier de l'ambassade de France.

Quand Escher eut enfin terminé de relire les centaines de documents laissés par Duncan, une impression d'épuisement total s'empara de lui. Il venait d'y passer presque deux semaines. Il lui restait à en écrire l'histoire. Sa certitude de déclencher un raz-de-marée, qui engloutirait toute cette merde jusqu'à Bangkok, lui redonnait du courage.

Escher s'était ensuite enfermé trois bonnes heures dans le bureau de son rédacteur en chef. Lorsqu'il en ressortit, il l'avait convaincu de publier un numéro spécial. Son patron lui avait bien demandé vingt fois s'ils ne prenaient pas de risques inconsidérés. Il était tendu par la trouille, Escher le lisait dans son regard, mais il n'avait jamais été aussi excité de son existence. Il lui proposa de s'enfermer au journal jusqu'à la parution du numéro, et de louer une équipe de gros bras pour protéger l'immeuble. Escher déclina d'un sourire poli, mais insista sur le fait que rien de ce qu'ils venaient de se dire ne devrait jamais être répété avant que le magazine soit en kiosque.

Épilogue

Lorsque l'article – quinze pages – fut enfin rédigé, l'actionnaire principal du journal décida que le tirage passerait de deux cent cinquante mille à plus de trois millions d'exemplaires. Tous les dos de kiosques – les 120 × 170 – avaient été retenus pour la semaine entière, sept cent cinquante-quatre affichages en tout. Un investissement de plus de 100 000 euros dans l'opération nationale, mais autant pour installer des affiches également en Belgique, en Suisse et au Luxembourg.

L'opération avait été menée dans le plus grand secret. Ce ne fut que lorsque le journal eut enfin été livré à son réseau de distribution que le service de promotion des ventes s'était mis au travail. En moins de vingt-quatre heures, les droits de traduction du dossier avaient été vendus en Allemagne, en Espagne, en Grande-Bretagne et aux États-Unis. Pour plus de deux millions d'euros. Mais le plus extraordinaire fut la somme versée par le seul quotidien thaïlandais *Thaï Rat*, quelque 900 000 euros à lui seul, y compris les droits de revente d'une traduction à la presse nationale anglophone. Cela ne s'était jamais vu. Simplement, son patron y avait trouvé une occasion unique d'anéantir définitivement son ennemi

Paibool Bunnag. On ne pouvait pas dire non plus qu'il comptait parmi les farouches partisans de la royauté. Le risque de scandale national que ne manqueraient pas de faire éclater les révélations de l'opération Vidéos, ne l'avait donc pas inquiété une seconde. Le roi et son entourage immédiat n'étaient pas mêlés à cette affaire, ils s'en tireraient. Ou alors ils finiraient tranquillement leur existence dans la résidence royale de Chiang Maï, le pays se transformerait et l'on parlerait un jour de Bhumibol comme on le faisait de Sihanouk[1], ce n'était pas son problème.

Le jour de la parution de l'article, Escher aurait pu prendre le magazine imprimé à la rédaction, mais il avait tenu à le demander au kiosque, en bas de chez lui. Comme n'importe qui. Il voulait mesurer le succès de son travail. Il n'était pas encore huit heures trente et tous les dépositaires des NMPP de son quartier avaient déjà été dévalisés. Il alla à pied jusqu'au Trocadéro, puis descendit jusqu'à la Seine, remonta par l'avenue Montaigne et trouva enfin le journal sur les Champs-Élysées.

– Alors, c'est enfin bouclé cette enquête ? lui demanda un confrère, à son bureau, plus tard dans l'après-midi.

– Non, fit Escher, le regard vide. J'aurais même envie de dire que je n'en suis qu'au début.

– Et ce que tu viens de publier…

– Une mise en bouche. Fantastique, mais seulement l'arbre qui cachait la forêt. Depuis quelques heures, les renseignements affluent de partout. Notre dossier a commencé à délier des langues. Au fond, je m'en doutais. Je savais que cela allait arriver. Le téléphone n'arrête pas de sonner, ma boîte mail se remplit, j'ai des rendez-vous… Je vais casser la baraque. Duncan pourra reposer en paix.

– Quelle histoire… ! Et tu vas en faire quoi de toutes ces infos ?

1. Norodom Sihanouk : roi du Cambodge de 1941 à 1955 et de 1993 à 2004.

– Je vais rédiger le livre qu'aurait écrit Duncan. La collusion entre l'un de nos services et la Triade chinoise.

– Tu sais déjà comment il s'appellera ?

Escher hocha la tête.

– *Le jour où tu dois mourir.*

C'était la une de *FaitsDiv mag*, placardée au dos d'un kiosque, qui avait attiré l'attention d'André Leclerc. Quand il referma le journal après avoir lu plutôt deux fois qu'une chaque page du dossier, il était tassé comme un vieux. Il regarda par la fenêtre. Des trombes d'eau tordaient l'horizon. De temps à autre, des éclairs déchiraient le ciel, tandis que les coups de tonnerre faisaient trembler les carreaux. André frissonna et s'enfonça plus encore dans son canapé. Il n'en revenait pas. Ainsi cette petite pute d'Allemande avait terminé son existence entre les mains d'un tueur aux ordres d'une mafia chinoise. C'était incroyable. Maintenant qu'il savait dans le détail ce que la baby-sitter avait subi, André en ressentait une certaine excitation. Si Madeleine n'était pas si vieille et si coincée, il l'aurait bien attachée pour jouer un peu. Et il se demanda en passant à quoi pouvait bien ressembler son ventre, cela devait faire une quinzaine d'années qu'il n'avait plus regardé son corps. Madeleine avait décidé un jour de cesser les relations intimes avec lui, elle ne s'était plus jamais déshabillée en sa présence et il avait fini par perdre jusqu'à la mémoire de son sexe. Il secoua la tête et se dit qu'il déraillait. Il se foutait pas mal de Madeleine. Elle serait dans ses jambes bien assez tôt. Ce qui lui importait maintenant était de se concentrer sur Ingrid. Au fond, il aurait aimé la torturer lui-même. Il sourit à cette idée et secoua encore une fois la tête. Ce n'était qu'un fantasme, c'était absurde. Il reprit le magazine et relut l'article sur le rapport médico-légal effectué lors de l'examen du cadavre d'Ingrid. Seule, l'histoire des pieux enfoncés dans les mains et les pieds de la jeune Allemande le dérangeait, c'était sale, ce n'était pas du tout émoustillant, cela gâchait tout le reste.

Cet ultime détail sur le calvaire enduré par sa baby-sitter avait anéanti toute la charge érotique de l'histoire. André jura entre ses dents et s'étira. « *Quelle sale pute !* » marmonna-t-il. Il ne parvenait pas à se laisser emporter par la compassion, il n'était pas triste, au contraire, il était plutôt amer et en colère. Ingrid aurait pu lui donner tellement plus, au fond ! Il feuilleta distraitement les pages du journal et fronça les sourcils devant celle consacrée à l'épisode du BHV. L'article le dépeignait comme un grand-père indigne, capable de laisser ses deux petits-enfants s'égarer dans un grand magasin pendant presque une heure sans s'inquiéter. Il tourna encore quelques pages et s'arrêta de nouveau sur l'interview du tueur recueillie par le journaliste dans la jungle birmane. Et dire qu'il avait failli assassiner le petit Charles ! Dire que, pendant des jours, il avait espionné la villa du Ferret et qu'il était même entré ! « *Madeleine va en faire une de ces histoires quand elle l'apprendra !* » André soupira. Il regarda encore la pluie ruisseler sur les carreaux. Il aurait aimé, parfois, qu'un sadique le débarrasse de sa femme.

Le *Thaï Rat* avait donc acheté les droits, mis le jour même une armée de traducteurs sur le dossier, puis imprimé sans attendre une édition spéciale. Le sujet, qui faisait quinze pages dans le magazine d'Escher, en comptait une cinquantaine dans le quotidien thaïlandais, dont une bonne demi-douzaine sur l'embuscade tragique dans laquelle le patron de la Crime Division avait sacrifié son équipe. Cette révélation avait scandalisé plus que toute autre chose les lecteurs. En quelques heures, l'info avait été reprise par une centaine de sites sur la Toile. Les étudiants de l'université de Thammasat avaient peint ou imprimé des milliers d'affiches géantes représentant Paibool Bunnag en ogre assoiffé du sang de ses hommes pour les placarder à travers la capitale. En fin de journée, le premier journal télévisé du soir s'ouvrait sur ce qu'il convenait désormais d'appeler « l'affaire Paibool ». Le directeur général du Palais royal y expliquait que le monarque avait très peu goûté les agissements du chef de la police et qu'il faisait confiance à la justice de son pays pour qu'elle se saisisse sans attendre du général, ajoutant qu'il aurait probablement à faire face un jour au peloton d'exécution de Lard Yao. Sur la princesse Arawat : pas un mot.

Tard dans la nuit, après avoir vainement tenté pendant des heures d'appuyer sur la queue de détente de son Browning, Paibool Bunnag, juché sur une échelle, fixa une corde au crochet soutenant le plafonnier de son salon, passa le nœud coulant autour de son cou et se laissa choir dans le vide en fermant les yeux. Curieusement, il se pendit presque au moment même où l'adjudant-chef Régis Coulanges, à dix mille kilomètres de là, mourait d'une surdose de médicaments, dans la salle de bains de son pavillon. À la même heure, l'un des adjoints du directeur du personnel du BHV fut jeté sous le métro à la station Hôtel-de-Ville. Il n'y eut aucun témoin, les caméras de surveillance étaient en panne.

La même nuit, Jean Arribarde fut renversé par une voiture, à proximité de sa maison, le long du champ de courses. Thalès Ibarburu fit une mauvaise chute dans sa grange. Le policier palois à la retraite Remi Destangues-Mourier eut un arrêt cardiaque. Eu égard à son âge et à ce qu'il consommait comme tabac, personne n'en fut étonné. Le plus surprenant fut l'assassinat d'Émile Carrère. Ni ses collègues africains ni les chiens ne le défendirent. Il fut poignardé dans le dos. Ses compagnons le découvrirent sous le pont du périphérique à Clichy. Ils déclarèrent à la police qu'ils n'avaient vu personne. Lorsque Carrère avait contacté Escher, il s'apprêtait à lui expliquer comment il était toujours parti en vacances ou en congés sans solde, payé par la Sécurité militaire, pour effectuer de petites enquêtes de routine, et comment il venait de comprendre le rôle qu'on lui avait fait jouer. Ils avaient déjà longuement parlé au téléphone. Escher lui avait fixé un rendez-vous pour le surlendemain.

L'adjudant Pichart fut muté en Guadeloupe et son adjoint Mayeras en Nouvelle-Calédonie, dans un coin perdu, à Thio.

Mais Frédéric Escher n'en sut rien. Quand il passa par la fenêtre de son bureau, il s'apprêtait à allumer France Info. Son paquet de notes et le disque dur de son ordinateur disparurent. Il n'écrivit pas *Le jour où tu dois mourir*. Comme chacun sait, toute chose n'est qu'illusion.

REMERCIEMENTS

Je remercie tout particulièrement mes premiers lecteurs. Ceux qui ont accepté de passer du temps sur le manuscrit et ont su m'encourager : Stéphanie des Horts, Jacques Tiano, Francisque Oeschger, Frédéric Pons, Bruno de Cessole et Alfred Eibel.

Ma famille, qui a traversé sereinement cette épreuve.

Également, mon confrère Jean-Marc Leclerc qui m'a ouvert les portes du 36, quai des Orfèvres où j'ai pu rencontrer des officiers de police qui ont cru en cette entreprise et m'ont aidé à mieux cerner le milieu des *snuff movies*, la réalité et la légende. Le major Pabulayan, croisé un jour au camp Aguinaldo à Manille, pour tout ce qu'il m'a raconté sur sa traque (à ce jour encore infructueuse) d'un tel réseau criminel.

Enfin, mon éditrice, Maëlle Guillaud, qui m'a prodigué des conseils sans lesquels ce roman n'aurait peut-être pas vu le jour. Qu'elle soit remerciée pour sa gentillesse et sa disponibilité.

DU MÊME AUTEUR

L'AFFAIRE BOUDAREL, Le Rocher, 1991

PUTAIN DE GUERRE, Le Rocher, 1993.

LES CERCUEILS DE TOILE, Le Rocher, 1998.

Composition: Nord Compo
Impression: CPI Firmin-Didot, en mars 2011
Éditions Albin Michel
22, rue Huyghens, 75014 Paris
www.albin-michel.fr
ISBN 978-2-226-22076-9
N° d'édition : 19444/01 – N° d'impression : 104133
Dépôt légal : avril 2011
Imprimé en France